Albert Cohen

Eisenbeißer/Roman

Eisenbeißer auch genannt Langzahn und
Satansauge und Lord High Life und
Sultan der Huster und Sattelschädel und
Schwarzfuß und Zylinderhut und Bey
der Lügner und Ehrenwort und Fastadvokat
und Prozeßkomplizierer und Klistierarzt
und Seele des Vorteils und Listenreicher
und Erbteilverschlinger
und Gabelbart und Vater des Schmutzes
und Kapitän der Winde.

Aus dem Französischen von
Eugen Helmlé

Klett-Cotta

Für meinen Vater

I

Der erste Aprilmorgen schickte seinen Blumenatem über die griechische Insel Kephalonia. Gelbe, weiße, grüne, rote Wäsche tanzte auf den Leinen, die in der schmalen, nach Geißblatt und Seebrise duftenden Goldgasse von Haus zu Haus gespannt waren.

Auf dem kleinen Filigranbalkon eines kleinen, gelbroten Hauses lernte Salomon Solal, Schuhputzer während des ganzen Jahres, Verkäufer von Aprikosenwasser im Sommer und von warmen Krapfen im Winter, schwimmen. Dieser rundliche und winzige Israelit – er maß einen Meter fünfundvierzig – hatte es satt, wegen seiner völligen Unkenntnis des Schwimmens Gegenstand der Spötteleien seiner Freunde zu sein. Nachdem er zuerst daran gedacht hatte, sich einen Taucheranzug zu kaufen, war er schließlich zu der Überzeugung gelangt, daß es rationeller und sparsamer sei, zu Hause einen Trockenschwimmkurs zu absolvieren.

Vor einem Tisch stehend war der kleine Kerl mit der Stupsnase und dem runden, bartlosen, von Sommersprossen übersäten Gesicht also im Begriff, seine rundlichen Hände in eine Waschschüssel zu tauchen, deren Wasser er zuvor gesalzen hatte, und sie sachkundig Schwimmbewegungen ausführen zu lassen. Er war niedlich mit seinem prallen Bauch, seiner kurzen, gelben Jacke, seiner roten Pluderhose, seinen nackten Waden und seinen vierzig unschuldigen Jahren.

»Eins, zwei! Eins, zwei!« skandierte er energisch, während die ekzematöse Alte von gegenüber, nach höchst tragischem Lauern nach rechts und nach links zuerst den Inhalt eines hohen Nachttopfs auf die Straße schüttete und dann Verwünschungen gegen den kleinen Bruder Leichtfuß ausstieß, der, statt sich seinen Lebensunterhalt zu verdienen, wie die englischen Matrosen Gymnastik machte.

Von Zeit zu Zeit ruhte sich Salomon aus, schöpfte wieder Atem und breitete, mit dem Rücken an der Wand, die Arme aus, was er den toten Mann machen nannte. Ohne sich um die sarkastischen Bemerkungen der Alten zu kümmern, nutzte er diese Ruhepausen, um seine geliebte, mit runden Steinen gepflasterte Straße zu bewundern, das glatte Meer, auf das durchsichtige Quellen herabfielen, den Jasminweg, der zu dem großen, silbrigen Olivenwald führte, die Zypressen, die um die Zitadelle der ehemaligen venezianischen Podestaten herum Wache standen, und, auf dem Hügel, den Dom der Alten Solals, einen fürstlichen Wohnsitz, der hoch über dem Meer lag und das große Getto mit den hohen, flechtenbehafteten Häusern bewachte, das Ketten vom Zoll und vom Hafen trennten, wo zusammengeflickte Griechen, langsame Albaner und schmutzglänzende Priester umherliefen. Der Himmel aus feinem, türkisblauen Porzellan erschien ihm so schön, und ein so reines Licht lächelte ihm zu, daß er sich in die Unterlippe biß, um nicht weinen zu müssen.

»Der April von Kephalonia«, sprach der einsame Schwimmer, »ist schöner und milder als der Juli in Berlin! Mit Sicherheit. Aber warum zum Teufel legen sie alle ihre Hauptstädte an kalten und traurigen Plätzen an, und warum setzen sie sie alle an schwarze Flüsse? Mir will scheinen, daß sie da einen Fehler begehen. Nun ja, sie wissen es besser als ich.«

Dies gesagt, schickte er sich an, sein Zimmer zu fegen, wobei er vor sich hin zu pfeifen versuchte. Dann schrubbte und wusch er und sang dazu die Leidensgeschichte Israels, daß es eine Lust war. Er war hocherfreut bei der Vorstellung, daß seine geliebte Gattin sich nicht abzumühen brauchte. (Die Dame der Gedanken Salomons war ein langes Geschöpf mit einem einzigen Zahn, der aber zweiunddreißig wert war. Sie ruinierte ihren Mann mit pharmazeutischen Spezialitäten. Soweit, was sie betrifft.

Offen gestanden war das kleine Zimmer nicht schwer sauberzuhalten. Es war in der Tat fast leer, da Salomon ebenso arm wie ehrlich war. Ein Tisch, ein Stuhl, der große Krug aus porösem Ton, den er um die Schulter hing, wenn er aus dem Haus ging, um sein Wasser zu verkaufen, zwei Trinkbecher aus Kupfer, die ihm dazu dienten, die Kunden herbeizurufen, einige Küchengeräte, eine Gitarre, das war alles. Nachdem sein Zimmer sauber war, brachte er das seiner Frau und seiner Töchter, die ihr morgendliches Meerbad nahmen, auf Hochglanz. Das besagte Zimmer enthielt unter anderem zwei Kupferkannen, eine große und eine kleine. Da sich Salomon daran erinnerte, daß er am Tag zuvor erst die große blankgeputzt hatte, beschloß er, diesmal mit der kleinen anzufangen, um keinen Neid aufkommen zu lassen.

»Wir sind für Gerechtigkeit«, sagte er, wobei er sich, die Zungenspitze herausgestreckt, wie ein Wilder abmühte.

Eine Stunde später glänzte alles vor Sauberkeit und die Lammstücke mit Weizen kochten auf dem Herd aus rotem Ton sachte vor sich hin. Plötzlich stieß Salomon einen kleinen Schrei aus, denn ihm war gerade aufgefallen, daß er vergessen hatte, das Kupfer an der Tür zu polieren. Er spuckte auf die Türklinken und rieb fest, jedoch nicht ohne Beklemmung, denn er dachte an die Mikroben, die er mit Sicherheit zu zermalmen im Begriffe stand. Die armen Kleinen, die so gern gelebt hätten! Aber was tun?

Oh, der Ewige Herr hatte die Dinge nicht gut eingerichtet. Warum mußte man Lämmer töten, um sich zu ernähren? Warum ernährten sich auf Erden oder in den Meeren die Tiere von Tieren oder von Gemüse? Warum hatte der Herr uns nicht so geschaffen, daß ein anständiger Stein uns zur Mahlzeit genügen würde? Und warum mußte man, um eine Krankheit zu heilen, die Mikroben vernichten? Aber es war nun mal so.

Nachdem er den zufriedenen Blick einer guten Hausfrau über das glänzende Zimmer mit den gekalkten Wänden hatte schweifen lassen, leistete sich Salomon den Luxus eines kleinen Monologs.

»O Herr«, bat er mit wirbelnden Händen, »erklär mir, warum die Menschen nicht glücklich sind, immer besorgt? Nun ja, es ist nun mal so, ich jedenfalls lebe. Und was für ein Glück habe ich gehabt! Ich muß Ihnen erzählen, lieber Herr, daß in Palästina, wo ich war, um einige Monate lang den Zionisten zu spielen, eine große Schlacht stattgefunden hat, bei der ich Angst gehabt habe und das Blut ist mir in den Adern erstarrt und ich habe Eisenkugeln in meinen Organismus bekommen, aber ich hatte ein Panzerhemd an und eine Kugel ist abgeprallt und hat eine Gehirnerschütterung bei mir verursacht und hat mich eingeschläfert und sie haben mich für tot gehalten und sie haben mich in eine Scheune gelegt! Und einige Stunden später fange ich an zu niesen und stelle meinen Irrtum fest! Und mir wird klar, daß ich nicht tot bin! Sie können sich meine Freude vorstellen! Sie war unbeschreiblich! Unbeschreiblich, Monsieur Lebrun! (Wenn er allein war, liebte es Salomon sehr, sich mit dem Präsidenten der französischen Republik, seinem ebenso engen wie geheimen Freund, zu unterhalten.) Und ich stehe auf und fange an zu gehen.«

Um vom Präsidenten der Republik richtig verstanden zu werden, machte er einige anmutige Schritte.

»Und plötzlich stoße ich einen entsetzlichen Schrei aus! Um mich herum gab es richtige Tote! Was habe ich eine Angst bekommen! Oh, rief ich empört in meinem Innern aus, ich will nicht mehr in diesem Palästina leben, wo man sich Wunden holt! Weshalb hat man mich in dieses Palästina voller Gewehre und Araber gebracht! Und alle diese Toten! Ich war kurz entschlossen und ergriff heimlich das Rasenpanier. Man sagt zwar Hasenpanier, aber ich finde es hübscher, Rasenpanier zu sagen. Kurzum, ich habe mich aus Palästina verkrümelt, ohne mich bei meinen Freunden, die mich einen Feigling geschimpft hätten, noch einmal sehen zu lassen! Und ich bin nach Kephalonia zurückgekehrt, um dort ruhig und heiter zu leben, fern von den Schlachten, die nicht meine Stärke sind! Das ist meine Geschichte, Herr republikanischer Präsident. Nein, danke, ich rauche nicht, ich bin etwas schwach auf der Brust. Und als meine Freunde aus Palästina zurückgekommen sind, können Sie sich ihre Verblüffung und ihre äußerste Zufriedenheit und ihr bebendes Herz vorstellen! Die Verwirrung kam dadurch zustande, daß das Begräbnis der Toten von Leuten einer anderen jüdischen Kolonie durchgeführt wurde, die gekommen waren, um zu helfen! Was meinen Freund Saltiel angeht, so wurde er ebenso getötet wie ich, aber ohne daran zu sterben. Ich werde Ihnen das erzählen, lieber Freund Lebrun. Wir waren in Kephalonia im Begriff, das Grabmal Saltiels, eines fürs Vaterland gestorbenen Helden, einzuweihen, die Säule eines abbruchreifen Wohnhauses, die Eisenbeißer für drei Drachmen gekauft hatte. Und Eisenbeißer, Präsident des Komitees, hatte gerade das karierte Taschentuch weggenommen, das er auf die Säule gelegt hatte, was man Denkmalsenthüllung nennt. Alles war bestens vorbereitet, es gab sogar einen Spirituskocher für die ewige Flamme der Erinnerung. Und Eisenbeißer hat Trompete geblasen und sich das Gewehr präsentiert und dann ist er auf ein Faß gestiegen, um für den armen Saltiel die Totenrede zu halten. Und auf einmal fallen alle Anwesenden in Ohnmacht! Onkel Saltiel stand vor uns! Und lebendig! Sie können sich unsere Freude vorstellen und die Wut Eisenbeißers, der seine Totenrede nicht mehr halten konnte! Er hat sie trotzdem halten wollen! Und Saltiel wollte ihn daran hindern! Es kam zu großen Diskussionen. Viele klatschten Saltiel Beifall, doch die Freunde Eisenbeißers pfiffen Saltiel aus, weil er nicht tot war. Saltiel wollte erklären, warum er nicht tot war. Da aber ein Riesenspektakel herrschte, ist Saltiel wütend geworden und hat geschworen, daß er nie erklären würde, warum er lebendig sei und nicht tot. So war das. Ach, jetzt muß ich Sie verlassen, Herr Präsident der Republik«, sagte Salomon und streckte die Hand aus. »Viele Grüße an die Familie und gute Gesundheit, ich gehe schwimmen.«

Und er bückte sich, um einen kleinen, imaginären Vogel zu streicheln, und sagte zu ihm: »Nichts für ungut, mein lieber Kleiner, dem ich vorhin wehgetan habe, ohne es zu wollen, piepst du für Salomon? Das ist lieb, sehr lieb von dir. Oh, danke, mein hübscher Kleiner.«

Dann zog er das Grammophon mit dem Kupfertrichter auf, das er gekauft hatte, um das Vergnügen zu haben, sich vorzustellen, er sei Kapellmeister. Eine näselnde Musik kam heraus, und Salomon dirigierte selbstsicher mit einem Taktstock, schimpfte mit den Zuspätgekommenen, unterstrich die Pizzicati, lächelte auf geniale Art und verpatzte wie immer das Ende des Stückes, denn der Himmel hatte ihm kein Gefühl für Musikalität mitgegeben.

Nachdem er ein begeistertes Publikum begrüßt hatte, kehrte er zu seinen Wasserbeschäftigungen zurück, wobei er auf hebräisch den Wassersegen sprach. Plötzlich hielt er mit düsterem Gesicht inne. Er hatte gerade an die armen Juden in Deutschland gedacht, die soviel zu erleiden hatten, während er sich in aller Ruhe anmutigen Vergnügungen in der Sonne hingab. Nein, so einfach ging das nicht.

»Du mußt leiden, Salomon.«

Und sogleich veranstaltete er, um sich mit seinen unglücklichen Brüdern eins zu fühlen, ein kleines schmuckes Pogrom gegen sich selber. Nachdem er eine Nadel desinfiziert hatte, indem er sie über die Flamme eines Streichholzes hielt, stach er sich zweimal in die Wade, wobei er jedesmal einen kleinen, furchtbaren Schrei ausstieß. Dann bepinselte er seine fleischige Wade mit Jod, nicht ohne zuvor mehrmals »au« gekreischt zu haben. Darauf trank er Lindenblütentee, um sich zu stärken. Nachdem er so seinen Seelenfrieden gefunden, streckte er sich auf dem sonnenbeschienenen Balkon aus und schlief ein. Zehn Minuten später weckte ihn ein Schrei. Ausgestoßen hatte er selber ihn, da eine Mücke ihn in die Hand gestochen hatte. Er war empört.

»Gut!« schrie er das Tierchen an, »trink mein Blut,

einverstanden! Ernähre dich von mir, ich gestehe es dir zu! Warum zum Teufel aber verpaßt du mir dieses Gift, das mich anschwellen läßt und mich brennt? Was für ein Vergnügen, was für ein Nutzen liegt darin, mir wehzutun, du kleiner Bösewicht?«

Aber bald wurde er ganz stolz bei dem Gedanken, daß die Mücken ihn sicherlich nur deshalb stachen, weil sein Blut von sehr guter Qualität war. Getröstet begann er wieder zu schwimmen.

Vor seiner Schüssel übte er Kraulen und mühte sich mit dem gewohnheitsmäßigen Lächeln der abgehärteten Schwimmer im offenen Meer ab, als plötzlich Saltiel Solal auftauchte, sein alter Vetter, den er aus Ehrerbietung Onkel nannte. Das weiße, zweigeteilte Haarbüschel gab dem treuherzigen und listigen Gesicht des kleinen Greises ein tragisches Aussehen.

»Salomon, mein Kind und enger Freund!« sagte er in glühendem Ton und die Hände theatralisch ausgestreckt.

»Ja, Onkel, sofort, ich komme ans Ufer zurück«, sagte Salomon.

Er machte noch einige Stöße, nahm dann die Hände aus dem Wasser und trocknete sie an seinem kleinen, kahlgeschorenen Schädel, dann am Haaransatz mit den widerspenstigen, abstehenden Haaren in Stirnnähe ab. (Salomon war stolz auf dieses Haarbüschel, das den Scheren des Barbiers widerstanden hatte.) Bereit zu Höflichkeit und feinen Manieren, ging er auf seinen alten Freund zu, der, nachdem er ihm mit einer unnötigen Feierlichkeit die Hand gedrückt hatte, eine gewaltige Prise Schnupftabak nahm, zwei Finger in seine Weste steckte und eine politische Haltung annahm.

»Es lebe Frankreich, lieber Salomon.«

»Gewiß, Onkel. Mache ich nicht jedesmal, wenn ich in Frankreich an Land gehe, furchtbare Luftsprünge? Aber es lebe auch England und Amerika und die Schweiz, mit einem Wort, alle netten Länder. Umarmen wir uns, Onkel?«

»Sicher, mein Sohn.«

»Und jetzt nehmen Sie Platz, Onkel, was darf ich Ihnen anbieten?«

»Deine Aufmerksamkeit«, sagte Saltiel. »Denn es ist eine gewaltige und des Jenseits würdige Nachricht, o Salomon! Hör zu.«

Salomon öffnete die Tür zu seinem kleinen Bett, das seine Frau mit Gitterstäben hatte umgeben lassen, weil sie fürchtete, ihr kleiner Mann könne mitten in der Nacht auf Grund eines Alptraums aus dem Bett fallen. Er setzte sich im Schneidersitz hin und kreuzte die Arme, um besser lauschen zu können. Mit der ganzen Kraft seiner guten Augen, klar und blau wie die eines Kindes, bewunderte er seinen lieben Freund Saltiel.

Oh, wie sympathisch war er doch, dieser gute alte Saltiel, mit seinem Schopf aus feinen, weißen Haaren und seiner schief sitzenden Bibermütze und seinem nußbraunen Bratenrock und seinem Ohrring und seinem gestärkten Schülerkragen und seiner geblümten Weste und seinem Kaschmirschal, der seine Schultern schützte, und seiner Kniehose, die unterm Knie mit einer Schleife zusammengebunden war, und seinen goldkäferfarbenen Strümpfen und seinen Schnallenschuhen und seinem feinen, rasierten Gesicht mit den tausend kleinen, liebenswürdigen Falten, auf die Salomon noch am selben Tag ein Gedicht zu schreiben beschloß.

»Nun, Onkel guten Rufes, ich stehe Ihnen mit Freundesohr zur Verfügung, und mein Herz zittert wie das verwundete Vögelein, so ungeduldig warte ich darauf, die Neuigkeit zu hören und meine Seele damit zu versüßen.«

»Nein«, sagte Saltiel plötzlich und setzte seine Bibermütze wieder auf. »Nein!«

Er stieß die Tür auf und ging hinaus, nicht ohne zuvor das an den Türstock genagelte geweihte Rohr geküßt zu haben. Salomon drehte in seinem kleinen Käfig seine Hände in einer Gebärde des Fragens um. Nun? Aber was für eine Mücke hatte den Onkel gestochen, und warum kam er hierher, ihn beim Schwimmen zu unterbrechen, um ihm den Mund mit der Verheißung einer tollen Neuigkeit wässrig zu machen und gleich danach wegzugehen? Er kam aus seinem Käfig heraus, staffierte sich mit dem Wasserkrug aus und lief die Wendeltreppe hinunter.

Die Goldgasse, unter dem reglosen Himmel von Sonne und Fliegen summend, wimmelte von Obsthändlern, Fischbratern, Zuckerbäckern, Trödlern, Fischverkäufern, Kolonialwarenhändlern, die ihre hin- und herschaukelnden Stockfische anpriesen oder ihre Berge weißen Käses, Kaffeeröstern, die vor ihren kleinen Holzkohlenöfen kauerten, fetten Metzgern, die vor ihren gehäuteten, an strahlendweißen Wänden hängenden Lämmern hochtrabende Reden hielten. Alle lobten lautstark ihre Waren mit den starken Gerüchen, während ein Synagogenküster seine Klapper schüttelte, um die Gläubigen wissen zu lassen, daß sie bei Strafe, ihre Bäuche sich blähen zu sehen, diese Nacht nicht trinken dürften. »Hydropisie, meine Herren, zwischen Mitternacht und ein Uhr!«

Schließlich holte der kleine Wasserverkäufer Saltiel ein.

»Onkel«, sagte er, die Hände vorgestreckt, »warum legen Sie mir den Granatapfel zwischen Zunge und Gaumen, um ihn mir dann wieder wegzunehmen?«

»Die Neuigkeit ist zu groß für dich. Ruf die Freunde.«

Der Rundliche setzte die Hände trichterförmig vor den Mund und schrie die Vornamen und Spitznamen der anderen Tapferen.

»Michael, o Mutiger, o Herzensbrecher, o Schweigsamer, o Michael der Starke! Mattathias, o Harzkauer, o Mattathias des Reichtums, o Kapitän der Geizhälse, o Witwer aus Sparsamkeit! Eisenbeißer, o Bey der Lügner, o Ehrenwort, o Leichnam, o Prozeßkomplizierer, o Leichenbitter, o Listenreicher, o Erbteilverschlinger, o

Bandwurm, o Vater des Schmutzes, o Kapitän der Winde!«

Die Juden auf der Straße glaubten, den beiden Freunden zu Hilfe kommen und nun ihrerseits Michael, Mattathias und Eisenbeißer rufen zu müssen. Es war ein schöner Lärm. Alle schrien durcheinander, bärtige, mit pelzverzierten Kaftanen bekleidete Großhändler, Verkäufer von gerösteten Kernen und Rosenkränzen, kleine, halbnackte Schuhputzer, die ihre kupfernagelbeschlagenen Kästen voller Fläschchen in grellen Farben hin- und herschwenkten, Schneider, die sich mitten auf der Straße über ihre Nähmaschinen beugten, Pförtner oder Träger, die zu mehreren eine Wasserpfeife rauchten, Bügler, die ihren Mund mit Wasser füllten, um dann einen zerstäubten Strahl auf das Kleidungsstück zu spritzen, das von einem riesigen, vom Fuß geführten heißen Bügeleisen geplättet wurde, Müßiggänger, die auf den Terrassen der kleinen Cafés nur ihre eigenen Worte tranken, Speichelstrahlspukker, Bankiers, die Amberrosenkränze herunterbeteten, Beschneider, Amtsschreiber am Rabbinergericht, Röster von Maiskörnern oder Kuheutern, Friseure, die die Kundschaft mit lautem Scherenklappern herbeirufen, Verkäufer von Kaktusfeigen und Zuchtbrombeeren, Eseltreiber, Händler von Honigpfannkuchen und rosafarbenem türkischem Honig, Makler mit Rattenköpfen, von Mückenschwärmen umgebene Bettler, altersgebeugte Talmudisten, Geldwechsler, die ihren Bauchladen umhängen hatten, Mitglieder des Konsistoriums, eitle und unverschämte, die sich zur Synagoge begaben, gefolgt von Halbamtlichen, die die goldbestickten Samtbeutel trugen, in denen sich die heiligen Bücher und die Betschals befanden.

Alle diese samtgekleideten oder in Lumpen gehüllten, summenden und gestikulierenden Juden riefen die Namen Michael, Mattathias und Eisenbeißer in alle vier Himmelsrichtungen, wobei sie allmählich von Straße zu Straße von ihren Landsleuten nachgeahmt wurden. So daß innerhalb kurzer Zeit die ganze Insel, welche Jasminsträucher, Stechäpfel, Zedratbäume, Orangenbäume, Zitronenbäume und Magnolien durchdufteten, gekrönt, umgeben, gefesselt und in Garben gebunden wurde von Rufen nach Michael, Mattathias und Eisenbeißer, die, jeder an seinem jeweiligen Ort, die Schreier fragten, was sie von ihnen wollten. »Ich weiß es nicht«, war die gleichbleibende Antwort. »Du wirst gerufen. Deshalb rufe ich dich, um dem zu helfen, der dich ruft!«

Sich überschlagend, fragend und aufgeregt liefen die drei Gerufenen tragisch von oben nach unten und von unten nach oben durch die gewundenen Gassen des Gettos, in denen ihre Spitznamen widerhallten, oder durch die der Christenstadt, die unregelmäßig waren, ruhig und behindert von baufälligen Häusern, hoch oben auf Treppen stehenden Kirchlein, kleinen Hauskapellen oder Arkadenperspektiven. Jeder fragte, drehte sich um sich selber, landete in einer anderen Straße. Und die Rufe gingen weiter, und die drei Freunde waren gehetzten Hirschen gleich.

Der erste, der ankam, war Pinhas Solal, genannt Eisenbeißer. Er war ein lebhafter, hagerer und langer Schwindsüchtiger mit gegabeltem Bart, mit abgezehrtem und gequältem Gesicht, mit roten Backenknochen, mit riesigen, nackten, gegerbten, äußerst schmutzigen, knochigen, haarigen und geäderten Füßen, deren große Zehen furchtbar gespreizt waren. Er trug nie Schuhe, da er behauptete, seine Extremitäten seien »äußerst empfindlich«. Dafür hatte er wie gewöhnlich einen Zylinder auf dem Kopf und war mit einem speckigen Gehrock bekleidet – und das, um seinem Beruf als falscher Advokat, den er »mein Apostolat« nannte, Ehre zu machen.

Eisenbeißer wurde auch Kapitän der Winde genannt wegen einer physiologischen Eigenheit, auf die er sich etwas einbildete. Einer seiner anderen Spitznamen war Ehrenwort – ein Ausdruck, mit dem er seine wenig der Wahrheit entsprechenden Reden ausschmückte. Seit einem Vierteljahrhundert tuberkulös, aber höchst vergnügt, war er mit einem so vibrierenden Husten ausgestattet, daß er eines Abends die Standleuchte der Synagoge zum Umfallen brachte. Sein Appetit war im ganzen Orient nicht weniger berühmt als seine Beredsamkeit und seine maßlose Liebe zum Geld. Fast immer lief er mit einem Handwägelchen herum, das er hinter sich herzog und das kühle Getränke sowie Lebensmittel enthielt, die für ihn allein bestimmt waren. Man nannte ihn Eisenbeißer, weil er, wie er mit dem ihm eigenen sardonischen Lächeln behauptete, in seiner Kindheit ein Dutzend Schrauben verschlungen hatte, um seinen unerbittlichen Hunger zu stillen. Eine tiefe Mittelrinne lief quer über seinen braungebrannten, kahlen Schädel und gab ihm das Aussehen eines Sattels. In diese Vertiefung legte er verschiedene Gegenstände wie Zigaretten oder Bleistifte.

»Gesegnet sei der Angekommene«, sagte Saltiel.

»Und gesegnet der Gefundene«, antwortete Eisenbeißer. »Nu, hier bin ich. Wer hat mich gerufen?«

Doch in diesem Augenblick tauchte heimlich still und leise Mattathias Solal auf, genannt Kapitän der Geizhälse, Besitzer der Barkasse, die das Soda für die Seifensieder der Insel transportierte. Dieser hagere, ruhige und gelbe Mann war mit abstehenden und spitzen Ohren versehen, die alles hören und alles wissen zu wollen schienen, um sofort Nutzen daraus zu ziehen. Seine blauen Augen hatten zu schielen angefangen, weil er in der Regel in die Ecken und die Rinnen schaute, um dort verlorene Brieftaschen zu finden. Er hatte eine grüne Mütze auf dem Kopf und trug einen gelben Fuhrmannskittel, der mit Ansichtskarten tapeziert war, die er den Touristen anbot.

»Meine vorzügliche Hochachtung«, sagte er.

»Gruß und Großmut«, antwortete Saltiel.

Mattathias zog langsam ein Taschentuch aus der Tasche,

auf das die Worte gestickt waren »Dem Mattathias gestohlen«. Er schneuzte sich langsam, faltete sein Taschentuch langsam zusammen, steckte es umsichtig wieder ein. Nachdem er eine Zigarette in drei geschnitten hatte, bat er um Feuer – er hatte nie Streichhölzer bei sich – und schickte sich zu rauchen an, wobei er seinem alten Freund zuhörte.

»Also, meine Herren«, begann Saltiel.

Er wurde von dem schwitzenden und würdevollen Erscheinen des fünften Tapferen unterbrochen, Michael Solal, Janitschar und erster Amtsdiener des Großrabbiners von Kephalonia, ein schöner Riese, dessen aufgezwirbelter Schnurrbart die Kephalonierinnen und sogar, wie es hieß, die Tochter des griechischen Präfekten verwirrte.

»Du sollst leben, Saltiel«, sagte er mit seiner mächtigen Baßstimme.

»Gruß und Keuschheit«, antwortete Saltiel. »Gevatter der Freundschaft, ich habe euch wegen einer Neuigkeit kommen lassen, bei der jedes einzelne eurer Haare einen Tanz tanzen wird, daß man einen Schlaganfall bekommen möchte.«

Und er zog aus den Rockschößen seines nußbraunen Bratenrocks einen Umschlag hervor. Und die Freunde freuten sich, denn sie liebten die großen Neuigkeiten und hörten sie gern, während sie dazu Pistazien aßen. Um die Neugierigen fernzuhalten, zog Michael eine seiner mit Silber eingelegten Pistolen und gab einen Schuß in die Luft ab, was zur Folge hatte, daß der Marktplatz geleert wurde. Die Juden von Kephalonia liebten das Leben.

Eisenbeißer warf einen begehrlichen Blick auf den Umschlag mit den riesigen Siegeln, auskultierte seine Brust. (Dieser Tick rührte von der Furcht her, die ihn bei dem Gedanken überkam, er könne eines Tages vielleicht geheilt werden. Seine Tuberkulose war ihm von Nutzen, denn sie erlaubte ihm, sich zu überfüttern und aus verschiedenen kephalonischen und außerkephalonischen Hilfsfonds wie etwa der Alliance israélite universelle und dem Joint Distribution Committee, Geld zu beziehen.)

»Komm, sprich, o Saltiel«, sagte er mit seiner sehr tiefen Stimme. »Sprich, trefflicher Mann, o du Begabter!« wiederholte er in einem seltsam gemessenen Ton. (Wozu dem Alten schmeicheln, wenn kein Geld in dem Umschlag war?) »Laßt uns in eine Taverne gehen. Wir werden dort einen geharzten Wein trinken, der mir schmeckt, und der Onkel wird uns die Geschichte auf Kosten des Freigebigsten erzählen, und das werde nicht ich sein, denn ich bin äußerst arm und bereit, alle Geschenke, große oder kleine, entgegenzunehmen, wir werden uns mit Leichtigkeit, Bescheidenheit und strahlender Zufriedenheit stärken, und ich ganz besonders, und es lebe Gott, der die Vögelein am Himmel geschaffen hat und die schönen blauen Fische des Meeres, damit ich sie esse und damit mein Wanst sich daran erfreut, nachdem meine Nase sie beschnuppert und meine Zunge sie allerliebst zerdrückt hat nach dem Gekautwerden durch meine Zähne und vor dem Verschlucktwerden durch meinen Schlund!«

»O Saltiel, Gevatter der Tugend, vielleicht könntest du uns die Neuigkeit sofort sagen«, legte Michael nahe und zwirbelte die Spitzen seines dichten, gefärbten Schnurrbarts hoch.

»Nein«, sagte Saltiel, blaß und mit stolzem Blick. »Wir müssen uns einschließen, damit keine anderen Ohren als unsere das Geheimnis und die Offenbarung hören. (Die Mattathias' zitterten und vollzogen einen Viertelkreis.)

»Meiner Meinung nach«, sagte Eisenbeißer, der wissen wollte, ob die Neuigkeit für ihn von Nutzen sein würde, »ist es ein Brief, der gut riecht und nach flüssigem und barem Geld duftet! Was meinst du dazu, Onkel?« fragte er mit lachendem und quasi kokettierendem Gesicht, während er den Arm Saltiels mittels einer seiner riesigen, ganz aus Knochen, Haaren und Adern bestehenden Hände tätschelte.

Der kleine Greis spielte die Sphinx. Es gefiel ihm, ein wichtiger Mann zu sein, jener, der das Geheimnis besitzt, und er legte Wert darauf, dieses Vergnügen dauern zu lassen. Eisenbeißer bohrte weiter, streichelte, schmeichelte, lächelte, berührte seinen sich gabelnden Bart, schluchzte, um etwas zu erfahren, eine Kleinigkeit nur.

»Ist ein wenig Geld in diesem Brief? Wohlgemerkt, ich spreche und frage einzig und allein in deinem eigenen Interesse.«

»Schweig«, gebot Saltiel.

»Onkel, Sie könnten uns ruhig sagen, ob sie gut ist«, meinte der kleine Salomon, völlig außer Atem, denn seine kurzen Beine erlaubten ihm nur kleine Schritte. »Wenigstens das, denn ich bin ganz ausgeweitet, und wenn die Neuigkeit schlecht wäre, könnte ich mir einen Bruch holen.«

»Ich glaube nicht, daß sie schlecht ist«, sagte Saltiel ernst.

Vor Freude spürte Eisenbeißer, wie ihm das Gehirn davonflog. Er rief in einem ungefähren Englisch, daß er einen Geruch nach frischem Geld in der Nase habe und daß das Geld Zeit sei und daß England damit rechne, daß jeder seiner Söhne seine Pflicht tue.

»Rule Britannia!« schrie er aus vollem Halse.

II

Salomon versuchte so schnell zu gehen wie die andern. Da ihm das nicht gelang, fing er an zu trippeln, wovon er einen Schluckauf bekam. Michael sang mit seiner tiefen Stimme, auf die er stolz war, und zog die Blicke hochbrüstiger Frauen auf sich, die seine Größe bewunderten, seine lockigen Haare, seinen wie ein Bäckerhörnchen gebogenen Schnurrbart, seine massigen Fäuste, die starken Seilen gleichen Muskeln seines Halses, seinen weißen Faltenrock, der nur bis zu den Knien ging, seine langen, weißen, von einer dünnen, roten Schnur festgehaltenen Wollstrümpfe, seine Schuhe mit der nach oben gebogenen Spitze, auf der eine rote Troddel befestigt war, seinen breiten, roten Gürtel, aus dem die mit Silber eingelegten Griffe seiner beiden antiken Pistolen hervorsahen, seine kleine, mit Litzen und Knöpfen vergoldete Weste. Wenn er vorüberging, hörten die Kinder auf herumzutoben und die tugendhaften Frauen, die auf dem Weg zum rituellen Bad waren, schlugen die Augen nieder. Mattathias, der das Schlußlicht bildete, ging mit vorsichtigen Schritten dahin, da er an einem Seil einen Magnet hinter sich herzog, welcher dazu bestimmt war, die Stecknadeln oder Stopfnadeln zu erfassen, die von leichtsinnigen und tugendlosen Frauen vielleicht verloren worden waren. Mit einem umsichtigen und blauen Blick sondierte er die Rinnen der Wege, wobei er manchmal stehenblieb, um »sehr saubere Stücke Brot« aufzuheben, die von sündigen Menschen preisgegeben worden waren.

Eisenbeißer kam vor Ungeduld um und befragte unaufhörlich Saltiel, der ein Gesicht aus Marmor machte. Die Füße des falschen Advokaten machten einen Heidenlärm in den Schalen der Pistazien, mit denen sich die Juden am Vortag, einem Samstag, vollgestopft hatten, um sich die Zeit zu vertreiben und ihren Heißhunger auf Tabak an diesem Tag heiligen Müßiggangs zu vergessen, an dem es verboten war, Feuer zu machen und folglich zu rauchen. Mattathias ging mit gesenktem Kopf, doch mit erhobenem, schiefem, forschendem, scharfem, schnellem, berechnendem Blick und spähte in den Augen der Passanten nach dem Wunsch auf seine Waren. Was Eisenbeißer anging, so windete er stark und lachte höhnisch in seinen sich gabelnden Bart, wegen nichts, nur so, wegen des Vergnügens, glauben zu machen, er sei ein ganz Furchtbarer, ein Teuflischer von ganz schlimmer Bösartigkeit.

»Komm, Saltiel, öffne den Ofen deiner Beredsamkeit, und machen wir Schluß mit diesen Geheimnissen!«

»Geduld, in der Taverne wird alles gesagt. Bis dahin möchte ich dich bitten, deine Ungehörigkeiten zu unterlassen.«

»Man darf nie einen Wind zurückhalten«, entgegnete Eisenbeißer. »Das ist unhöflich gegenüber deinem Körper. Ich habe einmal von einer großen Schauspielerin gehört, die war so vornehm, daß sie sie alle zurückhielt. Sie stürmten in ihrem Innern so sehr, daß sie explodierte und starb. Daher fürchte ich nicht, einige Winde zu lassen, und ich empfange Gesundheit und Ruhm aus ihrer Heftigkeit, die die Haare eines ganzen Regiments vor Schrecken ergrauen ließe. Und ich bin auch stolz auf ihr Ausmaß, das so groß ist, daß man mit drei oder vier von ihnen die Segel einer Hochseegaleone aufblähen könnte.«

Vor den Türen beteten Talmudstudenten, wobei sie übertriebene Bücklinge machten. Zwei Rabbiner kommentierten einen Bibelvers. Der Jüngere mit schriller Stimme, während der Ältere, seine Ärmel hochkrempelnd, aus Höflichkeit zustimmte und auf seine Stunde des dialektischen Sieges wartete. Um Ärgernis zu erregen, rief Eisenbeißer, daß Gott so wenig existiere, daß er sich für ihn schäme. Die Talmudisten hielten sich die Ohren zu, und die vier Freunde Eisenbeißers schimpften ihn aus. Doch der Gottlose lachte höhnisch, rieb sich die Hände und behauptete, er sei ein Bösewicht. (Er glaubte oft an Gott, doch er liebte es, als moderner Geist zu gelten.)

»Eine schöne nackte Frau!« rief er plötzlich aus reiner Bosheit dem frömmsten der Studenten des Gesetzes zu, einem bleichen jungen Mann mit umränderten Augen, der sich sogleich vorstellte, wie abstoßend diese schamlose Dame sein würde, wenn man sie lebendig häutete.

Ende des Gettos. Capodistria-Platz. Barbierläden, wo Barbiere in der von Mücken und Moschusdüften vibrierenden Dunkelheit mit monotonen Gebärden auf ihren Mandolinen klimperten. Platz der Esplanade. Große Cafés, unter deren Arkaden Gendarmeriehauptleute, mit Fliegenklatschen bewehrt, öltriefende Kuchen aßen, die ihre Wangen vor distinguierter Gefräßigkeit aufblähten und glätteten. In der Nähe der Zitadelle drückte eine griechische Magd ihr Lächeln in eine süße Zitrone und sah Michael voller Hochachtung an. Dann preßte sie ihren Rock gegen ihre Hüften, die die Luft mit einem heftigen Appell peitschten.

Die Taverne lag in der Nähe. Die blühenden Orangenbäume wiegten sich unter der warmen Brise leicht hin und her, ganz nahe am vierfarbigen, durchsichtigen Meer, in dem Korallengärten und blaue und grüne Fische leuchteten. Die stillen Wasser waren rein wie der Quarz, von Pfauenblau, Jadegrün und Weiß angefleckt. Von Zeit zu Zeit machten scharlachrote fliegende Fische kleine idiotische Sprünge.

Nachdem die Freunde den riesigen Olivenwald durchquert hatten, dessen knotige Stämme von großen Löchern durchbrochen waren, durch die blaue und weiße Meerflecken schimmerten, kamen sie endlich in die Taverne von Moses dem Tauben an.

Sie gingen die Stufen hinunter, die zu einem schattigen, nach Wein stinkenden Keller führten, der mit drei Tischen und sechs Bänken möbiliert war. Nachdem sie sich vergewissert hatten, daß sich kein Christ hier aufhielt, nahmen sie eine tapfere Haltung an und verjagten Nissim, den Antiquar, der mit durchwirkten Stoffen beladen war, und seinen Vetter, den Bankier-Restaurateur, der ein verglastes Kistchen umhängen hatte, in dem einige Geldscheine und aufgespießte, grillfertige Hammelstücke lagen. Dann befahlen die Tapferen dem Wirt durch Gesten, seinen Laden dichtzumachen, aus Furcht vor Indiskreten und Böse-Blicke-Werfern. Eisenbeißer leistete sich das Vergnügen, Salomon unvermutet zu ohrfeigen, da er behauptete, nichts sei besser, um den Schluckauf zu beseitigen. Die Angst, die das kleine Kerlchen dabei empfand, hatte keine andere Wirkung, als dieses Übel, an das er gewöhnt war, noch zu verstärken.

Bevor er sich setzte, zog Mattathias, um sie nicht abzunutzen, seine Gummibandschuhe aus, die an verschiedenen Stellen eingeschnitten waren, um dicke Hühneraugen durchzulassen. Nachdem er seinen kahlgeschorenen Schädel mit der Harpune, in die sein Armstumpf endigte, gekratzt hatte, nahm er das Mastikbaumharz, an dem er von morgens bis abends kaute, aus dem Mund, legte es auf den Tisch und starrte Saltiel mit seinen blauen und ruhigen Augen an.

»Und jetzt«, sagte er langsam, »genug mit diesen Komödien und sag, was los ist. Wenn kein Profit dabei zu machen ist, gehe ich.«

»Halt den Mund, Bankkonto!« befahl Eisenbeißer.

»Also, meine Herren, die Neuigkeit ist gut«, begann Saltiel und stand auf.

»Ich bitte ums Wort«, unterbrach der lange Eisenbeißer und stand ebenfalls auf, nahm seinen Zylinder ab und ließ das knacken, was er »die Gebeine seiner Finger« nannte. »Der Vorredner« ...

Er hatte am Tag zuvor ein Werk über Disraeli gelesen, hatte diesen von den englischen Parlamentariern benutzten Ausdruck gemocht und im Gedächtnis behalten. Er blieb einige Sekunden stumm, um den Zuhörern zu erlauben, in Ruhe zu genießen.

»Der ehrenwerte Vorredner, sagte ich (er grüßte Saltiel)

oder, wenn euch das lieber ist, mein edler Opponent (für Eisenbeißer war jeder Redner ein Opponent oder ein Gegner) hat uns gerade mit einer Beredsamkeit, die zwar weniger wolkenbruchartig als die meine, seiner Großherzigkeit jedoch würdig ist, kundgetan, daß die Neuigkeit gut ist. Nun, was will gut heißen? Gut, meine Herren, bedeutet meiner Meinung nach Geld enthaltend, Münzen, Piepen in verschiedenen Banknoten! Es geziemt sich also, die Neuigkeit mit Essen und Trinken, Lachen und Spielen, Schmausen und Hingabe der Herzen zu feiern!«

Und er ging zu dem entsetzten tauben Wirt, packte ihn am Kragen und schrie ihn an, fünf Liter geharzten Wein, ein halbes Dutzend sehr dicker Boutarguen, Olivenöl und drei Laib »schwammiges, ölaufsaugendes Brot« zu bringen, »und möge deine Mutter verflucht sein!«

Als Salomon die ausgezeichnete Boutargue endlich in feine Lamellen geschnitten und Eisenbeißer sie mit Öl beträufelt hatte, wobei er große oratorische Kreise zog, und alle ihre Brotscheiben getränkt hatten, setzte Saltiel seine Nickelbrille auf. (Er benötigte sie in keiner Weise, und ihre zerkratzten Gläser behinderten seine scharfe Sicht. Aber das wirkte amtlicher.) Er stand auf, verjagte einige Frösche aus dem Hals.

»Freunde, o meine Freunde«, sagte er, »dreihunderttausend Drachmen!«

Und er setzte sich wieder, da seine Rede zu Ende war. Kurz, aber schön. Mattathias hörte zu kauen auf, und Salomon unterbrach seinen Schluckauf. Eisenbeißer schob den Teller mit einer so jähen Gebärde beiseite, daß er herunterfiel und die roten, troddelverzierten Pantoffeln Salomons mit Öl in Mitleidenschaft zog.

»Macht überhaupt nichts«, sagte Eisenbeißer mit wohlwollendem Lächeln. »Fürs Vaterland zu sterben ist das schönste, das beneidenswerteste Los.« (Nachdem er damit die Angelegenheit aus der Welt geschafft hatte, wandte er sich Saltiel zu.) »Sprich, o mein Heißgeliebter, o von mir nicht weniger als vom Glück Vergötterter, o Garten auf dem anderen Ufer! Sprich, denn dein dem Tode geweihter Freund, der Sohn meines Vaters, selber unglücklicher Vater dreier Kinder in der bittersten Not, im Kindesalter noch und nahe daran, Hungers zu sterben, und an ihren Eckzähnen knabbernd, um ihren Hunger zu stillen – ohne von den weiblichen Mädchen zu reden, die leider lebendig sind und ohne Mitgift – denn, sagte ich, dein Eisenbeißer, dein alter, enger Freund und das Glück deiner Augen, hört dir liebevoll, begehrlich und tugendhaft zu.«

»Was soll ich dir sonst noch sagen?«

»Nu, die Ereignisse mit den dreihunderttausend Drachmen natürlich, o mein Geliebter und Genialer, und wie sie angekommen sind, dich zu versüßen, und unter welchen Umständen und alles, alles, o Heißgeliebter, o Blume des Weltjudentums!«

»Das war also so«, sagte Saltiel. »Sauber, gewaschen und schmuck, und mich nicht häßlich findend, worin ich nicht unrecht habe, war ich heute morgen in meinem Taubenschlag im Begriff, kleine Käsepastetchen auf meinem Brasero herzustellen, und ich sang einen Psalm und ich erinnerte mich an eine unglückliche Liebe, die ich zu einer Königin hatte und von der ich nie zu jemandem gesprochen habe, und ich überlegte mir, mit zerrissenen Kleidern zum Steuerkontrolleur zu gehen, damit er Mitleid mit mir habe, und ich verfluchte Deutschland und ich zitterte um Frankreich, denn ich fürchte, daß es mir wieder seinen Franc entwertet, und ich las ein gewisses Buch, das ich bewundere. (Mehr sagte er darüber nicht, aus Zartgefühl und auch aus Furcht, ein Ketzer geschimpft zu werden, da es sich bei dem betreffenden Buch um das Neue Testament handelte.) In dem Augenblick nun, in dem ich das obenerwähnte Buch wieder schloß, mich dabei in edlen Betrachtungen verlierend, kam doch der Heide von der Post herein mit diesem Einschreibebrief. Ich machte ihn mit einer solchen Fieberhaftigkeit auf, daß meine Finger zehn kleine Vögelchen waren, ich las ihn mit meinem ganzen Körper, und da wurde ich auf der Stelle ohnmächtig, denn es lag ein Scheck über dreihunderttausend Drachmen bei! Lest den Brief!«

Er hielt den verkrampften Händen seiner Freunde ein maschinenbeschriebenes Blatt Papier hin. Eisenbeißer schnappte es und las es mit zitterndem Kinn vor.

»Die Summe ist wie folgt aufzuteilen: sieben Zehntel zu gleichen Teilen zwischen Mattathias, Michael, Salomon und Eisenbeißer. Und drei Zehntel für Saltiel.«

Eisenbeißer brüllte ein königliches Gebrüll, drehte sich dreimal um sich selbst, streckte dann seine beiden an den Handgelenken zusammengepreßten und wie der Rachen eines Alligators gespreizten Hände vor.

»Gib mir meinen Teil!« donnerte er.

Und seine beiden Hände warteten und hüpften auf und ab. Und er empfand gleichzeitig eine große Antipathie für den unbekannten Spender, der ihn in seinem Brief erst als letzten genannt hatte.

»Wo ist das Geld?« fragte Mattathias. (Und er wagte sogar hinzuzufügen:) »Was hast du damit gemacht?«

»Hier ist es«, sagte Saltiel mit der Ruhe großer Männer.

Er hielt einen auf die Griechische Handelsbank in Athen gezogenen Scheck hin. Die Tapferen stürzten sich darauf. Ja, dreihunderttausend echte Drachmen! Ein richtiger Scheck mit Schnörkeln, Stempelmarken und leckeren kleinen Streifen, auf die die heilige Summe geschrieben war!

Sie waren verrückt vor Freude und wußten nicht, was sie tun sollten, um sie zum Ausdruck zu bringen. Salomon sprang Seil, Eisenbeißer sang auf hebräisch, bellte, warf die Bänke und die Tische um, ohrfeigte Moses den Tauben, redete in verschiedenen unbekannten Sprachen, leierte riesige Zahlen herunter, riß die Haare seines Bartes aus, gab dem Scheck leidenschaftliche Küsse. Dann versuchte er sich zu erwürgen. Dann wälzte er sich auf dem Boden und ahmte einen Epileptiker nach. Dann stand er wieder auf, riß dem springenden Salomon das Seil aus den Händen und peitschte das kleine, empörte Kerlchen aus, während der geizige Mattathias, vor Glück außer sich, kleine Sprünge auf der Stelle machte. Saltiel betrachtete sie mit sanfter Nachsicht, und Michael rauchte.

Eisenbeißer, der aufgehört hatte, Salomon auszupeitschen, und der ihn krampfhaft in seine Arme drückte, während er ihn auf die Stirn küßte, unterbrach plötzlich seine Ausbrüche. Er trat an den Tisch heran, nahm den Scheck wieder zur Hand, betastete ihn, prüfte ihn eingehend mit seinen kleinen, bohrenden Augen, steckte sich die beiden Flügel seines Bartes in den Mund und kaute daran, um besser meditieren zu können. Er las den Brief noch einmal, legte ihn auf den Tisch und warf Saltiel einen finsteren Blick zu. Warum hatte Saltiel ihnen von dem Brief und der Summe erzählt, wo es doch so einfach gewesen wäre, die Existenz des einen zu verschweigen und die andere allein einzukassieren? Jeder nicht vom Wahnsinn befallene Mensch hätte so gehandelt! Was steckte hinter dieser Ehrlichkeit? Nein, nein, die Angelegenheit war nicht klar! Da er düstere Abgründe vermutete, beschnupperte er den Scheck, betrachtete Saltiel in der Art des Luchses, ließ seine starken Hände knacken, schaute auf seine nackten Füße, mit deren großen Zehen er kleine Denkbewegungen mitteilte, setzte seinen Zylinder auf und sah den Verdächtigen von oben herab an.

»Bist du sicher, daß es nur einen einzigen Scheck gab?« fragte er schließlich, wobei er die Ärmel seines Gehrocks in der Art der französischen Advokaten hochstreifte.

Denn genau besehen war in dem Brief nicht von dreihunderttausend Drachmen die Rede! Wer konnte ihm beweisen, daß nicht noch zwei oder drei oder gar sieben andere Schecks in diesem Umschlag waren? Wer weiß, der satanische Saltiel hatte vielleicht den größten eingesteckt und wagte es jetzt hierherzukommen, um den ehrlichen Mann zu spielen, mit einem hundsgemeinen kleinen Scheck über dreihunderttausend nichtssagende Drachmen!

»Aber für wen hältst du mich?« fragte Saltiel höchst gekränkt.

»Für einen intelligenten Menschen«, sagte Eisenbeißer. »Und deshalb verlange ich Alibis von dir!«

»Schande über dich!« rief Salomon.

»Sofort nach Hause, du Schramme!« befahl Eisenbeißer dem Kleinsten der Tapferen. »O Fingernagelgrind, mit welchem Recht sprichst du und verpestest die Atmosphäre mit der Kloake, die dir als menschlicher Mund dient? Los, hau ab und kehre ins Innere deiner Mutter zurück!«

»Mein Mund riecht sehr gut«, entgegnete Salomon. »Er riecht nach Mimose und Maßliebchen, und dein Mund ist es, du schwarzer Mensch, der das Verderben der Fliegen ist wegen des Atems, den er ihnen entgegenschickt und der sie mordet! So antworte ich dir, o Angelhaken für Lüge!«

»Angelhaken ins Auge deiner Schwester!«

»Schweinefresser!« rief Salomon, der, da er hinter Michael stand, an diesem Tag niemanden fürchtete.

»Ein sofortiges Krebsgeschwür für dich!« rief Eisenbeißer.

»Nichts da!« gab Salomon zurück.

»Ruhe, o Schwacher, o Kleiner, o Sohn eines Vaters mit kalten Eiern!«

»Gemeiner Mensch! Fünf finstere Jahre über dich!«

Und so weiter. Aber seltsamerweise kehrte nach fünf Minuten die heiterste Ruhe zurück und es war weder von gestohlenen Schecks noch von sofortigen Krebsgeschwüren mehr die Rede. Man war von neuem fünf enge und bis zum Tod vereinte Freunde, und alle Münder wurden für auserlesen erklärt, was den Atem betraf. Und man begann über die Verteilung zu diskutieren, da der unbekannte Spender die seltsame Idee gehabt hatte, daß man sieben

Zehntel unter vier Personen teile. Die Bleistifte rasten dahin. Die Berechnungen versprachen lang und schwierig zu werden.

Nach einer Viertelstunde, am Ende seiner Kräfte wegen aller dieser Teilungen, dieser Kommas und aller dieser dreiunddreißig Drachmen-Centimes, rieb Salomon seine kleine Nase und erklärte, daß es ganz einfach sei: der Onkel würde seine drei Zehntel nehmen, Eisenbeißer, Mattathias und Michael würden jeder zwei Zehntel nehmen und er, Salomon, nur ein Zehntel!

»Und so«, sagte er, »brauchen wir uns nicht den Kopf zu zerbrechen. Ein Zehntel von dreihunderttausend Drachmen sind ungefähr dreißigtausend Drachmen. Soviel habe ich noch nie in meinem Leben gehabt!«

Eisenbeißer streichelte den Nacken des guten Kleinen, auf dem er dann zärtlich seine schwere Hand liegen ließ.

»Einverstanden! Zugeschlagen!« rief er. »Salomon hat es versprochen! Ein Zehntel für unseren lieben kleinen Helden, der seinen Vorschlag nicht zurücknehmen wird, denn er ist gut und seine Barmherzigkeit dauert ewig!«

Salomons Gesicht strahlte vor Behagen und Stolz.

»Wer gibt und wieder nimmt«, sagte Mattathias, wobei er zum ersten Mal in seinem Leben lächelte, »dessen Zunge verwandelt sich in eine Schlange!«

Vor Zufriedenheit verschlang Eisenbeißer mit einigen Bewegungen ein ganzes Brot.

»Mein Gott, aber warum ißt du denn soviel?«

»Um einen Luftzug in meinen Eingeweiden zu verhindern«, antwortete Eisenbeißer. (Er stand auf, wirbelte um die eigene Achse.) »Ich habe eine Million Drachmen!« rief er plötzlich. Da Erläuterungen von ihm verlangt wurden, erklärte er, daß er in Wirklichkeit eine Million habe, da sechzigtausend Drachmen die Zinsen von einer Million darstellten. Um weiterhin sein ganzes Leben lang eine Million zu haben, brauchte er nur die sechzigtausend Drachmen nicht auszugeben und könne sich so jedes Jahr sagen, er sei Millionär.

»Ich frage mich, wer uns dieses Geld schickt«, sagte Saltiel.

Schweigend mutmaßten sie.

»Ach, hol's der Henker!« explodierte Salomon plötzlich, nach langem Nachdenken, und rümpfte seine mit Sommersprossen übersäte Nase, »wenn man dreihunderttausend Drachmen schickt, dann scheint mir, daß man sich nicht zu schämen braucht zu sagen, daß (er verhedderte sich) man es selbst ist, der es schickt. Das heißt, ich meine damit. (Er wurde rot.) Kurzum, warum immer Geheimnisse wie in einem Buch? Der Spender konnte unterschreiben. Vielleicht, Onkel, ist es einer von diesen Ministern, denen Sie Ratschläge schicken und die Ihnen nicht häufig antworten? Vielleicht hat er Ihre Ratschläge befolgt, und aus Dankbarkeit hat er Ihnen den Betrag geschickt?«

»Hast du endlich ausgeredet, o Mikrobe vom Floh der Laus?« fragte Eisenbeißer.

»Ja.«

»Also gut, mein Liebling, Schluß jetzt mit der Debatte!« (Und sich nach den andern umwendend, rief er voller Leidenschaft:) »Los, gehen wir den Scheck einlösen! Los, meine Herren, laufen wir, denn unsere Kinder sterben!«

»Geduld!« sagte Saltiel, »der Scheck ist zahlbar in Athen.«

»Na gut, ich werde ihn einlösen gehen«, rief Eisenbeißer. »Ich werde gehen! Ich werde allein gehen! Ich werde mich aufopfern! Gib mir den Scheck! Ich reise heute abend ab! Vertrau den Scheck dem tugendhaften Eisenbeißer an!«

Und er bemächtigte sich des Schecks. Die anderen Tapferen dachten nach, sahen sich heimlich an. Schließlich unterbrach Mattathias das Schweigen.

»Ich werde dich begleiten«, sagte er.

»Ich werde dich ebenfalls begleiten«, sagte Saltiel. »Ein Scheck ist ein Stück Papier, und ein Stück Papier kann man verlieren«, fügte er sanft hinzu.

Michael sagte, er ginge ebenfalls mit. Plötzlich stieß Salomon einen Schrei aus, denn er hatte gerade begriffen, weshalb die Freunde Eisenbeißer nicht allein gehen lassen wollten.

»Hör zu, Eisenbeißer«, sagte er, nachdem er sich auf den am weitesten entfernten Tisch gesetzt hatte, »hör zu, denn ich werde mutig zu dir reden. Nein, warte. (Der kleine Kerl stieg von seinem hohen Platz herunter und machte die Tür auf, neben der er stehenblieb.) Folgendes habe ich dir zu sagen, Eisenbeißer: ich werde dich ebenfalls begleiten. (Und er fügte mit seiner kräftigsten Stimme hinzu:) Weil ich nämlich kein Vertrauen zu dir habe und weil wir vier nicht zuviel sein werden, um dir auf die Finger zu sehen!«

Und er nahm Reißaus.

Eisenbeißer rief nach ihm, sagte zu ihm, er solle zurückkommen und daß er ihm verzeihe. Doch kaum war Salomon in seiner Reichweite, packte er ihn bei den Haaren und verpaßte ihm mehrere Ohrfeigen. Dann ließ er sich von den Freunden beruhigen. Im Grunde war das, was der Kleine gesagt hatte, gar nicht so kränkend und war außerdem auch recht vernünftig. Und sogar schmeichelhaft. Stellten diese Verdächtigungen nicht eine Huldigung an seine Finanzwissenschaft dar? Also wurde der Friede durch eine Umarmung besiegelt, und alles war wieder in Ordnung.

»Saltiel, o Riese der Ehrlichkeit«, sagte Eisenbeißer, »gib mir den Lieblichen wieder, damit ich seinen Duft einatmen kann.«

Saltiel hielt den Scheck hin, und Eisenbeißer schnüffelte wollüstig. Von einem Freudenwahn gepackt, begann er sich so heftig um sich selbst zu drehen, daß er ohnmächtig wurde und umfiel.

Nachdem er dank der eifrigen Bemühungen seiner Freunde wieder zur Besinnung gekommen war, öffnete er ein Auge, dessen Blick auf den Brief fiel, der neben ihm lag. Plötzlich stieß er von oben und von unten ein Gebrüll aus, stand auf, zeigte den Freunden, was den Blicken aller entgangen war: eine Kolonne von Zahlen und unverständlichen Wörtern, in winzigen Schriftzeichen mit Bleistift flüchtig auf die Rückseite des Blattes geschrieben. Er führte das Dokument an seine Augen, wurde furchtbar bleich, lockerte die Smokingkrawatte, die um seinen bloßen Hals geschlungen war. Die Freunde, an ihn gepreßt, lasen das Kryptogramm.

444
E 404-4
15 xp!! 127
0 33 sezc 2!
E 4 T 10 tel 22456
E 12 T 127?
¿ Trea 560 10000
200 See!!! + 650
+ − :;
444
?
20 Hal 204 + 200 = 100 + 50!!!
E? 444
15000
444 uret! 440 + 4
567 +!
%
07 + 400 + 4. Lo 500 + 7 ne
L 450!? 5! 204!! WAS 444
127 r 404 AUNEG 444
5700 R! aN
444 d Ejo
4 i 4 E

404 + 4 − 4 − 4 + 4
303000000 Francs
204 + 200 = 100 + 50!!
151500000 Francs
444

»Meine Herren«, sagte Eisenbeißer mit veränderter Stimme, »etwas zu trinken, denn dies ist ein Drama. (Er trank, dankte, las wieder das Kryptogramm.) Wir stehen vor unserem großen Vermögen! Hier ist das Geheimnis eines Schatzes. Eines Schatzes über dreihundertunddrei Millionen!«

Verstört und stumm schwitzten die Tapferen so stark, daß aus ihren Kleidern Erregungsdämpfe kamen und langsam nach oben stiegen.

»Das heißt«, stammelte Eisenbeißer, »ungefähr sechzig Millionen für mich, wenn die Dinge ehrlich vonstatten gehen. (Und sehr viel mehr, wenn sie vernünftig vonstatten gehen, fuhr er in seinem Innern fort.) See, See!« brüllte er plötzlich. »Eine sichere Sache, der Schatz liegt in einem See!«

»Um so mehr«, sagte Saltiel, »als hinter dem Wort See drei Ausrufezeichen sind.«

»Sieg!« schrie Eisenbeißer begeistert. »An die Arbeit, Kinder, laßt uns entziffern! Los, meine Herren, los! Der Schatz aus dem See wartet auf uns! Vereinigen wir unsere Denk- und Anschauungsweisen!«

Salomon machte sich tapfer ans Werk.

»Was«, sagte er. »Sehen wir mal etwas näher hin. Was. Was kann Was wohl heißen?«

»Die Abkürzung für das Wasser vom See«, erklärte Eisenbeißer.

Sie setzten sich mit zitternden Beinen, bestellten Kaffee, um ihre Intelligenz zu erhöhen. Was bedeuteten die anderen Zahlen? Ganz sicher Längengrade! Doch warum zwei Ausrufezeichen hinter xp?

»O verfluchtes xp!« rief Eisenbeißer.

»Aber warum zum Teufel sollte man uns diese dreihunderttausend Millionen geben?« fragte Salomon.

»Erstens sind es dreihundertdrei«, sagte Eisenbeißer, »und zweitens halt den Mund. Verstehst du das Geschäft nicht? Der Mann kennt gewisse Daten, aber er benötigt die große Schurkerei unseres Scharfsinns, und er behält sich die Hälfte des Schatzes vor! Du hast doch genau gesehen, es gibt dreihundertdrei Millionen und darunter hundertfünfzig und eine Million fünfhunderttausend. Er behält sich die Hälfte vor, sichere Sache, glaubt mir! Aber er kennt mich nicht, der Dummkopf! Ich gebe ihm allerhöchstens die drei Millionen als Trinkgeld. Kein Centime mehr!«

»Und so kommen wir auf eine runde Summe«, sagte Salomon. »Sechzig Millionen jeder.«

»Aber du hast doch die Gewohnheit, weniger zu nehmen als wir«, sagte Eisenbeißer. »Wenn du dich mit dreißigtausend Drachmen begnügst, dann können dir dreißig Millionen dicke ausreichen.«

»Keineswegs«, sagte Salomon.

»Nichtswürdiger!« rief Eisenbeißer.

Sie stritten sich lange, wobei Salomon sich gut hielt und Eisenbeißer ihn zu mehr Großzügigkeit ermahnte. Aber der kleine Kerl, besoffen von all diesen Zahlen, ließ sich nichts gefallen. Er wollte seine sechzig Millionen.

»Los, Freunde, arbeitet«, sagte Saltiel.

Und sie beugten sich über die geheimnisvolle Seite. Was war denn dieses »tel«? Die Abkürzung für Telefon wahrscheinlich.

»Der Mann sagt uns«, erklärte Eisenbeißer, »wir sollten ihn unter der Nummer 22456 anrufen, sobald wir den Schatz gefunden hätten. Darauf kann er sich verlassen!« lachte er höhnisch.

Ach, an den elenden sechzigtausend Drachmen lag ihm jetzt nur noch wenig! Hier ging es um ganz andere Dinge!

Die Tapferen preßten ihre Köpfe zusammen, um Scharfsinn aus ihnen sprühen zu lassen, und sie sahen sich lange die Geheimniskolonne an. Was mochte dieses »Ejo« wohl heißen? Und »uret«? Umgedreht hieß es »teru«. Nein, nichts.

»Beeilung, Beeilung, meine Herren«, sagte Eisenbeißer zu seinen Schülern. »Na, fällt euch nichts ein? Na, strengt euch mal ein bißchen an! Na, meine Herren, wenn es nicht für euch ist, tut es für mich!«

Salomon war empört über den verdammten Absender der Geheimkolonne. Wie konnte er, der arme Kerl, die Bedeutung von »sezc« verstehen? Wer hatte je etwas von »sezc« gehört?

Mattathias riß sich einzeln die roten Haare seines Spitzbarts aus und legte sie ordentlich auf den Tisch. Eisenbeißer war aufs äußerste enttäuscht. Wie? Er, der Findigste der Rechtsgelehrten, der äußerst Schlaue, dem es gelungen war, eine Tür ins Gefängnis zu bringen, er sollte nicht in der Lage sein, diese verfluchte Zahlenkolonne mit den Millionen zu entziffern? Er legte sein rechtes Bein auf sein linkes Knie, bemächtigte sich seines Fußes, holte mit einem spachtelförmigen Fingernagel die dicke Dreckschicht von schönem Dunkelgrün zwischen den Zehen hervor und machte, um besser nachdenken zu können, kleine Kügelchen daraus, die er zum großen Ekel der anderen Tapferen, Leuten von peinlicher Sauberkeit, auf den Tisch legte.

»Das Geheimnis für mich«, sagte Mattathias, »das sind diese vierhundertvierundvierzig, die immer wiederkommen.«

»Nun dann sag es, kotz es aus, dein Geheimnis, o Nachkomme der Ratten!« brüllte Eisenbeißer.

»Aber ich weiß nichts darüber. Ich vermute.«

»Dann behalte deine Vermutung für dich, du Sohn von Kupplern!«

»Halt den Mund, Schuldner«, sagte Mattathias ruhig.

Eisenbeißer seufzte. Ach, er wußte nur zu genau, daß

diese verfluchten vierhundertvierundvierzig der Schlüssel zum Geheimnis waren. Aber was vierhundertvierundvierzig, wo vierhundertvierundvierzig?

»Mal sehen, vier hun-dert vier-und-vier-zig«, skandierte er. »Nu, sagt Ihnen das nichts, meine Herren? Los, Kaffee, o Mose, o Kehrricht der Betrüger der Taubheit!«

Er starb vor Angst. Würde er seine netten dreihundertunddrei Millionen verlieren? Plötzlich zuckte er zusammen.

»Meine Herren, ich hab's!«

»Sag es!« riefen die Tapferen.

»Ich sage es nur dann, wenn ihr mir das Recht auf dreihundert Millionen zuerkennt, und die drei Millionen könnt ihr unter euch aufteilen, und das ist mehr als genug!«

»Nie!«

»Aber ich muß doch leben! Und was sind denn dreihundert Millionen, genau genommen? Das sind fünfzehn Millionen Rente pro Jahr. Das heißt zwei Millionen pro Monat. In sieben Monaten habe ich alle meine Einkünfte aufgebraucht. Und in den anderen fünf Monaten krepiere ich vor Hunger.«

Man diskutierte, und man schloß einen Vergleich. Eisenbeißer würde zweihundert Millionen bekommen, und die andern würden sich den Rest teilen.

»Los, sag es jetzt!«

»Nu, also gut, trea!«

»Ja und?«

»Trea heißt auf englisch Baum! Der Schatz befindet sich also am Fuße eines Baumes, an einem See!«

»Ja, aber an welchem See?«

»Nu, wir werden eben um alle Seen der Welt herumwandern«, sagte Eisenbeißer mit einiger Unentschlossenheit, »und werden den Baum suchen.«

»Ich werde auf das, was du gerade gesagt hast, antworten, Eisenbeißer«, sagte Saltiel. »Erstens hast du überhaupt nichts gefunden. Und zweitens bist du ein Dummkopf.«

»Zum andern«, sagte Michael, »heißt Baum auf englisch 'tree'. Ich habe früher mal eine Engländerin gekannt.«

»Ich verstehe nichts«, sagte Salomon. »Seht euch zum Beispiel die zwölfte Reihe an. Da heißt es, daß zweihundertvier und zweihundert einhundertfünfzig sind!«

»Das Wichtigste, das sind für mich diese hundertsiebenundzwanzig, die immer wiederkommen«, sagte Mattathias.

»Hundertsiebenundzwanzig Meter tief«, sagte Eisenbeißer.

»Und das sezc?« fragte Salomon. »Sezc, sezc, sezc!« schrie er und versuchte zu begreifen.

»Wasser, See«, sagte Eisenbeißer, »das ist klar!«

»Nu, dann erklär.«

»Das ist klar«, seufzte er, »aber ich verstehe es nicht.«

»Aber schließlich«, rief Salomon, »wenn der Mann unsere Hilfe will, warum bittet er uns dann nicht menschlich darum, als guter Christ oder Israelit, und ohne allen diesen Wirrwarr? Wenn er nicht weiß, wo der Baum und der See ist, dann soll er es uns doch einfach sagen!«

»Das ist immer so mit den Schätzen«, sagte Eisenbeißer. »Lies die Bücher!«

»Ach, die Welt ist schlecht eingerichtet«, sagte Salomon. »Du suchst einen Schatz? Gut, einverstanden. Nun, dann sprich mit uns, such uns auf, erklär uns, was du willst!«

»Los, meine Herren, beugen wir uns über das Rätsel des Sees der Reichtümer!« sagte Eisenbeißer.

Um die Suche zu erleichtern, malte er kurz danach in großen Buchstaben das Kryptogramm auf die weiße Wand der Taverne. Die Tapferen betrachteten heftig die Geheimniszeichen.

»Sezc!«

»Hal!«

»Ejo!«

»Trea!«

»O Verfluchter!« schrie Mattathias den unbekannten Schreiber des Briefes an und streckte seine einzige Faust der Wand entgegen.

»Und was macht dieses umgekehrte Fragezeichen vor trea?«

»Das ist eine Gewohnheit der Spanier«, erklärte Saltiel.

»Der Satz ist spanisch! Die Galeone, die Galeone!« rief Eisenbeißer. »Es ist eine Galeone, die Reichtümer aus Peru bringt!«

»Ja, aber Francs ist französisch!« sagte Salomon.

»Er hat die spanischen Münzen nach dem gültigen Wechselkurs umgerechnet!« rief Eisenbeißer. »Los, meine Herren, strengt euren Geist an! Beeilung, Beeilung! Und wenn ein anderer als ich es findet, na gut, dann werde ich ihm eben ein Viertel oder gar ein Drittel der Summe zugestehen, und ich werde nur den Rest nehmen, da kann man halt nichts machen!«

Die ganze Nacht hindurch schwitzten die Tapferen vor der Kolonne. Mit Augen, die aus den Höhlen traten, plagten sie sich ab, strengten sich an, starrten den furchtbaren Text so intensiv an, daß sie Brandwunden an den Augen hatten und daß Tränen ihre glühenden Wangen durchfurchten. Manche hüpften auf der Stelle, um ihrer Intelligenz mehr Schwung zu geben. Andere schlossen die Fäuste, packten sich am Bauch, hörten auf zu atmen, schnitten, mit fest geschlossenen Lidern, furchtbare Grimassen, mit dem Ziel, die Idee auszustoßen. Aber nichts kam heraus. O Gott Jakobs!

Um besser nachdenken zu können, drehte Eisenbeißer die Haare, die aus seinen Ohren kamen, zu einer Locke zusammen oder rieb das rote Rund seiner Backenknochen. Von Zeit zu Zeit rief er seinen verstorbenen Vater an und bat ihn, ihm eine Inspiration zu schicken. Manchmal nahm er die Gänsefeder, die in der Rinne seines Schädels lag, tauchte sie in das eiserne Tintenfaß, das er um die Taille trug, malte Zeichen, erklärte, daß er gefunden habe, stellte gleich darauf fest, daß er sich geirrt hatte. Darauf versetzte er seinem kahlen, braungebrannten Schädel Schläge und beschwor ihn inständig, scharfsinniger zu werden. Er hatte vierzig Grad Fieber und hustete so heftig, daß die Fensterscheiben zitterten.

»Wenn es sein muß, meine Herren, sterbt! Sterbt, aber findet!«

III

Und jetzt einige unzusammenhängende und hastige Bemerkungen über die Tapferen. Sie sind nur für die bestimmt, die »Solal« nicht gelesen haben.

Verwandtschaftsverhältnisse verbanden Saltiel, Eisenbeißer, Mattathias, Michael und Salomon – die man die Tapferen von Frankreich oder ganz schlicht die Tapferen nannte – miteinander. Sie gehörten zur jüngeren Linie der Solals, die nach fünf Jahrhunderten des Umherschweifens in verschiedenen französischen Provinzen sich schließlich am Ende des achtzehnten Jahrhunderts in Kephalonia niedergelassen hatten.

In dieser jüngeren Linie der Solals erbte sich die französische Sprache von Geschlecht zu Geschlecht fort. Ihre Redeweise – zuweilen mit altertümlichen Brocken durchsetzt, häufig unkorrekt und verworren – brachte die französischen Touristen, die, kaum an Land gegangen, den Besuch der mit kleinen Geschenken beladenen Tapferen empfingen, zum Lächeln. Während der Winterabende lasen die Freunde, »um den gewählten Ausdruck nicht zu verlernen«, gemeinsam Villon, Rabelais, Montaigne oder Corneille, bis Saltiel oder Salomon Tränen in die Augen traten. Die fünf Freunde waren stolz darauf, Franzosen geblieben zu sein. Mattathias, Salomon und Saltiel waren vom Militärdienst befreit worden. Doch Michael und Eisenbeißer brüsteten sich damit, ihrer militärischen Pflicht beim hunderteinundvierzigsten Infanterieregiment in Marseille genügt zu haben. Michael war ein prächtiger Tambourmajor und Eisenbeißer ein schneidiger Korporal gewesen.

Der Erfindungsreichtum ihres Geistes, die Kameradschaft, die sie miteinander verband, ihr Ruf als große französische Patrioten, ihre politischen, diplomatischen und literarischen Kenntnisse, ihre ständige, verworrene und höchst leidenschaftliche Inkompetenz verlieh den Tapferen ein großes Prestige bei ihren Landsleuten. Sie waren die Aristokratie dieses kleinen, ungeordneten, phantasievollen, unglaublich enthusiastischen und naiven Volkes. (Um eine Vorstellung vom Einfallsreichtum der Kephalonier zu geben, braucht man nur zu sagen, daß Eisenbeißer eine Menge Geld damit verdiente, daß er Schausteller einer amerikanischen Münze wurde. Er hatte eines Tages einem Touristen einen Dollar abgekauft und seinen Glaubensgenossen kundgetan, daß er ihnen gegen Entrichtung einer Kupfermünze einen echten Taler aus Amerika zeigen würde. Man stand Schlange vor der Wohnung des geschickten Mannes, der sich einige Tage später im Besitz von fünfzehn Metern Kupfermünzen befand.) Die Beredsamkeit der Tapferen verblüffte diesen Ameisenhaufen orientalischer Salbader. Ihre Redseligkeit war zum Teil auf die Tatsache zurückzuführen, daß sie zwanzig Jahre zuvor aus Paris einen abgezehrten Gelehrten hatten kommen lassen, der einige Monate lang ihr Lehrer in schöner Ausdrucksweise gewesen war. Sie hatten viel gelesen und viel behalten. Aber ins Blaue hinein. Ferner hatte Eisenbeißer – der sich auch als nicht diplomierter Doktor der Rechte und Quasi-Advokat ausgab – ein Praktikum von einigen Wochen bei einem Marseiller Gerichtsdiener gemacht – daher die juristischen Termini, mit denen seine Reden durchsetzt waren, sowie sein Ruf als Rechtsgelehrter, dessen er sich mit gespreizten Zehen großartig erfreute.

Das Vorangegangene erklärt, warum die Juden von Kephalonia herbeieilten, wenn Eisenbeißer und seine Gefährten sich versammelten, um zu reden und sich goldbraune Neuigkeiten zu verkünden. Doch die Tapferen hielten auf ihr Prestige, pflegten wenig Umgang mit dem, was sie den Plebs nannten, und trugen Sorge, ihren Zusammenkünften einen Anstrich des Geheimnisvollen zu verleihen, der sie in den Augen ihrer Landsleute, die gelb vor Neid oder scharlachrot vor Bewunderung waren, nur noch größer machte.

Und jetzt ziemt es sich, etwas eingehender über gewisse Mitglieder des illustren Kollegiums zu sprechen. Ehre, wem Ehre gebührt. Zuerst werde ich einige Einzelheiten über Eisenbeißer berichten, der seit einigen Jahren den alternden Saltiel entthront hatte und zum Oberhaupt der Tapferen geworden war. Man möge die etwas ungeordnete Art und Weise verzeihen, mit der ich darüber spreche. Aber dieses Kapitel ist im letzten Augenblick geschrieben worden und das Manuskript muß morgen beim Verleger sein.

Es ist weiter oben von der Schädelrinne Eisenbeißers gesprochen worden. Der falsche Advokat gab verschiedene und widersprüchliche Erklärungen über diese Anomalie ab. Hier die geläufigste: »So wißt denn, o meine Freunde, daß ich, als ich das Licht der Welt erblickte, sehr frühreif und ziemlich außergewöhnlich war. Als ich aus dem ehrbaren Bauch meiner Frau Mutter kam, war mein erster Gedanke, die Hebamme zu fragen, ob es draußen etwas Gutes zu essen gäbe. Sie antwortete mit nein. – ›Dann gehe ich wieder zurück‹, sagte ich, ›denn ich habe Hunger.‹ – In der Tat war ich überzeugt, im mütterlichen Innern ein unmittelbares Mischfutter zu finden. Und ich beschloß, nicht daraus hervorzukommen, da ich erfahren hatte, daß die Milch meiner Mutter nicht sehr sahnig war. Ihr wißt, daß ich nicht aus freien Stücken ein Speisezimmer verlasse. Infolgedessen mußte man mich mit Zangen herausholen, daher mein gefurchter Schädel.«

Eisenbeißer war mit zahlreichen Töchtern geschlagen, von denen er nie sprach und die er nie aus dem Haus ließ, denn er war sehr eifersüchtig. Hingegen kam er immer wieder auf seine drei Knirpse zu sprechen, die er innig liebte und die weiter unten beschrieben werden. Er erzählte auch viel von seinen verstorbenen Männern und vor allem von seinem Liebling, im Alter von sieben Tagen verschieden, den er Kleintod nannte. Er hatte sich in ihn vernarrt, da er unerklärlicherweise überzeugt war, daß Kleintod, wäre er am Leben geblieben, ein toller Milliardär geworden wäre. Am Tag der Beisetzung hatte er sich, allein mit seinem Schmerz und drei gebratenen Hühnchen, in seinem Zimmer eingeschlossen, wo man ihn den ganzen Tag über hatte stöhnen, sich gegen die Brust schlagen und die Knochen der drei Stück Geflügel knabbern hören. Bei jedem Jahrestag seines Ablebens bedeckte sich Eisenbeißer wie eine Witwe mit langen schwarzen Schleiern und ging zum Friedhof, hinter ihm die kleinen Brüder des Verstorbenen, nach Größe aufgereiht und ebenfalls in Trauerschleier gehüllt. Die Juden zitterten, wenn sie diese Schar schwarzer Phantome vorüberziehen sahen, deren Tränen durch in Viertel geschnittene Zwiebeln vermehrt wurden. (Es muß festgehalten werden, daß Eisenbeißer im Schutze seiner Witwenschleier schmuggelte. In der Tat befand sich der betreffende Friedhof in einem kleinen albanischen Marktflecken, wo die Begräbnisplätze kostenlos waren.) Wenn Eisenbeißer bei der Seele von Kleintod schwor, konnte man sicher sein, daß er fast nicht log.

Seinen zahlreichen Berufen – aufgezählt im ersten Kapitel von »Solal« – hatte er noch den eines Unterseemannes hinzugefügt. (Er hatte einige Monate zuvor eine einträgliche Tournee auf den Ionischen Inseln unternommen, bei der er sich zu Lande in einem gebraucht gekauften Taucheranzug zur Schau gestellt hatte. Einen besonderen Erfolg hatte er dabei in Korfu erzielt, einer Insel, deren Juden in jeder Hinsicht den Glaubensgenossen von Kephalonia ähnlich waren.) Außerdem war Eisenbeißer noch Apotheker. Er nannte sich Arzt ohne Federlesen, Anhänger faschistischer Methoden. So hängte er seine Patienten, damit sie seine voluminösen Einläufe nicht allzu schnell von sich gaben, sofort nach dem Klistier mit den Füßen an der Decke auf.

Es braucht nicht besonders hervorgehoben zu werden, daß Eisenbeißer eine hohe Meinung von seinen intellektuellen Fähigkeiten und von seinen politischen Talenten hatte. Jedesmal, wenn in Frankreich ein neuer Ministerpräsident ernannt wurde, fühlte er sich benachteiligt und verprügelte seine Frau. Oh, wie gern hätte der Arme die hohen Ehren kennengelernt! Er tröstete sich mit kleinen Surrogaten. Er war zum Beispiel sehr stolz auf einen seiner Spitznamen, Offiziersritter. (Dieser Beiname war ihm verliehen worden, weil einer seiner Vettern, Rabbiner in Mailand, mit was weiß ich welchem italienischen Orden ausgezeichnet worden war.) Um diese taktvolle Skizze abzurunden, geziemt es sich daran zu erinnern, daß Eisenbeißer sich gern mit einem Nagel in den Zähnen bohrte, gern rülpste, wenn er gut gegessen hatte, und reichlich, würdig, poetisch, melancholisch und voller Hingabe spuckte oder Schleim hustete. Es gäbe noch viele andere Dinge zu sagen, doch die Zeit fehlt mir dazu.

Als zweiter dieser Herren, Saltiel. Was soll man sagen? In »Solal« ist lange von diesem kleinen, redegewandten und unnützen Greis gesprochen worden, dessen Gehirn unaufhörlich von wenig lukrativen Erfindungen nur so kochte. Picken wir uns aufs Geratewohl etwas heraus. Weiter oben hat man feststellen können, daß er die Gewohnheit hatte, einige Finger zwischen zwei Knöpfe seiner geblümten Weste zu stecken. Dies, weil er sich seit einiger Zeit leidenschaftlich für Napoleon interessierte. In der Synagoge sprach er oft Gebete für die Seelenruhe des großen Kaisers. Der kleine Onkel betete für viele Personen, unter anderem für Léon Blum; für protestantische Pfarrer, die zu Dreyfus nett gewesen waren; für verschiedene französische Marschälle; für Clemenceau aus der Zeit der Affäre; für Einstein und Freud, die er vertrauensvoll bewunderte; für Marcel Proust – wo zum Teufel hatte er ein Buch dieses Autors aufgestöbert? –, weil er seine Großmutter liebte; für Pasteur; für den Präsidenten der Vereinigten Staaten, weil »er ein sehr anständiger, ein sehr vernünftiger Mann ist, ganz meine Art«; für den Präsidenten der französischen Republik, weil er bescheiden und höflich war; für den Schweizer Bundesrat, weil die Schweizer wirklich enorm verständige und, beim Teufel, sehr unabhängige Leute waren, und weil ihre sehr gebildete Armee, auf die er stolz war, auch nicht zu verachten war; für den Erzbischof von Canterbury, der ein sehr schöner Greis war »und weil es im Grunde im Neuen Testament gute und schöne Dinge gibt«. Was Hitler angeht, so betete Saltiel für ihn nur einmal im Jahr und ganz kurz. Sein Gebet war übrigens ziemlich speziell. »O Ewiger«, sagte er, nachdem er dem Himmel die Psalme dargebracht hatte, »wenn dieser Hitler gut ist und nach Deinen Grundsätzen handelt, lasse ihn hundertundzehn Jahre in Freuden leben. Wenn Du aber findest, daß er schlecht handelt, nu, dann verwandle ihn in einen polnischen Juden ohne Paß!« Er betete auch dafür, daß die französischen Sozialisten nicht allzu anspruchsvoll sein mögen. »Eins nach dem anderen«, riet er ihnen, ganz allein in seinem Taubenschlag. Schließlich betete er dafür, daß sich die französischen Arbeitgeber verständnisvoll und umgänglicher zeigten, daß Frankreich eine immer stärkere Armee bekäme, sich ihrer jedoch nie zu bedienen brauchte.

Es bleibt mir nur noch, einige Worte über Mattathias zu sagen. Ich habe vergessen, weiter oben daran zu erinnern, daß dieser geschickte Mann an der Spitze eines Seeunternehmens stand. Etwa hundert kleine Buben angelten für ihn gegen leichten Lohn wie Murmeln, Streichhölzer und Bleistifte Fische. Mattathias, von dem es hieß, er sei Millionär, verschmähte kleine Gewinne nicht. Man behauptete, daß, wenn er sich gemahlenen Kaffee auslieh, er ihn in der Sonne trocknete, nachdem er ihn aufgebrüht hatte, und ihn am nächsten Tag den gefälligen Nachbarn zurückgab, wobei er ihnen vormachte, es sei neuer Kaffee. Man erzählte sich noch, daß er zur Zeit seiner Ehe, als das Baby gestorben war, zu seiner Frau gesagt haben soll: »Hör zu, Liebling, wir können nicht deine ganze Milch verkommen lassen. Wir müssen sie verkaufen oder sie selbst zum Frühstück verwenden.« Diese beiden Geschichten, von Eisenbeißer mit Nachdruck verbreitet, waren vielleicht falsch.

Ach, warum kann ich kein Buch schreiben, in dem ich, ohne die Notwendigkeit, einer Handlung zu folgen, endlos kleine, kühne Geschichten erzählen würde, die nichts miteinander zu tun haben. Setzen wir unsere Erzählung fort.

IV

Tage und Tage hindurch gönnten sich die Tapferen keine Ruhe. Sie schliefen eine oder zwei Stunden und machten sich gleich wieder an ihre geheimnisvolle Arbeit, voller Besorgnis von ihren Angehörigen beobachtet, denen sie das furchtbare Geheimnis nicht anvertraut hatten. Sie aßen kaum, magerten ab, litten unter Schlaflosigkeit. Wenn es ihnen dann gelang, einzuschlafen, sagten sie merkwürdige Wörter wie sezc, xp oder trea. Vergebens hatten ihre Familien sie exorzieren lassen. Bleich, aufgelöst und einsam gingen sie mit gesenktem Kopf dahin, und die Bevölkerung war überzeugt, daß ihre zu große Intelligenz bei ihnen zur Geisteskrankheit geführt habe. Sie sprachen mit niemandem und hatten es sogar versäumt, ihren Scheck einzulösen. Was waren dreihunderttausend Drachmen neben dreihundertunddrei Millionen Francs?

Schließlich gaben sie sich, am Ende ihrer Kräfte, geschlagen und beschlossen, die Kenntnisse ihrer Glaubensgenossen in Anspruch zu nehmen. Eines blauen und rosaroten Morgens unterbreiteten sie ihnen das unverständliche Dokument.

Und von da an wurde das Getto von Kephalonia ein Flammenmeer an Kryptographie. Man begegnete in den gepflasterten und verschlungenen Gassen nur noch murmelnden und suchenden Juden. Von den gebeugtesten Hundertjährigen bis hin zu den neusten Kindern irrten alle am Meer entlang oder in den Höfen der Synagoge herum, mit dem Kryptogramm beschäftigt. Und die Insel summte von xp, von trea und von Millionen und von hal und von See und von vierhundertvierundvierzig.

Es war ausgemacht worden, daß der Gewinner die Hälfte des Schatzes bekommen sollte, und die Juden hatten ihr Leben der Dechiffrierung geweiht. Die ganze Insel war ein großer, summender Saal. Man betete zu Gott, man flehte ihn an, seinem lieben kleinen Volk doch helfen zu wollen. Man ließ einen Talmudisten aus Saloniki kommen, man heuerte Hexen an. Alles das! Doch vergeblich. Das Kryptogramm blieb undechiffrierbar. Und zu allem Unglück verlegte Saltiel auch noch den kostbaren Scheck über dreihunderttausend Drachmen. Verzweifelt zeigte er es seinen Freunden mit dem folgenden Brief an:

»Saltiel von der Schwärze des Pechs an seine Freunde sie um Verzeihung bittend. Der Tscheck ist verloren gegangen und ich habe meinen Taubenschlag umgekrempelt, ohne ihn zu finden. Schande über mich! Ich werde nicht mehr aus dem Haus gehen, bis ich ihn wiederfinde. Ich suche schon zum hundertsten Mal in meinem Bratenrock. Ich werde alle Nähte auftrennen und die Mauern niederreißen! Mögen meine Heißgeliebten mir verzeihen. Ich habe beim heiligen Gesetz das Gelübde abgelegt, sie nicht mehr zu sehen, bis ich wenigstens das Geheimnis der dreihundertunddrei Millionen entdeckt habe. Ich werde mir den Tod geben, wenn man versucht, meine Tür einzuschlagen. Ade! Hoffnung und Verzweiflung! Der dem Genie günstige Wahnsinn lauert auf mich! Im Schmerz und Asche auf mein Unglückshaupt streuend, wage ich nicht mit meinem schuldigen Namen zu unterschreiben.«

Verzweifelt darüber, daß er seine sechzigtausend Drachmen verloren hatte, beschloß Eisenbeißer, sich umzubringen, indem er eine Pistole gegen sein edles Herz abfeuerte. Doch vor dem Sterben wollte er essen und vor allem trinken – so daß er zwei Stunden später, wankend und fröhlich, das Haus verließ und in den Straßen sang, daß das Leben schön sei und daß er auf die Schecks und ihre Millionen spucke. Und er schrieb Saltiel einen zärtlichen und trostreichen Brief, ihn beschwörend, das Haus zu verlassen, und ihm versichernd, daß er nur einige noble und melancholische Anspielungen auf seine Zerstreutheit machen würde.

Er schob den Brief unter der Tür durch. Er hörte das Weinen Saltiels, doch die Tür ging nicht auf. Er insistierte, klopfte, weinte nun ebenfalls. Keine Antwort. Endlich erschien unten an der Tür ein Blatt Papier.

»Um den gräßlichen Verlust des Tschecks wiedergutzumachen, werde ich das Geheimnis des Kryptogramms finden. Finden oder sterben! Ich habe einige Hoffnung. Nacht und Tag arbeite ich an der Kolonne, die Stirn mit feuchten, kalten und rauchenden Binden umwickelt! Ich werde erst dann aus dem Haus gehen, wenn ich gefunden habe! Ich werde finden oder ich werde sterben! Ein stummer Segen meinem lieben Eisenbeißer! Beharre nicht weiter, anständiger Mensch, ich bin unerschütterlich!«

Und Eisenbeißer ging weg, ganz untröstlich, doch schnell, denn er hatte es eilig, seine Tränen zu zeigen und sie von der Bevölkerung in ihrer ganzen Frische bewundern zu lassen.

V

Um sechs Uhr morgens verließ Eisenbeißer, völlig angekleidet, sein Bett und nahm unbestimmte Waschungen vor, wobei er den Ewigen segnete, der Sein Volk mit Seinen Geboten geheiligt hatte.

Dann rollte er sich die heiligen Gebetsriemen siebenmal um den linken Arm, verrichtete schnell sein Gebet, dankte Gott, daß er einen Mann und nicht eine Frau aus ihm gemacht hatte, bat ihn, seine Sünden auf das himmlische Schuldkonto seiner Feinde zu überweisen, schnallte den eisernen Helm auf, dessen innere Ausbuchtung dazu bestimmt war, seine geliebte Schädelrinne während der Nacht noch zu vertiefen, und nahm ihn ab. Mit dem Ziel, Ansehen auf sich zu ziehen, schmückte er seine Brust mit einem Fernglas und umwickelte seine Waden mit Leggings. Nachdem er seine Hüften mit einem schmalen Riemen umgürtet hatte, an dem sein Schreibzeug befestigt war, ging er schließlich vergnügt auf die Straße, eine Blume im Mund und unbekümmert um die Millionen.

Er ging schnellen Schritts, wobei er ineinander verflochtene und fröhliche Winde abgehen ließ, die er mit hübschen Liedern begleitete, sich kräftig Luft zufächelnd, sich umdrehend, um düster das Aroma seiner Winde zu schnuppern, gegrillte Wolfsbohnen knabbernd und sich tausend Glückseligkeiten ausdenkend. Er war entzückt, seine tägliche Runde der Nicht-Verleumdung zu beginnen. Das verlangt eine Erklärung.

Zu seiner Tätigkeit als Synagogenhühnerhalsabschneider, juristischer Ratgeber, falscher Zeuge von Unfällen, falscher Gläubiger von Bankrotten und Traubenkelterer – zur Zeit der Weinlesen wirkten seine großen Füße Wunder und wurden von den Weinbauern sehr geschätzt – fügte Eisenbeißer noch den lukrativen Beruf eines Nicht-Verleumders der Honoratioren hinzu. Seine Kundschaft der Nicht-Verleumdeten war zwar nicht sehr zahlreich, aber gut gewählt. So beabsichtigte er an diesem Tag, dem Bankier Meshullam, dem Notar Elie Cohen, einem Großhändler in Stoffen und dem Gerichtsschreiber des Rabbinergerichts einen Besuch abzustatten.

Er suchte also diese steinreichen Persönlichkeiten auf und hielt jedem von ihnen, mit einigen Varianten, aber im gleichen anmutigen Ton, die übliche Rede: »O bezaubernder Angesehener, o offene Hand, o großzügige Spenden absondernder Sultan, von meinem naiven Herzen Geliebter, gib mir den Nicht-Verleumdungs-Zins, das heißt eine Drachme für diese Woche, und ich verpflichte mich, sieben Tage lang nichts Böses über dich und deine ehrbare Familie zu sagen. Gegen diese bescheidene Summe werde ich – Gott sei vor! – nicht sagen, daß deine ehrbare Gattin eine Tugendlose ist, daß deine reizende Tochter stinkt, was ihren Mund angeht, und infolgedessen Gefahr läuft, als Jungfrau zu sterben, daß dein Vetter wahrscheinlich in Triest Bankrott gemacht hat und daß man nicht weiß, warum dein Großvater nicht im Gefängnis gewesen ist.« Nachdem er seinen Lohn eingetrieben hatte, segnete er den Spender und glaubte ein wenig über Politik plaudern zu müssen, um den Schein zu wahren und seinem Besuch einen liebenswürdigen Anstrich zu geben. Nachdem er die winzige Tasse Kaffee geschlürft hatte, verabschiedete er sich majestätisch und begab sich zu einem anderen Abonnenten.

Hatte er so seine Renten eingetrieben, verwandte er einen Teil davon zur Versüßung seiner Kehle mittels rosafarbener und grüner Lukums, die er auf der Stelle schlürfte. Er kaufte sich dann feines Nußblätterteiggebäck, das er, von der allgemeinen Bewunderung umgeben, zwischen Daumen und Zeigefinger geklemmt, kostete, wobei er breit lächelte, mit seiner Zunge die Siruptropfen auffing und sich mit jedem in seiner Heimatsprache unterhielt: jüdisch-spanisch, französisch, apulischen Jargon oder, meistens, venezianischen Dialekt. Nachdem er die süßen kleinen Hors-d'œuvres in seinem geliebten Magen untergebracht hatte, leckte er sich die Finger ab und begann, mit dem einzigen Ziel, die Bevölkerung neugierig zu machen, loszugaloppieren.

Vor dem Meer auf einem von der Sonne gewärmten Felsen sitzend, und die Krapfen essend, von denen anzunehmen ist, daß er sie den Kephaloniern verkaufen sollte, delektierte sich der kleine Salomon an der Lektüre eines Wörterbuchs. Wieviele Wörter gab es in der Welt! Was für ein seltsames Tier war der Mensch! Und wie hatte er alle diese Wörter gefunden? Ein Husten hieß ihn sich umdrehen. Eisenbeißer, sehr stolz auf seine Leggings, begrüßte seinen Freund nicht einmal, nahm eine romantische Haltung ein und stocherte sich mit einem kleinen Zweig in den Zähnen.

»Sagst du mir nicht guten Tag?«

»Guten Tag«, antwortete Eisenbeißer, wütend, daß er keine Komplimente über seine Halbstiefel bekam. (Um diese Komplimente herauszufordern, klopfte er mit dem Zweiglein auf seine Leggings.)

»Oh, oh, du bist heute aber gut angezogen!«

»Was? Warum?« fragte Eisenbeißer, der seine Erregung mit einem falschen Erstaunen beherrschte. »Ach ja, ein paar Stiefel. Zum Reiten«, erklärte er nachlässig und bewegte dabei seine Zehen.

Salomon stand auf. Breitbeinig auf seinen Pantoffeln stehend, stemmte er die Fäuste in die Hüften, um den Reiter besser bewundern zu können.

»Und du hast ein Pferd gekauft?«

Eisenbeißer lachte verächtlich.

»O du Ignorant der Welt und ihrer Gebräuche!«

»Nu, was habe ich Böses gesagt, ich Ärmster, der ich bin?«

»Dummkopf, wozu ein Pferd?«

»Aber du hast mir gesagt, daß es zum Reiten ist.«

»Das Reiten«, antwortete Eisenbeißer streng, »das sind

die Stiefel. Das ist genau wie mit der Liebe. Die Liebe, das ist nicht die Dame, die du liebst, sondern die Briefe, die du ihr schreibst.«

»Ach? Das wußte ich nicht«, sagte Salomon. »Gut. Und ansonsten, lieber Eisenbeißer, kein Scheck mehr, keine Millionen mehr?«

»Daran liegt mir wenig«, sagte Eisenbeißer. »Putz mir meine Stiefel.«

Salomon – der, wie man weiß, auch Schuhputzer war – holte aus seinem Kästchen verschiedene Fläschchen hervor sowie die Milchkrem, die er als einziger für die Pflege der Schuhe benutzte, und schickte sich an, die Leggings zu putzen. Eisenbeißer betrachtete mit bezauberter und strenger Aufmerksamkeit seinen kleinen Freund, der sich ungestüm gebärdete, auf Hochglanz brachte, noch einmal Schuhkrem auftrug, verfeinerte, verschiedene Stoffe benutzte, die er auf den falschen funkelnden Stiefeln knirschen ließ.

»Ich bekomme genauso gut die Schuhe geputzt wie Alphonse«, sagte Eisenbeißer.

»Der König von Spanien?«

»Ich verkehre nicht mit abgesetzten Königen«, sagte Eisenbeißer. »Der Alphonse, von dem ich rede, ist mein mondäner Freund Rothschild.«

Salomons Haarbüschel richtete sich auf.

»Aber das hast du uns nie gesagt?«

»Er ist gestorben, und ich kann jetzt über ihn sprechen. Er hatte mich gebeten, das Geheimnis zu wahren, denn da er euch kannte, wußte er, daß ihr euch auf ihn gestürzt hättet, um ihn um Unterstützung zu bitten.«

»Richtig«, sagte Salomon.

»Aber jetzt, wo er tot ist, kann ich unsere enge Freundschaft gestehen.«

»Und warum hat er dir nie Geld gegeben?«

»Um das Materielle nicht mit den Dingen des Herzens zu vermischen.«

»Dieser Rothschild gefällt mir«, sagte Salomon.

»Baron«, berichtigte Eisenbeißer. »Aber das ist ohne Bedeutung.«

»Und weiter? Erzähl.«

»Ich werde erzählen, aber gib mir zuvor ein Darlehen.«

»Ich habe nur fünf Drachmen. (Der naive Schuhputzer-Wasserverkäufer-Krapfenhändler zeigte sie Eisenbeißer, der sich ihrer sogleich bemächtigte.) Aber du wirst sie mir zurückgeben?«

Eisenbeißer lachte nur kurz und gleichgültig.

»Ich glaube nicht«, sagte er. »Ich bin wie die Regierungen. Genug dieser schäbigen Fragen.«

Juden waren von verschiedenen Seiten aufgetaucht und lauschten respektvoll den beiden Tapferen. Oh, eine Geschichte über Rothschild zu hören, wie schön! Sie wagten Eisenbeißer zu bitten. Der Schwindsüchtige sammelte Geld.

»Nu, so wißt denn, meine Freunde, daß Baron Alphonse de Rothschild eine Badewanne hatte und daß er darin sogar warme Bäder nahm! Und er steckte alles hinein, die Füße, die Brust, den Kopf, alles!«

»Ehre dem Ewigen!« riefen die Zuhörer.

»O Verehrter«, blökte ein niedlicher kleiner Hundertjähriger, »der Herr Baron hat für welche Krankheit ein Bad genommen?«

»Für keine. Wegen Reichtums und Langeweile.«

»Und wieviel Mal im Jahr?«

»Dreimal im Monat.«

Die Kephalonier sahen sich an und schauderten.

»Und das hat ihm überhaupt nicht geschadet?«

»Er war dran gewöhnt«, sagte Eisenbeißer. »Natürlich traf er Vorsichtsmaßnahmen. Nach dem Bad legte er sich einige Stunden in sein Bett mit den roten Straußenfedern.«

»Weil er geschwächt war«, erklärte das uralte Zicklein seinen Glaubensgenossen.

»Und in seinem warmen Bett«, fuhr Eisenbeißer fort,

»empfing der Baron seine Freunde, die ihn wegen seines Bades beglückwünschen kamen und ihm Blumen, Orangen und Eigelb mit Cognac brachten.«

»Stärkungsmittel«, lobte der Hundertjährige. »Und sage mir, o Strahlenglanzgeschmückter, wie war seine Badewanne?«

»Massives Platin, außer den Wasserhähnen, die nur aus Gold waren.«

»Richtig, mein Sohn. Das habe ich auch gehört. Und außerdem mit feinen Perlen geschmückt.«

Mit nackten Füßen hielten sich die armen Juden in Habachtstellung, so beeindruckt waren sie.

»Und an Hausangestellten, viele, nehme ich an?« fragte Abraham Lev, ein dicker, asthmatischer Händler.

»Ja, an weiblicher und männlicher Dienerschaft?« fragte sein Sohn zärtlich, ein Jüngling mit welken Lippen, mit schönen, eingefallenen Augen und seltsamerweise ohne Kinn. (Er schielte verstohlen in die Runde, um zu sehen, ob die distinguierten Ausdrücke bewundert worden waren. Aber Eisenbeißer, der sich von allen anderen Söhnen als den seinen belästigt fühlte, ließ sich nichts anmerken. Der Vater des jungen Jonathan hingegen zeigte das Lächeln einer Wöchnerin, das sofort von seinem kleinen Wunderknaben registriert wurde.)

»Dreihundert Hausangestellte«, antwortete der Bey der Lügner. »Alle beritten. Alle Ärzte oder Advokaten.« (Die Juden, immer beeindruckter, hielten den Atem an.)

»Freie Berufe«, sagte der Jüngling. »Der berühmte Victor Hugo sagte eines Tages auf Latein, denn seit seinem zweiten Lebensjahr, das ist natürlich allen klar, bediente er sich zu Hause nur der Sprache Virgils. Sieh an, das ist natürlich allen klar, ich habe zwei Verse gemacht, ohne es zu wollen. Sie kommen mir somit ganz von allein.« (Ekstatisches Kurtisanenlächeln auf dem Gesicht des dicken, vergötternden Vaters.)

Doch Jonathan setzte die kleine Rede, die dazu bestimmt war, die Aufmerksamkeit auf sich zu lenken, nicht fort. Tatsächlich war Eisenbeißer plötzlich in Richtung Sackgasse der Gestänke, seiner geliebten Geburtsstraße, losgelaufen. Der dicke Asthmatiker ergriff daraufhin das Wort, und voller Behagen erklärte er den Umstehenden, daß sein Jonathan bei einer der Prüfungen in der Schule der Brüder achtzehn von zwanzig Punkten bekommen hatte.

»Mit der Note sehr gut«, präzisierte Jonathan. »Ich werde mich auf Geisteskrankheiten spezialisieren, wie mein Lehrer Charcot. Ich werde meine Patienten immer im Gehrock empfangen, auf eine herablassende, ein wenig aristokratische Art. Ich werde sicherlich einmal Professor der Neurologie werden. Oder ich werde vielleicht in den diplomatischen Dienst eintreten. Allerdings ist die Laufbahn am Quai d'Orsay für Israeliten verbaut«, fügte er mit einem zärtlichen Respekt, mit einer liebevollen Bewunderung, fast voller Stolz, hinzu. (Ja, stolz, am Glanz einer so wunderbaren, unerreichbaren Institution teilzuhaben. Ein wenig gehörte er dazu, da er mit Kompetenz darüber sprach.)

Und gleich danach sagte er zu seinen Landsleuten, daß diese kleine Wolke da oben ihn an den berühmten englischen Dramatiker Shakespeare erinnere. Dann zeigte er auf eine Wasserpfütze und behauptete ungeniert vor den verdutzten Alten, daß sie »das Ambiente gewisser Romane George Sands enthielte«.

»Gebildet«, blökte der Hundertjährige und schüttelte schwach seine zerknitterte Hand.

»Möge Gott ihn dir behüten, o Abraham«, sagten die anderen bewundernd.

Und Jonathan glänzte weiter, zeigte, wie sehr er durch Gaben des Geistes fürs Leben gewappnet war, zur ungeheuren Freude seines dicken, aufgedunsenen Vaters, der ihn unablässig mit den gedämpften Blicken einer Verliebten bedachte und selig lächelte, verzaubert von diesem Quasi-Messias, den er auf die Welt gesetzt hatte.

Eisenbeißer lief hastig die Stufen des Kellers hinunter, der ihm als Wohnung diente und dessen Eigentümer ihn seit über zwanzig Jahren wegen unbezahlter Mieten nicht hinauszuwerfen wagte. Er stieß die Tür auf und verbeugte sich, die Hand auf dem Herzen, mit simulierter Rührung vor Rebecca, seiner hundertvierzig Kilo schweren Gemahlin, über deren krausen und kohlenschwarzen Haaren sich ein Fez mit einer dicken, goldenen Eichel erhob.

Ein Thermometer zwischen ihren dicken, öligen Lippen, thronte sie auf einem zylindrischen Nachttopf, der mitten im Raum stand, und las begierig die Kurse der verschiedenen europäischen Börsen. Der Tradition gemäß, die Eisenbeißer seinen aufeinanderfolgenden Frauen – drei hatte er vor dieser gehabt, und dieser bemerkenswerte Gatte ging oft zu ihren Gräbern, um dort fromm sein Frühstück einzunehmen – auferlegte, war Rebecca nach Türkenart gekleidet: grünseidene Pluderhosen, zartrosa Weste, mit falschen Perlen verzierte Pantoffeln, Zechinenhalskette, Türkisringe und -armbänder. (Sie trug nicht all ihren Schmuck: traditionsgemäß ließ sie immer einige Schmuckstücke beiseite, zur Erinnerung an das zerstörte Jerusalem.)

Als sie der geliebten Gegenwart gewahr wurde, nahm sie das Thermometer aus dem Mund, um ihrem geliebten Gatten zuzulächeln, der von neuem grüßte. (Eisenbeißer war von ausgesuchter Höflichkeit zu seiner Frau – außer am Freitag, dem Tag, an dem er ihr vertrauensvoll und kaltblütig den Hintern versohlte, um sie für die Übertretungen zu bestrafen, die sie heimlich begangen haben könnte oder vielleicht später begehen würde.) Den Mund leicht geöffnet, beobachtete sie ihn mit dem erstaunten, neugierigen und leidenschaftlich aufmerksamen Blick eines Haustiers, das der Zubereitung seines Futters folgt. Eisenbeißer sagte sich, daß er seiner Glücksgläubigerin, die so leicht weinte, wenn man sich nicht mit ihr beschäftigte, irgendeine Nettigkeit sagen müsse.

»Ich wünsche der guterzogenen Dame, die mein blühender Morgen sowie mein Moschus ist und auf die die Gärten neidisch sind, einen seidigen Tag mit Goldfransen.«

Sie sah mit servilem Blick zu ihm auf.

»O Schönheit, die das Rizinusöl ist«, seufzte sie in ihrer seltsamen Sprache. »Und welch eine Wirkung! Wenn ich am Abend zuviel esse, am nächsten Tag schnell das Abführmittel! Du siehst, was für eine Frau du geheiratet hast! O Schönheit, die die Medizin ist, oh, ist das schön, mein Auge! Die drei Lieblinge, aus denen müssen wir Doktor Ärzte machen, Interne, Interne! Ich habe eine Kusine Rachel in Paris der wo ihr Sohn Interner ist, Interner! (Sie sagte »Inntärner«.) Das ist großer Gelehrter, Interner sein, großer Gelehrter, großer Gelehrter, großer Professor, viel Geld, großer Salon, großes Automobil, die Wissenschaft, die Wissenschaft! (Sie geriet auf ihrem Nachttopf in Trance, vergaß ihre Krankheiten.) Großes Automobil wie Pasteur, wie Pasteur! Rachel hat mir gesagt, daß man einige Jahre Sklave des großen Professors sein muß, und danach heiratet man die Tochter und man ist Professor, Professor, Professor! Die Wissenschaft, die Wissenschaft! Der Diener, der die Tür öffnet! Die Mitgift, die Mitgift! Der Sohn von Rachel ist viel fähig, viel fähig, Interner, Interner! Viel arglistig, viel arglistig! (In der Sprache Rebeccas war arglistig ein Synonym von intelligent.) Er hat viel Willen gehabt, viel Willen! Um Mut zu haben zu studieren, weil er fünfmal beim Internat abgelehnt worden ist, fabrizierte er Banknoten mit kleinen Papierstücken, und er sagte: ›So Haufen werde ich haben, wenn ich erst Interner bin, Interner, Klinikchef, Pasteur, Curie!‹ Und er legte die falschen Banknoten in seinen Nachttisch! Um Mut zu haben, verstehst du, die Medizinstudien zu machen! Denk an die Fähigkeit, die man braucht, um die Krankheiten zu behalten, um die Bücher zu lesen, um von Professoren zu lernen! Offiziell, Offiziell, großer Gelehrter! Rachel hat mir alles erklärt! Ich will, daß meine Kinder auch große Ärzte werden, große Ärzte! Mit weißem Kittel, o mein Auge! Offiziell, das heißt, der die neuen Krankheiten findet und viel Geld verdient, mit großem Salon und Hausangestellten! Alle großen Genies haben großen Salon! Unsere drei Schätzchen mit weißem Kittel, große Professoren, große Ärzte, viel Geld! Viel Geld vor allem, wenn man Entbindungen macht! Entbindungen, das ist gut bezahlt, gut bezahlt! Rachel hat mir alles erklärt, man muß immer ja zum Professor sagen und sich viel vor den Ministern verbeugen, und so wird man Professor großes Genie!«

Auf ihrem Nachttopf war sie eine von einem hohen medizinischen Geist besessene Pythia. Doch eine donnernde Wirkung ihres Abführmittels brachte sie in die Gegenwart zurück. Sie stöhnte eine zärtliche, zufriedene, begeisterte Modulation, geschwächt vor Glück.

»O Befreiung in meinem Bauch, o Schönheit in meinen Eingeweiden, o Ende meiner Ekzeme, o bezaubernde Erleichterung. O Schönheit, die das Rizinusöl ist! Erinnerst du dich an den Tag nach unserer Hochzeit«, lächelte sie melodisch, »da habe ich welches genommen, um mein Blut zu wäschen, wegen der Aufregung der Hochzeitsnacht. Es gibt nichts besseres als das Rizinusöl, denn davon macht man dick wie Zement. Während das schwefelsaure Salz, das ist alles nur Wasser, was rauskommt. (Und da er nicht antwortete, beunruhigte sie sich.) Bist du krank, mein Bey? Soll ich dir einen Kamillentee machen, wenn ich fertig bin?«

Verschiedene Donner rollten unter der grünseidenen Hose.

»Ich danke Ihnen unendlich, edle Dame«, antwortete Eisenbeißer. »Das ist nicht nötig, denn dem Sklaven Ihrer Reize geht es bestens.«

»O mein Kapital, warum sagst du Sie zu mir?«

»Aus nachsichtiger Liebe«, antwortete der Galante der Sitzenden.

»Welche Nachsicht? Bin ich nicht deine Frau? Hast du gesehen, daß die De Beers gestiegen ist?«

»Sie sei gesegnet«, antwortete Eisenbeißer.

»Wenn sie wieder fällt, werden wir welche kaufen müssen.«

»Mit Freude.«

Entzückt, so wunderbar geliebt zu werden, suchte Rebecca in ihrem Gehirn, was ihr wohl die Wertschätzung und die Liebe ihres Gemahls verschafft haben könnte. Sie streichelte die Seide ihrer Pluderhose, hob servile und leidenschaftliche Augen mit Anthrazitglanz.

»Zwanzig Drachmen der Meter. Schön, he?« (Öliger, verstohlener, häßlicher, listiger, ekelhafter, kindlicher, enthusiastischer, hochzeitlicher, verständnisinniger Blick, so dumm, so liebevoll, so schön.)

»Schöner Stoff auf schöner Prinzessin«, antwortete der Galante.

Mit dem Lächeln eines demütigen und zärtlichen Tieres, das verführen will, bat sie ihn um etwas Sprudel, an dessen Wirkung sie glaubte. Mit Hilfe der Daumenspitze auf dem Zeigefinger zeigte sie das Ausmaß einer Briefmarke an, um durch den Charme der Bescheidenheit erhört zu werden, um zu zeigen, daß sie nicht anspruchsvoll war und daß ein Viertel Glas ihr genügen würde.

»Juwel, Diamant«, sagte sie zärtlich zu ihrem Mann – den sie ihr »Bedrängnis« nannte, wenn sie ihren Freundinnen von ihm erzählte – »Schönheitsperle, ein wenig Spruddel, damit ich einen Rülpser machen kann. Nur ein wenig, bei deinem Leben und beim Leben der Schätzchen, an denen wir mit Gottes Hilfe noch lange unsere Freude haben mögen!« (Im vorliegenden Falle waren die Schätzchen die drei kleinen männlichen Nachkommen Eisenbeißers.)

Er goß mit einem Verdruß ein, den er sich nicht anmerken ließ. Oh, warum sagte diese Frau immer Spruddel? Sie trank und seufzte dann vor Behagen, stieß wollüstig auf.

(»O Wohltat, o Lust, die das Rülpsen ist.«) Dann begann sie wieder auf ihrem Topf zu funktionieren, während Eisenbeißer seine Post erledigte.

Bei dieser Gelegenheit bekam sein Gesicht immer einen vornehm schulmeisterlichen Anstrich durch einen Zwikker, der verziert war mit einem breiten, moirierten Band, an dem er zwischen seinen langen, gelben und schwarzen, weit auseinanderstehenden Zähnen kaute. Die Post erledigen bestand für Eisenbeißer darin, verschiedenen Diktatoren nicht ganz aufrichtige Ergebenheitsadressen zu schicken, in der Hoffnung, daß einer von ihnen – Kemal Atatürk oder Mussolini – ihn zu einem Besuch einladen und mit Ehren überhäufen würde.

Aber er schrieb auch, mit Hilfe eines französisch-englischen Wörterbuchs, aufrichtige und anonyme Briefe an verschiedene englische Minister, um ihnen Ratschläge zu erteilen. In letzter Zeit drängte er sie vor allem dazu, die allgemeine Wehrpflicht einzuführen. »Exzellenz, es gibt keine ›Splendid isolation‹, die etwas taugt! Denken Sie, im Namen Ihrer geliebten Kinderlein, an die deutschen Flugzeuge!« Er empfand eine besondere Zärtlichkeit für den englischen Finanzminister, den er Kanzler der Schlappen nannte. Jedesmal, wenn er ihm schrieb, legte er seinem Brief eine Zigarette oder eine getrocknete Rose bei, »um die Freundschaft zu erhalten«, oder auch eine kleine humoristische Zeichnung, »um Ihre edle Nachkommenschaft zum Lachen zu bringen«.

Während er schrieb, lauschte der Schwindsüchtige mit einem zerstreuten Ohr den Auskünften, die seine umfangreiche Gattin ihm über das wunderbare Ergebnis der Abführaktion dieses Tages gab – mit Einzelheiten und stündlichen Informationen –, und er lächelte beifällig, daß er keine Herzensgeschichten hatte, denn wegen einem Nichts schluchzte Rebecca und wurde ohnmächtig.

»Mein Wertpapier«, seufzte sie zärtlich, »du hörst mir ja gar nicht zu!«

»Ja, Hypothekenschuldschein meines Herzens, ich bin gleich fertig, ich beende noch meine britische Korrespondenz.«

Rebecca schwieg. Unter ihrem leidenschaftlich bewundernden Blick schloß Eisenbeißer schnell seinen Brief an Major Attlee ab. Nachdem er diesen beschworen hatte, dem lieben Neville Chamberlain keine Schwierigkeiten zu machen, wirbelte er unter seine übliche Unterschrift »Ein anglisierender Israelit« einen Galaschnörkel. Mit Hilfe eines Tropfenzählers goß er einige künstliche Tränen auf den Brief, um den Oppositionsführer besser zu überzeugen, war ganz gerührt über diesen schönen Ausdruck: die Opposition ihrer Majestät, und schenkte schließlich seiner Rebecca ein Lächeln.

»Lieber Gründeranteil«, sagte er zu ihr, »ich lausche Ihnen gutmütig.«

Sie entwickelte das Thema, das ihr am meisten am Herzen lag, nämlich die Medikamente, die ihr günstig waren, und insbesondere die Abführmittel, deren Gebrauchsanweisung und deren Wirkung sie beschrieb. Sulfatsoda nahm sie dreißig Gramm bei einer Verstimmung; Jalapenknollentinktur bei roten Flecken im Gesicht; Faulbaumtee, wenn es unnötig war; Manna oder Tamarindenschote aus Naschhaftigkeit; und die Sennesblätter nach einem Alptraum. Dann nahm sie das Thema der unterstützenden Getränke in Angriff. Beim Zitrat brauchte man eine halbe Stunde danach Tchai – so nannte sie den Tee. Beim Rizinusöl sofort schwarzen Kaffee; und zwanzig Minuten danach kochende Malve!

»Das Abführmittel jedoch, das mir am liebsten ist«, sagte sie poetisch, »ist das Brauschemagnesia. Das ist köstlich. O Schönheit, die das Brauschemagnesia ist«, seufzte sie und lächelte ihren Mann an.

Wieder eine Grimasse Eisenbeißers. Warum zum Teufel versteifte sich dieses Weib darauf, Brausche zu sagen? Dennoch brachte er seine Hand zum Herzen und bekundete Verzauberung. Er sah ein letztes Mal seine kauernde und mannigfaltig geräuschvolle Gemahlin an und erklärte innerlich, daß er die Liebesleidenschaften nicht verstehe, von denen die Europäer heimgesucht wurden.

Diese dicke Larve von Rebecca erhob sich mühsam und nahm verschiedene Verrichtungen zu ihrer Körperpflege vor, wobei sie sich unter anderem völlig unnötig süßes Mandelöl auf ihr Kraushaar schmierte. Als sie sich frisierte, stieß sie an einen Nagel. Sogleich krempelte sie rasend ihren Musselinärmel hoch, um ganz schnell nachzusehen, ob sie eine Schramme hätte, warf rasend ihre vorstehenden Augen auf den Nagel, um sich zu vergewissern, daß er nicht rostig war, schüttete verschiedene Desinfektionsmittel auf den Kratzer und wehklagte über ihren baldigen Tod.

»Tetanus, Tetanus! Die Engel mit mir!« kreischte sie.

Er tröstete sie so gut, daß sie sich wieder auf ihren Topf setzte und ihren Mann mit dem gleichen unterwürfigen Blick anflehte, ihr einen getrockneten Fisch zu geben, damit sie sich die Zeit vertreibe.

»Den kleinsten will ich, ein Nichts, nur für die Zähne.«

So wurde es getan, und Rebecca aß mit gutem Appetit. Von Zeit zu Zeit hielt sie inne, weil sie fürchtete, eine Gräte verschluckt zu haben. »Krr, krr, krr!« krächzte sie heftig, um die nicht vorhandene todbringende Spitze herauszubefördern. Kurzum, nach und nach spuckte sie den ganzen Fisch heraus. (Da sie das Leben liebte, fürchtete sie die Todesrisiken und ganz besonders die Glasscherben. Wenn eine Flasche zerbrach, wurden die bereits zubereiteten Gerichte sowie das Brot in den Abfalleimer geworfen. Hingegen war Rebecca ganz versessen auf Vitamine, sprach ihren heiligen Namen mindestens zehnmal am Tag aus.)

Sie schneuzte sich, schaute den Inhalt des Taschentuchs mit Rächeraugen an, als sei sie entschlossen, hart vorzugehen. (Ihre Gesundheit kontrollieren. Sich um alles kümmern, was aus dem Körper kommt.) Sie war zufrieden mit der Substanz, deren Klebrigkeit und Konsistenz ihr liebenswürdig erschienen.

Eisenbeißer ließ sich seine Gereiztheit nicht anmerken. Sie befragte ihn. (Denn ohne sich etwas anmerken zu lassen, beobachtete sie ihn ständig, und ihre flinken, verstohlenen Blicke spähten auf dem lieben Gesicht nach den Ausdrücken der Zufriedenheit oder der Unzufriedenheit.) Was hatte ihr Schatz? (Sie liebte ihn sehr. In seinem Bett deckte sie ihn fest zu wie einen Säugling, und oft stand sie nachts auf, wenn er Heißhunger auf Süßigkeiten hatte – schamhaft Halsweh genannt, das eine beruhigende und süße Behandlung verlangte –, um ihm Mandelpaste zuzubereiten. Sie ist mir unendlich sympathischer, als es scheint.) Er schob einen Schmerz in der Schulter vor, und sie schlug in die Hände zum Zeichen der Verzweiflung.

»Schnell Breiumschläge! Schnell Doktoren! Sollen wir nach Neapel telegrafieren, mein Bey? Es gibt dort einen sehr guten, sehr teuren Spezialistenprofessor! O meine Mutter!« wimmerte sie und rang ihre kleinen wulstigen Hände.

»Der Schmerz ist verschwunden, liebe Vorzugsaktie mit Wiederanlagemöglichkeit.«

Er verbeugte sich höflich vor der dicken Kauernden, mit der ihn der Himmel bedacht hatte, erklärte, daß er bereit sei, gegenüber allen die Schönheit der Brausemagnesie zu verteidigen, und ging hinaus. Er versäumte es, seinen beiden langen Töchtern, die sich in einem schwarzen Nebenraum zu Tode langweilten, guten Tag zu sagen, und ging schnurstracks zu seinen Söhnen, dem Trost seines Lebens.

VI

Am Ende eines langen, schwarzen Korridors befand sich eine dunkle, winklige Küche, geschmückt mit Gesetzbüchern, juristischen Handbüchern, Ochsenhörnern und zahlreichen Aktenordnern. Eisenbeißer hatte nicht viel Ordnung, aber viel Gedächtnis. Er wußte zum Beispiel, daß sich der Aktenordner »Hypothekentilgung Tsatsakis« unter dem kaputten Bügeleisen befand, daß die Angelegenheiten »Biß des Hundes des Friseurs« im Gewürzkasten lag, daß die Akte »Strittige Entbindung Euphrosine Abravanel« an dem riesigen Wasserkrug ruhte, neben der Kiste mit der Holzkohle, daß die Akte »Beschneidung Jessulam« gewöhnlich auf dem Herd abgelegt war und daß der Packen »Angelegenheit Unrat Bension« seit sechs Jahren auf dem Spülstein schlummerte.

Diese juristische Küche diente den kleinen männlichen Nachkommen Eisenbeißers – drei, vier und fünf Jahre –, düster, schwarz und gefräßig wie ihr Vater, als Schlafzimmer. In biegsamen Körben liegend, die an den Balken hingen und ihnen als Betten dienten, schaukelten diese lieben Kleinen und drehten nervös ihre wilden, schwarzen Haarschöpfe zu Locken und bewegten ihre Kinnladen mit lautem Zähnegeklapper, denn sie hatten Hunger. Sie warteten ungeduldig auf das Kommen ihres Vaters, da sie nur von ihm ihr Futter erwarteten. (Eisenbeißer, der den medizinischen Theorien Rebeccas mißtraute, hatte seiner Frau ausdrücklich verboten, sich um die Ernährung seiner Schätzchen zu kümmern.)

»Ich esse gern viel«, träumte der Jüngste, drei Jahre alt, melancholisch, wobei ein Bein aus seiner luftigen Behausung hing.

»Ein großer, gebackener Fisch mit einer Kapernsoße«, sang der Älteste in seinem großen Gemüsekorb vor sich hin.

Als sie ein majestätisches Husten sich nähern hörten,

erhoben sie sich wie ein Mann, landeten mit Hilfe von Knotenseilen auf dem Boden, nahmen ihre Zylinderhüte, setzten sie sich auf den Kopf und versteiften sich zur Habachtstellung. Mit ihren schwarzen Gehröcken und ihren nackten, gespreizten Füßen glichen sie Pinguinen.

Die Tür ging auf und Eisenbeißer kam gesenkten Kopfes hereingestürmt, wie ein thermidorischer Minister. Entsprechend dem üblichen Zeremoniell zogen die Buben mit der einen Hand den Hut und grüßten mit der andern militärisch.

»Good morning, Sir Pinhas«, sagten sie mit einer einzigen Stimme.

»God save the King«, sagte der große Mann mit seiner heisersten Stimme. »Seid ihr auch brav gewesen, ihr Blumen meiner Milz?«

»O ja, Herr Vater und Ernährer!« antwortete der Jüngste stürmisch.

Eisenbeißer ging auf die gekalkte Wand zu, küßte die Stelle, die zur Erinnerung an das zerstörte Jerusalem nicht geweißt worden war, schnitt einige Grimassen, die glauben machen sollten, er sei tiefbetrübt. Dann drehte er sich mit argwöhnischen Augen und den Geist von einem furchtbaren Zweifel erfüllt, plötzlich um. Die Buben zitterten, schauten das Schild an, das an der Wand hing und auf dem folgende Empfehlung geschrieben stand:

LÜGE
SELBST IN DEN KLEINSTEN DINGEN

»Ihr habt doch hoffentlich nicht die Wahrheit gesagt?« fragte er.

»O nein, Herr Vater!« zwitscherte der kleine schwarze Chor tugendhaft.

Eisenbeißer war in diesem Punkt sehr streng. Man mußte ihn die Stirn in Falten legen sehen und ihn sagen hören: »Da wurde wieder die Wahrheit gesagt!« oder: »Es gibt hier einen kleinen Herrn, der die Wahrheit sagt!« Man mußte sehen, wie der Pinguin, der sich der Wahrhaftigkeit schuldig gemacht hatte, ein zerknirschtes Gesicht zog, die Augen niederschlug und versprach, es nicht wiederzutun.

»Möge Gott euch segnen, ihr lieben kleinen Ehren meines Lebens. Es ist zu spät, um heute morgen den Wettbewerb der schönsten Lüge und der einfallsreichsten Diskussion zu veranstalten. Verschieben wir es auf morgen, denn es ist neun Uhr und wir haben Hunger. Jetzt kommen die Rechtsstudien. Wie müssen eure Briefe schließen, selbst die an euren Vater oder an eure Braut?«

»Unter Vorbehalt!« rief der fünfjährige Junge.

»Und man muß«, fügte der Jüngste hinzu – der in Tagen großer Hungersnot noch von seiner Mutter an die Brust gelegt wurde – »anfangen mit: ›Ich habe Ihren freundlichen Brief erhalten und lehne seinen gesamten Inhalt ab.‹«

»Ehre über euch, ihr Allerliebsten der Seele. Der Ewige beglückwünscht euch durch mich. Heißt es nicht im Talmud, daß die Welt auf dem Atem der kleinen Schüler ruht? Sehr gut geantwortet. Ich gestatte euch daher, euch an meine männliche Brust zu stürzen zu einer mannhaften Umarmung. Genug. Gehen wir über zur Hymne.«

Die Pinguine stimmten daraufhin das englische Nationallied an, dem Eisenbeißer, nun seinerseits in Habachtstellung, wie üblich mit größtem Ernst und gezogenem Hut lauschte, wobei er ein diskretes, würdiges und vornehmes Gesicht machte. Nachdem die drei Kinder mit ihrem falschen Gekreisch fertig waren, setzte er seinen Zylinder wieder auf und schickte sich an, sein Frühstück zuzubereiten.

Er warf zwei Kilo Makkaroni in einen rauchenden Kessel, zerstampfte Knoblauch, zerrieb die Krume trockenen Brots. Dann ließ er die englische Große Charta von Lord Isaac and Beaconsfield Limited aufsagen. (Dies waren die intimen Vornamen des dreijährigen Knaben – dessen offizieller Vorname Lenin war. Der Älteste hieß Mussolini. So fühlte sich Eisenbeißer vor allen Gefahren geschützt: im Falle sozialer Wirren würde er sich auf den passenden Vornamen berufen und sich je nach dem als überzeugter Kommunist oder als Faschist reinsten Wassers ausgeben.)

Warum dieses ganze britische Zeremoniell? Das ist so. Der lange Schwindsüchtige hatte sich maßlos in England verliebt. Das britische Empire und die Flotte Ihrer Majestät waren seine Leidenschaft und sein Traum. Nichts Englisches ist mir fremd, pflegte er seit dem Tag zu sagen, an dem er beschlossen hatte, »mit Scotland Yard eine Allianz einzugehen«. So geheim dieser Pakt auch war, so unbekannt er auch für die führenden Londoner Kreise blieb, der erste der beiden Vertragspartner, im vorliegenden Falle Eisenbeißer, respektierte ihn peinlich genau. So schickte er am ersten Januar eines jeden Jahres dem König von England seine Visitenkarte mit einigen liebenswürdigen Glückwünschen und eine kleine Schachtel Gebäck, ein edles Opfer seitens eines solchen Freßsacks. An den Wänden von Eisenbeißers Küche hingen die Porträts der königlichen Familie von England, von Sir Moses Montefiore, von Disraeli und von einer großen Anzahl von Lords der Admiralität. Außerdem wehte der Union Jack alle Tage am Eingang des Kellers. Wenn kein Lüftchen ging, war einer der Knaben damit beauftragt, der Flagge Luft zuzufächeln, um sie glorreich zum Flattern zu bringen. Bei Sonnenuntergang holte Eisenbeißer, umgeben von seinen Kindern, die Farben nach einem Trommelwirbel und dem Abspielen, unter Zuhilfenahme eines Trichters, des Rule Britannia ein. Dieser Zeremonie wohnten, barhäuptig, zahlreiche kephalonische Juden bei. (Sie vergaßen nicht, daß während des Pogroms von 1891 ein Teil der britischen Flotte, die in Malta stationiert war, mit Hochdampf Kurs auf Kephalonia genommen hatte. Ach, wie hatten sich die griechischen Antisemiten so brav verhalten, als die lieben, großen, englischen Füsiliere, gerecht und streng, gelandet waren! Und das ist authentisch, und die Juden der Ionischen Inseln werden sich immer an die uneigennützige Güte Englands ihnen gegenüber erinnern.)

Lord Isaac and Beaconsfield Limited sagte dann die Petition von 1628 auf. »Wir, die Lords und Gemeinden . . .« Dann deklamierte er die Navigationsakte und schloß, die Hand auf dem Herzen, mit der Deklaration der Menschenrechte von 1689. Eisenbeißers Augen glänzten vor Rührung. Artikel eins gefiel ihm sehr.

»Die angebliche Vollmacht, Gesetze vorübergehend außer Kraft zu setzen, oder die Vollstreckung der Gesetze durch die königliche Obrigkeit ohne die Zustimmung des Parlaments ist illegal.«

»Haha!« rief Eisenbeißer stolz, wölbte die Brust und schlug sich heftig darauf. »Und nun zu uns beiden, meine Herren Könige!«

Am versessensten aber war er auf die Habeaskorpusakte. Haha, man konnte in England nicht jeden x-Beliebigen gleichgültig wie verhaften! Vor Freude begann er in Gedanken zu boxen und schlug ein Dutzend deutscher Polizisten k. o. Mein Gott, warum konnte man nicht die französisch-englische Staatsbürgerschaft besitzen?

»Und jetzt, meine Herren, werde ich euch zum Abschluß dieses Lehrgangs in staatsbürgerlicher Erziehung einen Zeitungsartikel vorlesen, der, wie ich hoffe, in euren wimmernden Herzen das gleiche Echo finden wird wie in meinem erwachsenen. Hört zu:

»Neulich abends fand auf dem Rasenspielfeld von Haringay ein Hockey-Spiel auf Eis statt. Zwölftausend Zuschauer stellten sich ein, um sechstausend Plätze einzunehmen, und gaben ein wenig ihr britisches Phlegma auf. Türen und Fenster gingen zu Bruch. Dieser stürmische Beginn bereitete das Publikum schlecht auf die Zwischenfälle des Spiels vor. Die Kanadier – die es gewannen – und die Engländer engagierten sich voll und ganz. Eine Minute vor

Spielende kam ein britischer Spieler mit blutigem Gesicht aus dem Haufen.

Darauf erlebte man ein Schauspiel, das alten Sportlern, die zu recht so stolz auf das berühmte englische fair play sind, die Schamröte ins Gesicht steigen ließ. Zuschauer stürzten sich aufs Spielfeld, andere bewarfen die Kanadier mit allem, was ihnen an verschiedenartigsten Gegenständen in die Hände fiel. Einer kam auf den Gedanken, um eine Schlägerei zu vermeiden, dem Orchester ein Zeichen zu geben, welches das God Save the King anstimmte. Sofort zogen alle Briten ihre Hüte und standen stramm.«

Nachdem er gelesen hatte, ging Eisenbeißer mit großen Schritten auf das Fenster zu. Seinen Nachkommen den Rücken kehrend, schneuzte er sich laut, während ihm Schauer des Stolzes über den Rücken liefen. In der Art Napoleons drehte er sich plötzlich um, steckte sein Taschentuch ein. »Schluß mit den Gefühlen«, sagte er. »Jetzt zu Vicomte de Bonmarché.«

Dies war der Ehrenbeiname des Mittleren, der sich anschickte, die Menschenrechtsdeklaration aufzusagen. Mit bohrenden Blicken folgten die beiden andern Kinder jeder der Gebärden des glücklichen Vaters, der, während er dem zustimmte, was er die Erklärung französischer Güte an die Welt nannte, päpstlich auf die Makkaroni aufpaßte, die, mit altbackenen Brotkrumen und zerstoßenem Knoblauch bestreut, jetzt im Öl bei schwacher Hitze vor sich hinkochten.

Eisenbeißer versuchte, an der Nahrung seiner Kinder zu sparen. In der Tat sagte er, was würde aus diesen armen Waisenkindern werden, wenn ich nicht mehr da wäre? Die Folge war, daß die unglücklichen Kleinen ganz mager waren. Es hieß sogar, daß dem Ältesten der Knaben im Verlauf einer furchtbaren Fastenperiode der Adamsapfel durch die Haut des Halses gestoßen sei. (Dennoch war Eisenbeißer, so paradox das erscheinen mag, ein guter Vater.

Er hatte große Angst, seine Lieblinge könnten sich erkälten. Sobald es weniger als fünfzehn Grad über Null hatte, bedeckte er sie mit schwarzen Fellen und ließ sie literweise Gurkenkraut hinunterschütten, um sie zum Schwitzen zu bringen. Außerdem stopfte er sie mit Amuletten voll, wobei er alle Dämonen furchtbar beschimpfte. Wenn es unbedingt nötig war, ihnen zu esssen zu geben, und sie sich kategorisch weigerten, die religiösen Fastenzeiten einzuhalten, die Eisenbeißer für sie erfand, händigte er ihnen kleine Brotstücke aus, die Truthahn, Käse oder Schokolade getauft wurden. Liebevoll sah er sie essen, wobei er ihnen Gespenstergeschichten erzählte, um ihnen den Appetit zu verderben.)

»Meine Kinder«, sagte er gutmütig, »danken wir Dem, der uns speisen und uns durch den Fraß erfreuen wird.«

Die schwarz gekleideten Knaben standen auf, nahmen ihre auf dem Spülstein liegenden Zylinderhüte, setzten sie auf und, stramm auf ihren nackten Füßen mit den gespreizten Zehen stehend, sagten sie das Gebet auf.

»Apropos, meine Jasminblüten, was schlagt ihr euch hinsichtlich des Desserts lieber in den Magen? Milchreis mit Zimt oder knusprige Rauten, saftig durchtränkt mit Sirup und gut gefüllt mit Mandeln?«

»Konfitüre!« rief der Chor.

»Sehr gut, ich werde eurer Meinung Rechnung tragen und nachher eine Super-Konfitüre zubereiten«, sagte der gute Vater. »Und jetzt, ihr Lämmchen, werde ich euch ein Vertragsangebot machen.«

»Das heißt«, trug sogleich der dreijährige Knabe mit einer erstaunlichen Geschwindigkeit vor, »ein von der einen Partei gemachtes Versprechen oder Angebot, das jedoch von der anderen noch nicht angenommen wurde.«

»Wobei es nur an euch liegt«, fuhr Eisenbeißer fort, »es zu verwandeln in?« fragte er. »In?«

»Einen synallagmatischen Vertrag«, rief der Mittlere, vier Jahre alt, stürmisch.

Eisenbeißer wischte eine fiktive Träne des Stolzes ab und bat innerlich Gott, seine Lieblinge zu schützen.

»Und jetzt hört euch den hübschen Vorschlag an, den ich euch machen werde«, fuhr er mit lachendem Gesicht fort. »Derjenige, der aus heroischer Sohnesliebe ... (die Pinguine zitterten: das ließ sich schlecht an) derjenige, sage ich, der aus Edelmut des Herzens und um das kränkliche Leben seines Vaters zu erhalten, darin einwilligt, nichts zu essen, wird von mir mit einem zärtlichen Kuß belohnt und vielleicht eine schöne Ehrenlegion aus ausgeschnittenem Papier bekommen. Was sagt ihr dazu, ihr bezaubernden und eurem Papa ergebenen Jünglinge?«

Es entstand ein schweres, kaltes, hartnäckiges Schweigen. Mit gesenkten Stirnen und eigensinnigen Kinnen schienen die drei Pinguinchen entschlossen, auf den väterlichen Kuß und den Tand des Ruhms zu verzichten.

»Ihr macht mir Kummer«, sagte Eisenbeißer, nachdem er sie einzeln und dann allgemein angesehen hatte. »Macht nichts, die Kinder sind auf die Welt gekommen, um ihren Erzeugern Schmerzen und Leiden zu bringen. Nu, da die Argumente des Herzens euch nicht rühren, beiße ich resigniert die Zähne zusammen, ziemlich beschämt, solche Strugglers for life, wie meine Freunde, die englischen Lords, zu sagen pflegen, auf die Welt gesetzt zu haben. Macht nichts, meine Lieblinge, ich verzeihe euch, und ich werde euren materialistischen Seelen einen verlockenderen Vorschlag machen. Wer will, welcher Sohn unter meinen Söhnen will ein Geldstück von fünf echten Centimes bekommen?«

»Ich! Ich! Ich!«

»Einverstanden, meine Lieblinge, o Kronen auf meinem Kopf, unter einer kleinen Bedingung allerdings, nämlich der, daß dieses Geldstück euer Frühstück ersetzt. Wollt ihr?« fragte er mit einem öligen Lächeln, wobei er auf die verlockendste Art die beiden Flügel seines Bartes kräuselte.

Seine Knaben sahen sich gegenseitig an, rechneten, gingen jeder in eine Ecke der Küche, um nachzudenken. Schließlich kamen sie zurück und erklärten, daß sie den Vorschlag annehmen wollten. Unser guter Eisenbeißer händigte also jedem seiner kleinen Erzeugnisse das Seine aus. Dann begann er seine Teigwaren mit Knoblauch zu verzehren, die er innerhalb von zehn Minuten hinunterschlang, wobei er vor dem kleinen Publikum ihre Schwere rühmte, die für leere Mägen erfreulich ist, sowie ihren erlesenen, schmeichelhaften Duft. Um sich zu trösten und zu stärken, rieben die Pinguine jeder so stark an ihrem Geldstück, bis es einem Goldstück ähnlich war. Doch der gefüllte Gänsehals, den Eisenbeißer aß, roch so gut, daß sie es nicht mehr aushielten und ihrem Vater schweigend das kostbare Geldstück hinhielten.

»Für mich ist ein Vertrag kein Fetzen Papier«, sagte Eisenbeißer. »Laßt mich in Frieden meine Honigkrapfen essen, ihr jungen Schweine.«

Die kleinen Hungrigen und Angeschmierten standen da und betrachteten den Menschenfresser, der, zwei Gabeln in jeder Hand, liebevoll Rindswürste, geräucherten Käse, Milz in Essig und schließlich, köstliche Phantasie und Scherzo, einen Salat aus Lämmeraugen aß, den einer seiner Freunde, ein Metzger, den er mit schönen Reden bezahlte, immer für den Mann mit dem goldenen Wort beiseite stellte. Nachdem er fertig war, atmete Eisenbeißer vor Behagen und stieß ausgiebig auf.

»Wir haben gut gegessen«, lächelte er seinen Kindern gütig zu.

Er war glücklich, zu leben und seine Nachkommenschaft zu lieben. Zu Mittag, dachte er, während er sich mit einem Nagel in seinen langen, gelben und schwarzen Zähnen bohrte, würde er den Knaben den Vorschlag machen, Restaurant zu spielen. Sie würden sicherlich mitmachen, und er würde ihnen sagen, daß die Mahlzeit fünf Centimes pro Person kostet. Ja, eine ausgezeichnete Idee.

Er ging nachsehen, ob die Pfirsichmarmelade fertiggekocht war. Er nahm sie vom Feuer, schüttete sie mütterlich in eine Suppenschüssel, die das Wappen eines Hotels Bellevue trug, verzierte sie mit Mandeln und einigen Zitronenschalen, wobei er den Kleinen einige amüsante kaufmännische Findigkeiten erzählte.

Da die Marmelade zu heiß war, beschloß er, ein wenig Alchimie zu machen. (Er legte großen Wert auf die Bewunderung seiner kleinen Schüler und pflegte sein Ansehen.) Er mischte also Kohle, Bikarbonat, Stärke und Quecksilber. Dann zerstieß er, zerstampfte, pulverisierte, kochte, spielte den Tiefsinnigen, kostete die Mischung und erklärte, daß die Erfindung fertig sei. Es wäre ihm schwergefallen, wenn er hätte sagen sollen, worin sie bestand. Die Kinder rissen die Augen weit auf und bewunderten.

»Ich hoffe, daß ich nach einer solchen Entdeckung kein Verkannter mehr sein werde, Knaben«, sagte Eisenbeißer. »Was meint ihr dazu?«

»Sie werden phantastische Nutzungsrechte kassieren, Vater«, sagte der Jüngste.

»Das weiß Gott allein, mein Wonnepfropfen. Vielleicht bin ich, leider, nur für die Unsterblichkeit gemacht. Doch Geduld. Genug der schwarzen Gedanken und genießen wir das Leben so, wie der Höchste Vater es für uns gewollt hat. Bis unsere Marmelade kalt geworden ist, liebe Kinder, gehe ich euch einen Löwen zeigen.«

Der kleine Tierpark lag in der Nähe, und Eisenbeißer setzte den Fuß kostenlos über die Schwelle, indem er auf seine Eigenschaft als Journalist hinwies, was in der eisenbeißerschen Sprache Zeitungsleser bedeutete.

»Und jetzt, meine Herren«, sagte er, als sie vor dem Käfig angekommen waren, in dem der einzige Pensionsgast, eine kleine Löwin von zwei Monaten, gähnte, »Hut ab! (Die Kleinen nahmen den Hut ab.) Denn dies ist der Löwe. Löwe«, wiederholte der Pädagoge. (Er buchstabierte das

Wort.) »L.ö.w.e. Das heißt König der Tiere. Übrigens wißt ihr, daß der Löwe würdig auf dem Wappen unseres Stammes und auf seiner Fahne dargestellt wird. Der Löwe Judas! Mutig wie wir, meine Herren! Dennoch, seht her, wie er die Augen vor mir niederschlägt. Er spürt, meine Herren, daß er es mit einer höheren Spezies zu tun hat. O gewaltiges Tier«, sagte er und drehte sich nach dem pausbäckigen Baby um, das an einem seiner charmanten Fußballen herumkaute, »wisse, daß ich keine Angst vor dir habe und daß ich dir ins Auge schaue. Schlag die Augen nieder! Los, ich will es!«

Dies gesagt, ging Eisenbeißer von dannen, gefolgt von seinen staunenden Kindern. Und bald waren sie wieder zurück in dem düsteren Keller, wo die Marmelade sich in ihrer duftenden Wärme ausbreitete. Der Dompteur rieb sich die Hände und hustete vor unbändiger Freude.

»Nu, meine lieben Kleinen, ihr sollt eine Belohnung bekommen. (Die Augen wurden weit aufgerissen, und eine frische Menge Speichel wurde heruntergeschluckt.) Ja, ihr seid brav gewesen, und ihr habt meiner Rede an die Löwin aufmerksam gelauscht. Ihr werdet sogar zwei Belohnungen bekommen: erstens werde ich, sobald eine Hochzeit gefeiert wird, hingehen, ohne eingeladen zu sein, und euch mitnehmen, und wir werden uns in aller Gleichheit mit verschiedenen Herrlichkeiten vollstopfen; zweitens dürft ihr (diverses Zittern der Knaben) mir noch heute zusehen, wie ich mein Dessert esse, wenn euch das nicht anödet.« Eisenbeißer füllte die Marmelade nie in Töpfe. Er stellte sie her und aß sie sogleich aus der Suppenschüssel. Er hatte ganz runde Augen gemacht, als er von Saltiel erfahren hatte, daß die Europäer die Marmelade aufhoben und sie im Winter in kleinen Mengen, wie ein Medikament, und auf Brot aßen! Und es war an diesem Tag, daß er feierlich bekanntgab, daß Saltiel der größte Lügner der Welt sei. So nüchtern sie auch sein mochten, die Europäer waren Menschen und keine Kamele, und wie sollten sie dem Ruf eines schönen Topfes voller Pfirsich-, Orangen- oder Quittenmarmelade widerstehen, der einem zurief: »Iß mich! Dafür bin ich da!«

»Und ihr dürft sogar eure kleinen Kameraden rufen gehen und ihnen sagen, daß ich sie dazu einlade, die Düfte einzuatmen«, sagte er, am Tisch sitzend und mit einem Schöpflöffel, den er an seinen Mund brachte, die Marmelade fassend.

Die drei Knirpse verließen langsam den Raum und gingen hinaus auf die Straße, um sich mit ihren drei Geldstükken zu trösten, die sie dem Erstbesten zeigten.

Eisenbeißer war gerade dabei, den zehnten Schöpflöffel voller Marmelade hinunterzuschlingen, als Salomon die Stufen herunterpurzelte, die in die düstere Wohnung führten.

»Wohlstand und Familie«, wünschte Eisenbeißer.

»Ende der Welt!« rief der Wunderknabe. »Hör, was ich dir sagen werde!«

»Schweig!« befahl Eisenbeißer. »Wenn es eine gute Nachricht ist, will ich mich zuvor daran erfreuen, indem ich mich einsüße. Wenn es hingegen eine schlechte ist, erfahre ich sie immer noch früh genug, es ist also nicht nötig, mir den Appetit zu verderben.«

»Aber ich muß dir das sofort sagen.«

Eisenbeißer stand auf, zog ein großes, schwarzumrandetes Taschentuch – dessen er sich nie bediente, da er den Gebrauch des Zeigefingers vorzog – aus der Tasche und knebelte Salomon, um sich in aller Ruhe mit Marmelade vollzustopfen. Um sein Dessert besser genießen zu können, las er gleichzeitig ein Lehrbuch der Geschichte Frankreichs und warf sich selbstgefällig in die Brust, weil unter Ludwig XIV. der erste Präsident des Pariser Gerichtshofs Vorrang vor den Prinzen von Geblüt hatte. Er war darüber ganz vergnügt. In seiner Eigenschaft als Jurist nahm er an diesen Ehren teil.

»Haha!« höhnte er böse. »Hut ab, meine Herren Prinzen, vor dem Adel des Richterstandes!«

Nachdem er die Marmelade aufgegessen hatte, betrachtete er den leeren Topf, trank mehrere Glas klaren Wassers, fand in seinem Innersten, daß Marmelade im Grunde nicht sehr gut sei. Er fragte sich, warum die Europäer die Marmelade so sehr mochten, daß sie sie in Schränken und kleinen Töpfen aufbewahrten. Nein, wirklich, Marmelade war etwas Ekelhaftes. Er hätte den Kleinen davon abgeben sollen. Arme Lieblinge, er würde ihnen zu Mittag zu essen geben. Er trank ein Glas Wasser, nahm den Hörer eines falschen Telefons ab, sprach vertraut mit hohen Persönlichkeiten, um den leichtgläubigen Salomon zu verblüffen, dem er schließlich den Knebel aus dem Mund nahm.

»Jetzt kannst du reden, o Sohn wohlerzogener Väter.«

Was Salomon Eisenbeißer verkündete, färbte im Nu das gramzerfurchte Gesicht des Kephaloniers gelb, der vor Aufregung eine Reihe von so dröhnenden Winden ließ, daß die Scheiben in der Küche erzitterten, daß auf dem Marktplatz zwei Pferde scheu wurden und eine erschreckte Katze einen dicken Hund biß.

Nachdem Eisenbeißer einige Minuten nachgedacht hatte, bemächtigte er sich der Salatschüssel, setzte sie wie einen Helm auf, stürzte in die Sackgasse der Gestänke, an deren Ende seine Sprößlinge gerade ein geheimnisvolles Spiel spielten, das darin bestand, sich gegenseitig ein Geldstück zu leihen. Mit der einen Hand packte er die Schöpfe des Ältesten und des Mittleren, während er mit der anderen den Jüngsten an einem Fuß ergriff. So beladen, galoppierte er zu seinem Keller, die Pinguine hinter sich herziehend, die laut kreischten, weil die Steine und die Scherben den hängenden Kopf des Kleinen und die nackten Füße der beiden andern aufschürften.

Vor der britischen Fahne angekommen, warf er seine Kinder in vollem Schwung in die unterirdische Behausung, schloß die Tür zweimal ab, nahm seinen Helm ab und sagte Dank. Gerettet, er war gerettet und seine liebe Nachkommenschaft mit ihm!

Eisenbeißer machte sie miteinander bekannt, was völlig unnötig war, da Salomon der Pate der Knirpse war. Diese zogen gleichzeitig ihre Hüte und erklärten dem ganz verdutzten Wasserverkäufer, daß es ihnen angenehm sei. Dann machten sie eine halbe Kehrtwendung zu ihrem Herrn und Vater hin, der sie mit mussolinischen Blicken forschend ansah.

»Wie kommt es, meine Herren«, sagte er, »daß ihr euch nicht an die Brüste der Väterlichkeit flüchtetet, als ihr die furchtbare Nachricht erfuhret? Sprecht, o giftige Schlingel, o Stamm des Kehrrichts und Nachkommenschaft der Latrinen!«

»Herr Vater«, sagte der Älteste, »wir kannten die schwarze Nachricht nicht, die Eure freundliche Nachsicht uns vielleicht erklären möge.«

»Bei meinem leeren Bauch, ich wußte nichts davon!« sagte der dreijährige Knabe, der trotz seiner Winzigkeit seinen beiden Brüdern, bereits berühmte Redner, nicht an Beredsamkeit nachstand.

»Wir waren in unserer naiven Unwissenheit lediglich darüber erstaunt«, sagte der Mittlere, »als wir die Straßen plötzlich leer von Seelen und Bewegung sahen.«

»Daher konnten wir den Preis unseres Hungers auch nicht vielen zeigen!«

»O du mit allen Tugenden begabter Vater«, sagte der Älteste, »o unser Meister an List, o erhabener, mit Intelligenz begabter Erzeuger, möge es Euch doch gefallen, den Wasserhahn Eurer Weisheit aufzudrehen, damit wir erfahren, woher das Übel kommt!«

»Damit wir gegebenenfalls unsere kindlichen Reden an den Ewigen richten können«, schloß der Jüngste.

Obgleich die Stunde ernst war, heiterte sich die Maske Eisenbeißers um einen sanften Stolz auf. Was für Wunderkinder, und was für ein glückliches Alter sie ihm verhießen! Und wie schön sie waren mit ihren kleinen Zylindern und ihren hübschen kleinen nackten Füßen und ihren schönen, schon rauhen Stimmen! Vorsichtshalber streckte er heimlich zwei Finger aus, um den bösen Blick aller anderen Väter, die weniger gut weggekommen waren, zu beschwören, und sprach innerlich die übliche Formel: »Mein Finger in dein blindes Auge!« Er warf einen Blick in Salomons Richtung und delektierte sich an der Bewunderung, die er auf dessen von Sommersprossen übersäten Gesicht las. Dann wandte er sich an seine Nachkommen, wobei er den Hut des Jüngsten streichelte.

»Wonnen des Herzens und Söhne der Vorliebe der Seele, seht euch meinen hier anwesenden Kumpan an. (Jeder Knirps nahm seine Lorgnette und beäugte Salomon.) Nun, so wißt denn, daß er mir gerade berichtet hat, daß die Löwin, die wir vorhin gesehen haben, ein wirklich wildes Tier voller Zähne und Krallen, aus ihrem Käfig entwischt ist, nachdem sie seine Stäbe aufgefressen hat!« (Dieses Detail hatte Eisenbeißer wegen der Schönheit der Sache hinzugefügt.)

Die drei kleinen Burschen, von ihrem Vater sehr gut erzogen, wichen vor Schreck zurück und bedeckten sich, als große Tragöden, in einer einzigen Bewegung das Gesicht.

»O schwarzer Tag für unser Vok!« rief der Älteste.

»O antisemitische Machenschaft!« rief der dreijährige Knabe aus.

Eisenbeißer – der immerhin von sich behauptete, »wissenschaftlich und anti-abergläubisch zu sein« – beschloß in seinem tiefsten Innern, die christliche Hexe zu bitten, seinen kostbaren Letztgeborenen magisch zu beräuchern.

»Kopf hoch!« sagte der Älteste. »Herr Vater, es geht nun darum, sich dieses Unglücks subtil zu bedienen! Ich schlage vor, daß Sie eine Weltgesellschaft mit beschränkter Haftung zum Schutze der Juden vor dem Löwenbaby gründen!«

»Aber«, sagte der Zweite, »man muß christliche Söldner anwerben, die mit geladenen Gewehren bewaffnet sind! Sie werden die Söhne des Stammes gegen Entgelt begleiten!«

»Und man muß«, sagte der Jüngste, »auch eine Versicherungsgesellschaft gegen alle Gefahren des Gefressenwerdens gründen und ferner alle Rüstungen und Waffen, die sich in Kephalonia befinden, einlagern!«

Und er kreuzte die Arme, was ihm seine beiden älteren Brüder sogleich nachmachten. Eisenbeißer, anstatt die seinen zu kreuzen, öffnete sie weit, und die drei Kinder stürzten sich hinein.

»Knäblein, Knäblein, o Knäblein«, zwitscherte Eisenbeißer, der sie frenetisch an sich gepreßt hielt und versuchte, so zu tun, als vergieße er sanfte Tränen, während er ihre Hüte küßte. »O Knäblein!«

Vater und Kinder umarmten sich heftig, während sie den Sold für die Söldner, die Anzahl und Art der zu kaufenden Waffen errechneten. Schließlich hoben diese vier Komödianten vor den erschreckten Augen Salomons die Hand zum Schwur, schworen sich gegenseitige Hilfe und verkündeten ihren Entschluß, gemeinsam zu sterben.

»Wenn das Löwenbaby vor Ihnen steht, Vater«, rief der Mittlere, »werde ich mich in sein Maul stürzen, um mich an Ihrer Statt zu opfern!«

»Danke, edles Geschöpf«, schluchzte Eisenbeißer. (In einem ganz anderen Ton, sehr positiv:) »Aber du mußt dich auch beeilen, mein Junge, und dich ohne zu zögern in dieses Maul stürzen und nicht warten, bis es einen meiner Füße gefressen hat.«

»Diese Aufregung hat uns hungrig gemacht«, schloß der Jüngste.

Eisenbeißer überging diese müßige Bemerkung, setzte sich an seinen Arbeitstisch, nahm die Gänsefeder, die in seiner Schädelrinne lag, und entwarf ohne länger zu zaudern, einen Schlachtplan gegen die Löwin. Er unterbrach sich, um Salomon zu fragen, was er von den drei Kindern hielte.

»Ein Wunder«, sagte Salomon.

Eisenbeißer schlug kokett die Augen nieder, wandte das Gesicht ab, lachte anmutig, verschämt, geschmeichelt, homosexuell und vollkommen weibisch. Das leise Lachen ner gefräßigen Jungfrau, ein Lachen des Entzückens, fast sexuellen Glücks, das zu sagen schien: »Betatscht mich nicht mehr.« Alles das, ja. Ich habe es gesehen, dieses Lachen. Eisenbeißer liebte seine Kinder. Freilich fütterte er sie nicht sonderlich. Doch von Zeit zu Zeit, wenn er einen Artikel über die Rachitis las, nudelte er sie mit dem Trichter. Außerdem sparte er viel für sie. In der Küche gab es drei Verstecke, in denen er Geld für seine Lieblinge verbarg. Wenn einer von ihnen krank wurde, fastete Eisenbeißer und log nicht mehr. Und er stand mehrere Male in der Nacht auf, um die Hand des kleinen Schläfers zu küssen.

VII

Suchaktionen wurden unternommen, doch die kleine Löwin blieb unauffindbar. Und darauf begann das, was man später die Schwarzen Tage des Löwenbabys nennen sollte. Die Juden beeilten sich, Gitter an ihren Fenstern anbringen zu lassen, und häuften, genau wie in Pogromzeiten, große Mengen an Lebensmittelvorräten an: Mehl, Kartoffeln, ungesäuertes Brot, Makkaroni, Zuckerhüte, Eier, Rindswürste, Ketten von Paprika, Zwiebeln und Knoblauch, Buletten aus in Öl marinierten und in der Sonne getrockneten Tomaten, Gänseschmalz und Krüge mit Wasser, geräuchertes Fleisch, Abführmittel und sonstige Medikamente. Dann schlossen sie sich ein und verbarrikadierten sich.

In Wahrheit führten die Eingesperrten kein trauriges Leben. Im Gegenteil, gut geschützt besuchten sich die Mieter eines Hauses gegenseitig, spielten Karten, Domino, Tricktrack miteinander oder ließen Peitschen knallen für den Fall, daß es dem »Löwenbaby« gelingen sollte, sich durch den Kamin einzuschleichen. Manche lauerten hinter den Gitterstäben ihrer Fenster in der Hoffnung und der Furcht, jene auftauchen zu sehen, die man die Reißende nannte oder auch den Todesengel.

Die Kephalonier zitterten, stellten Hypothesen auf. »Angenommen, sie begegnet einem kleinen männlichen Löwen und sie bekommen Kinder, was wird dann aus uns?« Sie sahen nur noch sich schnell vermehrende Löwen, die in die Häuser eindrangen und an den Fenstern lagen! Ja, entsetzlich, in einigen Monaten gäbe es zahlreiche männliche Löwen mit Mähnen und weibliche mit peitschenden Schwänzen, die brüllen und prächtig gedeihen würden auf dieser armen Insel, die der Ewige mit seiner Rute geschlagen hatte! Neurastheniker gingen sogar so weit, einen sofortigen Kollektivselbstmord vorzuschlagen. Eisenbeißer erwarb eine antike Zwergkanone, die er in sein Bett stellte, um sie in Reichweite zu haben. Die ganzen Nächte hindurch konnte man die Schreie der Schläfer hören, die Alpträume hatten.

Dennoch gingen die Tapferen hin und wieder aus dem Haus, um ihren Ruf der Tapferkeit intakt zu halten. Aber sie waren nur zu dritt. Michael war nämlich am Tag vor dem schwarzen Tag nach Albanien gegangen, um dort ein wenig zu schmuggeln. Was Saltiel betraf, so hielt er Wort und blieb in seinem Taubenschlag eingesperrt, aus dem er, wie er geschworen hatte, nur herauskommen wollte, wenn er seinen Scheck und das Geheimnis des Kryptogramms gefunden hätte.

Salomon trug einen Rock aus Stacheldraht, der ihn reichlich bluten ließ, sowie das Panzerhemd, das ihm schon in Palästina gute Dienste geleistet hatte. Den Kopf mit einer Imkermaske geschützt, hielt er in der Hand ein unerklärliches Schmetterlingsnetz und blies in eine Seemuschel, um das eventuelle Löwenbaby zu erschrecken. (Die Israeliten von Kephalonia bilden eine besondere Gattung. Es wäre ungerecht zu verallgemeinern.) Eisenbeißer, mit einem Ritterpanzer bekleidet, der sicher war gegen Löwenfangzähne, und von sechs christlichen Freunden umgeben, stand am Eingang des Gettos und versteigerte verschiedene Schutzmittel.

Ihm war es zu verdanken, daß jene, die man die Mutigen Juden nannte, frei umhergehen konnten, die einen in Taucheranzügen, andere in Fischernetzen, andere mit altertümlichen Flinten, Gartenhippen oder mit Steinbüchsen bewaffnet. Diese Herren drehten bei Tag ihre Runden – nächtliche Runden wären auch über ihre Kräfte gegangen –, lächelten schwitzend, schickten verschiedenen jüdischen Weltkomitees, drunter taten sie es nicht, Telegramme, um sie anzuflehen, Mammutversammlungen zu organisieren und die zivilisierte Welt wissen zu lassen, daß der Käfig der Löwin ganz bestimmt von irgendeinem deutschen Emissär geöffnet worden war.

Am übernächsten Morgen trommelte Salomon von seinem Balkon herab die Bevölkerung zusammen, indem er in seine Muschel blies und mit vorspringenden Halsadern hinausschrie, daß er soeben höchstpersönlich und mit eigenen Augen die Löwin gesehen habe, wie sie auf der Brombeersteige ein lebendiges Huhn verschlang.

Einige Beherzte, mit Talmudbänden, Zerstäubern von Insektenvernichtungsmitteln, Sägen, Nägeln, Mörserstößeln, Bohrwinden, Angelruten und Bügeleisen bewaffnet, zogen los, um an Ort und Stelle nachzuprüfen, und zitterten, als sie drei oder vier Federn erblickten, die dem unglücklichen Huhn gehört hatten. Sie nahmen Reißaus und erschreckten die Bevölkerung. Sogleich wurde in der Großen Synagoge ein Gottesdienst abgehalten, und fast alle Juden machten ihr Testament.

An diesem Tag landete die »Welt-Holding für die Juden gegen die junge Löwin« ihren großen Coup, und das Genie Eisenbeißers, Delegierter des Verwaltungsrates dieser Gesellschaft, strahlte in hellem Glanz. »Es bleibt nur eins zu tun«, erklärte er. »Da das Löwenbaby in Freiheit ist, müssen *wir* uns in den Käfig setzen!« Die Holding, die bereits eine Versicherungsfiliale hatte, gründete sofort die »Gesellschaft für Antilöwen-Transporte«.

Den ersten Wagen bildete ein alter Tierparkkäfig, den man dem verzweifelten und ruinierten Herrn des unauffindbaren Ausbrechers abgekauft hatte und den Eisenbeißer auf vier Räder montieren ließ. Er hatte keinen Fußboden und die Fahrgäste mußten gehen, während er rollte, wie es in der Folge noch näher erklärt werden wird. Der Käfig fuhr stündlich von den Büros der Gesellschaft – das heißt vom Keller Eisenbeißers – ab, und seine Endstation war der Zoll. Die beiden festen Haltestellen befanden sich am Fleischbasar und vor der Großen Synagoge.

Was die Bedarfshaltestellen anging, so gab es überall welche. Die Juden, die in Sicherheit ihren Geschäften nachzugehen wünschten, winkten den rollenden Käfig heran, der darauf hielt. Sie gaben den Betrag für den Fahrschein Eisenbeißer, Delegierter des Verwaltungsrates, Wattman und Kontrolleur mit einem federgeschmückten Zweispitz auf dem Kopf. Nachdem er mit einer Platzpatrone in die Luft geschossen hatte, um das Löwenbaby zu verscheuchen, falls es sich heimlich hier herumtreiben sollte, händigte er ihnen durch die Gitterstäbe hindurch ihren Fahrschein aus. Erst in diesem Augenblick durften die Einsperrkandidaten die erste Tür öffnen, die zu einem kleinen Übergangskäfig führte. Darauf schloß Eisenbeißer das Vorhängeschloß einer zweiten Tür auf und die Kunden betraten den eigentlichen Käfig, der sich wieder in Gang setzte.

Die Fahrgäste liefen gleichzeitig mit dem Käfig, der von armen Schluckern zweiter Klasse vorangestoßen wurde, die allerdings nicht mit den Händen gegen die Stäbe drückten – sie fürchteten zu sehr die Krallen der Löwin –, sondern mit alten Besen. Die Fahrgäste erster Klasse, die nicht gehalten waren zu schieben, gingen würdig in der Mitte des rollenden Käfigs, wo sie sich sicherer fühlten. Sie näherten sich den Gitterstäben nur, wenn der Omnibus vor diesem oder jenem Laden hielt, den sie dem Chef des Käfigs angaben. Sie reichten dem Lieferanten das Geld, der kurz darauf die bestellten Lebensmittel in dem kleinen Sicherheitskäfig hinterlegte. Und der Anti-Löwen-Bus setzte sich wieder in Bewegung.

Eisenbeißers Idee hatte einen großen Erfolg. Am ersten Tag waren es zweihundert Fahrgäste. Aber am zweiten Tag waren es über tausend. Man mußte Fahrgäste abweisen und an festen Haltestellen vorbeifahren. »Besetzt!« rief der strahlende Eisenbeißer grausam. Alle Juden wollten im Käfig fahren, die einen aus Gründen des Geschäfts, die andern aus Snobismus. Wieder zu Hause angekommen, wurde der Fahrgast von seinen Verwandten und seinen Nachbarn umringt, die in der allergrößten Stille den Heldentaten des Helden lauschten.

Vom dritten Tag an wurde ein Nachtdienst eingerichtet für Brautleute, die Spazierfahrten in den Wald zu machen wünschten. Eisenbeißer führte sogar einen Seebadedienst um sechs Uhr morgens ein. Dieser Dienst enthielt den Eintritt des Käfigs ins Meer, da es möglich war, daß eine Löwin schwimmen konnte.

Kurzum, Eisenbeißer machte Bombengeschäfte und bat Gott, der Löwin ein langes Leben zu gewähren. Er sprach oft und viel von seinem Kollegen Ford und faßte die Gründung einer Zeitschrift ins Auge, die er »Der Fortschritt des Löwen« nennen würde und in der nur von der Löwin die Rede sein würde, von ihren Lebensgewohnheiten und ihren Erscheinungen. Mehrmals am Tag schickte er Telegramme an Schneider in Le Creusot, an Vickers Armstrong und an andere, gleichartige Firmen, um sie nach dem Preis für Gebrauchtpanzerwagen zu fragen, und zwar den Preisen für Einzelstücke, im Dutzend und pro Hundert. Er wunderte sich, daß er keine Antwort bekam. Außerdem kam ihm der Gedanke, heimlich in verschiedenen israelitischen Gemeinden des Orients und sogar Amerikas junge Löwen loszulassen. Und er sah sich schon, wie er das Welt-Anti-Löwentum vertrustete. Unterdessen brachte er vom vierten Tag an einen Käfig für Arme in Umlauf, langsamer in der Gangart, der ein altes, ebenfalls auf Räder montiertes Hühnerhaus war.

Damit ließ er es keineswegs bewenden. Die anderen Käfige des ruinierten Dompteurs wurden aufgekauft und in mit Scheinwerfern versehene Taxis umgebaut. Die Reichen konnten somit überall hinfahren, wohin sie wollten, ohne unangenehme Promiskuität fürchten zu müssen. Mit seinem Fahrgast eingesperrt, schob der Chauffeur, an dessen Hals das Taxameter hing – im vorliegenden Fall ein Wecker –, den kleinen Käfig mit Hilfe eines neuen Besens, gefolgt von dem Notabeln, der majestätisch einherschritt, von der Menge respektvoll gegrüßt. Wenn zwei Reiche im Käfig einander begegneten, blieben die Wagen stehen und die Herren plauderten von Käfig zu Käfig, fragten sich gegenseitig, wie es der Familie ginge, oder schlossen, an die Gitterstäbe gelehnt, umständlich Geschäfte ab.

Die diamantengeschmückten Damen machten in noch prachtvolleren Käfigen ihre Nachmittagsbesuche. Diese Gefährte, mit purpurrotem Satin ausgeschlagen und Lioncess's Cabs genannt, waren Eigentum einer Konkurrenzgesellschaft, die aber insgeheim von Eisenbeißer kontrolliert wurde. Geheimnisse der Hochfinanz.

Einige Reiche hatten ihren Privatkäfig. Die Griechen lachten sehr. Doch die Juden ließen diese Leichtsinnigen lachen, die den Tod nicht fürchteten, sicherlich, weil sie spürten, wie Eisenbeißer sagte, daß ihr Leben ohne Bedeutung war.

Und sechs Tage gingen so dahin. Vor jedem Haus standen Teller, die Gaben enthielten, welche dazu bestimmt waren, die Löwenwut zu beschwichtigen: Milch, Sahne, Joghurt, kleine Buletten aus rohem Fleisch, Karamelbonbons, Salatherzen. Die Juden lebten nur noch im Käfig. Lediglich die unauffindbare kleine Löwin war in Freiheit, zur großen Freude des Schwindsüchtigen, der gerade die Lasso- und Peitschenknallschule gegründet hatte.

Der siebte Tag war ein Samstag. In der Goldgasse gingen etwa fünfzig öffentliche und private Käfige auf und ab, gefüllt mit Juden und Jüdinnen, die sich heftig Luft zufächelten und sich gegenseitig nach der Höhe ihres Blutdrucks befragten. Zahlreiche eingesperrte Brautpaare plauderten zärtlich miteinander, Witwen gingen mit gesenktem Haupt hinter den Gitterstäben her, und Eltern führten stolz ihren lebhaften und eitlen Nachwuchs spazieren. Alle diese Personen machten auf diese Weise ihren Sabbatspaziergang in aller Sicherheit und aßen dazu große Mengen Pistazien, auf dem Ofen geröstete Saubohnen, fritierte Kichererbsen und Kürbiskerne.

Am Mast des größten Käfigs wehte die Fahne Judas: ein

edler Löwe auf blauweißem Grund. Eine zionistische und parfümierte Advokatin, die aus Antwerpen gekommen war, um Gelder einzutreiben, befand sich darin. Sie hielt hochtrabende Reden und gab zweitausend Jahren Leiden lautstark Ausdruck. Die Eingesperrten klatschten der Prophetin mit den bemalten Lippen, den roten Fingernägeln und den gefärbten Haaren Beifall, nahmen leidenschaftliche Haltungen ein, vibrierten vor Heroismus und stimmten, Tränen in den glänzenden Augen, die zionistische Hymne an.

Plötzlich stieß Salomon einen herzzerreißenden Schrei aus. Er hatte gerade Michael erblickt, der aus Albanien kam und, da er ohne Käfig ging, mannigfachem Gefressenwerden ausgesetzt war. Frauen wurden ohnmächtig, ein alter, geistesgestörter Kabbalist begann zu tanzen, und Kinder wurden epileptisch. Halbwüchsige hielten Michael Ansprachen, wobei sie verstohlene Blicke um sich warfen, um zu sehen, ob sie bewundert wurden. Die Käfige flehten:

»Todesgefahr, o Schweigsamer!«

»O Eingeweidenerschütterung!«

»Erbarmen mit unseren Herzen!«

»In den Käfig, Michael!«

Merkwürdiges Schauspiel. Michael ging schnell, und flehende Käfige liefen hinter ihm her. Plötzlich blieben sie stehen. Die kleine Löwin, verfolgt von der dänischen Dogge des englischen Konsuls, fegte wie ein Wirbelwind an den Käfigen vorbei. Fünfzig Meter weiter schnappte der Hund sie. Er hielt sie vorsichtig im Maul und brachte sie freundlich seinem Herrn, der mit einigem Erstaunen die am Boden liegenden und in verschiedener Weise krampfhaft verzerrten Eingesperrten betrachtete.

VIII

An einem veilchenblauen Abend schlug Salomon, strahlend vor schüchternem Stolz, vor der Großen Synagoge einige Trommelwirbel auf einer Kindertrommel. Dann verlas er die folgende Meldung:

»Heißgeliebte der Heimatinsel, edle Beschnittene, ich, Saltiel, spreche durch den Mund meines treuen Salomons zu euch. Der Tag des Ruhms ist gekommen! Der Tscheck über dreihunderttausend Drachmen ist mit Hilfe Gottes und meiner Geduld wiedergefunden! Er war in einem meiner taubenblauen Strümpfe, in den ich ihn eingeschlossen hatte, um ihn nicht zu verlieren! Gedächtnislücke! Leider rückt das Alter mit sicherem und ruhigem Schritt vor! Zweite ungeheure und ausufernde Neuigkeit! Die Geheimniskolonne hat ihre rätselhaften Abgründe enthüllt! Allein wie Moses auf dem Berg Sinai, umgeben von erstaunten Adlern, habe ich im Schmerz und in der Schöpfung eingehend nachgeforscht, mich nicht einmal rasierend, und ich habe gefunden, nachdem ich tiefgründige Bücher studiert hatte! Befehl wird euch erteilt, euch morgen nachmittag um vier Uhr auf dem Großen Platz zu versammeln! Es lebe Frankreich, liebliches Reh im Dschungel der Nationen! Freiheit! Gleichheit! Brüderlichkeit! Es lebe der Papst! Es leben die in Deutschland verfolgten, aber mutigen und standhaften Katholiken! Nieder mit dem Widerruf des Edikts von Nantes! Da ich Zahnschmerzen habe wie Pascal, habe ich einen mechanischen Besen erfunden, der gleichzeitig als Kaffeemaschine dient! Es leben die Großen Männer, Retter der Leidenden Menschheit! Nieder mit der Materie! Nieder mit der Gewalt! Ferner merkt euch bitte, daß ich beschlossen habe, mir keine neue Bibermütze mehr zu kaufen, denn ich habe ein Buch über die Biber gelesen, bezaubernde und gewissenhafte Tiere, so nett und herzlich, und ihr seid nicht in der Lage, so gute Häuser zu bauen wie diese achtbaren Tiere!«

Das Volk fragte zwar, doch Salomon sagte, daß er mehr darüber auch nicht wisse. Geführt von Eisenbeißer, strömten die ungeduldigen Juden zur Behausung Saltiels, einem schief auf das Dach einer leerstehenden Fabrik gesetzten Taubenschlag. Doch das Volk fand Michael, der vor der Tür Wache stand.

»Zwecklos«, sagte er. »Der Weisheitsonkel wird euch morgen alles verkünden.«

Und da die Menge nicht lockerließ, faßte er an seine Pistolen. Die Juden verschwanden mit der Geschwindigkeit des Vogels.

Am nächsten Tag wimmelte der Große Platz ab Mittag von Geschöpfen, die lernbegierig waren. Die Menge – grellgrün, zitronatgelb, himbeerrot, brustbeerenfarben, rotviolett – war so dicht, daß Frauen ohnmächtig wurden und Greise ihren Geist aufgaben. Man fächelte sich Luft zu, man schwitzte, man stellte Berechnungen an, man kalkulierte, man hoffte, man kratzte sich, man stampfte mit den Füßen auf und man aß. Die Tapferen standen in der ersten Reihe, und vor Aufregung hatte Eisenbeißer bereits die Hälfte seines Bartes aufgegessen.

Schließlich erschien zur angesagten Stunde eine antike und schwankende Karosse, bedeckt mit Facettenspiegeln und eingerahmt von vier geschnitzten Engeln, die mit Blattgold verzierte Fackeln hielten. Zwei kleine, blumenbekränzte Esel zogen sie, und Saltiel thronte mit weißen Handschuhen auf purpurrotem Samt. Eine gewaltige Ovation empfing ihn. Er erhob sich und nahm seine Bibermütze ab.

Unterstützt von verschiedenen Offiziellen, stieg er staatsmännisch die Stufen hinauf, die zu dem für ihn errichteten Podium führten. Michael schoß mit Platzpatronen zweimal in die Luft, und eine ungeheure Stille breitete sich aus. Man hörte nur noch das Schlagen der Fächer und der Herzen. Erhaben und feierlich war die Stunde.

»Meine Freunde von der Insel«, sagte Saltiel mit edler, aber entschlossener Stimme, »Gefährten meiner Mühen, ich habe durch Geist und durchwachte Nächte das Geheimnis des Geheimnisses gefunden. Wer ist der intelligenteste Mann der Insel?«

»Ich!« wagte Eisenbeißer zu murmeln.

»Nieder mit ihm!« brüllte die Menge. »Vor die Tür! Bringt Eisenbeißer um! (Geschmeichelt lachte der falsche Advokat höhnisch und grüßte.) Ins Meer mit Eisenbeißer! Der intelligenteste Mann bist du, Saltiel! Sprich, Liebling des Mächtigen! Sprich, Blume der Nation!«

»Meine Herrschaften, ich habe euch zusammengerufen ...«

»Lang mögest du leben, Saltiel!«

»Sag es schnell!«

»Ich habe euch also zusammengerufen, um euch zu sagen, daß ich gefunden habe und daß das Geheimnis einfach kinderleicht ist.«

»Sag es! Sag es! Sag es!« wimmerte die Menge mit hervorquellenden Augen, mit lebhaften und fliegenden Händen.

»Doch bevor ich euch das Geheimnis enthülle, will ich mit euch über etwas reden, das mir am Herzen liegt.«

»Ja, ausgezeichneter Mann!«

»Sprich, Stimme der Weisheit!«

»Folgendes, meine Herren. Wenn die Deutschen sich begegnen, sagen sie Heil Hitler. Nu, auch wir müssen einen Erkennungsgruß haben! Ich schlage vor, daß wir von nun an nicht mehr Behagen und Familie oder Frieden sagen. Wir brauchen etwas Moderneres. (Er hielt inne, um zu schnupfen und vor allem, um das buntscheckige Publikum in Atem zu halten.) Ich schlage vor, daß unser Begegnungsgruß ›Es lebe Frankreich‹ heißen soll!«

»Hosianna!«

»Ja, meine lieben Freunde, denn es ist ein Land voller Anmut, wo man keine jüdischen Greise ohrfeigt!«

»Undsoweiter!« rief Eisenbeißer. »Wir haben die Anspielung verstanden. Aber ich schlage vor, daß man auch ›Es lebe England‹ sagt!«

»Angenommen!«

»Und auch ›Es lebe Amerika‹!«

»Und es lebe die Tschechoslowakei, die Schweiz!«

»Und es lebe auch Rußland!« sagte Michael.

»Das reicht!« brüllte Eisenbeißer. »Sind wir in der Erdkundestunde? Los, das Geheimnis, Saltiel!«

»Aber innerlich werden wir manchmal auch sagen ›Es lebe Deutschland‹«, sagte Saltiel.

»Ich bin dagegen!« donnerte Eisenbeißer. »Was erzählst du denn da mit deinem innerlich? Wenn ich denke, dann denke ich äußerlich.«

»Ich bin dafür«, sagte Saltiel, »denn der Tag wird kommen, an dem Deutschland begreifen wird, daß es böse gewesen ist und daß es in Wirklichkeit gut ist. Denn schließlich, meine Herrschaften, Beethoven . . .«

»Halt an, Saltiel!« rief Eisenbeißer. »Zwecklos, das weiter zu entwickeln.«

»Es bleibt noch eine andere Frage zu regeln. Wie sollen wir mit den Händen grüßen? Wo sollen wir den Arm und die Hand hintun?«

»In die Hosentasche«, schlug Mattathias vor.

»Auf den Kopf«, sagte Eisenbeißer, »denn er ist der Sitz der Intelligenz!«

»Nein, meine Herren. Unser Erkennungsgruß wird sein, ›Es lebe Frankreich‹ zu sagen und dabei die Hand aufs Herz zu legen!«

»Und jetzt die dreihundertunddrei Millionen!« rief Eisenbeißer.

»Ja, enthülle die Geheimniskolonne!«

»Nu, ich glaube, es ist besser, wenn ich euch nichts sage.«

Die Menge stieß einen Schrei der Agonie aus.

»Ja, meine Freunde, das Geheimnis ist so einfach, daß

ich wirklich intelligenten Juden diese Demütigung nicht zufügen möchte. Daher habe ich euch zusammengerufen, um euch zu ermuntern, allein weiterzusuchen.«

»Verrat!« rief Eisenbeißer.

Biberbemützt und haselnußbraun bratenberockt, schnupperte Saltiel den Geruch der intellektuellen Überlegenheit. Oh, wäre er als Italiener und Christ geboren, was für einen Papst hätte er abgegeben!

»Aus Mitleid!« tobte die Menge.

»Sag das Geheimnis«, brüllte Eisenbeißer, die mit dem Tode ringenden Hände an den etwas offenstehenden Gehrock geklammert, der einen Wald von Haaren sehen ließ, da der falsche Advokat seinen Rock immer auf der nackten Haut trug. »Sag das Geheimnis mir allein und ganz vertraulich!« röchelte er mit blutunterlaufenen Augen.

Und um Saltiels Mitleid zu erregen, riß er sich mit vollen Händen die Haare aus der Brust. Tausende seiner Landsleute taten es ihm nach. Ein Windstoß fegte diese ausgerissenen Mähnen hinweg, und es war wie eine schwarze Wolke, die zum veilchenblauen, seidigen und leuchtenden Meer hinflog. Siebentausend Menschen flehten, schlugen sich an ihre enthaarten Brüste, boten Geld an, um Genugtuung zu erhalten, wimmerten, daß die ganze Insel sterben würde und daß die Juden nie wieder schlafen könnten.

»Oh, ich würde zehn Jahre meines Lebens geben!« rief Lord Isaac and Beaconsfield Limited.

»Ich winde mich in den Krämpfen der Unzufriedenheit!« brüllte Eisenbeißer.

Eine ganze Stunde lang flehte die Menge, schimpfte, drohte, verfluchte, nahm Zuflucht zu den zärtlichsten Appellen, zum Talmud, zu den zehn Geboten, zu den Kranken, die auf den elenden Betten des Leidens lagen und die man hinaustragen ließ, um Saltiels Mitleid zu erregen. Gesichter quollen auf. Halbwüchsige kratzten an zyklonischer Nesselsucht herum. Niesen torkelte dahin, Gähnen breitete sich aus und endete mit einer hohen Tonart. Eine

Neunzigjährige, die Saltiels Amme gewesen war, holte eine ihrer verwelkten Brüste hervor, um den Undankbaren zu beschämen.

»Verfluchter, der du nicht die Milch respektierst, die deinen Durst gelöscht hat.«

Mattathias führte das Beispiel seines Urgroßvaters an, der an einer hinuntergeschluckten Frage gestorben war. Eisenbeißer behauptete, daß er selber, höchstpersönlich, leibhaftig, vor allem leiblich, bald sterben würde, leider. Er flehte seinen lieben Freund, den hochanständigen Menschen Saltiel, an, doch die Güte zu haben, den Wunsch eines Todkranken zu erfüllen.

»Tu es für mich, tu es für die Seele von Kleintod! O Juden, schreit Argumente hinaus, um diesen Tiger zu erweichen!«

Aber es war nichts zu machen, und Saltiel blieb lächelnd auf seinem mit Hilfe von Fässern und umgedrehten Bänken geschickt aufgebauten Schauplatz stehen. Er liebte es, seine Glaubensgenossen auf dem Grill der Erwartung zu rösten, genoß unschuldig ihren Schmerz und vor allem den von Eisenbeißer, der in einem Koma unbefriedigter Neugier sanft entschlummert war.

»Töte mich!« rief der falsche Advokat, aus seiner Ohnmacht wieder erwacht. »Erwürge mich, aber sprich! Ja, drück mir den Hals zu, hier ist er, ich biete ihn dir dar!« schlug er kniend und mit erhobenem Kinn vor.

Ein weiser Greis erinnerte daran, daß das Ereignis der Bombe, etwa dreißig Jahre zuvor, unter demselben Sternzeichen vorgefallen war. Und er schloß daraus, daß das von Saltiel entschlüsselte Geheimnis gefährlich sein mußte, und daß alle Söhne der Insel nicht zuviel seien, um seinen Sinn, seine Tragweite und seine Folgen zu diskutieren.

(Was die Juden zitternd die Bombe nannten, war ein Torpedo, das ein englisches Schlachtschiff verloren hatte und das Schiffer – der Vater Salomons und der älteste Bruder Mattathias' – dem Vater Saltiels, dem berühmten Kabbalisten Maimon, gebracht hatten. Dieser hatte, nachdem er die längliche Todesrakete untersucht hatte, verfügt, daß dieses kleine Schiff seit den Zeiten Salomons auf und unter dem Meer schwamm und daß es wahrscheinlich einen Teil der Reichtümer des berühmten Monarchen enthalten mußte. Man hatte es also zum Hufschmied gebracht – es war der Vater Michaels –, der mit heftigen Schlägen auf das Torpedo geschlagen hatte, während die Anwesenden Psalmen sangen und mit Palmzweigen wedelten. Die Explosion verursachte den Tod von etwa zwanzig Juden. Einige waren meine Verwandten.)

»O Liebling, fürchte, daß dieses Jahr ebenso unheilvoll sein wird wie das Jahr der Bombe!«

»Wo sind meine dreihundertunddrei Millionen?« heulte Eisenbeißer. »Wenigstens das!«

»Sprechen Sie, verehrter Herr«, kreischte Eisenbeißers Knabe, »denn das Warten verursacht mir Juckreiz in meinem jungen Alter. Juckreiz!«

»Ich verzichte auf meine zweihundert Millionen!« röchelte Eisenbeißer. »Ich werde nur hundert davon behalten! Los, Saltiel!«

»Enthülle, denn unsere Eingeweide krümmen sich!«

»O Essig in unserem Blut!«

»Sag das Geheimnis, denn meine Fingernägel schrumpfen zusammen und meine Haare fallen aus!« rief Eisenbeißer. »Sag es oder ich bringe mich augenblicklich um! Glaubst du, daß ich der Mann bin, das Leben zu ertragen, wenn ich weiß, daß ein anderer weiß, was ich nicht weiß? Du hast nicht das Recht, mich in der Blüte meiner Jahre sterben zu lassen! Übelmensch, weißt du nicht, daß mein Gespenst kommen wird, um dein Blut in den Adern erstarren zu lassen? Los, sag es oder ich werfe dir den bösen Blick zu!«

»Onkel, denken Sie an mich Ärmsten«, gurrte Salomon. »Sie müssen fürchten, daß auch ich in den Armen des Schwarzen Engels ohnmächtig werde! O Onkel, erklären

Sie uns eine kleine Erklärung! Denn unser Naturell ist es, wissen zu wollen.«

Eisenbeißer, zu allem entschlossen, spielte das große Spiel.

»Beim Heiligen Namen«, sagte er plötzlich und legte den rituellen Fransenschal auf seinen Kopf, »schwöre ich, daß ich, wenn du mir nicht sofort das Geheimnis enthüllst, nach Amerika gehe und daß ich Deutscher werde und daß ich meine Frau verstoße! Und ich werde Pastor! Und ich schicke Hitler ein Telegramm, um ihn zu beglückwünschen und ihn zu ermuntern, es noch besser zu machen, denn ich habe genug von einer so grausamen Rasse! Ich schwöre es beim Rabbi Akiba!«

Eine beeindruckende Stille folgte dieser Erklärung, und Saltiel spürte, daß er besiegt war. Die Ursache für das Abschwören Eisenbeißers zu sein, das nun doch nicht! Und vor allem, einen solchen Pastor den Amerikanern aufzuerlegen, dazu fehlte ihm der Mut. Er bat also seine Freunde, ihm zu folgen. Doch zuvor verabschiedete er sich von der Bevölkerung auf die neue israelitische Weise. Elf- oder zwölftausend Hände legten sich auf elf- oder zwölftausend Herzen, und ein lauter Schrei erhob sich.

»Es lebe Frankreich!«

IX

Die Freunde umringten Saltiel, der in seinem Taubenschlag thronte, während unten die Menge ihr Flehen fortsetzte.

»Meine Herren«, sagte Saltiel, »ein Mann wie ich hat keine Zeit zu verlieren. So wißt denn, daß ich in der vorletzten Nacht am Schlafen war.« Er zögerte. Was sollte er sagen? Welche Behauptung würde den edelsten Eindruck machen? Sagen, daß ihm urplötzlich die geniale Idee gekommen war? Oder aber sagen, daß es nach ungeheueren Berechnungen und Schreibereien war?

»Ich war am Schlafen, als eine Stimme mich mit einem dröhnenden Pst! rief. Und ich antwortete: Wer da? – Ein Freund! antwortete die Stimme. – Seid Ihr es, Herr Moses, unser Meister? Und die Stimme antwortete mir: Keineswegs, es ist nicht Moses. Für einen Mann wie Saltiel bemühe Ich Mich höchstpersönlich! Kurzum, meine lieben Freunde, es war der Ewige selber!«

Mit Ausnahme Salomons, der am ganzen Körper zitterte, wußten die Tapferen, daß Saltiel übertrieb. Dennoch waren sie ziemlich aufgeregt.

»Und Gott sprach mit diesen Worten zu mir: Saltiel, Ich werde dir ein wenig behilflich sein, das Rätsel zu entziffern. Wisse, mein lieber Freund . . .«

»Hat Er so gesagt, Onkel?« fragte der kleine Einfaltspinsel.

»Ehrenwort!« sagte Eisenbeißer, um das Ende der Geschichte zu beschleunigen.

Salomon sah den Onkel respektvoll an.

»Und dann«, führt Saltiel fort, »hat Gott zu mir gesagt, daß das Rätsel einfach sei und daß meine Freunde sehr dumm seien, weil sie es nicht begriffen hätten.«

»Er trägt etwas dick auf«, empörte sich Salomon. »Es ist wirklich nicht schwer, es herauszufinden, wenn man allmächtig ist!«

Kurzum, Salomon fand, daß es dem Ewigen an Takt fehlte. Aber er wagte es nicht zu sagen.

»Schon gut, schon gut«, sagte Eisenbeißer. »Und dann?«

»Nu, meine lieben Freunde, nachdem sich Gott mit der Hand über Seinen Bart gestrichen hatte ...«

»Aber haben Sie Ihn gesehen?« fragte Salomon.

»Nein. Denn ich wäre in Lumpen oder in glühende Kohlen verwandelt worden.«

»Und wie haben Sie dann gewußt, daß Er Seinen Bart berührt hat?«

»Ich habe das Geräusch der Haare gehört! (Ein großes Frösteln überlief Salomon.) Kurzum, meine Freunde, dank Gottes ...«, fuhr Saltiel fort, dem die gotteslästerliche Wendung, die seine Geschichte nahm, ziemlich unangenehm war.

»Bei den Haaren des Ewigen, beeile dich!« sagte Eisenbeißer.

»Kurzum, das Geheimnis liegt darin, daß man nur die Buchstaben berücksichtigen und weder die Zahlen noch die Zeichen noch das Wort Francs beachten durfte. Lest selbst.«

Jeder der Tapferen zog aus seiner Tasche den Text des Kryptogramms, und Eisenbeißer entzifferte laut.

»Setzt diesen Brief der Wärme aus und der Onkel wird eine große Freude haben.«

»Ja und, wo sind die Millionen?«

»Ich weiß es nicht. Ich habe Angst gehabt, den Brief ganz allein zu erwärmen. Ich habe es vorgezogen zu warten, bis ihr bei mir seid. Und außerdem wollte ich ein wenig leiden.«

»Warum?«

»Damit Gott Mitleid mit mir hat und die wirklich gute Nachricht schickt.«

Der Brief wurde über einen Rechaud gehalten, und es erschienen braune Buchstaben.

»Saltiel möge sich um Mitternacht am fünfundzwanzigsten April im Englischen Garten in Genf einfinden.«

Eisenbeißer war furchtbar enttäuscht. Und die Millionen? Saltiel klapperte mit den Zähnen.

»Das ist er, meine Heißgeliebten! Das ist Sol!«

Er öffnete die Arme, und seine Freunde kamen nacheinander, ihn zu umarmen. Und weil er alt geworden war, schluchzte er. Um sich Haltung zu geben, lachte Eisenbeißer höhnisch. Dieser Onkel Saltiel machte wirklich Geschichten mit seinem Neffen! Er, Eisenbeißer, hatte eine unendliche Zahl von Söhnen, einschließlich Kleintod, beerdigt, und dennoch trotzte er dem Unglück und ernährte sich tapfer. Und er weinte nicht öffentlich! Saltiel ließ wirklich nach. Salomon streichelte mit seinen kleinen Händen das runzlige Gesicht seines alten Freundes.

»Onkel, Sie müssen lachen, Sie dürfen nicht weinen.«

»Ja, aber wenn er es nicht ist?«

»Nu«, sagte Eisenbeißer, »wenn er es nicht ist, dann ist es vielleicht noch besser! Vielleicht ist es eine alte, reiche Amerikanerin, mit der du mich bekannt machen wirst und die ich bigamisch heiraten werde und du kannst über meine Zukunft beruhigt sein! Ich werde sie an den Fußsohlen kitzeln und sie wird mich anhimmeln und ich werde Zigarren rauchen und euch Sorbets anbieten und ihr werdet an diesem Tag sehen, wer ich bin!«

»Schweig, Leichnam«, sagte Michael.

Und als Eisenbeißer sich anschickte, Witze zu reißen, drehte ihm Michael die Nase herum. Eisenbeißer wollte den Mutigen spielen.

»Armer Kleiner«, sagte er zu dem Riesen, »wenn ich mich nicht zurückhielte, was glaubst du, was für eine Ohrfeige du einstecken würdest!«

Er war es, der sie einsteckte. Er knöpfte sogleich seinen Gehrock zu, und die Tapferen zitterten bei dem Gedanken an das Massaker, das folgen würde.

»Gib acht, daß du das nicht wieder tust«, sagte Eisenbeißer in vornehmem Ton. »Denn wenn du das wieder tun würdest, wäre es gut möglich, daß ich dich eine grobe Person nennte.« Und damit war die Angelegenheit erledigt.

»Onkel«, sagte Salomon, »ich habe ein gutes Vorgefühl. Sie werden den Herrn Solal in Genf sehen, und Sie werden gezuckerte Tage in dieser Stadt verbringen, die das Wunder der Welt ist, das Vaterland Rousseaus, der die Menschen liebte!«

Seine kleine Brust zitterte vor Begeisterung für Genf und seine Bewohner.

»In die Ecke!« befahl Eisenbeißer, der die Angewohnheit hatte, sich wegen der Schmach, die Michael ihm antat, an Salomon zu rächen.

»Ist das ernst gemeint?« fragte Salomon.

»In die Ecke! Wir haben genug davon, zu hören, wie du hier den Schulmeister spielst, o Reiskorn!«

»Wenn es ernst gemeint ist«, sagte Salomon.

Und um seinen Freund nicht zu ärgern, stellte er sich an die Tür und blieb dort folgsam zur Strafe stehen. Seinen Freunden den Rücken zugewandt, kratzte er sich verschiedene Male an verschiedenen Teilen seines Körpers. Unterdessen ging Saltiel auf und ab, dachte nach, nahm eines nach dem andern die leeren Gläser und besah sich ihr Inneres, als wollte er dort seinen Neffen finden. Seit zwei Jahren schon wußte er nichts von Solal noch von Rabbiner Gamaliel, dem Vater Solals. Er war alt und er wollte seinen Neffen wiedersehen, bevor er starb.

»Da die dreihunderttausend Drachmen wieder interessant werden«, sagte Eisenbeißer, »laßt uns nach Athen gehen, um sie abzuholen!«

»Ja«, sagte Mattathias. »Diese Millionen haben uns den Kopf verdreht. Hoffentlich ist der Scheck noch gedeckt.«

Man beschloß, daß die Reise nach Athen am nächsten Tag stattfinden sollte, und Eisenbeißer, der plötzlich sehr fröhlich war und die dreihundertunddrei Millionen vergessen zu haben schien, fing an zu singen. Man hätte meinen können, das Kollektivgurgeln eines abessinischen Stammes. Ein Schlag Michaels setzte diesem Solokonzert ein Ende.

»Meine Herren«, sagte Saltiel, »nachdem wir den Scheck in Athen eingelöst haben ...«

»Und ich«, unterbrach Salomon umherwirbelnd, »werde die Drachmen an meine Brust drücken, und der muß ganz schön schlau sein, der sie mir klauen will, denn ich werde Brombeerranken darüber legen!«

»Von Athen aus werde ich dann, mit Hilfe Gottes, allein nach Genf fahren«, sagte Saltiel, der glaubte, eine romantische Haltung einnehmen zu müssen.

Der falsche Advokat brach in ein verächtliches Lachen aus, spreizte seine Zehen und verkrampfte sie.

»Wer spricht an diesem Ort davon, allein zu fahren?« fragte er und nahm seinen Zylinder ab. »Schande über dich, Saltiel! Glaubst du, daß ich dich allein gehen lasse? Ich komme mit, Saltiel, so wie ich es sage, ich komme mit aus vier Gründen!« Da er spürte, daß seine Rede lang werden würde, vertrieb er herrisch den Olivenkern aus seinem Mund, den er darin bewahrte, seiner neurasthenischen Zunge Gesellschaft zu leisten.

»Der erste dieser Gründe ist der, daß ich von nun an auf Grund meines Anteils an den Drachmen Sohn des Reichtums und des Komforts bin und daß ich gern reise! Der dritte ... (er setzte seinen Hut wieder auf, schob ihn über ein argwöhnisches Auge) der dritte, sage ich, ist der, daß ich diesen Völkerbund zu sehen wünsche, um mir durch Augenschein und Urteil ein Bild von seinem Wert und Nutzen zu machen. Der vierte und wichtigste ist der, daß du das Glück meiner Augen bist, o Saltiel, Freund, den ich ebensosehr liebe wie jene in dünne Scheiben geschnittenen

Pommes frites, die von meinen englischen Freunden ›Chips‹ genannt werden, und weil sich, so verflucht ich auch sein mag, nichtsdestoweniger edle und wertvolle Gefühle in meiner Seele bewegen, die großzügig und in den verschiedenen Regenbogenfarben gefärbt sind! Und wie könnte ich dich in dem späten Alter, in dem du bist, allein zwischen den Klippen und Fallen lassen, o mein Gefährte Saltiel, o geliebter Freund meiner Kindheit, in dessen Nähe ich leben und sterben will?«

Nachdem er gesprochen hatte, verbeugte er sich als großer Schauspieler und Salomon brach in Schluchzen aus und Mattathias schneuzte sich. Michael räusperte sich. Um sich für Gefühle zu bestrafen, die sich mit seinem aufgezwirbelten Schnurrbart nicht vertrugen, gab er Salomon eine Ohrfeige. Dieser begriff alles und fuhr mit seinem leisen Schluchzen fort, nachdem er friedlich seine Hand auf das Knie seines Peinigers gelegt hatte.

»Daß diese Infamen«, sprach Eisenbeißer weiter und zeigte dabei mit dem Finger auf die anderen Tapferen, die zusammenzuckten, »daß diese falschen Freunde mit den Galgenvogelgesichtern, wahre epikuräische Freimaurer, düster gefesselt vom blonden Dämon des Egoismus, dich verwitwet und allein lassen, ist ihre Sache, Sache dieser düsteren, schändlichen Herren! (Er war ernsthaft empört. Dann, an seine eigene Liebenswürdigkeit denkend, hellte sich sein Gesicht idyllisch auf und er fuhr leidenschaftlich fort.) Was mich betrifft, der ich ein Mensch mit feinfühliger Seele bin, so werde ich dich zu Lande und zu Wasser begleiten, bei Wind und bei Flammen, durch Wüsten hindurch, Überschwemmungen, weibliche Sprecherzieherinnen, klassische Symphonien, Täler, Gedichte mit Reimen und auf die höchsten Gipfel Helvetiens, mein Leben bei jeder Gelegenheit für dich aufs Spiel setzend und Piraten und wilde Tiere herausfordernd! Ich mag zwar imstande sein, dich ein wenig zu betrügen, aber dich zu verlassen, o Saltiel, niemals!«

Er nahm seinen Hut ab, grüßte und ging davon. Er war so gerührt von seiner Rede, daß er hinter einen Olivenbaum ging, um seiner Rührung freien Lauf zu lassen und ungeniert zu weinen.

»Aber wir sind keine Infamen!« rief Salomon. »Auch ich werde mit Ihnen kommen, Onkel! Und zwar zu Lande und zu Wasser, bei den Winden und den Piraten!«

»Plagiator!« rief hinter seinem Olivenbaum Eisenbeißer, der, nachdem er sein großes, schnupftabakbraunes und tränengenetztes Taschentuch wieder eingesteckt hatte, einen Augenblick daran dachte, eine Gesellschaft mit beschränkter Haftung zu gründen, deren einziger Zweck es wäre, seine Reden patentieren zu lassen.

»Wie hoch sind die Reisekosten nach Genf?« fragte Mattathias, der kein schlechter Mensch war und Saltiel auf seine Weise liebte.

Einige Minuten später lief Salomon zu Eisenbeißer, der hinter seinem Olivenbaum immer noch über seine Herzensgüte weinte, und teilte ihm mit, daß die Tapferen beschlossen hatten, Saltiel bis ans Ende der Welt zu begleiten.

»Glaubst du nicht«, sagte er ganz leise zu ihm, »daß der Herr Neffe von Saltiel, der sich vielleicht ein Fürstentum oder irgendeine andere Gurke des Erfolgs verdient hat, uns Geld schickt, weil er uns liebt, uns aber nicht sagt, wo es ist, weil er fürchtet, wir würden seine einflußreiche Stellung durch unsere Manieren und unsere Inkompetenz gefährden?«

Der falsche Advokat sah den Knirps aufmerksam an. Eine Orange löste sich von ihrem Stamm und fiel herab. Eisenbeißer hob sie auf, kaute sie, ohne sie zu schälen, und dachte zehn Minuten lang nach.

»Dein Gehirn ist zwar klein, aber gut beschaffen«, sagte er schließlich.

Salomon, höchst glücklich über dieses Kompliment, legte zuerst einen Rund-, dann einen Langlauf hin. »Zwar klein, aber gut beschaffen!« trällerte er springend und hüpfend.

Anschließend kehrte er ins jüdische Viertel zurück, wo er, während er Brustbeeren knabberte, deren Tütchen er an seine Brust hielt, aus vollem Halse sang, wobei er bald auf einem Bein tanzte, bald adrette Sprünge vollführte, daß er dreißigtausend Drachmen habe, dreißigtausend Dra-achmen!

Er war so wahnsinnig vor Freude bei dem Gedanken, bald Athen zu sehen, bald dreihundert Hundert-Drachmen-Scheine zu haben, dreitausend Zehn-Drachmen-Scheine und vor allem dreißigtausend Ein-Drachmen-Stücke, mit seinen Freunden fortzugehen und Genf zu sehen, »Stadt der herrlichen Gletscher«, daß er plötzlich mit der Raserei des Fohlens zum Wald von Analipsis galoppierte. (O meine entflohene Jugend!)

Michelangeloartige Olivenbäume beugten sich, verkrümmt, über das glatte Meer, das zwei springende Quellen empfing. Salomon hob seine Stupsnase, weitete die Nasenlöcher, um die Salzluft tief einzuatmen und sich an dem ganz großen, ganz ausgezeichneten und ganz blauen, von Palmen völlig zerstückelten Himmel zu ergötzen.

»Herrgottnochmal!« wagte das fromme kleine Kerlchen zu schreien.

Die Wiesen waren samtig, alle Blumen in der duftenden und grünen Wärme aufgeblüht. Auf den senkrechten Felsen über dem Meer strömten die Mispelsträucher Wohlgerüche aus. Die große, ewige Sonne schnitt blaugrüne Scheiben und weiße Lichtungen aus dem Meer heraus, das kaum rauschte und so veilchenblau war. Die Stille dieser durchsichtigen Räume begeisterte den Wasserverkäufer, der mit dem Fuß aufstampfte und zum ersten Mal in seinem Leben alle möglichen unanständigen Wörter sagte.

Wie glücklich er war! Dreißigtausend Drachmen! Die Abreise! Die Schiffskabine! Die hübschen kleinen Kojen, guter Hergottnochmal! Die allerliebste Seebrise! Der

Schiffsbug! Er würde sich an die äußerste Spitze stellen und sich sagen, daß er eine Luft atmete, die kein anderer vor ihm je geatmet hatte! O Privileg! O Wonnen in dieser Welt! Seine Freude machte ihm Angst, und er schrie, um sich von ihr freizumachen.

»Badabumm, buff, kruck, fullmuff, numm und rumm!«

Oh, der große Dampfer, der ihn nach Marseille bringen würde! Oh, den köstlichen Geruch des Teers und der überhitzten Farbe genießen! Oh, sich stundenlang die entsetzlichen Maschinen ansehen und die Kolben und die lieben kleinen Glas- und Kupfergefäße, in denen grünes Öl war. Oh, den Maschinisten aufsuchen, der mit so etwas Fettigem, das vielleicht Zwerg hieß, über die leuchtenden Kolben fuhr! Oh, respektvoll den französischen und hochgewachsenen Kapitän grüßen! Oh, die Reisenden erster Klasse bewundern! Oh, in den Speisesaal hinuntergehen! Oh, sich von jedem Gericht dreimal auflegen! Und die Ankunft in Marseille! Und der liebe Freund Scipion, den man wiedersehen würde! Und die Eisenbahn anschließend! Der Kauf des Proviants für die Reise! Zwei Stunden vorher zum Bahnhof gehen, um den Zug nicht zu versäumen! Sich im Abteil niederlassen und trampeln! Hast du deinen Koffer? Und der Proviant, wo ist der? Und im Zug Bekanntschaft schließen mit bezaubernden Franzosen und gebildeten Schweizern! In Verbindung mit ihnen treten, sie dann ins Vertrauen ziehen und ihnen von der Freude über die dreißigtausend Drachmen erzählen! Alles das, alles das für ihn! Und die Ankunft in der Schweiz! Die Hirten! Die Freiheit! Die Ehrlichkeit! Die Tugend! Die Unabhängigkeit! Keine Faschisten und keine Kommunisten, von denen er Gänsehaut bekäme! Und Bekanntschaft machen mit Genf, das er noch nie gesehen hatte! Und seine Augen an den großen Politikern weiden! Und die Hand des Herrn Calvin küssen gehen, des Großrabbiners der Genfer! Und vor allem, vor allem den Herrn Solal wiedersehen, der so schön war! Ihn bewundern! Seine Augen sehen, die wie eine Theaterbühne waren! Die Freude Onkel Saltiels sehen, sich daran weiden und vor Freude sterben!

»Alles das für mich und für meine Freunde!« rief er und hüpfte auf einem Bein.

Und außerdem war er lebendig! Klein, aber lebendig, und er hatte vor nichts Angst! Von einer wahnsinnigen Freude gepackt, galoppierte der Sprößling von der jüngeren Linie der Solal, wobei er mit den Armen herumwirbelte, dem Meer entgegen, in das er sich ganz angezogen und mit dem Bauch zuerst hineinstürzte. Dort machte er ungleichmäßige Schwimmbewegungen, die ihn bald auf den Grund des Meerwassers hinabzogen, von wo er mit Algen bedeckt und nicht mehr ganz so furchtlos auftauchte. Er legte sich aufs Gras und streckte die Zunge heraus, wovon er annahm, daß es die künstliche Beatmung sei.

Sohn meines Herzens, kleiner Salomon, Jugend der Welt, Naivität und Vertrauensseligkeit, gute Herzensgüte, Erlösung von den Ungeheuern mit den Kanonengebissen, mit den Nasenlöchern, die Senfgas schnauben, und von all den Marionetten, die vergessen haben, daß sie Menschen sind. Salomon, kleiner Prophet der glückseligen Zeiten, wo die Menschen alle dir gleich sein werden. Salomon, kleiner, aber wahrer Heiland, es gibt nur mich, der dich schätzt und dich respektiert. Und du bist ein zu wahrer großer Mensch, um es zu wissen, o Schnecke, o Mikrobe, o große Seele. Laß sie lächeln und sich über dich lustig machen und geh deine Luftsprünge machen, kleiner, ganz kleiner Unsterblicher. Geh, mein Lamm, mein niedlicher geliebter Messias.

Die glühende Sonne trocknete den aus dem Wasser erretteten Salomon bald, der wieder seinen Lauf durch den von Wohlgeruch erfüllten Wald fortsetzte. Hunderte kleiner Vögel, alle piepend, umgaben ihn, denn sie fanden die Algen, mit denen er geschmückt war, ausgezeichnet und pickten ohne Angst daran herum. Als er stehenblieb, ließen sich die, die ihn kannten, auf seinem Kopf nieder, um sich die Beinchen zu vertreten und sich frech zu erholen. Als er wieder mit seinen Luftsprüngen begann, flohen sie mit einem lauten Seidengeknister und setzten sich, kleine unschuldige Kugeln, auf das hohe, feine und schwankende Geäst.

Er vergnügte sich lange damit zu singen, herumzuhüpfen und die Zeit zu vertrödeln, umgeben von einer Menge kleiner, flatternder und ebenso fröhlicher Freunde wie er. Manchmal drehte er sich wie ein Kreisel und sang Loblieder auf Gott, Schöpfer des Himmels und der Erde. Seine zerrissenen Ärmel flogen derart von einer Seite zur andern, daß sie Flügel zu sein schienen.

Die Stunden vergingen. Die Insekten krachten, knirschten, drohten, und Salomon, trunken von Drachmen, Leuchten und Reisen, dachte nur daran zu tanzen, zu singen und den neuen Wahlspruch der Tapferen hinauszuschreien.

»Es lebe Frankreich!«

So daß er sich, als die Nacht hereingebrochen war, in einem finsteren Wald verirrt wiederfand, wo Käuzchen anfingen so zu tun, als würden sie höhnisch lachen. Sich die Ohren zuhaltend, eine große Angst im ganz nassen Rükken, suchte er lange seinen Weg, wobei er die Marseillaise sang, um sich Mut zu machen.

X

Wirklich ein merkwürdiger Bursche, dieser Eisenbeißer. Seine Unternehmungen zur Zeit der Löwin hatten ihm eine stattliche Summe eingebracht, mit deren Hilfe er seine Kinder hätte überfüttern, sich einen neuen Gehrock erstehen und seiner Rebecca die pharmazeutischen Spezialitäten schenken können, auf die sie ebenso versessen war wie die Gattin Salomons. Wie glücklich wäre sie gewesen, ihre Gesundheit zu konsolidieren, indem sie gleichzeitig Boldoflorin, Urodonal, Bismurée Magnesia, Fröstelwein, Quintonin, Multivitamine, Kruschensalz, Eno's Fruit Salt, Kleine Carter-Pillen und noch viele andere Produkte, nach denen ihre Seele schmachtete, einnahm.

Aber nein. Stellt euch vor, daß Eisenbeißer, sobald er seine Holding aufgelöst hatte, herausfand, daß er zum Mäzen berufen war, und seine Gewinne unter Persönlichkeiten und Organisationen verteilte, die er schätzte. Diese Freigebigkeit ging von einer guten Regung aus, und der arme Teufel war weit davon entfernt, sich vorzustellen, daß sie fehl am Platze war und nicht mit überschäumender Dankbarkeit aufgenommen werden würde. Und hier Einzelheiten.

Tausend Drachmen für den Heiligen Stuhl, tausend Drachmen für die zionistische Organisation und dreitausend Drachmen für den König von England. Diese Spende war von folgendem Vermerk begleitet, in Schönschrift sorgfältig auf die Rückseite der Postanweisung geschrieben, worüber der Vorsteher des Postamtes von Kephalonia höchst erstaunt war: »Bitte an Ihre Freundschaftliche Majestät Sich Einige Nichtigkeiten zu Kaufen die Ihr Freude Machen und den Niedlichen Prinzessinnen Einige Tafeln Schweizer Schokolade zu schenken von ihrem guten Freund Eisenbeißer, demütiger, kriechender und bewundernder Wurm. Die Pistazienschokolade Damak von Nestlé ist Bezaubernd.«

Dreihundert Drachmen für den Herzog von Norfolk, den er ganz besonders schätzte. Zweihundertfünfzig Drachmen für Colonel Lord Templemore, D.S.O., O.B.E., Anführer der Yeoman der Garde. Zweihundertvierzig Drachmen für den Grafen von Lucan, Anführer der Gentilshommes d'Armes. Zweihundertsechzig Drachmen für Admiral Lord Beatty. Hundert Drachmen für den Grafen von Sefton. Hundertzwanzig Drachmen für den Grafen von Derby. Hundertfünfzig Drachmen für den Marquis von Zetland. Zweihundert Drachmen für den Marquis von Linlithgow. Hundert Drachmen für Herrn Winston Churchill. Fünfzig Drachmen für Herrn Lloyd George. Zweihundertfünfundsiebzig Drachmen für den Brigadegeneral G. W. St. G. Grogan, dessen hohen Federbusch er sehr geschätzt hatte.

Dreitausend Drachmen ans französische Luftfahrtministerium. (»Mit militärischem Gruß von Korporal Pinhas Solal.«) Dreitausend Drachmen für die Schweiz. (»Um euch einige gute Kanonen zu kaufen und paßt bitte an einer bestimmten Grenze, hm, hm, gut auf!«) Zweitausend Drachmen für den Präsidenten der Vereinigten Staaten. (»Entschuldigen Sie bitte die geringe Summe, Lieber Großer Freund, aber ich mache mir keine Sorgen, was Ihre Finanzen angeht.«)

Und eine griechische Briefmarke von einem Centime für den deutschen Propagandaminister.

Nachdem er diese verschiedenen Spenden heimlich abgeschickt hatte – Eisenbeißer befürchtete das Gekreisch Rebeccas –, ging er vier Fahrscheine dritter Klasse nach Marseille, via Piräus bestellen. Er rieb sich kräftig die Hände, als er an die Freude dachte, die die britischen Honoratioren empfinden würden, wenn seine Spenden bei ihnen ankämen. Eigentlich hätte er Lloyd George, der vielleicht gekränkt wäre, doch etwas mehr schicken sollen. Es war nicht mehr zu ändern. Zu spät. Außerdem war es genau genommen besser so. Gewiß, er empfand große Hochachtung für Lloyd George, aber er war mit seiner Politik nicht ganz einverstanden, und so war er schließlich nicht verärgert darüber, ihm das diskret verstehen zu geben. Er blieb stehen, sehr verdrossen darüber, daß er seinem lieben Eden, Neville Chamberlain, Baldwin und anderen nichts geschickt hatte. Aber was tun? Es blieb ihm kein Pfennig mehr. Nun, beim nächsten Geschäft würde er sie nicht vergessen.

Als er wieder in seinem Keller war, packte ihn eine große Zärtlichkeit, und er machte für seine Knirpse ein Omelette von vierzig Eiern. Mitten in der Nacht weckte er sie auf, um sie vor seinen strengen und entzückten Blicken verschiedene Stärkungsmittel hinunterschlingen zu lassen.

XI

Auf Deck des Schiffes, das gerade Piräus mit Ziel Marseille verlassen hatte, standen Michael, Salomon und Mattathias um Eisenbeißer herum, der an seiner Brust – in einem Brustbeutel – den Scheck über achttausend Schweizer Franken trug, den die Bank von Athen ihnen für die dreihunderttausend Drachmen ausgestellt hatte. (Nach einer hitzigen Diskussion war man übereingekommen, daß die Freunde den Scheck nacheinander aufbewahren würden und daß der wachhabende Träger von den andern eingerahmt werden sollte.)

Salomon, beunruhigt darüber, daß er Saltiel nicht sah, machte sich auf die Suche nach ihm. Er fand ihn, auf seinem alten, vielfältig verschnürten Koffer sitzend, wo er, wie der Prophet Jeremias auf den Ruinen von Jerusalem, träumte. Der kleine Onkel erinnerte sich an die vergangenen Jahre. Ein Vierteljahrhundert zuvor lebten dreißigtausend Juden in Kephalonia, und in dieser gesegneten Zeit gab es fünf Synagogen, eine Talmudakademie, ein Seminar, einen Großrabbiner, sechs gewöhnliche Rabbiner und zehn Offizianten. Doch nach und nach waren die Juden abgewandert und es blieben jetzt nur noch fünfzehntausend übrig. Die andern waren in blühende Städte ausgeschwärmt – Mailand, Alexandria, Manchester, Paris, New York. Chaim, der Enkel von Mose Solal, war Abgeordneter und nannte sich Victor Saulalle. Die Heirat seiner Tochter Jehanne mit Baron Oppenheim war in der elegantesten Kirche von Paris gefeiert worden. Was den Sohn Victor Saulalles betraf, so war er Romancier von Ehebrüchen. Da er sich seiner Rasse schämte, signierte er Adrien de Nobencourt. Es hieß sogar, er denke daran, einen Antrag auf Berichtigung des Personenstands zu stellen.

»Onkel«, fragte Salomon, »tut es Ihnen an irgendeiner Stelle Ihres Körpers weh?«

Und alle diese Überläufer aßen Schweinefleisch, freuten

sich, daß sie Präfekten kannten, und sprachen herablassend von Kephalonia, fest entschlossen, diese nicht sehr zivilisierte Insel und das Getto, dem sie ihre Existenz verdankten, nicht mehr wiederzusehen. Sie gingen nur noch am Versöhnungstag in die Synagoge und aßen während des Passahfestes kein ungesäuertes Brot mehr. Sie ließen ihre Söhne zwar noch beschneiden, lehrten sie aber nicht mehr hebräisch. Die armen Kinder kannten nur noch ein einziges Gebet, jenes, das sie in einem lächerlichen Erwachsenenanzug und mit einer Melone auf dem Kopf am Tag ihrer Weihe in Synagogen aufsagten, in denen man schamloserweise Orgel spielte und in denen Frauen, Grauen über Grauen, Seite an Seite neben den Männern saßen. Und die Töchter dieser Überläufer machten Farbe auf ihre Lippen, gingen abends halbnackt aus. Und er hatte welche gesehen, die sich wie Männer anzogen. Die Söhne der Reichsten hingegen hatten weibische Manieren und schworen der heiligen Religion ab. Jäher Übergang von der Heiligkeit zur Fäulnis.

Die drei anderen Tapferen kamen in dem Augenblick herein, in dem Salomon, in der dunklen Kabine, die Hand Saltiels nahm.

»Sollen wir Ihnen zusammen einen Psalm vorsingen?« schlug er vor.

Mit einer Handbewegung verwarf Saltiel die Psalmen, die das Volk nicht vor dem Verfall bewahrt hatten.

»Zum Teufel, wenn man traurig ist, sagt man es, schreit man es heraus«, brüllte Eisenbeißer. »Genug mit diesen Rätseln, o Saltiel!«

»Ist es, weil Sie die Insel verlassen haben, Onkel?« fragte Michael.

»Unser Volk liegt in den letzten Zügen«, sagte Saltiel.

Eisenbeißer wiegte den Kopf. Er wußte es schon lange und konnte deshalb nachts nicht schlafen. Überhaupt, was hatte er aus seinem Leben und seiner Jugend gemacht? Keine Erfindung, nichts würde nach seinem Tod von ihm bleiben. Oh, ein edles Buch geschrieben zu haben und von der Menge beklatscht worden zu sein! Im Grunde war er schon tot. Und wenn man bedachte, daß er, wäre er als englischer Christ geboren worden, im Augenblick Vize-König von Indien wäre und kein Judenlümmel, der viel aß, um sich darüber hinwegzutrösten, daß er nichts war. Ein König hatte alles, Auszeichnungen, Vergnügungen, Ehren, berechtigte oder unberechtigte Bewunderung, und er, Eisenbeißer, hatte nichts. Er betrachtete das Bullauge in Selbstmordabsicht. Nein, er würde nicht durchkommen. Morgen, wenn er allein wäre, würde er das Bullauge seiner Kabine mit einer Säge vergrößern.

Aber die Glocke ertönte zum Abendessen und Eisenbeißer stand auf, rieb seine riesigen Hände, ließ Funken daraus hervorsprühen. Wenn Israel im Sterben lag, er, Eisenbeißer, war jedenfalls am Leben, zum Teufel! Außerdem sorgte Hitler seit einiger Zeit dafür, die Seele Israels wieder aufzuerwecken!

»Zu Tisch, meine Herren! Fette Nahrung erwartet uns, und ihr wißt, je fetter sie ist, um so mehr entspricht sie meinem Geschmack!«

»Machen wir uns schön«, sagte Salomon. »Der Speisesaal ist schön, und wir dürfen nicht das Gesicht verlieren!«

»Was soll denn das bedeuten«, empörte sich Eisenbeißer, »in einer dunklen Kabine sitzenzubleiben, während es oben Musik gibt, Engländer erster Klasse, die man grüßen, und Bekanntschaften, die man machen kann!«

»Und Damen, die man ansehen kann!« sagte Salomon.

»Licht, Salomon, Licht!« rief Eisenbeißer und klatschte in die Hände. »Dreh an allen Schaltern und laß alle Lichter leuchten, damit Fröhlichkeit in die Herzen kommt und ich diese Schiffahrtsgesellschaft, die sicherlich zu viele Gewinne macht, ein wenig ruiniere!«

Die Hände plätscherten im Wasser der Waschschüssel herum, und die Haare wurden naß gemacht, mit Pomade eingeschmiert und glattgestrichen. Nachdem Salomon die

Freunde abgebürstet hatte, betraten die Tapferen im Gänsemarsch den Speisesaal dritter Klasse, wo ihre Aufmachung einen Erfolg hatte, dessen sich nur Saltiel und Salomon schämten.

Sie aßen mit gutem Appetit, weit geöffneten Mündern und schnalzenden Zungen, forderten einander höflich auf, sich von diesem herrlichen Hors-d'œuvre noch einmal aufzulegen. Was die italienischen Teigwaren anging, die folgten, so fand Eisenbeißer sie so bezaubernd, daß er in Salomons Teller eine Razzia veranstaltete.

»Es ist zu deinem Besten«, sagte er. »Verstehst du, o kleinster mit bloßem Auge sichtbarer Riese der Welt, dein Darmkanal ist so klein, daß die Makkaroni nicht hineinkommen könnten und deine Speiseröhre daher in die Makkaroni rutschen würde, was dein Ableben infolge von Erstickungssurrogation zur Folge hätte.«

Und er ließ sich unendlich viele Makkaronis mit Tomaten schmecken, wobei er einen abgehackten Militärmarsch summte und dazu mit seinen Zehen, die er wie Kastagnetten knattern lassen konnte, den Takt schlug. Dann delektierte er sich an einem großen und fetten Kalbskotelett, dessen Knochen er mit hinunterschlang.

Als der schlecht rasierte Kellner den Kuchen zum zweiten Mal brachte, machten sie ihm Komplimente. Mit einem ungewohnten Wohlwollen forderte Eisenbeißer Salomon auf, sich noch einmal zu bedienen.

»Nimm dir viel, Kind, denn die Seeluft macht hungrig«, sagte er mit lachendem Gesicht zu ihm.

Nachdem er den Kellner so vorbereitet und einen Präzedenzfall geschaffen hatte, nahm er sich, als er an der Reihe war, fünf Stück Kuchen. Die Freunde wandten die Köpfe ab.

»Wer bezahlt, hat recht!« brummte Eisenbeißer. (Es muß festgehalten werden, daß er sich ohne Fahrschein eingeschifft hatte.)

Mit seinem Enterhaken spießte Mattathias zwei Kuchenstücke auf, die er in seine Tasche steckte. Nachdem Eisenbeißer in Windeseile seinen Teil verschlungen hatte, pfiff er zur großen Verlegenheit seiner Freunde, die ihn mit seiner Schande allein ließen, nach dem Kellner.

»Kennen Sie auf diesem Schiff nicht die Gewohnheiten der englischen Dampfer, wo man die einzelnen Gerichte dreimal anbietet?« fragte der falsche Advokat und lüftete seinen Zylinder. (Der Kellner ging ohne zu antworten weg, und Eisenbeißer grinste beschämt.)

Er täuschte große Selbstsicherheit vor, trank ein Glas Wasser, stand auf und begab sich zu seiner Kabine, die er allein bewohnte. (Um die vier Armenier zu vertreiben, mit denen er sie ursprünglich teilte, hatte er Michael anvertraut, wobei er es einzurichten wußte, daß er von den Unerwünschten gehört wurde, daß er kannibalische Neigungen habe. Er hatte den Geschmack goldbraun gebratener Säuglinge und den Zauber von Greisenzungen so eingehend kommentiert, daß die Armenier sich auf die Suche nach einer anderen Kabine gemacht hatten.)

Ein Verlangen nach Sauberkeit überkam ihn. Also beschloß er, die halbjährliche Reinigung seines Körpers vorzunehmen. Um das zu tun, schabte er ihn mit dem Messer von oben bis unten ab. Dreckspäne flogen umher wie unter dem Hobel eines Schreiners. Dann zog er sich wieder an, hüllte sich in einen abenteuerlichen Umhang und führte seine Neurasthenie auf dem Deck der Dritter-Klasse-Passagiere spazieren.

Er fand Salomon neben einem polnischen Juden sitzend und im Schein einer Kerze eine hebräische Übersetzung des »Kapitals« lesend, wobei er die Augen weit aufriß, ebenso begierig, sich Wissen anzueignen, wie schicksalsergeben, daß er nichts verstand. Um sich bei dem unbekannten Glaubensgenossen interessant zu machen, grüßte Eisenbeißer Salomon nach der neuen tapferen Mode.

»Es lebe Frankreich«, sagte er und brachte seine Hand ans Herz.

Sogleich bemächtigte er sich des Buches von Karl Marx und blätterte darin. Als er bei der zwanzigsten Seite angekommen war, hielt Eisenbeißer verblüfft, betroffen, irritiert inne. Dieser Karl Marx hatte ihm alle seine Ideen geklaut! Er betastete den Brustbeutel. Ja, der Liebling war da. Wirklich, dieser Karl Marx übertrieb, und sicherlich war er am Verhungern. Mit mächtigen Faustschlägen vertrieb er seinen Glaubensgenossen aus Polen. Dann wurde er ganz gerührt über seine Ehrlichkeit. Er trug an seiner Brust einen Scheck in Schweizer Franken und ging doch nicht stiften! Herr, war das schön! Während Salomon auf dem sich langsam leerenden Deck schnarchte, sann Eisenbeißer lange über dieses Wunder nach.

Plötzlich erblickte er Saltiel, der sich einer merkwürdigen Beschäftigung hingab. Die Spitze eines seiner Füße vorschiebend, dann die andere, hielt er die Arme gerundet, machte mit den Fingern Geräusche, wirbelte lebhaft mit zuckender weißer Mähne umher.

»Saltiel, was soll dieser schamlose Tanz?«

»Es ist die Aufgeregtheit eines Onkels, der voller Hoffnung ist!« antwortete Saltiel.

Seine Mütze unterm Arm, setzte der Greis seine Luftsprünge auf dem menschenleeren Deck und unter den betrübten Blicken Eisenbeißers fort. Dennoch schloß sich dieser kurz danach dem Tanz an. Man mußte leben, zum Teufel! Außerdem verlieh ihm die Tatsache, daß er seine Haut geschabt hatte, eine große Seelenleichtigkeit. Salomon drehte sich unter den grünen Lichtern im Kreise. Und Mattathias selber entschloß sich, mitzutanzen. Er machte langsame Drehungen, besorgt darum, seine Schuhsohlen nicht allzu sehr abzunutzen. Und alle waren unerklärlicherweise glücklich. Lag es daran, daß sie gut gegessen hatten, oder daß sie einen Schweizer Scheck hatten, oder daß sie von dem einschmeichelnden, mondbeschienenen Seegang geschaukelt wurden? Wie dem auch sei, sie tanzten eine ganze Stunde lang bei den Klängen der von Michael geklimperten Gitarre.

Völlig ermattet hörten sie auf, und Saltiel, an die Reling gelehnt, erzählte seinen im Kreis auf dem schwankenden Deck sitzenden Freunden schöne Geschichten. Während er von Zeit zu Zeit eine Prise Schnupftabak nahm, klärte er sie darüber auf, daß die Baronin de Rothschild Perlenpüree esse; daß in Amerika die Möbel aus gehärtetem Papier seien und daß man sie aus Gründen der Sauberkeit jeden Tag verbrenne; daß ein gewisser Schriftsteller namens Pagnol die Gabe besitze, so komische Dinge zu sagen, daß er Tag und Nacht von Journalisten verfolgt werde, die jeden seiner Sätze nach Amerika telegrafierten; daß er für diese Sätze hunderttausend Francs das Stück bekomme und daß sich ganz Amerika darüber vor Lachen kringele; daß die anderen Welten bewohnt seien und daß Moses folglich seine Taten auf jedem Gestirn von neuem beginne – weshalb er sicherlich viel zu tun habe; daß er in Genf einer Predigt beigewohnt und sich wahnsinnig als Protestant gefühlt habe, daß er aber, als er in Rom in den Petersdom gegangen sei, inmitten dieses Weihrauchs und dieser Gesänge vor Katholizismus gebebt habe, und außerdem, der Heilige Vater, ganz in Weiß, wie wunderbar! Ferner erzählte er seinen Freunden, daß der König von Schweden so verwöhnt sei, daß er jede Woche seine Bettwäsche wechseln lasse, was die ungläubigen Proteste Eisenbeißers hervorrief; daß die Franzosen in Deutschland ein Netz unterirdischer Gänge gebaut hätten, um es beim nächsten Krieg gleich am ersten Tag in die Luft zu sprengen. In diesem Zusammenhang erklärten die Tapferen, daß sie sich gleich zu Beginn der Feindseligkeiten freiwillig melden würden. Salomon erklärte sich für nicht zuständig.

»Ich habe einen empfindlichen Hals«, sagte er, »und der Krieg würde mir nicht gut bekommen. Und außerdem, wie sollte ich es anstellen, meinen Säbel dem andern in den Leib zu stoßen? Es würde mir wehtun, selbst wenn ich die

Augen schlösse. Außerdem lebe ich gern, meine lieben Freunde, und meine Devise lautet: ›Immer im Gefängnis, aber immer am Leben.‹ Also kaufe ich mir im Falle eines Krieges einen Taucheranzug sowie einen Vorrat an Luft, ich gehe unters Meer und lasse die Europäer sich allein auseinandersetzen. Denn sie sind mutig und ich nicht.«

Man machte ihm Vorhaltungen und schimpfte ihn einen Deserteur. Er schauderte zusammen, stellte seinen guten Ruf wieder her, indem er behauptete, er würde sich doch in den Kampf stürzen. Aber in seinem Innern nahm er sich vor, bei der Musterung, wenn der Stabsarzt ihn abhorchen würde, viel zu husten. Ein Soldat weniger, das würde Frankreich bestimmt nicht den Krieg verlieren lassen. Und er würde das Leben dabei gewinnen.

»Sie machen Kriege«, explodierte er plötzlich, »aber sie sagen, daß sie einander lieben! Erklärt mir, o meine Freunde der Pistazien, dieses Mysterium ihres Glaubens.«

»Sie lieben sich, wie der Tiger die Lammkoteletts liebt«, antwortete Eisenbeißer, »und wie ich eisgekühltes Bier liebe, das ich in Mengen im Restaurant und auf Rechnung des großzügigen Salomons kaufen werde.«

XII

Es war eine köstliche Zeit. Man knabberte gesalzene Pistazien, man aß hartgekochte Eier, man trank zahlreiche schaumbekrönte Seidel Bier und, höchste Wonne, man schmiedete Pläne, während die Wellenkämme unter dem Mondlicht glitzerten und die Sirene sich ängstigte. Dann stellte man sich lange vor, was man alles an Wundern und Wohltaten tun oder sich an unersättlichem Luxus leisten würde, wenn man in der Lotterie das große Los gewänne. Schließlich fragte Eisenbeißer Salomon, ob er sich, für eine Million, trauen würde, in der Pariser Opéra »Rigoletto« zu singen.

»Sicher und gewiß», antwortete der kleine Mann. »Was liegt mir daran, daß man über mich lacht? Bewerft mich mit Tomaten und faulen Eiern, wenn es euch Spaß macht. Hauptsache, ich werde Millionär! Ich singe falsch, solange sie wollen, ich bekomme eine Million, ich drehe ihnen eine lange Nase, und schnell ziehe ich Leine und sehe mein ganzes Leben lang keinen Pariser mehr!«

Saltiel trällerte darauf eine Arie aus »Carmen«, die er seit zwanzig Jahren zu lernen versuchte. Aber er kannte nur die ersten Noten und hörte immer mitten im ersten Satz auf. Dann sprach Eisenbeißer und klärte den entsetzten Salomon darüber auf, daß die Prinzessinnen Eingeweide hätten. Salomon protestierte zwar, mußte sich aber den Tatsachen beugen und verfluchte Eisenbeißer, den Verhinderer von Bewunderung. Dann erzählte Saltiel vom Scharfsinn eines gewissen Professor Freud.

»Jemand hat gestohlen und er leugnet! Gut. Man bringt ihn zu diesem Arzt-Professor, der ihm einen Blick zuwirft und sagt: ›Die Brieftasche liegt unter dem Ofen!‹«

Eisenbeißer nahm sich vor, nie die Bekanntschaft dieses Freud zu machen. Dann erzählte Saltiel den Freunden, daß der König von England seinen ausgezeichneten morgendlichen Kaffee aus einer diamantenen Tasse trinke, und

Mattathias fuhr sich mit der Zunge über die Lippen, nicht wegen des Kaffees, sondern wegen der Tasse. Eisenbeißer erklärte dann, daß der Mensch, dem es gelänge, den Zohar auswendig zu lernen, unsichtbar werden und einträgliche Streifzüge durch die Konditoreien machen könne. Salomon beschloß in seinem Innersten, sobald wie möglich dieses kabbalistische Buch zu kaufen. Es entstand eine Stille, in deren Verlauf die Tapferen den hohen Mast betrachteten, der auf die Sterne zeigte. Salomon schnüffelte.

»Was hast du, äußeres Ende der Makkaroni und Grund des Löffels?« fragte Eisenbeißer.

»Ich bin traurig.«

»Warum?«

»Weil Seine Majestät Eduard VIII. nur noch Herr Windsor heißt.«

»Ach, wenn ich das wäre!« sagte Eisenbeißer. »Wegen einer Frau auf ein Reich verzichten, auf eine Apanage von fünfzig Millionen Pfund und auf das Herzogtum Cornwall! Und das alles wegen einer Frau, die er auch ohne all dieses Abdankungswirrwarr so oft hätte besuchen können, wie er gewollt hätte.«

»Wir könnten ihm vielleicht telegrafieren, daß er König bleiben und seine schöne Dame heimlich besuchen soll?« schlug Salomon vor. »Er bräuchte ihr nur Geschenke zu machen, um sie zu trösten.«

»Und nach und nach würde er es durchsetzen, sie doch zu heiraten, indem er den Premierminister wechselt«, sagte Saltiel. »Trotzdem bewundere ich ihn.«

Eisenbeißer bewahrte ein regierungstreues Schweigen. Es handelte sich um eine so hochgestellte englische Persönlichkeit, daß er sich zu größter Zurückhaltung verpflichtet fühlte. Dennoch dachte er sich sein Teil.

»Was mir am meisten Kummer macht«, wimmerte Salomon, »ist die Tatsache, daß man ihm nicht einmal die Erlaubnis gibt, in England zu bleiben.«

Andere Tapfere schneuzten sich.

»Aber wir sind doch verrückt«, sagte Eisenbeißer plötzlich, »Eduard Windsor vielleicht nur noch, aber unterdessen hat er größere Einkünfte als wir, und ihr könnt ganz beruhigt sein, sein Bruder, der ein charmanter und guter Herr ist, wird ihm tausend Adelstitel verleihen!«

»Ja, aber er kann nie wieder in England leben«, schluchzte Salomon.

»Und du, lebst du etwa dort? Sei ganz ruhig, er wird in Nizza Kaleschen und Schlösser haben! Und er reist bestimmt nicht dritter Klasse! Machen wir einen Spaziergang, arm wie wir sind.«

Sie machten sich heimlich auf den Weg, um nachzusehen, was die Reichen in dem großen Salon der Erster-Klasse-Passagiere taten. Im Dunkel zusammengedrängt, spähten und bewunderten sie. Das Orchester spielte God Save the King. Zwei Engländer erhoben sich, worauf Salomons Herz doppelt schlug. Sehr bewegt und züchtiger Vertreter seines geliebten England, nahm Eisenbeißer den Hut ab und verhielt sich reglos, würdevoll, diskret, ernsthaft, vornehm, distinguiert.

Dann ertönte die Marseillaise und Eisenbeißer fühlte sich durch und durch als Franzose und Anhänger Dantons. Er lief an Deck auf und ab, wobei er zahllose Regimenter militärisch grüßte, als deren Oberbefehlshaber er sich fühlte. Salomon brannte darauf, das Vaterland zu verteidigen! Die Marseillaise breitete immer siegreichere Flügel aus, und Eisenbeißer spielte gemessen den Dirigenten.

»Wenn ich das Oberhaupt Frankreichs wäre«, erklärte er, Tränen in den Augen, »ließ ich sie jede Stunde auf den Straßen spielen, um den Patriotismus zu steigern! Und ich ließe die Lügner erschießen!«

»Welche?«

»Alle!«

Gegen Ende der Hymne war er so verrückt vor Begeisterung, daß er die Deutschen aufs Korn nahm. Während er mit der einen Hand die geliebte Hymne weiter dirigierte, drückte er mit der andern ab. Und er zielte verdammt gut. Die Freunde konnten sich nicht mehr zurückhalten und legten ebenfalls an. Furchtbare Peng-pengs brachen los, gefolgt von den Badabumms des Artilleristen Michael. Und die Deutschen fielen um wie die Fliegen.

Das Orchester setzte aus, und die schwitzenden Tapferen trockneten sich ab. Mattathias und Michael waren verlegen. Salomon hingegen war von seinem Mut begeistert. Er hatte mindestens fünfzig umgelegt!

»Und bei meinen«, sagte Eisenbeißer, »splitterten die Köpfe, weil ich Dumdumgeschosse benutzt habe! Ich zielte gut, weil ich den Spiegel vor mir hatte! Auf Wiedersehen, meine Lieblinge, ich mache einen Gang.«

Er begab sich an Deck der Vierte-Klasse-Passagiere, wo er einem Armenier erklärte, er sei incognito Botschafter. Einem Syrer erzählte er, er sei Arzt und heile die Fettleibigkeit dadurch, daß er seine Patienten vierundzwanzig Stunden lang in einen Kühlschrank einsperre.

XIII

Um ein Uhr morgens waren die Freunde immer noch auf dem unsicheren Deck des Schiffes. Verzaubert vom monotonen Geräusch des Meeres, betrachteten sie die Sterne, während sie dazu langsam Nußblätterteigkuchen aßen.

Ein kleiner rauchender Kaffee, verziert mit gelben und roten eingemachten Birnen sowie mit sehr weichen Makronen, gab den Tapferen wieder Kraft, die sich darauf unverzüglich neue Herrlichkeiten ausdachten. Erstens, daß sie Herzöge mit Seidensocken seien; zweitens, daß sie Flieger seien, aber in einem Flugzeug, das von einem Seil zurückgehalten wurde; drittens, daß man Hitler aufsuchen und ihm so beredt vom Gesetz erzählen wolle, daß er Rabbiner werden würde!

»Darauf wird er nie eingehen«, sagte Eisenbeißer, »ich kenne ihn. Eine bessere Idee wäre wohl, mich so zu schminken, daß ich ihm gleiche, und dann befehle ich alles und ordne an, daß man uns lieben muß, so wird's gemacht!«

»In Wirklichkeit«, sagte Michael, »wird man dich verhaften, und man wird zu dir sagen, du sollst zugeben, daß du ein Judenschwein bist, und da du das nicht sagen wirst, wird man dir die Fingernägel ausreißen.«

»Sei beruhigt, ich werde alles sagen, was sie wollen. Und wenn es ihnen Spaß macht, diesen Dummköpfen, werde ich sie gut bedienen und sagen, daß ich drei Schweine bin. Bin ich deswegen etwa weniger Israelit? Im Gegenteil, ich werde es noch mehr sein, da ich gut erhalten und unbeschädigt bleibe! Ich werde sogar rufen, daß ich eine ganze Herde Schweine bin, bevor man mich anrührt!«

»Ich«, sagte Salomon, »ich werde Herrn Hitler alles genau erklären und wenn er die Leiden unserer armen Brüder dort begreifen wird, wird er weinen. Das ist mein Plan.«

»Meine Herren, bilden wir ein Komitee gegen den Antisemitismus«, schlug Eisenbeißer vor.

Der Plan wurde gebilligt, doch die Diskussionen erwiesen sich als schwierig, denn man mußte zunächst einmal die Begriffe definieren. Gab es ein jüdisches Volk? Und was war ein Komitee? Und was sollte man unter »Antisemitismus« verstehen? Michael sagte in aller Ruhe, daß er den Wanst dessen, der weiter von Politik reden würde, mit der Spitze seines Dolches Bekanntschaft schließen ließe.

»Reden wir lieber von Liebe«, schlug er vor.

»Onkel«, fragte Salomon, »welche ist die Hübschere, die Blonde, die Fliederduft ist, oder die Dunkelhaarige, die frisch ist wie die Kirsche?«

»Ich weiß nicht warum«, sagte Eisenbeißer ernst, »aber die Blonden erinnern mich immer an eine goldbraun gebratene Lammschulter, während die Dunkelhaarigen mich eher an einen schönen fetten Ochsenschwanz mit viel rotem Pfeffer denken lassen. Daher ist es mir angenehm, sowohl von Dunkelhaarigen als auch von Blonden reden zu hören.«

»Was für eine Poesie!« höhnte Saltiel. »Man sieht doch genau, daß du nie die Liebe kennengelernt hast.«

»Ich habe sie besser gekannt als du«, sagte Eisenbeißer. »Sie war sehr hübsch, und sie sagte mir ständig Gedichte.«

»Das hatte ich mir immer vorgestellt«, rief Salomon nach einer Weile des Nachdenkens aus. »Ich bin natürlich nie geliebt worden, weil ich viel zu klein bin, aber ich war sicher, daß man sich Gedichte sagt.«

»Aber sobald der Mann einmal krank oder an einer bestimmten Stelle seines Körpers geschwächt ist«, erklärte Eisenbeißer, »sagen ihm die Geliebten keine Gedichte mehr, weil er sie anwidert und sie ihn mächtig hassen.«

»Und was tun sie dann?« fragte Salomon ein wenig verängstigt.

»Sie stecken zwei Finger in den Mund, sie pfeifen und sagen zu dem Hotelangestellten: ›Kümmere dich um das Aas!‹ So machen sie es.«

»Aber wenn du nicht krank bist«, gab Salomon zurück,

»welche Wonnen! (Er stand auf. Die kleinen Fäuste geballt und die Augen am duftenden Himmel, schien er zu rezitieren.) Eine Frau, die dir den ganzen Tag lang Gedichte sagt, wie ist das schön! Du stehst am Morgen auf, und du hörst ein Gedicht, das für den Magen deiner Seele Pfirsichsaft ist! Und wie gehen deine Liebschaften aus, lieber Eisenbeißer?«

»Sehr schlecht«, sagte Eisenbeißer, »an dem Tag, an dem ich feststelle, daß die Frauen ...«

Schon entsetzt, verstopfte sich Salomon die Ohren.

»Ich will nicht, das ist nicht wahr!« rief er.

»Gut, ich werde es nachher erklären. Ich war also zwanzig Jahre alt und nicht häßlich. Sie war blond und hübsch, mit Ringellocken, charmant wie der Mond, wenn er über dem Meer aufgeht. Eine richtige Wassermelone, gesund wie das Auge des Hahns, fest und biegsam wie die gekochte italienische Makkaroni, und sowohl vorne als auch hinten begünstigter als die Elefantin höchstpersönlich! Und eine Wange, die ich gegessen hätte, ohne hungrig zu sein, nur mit ein paar Gurken. Kurzum eine richtige Schönheitskamelstute mit Seerosenhänden und einem weißen Teint, die mich mit Kunst und Räucherpfanne vergiftete, wenn ich sie besuchte, und mich mit Sonaten umbrachte. Kurzum, sehr hübsch. (Salomon machte ein Ohr frei.) Und äußerst distinguiert. Was, wie ihr gleich sehen werdet, ihr Verhängnis war. Sie las mir gereimte Verse vor, schrieb selber welche, und auf geht's mit den Lilien und den Stockrosen und den Schwänen und den untergehenden und aufgehenden Sonnen! Sie schloß die Augen, wenn sie einem Konzert lauschte, und machte Operngebärden, wenn sie mich in ihrem Zimmer empfing, das voll war von nicht eßbarem und hemmungslos buntem, Blumen genanntem Gemüse. Und sie sagte nur erhabene Worte. Und sie sprach die ganze Zeit über von Malerei, der Ölmalerei, wißt ihr, der alten Italiener.«

»Raffael, der Fürst der italienischen Maler«, sagte Saltiel.

»Das ist teuer«, sagte Mattathias.

»Kann ich das andere Ohr auch noch freimachen?« fragte Salomon. »Wirst du keine häßlichen Dinge sagen?«

»Ich werde wahre Dinge sagen. Ich komme also, meine Täubchen, eines Abends unerwartet an, und sie sieht mich nicht. Ich verstecke mich hinter einem Wandschirm, um sie zu überraschen! Sie hatte mir den Rücken zugewandt, diese Madonna. Und da auf einmal, o meine Freunde, läßt sie doch eine Reihe von Winden los, wie die Trompeten des Letzten Gerichts. Sie glaubte sich allein, versteht ihr. Sie war schon einmal, als wir zusammen waren und unterm Mond und im hohen Gras spazierengingen, bei einem geistreichen Scherz, den ich machte, in lautes Gelächter ausgebrochen. Und dieses Lachen löste durch irgendeine geheimnisvolle Sympathie oder Entspannung ein anderes, mehr innerliches Lachen aus. Da es aber leise, diskret, spitz und verschämt war, hatte ich Mitleid in meiner Seele und tat so, als hätte ich es nicht gehört. In Wirklichkeit aber bemerke ich alles, denn ich bin ein guter Beobachter. Ich bemerkte sogar, daß sie aus einem bestimmten Grunde schneller ging! Und ich spürte, daß die Ärmste beunruhigt war und sich fragte, ob ich nichts mitgekriegt hätte. Und ich drückte sie an mein Herz, um sie in dem Glauben zu wiegen, daß ich nichts gemerkt hätte. Außerdem hatte es auch nur einen einzigen gegeben. Aber welche Vielfalt von Winden ließ die Dichterin an jenem Abend, von dem ich euch erzählte und an dem sie sich allein glaubte! Oh, meine Heißgeliebten, es gab runde, und es gab spitze, es gab kleine, die hintereinander herliefen, ganz schnell, und es gab majestätische, so – und er machte die gemessene Gebärde eines Dirigenten – langsam, o meine Freunde, traurig, und die viel Aroma hatten.«

»Schande über dich, du schwarzer Mensch!« sagte Saltiel.

»Keineswegs«, sagte Eisenbeißer. »Was für eine Schande kann es wohl sein, das zu benennen, was der Ewige zu schaffen sich nicht geschämt hat? Ich fahre also mit dem Verzeichnis der Winde der Dichterin fort. Manche waren entzückend ineinanderverschlungen, andere waren schmachtend, andere hatten philosophische Flügelchen, andere waren mit Zahnrädern versehen. Andere glichen dem Ruf des Kuckucks. Andere waren vollständiger, gewissermaßen blaskapellenähnlich. Kurzum, meine Herren, mit den Ungehörigkeiten dieser Eliane, dies war ihr Name, hätte man einen Fesselballon aufblasen können. Und das alles kam aus einer Frau, die mich mit Gondeln, mit Schönheit, mit harmonisch angeordneten Rosen, mit Baudelaire und mit Symphonien überhäufte!«

»Dir passiert es aber auch, daß du ungehörig bist!«

»Ich rede nicht vom Parthenon, und ich mache auch niemandem weis, daß ich was Schönes bin. Und außerdem sind die meinen eine leichte, umherschweifende Brise oder eine Barkarole im Vergleich zu denen der Dichterin, die meine Angebetete war. Die ihren waren donnernd und vor allem von unglaublicher Vielfalt, meine Freunde. Es gab dramatische darunter, salbungsvolle, gallige, gewundene, geistreiche, erstaunte, kommunistische, faschistische, akrobatische, samtartige, warme, feiste, ehrbare, rechtswissenschaftliche, ruhige, glühende, cholerische, ausgeglichene. Ach, meine Freunde, was für ein Bombardement! Bei der Seele von Kleintod, das war keine Frau, das war ein japanisches Geschwader!«

»Warum japanisch?« fragte Michael.

»Wegen der Schönheit der Sache. Oh, was für eine Tugend überkam mich! Kurzum, ich ging weg und kam nie wieder. Meine Liebe war den Erstickungstod gestorben! Das aber ist nicht der Fall bei meiner lieben Rebecca. Da ich mir nicht verhehle, daß sie Winde läßt, ist sie die größte Liebe meines Lebens! Wenn ich hingegen die andere verlassen habe und über ihr vielfältiges Windlassen empört war, so lag es daran, daß sie die Stirn hatte, die Poetische zu spielen! Und wenn es einen Salomon gibt, der daherkommt und mir von der Poesie der Liebe erzählt, dann lache ich mir innerlich und äußerlich, des langen und des breiten, in meinen verschiedenen Därmen und in allen meinen Gebeinen einen ab! Und ich sage, daß das Lächeln der schönsten Schauspielerin der Welt nichts ist im Vergleich zu einem anständigen, schönen fetten Cassoulet. Aber die Bohnen müssen mindestens zwei Stunden gekocht haben. Übrigens, alle Frauen, und selbst die Schönheitsköniginnen, schaut euch mal genau ihre entsetzliche kleine Zehe an, die letzte, sie ist bucklig und über den Zehennagel dieser kleinen Buckligen habe ich mich immer totgelacht. So, meine Herren, nun habe ich euch gesagt, was ich von der Liebe halte, von den Femmes fatales und den großen Schauspielerinnen. Merke dir meine Meinung, o Salomon.«

»Trotzdem«, sagte Mattathias, »eine Frau, die eine hübsche Mitgift hat.«

Salomon war in seiner Seele traurig, denn er hatte seine Illusionen verloren. Er steckte einen Finger ganz in seinen Mund, um nachzudenken. Dann nahm er ihn heraus.

»Eisenbeißer«, sagte er, »du bist ein Teufel und ein Bösewicht. Wenn du sprichst, könnte man meinen, daß es die Wahrheit ist, und dabei ist es doch nicht die Wahrheit, obgleich es wahr ist. Was für ein Vergnügen machen dir diese häßlichen Dinge, die du gesagt hast, und was bringen sie dir ein?«

»Die Wahrheit«, äußerte Eisenbeißer majestätisch und verschränkte die Arme, alle Romanschriftsteller von Rang herausfordernd.

»Ach«, sagte Saltiel, »hübsche Frauenaugen, das ist was Großartiges. Und wenn sie von Natur aus gewisse Unvollkommenheiten besitzen, muß man sie deswegen lieben und sie noch mehr respektieren, indem man denkt, daß so bezaubernde Geschöpfe . . .«

»Und wenn sie auf englisch singen«, träumte Michael.

»Das ist etwas Verlogenes«, entgegnete Eisenbeißer.

»Du bist ein Lügner!« platzte Salomon heraus. »Und das alles, weil es dich rasend macht, daß du häßlich bist. Ja, Onkel, Sie haben die Wahrheit gesagt, es ist schon etwas Großartiges, die Augen einer Dame! Ich werde mir im Salon der Reichen eine ansehen gehen, und das hast du dir selbst zuzuschreiben, Eisenbeißer! Tobe und ärgere dich, ich werde mir eine ansehen gehen! Auf jeden Fall habe ich ein Karenina-Buch gelesen. Oh, wie habe ich das schön gefunden! Diese beiden so Vornehmen, so Poetischen, die sich lieben, und der Ehemann hat eben das Nachsehen!«

»Das ist natürlich gegen das Gesetz«, sagte Saltiel, »aber man muß zugeben, daß dieser Orkan der Leidenschaften, der sich der Frau Anna und des Fürsten Wronsky bemächtigt, schön ist.«

»Ein Liebhaber, das ist viel hübscher als ein Ehemann, das läßt sich nicht leugnen«, bemerkte Salomon. »Es ist poetischer. Und die Leidenschaft ist ein Sturm!«

Darauf brach Eisenbeißer in ein ungeheures Lachen aus und fiel auf seinen Hintern und zappelte mindestens eine Stunde lang. Man fragte ihn, was er habe, doch er gab keine Antwort und schlug mit seinen vier Extremitäten krampfhaft in die Luft, wie ein epileptisches Pferd. Schließlich stand er auf und äußerte sich in diesen Worten:

»Orkan oder Sturm im Hintern aller eurer Schwestern, o ihr Infamen und für das Judentum verlorenen Juden! Wo ist denn die Poesie einer Liebe, wenn du nicht einmal drei Stunden hintereinander mit der schönsten Frau der Welt auf dem Lande zusammensein kannst, ohne daß sie mit sanftem Gesicht zu dir sagt: ›Gehen Sie ruhig schon weiter, ich komme sofort nach.‹«

»Flegel!«

»Die Wahrheit sagen ist zynisch und flegelhaft, nicht wahr?«

»Ich glaube an die Seele!« rief Salomon.

»Wenn man mich kastriert«, sagte Eisenbeißer, »und ich bekomme eine plapperhafte, schmierige und kreischende

Seele, welches wird die Seele sein, die in den Himmel kommt, die erste oder die zweite?«

»Keine Ahnung. Es lebe die Seele!«

»O Gelehrter, erkläre, was die Seele ist?«

»Wie ein Flügel«, sagte Salomon.

»Nun, ich sage dir, daß es die Angst vor dem Sterben ist. Man will, daß etwas zurückbleibt! Finde heraus, wo sie wohnt! (Er blies und machte pfu pfu.) Das ist die Seele.«

»Ich brauche Gott«, sagte Salomon.

»Das ist kein Grund, daß es ihn gibt«, sagte Eisenbeißer. (Wenn er in fröhlicher Gesellschaft war, machte es ihm einigen Spaß, Atheist zu sein.) Haha, ein Liebhaber ist poetischer, hat gerade das äußere Ende der Fadennudel der Würmchen gesagt! Ach, meine Herren, möge doch ein Romanschriftsteller kommen, der den Anwärtern des Ehebruchs und den Seitenspringern aus Leidenschaft endlich erklärt, daß ein Liebhaber auch Abführmittel nimmt! Ach, möge er doch kommen, der Romanschriftsteller, der zeigt, daß Fürst Wronsky und seine ehebrecherische Mätresse Anna Karenina leidenschaftliche Schwüre austauschen und laut sprechen, um ihr Magenknurren zu überdecken, wobei jeder von ihnen hofft, der andere glaubt, daß nur sein Magen knurrt. Möge er kommen, der Romanschriftsteller, der zeigt, wie die Geliebte eine andere Stellung einnimmt oder verstohlen den Magen einzieht, um das Magenknurren zu unterdrücken, während sie mit verstörtem und entzücktem Gesicht lächelt! (Die Tapferen lauschten mit offenem Mund und runden Augen dieser unerwarteten Heftigkeit.) Möge er kommen, der Romanschriftsteller, der uns den Liebhaber und Poeten, Fürst Wronsky zeigt, wie er Bauchgrimmen hat und sich nun blaß und schwitzend standhaft zu halten versucht, während Anna ihm von ihrer ewigen Leidenschaft erzählt. Und er hebt einen Fuß, um sich zurückzuhalten. Und da sie sich wundert, erklärt er ihr, daß er ein wenig norwegische Gymnastik treibt! Und dann hält er es nicht mehr aus, und er bittet seine

Heißgeliebte, ihn einen Augenblick allein zu lassen, denn er muß ein Gedicht in Versen schreiben! Und im parfümierten Arbeitszimmer allein gelassen, sitzt er in der Falle! Er wagt es nicht, auf das gewohnte Örtchen zu gehen, denn die süße Anna sitzt im Vorzimmer! Darauf schließt sich Fürst Wronsky ein, nimmt eine Melone, was ein runder Hut ist, und kauert sich hin wie Rebecca, meine Frau, die nicht vorgibt, ein Geschöpf der Kunst und der Schönheit zu sein! Und plötzlich kommt der Ehemann der Ehebrecherin, Herr Karenin, der die Haustür eingetreten hat! Und darauf sagt die leidenschaftliche Anna zu ihm, daß sie nichts mehr von ihm wissen will, daß Fürst Wronsky und sie ein Orkan sind, und daß er, Karenin, ein widerlicher und unpoetischer Ehemann ist! ›Fürst Wronsky‹, ruft sie, ›hat mir die Tore des Himmelreichs geöffnet! O du Hund von einem Ehemann, o Gelber, o Sohn des Pantoffels und der Pampe, weißt du, was in diesem Augenblick mein Schatz, mein leidenschaftlicher Adler, tut? Er schreibt Verse!‹ Und Fürst Wronsky, der zuviel Melone gegessen und zuviel eisgekühltes Wasser getrunken hat, sitzt kauernd auf seiner Melone oder besser auf seinem Adjutantenkäppi und erleichtert sich dort und murmelt unendlich schwach und genüßlich den Namen seiner Mama! Vor dem Klavier kauernd, schlägt er auf die Tasten, und er spielt eine Noktambule von Chopin, um andere Geräusche zu überdecken! Das ist ein Roman nach meinem Herzen! Und der Ehemann, der arme Ehemann Karenin, geht fort. Und Anna klopft an und fragt: ›Lieber Fürst Wronsky, sind Sie fertig mit Schreiben?‹ Und der Fürst antwortet: ›Sofort, meine edle Taube, die Verse sind noch nicht fertig.‹ Und fünf Minuten danach sagt er zu ihr, sie solle ins Zimmer kommen, dessen Fenster weit offen steht. Und auf dem Boden ist kein Käppi mehr, denn er hat es im Bücherschrank eingeschlossen, dieser bezaubernde Liebhaber! Und auf dem Teppich hat er Parfüms ausgeschüttet! Und er sagt zu ihr: ›Ach, wie gut tut das doch, Kunst hervorzubringen!‹ – ›Ja, lieber Fürst‹, antwortet die Ehebrecherin respektvoll, ›es muß wunderbar sein!‹ – ›Ja‹, ruft der Dichterfürst aus, ›es gibt Augenblicke, da muß es einfach heraus!‹ Und die Idiotin küßt so respektvoll seine Hand! Das, genau das ist der Roman, den man für die Frauen schreiben muß und für meine verdammten Töchter, die ständig die griechischen Offiziere anstarren! Aber wozu? Sie würden ihn nicht lesen. Sie haben so wenig Phantasie, daß sie, selbst wenn man ihnen sagt, daß der schönste Liebhaber von der Welt auf einem gewissen Örtchen an einer gewissen Kette zieht, es einfach nicht glauben. Von ihrem Mann aber, da wissen sie es, weil sie gehört haben, wie er dran gezogen hat, der Ärmste! Lüge, Lüge, die Liebe ist aus Lüge gemacht! Angenommen, diese verfluchte Anna, die ihr kleines Kind im Stich gelassen hat, um mit dem Melonenverwüster zu fliehen, angenommen, sie hätte durch einen außergewöhnlichen Zufall ihren Fürsten Wronsky das erste Mal auf einem gewissen Ort, den mein eleganter Geist klarer zu benennen sich weigert, bei der Verrichtung seiner Geschäfte überrascht! Nun, glaubt ihr, es wäre jene Liebe auf den ersten Blick gewesen, die sie empfand, als sie ihn so gut gekleidet und parfümiert und so weiter auf dem Ball gesehen hat? Nein, meine Herren, nein! Was beweist das? Das beweist, daß man heucheln, sich zurückhalten muß, nicht natürlich sein darf, Komödie spielen muß, damit die Liebe entsteht! Und wenn sie gehört hätte, wie dieser Wronsky, bei ihrer ersten Begegnung, unfreiwillig und knatternd die Winde hat wehen lassen – was auch diesem Wronsky passierte, das schwöre ich! –, hätte sie sich dann verliebt? Nein! Tausendmal nein, meine Herren! Welchen Wert soll man also einem so hinfälligen Gefühl beimessen, das zu zerstören und dahinwelken zu lassen ein leichter Wind genügt? Außerdem, welchen Wert soll man einer Erregung beimessen, die vom Plebs gutgeheißen wird? Ich verabscheue ihre Julius seiner Tata auf ewig! Zusammenfassend, meine Herren, nieder mit der angeblich absoluten und unwiderstehlichen und unausweichlichen Leidenschaft! Und es lebe die Ehe! Mein Gedanke ist folgender. Die wahre Liebe ist nicht, mit einer Frau zusammenzuleben, weil man sie liebt, sondern sie zu lieben, weil man mit ihr zusammenlebt. So mache ich es mit meiner geliebten Rebecca, die der Körper meiner Seele ist und die Seele meines Körpers und die ich anbete, aber das sage ich ihr nicht, denn es ist nicht gut, den Ehefrauen alles zu sagen, weil sie sich sonst was darauf einbilden. Die Liebe, das ist die Gewohnheit und keine Theaterspiele. Die heidnische, poetische Liebe in der Art der Anna Karenina ist eine Lüge, bei der man Eindruck machen muß, gewisse Dinge nicht tun darf, sich verstecken, eine Rolle spielen, gegen die Gewohnheit ankämpfen muß. Die heilige Liebe ist die Ehe, das ist, wenn du nach Hause kommst und sie siehst. Und wenn du Kummer hast, nimmt sie deine Hand und spricht mit dir und macht dir Mut.«

»Und führt deine Bücher«, sagte Mattathias verzaubert.

»Und ihr geht zusammen in den Tod«, schloß der Moralist. »So, meine Herren, ich habe euch die wahre Geschichte dieses Wronsky und dieser schamlosen Anna erzählt, so wie sie mir von einem Freund erzählt worden ist.«

»Lügner!«

»Das ist wahr«, gab Eisenbeißer zu und ließ seine riesigen Finger knacken. »Wenn ich nicht lügen würde, was bliebe mir dann noch? Doch die Romanschriftsteller lügen gründlicher als ich. Sie machen alle schlechte Bücher, die den jungen Mädchen weismachen, die Liebe sei ein Vogelhaus des Paradieses, und den Frauen, die Ehe sei eine Kloake! Lügner, wahre Lügner und Brunnenvergifter, alle diese Schriftsteller von Rang, die ihre poetischen Heldinnen zeigen, wie sie auf bezaubernde Weise trinken und essen und mit spitzbübischem Gesicht ein paar Traubenkerne knabbern. Nun, meine Herren, erlaubt mir bitte, daß ich mich darüber wundere, daß sie uns nie etwas von den Folgen dieses spitzbübischen Geknabbers sagen. Ja, meine Herren, von Homer bis Tolstoi leiden die jungen Helden und Heldinnen, vor allem, wenn sie schön sind, an einer entsetzlichen Verhaltung. Sie können einfach nicht mehr. Seit über dreißig Jahren trinkt zum Beispiel ein gewisses Fräulein Natascha Rostowa, und der Autor gibt ihr nicht die Erlaubnis, sich einen Augenblick lang zurückzuziehen! Alle Liebhaber, alle Liebhaberinnen Shakespeares, Racines, Dantes halten es nicht mehr aus vor lauter Verhaltungen, die ihnen von ihren Autoren auferlegt worden sind. Sie winden sich vor Schmerzen, wobei sie seit Jahrhunderten die Beine übereinanderschlagen, um schicklich zu bleiben! Heute aber kommt die Befreiung und die Revolte! Ich, Eisenbeißer, gebe euch die Erlaubnis und Genehmigung, o bezaubernde Heldinnen und edle Helden der Leidenschaft! Gebt zu, daß ihr nicht mehr könnt! Ihr alle, die ihr vom Roman so furchtbar gequält werdet, macht Schluß mit dieser Trockenheit und laßt es weit und stark hinausströmen in einem einmütigen und fröhlichen und wahrhaftigen Strahl, offen und brüderlich! Meine Herren, ich bin fertig mit dem Schluß meiner Rede!«

Er wischte sich die Stirn ab. Seine Lippen zitterten vor Stolz und Erregung.

»Du hast mich nicht überzeugt«, sagte Salomon. »Es leben die Frauen, Schwestern der Blumen! Es lebe Frau Anna und ihr lieber Herr, der Fürst, der schöner war als du! Und ich bewundere die Schönheit, die Poesie, alles, was einem guttut, alles, was groß ist, rein und schön! Und du geh zum Teufel!« Er zeigte dem Schwindsüchtigen, der, ein verkanntes Genie, mit den Achseln zuckte, einen Vogel.

»Im Grunde«, sagte Saltiel zu Eisenbeißer, »bist du ein Poet und ein Idealist.«

Eisenbeißer, ziemlich geschmeichelt, schnitt eine Grimasse des Zögerns, denn er war hin- und hergerissen zwischen dem Wunsch, ein bedeutender und tiefer Mensch zu sein, und dem Willen, das Fürchten zu lehren.

»Vielleicht«, räumte er ein, »aber trotzdem habe ich Ohren zu hören und eine Nase zum Riechen.«

»Du bist zu bedauern.«

»Absolut nicht. Genau genommen, ja, ich bin zu beklagen, aber es ist mir gleichgültig und ich möchte gern etwas Gutes essen. Und außerdem bin ich Antisemit. Ich ertrage diese Sucht nicht, immer recht haben zu wollen, den andern die Leviten zu lesen.«

»Es ist genau das, was du ständig tust.«

»Und wer sagt dir, daß ich mich nicht selbst zum Kotzen finde?« entgegnete Eisenbeißer. »Jedenfalls die Juden. (Sein gutmütiges Lächeln wirkte seltsam auf seinen sardonischen Lippen.) Kurzum, bevor ich sterbe, möchte ich gern ein jüdisches Schlachtschiff sehen, das dir ganz Deutschland in Grund und Boden schießt!«

»Ich muß zugeben«, sagte Saltiel, »wenn ich an sie denke, werde auch ich blutrünstig.«

»Und ich werde Admiral sein mit dem Davidsschild auf die Mütze gestickt!« sagte Eisenbeißer.

»Er ist schrecklich und mutig«, hauchte Salomon.

»Das bin ich von Geburt«, lächelte Eisenbeißer freundlich, der ein feines Ohr hatte, wenn es sich um Elogen handelte.

»Aber wirst du nur ein Schlachtschiff befehligen?« fragte Salomon.

»Ja, aber dieses jüdische Schlachtschiff ist so groß wie zwanzig deutsche Schlachtschiffe!«

»Ach so«, sagte Salomon.

Saltiel konnte dem Zauber nicht widerstehen.

»Aber wird es denn auf den Meeren schwimmen können, wenn es so groß ist?« fragte er.

»Ich glaube nicht«, sagte Eisenbeißer.

»Ja aber?« fragte Salomon, den dieses einzige und unbenutzbare Schlachtschiff beunruhigte.

»Ich werde es eben von Flugzeugen transportieren lassen. Und an diesem Tag«, fügte Eisenbeißer mit einer

Stimme hinzu, die ihn selber erschreckte, »wehe Deutschland!«

»Ich«, sagte Salomon, »wenn ich der Kommandant des Schlachtschiffes wäre, von dem du sprichst, ich würde die Deutschen nicht töten, o nein! Ich würde ihnen fünf Jahre lang die guten Dinge vorenthalten!« (Er kreuzte die Arme wie Eisenbeißer.)

»Du bist ein richtig Schrecklicher«, sagte Michael gleichmütig.

»Was willst du da tun, Freund, sie machen mich blutrünstig. (Er wurde rot, als er sich daran erinnerte, daß der Onkel dieses Wort gebraucht hatte). Na ja, böse.« (Verwirrt fächelte er sich Luft zu.)

»Ich habe Angst«, sagte Saltiel, »daß Italien Europa in Brand steckt, mit dieser ganzen Flotte, die es baut.«

Eisenbeißer riffelte die Luft mit einem Lachen der Verachtung.

»Und was machst du mit England? Weißt du nicht, daß, wenn Italien den Bösen spielt, England zu ihm sagt: ›Pst, komm mal kurz her, Kleiner. Du sollst wissen, daß ich für ein Schlachtschiff, das du baust, zwanzig machen werde, mit hundert Kanonen auf jedem! Denn ich bin reich, haha!‹ ruft mein liebes England mit einem Lachen, das genauso dämonisch ist wie meins. ›Und meine Freunde Frankreich und Amerika ebenfalls, haha, hörst du, du kleiner Maispantoffel? Und auch du, Deutschland, sieh dich vor! Mein Freund Amerika hat Milliarden, Erdöl, alles!‹ Das sagt England zu Italien!«

»Manche Völker erinnern mich an Kinder«, seufzte Saltiel. »Sie stiebitzen Dinge, Territorien oder Kuchen, das ist das gleiche, dann verkrachen sie sich mit dem einen, schließen Freundschaft mit jenem anderen, mit dem sie sich am nächsten Tag wieder verkrachen. Ameisen mit der Seele eines Wetterhahns und dem Gehirn eines Springinsfeld.«

»Aber was den Antisemitismus angeht, da ändern sie ihre Meinung nicht«, sagte Michael.

»Aber warum sind sie Antisemiten, Onkel? Erklären Sie mir das«, fragte Salomon.

»Sie führen Kriege. Wenn sie mit dem einen fertig sind, bereiten sie einen anderen vor. Und dazu machen sie Schulden. Und sie sind wütend, daß sie kein Geld mehr haben. Und darauf versetzen sie uns Stockschläge, um sich zu trösten, und sie sagen, es sei unsere Schuld, wenn alles schlecht läuft. Anstatt ihre kurze Lebenszeit nett zu verbringen, machen sie Bosheiten, und dann sterben sie.«

»Wenn ich an den Tod denke«, sagte Salomon, »verstecke ich den Kopf unter der Bettdecke.«

Saltiel ärgerte sich plötzlich über den französischen Außenminister, der, wie behauptet wurde, an dem Tag zum Angeln gegangen war, an dem Deutschland die entmilitarisierten Rheinlande besetzt hatte.

»Und was hätte er tun sollen, o Weiser?« fragte Eisenbeißer sarkastisch.

»Einen Spion schicken! Mit einem Wort handeln, sich selber die Dinge in Berlin ein wenig ansehen, und sich dazu einen falschen Bart umbinden, Zwietracht säen, was weiß ich?«

»Onkel, Sie würden ganz bestimmt nicht angeln gehen, wenn Sie Minister wären«, sagte Salomon mit vor Bewunderung glänzenden Augen.

»Ach, weißt du, mein Sohn, man findet mich nicht fähig genug«, sagte Saltiel bitter. »Da, nimm eine Pistazie.«

»Danke, Onkel.«

»Ach, Minister sein«, seufzte Saltiel. »Große Dokumente unterzeichnen! Aussehen, als hätte man es eilig! Und wie würde ich auf den Diplomatenkoffer aufpassen! Und mit einem Wort, Eisenbeißer, ich könnte dich zum Vicomte machen.«

»Ich wäre lieber Baron. Das ist nicht so frivol. Außerdem, was liegt daran? Im Grunde bin ich eigentlich Kommunist.«

»Ich auch«, sagte Saltiel, »vorausgesetzt, daß man niemandem etwas tut. Denn wenn der Kommunismus einem Vogel eine Feder ausreißen oder ein Kind zum Weinen bringen soll, dann will ich nichts mehr damit zu tun haben!«

»Ich bin nicht gebildet«, sagte Salomon, »ich habe die Schule mit dreizehn Jahren verlassen, um zu verkaufen oder Schuhe zu putzen, aber meine politische Vorstellung ist die, daß alle zufrieden sind und daß man etwas erfindet, damit man kein Fleisch mehr essen muß.«

»Und die Tiger?« fragte Eisenbeißer.

»Vielleicht könnte man dem gekochten Gemüse die Form einer Ziege geben«, sagte Salomon, »und dann nimmt man nach und nach die Form der Ziege weg, und der Tiger merkt es gar nicht, und man sagt zu ihm: ›Siehst du, du hast Blumenkohl gegessen. O Tiger, findest du nicht, daß das besser ist?‹«

Saltiel und Mattathias gingen schlafen. Die andern blieben auf Deck und spielten ein herrliches Spiel. Man ging davon aus, daß Salomon ein Nazi war und stellte ihn vor ein Kriegsgericht. Eisenbeißer spielte den Generalstaatsanwalt, brandmarkte den armen kleinen Hitleranhänger, behauptete, das gute bartlose Gesicht habe einen verbrecherischen Ausdruck. Am Ende wurde Salomon gründlich verprügelt. Und außerdem mußte der arme, in Tränen aufgelöste Kleine auch noch militärisch grüßen und seinen Peinigern danken.

Dann machte man Arm in Arm einen kleinen Spaziergang. Vor der Treppe des Dritte-Klasse-Decks blieb Salomon stehen und erschauerte. Er dachte daran, daß genau in diesem Augenblick Menschen im Sterben lagen. Oh! Und außerdem gab es soviele kleine Kinder und soviele Greise, die litten! Er vertraute den Freunden seine Angst an. Wie war das möglich?

»Die Menschen werden böse geboren«, sagte Eisenbeißer. »Und die Gesellschaft macht sie noch schlimmer.«

»Ja, aber warum greift Gott da nicht ein wenig ein?« fragte Michael.

»Er ist faul«, sagte Eisenbeißer.

»Man muß beten«, sagte Salomon.

Eisenbeißer lachte höhnisch.

»Dann müssen wir Ihn also auf dem laufenden halten? Weiß Er nicht alles? Oder ist er wie ein alter Diener, den man rufen muß, indem man am Gebetsglöckchen zieht? Er gefällt mir nicht. Ich werde ihm nie verzeihen, daß es Ihn nicht gibt.«

»Ich schwöre dir, daß es Ihn gibt!« rief Salomon. »Ich schwöre es dir vor Gott! O Eisenbeißer, bitte, glaube an Gott! Die ganze Welt weiß, daß es Ihn gibt!«

»Wir haben ihnen das gesagt, und sie haben uns aufs Wort geglaubt!« höhnte Eisenbeißer. »Nein, mein Lieber, glaube mir, aus diesem Kreislauf kommst du nie heraus: entweder gibt es Gott und Er ist nicht gut, denn es gibt zuviel Ungerechtigkeit; oder Er ist gut, aber in diesem Fall gibt es ihn nicht.«

»Du wirst nicht ins Paradies kommen, Eisenbeißer!«

»Um so besser. Ich habe keine Lust, seinen Bewohnern zu begegnen, die umherflatternde alte, häßliche, reiche, bigotte, zänkische, bösartige und wohltätige alte Damen sind. Mir ist die Hölle voller Verirrter, von vornherein aufs Kreuz Gelegter, Pechvögel, Aufrichtiger, die Atheisten geworden sind, weil sie zuviel geglaubt und zuviel von Seiner Güte erwartet haben, lieber.«

»Und wie kann man ohne Gott gut sein?«

»Wirklich gut ist man nur ohne Gott«, behauptete Eisenbeißer. »Oh, wenn ich das reine und gute Leben eines großen atheistischen Gelehrten entdecke, richten sich alle Haare meines Körpers vor religiöser Begeisterung auf. Genug. Was hast du an Obst, Salomon?«

»Äpfel.«

»Die mag ich nicht. Es ist eine unsympathische Frucht. Wirklich, dieser Dummkopf von Adam. Gute Nacht.«

Aber er konnte nicht einschlafen. Nach einer Stunde holte er Salomon aus dem Bett. Im menschenleeren Salon der ersten Klasse tanzten der große Tapfere und sein kleiner Gefolgsmann, beide im Nachthemd, voller Anmut. Die Sterne glänzten im seidigen Meer, und das Leben war bezaubernd, ob mit oder ohne Gott. Dann ließ sich Eisenbeißer auf alle Viere nieder und machte kleine Sprünge, um die Sanftheit des großen Teppichs der Reichen zu spüren und sich als berühmter Finanzier zu fühlen.

Und doch wollte sich Eisenbeißer eine Stunde später, als er wieder in seiner Kabine war, umbringen. Dieser seltsame Kauz war völlig aufrichtig und spielte sich keine Komödie vor. Er litt häufig unter heftiger Niedergeschlagenheit. Wozu leben, da man doch sterben mußte und die Erde von Bösewichten bevölkert war? Aufrecht stehend, ganz lang und nackt, aber seinen Zylinder auf dem Kopf, schwitzte er trübe Gedanken. Hemmungslos wie ein Glockenschwengel ging er hin und her, sagte immer wieder, daß Eisenbeißer ein Versager, sehr häßlich und sehr unnütz sei. Und vor allem kein Gott, kein Zweck im Universum. Unerträglich. Er richtete den Lauf eines kleinen Damenrevolvers gegen sein Herz. Mit geschlossenen Augen wartete er auf das geistige Loch, die Sekunde der Bewußtlosigkeit, die ihm erlauben würde, abzudrücken, ohne allzu sehr zu leiden. Herr Gott, er war lebendig, und in einigen Sekunden würde er sich nie wieder rühren!

Doch das geistige Loch kam nicht und Eisenbeißer legte sich hin, auf dem Kopf seinen Helm mit dem Mittelrelief. Er aß einige Anisplätzchen und versuchte einzuschlafen, wobei er sich erzählte, wie Nudeln mit Korinthen, Käsebuletten mit Zwiebeln, Kabeljau mit Lauch, Kichererbsen mit Spinat zubereitet werden.

»Pinhas Solal, was für ein stupider Name. Wenn ich sterben werde, wird nichts mehr von mir übrigbleiben. Meine Kinder sind widerlich. Meine Frau ist vulgär. Und ich bin ein Dummkopf mit meinem fliegenden Schlachtschiff. Makkaroni in den Eingeweiden mit viel Tomaten und rotem Pfeffer. Ja, das ist gut. Einen erschütternden Brief an Hitler schreiben?«

XIV

Es war acht Uhr morgens und die Sonne drückte schon. Aber der Mistral ließ die Segel und die Fahnen der Boote des Vieux-Port, gegenüber der Canebière, knattern. Auf dem Kai hockend, kostete ein einäugiger und dickbäuchiger Fünfziger die Lebensfreude aus und delektierte sich an einem Gericht eigener Erfindung, das er Morgentau oder Stärkung des Mannes nannte und das sich zusammensetzte aus Seeigeln, Veilchen, hartgekochten Eiern, kleinen Stükken Brot, Piment, Safran und etwa dreißig Knoblauchzehen – das ganze ausgiebig mit Öl und Essig begossen. Ein blaugestreiftes Trikot lag eng am bebusten Oberkörper des kleinen Mannes an. Zwei kurze, krumme und braungebrannte Beine, an denen zahlreiche goldglänzende Haare zitterten, sahen aus seinen kurzen Hosen hervor.

»Ach, machen wir uns jetzt ein bißchen schön, he.«

Mit Hilfe eines kleinen Dolches, der ihm gerade als Gabel gedient hatte, säuberte er die Zehen seiner schwieligen Füße, wobei er im Bariton ein Lied sang, das er zum Ruhme seiner Heimatstadt komponiert hatte.

Sei gegrüßt, Marseille,
Du Stadt des Vielerlei!

Jeden Morgen nahm Scipion Ange Marie Escargassas auf diese Weise seine Toilette vor, denn er legte großen Wert darauf, »für die Damen bezaubernd« zu sein – für deren Liebling er sich, in ziemlich gutem Glauben, hielt. Hin und wieder unterbrach er sich, um den jungen Fischhändlerinnen, die in Holzschuhen, Füßlingen und Seidenstrümpfen hin- und hergingen, das zuzurufen, was er eine Galanterie nannte. Um ihnen zu gefallen, machte er mit seinen Armen – die mit etwa zwanzig weiblichen Vornamen tätowiert waren – Bewegungen, die dazu bestimmt waren, seine Bizeps zur Geltung zu bringen. Die Kleinen, gepudert und geschminkt, versagten es sich nicht zu lachen, zu kichern und ihm zuzurufen, daß er sehr häßlich sei. Doch Scipion kümmerte sich nicht um diese Spötteleien. »Das tun sie nur, um ihre Verlegenheit zu verbergen«, vertraute er seinen engsten Freunden an. »Wenn sie zusammen sind, tun sie so, als machten sie sich über mich lustig, aber im Grunde freuen sie sich, mich zu sehen, weil ich ein toller Kerl bin.«

Obgleich er nur noch etwa zehn Zähne hatte, fand er sich verführerisch und war nicht wenig stolz auf seinen winzigen, mit der Brennschere gelockten Schnurrbart, auf seine unechten Ringe, auf seinen Ohrring und seine pomadisierten und schön über seine ziegelrote Stirn gelegten Schmachtlocken. Doch sein höchster Ruhm war sein ausrasierter Nacken. »Damit ist die Stelle für die Guillotine schon vorbereitet«, pflegte er düster zu sagen.

Seit fünfunddreißig Jahren vertraute Scipion – der seiner Frau übrigens treu war – jedem X-Beliebigen seine imaginären amourösen Heldentaten und seine geheimnisvolle Verführungsmacht an. Dem schönen Geschlecht zu gefallen war die Lebensregel dieses kleinen Makrozephalen. Daher richtete er sich mit Heliotropparfümen, weißen Seidenschals und Lackschuhen – die so schmal waren, daß er sie immer über die Schulter trug und sie nur bei großen Gelegenheiten anzog – zugrunde.

Nachdem er sich schließlich die Ohren mit Hilfe eines Streichholzes gereinigt hatte, schlug er ein Rad, um von den Vorübergehenden bewundert zu werden und sich in Form zu halten. Endlich beschloß er, sich dem hinzugeben, was er sein Steckenpferd nannte. Dieser kleine Marseiller hatte einen Doppelberuf. Er war, wie er sagte, Seefahrer und Kommandant nach Gott auf der Flamboyante – der augenblickliche Name eines kleinen Bootes, auf dem er mit den Touristen »bei Ebbe und Flut« Ausflüge aufs Meer unternahm und das er nacheinander Die Glorreiche, Vae Victis, Tausendundeine, Die Großzügige, Austerlitz,

See-Elefant, Vergißmeinnicht, Tollkühn, Der Wal, Die Süße, Gigantik nannte. Aber er war auch Muschelverkäufer.

Er setzte einen Südwester auf seine pomadisierten Haare und legte einen langen, aus bunten Stoffmustern hergestellten Umhang über seine Schultern. Nachdem dies getan war, begann er mit weit aufgerissenen Augen und hervortretenden Halsschlagadern zu rufen, wobei er auf seine kleinen Haufen zeigte. Seine Stimme war erstaunlich rauh und drohend.

»Los, zehn Sous die Muschel, zehn Sous, um sie loszuwerden! Seht mich an, wie schön ich bin! O mein Gott, wie bin ich schön!« brüllte er empört.

Was nichts weiter hieß, als daß er seine Waren anziehend fand. Es gehörte zu seiner Gewohnheit, ab acht Uhr morgens so zu schreien, daß er seine Muscheln für zehn Sous verkaufe, um sie loszuwerden. Aber er wurde sie nie los.

Zwei Engländerinnen – grünes Schneiderkostüm und mahagonifarbenes Haar – blieben vor dem Boot La Flamboyante stehen, interessierten sich für das Leinwandschild, auf das Scipion mit Ölfarbe ein kleines Eibenschloß gemalt hatte, umgeben von blutenden Herzen und riesigen Tauben, die in ihren Schnäbeln eine Banderole hielten, auf der diese Worte geschrieben waren, deren Orthographie hier wiedergegeben wird: ZUM RENOMEE DER GALLANTERI!

Als er mögliche Kundinnen erblickte, entledigte er sich seines Südwesters und seines Umhangs, setzte eiligst eine Kapitänsmütze mit Goldlitzen auf und bot seine Dienste mit einem zahnlosen, aber verführerischen Lächeln an.

»Miladisses«, rief er und grüßte militärisch, »zu Ihren Diensten! Seekapitän Scipion von der Flamboyante! Zwanzig Jahre Seefahrt! Spazierfahrten mit Gesang vom Kapitän! (Der Ton wechselte, wurde penetrant, gefährlich, wollüstig. Und der Blick des kleinen Kerls wurde bei fast geschlossenen Augenlidern durchdringend.) Hygiene,

Sicherheit und Vergnügen ...« Die Aussicht, das pittoreske Männchen zu fotografieren, veranlaßte die beiden Engländerinnen, sein Angebot anzunehmen. Mit seiner Hand, an der zwei Finger fehlten – von denen er jetzt sicher war, daß er sie im Krieg verloren hatte, und nicht mehr, wie er es früher erzählte, im Maul eines Kaimans »aus der Savanne von Chicago« – half Scipion den Damen, sein Schiff zu besteigen, wobei er ihnen mit schmachtender und perfider Stimme zuflüsterte, daß England ein großes Land sei und daß die Engländerin, was die Liebe angehe ...

»Das genügt. Ehre den Damen und Respekt vor der Schönheit!«

Nachdem er mit vertraulichem Lächeln Kissen unter das Gesäß der bezaubernden Kundinnen gelegt hatte, machte er seinen Zeigefinger naß, hielt ihn hoch, um »den Horizont abzutasten«, und verkündete, daß kein Sturm im Anzug sei. Schließlich erklärte er, er mache das Reff los, und begann das Segel zusammenzurollen, dessen er sich nicht zu bedienen wußte und das nur dazu da war, um großartig zu wirken.

Plötzlich, als er seine Blicke in Richtung der Canebière gewandt hatte, versteinerte ihn ein unerwartetes Schauspiel. Er stieß ein wildes Geheul aus, sprang aus dem Boot und stürmte los, die Entfernung unter seinen Füßen vernichtend.

Wir müssen um mehr als ein Vierteljahrhundert zurückgehen.

Die meisten der Solals der jüngeren Linie, die, wie man weiß, französischer Nationalität waren, waren wegen Konstitutionsschwäche vom Militärdienst befreit worden. Bei Eisenbeißer, dessen Tuberkulose noch nicht ausgebrochen war, verhielt es sich anders. Von einer bewundernden und ängstlichen Bevölkerung begleitet, war der falsche Advokat also in seinem zwanzigsten Lebensjahr zum

Kriegsrisiko, so nannte er den Militärdienst, aufgebrochen. In der Kaserne des hunderteinundvierzigsten Regiments in Marseille hatte er Scipion Escargassas kennengelernt und sich schnell mit diesem Mann angefreundet, dessen Charakter ihm paßte. Zwei Jahre später hatten die Tapferen ebenfalls unter denkwürdigen Umständen Scipions Bekanntschaft gemacht.

Kurz vor seiner Entlassung aus dem Militärdienst hatte Eisenbeißer seinen Verwandten und Freunden aus Kephalonia folgendes Telegramm geschickt: »verkünde euch mit erregtem stolz daß französische republikanische regierung kriegsministerium und generalissimo mir soeben die ehre meiner echten ernennung zu grad und würde eines korporals erwiesen haben mit privilegien immunität freikarte und preisermäßigung die damit verbunden sind stop patriotisch und unter tränen euer wahnsinnig verbundener freund pinhas solal genannt eisenbeißer korporal wie napoleon.« Dieses Telegramm hatte Eisenbeißer viel Geld gekostet, und er hatte seine gesamten Ersparnisse dafür geopfert.

Wie man sich wohl denken kann, hatte die Neuigkeit die Kephalonier aus der Fassung gebracht, die dem Kriegsmann sogleich eine Glückwunschadresse auf koloriertem Pergament geschickt hatten. Außerdem hatten sie in der Synagoge einen Sondergottesdienst gefeiert, um dem Ewigen der Heere dafür zu danken, daß er der Welt endlich einen israelitischen Korporal geschenkt hatte. Unter dem blühenden Korb des nächtlichen Himmels hatten sie die glänzende Uniform des neuen Militärführers kommentiert und lange über Strategie gesprochen, und ihre Brüste waren stolzgeschwellt. Schließlich hatten sie beschlossen, eine aus Michael, Mattathias, Saltiel und Salomon – letzterer war zu jener Zeit fast noch ein Kind – bestehende Delegation nach Marseille zu schicken, mit dem Auftrag, erstens, Eisenbeißer einen Ehrenjatagan zu schenken, zweitens, ihn zu bitten, da er beim Kriegsminister gut angeschrieben war, gewisse Anträge auf Einbürgerung, Zollbefreiung und für Pässe zu unterstützen.

Die Tapferen machten also die Bekanntschaft von Eisenbeißers Marseiller Freund und schwärmten bald von ihm. So sehr, daß die Tapferen, als Scipion kurz nach seiner Entlassung aus der Kaserne an Typhus erkrankte, als Krankenpfleger einsprangen. Obgleich sie davor zitterten, angesteckt zu werden, hatten sie den guten Christen aufopfernd und zärtlich gepflegt. Einen Monat lang hatten sie sich alle zwei Stunden abgelöst, ihn gebadet, frottiert und verhätschelt.

Um sich die furchtbare Krankheit nicht zuzuziehen, hatten sie daran gedacht, sich das Gesicht in der Art von Chirurgen zu maskieren. Da diese Masken aber teuer waren und ihre Benutzung ihnen kompliziert erschien, hatten sie sich darauf beschränkt, groteske Karnevalsköpfe zu erstehen, in deren Nasenlöcher sie Knoblauchzehen, Zwiebeln und mit Essig getränkte Watte gesteckt hatten. Und Scipion wurde von seltsamen Krankenpflegern mit Masken von Negerköpfen oder chinesischen Kriegern gepflegt, Masken, die dem armen Teufel nächtliche Schrekken einjagten. Salomon hatte sich mit einem kleinen Schweinskopf herausgeputzt und Eisenbeißer sich mit einem besonders gefährlichen Apparat versehen: einem Raubvogelkopf mit einem riesigen Schnabel, den er mit Kampfer, mit doppeltkohlensaurem Natron, mit Brause-Antipyrin, mit grauem Salz, mit rotem Pfeffer, mit Naphtalin, mit Nelken, mit wilder Minze sowie mit Lappen vollgestopft hatte, die getränkt waren mit Ammoniak, Jodtinktur, Petroleum und Eau de Javel.

Kurzum, Scipion war von vier Müttern umgeben gewesen, deren prophylaktische Erfindungen ihn beinahe erstickt hätten. Da er von kräftiger Konstitution war, hatte er trotzdem alles ausgehalten und selbst den Ammoniumdämpfen widerstanden. Als er auf dem Wege der Genesung war, hatte er sich mit den Freunden nach Kephalonia eingeschifft, wo er einige Wochen lang glückliche Tage verlebte, aß, trank und sang, sich des Schweinefleischs enthielt, um seinen Freunden keinen Kummer zu machen, und den Gottesdiensten in der Synagoge beiwohnte, um ihnen eine Freude zu machen. Allerdings sagte Scipion, während der Kantor auf hebräisch sang, katholische Gebete auf. Aber man hatte sich schließlich trennen müssen und Scipion war nach Marseille zurückgekehrt, nach dem er zu große Sehnsucht hatte, wie er sagte.

Doch die Freundschaft war nicht auseinandergegangen. Im Gegenteil.

Man schrieb sich regelmäßig. Die Briefe, die die Tapferen bekamen, hielten sie über die verschiedenen Berufe Scipions auf dem laufenden. Im Verlaufe eines Vierteljahrhunderts war Scipion nacheinander Kutscher eines Ziegenwagens für Kinder, Tätowierer, Medium, Verkäufer von jungen Hunden, die er über die Canebière spazierenführte, nicht zugelassener Boote bei den Messageries Maritimes, Forscher – er hatte sich diesen Titel nach einer Reise nach Lyon zugestanden –, Enttätowierer, Wilder auf dem Jahrmarkt von Plaine. In dieser Eigenschaft stieß er, schwarz beschmiert und von Mittag bis Mitternacht in einen Käfig eingesperrt, ein Geschrei aus, das seine Freunde erzittern ließ. Er ernährte sich dabei von Tabak, von Mäusen und Wurzelwerk. Dann war er falscher Dauerzeuge auf dem Bürgermeisteramt, Verkäufer jener Anchoviskuchen, die man in Marseille Heiße nennt, Wortführer der provencalischen Autonomistenpartei und ehemaliger nicht gewählter Stadtrat von Plan de Cuques.

Einer der Berufe, die er am längsten ausgeübt hatte, war der eines öffentlichen Schreibers. Er hatte dazu in der Cours Saint-Julien einen kleinen Wohnwagen abgestellt, in dem er unter einem Foto von Monsieur Thiers thronte. »Etwas Geduld, Lockenköpfchen«, sagte er zu seinen Kundinnen. »Mein Sekretär wird gleich kommen.« Dieser öffentliche Schreiber konnte zwar die großen Druckbuchstaben lesen, verstand aber nichts von der Kunst der Schrift. Er hatte daher einen kleinen Schuljungen aus der Rue de Lodi in seinen Diensten, der nach dem doppelten Diktat der Kundin und Scipions schrieb, dessen Ohren in diesen professionellen Stunden mit Gänsefedern, einem Stück Kreide und einem Füllhalter veredelt waren.

Wie man sieht, war Scipion dazu geschaffen, der enge Freund der Tapferen und insbesondere Eisenbeißers zu werden, den er seinen Blutsbruder nannte, seitdem der Kephalonier und er an einem Herbstnachmittag gleichzeitig aus der Nase geblutet hatten. Dieser Zufall hatte sie entzückt. Fügen wir noch hinzu, daß Scipion Eisenbeißer in seinen Briefen »lieber Todesgefährte« nannte – dies, weil die Straßenbahn, die sie eines Abends zur Kaserne bringen sollte, entgleist war.

Der letzte Brief Scipions an »seinen ehemaligen Vorgesetzten und augenblicklichen und zukünftigen Freund Eisenbeißer« hatte angekündigt, daß eine Erbschaft ihm erlauben werde, ein Schiff zu kaufen – in Wirklichkeit ein kleines, hundertjähriges Boot, das Scipion um der Schönheit willen mit einer auf einer Versteigerung erstandenen Galionsfigur geschmückt hatte. Mittels dieses Bootes – der Flamboyante nämlich, auf der die beiden verdutzten Engländerinnen sich in diesem Moment gerade die Frage stellten, warum der kleine Franzose geflohen war – verdiente der Freund der Tapferen seinen Lebensunterhalt, indem er Touristen bei stiller See und bei Sturm und mit Hilfe von Kompassen, Seekarten, Zirkel und Sextanten umherfuhr.

XV

Auf ihrem Weg ein nicht gerade respektvolles Interesse erregend, begaben sich die Tapferen, an ihrer Spitze Eisenbeißer, der mit ausgebreiteten Armen die Gaffer um freien Durchgang bat, zum Quai des Belges, als ein kleiner Meteor Eisenbeißer an den Hals sprang. Nachdem er ihn mit Küssen überschüttet hatte, umarmte Scipion die anderen Tapferen. Darauf baute er sich ohne Übergang und ohne ein Wort zu sagen in Boxstellung vor Michael auf und versetzte ihm einige kräftige Faustschläge. Schließlich stürzte er sich auf Eisenbeißer, wobei er bei jedem Schlag rief:

»Und den da, hast du den gespirt? Und den da, da ist Dynamit drin!«

Die Gefühlsausbrüche endeten mit einem Kopfstoß in den Bauch Mattathias', hinter dem, um ihn zu verteidigen, Salomon stand. Zum Abschluß umarmte und küßte man sich von neuem. Scipion tätschelte die Arme seiner Freunde, war entzückt über den neuen Gruß der Tapferen, drückte Saltiel – der als einziger verschont geblieben war – höflich die Hand, fragte jeden, wie es ihm ginge, hörte nicht auf die Antworten und erzählte mir nichts dir nichts, daß er heute morgen etwas müde sei, weil sie heute nacht wieder furchtbar gewesen seien und ihm das ganze Blut ausgesaugt hätten.

»Ich bin doch ein lockerer Bursche.«

Saltiel war peinlich berührt, um so mehr, als Passanten zusammengelaufen waren. Doch Scipion wurde die Neugierigen schnell los, indem er bei jedem schändliche Verwandtschaften vermutete und sie laut und namentlich fragte, wie sich der Herr Bruder im Gefängnis, die kupplerische Frau Tante und die Schwester befinde, die dem Beruf nachging, den man sich schon denken kann. Die beiden Engländerinnen, verblüfft über dieses so gar nicht londonerische Schauspiel, hatten nicht daran gedacht, das Boot zu verlassen.

»Siehste«, sagte Scipion, »sie sind schon anhänglich geworden.«

In Begleitung seiner Freunde lenkte er seine Schritte den Opfern seines Äußeren zu.

»Steigen Sie aus, meine Damen«, sagte er sanft, aber bestimmt zu ihnen. »Freundschaft geht vor Leidenschaft, Kameradschaft vor England! Außerdem liegt zwischen Ihnen und mir Sankt-Helena! (Und da sie nicht zu verstehen schienen, fügte er in einem heftigen Ton, der sie aufstehen ließ, hinzu:) Los, raus! Keine Meuterei an Bord!«

Nachdem England ausgebootet war, lud er seine Freunde zu einer Erfrischung ein. Sie gingen Arm in Arm zur Lamartine' and Belge's Bar, wo Scipion zum großen Entsetzen Salomons fünfmal Tigermilch bestellte. Die Tapferen tauchten ihre Lippen in die Anisaperitifs, die alle Scipion austrank. Man sprach und beschwor die schöne Zeit des Typhus.

»Er hat mich zweiundzwanzig Zähne gekostet«, sagte der Marseiller, »aber ich habe dabei fünf Freunde gewonnen. Aber es macht schließlich nichts, da die Frau keinen Wert auf Zähne legt. Sie legt Wert auf Charme. Und die Typhusdame, die mir meinen Charme nehmen wird, die ist noch nicht geboren!«

Und so weiter drei Stunden lang. Saltiel hatte Kopfschmerzen. Er empfand zwar Sympathie für Scipion, doch er fand, daß dieser brave Junge zuviel von seinen Liebhaberinnen sprach – die er seine Sterbenden nannte. Nein, wirklich, er respektierte die Frauen nicht genug. Außerdem war Trauer über Saltiel gekommen, weil Frankreich nicht genügend Kinder produzierte und man zuviele Leute einbürgerte, die Racine und Corneille nicht gelesen hatten. Außerdem schlug man in Frankreich zu viele Wälder. Gerade diese Sorge quälte den sensiblen Greis sehr. Was würde in hundert Jahren geschehen, wenn dieses arme Land völlig kahl wäre? Kurzum, der alte Tapfere drückte Scipion die Hand und ging weg, begleitet von Mattathias.

Scipion fühlte sich leichter. Diese beiden waren zu seriös für seinen Geschmack. Er schlug sich an die Brust, um die Solidität seines Brustkastens zu demonstrieren, und erklärte, daß man in der frischen Luft essen müsse wegen der Gesundheit, »da die unerläßlich ist, um die Kleinen zu befriedigen«. Man kaufte verschieden geformte Brote – Kränze mit kleinen Pyramiden drauf und lange, schmale, Schwips genannte und wirklich köstliche Brote – Anchovis, hartgekochte Eier, Käse, zahlreiche Dosen mit Sardinen und Seeigel, die Salomon etwas zweifelhaft fand.

Nachdem man auf den Steinen der Mole, vor den grünen Bewegungen des funkelnden Meeres gegessen hatte, beschloß man, auf dem Berglein Siesta zu halten. Was Scipion das Berglein nannte, war ein großer Haufen Erdnüsse, den Salomon und Eisenbeißer mit gezwungenem Lächeln bestiegen, wobei sie so taten, als fühlten sie sich wohl, und scherzten, sich aber wohlweislich hüteten, den Abgrund zu ihren Füßen zu betrachten.

Als sie wieder wach waren, machten die Tapferen einen Bummel über den Jahrmarkt von Plaine. Michael verkündete plötzlich, daß er Saltiel Anweisung geben werde, Scipion von seinem Anteil eine beträchtliche Summe auszuhändigen, sobald der geheimnisvolle Scheck in Genf eingelöst sei. Der Marseiller sah Michael wild an, zog seine Jacke aus.

»Halt das, halbe Portion«, sagte er zu Salomon.

Und von neuem fand ein Kampf statt mit Michael, der den kleinen Kerl mit dem dicken Kopf diesmal nicht schonte.

»Gib dich geschlagen!« rief Scipion, als er zu Boden ging. Als er wieder aufstand, erklärte er, darin berühmten Generälen gleich, warum er die Schlacht gewonnen habe. Salomon hätte Scipion ebenfalls gern ein Geschenk gemacht, doch er fürchtete dessen Gefühlsausbrüche.

Sie bewunderten den Glasbläser, lachten sich krumm vor den verzerrenden Spiegeln, aßen Sahnewindbeutel, die aus dem Bauch eines großen Pappmaché-Bären kamen, gingen mit Ausnahme Salomons, der draußen auf seine Freunde wartete, in das Medizinmuseum für Erwachsene. Doch sie blieben nicht allzu lange, da Scipion beim Anblick eines Fötus kreidebleich geworden war. Um nicht aus der Übung zu kommen und seine Ausbildung zu vervollkommnen, schoß er am Schießstand mit der Pistole, hätte die Besitzerin beinahe erschossen, machte die schadhafte Waffe dafür verantwortlich. Um ihn zu trösten, verkaufte ihm Eisenbeißer einen Kupferring. (Ein kleiner Trick: anstatt »Golddublee« zu sagen, sagte er »Dubleegold«. Im Grunde war das ganz korrekt, dachte der Verkäufer. Die Wörter waren die gleichen, aber der Eindruck war besser.)

Salomon kaufte Kartoffelschälmesser und einen Wunderleim für Reifen, was ihn auf die Idee brachte, sich ein Fahrrad zuzulegen, damit die Tube nicht vergeudet war. Einige Minuten lang lauschte man umherziehenden Sängern, die mit einem ihrer Lieder Scipion, dem Mann des öffentlichen Lebens, eine Huldigung darbrachten. Kurz danach erklärte der kleine Marseiller seinen Freunden seine politischen Vorstellungen, vor allem jene, die mit dem deutschen Diktator zu tun hatten – den er Hilaire nannte, weil das, wie er behauptete, die deutsche Aussprache sei.

»Wenn ich an der Regierung wär', tät ich zu Hilaire sagen: ›Los! Fair gespielt! Ein Ringkampf! Und der, wo zuerst mit der Schulter den Boden berührt, dem sein Land ist besiegt!‹ Und ich, mit meinen geheimen Jitsu-Griffen, also ich garantier' dir, daß er verloren ist, der arme Hilaire! Dem dreh ich den Schnurrbart um, wenn er auf dem Boden liegt, und sag dazu: ›He, Kollege, jetzt sag mal noch mal, daß Frankreich ein degeneriertes Land ist!‹«

Um acht Uhr verabschiedeten sich Eisenbeißer und Michael. Scipion protestierte. Um ihn zu trösten, verfügte Eisenbeißer, daß Salomon noch nicht zu Bett gehen würde, und ernannte ihn zu Scipions Ordonnanzoffizier. Salomon war darüber nicht entzückt, denn er war schläfrig und Scipion erschreckte ihn ein wenig. Doch über Eisenbeißers Befehle konnte man nicht diskutieren.

Auch Scipion fügte sich. Genau genommen war es vielleicht besser so. Salomon war ein willkommenes Opfer, äußerst bewundernd. Er mochte den Kleinen gern, der so ruhig war und einem nie widersprach.

Indem er sich als ein Abgesandter Jerusalems ausgab, erpreßte Eisenbeißer von zwei Mitgliedern des israelitischen Konsistoriums einige Almosen. Außerdem bekam er von ihnen Empfehlungsschreiben für ihre Genfer Kollegen.

In dem Luxusrestaurant, in das er sich anschließend begab, starrte er mit offenem Mund eine elegante Dame an, die dort zu Abend aß. Die Leute wunderten sich über nichts. Er dagegen fand alles ungewöhnlich. Diese Frau trank. Das heißt, sie öffnete ein Loch und goß sich dort eine Flüssigkeit hinein. Sie füllte sich wie ein Krug, dann schloß sie die Öffnung wieder. Der Krug war voll. Alles war bemerkenswert. Diese beiden Herren, die aßen. Sie machten ihr Maul auf und mit kleinen Gabeln führten sie Stücke gekochten Leichnams ein. Dann wurden Kauwerkzeuge herabgesenkt, kleine Mühlsteine, die sie im Mund hatten. Sie senkten sie und hoben sie wieder. Und sie erledigten diese Stampferei, während sie über Musik sprachen.

Er fragte sich, ob er nicht aus dem Stoff gemacht war, aus dem Heroen des Denkens gemacht sind. Vor Erregung hüpfte sein vorspringender Adamsapfel auf und ab. Doch die Vorstellung, daß er vielleicht ein großer Mann war, verdarb ihm den Appetit. Er betrachtete die Meeräsche mit Fenchel, die der Oberkellner gerade auf den Tisch gestellt hatte, rührte sie nicht an, bezahlte und ging hinaus, ganz nachdenklich und verwirrt.

XVI

Scipion ging mit Salomon ins Café Riche, wo er zwei Tassen sehr starken Kaffees für ihn kommen ließ. Dann machte er ihm den Vorschlag, sich, in allen Ehren natürlich, mal ein bißchen die Maderln hinter dem Bürgermeisteramt anzusehen.

»Die Ischen«, erklärte er. »Nur für'n Stündchen Spaß.«

Salomon zitterte. Wie sollte er es wagen, seiner lieben Frau wieder unter die Augen zu treten, nachdem er mit liederlichen Frauenzimmern geplaudert hatte?

»Nein«, sagte dieser Engel, »meine Religion verbietet es mir.«

»Ach was, Religion! Die Wahrheit ist doch, daß du nicht drauf stehst, weil sie dir keine Avancen machen. (Gott sei Dank, der Anschluß war gefunden.) Mich, mein Freund, werden sie noch ins Grab bringen! Vorhin zum Beispiel, wenn ich da beim Schlagabtausch mt Michael gefallen bin, dann, mein Freund, nur deshalb. (Er strich seine Schmachtlocken glatt.) Letzte Nacht, mein Freund, acht! Unten haben sie gewartet, bis sie an die Reihe kamen. Die eine ging, die andere kam, unten stand ein Kollege, wo ihnen Kontrollzettel mt Nummern gab. (»Mt« bedeutete in Scipions Sprache »mit«.) Es waren zwar zwölf, aber ich konnte nur acht bedienen. Ach, mein Gott, mal eine Nacht allein schlafen, das ist ein Glück, das ich nie kennen werde!«

»Aber könnten Sie diese Damen nicht in Ruhe lassen?«

Scipion war empört, machte runde Augen.

»Aber sie sind's doch, mein Freund, die mich nicht in Ruhe lassen! Sie liegen da, tot! Was soll ich also tun, ich bin gezwungen, eine Frage des Mitleids.«

Und weil diese Gebärde ihm schön vorkam, streckte er dem Himmel die Faust entgegen.

»Ich bin dem lieben Gott richtig böse, daß er mich so hübsch gemacht hat.«

Salomon trat zurück, um die körperliche Hülle des kleinen Einäugigen zu betrachten und ihre Reize zu begreifen. Die Hände hinter dem Rücken, sah er ihn aufmerksam von Kopf bis Fuß an. Nein, die krummen Beine konnten es nicht sein. Und der Rest war noch häßlicher. (Wahnsinnig, daß er so geliebt wurde, drehte sich Scipion um sich selber und sang ein Lied eigener Komposition mit dem Titel »Pfefferblut«.) Wirklich, dachte Salomon, die Marseiller Frauen haben einen merkwürdigen Geschmack. Natürlich, das linke Auge war nicht schlecht, aber trotzdem.

Scipion kaufte Salomon ein kleines Schokoladenbrötchen, nahm ihn bei der Hand, führte ihn über die Fahrbahn, befahl ihm, vor dem Hotel Noailles stehenzubleiben. Im Wintergarten war Prinzessin Ingrid von Schweden gerade dabei, der Duchesse d'Arques ihre schöne Reise nach Indien zu erzählen.

»Zum Beispiel die große Blonde, die du dort siehst«, sagte Scipion und zeigte diskret auf die Prinzessin. »Benimm dich nicht so auffällig. Sachte, gib acht. Die große Blonde, wo gerade am Reden ist, nein, starr sie nicht so an, ich will ihr nicht schaden, mach'n Gesicht, als ob nichts wär', schau zuerst in die Luft, als wolltest du dir die Fenster ansehen, dann ein kurzer Blick so nebenbei, diese große Blonde, mein Freund, weißt du, wer das ist? (Dies, um genügend Zeit zu haben, einen Namen zu finden.) Milady Roscoff, die Tochter des englischen Admirals, des Siegers von Trafalgar Square. Und jetzt schau dir die Dunkle mal 'n bißchen an. (Er zeigte auf die Duchesse d'Arques.) Das ist die Tochter von. Ich kann dir den Namen nicht sagen, ein Herr, der eine ganz ungeheuer wichtige Position in Italien hat. (Flüsternd:) Guck mal, sie sehen mich an, als sei ich 'ne Lutschstange. Und jetzt paß mal auf, wie gezwungen die beiden sich zulächeln. Tun so, als seien sie sich einig, brav, lieb, aber im Grunde würden sie sich am liebsten gegenseitig auffressen. Nichts ist so scheinheilig wie 'ne verliebte Frau. Schlimmer als 'ne

Schlange! Stell dir vor, daß die Dunkle, die Italienerin, versucht hat, die Blonde zu vergiften! Aus Eifersucht wegen mir, verstehst du. Darauf hab ich zu ihnen gesagt: ›Sagt mal, was sind denn das für unzivilisierte Manieren? Sich unter Kolleginnen zu vergiften, habt ihr das vielleicht in der Schule gelernt? Zum Teufel, ihr gehört doch zur großen Welt! Arsenik, so was tut man nicht!‹ Ja, weil, ich habe nämlich vergessen dir zu sagen, daß die Dunkle mir erzählt hat, daß die Blonde ebenfalls versucht hat, sie zu vergiften. ›Schämt ihr euch denn nicht, beide aus Liebe zu Verbrecherinnen zu werden? Ihr kleinen bösen Mädchen, noch dazu Rattengift, sagt mal! Denkt doch ein bißchen an euren Papa, an eure Mama, zum Teufel! Denkt doch ein bißchen an die Sorgen, die sie sich machen, wenn ihr dann im Gefängnis sitzt!‹ Um mich also weiterhin sehen zu können, tun sie so, als täten sie sich gut vertragen. Du siehst, wie sie beide lachen, aber man spürt, daß es falsch ist. (Damit sagte Scipion die Wahrheit.) Ach, was habe ich in meinem Leben schon Tragödien wie diese erlebt! Meine beiden Finger, sieh dir das an, he, das war eine Eifersüchtige!«

Er zeigte seine Hand, an der er sich als Kind zwei Finger abgehauen hatte, als er einen Holzscheit hackte.

»Aber die beiden Finger haben Sie doch im Krieg verloren«, wagte Salomon zu berichtigen.

»Während des Krieges, habe ich gesagt. Ich habe nicht gesagt im, ich habe gesagt während! Es war die Tochter des Generals, wo ich an einem Urlaubsabend ganz schön umgelegt habe. Angeblich kommt sie an die Front, um den Papa zu besuchen, aber du kannst dir denken, wegen wem es wirklich war!« rief er, von einer wahnsinnigen und fast irren Freude gepackt, die seinen kleinen, rundlichen Brustkasten zum Zittern und seine weichen Zitzen zum Hüpfen brachte. »Eines Abends also, es war am fünfundzwanzigsten August (er betonte das Wort auf der ersten Silbe), ich erinnere mich noch, als wenn es gestern gewesen wäre, am fünfundzwanzigsten Au-gust oder vielleicht, warte mal, vielleicht am sechsundzwanzigsten Au-gust, kurzum, am fünfundzwanzigsten oder am sechsundzwanzigsten, auf einen Tag kommt es nicht an. Gut. Sie kommt also in den Schützengraben, als alle schliefen. Sie bringt mir Schokolade mt Haselnüssen, dicke Riegel, weißt du, so. Sie macht mein Sturmgepäck auf, um sie hineinzulegen, und bereitet sich (schreckliche Stimme:) auf den Zungenkuß vor! (Salomon wich zurück!) Aber ihre Augen fallen auf meinen Brotbeutel, der offen ist. Sie atmet so. (Er schnüffelt mindestens zwei Minuten lang ganz stark, wobei er seine Nase überallhin führt, um sich richtig verständlich zu machen.) ›Ich rieche Parfüm!‹ faucht sie mich an. Ich kann dir garantieren, daß sie da schon ziemlich unwirsch war! Sie schaut in den Brotbeutel, und da hatten wir natürlich den Salat, sie findet die Briefe der Frau vom Präsidenten der Republik in Amerika, ein wahnsinnig leidenschaftliches Weib, mein Freund! Sie sieht sich die Briefe ein wenig an, grad' so lang, bis sie liest ›dein heißgeliebtes Flabbilein eines tapferen kleinen französischen Poilu‹. Darauf stürzt sie sich auf mich, macht den Mund auf, nimmt meine Hand und hamm! (er verzog kannibalisch das Gesicht) macht sie den Mund wieder zu. Und hamm! schneidet sie mir die beiden Finger zwischen ihren Zähnen durch! Man hat mir erzählt, sie habe sie im Laufen gegessen! Aber dafür kann ich nicht garantieren, weil ich nicht dabei war.«

»Die Tochter eines Generals!« rief Salomon aus.

»Um sie nicht zu komprimettieren, eine Frage der Galanterie, hab ich gesagt, eine feindliche Kugel hätte mir die beiden Finger abgerissen. Das war die erste Lüge meines Lebens«, sagte er melancholisch. »Los, komm, gehen wir weiter. Also, um auf Milady Roscoff und ihre Freundin zurückzukommen, die Dunkle, die Kleine von Michelangi. Ach, der Teufel hol's! jetzt habe ich dir den Namen gesagt, du wirst ihn doch hoffentlich nicht weitersagen?

Versprich mir, das Geheimnis zu wahren, ja, Kleiner, sag?«

Salomon nickte mit dem Kopf, und sie setzten sich auf eine Bank an der Allée de Meilhan. Der arme Kephalonier aß, schon schlafend, mit verstörtem Gesicht den Brioche, den Scipion aus einer Tüte geholt hatte.

»Du möchtest wohl, daß ich fortfahre mit den Schelmenstücken, wie, du Bengel?«

Salomon wagte nicht nein zu sagen.

»Dann werde ich dir sagen, wie es angefangen hat mt den beiden Maderln aus dem Noailles, Milady Roscoff und die kleine Michelangi, der wo ihr Papa ein großer italienischer General ist.«

Er holte einen anständigen Schwall Luft und tauchte in die köstlichen Wasser der Lüge.

»Stell dir vor, mein Freund, daß sie seit einem Monat jeden Morgen regelmäßig um sechs Uhr, ob es regnet oder schneit, ob es windig ist oder donnert, daß sie regelmäßig vor meiner Tür in der Rue Coin-de Reboul Nr. 9 standen. Jeden Morgen um sechs Uhr, zehn nach sechs, Viertel nach sechs, kurzum, so um sechs Uhr rum. Auf jeden Fall waren sie immer vor halb sieben da. Mein Charme hatte gewirkt. Und ich, ja, ich wußte nicht mehr, was ich machen sollte! Ich wollte mir nicht noch zwei weitere auf den Hals laden! Die Eifersucht der andern, die Müdigkeit. (Er machte ein byronsches Gesicht.) In der ersten Zeit also. (Scipion hätte seinen Platz nicht für ein Königreich abgetreten.) In der ersten Zeit also, wenn ich da aus dem Haus kam, bin ich an ihnen vorbeigegangen und hab so getan, als würde ich sie nicht sehen. Aber du begreifst wohl (er zwinkerte schelmisch lächelnd mit den Augen), daß ich alles begriffen hatte! Aber als ich sie dann jeden Morgen da sah, die armen Kleinen, gut gekleidet, du weißt ja, Pelze, Federn, olala, und das Auto, das etwas weiter auf sie wartete, da taten sie mir doch ein wenig leid. Eines Morgens also, als ich zum Bäcker ging, da hab ich sie angelächelt, nur so, damit's nicht aussah, als würde ich sie verachten. Ein Almosen halt von einem Blick. (Tragisch:) Salomon, die Würfel waren gefallen! Am andern Tag, unverbesserlich wie ich bin (er schnitt eine Grimasse, die bedeutete, daß er sich haßte), habe ich mich nicht damit begnügt, oh, was für ein Bandit bin ich doch! sie anzusehen, sondern ich kam ihnen auf die Faszinationstour. So, schau genau her.«

Er stand auf, stützte die Faust in die Hüfte, schloß das gesunde Auge.

»Verstehst du, mit einem Gesicht, als wollte ich sagen: (er machte ein Gesicht wie ein galanter Gangster) ›Die Liebe ist ein Marseiller Kind‹. Und weißt du, was dann passiert ist? Sie sind mir nachgelaufen, und sie wollten mir partout den Kaffee bezahlen, ein Vorwand, um mit mir anzubändeln, mich zu erobern! Und dann hat ein furchtbares Leben begonnen. Salomon! Gestern zum Beispiel hat die Blonde, Milady Roscoff, zu mir gesagt: ›Scipion. (Er fand einfach nicht, was sie zu ihm gesagt hatte. Daher wiederholte er mehrere Male seinen Namen:) Scipion, Scipion!‹ Nein, das kann ich dir nicht sagen, verstehst du, es gibt Dinge, die kann man nicht einmal einem Freund erzählen. Darauf habe ich ihr ganz freundlich geantwortet, wie ein Papa: ›Und Ihr Mann?‹«

»Ja aber«, warf Salomon ein, »heißt sie nicht Roscoff? Denn ihr Vater ist doch der Herr Admiral Roscoff.«

»Sie hat einen Vetter geheiratet!« rief Scipion voller Zorn. »Unterbrich mich nicht wegen Dummheiten!«

Sie hatten ihre Bank verlassen und befanden sich wieder vor dem Hotel Noailles.

»Sieh sie dir an. Hin und wieder versucht sie zu lauschen! Um auf die Geschichte zurückzukommen, sie antwortet mir also: ›Mein Mann, den will ich nicht mehr! Außerdem schnarcht er! Laß uns fortgehen, Scipion, laß uns fortgehen in wohlduftende Himmel, wo du nichts anderes tun wirst als mich mit kannibalischen Küssen zu bedekken!‹ Genau so, ich schwör dir, hat sie zu mir gesagt! Tot umfallen, hier auf dem Bürgersteig!« (Er stampfte mit dem Fuß auf den Asphalt.)

»Und dann?« fragte Salomon, dem dieses Abenteuer der großen Welt zu Kopf zu steigen begann.

»Und dann, weißt du, antworte ich mt meiner eisigen Kaltblütigkeit: ›Nein, Süße, nein. (Er schüttelte den Kopf zum Zeichen edler Ablehnung.) Unglückliche Umstände trennen uns.‹ Und darauf antwortet sie mir – du, das war genau heute morgen, präzisierte er – drauf antwortet sie mir: ›Nun, dann wenigstens ein Küßchen!‹ (Nachsichtig, zärtlich, bewundernd:) Weißt du, mt ihrem schelmischen Gesicht und ihrem leichten englischen Akzent, der viel hübscher ist als der Pariser Akzent. Und ein Gesicht, mein Freund, olala, eine richtige Madonna! Und darauf, als ich zögere wegen der Nachbarn, die anfangen sich ans Fenster zu legen, ruft sie: ›Ein Küßchen, Sie werden mir doch nicht ein Küßchen abschlagen! Dann wären Sie ja ein Flegel!‹ Sie ärgerte sich langsam. ›Los, mach, Scipion, ein Küßchen, weil ich Durst auf Liebe habe, denn dein Herz hat mein Herz an einem Tag des Wahnsinns gefangen!‹ Sie schrie, olala, und die Nachbarn lagen jetzt alle an den Fenstern und schauten zu. Darauf sage ich nur: ›Und der Anstand, Madame Alexandra, was machen Sie damit?‹«

»Das war gut gesprochen«, meinte Salomon. »Und dann?«

»Sie hat mir wortwörtlich geantwortet, wie ich dir hier sage, und ich soll mein Auge verlieren, wenn es nicht wahr ist! (Sein Finger zeigte, energisch und entschieden, auf das linke Auge.) Sie hat mir wortwörtlich geantwortet: ›Der Anstand, Monsieur Scipion, ist mir wurscht!‹«

»Aber sind Sie sicher, daß sie die Tochter eines Admirals ist?«

»Der Anstand ist mir wurscht!« rief Scipion im Feuer seiner Rede. (Ein Polizeibeamter blieb stehen und sah ihn streng an.) »Es wundert dich, daß sie gesagt hat, es ist mir wurscht? Nun, mein Freund, du mußt das verstehen, im

Feuer der Leidenschaft (– die Hände Scipions waren bewegte Flammen –) vergessen sie alle, was sich schickt! Einmal hat die Königin von. Nein, das kann ich nicht sagen. Was ich dir aber sagen kann, ist, daß du es genossen hättest, wenn du uns gesehen hättest, die Königin und mich, jeder auf seinem Pferd. Denn die Königin ritt für ihr Leben gern morgens aus. Daher stieg ich auch, mt Stiefeln, jeden Morgen mt Ihrer Majestät in den Sattel.«

Er witterte die Gefahr.

»Vor Gott! Ich schwöre dir vor Gott, hörst du, daß alles, was ich dir gesagt habe, die reine Wahrheit ist! (Salomon war überzeugt. Da Scipion bei Gott geschworen hatte.) Und dann, was habe ich gleich gesagt?«

»Der Anstand ...«

Scipion streichelte den guten Zuhörer.

»Du bist sehr brav, mein Junge. Ich sagte also: ›Und der Anstand, Madame Alexandra, was machen Sie damit?‹ Sie macht: ›Ach, der Anstand, stimmt ja, daran hatte ich gar nicht gedacht.‹ Und sie sah mich an, weißt du, mt Augen blau wie die Blume. Ach, wirklich, man hätte sie mit 'ner Vinaigrette essen können, so süß war sie! (Er küßte die Spitzen seiner Finger.) ›Ich habe nicht daran gedacht‹, sagte sie lachend zu mir.«

»Aber vorhin hatte sie das Gegenteil gesagt.«

»Unterbrich mich nicht ständig! Ist es vielleicht meine Schuld, wenn sie wetterwendisch sind? Ihnen dreht sich halt der Kopf, was willst du da machen? Sie sagen weiß zu dir, dann sehen sie dich an, davon gerät ihr Blut in Wallung, und sie sagen schwarz zu dir. Der Rausch der Liebe. Darauf meint sie: ›Stimmt, der Anstand. Nun, dann seien Sie mein Bruder, Scipion, dann bin ich nämlich Ihre Schwester. Aber wenigstens ein Küßchen, Scipion. (Feurig:) Ein Küßchen! (Eigensinnig:) Ein Küßchen!‹ Und sie schlägt auf den Tisch! ›Ein einziges Mal, du Bandit, und danach Bruder und Schwester!‹ Und als sie sah, daß ich nicht wollte, sagt die Elende doch zu mir: ›Los, mach, kein

Liebesküßchen, sondern ein Vetter-Kusine-Küßchen!‹ Und darauf, ich.«

Erschöpft hielt er inne. Es gab soviele Möglichkeiten. Sollte er diesen Kuß geben?

»Und darauf ich plötzlich«, fuhr er mit zusammengebissenen Zähnen fort, um eine Vorstellung vom Sex-Appeal der Prinzessin Ingrid alias Milady Roscoff zu geben, »mir dreht sich der Kopf und pardauz! gebe ich ihr einen doppelten Zungenkuß mit innerem Umschlag!«

Salomon schloß die Augen, und seine Hand suchte Halt bei einer Straßenlaterne.

»Und als ich ihr diesen Kuß gegeben habe, ich bin der einzige in Marseille, der den fertigbringt, ich kann dir nicht sein ganzes Geheimnis verraten, aber ich kann dir sagen, daß die Zunge dabei einen Salto mortale macht. Ich gebe ihr also diesen Kuß, und sie schließt die Augen und fällt zu Boden, einfach so, tot! Tot, Mann, olala!«

Er zeigte auf den Bürgersteig mit beiden Händen, die er sich dann, zum Zeichen der Trauer, vors Gesicht hielt.

»Tot mit dreiundzwanzig Jahren, tot wie eine Fliege! Tot für immer, getötet von der Wollust!«

Er erinnerte sich rechtzeitig, daß die Tote gerade im Wintergarten plauderte, und fuhr fort:

»Ich hebe sie auf, und plötzlich beginnt sie sich zu bewegen. ›Noch, noch noch!‹ ruft sie. Oh, der Teufel hol's, in was für 'ner Lage war ich!«

Er führte seine Hände an seine feuchtkalte Stirn, die über einem verängstigten Auge vorragte.

»Ganz allein mt 'ner tollwütigen Frau! Und als ich mich weigere, fällt sie wieder hin, und sie fängt an, mit allen Vieren auf dem Boden zu strampeln, wie jemand, der die Fallsucht hat, oder wie das Pferd, das hingefallen ist und nicht mehr aufstehen kann! Und alle Nachbarn sahen zu! Und meine Frau schlief, und ich hatte Angst, die Schreie würden sie aufwecken. Und wie sie da mit allen Vieren auf dem Boden auf dem Bürgersteig herumstrampelte, daß die

Funken stoben, weißt du, was passiert ist? Da kommt doch die andere, die Tochter von Michelangi, die Dunkle, die Kleine! Oh, mein Gott, ich Ärmster! Was soll ich machen? Ich drehe mich um mich selbst wie ein Kinderkreisel! Die Tochter von Michelangi, intelligent wie ihr Papa, begreift auf den ersten Blick, was los ist, und ruft: ›Ich auch, ich auch, ich will auch!‹ Weil die Frauen, weißt du, die sind egoistisch wie sonst nichts! Sie stampfte mit den Füßen auf, sie hüpfte auf dem Bürgersteig herum wie ein Frosch! Und die Engländerin steht auf, und sie ruft: ›Noch, noch!‹ Aber sie sagte es auf englisch. ›Pickles, pickles!‹ so, weißt du. Pickles heißt auf englisch ›noch‹. Und die Italienerin fängt an zu schreien: ›Picallili! Picallili!‹ Das heißt: ›Ich will auch!‹ auf italienisch. Na ja, nicht das Italienisch, das du kennst, in vornehmem Italienisch. Beide schrien sie jetzt wie Schweine, die abgestochen werden sollen. ›Pickles! Picallili!‹ Liebesdurstig! Und die Nachbarn, mein Gott, mein Gott! (Er versteckte die Augen.) Um sie also zu befriedigen, damit der Skandal nicht zu groß wird, küsse ich die kleine Michelangi. Und schon passiert's. Vor Freude fällt sie auf den Boden! ›Pickles, Picallili!‹ Und die Nachbarn kommen runter und fragen mich, was los ist. Drauf sage ich zu den Nachbarn: ›Nun erschreckt mal nicht, sie sind ein bißchen erschöpft. Es ist nichts weiter.‹ Aber sie laufen los, um die Feuerwehr zu holen! Und währenddessen bissen sich die beiden Kleinen auf dem Boden vor Wut und Eifersucht gegenseitig in die Nase!«

Ein Taxi hielt vor dem Hotel Noailles. Scipion, als gebildeter Mensch, nutzte den Zufall.

»Ein Taxi fährt vorbei! Schnell verfrachte ich sie hinein! Im Taxi kraulen sie mich, um mich auf Ideen zu bringen, um mich feurig zu machen! Dieses Gekraule machte mich verrückt! Darauf beginne ich so laut zu schreien, daß der Chauffeur Angst bekommt und uns alle drei mitten auf der Canebière rausschmeißt! Du kannst dir den Schlamassel vorstellen, eine, wo brüllte, und die andere, o ich Ärmster, wo mich auf dem Bürgersteig weiterkraulte, und ich schrie wie ein Gehenkter, so mächtig kraulte und kitzelte sie mich! Und die Leute, die uns zusahen, die pißten sich an vor Lachen, aus lauter Schadenfreude! Darauf sage ich mir auf einmal: ›Scipion, jetzt zeig mal 'n bißchen, wer du bist! Wenn du 'n Mann bist, ist das der richtige Augenblick!‹ Darauf bringe ich sie beide mit einem Jiu-Jitsu-Griff auf die Beine! Sie konnten sich nicht mehr bewegen, aber sie schrien weiter! Ohne zu überdreipen, Salomon, es standen mindestens neuntausend Personen drum herum, die sich den Skandal ansahen und sich vor Lachen naß machten. Vor allem die Engländerin war furchtbar. Sie hatte den Schluckauf, ein solches Verlangen hatte sie. Und die Italienerin schrie: ›Es juckt mich!‹ Darauf sage ich zu ihnen, wobei ich sie gut festhalte, damit sie mich nicht mehr kitzeln: ›Hört mal zu, etwas mehr Ruhe, wenn ich bitten darf, he, sonst verliere ich noch meinen Ruf in Marseille, wenn ihr so weitermacht!‹ Und mit Gewalt schleppe ich sie in eine Apotheke! Es gab mindestens sechzehntausend Personen, wo lachend gefolgt sind und sich dabei in die Hosen pißten. Dem Apotheker, wo ein Kollege von mir war, erkläre ich die Sache. Und darauf meint der zu mir: ›Scipion, wissenschaftlich gibt es da nur eins, du mußt mit ihnen das gleiche tun wie mit Katzen, wenn du sie nicht decken lassen willst.‹ – ›Was mt ihnen tun?‹ mache ich. – ›Chroroform!‹ macht er. ›Das ist das einzige, was sie beruhigt!‹ Und schwupp, nimmt er eine große Flasche, und hopp! besprengt er sie mt Chroroform! Darauf haben sie sich beruhigt, aber nicht sehr! Zum Apotheker sagte ich darauf: ›Hör zu, Titin, mach den Laden dicht, weil ich keine Schande mehr draußen haben will. Schau dir die Menge da an!‹ Zu diesem Zeitpunkt gab es mindestens dreißig- oder vierzigtausend Personen, die sich vor Lachen anpißten. ›Laß mich allein mt den Kleinen‹, sagte ich zum Apotheker, wo mein Kollege aus der Kinderschule war. Darauf sind die beiden plötzlich aufgestanden, weil nämlich das Chroroform nicht konzentriert genug war. Und dann nehmen sie Vitriol, einen ganz gelben Glasbehälter, und sie sagen zu mir: ›Scipion, einen Kuß oder wir trinken das Vitriol!‹ Darauf schnappe ich mir, schnell wie der Donner, das Vitriol, und schnell stoße ich sie in ein kleines Kämmerchen, wo kein Gift war! (Er hielt inne, dachte nach.) Nein, hör zu, ich bin ein Lügner. Der Glasbehälter mit dem Vitriol war nicht gelb, er war grün, hellgrün. Gut, um nun wieder auf die Kleinen zurückzukommen, ich stoße sie in das kleine Kämmerchen, und dann knüpfe ich mir die Soutane zu, ich richte den Kopf wieder auf, weißt du, so in der Art unerbittlicher stolzer Filmkünstler, und darauf sage ich zu ihnen (er zeigte furchtbare Schneidezähne): ›Was vorbei ist, ist vorbei, meine Damen. Küsse bekommt ihr keine mehr!‹ (Ungefähr sechzig Sekunden lang bewegte er den Zeigefinger zum Zeichen der Verweigerung.) – ›Und warum nicht?‹ ruft mir die Italienerin zu. ›Du weißt wohl nicht, daß mein Papa eine Armee Italiens befehligt?‹ Und ich antworte darauf: ›Dein Papa, der‹, kurzum, ein ordinäres Zitat, das ich lieber nicht wiederhole, weil es nicht freundlich war, weder für sie noch für den Papa, ja. ›Ich bin in Frankreich, einem Land der Freiheit!‹ sage ich zu ihr. ›Und wenn ich dich nicht küssen will, dann küsse ich dich eben nicht. Und dein Papa wird mich ganz bestimmt nicht dazu zwingen. Los, hau ab, du Lotterkuh!‹ Und ich hebe die Faust in die Luft, weißt du, so auf die politische Art! Kurz und gut, die Geschichte ist so ausgegangen, daß ich die Italienerin heimgeschickt habe, weil sie meinen Patriotismus beleidigt hatte. Und dann die Engländerin, nachdem ich sie ein bißchen gehätschelt habe, weißt du, etwas Wasser auf den Kopf und dazu ein bißchen aufs Händchen gehaut, zur Liebkosung, zu der sage ich als Antwort auf die Sache, wo sie von mir verlangte, daß ich sie mitten in der Apotheke machen sollte, dieses kleine schamlose Mensch: ›James‹ sage ich zu ihr – das ist ihr Vorname.«

»Aber sie heißt doch Alexandra«, sagte Salomon, der dieser wenig geordneten Erzählung kaum noch folgen konnte.

»Unterbrich mich nicht dauernd, oder ich hau dir eine runter! Alexandra ist ihr erster Vorname. Aber die engen Freunde sagen James zu ihr. (Er sagte Schämss.) ›James, Sie sind spaßig, nie werde ich so etwas tun, vor allem nicht im Laden. Eine Frage der Männerehre.‹ (Er runzelte die Stirn.) – ›Und warum tun Sie es mir nicht mehr, wo sie es mir doch schon mal getan haben und sogar gut?‹ meint sie. Darauf sage ich: ›Oh, du kleines, vulgäres Biest, nur weil ich mal nett gewesen bin, soll ich jetzt deinen Haustrottel spielen?‹ Und darauf setze ich meinen Hut auf. (Er klopfte sich auf den Kopf.) Und ich sage zu ihr: ›Sie sollten wissen, Madame, daß meine Küsse gefährlich sind. Hat man mal einen bekommen, ist es vorbei.‹ ›Eben‹, sagt sie zu mir, ›du hast mir diesen einen gegeben, und es war sogar einer mit doppeltem Umschlag!‹ Darauf gebe ich zur Antwort: ›Der erste geht noch! Doch der zweite wäre sehr viel schlimmer.‹ (Mit einem tragischen Pariser Akzent und neapolitanischen Bewegungen des Kopfes:) ›Meine Küsse sind eine Magie, meine Küsse sind ein Liebestrank, Madame! Aber ich habe Mitleid mit Ihnen. Los, los, gehen Sie nach Hause. Los, los‹, sage ich noch einmal zu den beiden! (Er hatte vergessen, daß er die angebliche Italienerin bereits heimgeschickt hatte.) ›Zu Ihrer Suppe, meine Damen!‹ Darauf fallen beide auf die Knie, o Schreck, und das mitten in der Apotheke, Mann! Und alle Leute draußen, wo durch die Schaufensterscheibe reinschauen! Und darauf ich: ›Milady, fliehen Sie meine Küsse!‹ Und sie, voller Zorn, weißt du, eine Tigerin: ›Oh, der Teufel hol's‹, sagt sie zu mir. ›Sie sind kein Mann, Scipion, Sie haben kein Blut in den Adern, Sie stehen nicht auf Frauen!‹ Um mich zu demütigen, verstehst du. Eine Weiberlist. In meinem vornehmsten Gefühl beleidigt, falle ich doch wirklich drauf rein und sage zu ihr (zusammengepreßte Zähne):

›Ich stehe nicht auf Frauen? (Er stellte Salomon diese drohende Frage, wobei er ihm kräftig auf die Brust schlug.) Ich bin schlimmer als ein Neger, Madame! Ich bin aus Eisenbeton, damit Sie es wissen!‹ Verstehst du die Anspielung?« fragte er den Tapferen ernst, der vor Scham die Augen gesenkt hielt.

Er hielt inne, nahm etwas Kautabak, kaute ihn, lächelte. »Es gibt noch eine dritte, eine kleine Amerikanerin, die neulich um meine Hand angehalten hat. Drauf ich, ganz ruhig, mit meinem etwas vampirhaften Gesicht, ich sage zu ihr ...«

»Ja?« zuckte Salomon zusammen, der im Stehen schlief.

»Mit meinem vampirhaften Gesicht«, fuhr Scipion fort und rollte mit den Augen, »sagte ich zu ihr: ›Carmen, Sie sind viel zu reich für mich. Wenn man die Tochter der Vanderbites ist, heiratet man in seiner Welt. Mein Herz schenke ich Ihnen gern, aber ich verkaufe es nicht.‹ Ich muß gestehen, daß ich nicht ganz offen war. Wenn sie mir gefallen hätte, vielleicht hätte ich mich dann scheiden lassen! Neunhundertfünfundzwanzig Miljonen Mitgift! Und amerikanische Miljonen, alles Dollars und Esterlings. Aber sie gefiel mir nicht sonderlich. (Die Zähne zusammengepreßt, mit wildem Gesicht:) Aber ich gefiel ihr! Olala, sie stürzte sich auf mich, olala, und sie machte mein Hemd auf, Vanderbites Tochter olala! Aber mir gefiel sie nicht. So was kann man nicht erzwingen. Dabei war sie hübsch. So. (Er machte eine Gebärde, um einen riesigen Vorbau darzustellen.) Und das Untergestell, wirklich gepflegt! (Er zeichnete einen Balkon von doppelter Dicke.) Allerdings hatte ich damals meine beiden amerikanischen Stars in der Hinterhand, du weißt doch, im Kintopp, die Stars. Eine davon, Mensch, hat die mir gefallen, Freundchen! Ich muß sagen, die habe ich allen anderen vorgezogen. Madeleine Dietrich hieß sie. Oh, was für eine Schönheit, mein Freund! Sie hatte einen Hintern, der mindestens dreißig Kilo brachte! Madeleine Dietrich ist die einzige

Frau, hörst du, die einzige Frau, der ich je ein Geschenk gemacht habe: einen Riegel Schokolade. Sie hat zu mir gesagt: ›Diese Schokolade werde ich immer an meinem Herzen aufbewahren!‹ Sie ist die einzige Frau, der ich ein Geschenk gemacht habe, weil, in der Regel finde ich, daß ein Mann, wo einer Frau ein Geschenk macht, der ist für sein Leben entehrt. Es gibt nichts Heißeres als einen amerikanischen Star! Der höhlt dich aus! Ach ja«, fügte der Techniker noch hinzu, »was die Kenntnis der Sache angeht und die Bewegung, da gibt es nichts, was dem Star das Wasser reichen kann. Und großzügig, olala! Und nett! Siehst du diese Schuhe? (Er hob einen seiner Füße, die in Lackschuhen steckten.) Die sind von Madeleine Dietrich. Hast du schon mal von ihr gehört? Es hat mit einem Kuß angefangen, auf einem Boot. Ich geb ihn ihr, aus reiner Höflichkeit. Darauf fällt sie vor Aufregung ins Meer! Ich spring ins Wasser, fisch sie wieder heraus, schwimm zur Flamboyante! Aber Madeleine Dietrich, selbst als sie im Wasser ertrunken war, dachte nur an Küsse! Sie umarmt mich mit ihren bezaubernden Armen, und sie ruft: ›Noch einen, Seekapitän!‹ Damit sie sich ruhig verhält, gebe ich ihr schnell einen. ›Los, Fräulein Madeleine, bleiben Sie jetzt etwas ruhig. Wenn Sie so herumzappeln, werden wir ertrinken. Etwas Geduld, bitte! Sobald wir auf dem Schiff sind, gebe ich Ihnen wieder einen.‹ – ›Nein, nein, sofort!‹ ruft sie. Es herrschte ein furchtbarer Sturm. Kannst du dir einen Mann vorstellen mitten im wild bewegten Meer, der eine Frau retten soll, die ertrinkt und anstatt sich ruhig tragen zu lassen, im tosenden Meer schreit: ›Küsse! Küsse! Es ist mir wurscht, ob ich ertrinke!‹ Oh, mein Freund, was für ein Ramadan! Madeleine Dietrich, mein Freund, die machte mitten im aufgewühlten Meer Sätze schlimmer wie ein Fisch auf dem Trockenen. So, schau her.«

Er legte sich auf den Bürgersteig, spreizte die Beine, machte schlängelnde Bewegungen und eine Art Bauchtanz.

»Und mir, ja, war sofort klar, daß es nur eins gab, um sie zu retten. Mit beiden Füßen schwamm ich, mit einer Hand hielt ich sie fest, und, um sie zur Ruhe zu bringen, streichelte ich ihr mit der andern das Gesicht und küßte sie auf die Wangen, damit sie sich nicht mehr bewegte. Ein Bild! Ich, nur mit den Füßen schwimmend und diese Frau im Salzwasser küssend, olala! Kaum sind wir wieder auf dem Schiff, aus mit dem Geschmuse, ich binde sie mit dem Tau am Mast fest, und ich fange wieder an, La Flamboyante zu rudern! Am Ufer angekommen, nimmt sie, ganz naß wie ich war, meine Hand, und sie zieht mich einfach so im Galopp durch die Straßen, um schneller ins Hotel zu kommen! Kaum sind wir im Luxuszimmer, mein Freund, es hat sie bestimmt zwölf Francs pro Tag gekostet, knöpft sie mich auf, so auf die ganz Schnelle, und schon beginnt der Tanz! Und es waren zweiundsiebzig poetische Liebesstunden«, sagte er, von neuem mit einem Pariser Akzent. »Zweiundsiebzig Mal, mein Freund! Sie erdrückte mich in ihren Armen! Oh, was für eine Frau, mein Gott! Mit ansaugender Pumpe und nie abweisend! ›Oh, mein Schatz‹, brüllte sie, ›oh, mein Goldhuhn, komm mit mir nach Amerika, ich bringe dich beim Kino unter! Du wirst die großen Rollen spielen, Rigoletto, Faust! Aber ich habe nicht angenommen. Und bevor sie dann wegfuhr, hat sie mich mit Geschenken überhäuft! Olala, was habe ich da alles an Land gezogen! (Er zeigte auf einen weißen Seidenschal, der seinen Hals umschlang und dessen Künstlerschleife auf der Schulter lag.) Diese Koketteric aus Chinaseide, die ist von Madeleine Dietrich! Sie hat mir auch goldene Lockenwickler geschenkt, für meinen Schnurrbart. Und was für 'nen Sturzbach von Tränen hat sie vergossen, als sie wegfuhr! ›Du wirst mich nicht mehr lieben, wenn ich nicht mehr da bin‹, brüllte sie. ›O mein Süßer, o mein schöner Chico!‹ machte die Madeleine Dietrich und weinte dazu mt Augen, die tief ins Herz gingen. ›Du hingegen‹, sagte sie zu mir, ›du wirst immer der schöne

Kleine sein und wirst nie alt werden.‹ Ich verpaßte ihr eine serbische Einseifung, um sie zu beruhigen, um ihr klarzumachen, daß sie nicht undankbar sein sollte, und dem Schein nach sagte ich, daß ich sehr ärgerlich wäre, daß sie wegginge, aber innerlich freute ich mich, daß sie ging, weil sie nämlich zuviel Temperament hatte. Kurz und gut, sie ist abgereist, und ich war sehr froh, denn ich konnte nicht mehr, und das ist tödlich für den Mann. Ich habe nie wieder was von ihr gehört. Wie es aussieht, ist sie wegen dem Ärger, daß sie mich verloren hat, sehr müde geworden, und sie kann im Kino nicht mehr arbeiten und ist sogar richtig arm geworden. Pah.« (Er schneuzte sich, denn er war ehrlich gerührt.)

Fünf Minuten später waren sie von neuem vor dem Wintergarten des Hotels Noailles.

»Siehst du, sie ist immer noch da und wartet, die Bestußte. Entschuldige, ich muß ihr Bescheid geben, daß ich sie morgen sehen werde.«

Salomon verstand nichts mehr. Scipion hatte Milady Roscoff für immer weggeschickt, und jetzt wollte er eine Verabredung mit ihr treffen für morgen!

»Schau genau hin«, sagte Scipion. »Und lern was dabei.«

Er bog seinen kleinen, mit der Brennschere gelockten Schnurrbart, dann räusperte er sich bedeutungsvoll.

»Hast du gesehen, sie ist zusammengezuckt.«

Kühn machte er sich der Prinzessin von Schweden durch verschiedene Gebärden verständlich, bewegte den Zeigefinger horizontal, was heißen sollte »heute abend nicht«. Dann, alle Finger gespreizt, tat er so, als gebe er ihr ein Rendezvous für acht Uhr morgen abend. Salomon war völlig überzeugt. Was für ein Mann, dieser Scipion!

Sie spazierten an den erleuchteten Lokalen der Canebière vorbei. Scipion stieß Salomon jedesmal heftig mit dem Ellbogen in die Seite, wenn eine hübsche Frau vorbeikam. Mit vertraulichem Blick flüsterte er ihm zu, daß diese kleine Negerin vorher lachte, mittendrin schrie, hinterher weinte; daß diese große Blonde, ja, die habe ich tüchtig aufs Kreuz gelegt, und so weiter.

»Die Dicke, die da kommt, sieh sie dir genau an, ich werd' dir das nachher erklären. Mach ein Gesicht, als wenn nichts wäre, ihr Mann ist schrecklich.«

Salomon war ganz betäubt von diesem unermüdlichen Mann, der ihn bat, die Frauen anzuschauen, sich vor allem aber nicht den Anschein zu geben, als schaue er sie an. Ihm waren alle diese Teufelchen vollkommen gleichgültig, und er hatte nur Lust auf eins: sich hinzulegen, nachdem er zuvor das Foto seiner guten Frau geküßt hätte.

Ein junges Mädchen, das von einem sehr schönen jungen Mann begleitet war, stieß aus Versehen mit Scipion zusammen, der sogleich mit abwesender Gangstermiene murmelte:

»Morgen abend, zur gleichen Zeit.«

Und Salomon, eine kleine, erschöpfte Kugel, rollte von der Canebière zur Rue Saint-Ferréol und umgekehrt. Fieberbläschen wuchsen auf seinem von den Schamlosigkeiten des Marseiller enfant terrible erschreckten Gesicht. Scipion, zufrieden mit seinem Abend, goß von Zeit zu Zeit Heliotrop auf seine Haare und trällerte Liedchen, in denen es nur so wimmelte von starken Armen und lieblichem Erbarmen, von irren Lieben und sprießenden Trieben, von Herzen und Schmerzen, von Brüsten und Gelüsten, von wilden Mätressen und immergrünen Zypressen. (Man darf nicht vergessen, daß der kleine Seemann vom Alten Hafen ein ausgezeichneter Ehemann und ein Vorbild an Treue war.) Salomon hielt die Augen niedergeschlagen, um nicht später von irgendeinem Ehemann der Komplizenschaft beschuldigt zu werden. Schließlich faßte er einen Entschluß und sagte, daß er jetzt ins Hotel zurückkehren werde.

»Ich begleite dich«, sagte Scipion. »Aber unter einer Bedingung, daß ich dir nichts mehr von Frauen erzählen muß. (Plötzlich packte ihn der Zorn auf dieses allzu schöne

Gesicht, das ihm soviele Unannehmlichkeiten bereitete.) Manchmal, mein Freund, möchte ich mir am liebsten die Nase abschneiden! (Mit zusammengebissenen Zähnen:) Mann, ich mache es noch kaputt, dieses Unglücksgesicht!«

Er betrachtete es, das pockennarbige, in einem kleinen, runden Spiegel, und edles Mitleid lief über seine Lippen. Nein, er hatte nicht den Mut, ein solches Meisterwerk zu zerstören.

»Sie könnten sich vielleicht anders frisieren, nicht so schick«, schlug Salomon vor, »und nicht all diese Parfüms an sich machen.«

»Charmant bin ich, charmant bleibe ich«, antwortete Scipion. »Der liebe Gott hat mich zu ihrem Glück auf die Erde geschickt. Und was die Sache mit dem Parfüm angeht, so weißt du wohl nicht, daß die Frau den parfümierten Mann liebt?«

Salomon ging schneller, sagte zu Scipion, daß er sehr gut allein zurechtkomme, daß er den Weg ins Hotel kenne.

»Noch eine, und dann ist Schluß«, schlug Scipion vor.

Aber Salomon ging immer schneller, taub gegenüber dem Flehen des Marseillers, der ihm folgte, ihn demütig anflehte und um seine Aufmerksamkeit bettelte.

»Mann, ich gebe dir zwanzig Francs, wenn du zuhörst. Das ist die schönste. (Er weinte fast.) Hör zu, das wirst du mir doch nicht antun, wo ich dich so mag?«

Salomon nahm Reißaus. Er hatte genug davon. Der Mensch war Mensch und kein Hund. Und der Mann war geschaffen für eine Frau und für die Kinder dieser Frau. Er lief so tüchtig, daß der entmutigte Scipion mit einer vor Enttäuschung langen Nase stehenblieb. Traurig kehrte er um und ging nach Hause mit einer heruntergeschluckten Geschichte, die heraus wollte und die er nun seiner Frau erzählen mußte.

Im Hotel angekommen, wusch sich Salomon von Kopf bis Fuß, um alle diese Schlüpfrigkeiten Scipions loszuwerden.

Dann betete er und bat Gott, diesem guten Scipion einen anständigeren Lebenswandel zu bescheren, den Deutschen klarzumachen, daß das Leben kurz ist und daß man sanft sein muß und nicht grausam und daß man kein Giftgas herstellen darf. Jedesmal, wenn er den Namen des Ewigen aussprach, stellte er sich auf die Zehenspitzen, um Ihm näher zu sein. Nachdem er Gott alle lebenden Geschöpfe dieser Welt einschließlich der Fliegen anempfohlen hatte, legte sich dieser Engel zu Bett, glücklich, daß er in sauberen Laken lag, ganz allein und weit weg von all diesen schlechten Frauen, die einen bissen, einen den Verstand verlieren ließen, einen doppelt und innerlich durcheinanderbrachten!

Plötzlich wurde er wach, die Haare elektrisiert. Die Tochter eines Präsidenten der Republik war im Begriff, ihm eine Zehe nach der andern abzuknabbern.

XVII

BÜRGER!
DIE KUNTE DES SCHIKSALS HAT GESCHLAGN!
ICH GEHN NACH GENF UM FOR DEM
VÖLKERBUNT DIE UNAPHÄNGIGKEIT VON
MARSEILLE
ZU VERLANGEN! KOMT HEUTE ABEND UM MIR
AN DER GARE SAINT-CHARLES ZUZUJUBELN!
ICH FAHRE UM DREIUNDZWANSIG UHR AB!
DIE DAMEN WERDEN GEBETEN MIR NICHT
MEHR ZU SCHREIBN! MARSEILLE DEIN KIND
GEHT FORD UND WEINT TRÄNEN!
SCIPION ESCARGASSAS

Mattathias sagte, daß das Plakat zwar schön sei, daß Scipion aber von keiner der großen Persönlichkeiten Genfs empfangen werden würde.

»Ich wette mein ganzes Vermögen, siebenundzwanzigtausend Francs, daß ich vom Chef des Völkerbunds empfangen werde!« rief Scipion.

»Ich halte die Wette«, sagte Mattathias. »Unter der Bedingung, daß du mir, wenn du verlierst, siebenundzwanzigtausend gibst und daß ich dir, wenn ich verliere, zweitausendsiebenhundert gebe.«

Scipion wollte nicht auf die weisen Ratschläge des braven Saltiel hören und nahm an. Der Onkel wurde zum Treuhänder der Einsätze ernannt, und Scipion händigte ihm die Angelhakenschachtel aus, die siebenundzwanzig Tausendfrancsscheine enthielt. Mattathias entfernte sich, knüpfte seinen Fuhrmannskittel auf, holte eine dicke Brieftasche hervor und zählte, zu Tode betrübt, siebenundzwanzig Hundertfrancsscheine ab.

Abends um elf kamen die sechs Mitglieder der autonomistischen Partei, um ihren Führer am Bahnhof zu begrüßen. Scipion, der eine Fahrkarte dritter Klasse gelöst hatte, wurde von einem Eisenbahnbeamten mittels eines Trinkgelds das Recht eingeräumt, bis zur Abfahrt des Zuges das Trittbrett des Schlafwagens einzunehmen – was den Beifall der Autonomisten herausforderte. Scipion machte ihnen mit einer Bescheidenheit, die dazu bestimmt war, ihre Begeisterung zu verstärken, ein Zeichen zu schweigen. In prachtvoller Haltung hielt er die schönste Rede seiner Laufbahn, verlangte und erhielt Vollmachten. Plötzlich hielt er inne. Und die Freunde aus Kephalonia? Eisenbahnbeamte schlossen schon die Türen und schrien: »Alles einsteigen!«

Die Autonomisten, zu denen sich einige Gepäckträger gesellt hatten, stimmten das »Sei gegrüßt, Marseille« an. Und in diesem Augenblick hielten die Tapferen Einzug auf dem Bahnsteig, galoppierend und schwitzend, Bündel in der Hand und Koffer auf dem Rücken. (Sie hatten sich mit aller Gewalt gefütterte Unterhosen besorgen wollen – da Genf, wollte man Saltiel glauben, eine entsetzlich kalte Stadt war. Außerdem hatten sie viel Zeit verloren, als sie sich die Brust mit Zeitungen behängten.)

»Auf, steigt ein!« rief Scipion.

Doch der Zug hatte sich bereits in Gang gesetzt und die Tapferen hielten nichts von sportlichen Hochleistungen.

»Rendezvous in Genf!« rief Scipion.

»Wo?«

»Am Bahnhof! Nächster Zug!«

Er ließ sich in einem Abteil dritter Klasse häuslich nieder, lächelte der alten Dame zu, bot ihr ein belegtes Brötchen an, erzählte ihr von dem Büffel, den er mit einem großen Fischernetz gefangen hatte, von dem in Wahrheit kleinen Wal, den er mit einer Axt getötet hatte, von dem Hai, den er im Persischen Golf an der Kehle gepackt und so stark gedrückt hatte, »daß das Gesicht von dem Hai, das ist ganz rot geworden«. Dann kam die Geschichte von dem Tiger, den er hypnotisiert hatte und der ihm jeden Morgen die Zeitung am Kiosk holte.

»Jeden Morgen gegen acht Uhr, acht Uhr zehn, acht Uhr zwanzig, war er regelmäßig vor meinem Haus und erwartete mich mit der Zeitung im Maul. Alexandra hieß er. Weil, um Ihnen die Wahrheit zu sagen, es war eine Tigerin. Manchmal nannte ich sie Milady.«

Sogleich verschwundene Glühbirnen streiften die Scheiben. Der Zug fuhr mit dem Schnaufen eines dicken Kindes, das zufrieden ist, seine lange Lektion ohne Fehler aufgesagt zu haben. Fabriken glühten rot und blutig in der Ferne.

XVIII

Noch bevor der Zug hielt, sprang Scipion auf den Bahnsteig. Und sofort stimmte er, die Hand auf dem Herzen, mit wildem, aber edlem Gesicht, ein von ihm selbst komponiertes Lied an.

Sei gegrüßt, du schönes Genf,
lieblich wie der Birnensenf!

Ein Polizist gebot ihm, den Mund zu halten, und Scipion gehorchte freundlicherweise. Natürlich waren die Genfer distinguiert, man durfte sie nicht brüskieren.

Sich jetzt waschen, wie es sich nach einer Nacht im Zug gehörte. Ganz und gar comme il faut sein, um den Genfern zu gefallen. Seine Nasenlöcher waren rußverkrustet, und die Ränder seiner Augen waren hart von vertrocknetem Gelb. Er säuberte sich an einem Brunnen, saugte Wasser durch die Nase ein, prustete es mit einem Trompetengeräusch wieder aus, trocknete sich mit einem Taschentuch ab. Sehr gut. Sehr manierlich jetzt. Mit liebenswürdiger Seele ging er die Rue de Mont-Blanc entlang, begierig nach Sympathie und entschlossen, alles gut zu finden. Der Nordostwind war ein wenig scharf. Nun gut, das war nicht unangenehm. Er suchte nach der Rose, die ein Bewunderer ihm am Tag zuvor gebracht hatte, steckte sie zwischen die Lippen und begab sich zum See. »Gib acht, keine unanständigen Wörter, ja, Scipion? Weil, hier sind sie alle höflich, die Art reiche Leute. Sieh zu, daß du nicht schlecht angesehen bist, ja?«

Die Sauberkeit der Straßen entzückte den Marseiller. Außerdem waren alle diese Leute so gut angezogen. Dabei war es ein Freitag. Im Spiegel eines Schaufensters bewunderte er seinen kleinen, tabakbraunen Mantel mit dem Samtrevers, der sehr eng war und ihm kaum bis zum Knie ging; seine havannabraune Melone war etwas eng – was einen zusätzlichen Reiz hatte, denn so sahen die Schmachtlocken sichtbar hervor; seine Künstlerschleife, deren beide Enden über seiner rechten Schulter lagen; seine schönen kanariengelben Schuhe, knarrend und spitz. Er rieb sich die Hände.

»Auf, machen wir Bekanntschaft, meine Herren Genfer!«

Der See war gar nicht schlecht, ein wenig klein vielleicht, aber trotzdem sehr hübsch. Und was die Sauberkeit anging, ein wahres Wunder! Sie mußten ihn wohl jeden Tag ausbaggern. Wirklich, was für eine schöne Stadt. Kein einziges Stück Papier auf dem Boden und dieser See, von dem man meinen könnte, es sei Mineralwasser. Und jetzt Bekanntschaft machen mit den Kollegen vom See. Er nahm in einem kleinen Motorboot Platz, das den Hafen durchquerte, hielt es für geschickt, den Steuermann über die Süßwasserfische auszufragen. Der Mann gab zur Antwort, daß er ihre Lebensweise nicht kenne.

»Das ist nicht schlimm«, antwortete Scipion. »Man kann natürlich nicht alles wissen. Und wenn Nebel ist, benutzen Sie da den Kompaß? Ich interessiere mich dafür, weil ich nämlich ein Mann des Meeres bin. Nachts richte ich mich am liebsten nach dem Polarstern. Und Schiffbrüche, haben Sie viele? Da ich ein Sohn des Meeres bin, liebe ich natürlich die Stürme. Stellen Sie sich vor, daß ich eines Abends in der Dämmerung, nein, ich bin ein Lügner, es war mitten in der Nacht, es herrschte ein entsetzlicher Nebel und der Wind pfiff in den Seilen der Flamboyante! Hui, hui! Hui im Stengemast, hui im Baleston, hui hui in den Pardunen und in den Rüsten, hui in der Kranleine und im Klamateisen! Ein Sturm, mein Freund, wie du noch keinen gesehen hast! Was sagst du zu diesem Sturm, Kollege?«

Der Mann am Motor sagte nichts dazu, und der rotwerdende Scipion tröstete sich mit seinem mittels Brenneisen gelockten Schnurrbärtchen. Natürlich gab es in allen Ländern Leute, die nicht umgänglich waren. Vielleicht war der

Mann neidisch, weil, auf dem See gab es solche Stürme sicherlich nicht viele. Vielleicht war er gedemütigt, weil er nur Maschinist war? Außerdem war vielleicht gerade seine Mama gestorben.

Scipion sprach also nicht weiter, sagte liebenswürdig auf Wiedersehen und ging an Land. Und wenn er sich mal ein wenig den Völkerbund ansähe? Es war acht Uhr früh.

Mitten auf der Fahrbahn stand, nobel den Verkehr regelnd, ein riesiger Schutzmann, dessen Handschuhe, nicht nur weiß, sondern auch noch sauber, Scipion mächtig beeindruckten, der an die demokratischen Beamten der Marseiller Polizei gewöhnt war, die oft hinterm Ohr eine erloschene Zigarette trugen. Unser Held ging auf Zehenspitzen an ihn heran, berührte den Rand seiner havannabraunen Melone und fragte mit seiner bezauberndsten Stimme, wie er zum Völkerbundsgebäude komme. Der prächtige Beamte der staatlichen Gewalt zeigte ihm schweigend die Straßenbahnhaltestelle. Scipion ging mit einem leichten Zittern weg. Natürlich, die Leute von der Polizei waren nie sehr gesprächig.

Vor einem Tabakladen, in dessen Spiegel er sich einmal mehr betrachtete, wartete er auf die Straßenbahn. Ja, er war gut angezogen, nicht im geringsten skandalös, korrekt.

»Und mein Koffer ist ganz neu. Ich habe nichts von einem Gezeichneten, vor dem man sich hütet. Der Mann am Steuer, das will gar nichts heißen, denn seine Mutter ist gestorben. Und der Verkehrspolizist, der hatte vielleicht Zahnschmerzen, ja. Ein Glück, daß ich nicht meine Werktagskleidung angezogen habe. Was hätten die Genfer von mir gedacht! Denn hier, mein Freund, herrscht Luxus. Alle haben ihre Sonntagsanzüge an! Ach, ich liebe diese Stadt sehr.«

Endlich hielt quietschend die Straßenbahn und Scipion, ausgehungert nach Gesellschaft, stieg ein. (»Ich bekomme Blasen auf die Zunge, wenn ich nicht rede«, pflegte er zu sagen.) Nach einem leutseligen Lächeln zeigte er dem Wagenführer ein Foto, wartete auf die Wirkung. Doch der Wagenführer betrachtete weiterhin die Schienen.

»Das ist meine Frau«, erklärte Scipion. »Und wenn Sie sie wirklich sehen könnten, was glauben Sie, was Sie da erst sagen würden!«

Aber der Wagenführer sagte nichts. Scipion fügte hinzu, daß seine Frau nicht nur schön sei, sondern daß sie auch eine Köchin sei, »ach, du lieber Himmel!«

»Mt einem Stück Holz würde die dir eine unheimlich sämige Suppe machen!«

Der Wagenführer richtete den Zeigefinger auf das Emailleschild »Mit dem Fahrer sprechen verboten«. Scipion stellte sich in eine Ecke der Plattform. Zugegeben, sie waren sehr sauber, sehr reich, aber was die Unterhaltung anging, da waren sie nicht sonderlich beschlagen in Genf.

»Das kommt wohl vom Klima. Sie sind vielleicht leberkrank. Schon die Dame, bei der ich Zigaretten gekauft habe, als ich auf die Straßenbahn wartete, die hat Bewegungen gemacht wie im Kino, wenn man den Fußball ganz langsam zeigt. Vielleicht ist irgendeine große Persönlichkeit in Genf gestorben und jetzt sind sie alle traurig. O Schelm, in Marseille gibt es auch Straßenbahnen und Schilder, die noch größer sind, die drauf hinweisen, daß man nicht mit dem Fahrer sprechen soll. Aber das heißt doch nicht, daß man kein kleines Schwätzchen halten darf. Vielleicht ist es die Verdauung. Vielleicht ist das Wasser aus dem See so was wie ein Abführwasser.«

Aber vielleicht war diesem Fahrer sein Papa gestorben. Man mußte es wieder versuchen. Er ging ins Wageninnere, grüßte die Gesellschaft und setzte sich mit äußerster Höflichkeit. Er fragte den Schaffner, wieviele Kinder er habe, ob sie auch brav seien und ob sie nicht »die Diterie gehabt hätten, wie meine Kleine, ja«. Der Mann sah ihn mit einem Gesicht an, daß ihm der Magen zugefror und er ins Schwitzen kam. Und Scipion hielt den Mund bis zu dem

Augenblick geschlossen, in welchem er, nachdem der Schaffner das Völkerbundgebäude ausgerufen hatte, ausstieg.

»Nun, mein Freund, die sind wirklich nicht umgänglich. Dabei ist die Umgänglichkeit doch die Freude des Lebens.«

Es war acht Uhr zwanzig, als er am Hauptportal des Sekretariats klingelte. Ein Nachtportier in Pantoffeln machte die Tür gähnend einen Spalt auf, sagte Scipion, daß er keinen dieser Herren vor zehn Uhr sehen könne. Scipion lächelte verlegen. O elendes Geschick, sie hatten blaue Augen, diese Genfer, das konnte einem das Skelett aufweichen.

»Bis die Herren Abgeordneten kommen, könnten wir ein kleines Schwätzchen halten«, schlug er schüchtern vor. »Zumal ich einen Vorkriegspernod im Koffer habe.«

Die Tür ging wieder zu. Und Scipions Herz ebenfalls. Zitternd in seinem leichten Mantel irrte er an dem grauen See entlang. Die Möwen schauten ihn mit bösen Augen an. Und diese kleinen Hühner im Wasser, mit ihrem spitzen Schnabel, die schmetterten einem Pariser Schreie entgegen, olala! Oh, waren diese kleinen Conciergen häßlich! Man hatte den Eindruck, daß sie Böses über einen sagten, daß sie fanden, man sei nicht sauber genug, nicht gut genug erzogen.

Er blieb vor den Schiffern stehen, die Steine entluden. Sie hatten komische Barkassen in diesem Land, so was in der Art Floß der Medusa. Trotzdem mußte man es versuchen. Er lächelte den Ältesten an, der gerade seine Pfeife reinigte.

»Na, ist das der See?« fragte er in einnehmendem Ton.

»Nein«, antwortete der alte Humorist.

Rot vor Scham ging Scipion fort. Plötzlich blieb er stehen. Nein, nein, es sollte nicht gesagt werden, daß ein Mann, den alle Welt in Marseille mochte, in Genf so wenig Erfolg hätte! Im Grunde waren diese Genfer doch Menschen. Sie hatten Füße, Beine, sie hatten alles. Er räusperte sich, schob den rechten Fuß vor, und mit zitternder Stimme schickte er sein Lied in den kalten Nebel, vor dem See, dessen kleine Bleiwellen tänzelten.

Marseille hat sich geschmückt mit seinen schönsten Trieben
Und es sind Spiele nur, die ich gespielt mit meinen Lieben!

Nachdem sein Lied beendet war, öffnete er wieder die Augen, lächelte und verbeugte sich in einer Totenstille. Die Schiffsleute rollten langsam die Taue auf, andere transportierten langsam Steine unter Aufsicht des Vorarbeiters, der »La Suisse« las.

»Ja aber was denn?« stammelte der Unglückliche, »sind das alles nur Phantome?«

Doch diese Überlegung war nur dazu bestimmt, das Gesicht zu wahren, und Scipion ging mit gekrümmtem Rükken schnell weg, um die Zeugen seiner Demütigung zu fliehen. Das Maß seines Unglücks voll zu machen, hielt ihn ein Polizist an, fragte ihn, ob er eine Erlaubnis als Straßensänger habe, sagte ihm, daß er diesmal noch ein Auge zudrücken wolle, daß er sich aber nicht noch einmal erwischen lassen solle. Da empörte sich Scipion. Wie, mußte man jetzt eine Erlaubnis haben, um zu singen? Wenn er diesen Witz in Marseille erzählte, würde man ihn einen Lügner heißen. Brauchte man vielleicht auch eine Erlaubnis zum Atmen oder um seine Notdurft zu verrichten? Oh, aber das war ja ein richtiges Paris, dieses Genf!

Er setzte sich auf eine Bank und käute seinen Groll wieder. Seine beleidigte Seele wurde jüdisch. Und zum ersten Mal in seinem Leben hatte er bösartige Gedanken. Auf seiner einsamen Bank »verpaßte er diesen Genfer Herren Banderillas«. Er sagte ihnen, daß ihre Schwäne große Gänse seien, daß sie Kamelen glichen und daß ihr See nichts anderes sei als zwei Ufer mit etwas Chroroform dazwischen. Mit einem Wort, Scipion bedauerte sehr, daß er nach Genf gekommen war.

Er legte sich auf die Bank, bedeckte sein Gesicht mit einem Taschentuch, aus Angst, die Möwen würden ihm während seines Schlafs die Augen aushacken, legte den Kopf auf seinen Koffer und schickte sich an, ein kleines Nickerchen zu machen.

Ein kleiner alter Mann mit einem schütteren roten Bart näherte sich mit kleinen, schleppenden Schritten und gekrümmtem Rücken der Bank, auf der Scipion mit verhülltem Gesicht schnarchte. Er setzte sich vorsichtig an den äußersten Rand, bereit, aufzustehen und wegzugehen. Sein mageres gelbes und verwüstetes Gesicht war ganz offensichtlich nicht sehr arisch. Seine Kleidung auch nicht. Sein ausgefranster, zerrissener, geflickter, verschossener und durch die Unbilden der Witterung gewellter Gehrock hatte ein wenig seine traditionelle Form verloren. Tatsächlich hatte man, um ein großes Loch in der Taille recht und schlecht zu verbergen, seine Ränder ungeschickt durch grobe Nähte einander genähert. Diese Operation hatte ihn etwas verengt und ihm einen frivolen Ausdruck verliehen.

Der Jude setzte sich, öffnete einen uralten Koffer – verfaultes Leder, Karton und Tapete – den Schnüre, Drähte und Bast verstärkten. Aus einem Loch trat die Spitze eines Hirschgeweihs. Eine schwere Kette hielt die beiden Griffe zusammen, unnötigerweise, denn der Koffer war auf dem Boden aus den Fugen geraten.

Der Vertreter des auserwählten Volkes holte aus einer alten Konservendose, die um seinen Hals hing, eine Tomate. Er aß langsam das rote Gemüse, hielt inne, um tief einzuatmen, die reine Luft zu genießen und sich daran zu stärken oder um irgendeiner liebenswürdigen Vision zuzulächeln oder um sich zu kratzen oder um einen kleinen, sechs Wochen alten und Titus genannten Hund zu streicheln, an dessen zarten Hals ein dicker Strick geknotet war. Er legte seine Tomate hin, zog aus einer Socke, die er ebenfalls umgehängt hatte, ein Stück Zucker, das er seinem Freund gab. Dann bot er ihm etwas Tomate an, was der junge Hund ablehnte, indem er den Kopf wegdrehte. Darauf holte er eine gesalzene Pistazie aus einem Korb mit doppeltem Deckel, der an seinem linken Arm hing. Er entfernte die Schalen, pellte das Häutchen ab und hielt die grüne Mandel dem Tierchen hin, das auf die gleiche Weise ablehnte. Der alte Plunder machte eine Gebärde der Ohnmacht, als wolle er erklären, daß es heute leider nichts anderes gäbe. Der junge Hund wedelte gleichgültig mit dem Schwanz, setzte sich hin und beschloß, seine Pfote zu fressen. Der Jude nahm zwei der mystischen Kordel, die an der von dem Gehrock verdeckten rituellen Stola hingen, küßte sie betrachtete die Berge und segnete Den, der im Anfang die Dinge erschaffen hat. Dann holte er aus seinem Koffer einen riesigen Talmud, runzelte die Stirn, um die heiligen Kommentare besser zu verstehen, und brummelte vor sich hin, wobei er sich, so sehr war er in seine Lektüre vertieft, die Haare seines Bartes ausriß oder Löckchen, die an seinen Schläfen herabhingen.

»Jeremie«, träumte Scipion laut, das Haupt immer noch mit dem Anti-Möwen-Taschentuch bedeckt.

Der Greis fuhr zusammen und der Korb fiel hin und die Pistazien, Broterwerb des alten Juden, breiteten sich auf dem Boden aus und rollten davon trotz des Gebells des kleinen Hundes, der ihnen befahl, ruhig zu bleiben.

XIX

Scipion wurde nicht müde, liebevoll die lange, schreckliche Gurke zu betrachten, die dem Freund seiner Jugend als Nase diente, jenem Freund, der seit zwei Jahren verschollen war und der, während er die Ohren Titus' tätschelte, so gut er konnte erklärte, daß er, kürzlich aus einem deutschen Gefängnis entlassen, »nu grod heit« am Abend den Zug nach Marseille nehmen wollte.

Und Scipion unterbrach ihn, um ihm zu sagen, daß er sehr niederträchtig sei, oder um ihn Kapitalist, Blutsauger der Armen oder auch, nach der Gewohnheit der Marseiller Freunde, meine Schöne zu nennen, eine im vorliegenden Falle ziemlich unzutreffende Bezeichnung.

Und Jérémie hörte nicht auf, von den »Ungerachtigkeiten der Herren Deitschen« zu erzählen, die ihn ins Gefängnis gesteckt hatten, weil er »Jidd« war, und die ihm die Zähne eingeschlagen hatten, an denen ihm am meisten lag. Aber er hegte keinen Groll auf sie, weil es Kinder waren, »die nicht wissen, wase tun, und im Grunde sindse nicht schlacht«.

Aber Scipion war da anderer Meinung. Ach, wenn er heute abend keine Verabredung mit den Freunden aus Kephalonia hätte, würde er sofort den Zug nehmen, um sich »von Mann zu Mann mit Hilaire auseinanderzusetzen!« Plötzlich wurde er wieder heiter, als er an eine schöne Rache dachte. Von nun an wäre in seinen Liebesgeschichten die Dunkle, die Kleine nicht mehr die Tochter Michelangis, sondern irgendeine Nichte des deutschen Diktators.

Sie gingen weg, gefolgt von dem kleinen Hund, der unaufhörlich aus meist trügerischen hygienischen Gründen stehenblieb.

Scipion führte Jérémie bis zur Tür eines Konfektionsgeschäfts. Doch beim Anblick der tadellosen Anzüge wich Jérémie zurück, sagte, daß er nie so schöne Kleider anzöge, die ihn nur verdächtig machen und sicherlich die Aufmerksamkeit der Polizei auf ihn lenken würden. Und warum sollte sich der Härr Scipion durch unnütze Ausgaben zugrunde richten? Am Ende wurde beschlossen, daß man einen schönen, gebrauchten Gehrock kaufen würde. Als sie aus dem Laden des Trödlers kamen, erklärte Jérémie, daß er noch nie einen jüdischen Gehrock gesehen habe, der neu gewesen wäre.

»Dummkopf«, sagte Scipion, »sie müssen schließlich mal anfangen, neu zu sein! Mann, nun hör mal!«

»Es ist wie bei den jidischen Mänteln«, erklärte Jérémie. »Das ist ein Geheimnis. Es gibt keine neien jidischen Mäntel.«

Dann kaufte man, immer noch auf Kosten Scipions, einen prächtigen Koffer, in den Jérémie seinen alten Koffer zu stecken sich bereiterklärte. Hingegen weigerte er sich energisch, in einen Schuhladen zu gehen. Er hatte nämlich in seinem Koffer ein Paar Damenstiefel, die in bestem Zustand waren. Er beschloß, sie auf der Stelle anzuziehen, da in einigen Stunden der heilige Sabbattag begänne. Was hinter einem Baum getan wurde. Die Absätze waren sehr hoch und der eine ging nach rechts und der andere nach links. Aber das machte Jérémie wenig aus, und der Ewige lebte deshalb doch.

»Jetzt fertig, Messié Scipion?«

»Jetzt Friseur, Jérémie. Haare schneiden.«

»Niks Frisär, ich kan nit.«

(Schwierig zu sagen, wie Jérémie die Wörter ausspricht. Ungefähr so. »U« wird zu »i«. Die »e« werden zu »ä« oder »i«. Die meisten »eur« und »eu« werden »är« und »ai« ausgesprochen. »Ei« wird zu »ai«. Die »r« werden furchtbar gerollt. »Ich bin bei einem guten Friseur gewesen, der nur wenig Geld von mir verlangt hat« wird zu: »Bin ich bai ainm giten Frisär gewäsn, därr wänig Geld von mirr vrrlangt hot.« Unmöglich, diese seltsame Aussprache fortlaufend und vollständig zu transkribieren. Die Sätze würden unverständlich werden.)

»Und warum willstu nicht?« fragte der Marseiller.

Jérémie schüttelte kräftig den Kopf, und Scipion zog an den rituellen Löckchen an den Ohren.

»Glaubst du etwa, daß du schön bist mt diesen Kräusellocken, wo du einer Concierge ähnlich siehst?«

»Wenn ichse abschnaide«, sagte Jérémie und zeigte auf die Haarwickel an den Ohren, »erkännt ma nit mährr, daß ich a Jidd bin.«

»Du kannst beruhigt sein«, sagte Scipion, »man wird dich nie für einen Engländer halten. O heilige Maria, Mutter Gottes, wenn ich bedenke, daß das mein Freund ist, dieser Kopf eines kranken Schafs! Los, zum Friseur!«

Aber Jérémie hob beide Handflächen in die Luft, lächelte, schüttelte den Kopf.

»Nun, dann laß dir wenigstens den Bart etwas schneiden.«

»Sinde«, sagte Jérémie.

»Wieso Sünde?«

»Unschicklich, Nackthait zu zaign«, erklärte der Israelit majestätisch. »Schnaid ich dän Bart ab, ist es das glaiche, als wänn ich nackt bin.«

Und Scipion lachte sehr. Die Vorstellung, daß dieser arme Alte Angst davor hatte, den kleinen Mädchen den Kopf zu verdrehen, wenn man ihm die Wolle im Gesicht scherte, erfüllte ihn mit Freude.

»Warum läbe ich?« fuhr Jérémie fort. »Um die Gebote därr Religion zu erfillen.«

Und er begann mit einer verworrenen Erklärung, aus der hervorzugehen schien, daß die mosaischen und talmudischen Vorschriften alle einen tieferen Sinn hatten, selbst jene, deren Zweck ohne Bedeutung zu sein schien.

»Beispiel. Was will haißen, kain Schwaineflaisch zu essen? Will haißen, daß man im Läben immer wählen muß, wissen muß, daß es raine Dinge gibt und unraine. Es ist, um die Jidden daran zu erinnern, daß man immer wählen muß, Gutes tun und nit nur Gutes denken. Aber die modernen Rabbiner (er sagte Rabbes) die vastähn niks. (Er zuckte die Achseln.) Sie sagen, daß es Hygiän ist. (Jérémie das auf seinen Lippen fremde Wort Hygiene aussprechen hören, war ein ganzes Gedicht.) Alles Hygiän, Dummköpfe! (Er wurde fast wütend, der friedliche Jérémie.) Beschnaidung, Hygiän! Beschnaidung, das ist doch grrad Zaichen, daß wir anders sind als die andern, auserwählt für den Schmärz, Kenige durch Schmärz.«

Seine Art und Weise, manche Wörter auszusprechen, war sicherlich lächerlich. Doch der Ausdruck seines Gesichts war sanft, entschlossen und nicht frei von Majestät.

»Kurzum, du bist ein kleiner Pfaffenknecht«, folgerte Scipion.

Jetzt fühlte er sich wohl in dieser Stadt! Er wandte sich an einen Briefträger, der sauber und mit gutem Schuhwerk vorbeikam, nannte ihn Pariser, fragte ihn, wo das Restaurant des Dorfes sei.

Sie stießen die Tür zur Gaststätte Landolt auf. Doch als er den Schwainskopf erblickte, der ihn auf einem Teller unrain ansah, flüchtete Jérémie, gefolgt von Scipion.

Sie machten sich auf die Suche nach einem jüdischen Restaurant. Plötzlich blieb Scipion stehen.

»Hör mal zu, Jérémie, ich habe nie so richtig verstanden, aus welchem Land du bist.«

»Ich bin in Litauen geboren.«

»Ach so. Das ist ein kleines Land, von dem ich schon mal gehört habe. Dann bist du also Litauer.«

»Nein, Messié Scipion. Weil, main Vater ist geborn in Rumänien.«

»Ich habe verstanden. Du bist Rumäne«, sagte Scipion konziliant.

»Nain, nit Rumäne. Wail die Hern Rumänen habn mainem Hern Vater den Paß weggenommen.«

»Was bist du dann?«

»Äher Serbe.«

»Wieso eher?«

»Wail, ich bin auch ein bißerl Engländer.«

Scipion fuhr sich mit den Händen an seine schon schwere Stirn.

»Erklär das, meine Schöne, los. Reg dich nicht auf.«

»Maine Mutter ist in Polen geboren. Aber ihr Her Vater war in Saloniki geboren, und er war Türke, aber nicht viel.«

»Dann bist du eben Türke.«

»O nein. Das ist ganz einfach. Aber därr Konsul hat es nit begriffen, wail, er war nicht intelligent. Därr Her Vater von mainem Hern Vater lebte in Marokko, aber er war in Malta geboren, ainem Land von England. Aber da därr Konsul nicht anerkannt hat, daß er Bulgare war, obglaich därr Her Vater des Hern Vater von mainem Vater aus Tatar-Pazardjik war, und da ich ainen Vetter aus Kanada hab, wo Russe war, bevor er nach Kanada ging (Scipion wimmerte schmerzlich), und wail er mächtig reich war in Manchester mit vielen Freinden in London, haben sie mir ein anfängliches Papier gegeben, daß ich in Malta geboren bin, aber nachdem main Vetter gestorben ist...«

»Hör auf!« rief Scipion.

»Warum, Messié Scipion?«

»Weil ich nicht auch noch sterben will!«

»Es ist das Ende, wo interessant ist, um zu erklären, daß ich Grieche bin trotz mainem serbischen Paß, wail ich ainen Fraind in Belgrad habe, der...«

Scipion floh. Jérémie trottete verdutzt hinter ihm her. Und Scipion lief, denn er hatte Angst vor all diesen Nationen, die ihm auf den Fersen waren.

Eine Stunde später verließen sie ein jüdisches Restaurant, in dem sich Jérémie an einem kalten Karpfen delektiert hatte, der für Scipion abscheulich war. Letzterer fragte den Juden, ob er ihm nicht eine Freude machen wolle.

»Und warum sollte ich nit wolln?« antwortete Jérémie vorsichtig und zwirbelte seinen schütteren roten Bart.

Scipion bat ihn darauf, katholisch zu werden, »weil das eine ehrbare Religion ist und weil es mir nicht schmeichelt, nur Juden zu Freunden zu haben«. Jérémie antwortete mit einem einschmeichelnden Lächeln, daß er nit könne. Worauf Scipion zurückgab, daß die jüdische Religion nicht wahr sein könne, da man ihre Anhänger so piesacke. Worauf Jérémie lächelte und mit den Fingern anmutige Spiralen vollführte.

»Komm, komm, deine Religion ist doch nicht seriös. Ihr habt keine Liebe Frau, keine Heiligen, überhaupt nichts. Nichts als einen lieben Gott, und den ganz allein. Das ist doch nicht seriös, Mann! Außerdem, kannst du dir wirklich vorstellen, daß es mir Freude macht, dich die Ewigkeit hindurch rösten zu sehen? Und was soll ich ganz allein im Paradies tun? Denkst du daran nicht?«

»Wenn es ein Paradies gibt, dann komme ich vielleicht auch ins Paradies«, lächelte Jérémie.

Scipion war empört. Ein Jude im Paradies! Das hätte gerade noch gefehlt! Das Lächeln Jérémies war ganz besonders geheimnisvoll.

»Geh in die Hölle, wenn du unbedingt darauf bestehst!« ärgerte sich Scipion. »Ich werde dich manchmal besuchen kommen, ich werde dir erzählen, was ich dort oben Gutes esse. Und ich werde dir sogar heimlich was davon mitbringen. (Er dachte nach, verfinsterte sich dann.) Ihr seid doch alle behämmert in eurer Religion! Und dieser Messias, auf den ihr wartet, begreifst du denn nicht, daß das alles Dummheiten sind? (Ein Blick in das Gesicht Jérémies.)Na ja, ich weiß auch nicht so recht. Vielleicht kommt er trotzdem. Mann, um sicherer zu sein, werde ich Unsere Liebe Frau fragen. Und ich werde zu ihr sagen: ›Heilige Jungfrau, komm, sei lieb und nett und laß ihren Unglücksmessias kommen, und dann reden wir nicht mehr davon!‹«

Dann redeten sie von etwas anderem und Jérémie erzählte Scipion von den Wundern von Paris, und der gab zurück, daß er einen Freund gehabt habe, der nach Paris gegangen und dort gestorben sei.

»Du mußt dir die Stadt vorstellen, die dein so hübsches Paris ist. Butterfresser wie die Wilden von China, und wenn die Sonne ein wenig scheint, dann beleuchten sie alles festlich, so froh sind sie! Und der Knoblauch, die schneiden dir Gesichter, wenn du ein bißchen davon gegessen hast! Knoblauch, neben dem die Rose nichts ist an Erlesenheit!«

Während sie so sprachen und diskutierten, machten sie lange Spaziergänge, Jérémie devot wie ein Klinikchef vor seinem Arbeitgeber und Scipion arrogant wie ein Klinikchef zu seinen Assistenzärzten. Jérémie hielt Scipion bei der Hand, sicher, daß ihm kein Leid geschehen würde, solange er bei seinem Freund wäre. Der Marseiller unterwarf sich den Einfällen und Grillen des israelitischen Vagabunden, der ständig den Bürgersteig wechselte, um einem großen Hund, einem Polizisten oder einem allzu blonden Studenten aus dem Weg zu gehen. Jérémie holte einen Wecker aus seinem Koffer und sah, nachdem er ihn wie ein Medikament geschüttelt hatte, nach der Zeit.

»Es ist die Stunde des Gebets«, sagte er. »Laß uns in die Synagoge gehen. Ich kenne den Weg.«

Und wie es jeder fromme Jude tun soll, beschleunigte er seine Schritte, um zu zeigen, daß er es eilig hatte, in das Haus des Ewigen einzutreten. Scipion wartete geduldig an der Tür der Synagoge, aus der Jérémie erst eine Stunde später sehr langsam herauskam, um sein Bedauern zu zeigen, daß er den heiligen Ort verlassen müsse.

Um den Sabbat zu feiern, schnüffelte der Schnorrer mit Löckchen und Frauenstiefelchen an den zuvor zwischen den Handflächen zerriebenen Myrtenblättern und stieß ab und an ein leises künstliches Lachen aus, denn es ist befohlen, an diesem heiligen Tag, welcher der messianischen Ära des Friedens und der ewigen Gerechtigkeit vorausgeht, fröhlich zu sein. Wenn er an etwas Trauriges dachte, kitzelte er sich unter den Armen, um sich zur Fröhlichkeit zu zwingen. Titus, der kleine, sechs Wochen alte Hund, trippelte dahin und sah gläubig zu seinem alten Herrn und Meister, der, ohne sich um das Lachen und die Spötteleien der Straße zu kümmern, gläubig zum Himmel blickte.

XX

Im Zug, den sie am Morgen desselben Tages genommen hatten, waren die Tapferen beunruhigt. In der Tat hatte Salomon seit dem Vortag unaufhörlich geniest und sich geschneuzt. Und dies trotz verschiedener Vorsichtsmaßregeln, die zu seinen Gewohnheiten gehörten: Eukalyptusbonbons, Mentholvaseline und, ein auf Kephalonia beliebtes Medikament, gerösteten und gemahlenen Leinsamen. Außerdem hatte er, aus Furcht vor den »Winden des Mont Blanc«, einen Ziegenfellmantel gekauft, ähnlich denen, die die Autofahrer zu Anfang des zwanzigsten Jahrhunderts anzogen.

Er schwitzte unter dem warmen Pelz, nieste aber deshalb nicht weniger. Die Tapferen rückten von dem Pestkranken ab, tranken Brustsäfte und legten sich Taschentücher auf die Nase, um die Mikroben dieses kleinen Dummkopfs von einem Nieser zu filtern, für den dieses Niesen wieder einmal typisch war.

Um nicht mehr an die Grippe zu denken, die auf ihn lauerte, trat Eisenbeißer ans Fenster. Gegen die Biegung der Anhöhe wurden vier glänzende Eisenschleifen geschleudert. Heulend vor Angst tauchte der Zug in einen brüllenden Tunnel ein. Eisenschreie, Erschrecken schmerzgeplagter Metalle. Als er aus dem Tunnel heraus war, wurde der Zug wieder heiter. Mit gebeugten Rücken liefen die Bäume unter dem dicken, idiotischen Auge des Mondes rückwärts. Eine einsame Pfütze glänzte, verschwand dann. Im Fensterrahmen ein irres Durcheinander von Ebenen, Getreidefeldern, in den Abgrund gerissenen Bäumen, gefällten Telegrafenmasten. Eine Lokomotive fuhr mit begierigem und heißem Atem vorbei. Eisenbeißer grüßte den Lokführer, um sich als Minister zu fühlen. Gerüche nach nächtlichen Gräsern, die ein Pferd traurig unterbrach. Die Sterne dort oben wanderten nicht. Der Zug zögerte, fuhr langsamer und die Schienen protestierten mit dem Gekreisch kleiner, ausgepeitschter Hunde. Plötzlich erinnerte sich Eisenbeißer, daß Salomon ein Gebirge von Mikroben war.

»Entferne dich, Unglücksbote!« donnerte er den Unschuldigen an, der versuchte, so wenig Platz wie möglich in seiner Ecke einzunehmen, in der er sich, zum großen Haß der zukünftig Angesteckten, verschämt, kümmerlich, bescheiden, mit einem lebhaften Schuldgefühl, schneuzte.

Etwa vierzig Kilometer von Bellegarde entfernt entgleiste die Lokomotive. Die Tapferen stiegen aus und nahmen endgültig Abschied vom Zug, da ihnen die P.L.M.-Gesellschaft von nun an kein Vertrauen mehr einflößte.

Sie erkundigten sich nach dem Weg und gingen davon, gefolgt von dem unglücklichen Virus-Träger, dem sie einschärften, sich in mindestens zwanzig Meter Entfernung zu halten. Von der brüderlichen Gruppe verbannt und sehr unglücklich, folgte der Paria demütig, wobei er sich in dem haarigen Mantel verhedderte, der zu breit und zu lang für ihn war. Er fiel oft und nieste laut.

Die vorläufig Nicht-Grippekranken liefen durch die Nacht und den Regen, der in Strömen goß. Sie hatten sich natürlich schon verirrt, zogen unsichtbare Sterne zu Rate, gingen in der Richtung, in der die Bäume bemoost waren, diskutierten lebhaft, um herauszufinden, ob Genf im Norden lag, nahmen an, daß dem so sei, da Norden Kälte bedeutete. Sie gingen dahin, wobei ihnen die – vielleicht spanische – Grippe des Verdammten nicht mehr aus dem Sinn ging. Eisenbeißer hatte seinen Gehrock ausgezogen, um ihn sich um den Kopf zu schlingen und sich damit eine prophylaktische Gesichtsmaske zu setzen, denn sicherlich war es der Kopf, den die Grippemikroben anvisierten. Er stellte sie sich schwarz und behaart vor, mit runden, roten und feurigen Augen.

Die Tapferen gingen dahin, wobei jeder dem andern seine Zunge zeigte, in der Hoffnung einer beruhigenden

Diagnose, jeder dem andern den Puls fühlte oder ihn einem Unglücksgefährten hinhielt, der gern dem Wunsch nachkam, in der Hoffnung, daß der Puls des andern kranker schlüge als sein eigener. (Schwierig zu erklären.) Eisenbeißer sprach von Kopfgrippe, die einen für Jahre einschläfert, und machte mit lauter Stimme Testamente, was ihm die Freunde nachtaten, die sich gegenseitig als Universalerben einsetzten.

Es regnete immer stärker, und Salomon war in seiner Einsamkeit sicher, daß die Grippe zu einer Tuberkulose ausarten würde, wenn der Kranke im Regen stand. In der Gruppe der Nicht-Befallenen begann das Niesen. Jeder röchelte, um das Mitleid der andern zu erregen. Jeder zählte seine Symptome auf, aber niemand hörte zu. Was tun? Wo sollte man einen Arzt finden? Außerdem waren alle Ärzte Antisemiten, das war bekannt, sogar die jüdischen Ärzte.

Die Nacht war schwarz und es fiel tonnenweise Wasser. Salomon hatte sich den andern genähert, und die andern hatten nicht einmal daran gedacht, ihn fortzujagen, so sehr waren sie jetzt von ihrem baldigen Tod überzeugt. Sie schleppten sich elend auf einer unbekannten Landstraße dahin, sagten laut die Gebete der Sterbenden auf, und der Wind blies kalt. Eisenbeißer, ein gebildeter Mann, der wußte, daß die geistige Verfassung Einfluß auf die körperliche hat, versuchte von Zeit zu Zeit zu lachen. Aber sein Lachen war das eines Phantoms und der Wind ließ seinen durchnäßten Körper erstarren.

Endlich ein Bauernhof! Sie baten, hier die Nacht verbringen zu dürfen. Die Bauersleute sahen sich eingehend die merkwürdige Aufmachung an und weigerten sich, Fremden mit Irrenköpfen Asyl zu gewähren. Die Tapferen flehten. Schließlich wurde ihnen gegen zehn Francs pro Kopf – Mattathias fand Mittel und Wege, nur neun zu geben – die Erlaubnis erteilt, die Nacht in kleinen Kammern über dem Stall zu verbringen. Salomon erklärte, er sei geheilt. In der Tat nieste er nicht mehr. (Der Augenblick ist gekommen, es zu sagen: er hatte keine Grippe gehabt, sondern nur eine leichte Reizung der Nasenschleimhäute und des Rachens, verursacht durch den Mißbrauch einer furchtbar mentholversetzten Salbe.) Jeder ging in seine Kammer und streckte sich auf einem Strohsack aus.

Merkwürdige Geräusche hinderten Eisenbeißer daran, einzuschlafen. Mäuse tanzten, Kühe träumten laut, und draußen lachten Nachtvögel. Eisenbeißer schwitzte dicke Tropfen. Die Angst stand neben ihm in der Dunkelheit. Er klopfte an der Tür Salomons und bat ihn, ihm Gesellschaft zu leisten. Der Ex-Grippekranke gehorchte und begab sich im langen Nachthemd in die Kammer des Lungenkranken, der anfing, vom Tod zu reden.

»Wenn du so weitermachst, gehe ich«, sagte Salomon. »Dieses Thema gefällt mir nicht.«

Eisenbeißer versprach demütig, denn er fürchtete sich, allein zu bleiben. Er hatte Angst. Alle diese Wühlmäuse und Nager, die ihn umgaben, und diese muhenden Kühe! Salomon streckte sich auf dem Strohsack aus. Eisenbeißer setzte sich auf den Schemel und ließ die Finger knacken. Draußen verhießen Winde Unglück. Das einzige Mittel gegen die Angst war zu reden. Er schüttelte Salomon, der brummte und wieder einschlief. Was tun, um ihn wachzuhalten? Er schüttelte ihn noch stärker und behauptete, man würde sie verhaften.

»Warum?« fragte Salomon, plötzlich steil aufgerichtet.

»Wegen Hochverrats«, flüsterte Eisenbeißer aufs Geratewohl.

»Aber wen haben wir verraten?«

»Frankreich«, hauchte Eisenbeißer nach langem Schweigen.

»Aber was sagst du da? Wer würde das wagen?« stammelte Salomon.

Eisenbeißer schloß die Augen. Und Salomon begann zu keuchen, beide Hände an die Brust gedrückt.

»Beruhige mich, Eisenbeißer.«

Ein großer Seufzer Eisenbeißers. Und Salomon nahm seinen Kopf zwischen die Hände.

»Entsetzlich«, sagte Eisenbeißer.

»Sag, sag, Freund, lieber Freund, sag, sag, was auf uns zukommt, sag, welches unser Unglück ist.«

»Es ist eine ungerechte Anklage.«

»Aber, aber plausibel, nicht wahr?«

»Leider ja«, sagte Eisenbeißer mit geschlossenen Augen. »Armer, armer Salomon.«

»Da kann man auch nichts machen. Ich bin auf alles gefaßt. Sprich. Ich kann nicht mehr.«

»Wir sind nur Komplizen. Der Haupttäter, das bist du.«

»Ja, natürlich, ja«, sagte Salomon, kalter Schweiß auf den Schläfen.

»Der Anschein spricht gegen dich. Der Gedanke war mir im Augenblick selbst nicht gekommen.«

»Ich flehe dich an, es ist mir lieber, wenn ich Bescheid weiß.«

Der falsche Advokat machte eine schwache Gebärde der Verneinung. Schließlich beschloß er, mit kläglicher Stimme zu reden.

»In Marseille sind wir vor dem Fort Saint-Nicolas stehengeblieben. (Salomon, der mit den Zähnen klapperte, nahm seine Hand.) Du weißt, daß es verboten ist, von militärischen Verteidigungsanlagen Skizzen anzufertigen. Ein Soldat mit etwas eingerissenem Ohr ist stehengeblieben, um zuzusehen, was du zeichnest.«

»Aber ich habe eine Blume gezeichnet!«

»Das ist ein Spionentrick. In die Blume zeichnen sie den Plan. Und wir standen alle um dich herum.«

»Ist das alles?«

»Leider nein. Im Zug habe ich denselben Soldat wiedererkannt. Er hat uns beschattet. Warum sollte er sonst genau in denselben Zug eingestiegen sein? Sicherlich ein Militärpolizist. Und er ist mehrere Male am Abteil vorbeigegangen. Und er hat reingesehen. Zuerst hat er nach dir gesehen, und dann nach uns, den Komplizen.«

»Das stimmt«, sagte Salomon. »Ich erinnere mich.«

Plötzlich fröstelte Eisenbeißer ebenfalls. Nein, nein, das war eine absurde Vorstellung. Dieser Soldat, dem sie zweimal begegnet waren, einfach nur Zufall. Er hatte nur von diesem Soldaten gesprochen, um Salomon wachzuhalten. Und jetzt jagte ihm dieser Soldat einen Schrecken ein. Oh, dieses Ohr. Oh, dieser bedeutungsvolle Blick.

»Nein, nein«, sagte er, »denn wir sind unschuldig.«

Es entstand eine lange Stille. Ein Fensterladen schlug mit Getöse.

»Dreyfus auch«, hauchte Salomon in der Dunkelheit.

Er setzte sich auf dem Strohsack auf, atmete kaum noch.

»Vielleicht werden wir auch nicht verhaftet«, sagte Eisenbeißer.

Salomon suchte die Hand Eisenbeißers, nahm sie und drückte sie fest.

»Aber ich habe doch das Fort Saint-Nicolas gar nicht gezeichnet.«

»Leugne nur, leugne«, sagte Eisenbeißer finster, »es wird immer etwas hängen bleiben.«

Die Stimme Saltiels dröhnte in der Dunkelheit.

»Aber wir sind doch unschuldig!«

»Das ist ja das Furchtbare«, sagte Eisenbeißer.

»Ich habe meine Zeichnung!« rief Salomon. »Sie werden sehen, daß es nur eine Blume ist.«

»Sie werden sagen, daß es nicht die richtige Zeichnung ist, die schuldige, die Zeichnung des Verrats. Wie sollen wir ihnen beweisen, daß sie sich täuschen?«

»Das stimmt«, sagte Mattathias unter lautem Zähneklappern. »Dreyfus«, murmelte er.

»Wir sind verloren«, hauchte Eisenbeißer triefend.

»Und wenn man uns nicht verhaftet, wird man tuscheln«, sagte Saltiel. »Der Verräter und seine Komplizen, wird man sagen.«

»Und man wird sagen, daß wir nach Genf gegangen sind, einer Grenzstadt. In der Nähe der Grenzen gibt es immer Spionage.«

»Aber wer sagt, daß wir verraten haben?«

»Der Soldat«, sagte Eisenbeißer.

»Aber er wird es vielleicht nicht sagen.«

»Vielleicht!« rief Eisenbeißer schmerzlich aus. »Das ist es eben!«

»Immer in der Angst«, sagte Mattathias.

»Aber wenn er mich verdächtigt hat, warum hat er mich dann nicht verhaftet?«

»Er war sich seiner Sache nicht sicher. Er wollte die ganze Bande schnappen, die deutschen Komplizen.«

»Nun, wir haben keine.«

»Dann wird er vielleicht nichts sagen. Aber er wird es unter der Hand anderen sagen, und die werden es weiter erzählen.«

»Und alle werden denken, daß wir vielleicht Verräter sind.«

»Man wird tuscheln.«

»Entehrt«, knirschte Mattathias.

»Die deutschen Zeitungen werden sich der Angelegenheit bemächtigen.«

Sie hatten Fieber, die armen Juden, Söhne der Angst und der Fallen. Und sie fuhren jedesmal zusammen, wenn ein Kalb klagte.

»Früher oder später werden sie uns verhaften.«

»Aber wir haben schließlich nichts getan«, protestierte Salomon ein letztes Mal.

Mit Augen, die zugleich den Fußboden und die Idee betrachteten, die jetzt in seinem Gehirn herrschte, beschränkte sich Eisenbeißer darauf zu murmeln, daß die Menschen nicht gut sind. Und Salomon, überzeugt, zitterte. Und der Enterhaken Mattathias' schlug zwanghaft gegen die Trennwand. Salomon stand auf und sagte, daß man fliehen müsse.

»Wohin wir auch gehen, sie werden uns überall finden«, sagte Saltiel.

»Auf dem Polizeikommissariat«, begann Eisenbeißer.

»Was?«

»Sie werden einander ablösen, und, arme Unschuldige, die wir sind, werden sie uns nicht in Frieden lassen.«

»Sechs Tage hintereinander werden sie uns am Schlafen hindern.«

»Wir werden so schwach sein, daß wir einen Verrat gestehen, dessen wir unschuldig sind.«

»In Polen glauben sie, daß wir arme Teufel rituelle Morde begehen«, sagte eine Stimme in der Dunkelheit.

»Also«, begann eine andere Stimme.

»Im Mittelalter«, begann eine dritte Stimme.

Salomon lief zur Tür. Da er jedoch mit dem Fuß auf seinem Nachthemd stand, verhedderte er sich in der panischen Angst eines noch nicht verhafteten Verräters und machte in der Dunkelheit solche Anstrengungen, daß sein Hemd ihn ganz verschlang. Und er heulte vor Angst in der dreifachen Schwärze der Kammer, des Hemdes und seiner Seele. Er lief im Kreis herum, während Eisenbeißer, entseelt auf seinem Strohsack liegend, seine Verfolger anflehte, ihn sofort zu verhaften. Salomon, in sein Hemd eingeschlossen, fragte, ob Hochverrat in Friedenszeiten mit der Guillotine bestraft werde. Diese Überlegung veranlaßte die Tapferen zu fliehen. Die Leute vom Bauernhof hatten sicherlich zugehört und die Gendarmerie benachrichtigt.

Sie liefen. Salomon, im Nachthemd, hüpfte im Mondschein umher. Die andern folgten, gebeugt und vor Kälte zitternd. Eine Nebelwolke der Verurteilung lastete auf ihnen. Die Köpfe bewegten sich mit der Melancholie von Pferden, die Hände verkrampften sich ineinander, und die Augen schielten in Richtung des Unglücks. Schatten breiteten sich aus. Wozu leben? Manchmal zuckte einer der Unglücklichen zusammen.

»Ja, wir werden uns wehren«, sagte Michael, »und man wird nicht umhin kommen, uns freizulassen.«

»Sie mögen uns nicht«, sagte Eisenbeißer.

Als er einen Bach erblickte, blieb er einen Augenblick lang bis zu den Knöcheln eingetaucht drin stehen, beschloß aber dann, wieder zu seinen Komplizen zu stoßen und einen schnelleren Selbstmord zu finden.

Endlich erschien die Sonne und die Tapferen drangen in eine Scheune ein. Heisere Hähne warfen sich Herausforderungen zu. Die Tapferen blieben stumm. In der Stille wogte sanft das Knurren des Hungers. Salomon stand auf, stieß kräftig mit dem Fuß auf.

»Nein, nein und nochmals nein!« rief er aus. »Ich habe eine richtige Blume gezeichnet!«

Das Wetter war schön, es war hell, und überdies, er würde ihnen klarmachen, daß es eine Blume war! Eine Blumenblume! Voller Selbstsicherheit zog er sein Nachthemd aus und erschien völlig angekleidet. Die Tapferen gingen in den Gasthof des Dorfes und löschten dort ihren Durst mit kochendheißem Kaffee. Ein Auto nahm sie kurz darauf mit.

In der Bahnhofswirtschaft von Bellegarde neues Frühstück. Salomon schrieb in sein Notizbuch, daß er wahnsinnig gern Blumen zeichne, daß das eine Manie sei, daß er seit seiner Kindheit Blumen zeichne. Ferner beschloß er, daß er, sobald sie in Genf angekommen wären, eine große Anzahl Botanikbücher kaufen würde. Falls trotz allem. Kurzum, der liebe Kleine dachte daran, einige Vorsichtsmaßregeln zu ergreifen.

Nachdem er sein siebtes Hörnchen verschlungen hatte, machte sich Eisenbeißer über Salomon lustig, schimpfte ihn einen entsetzlichen kleinen Angsthasen. Er zeigte mit der Hand auf ihn und sagte zum Kellner:

»Der Spion vom Fort Saint-Nicolas!« rief er.

Ein Läutwerk kündigte die baldige Ankunft des Zuges

an. Eisenbeißer tastete sich ab, um seinen Paß zu suchen. Ja, er hatte ihn. Plötzlich wurde er blaß. Er hatte sein Soldbuch verloren! Wie sollte er beweisen, daß er kein Deserteur gewesen war? Die Pogrome. Die Rechtspresse. Der Arierparagraph. Die Verfolgungen in Rumänien, in Ungarn, in Polen. Und in Italien fing es auch schon an. Der Ku-Klux-Klan. Die antisemitische Gesetzgebung in Deutschland. Die andern wurden ebenfalls blaß, fanden schließlich ihre Soldbücher, sahen sich liebevoll an und nahmen aufrichtigen Anteil an dem Mißgeschick Eisenbeißers, der mit schweißtriefender Stirn dachte, daß die Menschen das Unglück anderer tapfer ertragen.

Im Zug steckten sich Saltiel, Mattathias und Michael Zigaretten an, zogen wollüstig daran. Salomon lutschte genüßlich seine rote Zuckerstange, wobei er sich einen Spaß daraus machte, das obere Ende zuzuspitzen. Nur Eisenbeißer war düster und sah sich schon im Gefängnis des Cherche-Midi.

Endlich fand er sein Soldbuch. Nun war alles bestens. Vollkommene Freude. Er sang falsch und dröhnend.

Wir waren dort oben fünf lustige Spione
Fünf schwarze Verräter, fünf Banditen, fünf Brüder.

Salomon fuhr plötzlich in die Höhe und umarmte Eisenbeißer. Er lebte! Gott, war das gut! Er hatte Freunde, was für ein köstliches Wunder.

XXI

»Meine Herren«, begann Eisenbeißer, »heute ist Montag, der sechsundzwanzigste April. Am Samstag, den vierundzwanzigsten, waren wir noch in der Umgebung von Bellegarde und Salomon, der Dummkopf, klapperte mit den Zähnen bei dem Gedanken, er werde guillotiniert, weil er ein paar Blümchen gemalt hatte!«

»Aber das hast doch du . . .«

»Ich stehe über dem Schmutz, den gewisse Personen von ziemlich durchschnittlicher Größe mir an den Knöchel schmeißen wollen, der der höchste Punkt ist, den sie erreichen könnten. Ich fahre fort mit meinem Resümee. Wir sind also am Samstagmorgen auf dem Genfer Bahnhof angekommen, wo mein Blutsbruder Scipion die ganze Nacht über laut weinend und an Zwiebeln riechend, um keinen Schwächeanfall zu erleiden, auf uns gewartet hatte. Und jetzt sind wir zusammen mit Scipion und diesem Dummkopf von einem polnischen Juden im Hotel Familial im Zimmer des verehrten und stummen Saltiel.«

»Du läßt mich ja nie zu Wort kommen!« wimmerte dieser.

»Vae victis!« rief Eisenbeißer als machttrunkener Übermensch. »Wenn ich dich nicht zu Wort kommen lasse, liegt es eben daran, daß ich stark bin! Der Marsch auf Rom! Das ist das Leben! Die Starken fressen die Schwachen! Nachdem diese philosophische Abschweifung abgeschlossen ist, fahre ich fort. Zwei Punkte stehen auf der Tagesordnung. Erstens, gestern abend, Sonntag, den fünfundzwanzigsten April, sind wir, wie in dem geheimnisvollen Brief verlangt, in den Englischen Garten gegangen, und wir haben um Mitternacht niemanden gesehen.«

»Das wissen wir, da wir auch dort waren«, sagte Mattathias. »Gehen wir zu der Wette über, die ich mit Scipion abgeschlossen habe.«

»Ruhe, du König der Geizkragen! In England faßt man eine Frage immer zusammen. Zweiter Punkt. O mein katholischer Bruder, ist es dir gelungen, heute nachmittag vom Völkerbund empfangen zu werden?«

Mattathias war weiß wie ein Wäschestück, das allerdings nicht Eisenbeißer gehört hätte.

»Gib ihm meine siebenundzwanzigtausend Francs«, sagte Scipion zu Saltiel.

Mattathias lachte wie eine nicht geölte Tür oder eher wie eine Ziege. Vor den traurigen Augen des Kapitäns der Flamboyante holte Saltiel seine Brieftasche hervor. Aber Michael bemächtigte sich der gierigen Hand Mattathias'.

»Bist du sicher, daß man dich nicht empfangen wird?« fragte er Scipion.

»Sie sind furchtbar«, seufzte Scipion. »Ich bin am Freitag mit Jérémie hingegangen. Der englische Dienstbote hat uns mit Kuhaugen angesehen, ihr wißt ja, was für unverschämte Augen die Kühe haben, wenn sie einen beobachten und nichts verstehen und so tun, als verstünden sie alles. Seitdem bin ich jeden Tag hingegangen. Und vorhin hat ein Polizist zu mir gesagt, daß man mich aus der Schweiz ausweisen werde, wenn ich noch einmal einen Fuß in diesen Völkerbund setze. Er hat mich sogar gefilzt, um zu sehen, ob ich kein Bömbchen dabeihätte.«

»Saltiel, gib her!« rief Mattathias und streckte seine gesunde Hand und seinen Enterhaken aus. »Er konnte nicht empfangen werden, also soll er bezahlen!«

»Du gibst nichts«, sagte Michael, »denn ich trage Sorge dafür, daß Scipion empfangen wird.«

»Verrat!« rief Eisenbeißer, der einige Stunden zuvor von Mattathias gekauft worden war. »Dazu hast du kein Recht, Michael! Scipion soll allein zusehen, wie er klarkommt!«

»Na, du bist mir aber ein schöner Blutsbruder«, murmelte Scipion bitter.

»Ich bin Politiker«, sagte Eisenbeißer und zwinkerte mit

den Augen. »Die Tugend ohne Geld ist nur ein nutzloses Möbelstück.«

Saltiel wurde als Schiedsrichter ausersehen, und da er zögerte, diskutierte man. Nachdem Eisenbeißer die These Mattathias' verteidigt hatte, stellte er sich vor Scipion, streckte verstohlen die Hand aus. Scipion biß diskret in den sauren Apfel. Und sogleich hielt Eisenbeißer eine Anklagerede gegen Mattathias, brandmarkte seine Geldgier.

»Dieser infame Mensch mit dem ebenso falschen wie gelben Gesicht, meine Herren, lebt nur fürs Geld! Schaut euch seine Gesichtszüge an, in denen sich die Geldgier mit der Dummheit streitet! Er ist so geizig, meine Herren, daß er, wenn er sich einen Revolver anschaffte, imstande wäre, sich umzubringen, damit er ihn nicht umsonst gekauft und den Kaufpreis zum Fenster hinausgeworfen hätte! (Und da Mattathias Anstalten machte, zu protestieren:) Verderbter« sagte Eisenbeißer einfach und drehte ihm den Rükken zu.

Dann hielt er eine solche Lobrede auf Scipion, verteidigte seine Sache so glänzend, daß Saltiel eine für den Marseiller günstige Entscheidung traf. Mattathias verfluchte die Knochen von Eisenbeißers Ahnen. Der aber warf ihm so gelehrte und so unverständliche Beleidigungen an den Kopf – wie Kognat, Mastaba, Vexillarius, Mitbürge, Stopfer, Eskop –, daß Mattathias nicht den Mut hatte, Einwände zu erheben. Und darauf wandte sich Eisenbeißer an Michael.

»Wie willst du es anstellen, daß Scipion empfangen wird?« fragte er und nahm dabei die Pose eines ästhetischen Teufels an.

»Ich weiß nicht«, sagte Michael. »Aber beim lebendigen Gott wird er vom Chef der Chefs empfangen werden!«

Kurz darauf ging er hinaus, gefolgt von Salomon. Einige Minuten spazierte er in der kleinen Empfangshalle, wo zwei braungebrannte Reisende sich auf spanisch unterhielten, auf und ab. Er ging zum Schreibtisch, blätterte nachlässig in einem Register, riß eine Blüte aus dem Azaleentopf und kam in Saltiels Zimmer zurück. Er verkündete, daß er die Lösung gefunden habe, und die Tapferen sahen ihn mit einem Respekt an, der Eisenbeißer wehtat.

»Aber wie wirst du es anstellen, o Fleisch und Blut?« fragte er, die Beine in der Art der Großherzöge übereinandergeschlagen.

»Das ist mein Geheimnis.«

»Ich verlange meine siebenundzwanzigtausend!« rief Mattathias.

»Ruhe, du unreiner Mensch«, befahl Michael. »Du wirst Sieger der Wette sein, wenn Scipion nicht innerhalb von vierundzwanzig Stunden von einer der hohen Persönlichkeiten dieser Völkerdummheit oder Nudelsalat oder Salon der Trottel oder was weiß ich empfangen worden ist. Was dich angeht, Eisenbeißer, da du so tüchtig bist, versuch doch, ebenfalls zwei hineinzubringen, wie ich, und wenn es dir gelingt, wirst du von mir zwölf Stunden hintereinander nach deinem Gusto verpflegt.«

»Frischer Kaviar, aber kein Preßkaviar? Soviel ich will?« Michael senkte bejahend den Kopf, und Eisenbeißer wieherte in Vorfreude.

»Nun, meine Herren«, verkündete er, »ich werde dafür sorgen, daß ihr morgen, Dienstag, förmlich in so großer Zahl empfangen werdet, wie ihr wollt!«

»Auf jeden Fall werde ich Sorge dafür tragen, daß Scipion und Jérémie eingelassen werden«, sagte Michael.

»Und ich, den Rest des Bestands«, sagte Eisenbeißer, »oder besser...«

Er sah Salomon forschend an, schien seinen politischen, mondänen und internationalen Wert abzuschätzen. Der kleine Kerl zitterte, man könnte ihn links liegen lassen.

»Ja, ich auch!« flehte er. (Der lange Schwindsüchtige hustete zweifelnd.) »Ich werde bezahlen!«

»Gut, ich werde auch ihn einlassen«, räumte Eisenbeißer nicht ohne Bedauern ein. »Gegen Bargeld, denn es ist schwierig, dich reinzubringen«, fügte er mit strenger Miene hinzu. (Dann, sich nach Michael umdrehend und einen übertriebenen Respekt zur Schau stellend:) »O Erfinder«, sagte er, »darf ich wissen, auf welch komplizierte Weise du sie vom Völkerbund empfangen lassen willst?«

Michael holte einen Nagel aus seiner Tasche, den er Eisenbeißer zeigte.

»Damit«, sagte er.

Und er ging in einem bewundernden Schweigen hinaus, das für Eisenbeißers Seele grauenhaft war.

»Und wie willst du uns empfangen lassen?« fragte Salomon.

»Damit«, sagte Eisenbeißer und zeigte auf seine Nase.

»Erklär das genauer«, flehte Salomon.

»Mein Lieber«, sagte Eisenbeißer, »du könntest mir eine Million geben, mehr noch, du könntest mir fünfzig Francs geben, ich würde es dir nicht sagen. Denn ich liebe es wahnsinnig, andere auf die Folter zu spannen. Und nun werde ich die Mittel und Wege dazu beim Umherschlendern austüfteln.«

»Darf ich dich wenigstens begleiten?« fragte Salomon.

»Wenn du mich bewunderst, ja.«

Salomon versicherte, daß er an Eisenbeißers Genie glaube. Zufrieden streckte dieser die Hand aus. Salomon legte einen Taler hinein, in den Eisenbeißer biß und dessen Geschmack er sicherlich gut fand, denn er berechtigte Salomon, ihm zu folgen.

Eine Stunde später gingen der lebhafte Lungenkranke und sein kleiner Freund in Lausanne an Land.

»Warte in der Bahnhofswirtschaft auf mich.«

»Aber ich habe bezahlt, um dir zu folgen, o Eisenbeißer, und mitzukriegen, was du tust.«

Eisenbeißer spreizte seine zehn entsetzlichen Finger.

»Wenn du mir folgst«, sagte er, »soll deine einzahnige Frau blind und dennoch hundertzwanzig Jahre alt werden, damit sie lange leidet, und du selber sollst im Gefängnis einen schwindsüchtigen Krebs bekommen, während deine Tochter ...«

Salomon wartete nicht auf das Ende und lief in die Bahnhofswirtschaft, wo er, um die Worte Eisenbeißers zu beschwören, mit den Fingern Hörnerzeichen machte, sich damit in ganzer Länge und Breite umgab und wappnete. Dann bestellte er einen Mandelmilchsirup und wartete brav auf die Rückkehr Eisenbeißers, wobei er sich fragte, was der falsche Advokat wohl in Lausanne wollte? Warum sollten sie beim Völkerbund empfangen werden, weil sie in Lausanne waren? Er saß hier in einer Bahnhofswirtschaft, ohne etwas zu begreifen. Das hatte sich wirklich gelohnt, Eisenbeißer Schmiergelder zu geben und den Preis für zwei Fahrkarten Genf–Lausanne hin und zurück zu bezahlen, um dann in einer Bahnhofskneipe abgestellt zu werden! Und im allgemeinen, was tat er überhaupt auf dieser Welt, und warum soviele Menschen auf Erden, und zu welchem Zweck?

Er kreuzte die Arme auf dem Tisch und schlief ein. Einige Minuten später wurde er von einem heftigen Klaps geweckt. Eisenbeißer stand vor ihm.

»Na?«

»All right!« sagte Eisenbeißer. »Stock Exchange.«

»Hast du alles innerhalb von zehn Minuten erledigt?«

»By appointment of His Royal Highness.«

»Und ich werde den Chef der Völker morgen sehen?«

»Gott ist groß«, sagte Eisenbeißer. »Und ich auch.«

XXII

Am nächsten Tag gegen drei Uhr nachmittags begaben sich Scipion und Jérémie, geadelt durch einen ausgeliehenen Gehrock, eine Reitpeitsche und einige Orden, zum Völkerbund. Jérémie trug seinen neuen Koffer auf der Schulter, und Scipion, der viel Tigermilch getrunken hatte, wiederholte sich mit lauter Stimme immer wieder die Empfehlungen Michaels.

»Arrogant sein. Gut. Einem Chef diesen versiegelten Umschlag überreichen lassen. Vor allem arrogant sein. Einverstanden.«

Ferner hatte der Janitschar ihn bei verschiedenen Heiligen schwören lassen, vom Inhalt des Umschlags keine Kenntnis zu nehmen, und hatte ihm versichert, daß ihm kein Leid geschähe, wenn er sich streng an seine Vorschriften hielte.

»Vorwärts, Arroganz! Und du, Jérémie, wenn du nicht arrogant genug bist, dann wehe den Löckchen, wenn sie wieder nachgewachsen sind!«

Nachdem er das gesagt, stieß er die Drehtür auf und betrat die Halle des Völkerbunds.

Die Sitzung des Bundes war gerade zu Ende gegangen und die Delegierten kamen aus dem Sitzungssaal. Der lange und sympathische Robert Cecil – Kopf eines eleganten Schauspielers aus dem letzten Jahrhundert, Stehkragen mit umgebogenen Ecken, sanfter zerstreuter Raubvogel, verfroren und bucklig – stürzte sich, während er das Krummschwert seiner Nase wetzte, auf Lord Galloway, der mit Verzögerung einem Botschaftsattaché zulächelte, mit dem er, während er sich mit Cecil entfernte, weiter sprach, ohne sich umzudrehen, ohne ihn zurückzurufen – denn er wußte, daß er, Galloway, ein Mann war, den zu hören und zu verstehen man Mittel und Wege fand.

Ein polnischer Minister mit dem Kopf eines kranken Geiers oder eines Trauerpedells ging sorgenvoll auf und ab, den Versailler Vertrag in der Hand. Ein italienischer Delegierter – Zähne eines alten Wolfes, mächtige Nase eines florentinischen Tyrannen, ein alter, zwar gebeugter, aber pfiffiger Statist – kaute an einer Zigarre und versicherte Cecil, dann Galloway, dem großen, gepflegten Greis – positiver Schnurrbart und idealistisches Haar auf einem Schädel von sauberem Rosa, das ebenso rührend war wie sein bäuerlicher Stehkragen –, daß Italien eine sehr große Macht sei. Er hörte Italien nicht sonderlich zu und lächelte kindlich, wobei er seine schönen, kräftigen Zähne Lady Cheyne zeigte, der Frau des Generalsekretärs des Völkerbundes, die jene Falte besaß, die von der Nase bis zu den Mundwinkeln reicht, Eigentümlichkeit der Hochmütigen. Sie hielt auf eine köstlich englische Art ihre Füße nach innen gerichtet, schenkte ihr Herz niemandem, bot aber ihre Liebenswürdigkeit jedem an, selbst dem Delegierten Albaniens.

Der Delegierte eines anderen belanglosen Landes erklärte die Finanzen seines Staates Solal, dem großen und jungen und sehr schönen Untergeneralsekretär, der, um ihn loszuwerden, mit nachdenklicher Höflichkeit lächelte, sich verabschiedete und an drei jungen Beamten vorbeiging, die versuchten, so wenig wie möglich zu atmen, einen äußerst begrenzten Raum einzunehmen, und die sich, lebende Tapeten, flach an die Wand preßten.

Diplomaten sprachen von ihren Ländern und ihren Regierungen mit einer abstrakten Liebe und einer idiotischen, immer wachen Empfindlichkeit. Eine dicke, balkanische und parfümierte Delegierte ging von einer Gruppe zur andern, ihre voluminösen Brüste hochgerafft und zwischen ihren dicken Lippen eine lange grüne Zigarettenspitze, aus der sie viel Rauch kommen ließ, die Faust auf der Elefantenhüfte.

Journalisten sagten sich Beleidigungen, die sie nicht ernst nahmen. »Nein, alter Junge, gib dem keinen Tip. Er gehört zur Bande der Spitzbuben.« Ein Vertreter der Havas-Agentur stellte dem Außenminister Rumäniens Fragen, und der antwortete mit der heiseren Stimme eines wütenden, neurasthenischen und tuberkulösen Schülers. Lord Galloway grüßte ruhig hohe und weil sie Livres Sterling brauchten, demütige Persönlichkeiten. Da er wußte, daß ihn fünfzig Journalisten beobachteten, machte er ein harmloses Gesicht.

Monsieur Jean-Louis Duhesme von der Académie francaise, im Konfektionsüberzieher und Zelluloidstehkragen, sagte jedem, der es hören wollte, daß es unannehmbar sei. Der alte Léon Bourgeois, erster Delegierter Frankreichs – naives Jackett, Sprachfehler eines sanften Großpapas – gab seiner Nase, die falsch zu sein schien, Halt, verabschiedete sich von den Herren und ging zu seinem Taxi, dem kleinsten, schmalsten, ältesten von Genf. Amerikanische Journalisten mit gutem Schuhwerk und Hornbrillen, kompetente Wichtigtuer der internationalen Szene, befragten die biedere Delegierte Norwegens mit dem hochroten Gesicht und dem an der Bluse befestigten Universitätszwicker. Die Polizisten mit dem Zweispitz, schnurrbärtige Napoleons der Republik Genf, ihre dicken Finger im weißen Sonntagsstaat auf dem Koppel, betrachteten alle diese vornehmen Ausländer mit mißtrauischem Respekt. Eine Chinesin mit verschämten Lächeln betrachtete ihre kleinen Füße. Englische Sekretärinnen mit ihren luxuriösen und gerippten Strümpfen und ihren sonnenverbrannten Nasen gingen schnell vorüber und hinterließen Düfte von blühenden Apfelbäumen. Junge, lachende, akademisch gebildete, polyglotte, kompetente, rasierte und seidige Attachés scherzten mit der unerschrockenen Linkischkeit junger Knaben, die noch nicht ausgewachsen sind und doch wachsenden Einfluß suchen. Die balkanische Delegierte ging hin und her, richtete ihre Hornbrille, machte majestätische und entschlossene Hängebacken oder stemmte ihre kurze Hand in die Marketenderinnenhüfte. Mit fegenden Brüsten ging sie hin und her, begeistert von internationaler

Kooperation, und eine Duftnote Chypre folgte ihrem Mordshintern. Der Delegierte eines unbedeutenden Landes streifte mit trauriger Liebenswürdigkeit allein umher und wartete darauf, daß der erste Delegierte der Türkei seine Unterhaltung mit einem Maharadscha mit blutunterlaufenen Augen unter dem goldenen Turban, der einen Regenschirm in seiner aschgrauen Hand hielt, abgeschlossen hätte. Lord Galloway spazierte mit den Schrullen eines Träumers allein umher. Er genoß die Wonnen dieser Entspannung. Da er spürte, daß gewisse Delegierte einen Anlauf nahmen, ihn anzusprechen, zog er ein kleines Notizbuch hervor, und um sie zu entmutigen, tat er so, als schreibe er mit gedankenverlorenem Gesicht. In Wirklichkeit dachte er an das morgige Golfspiel und an den schönen Spaziergang, den er nachher am See entlang machen würde, allein mit seiner Verachtung für die Politik und seiner Liebe zur Metaphysik. Der erste französische Delegierte, den sein uraltes Taxi gerade zurückgebracht hatte, stürzte herzlich herbei, um ein kleines Schwätzchen zu halten. Diese beiden guten Alten, die auf dem Höhepunkt ihrer Karriere angelangt waren, mochten sich sehr und gaben kaum auf das Kollegium der kleinen japanischen Jungen acht, alle Kommandeure der Ehrenlegion, die sich allzu höflich verbeugten. Angestellte der Compagnie Marconi, ein großes M im Knopfloch, liefen umher. Der Generalsekretär kratzte sich taktvoll an der Stirn und verzerrte den Mund, um besser zu verstehen, was sein Kabinettchef ihm sagte. Monokel blitzten auf, Hermes-Merkbücher wurden zum Zwecke der Verabredung durchgeblättert. Sir John verteilte gleichmäßig seine hochmütigen Höflichkeiten. Vicomte Ishii sprach mit Marseiller Akzent mit einem amerikanischen Journalisten, dessen seidene Manschetten zwar sauber, aber verknittert, dessen Fingernägel zwar manikürt, aber etwas schmutzig waren und der bei Tag ebenso gewissenhaft seine Pflicht tat wie er bei Nacht ein flottes Leben führte. Aus dem listigen und vegetarischen Bart des Direktors des internationalen Arbeitsamtes, in den die agile Zunge rote Blitze zeichnete, kamen mit einer erstaunlichen Geschwindigkeit und in guter Reihenfolge wohlgeordnete und herzliche Sätze. Seine Brille funkelte vor intelligenter Boshaftigkeit. Der Vertreter eines jüdischen Komitees schweifte unauffällig umher und dachte bei sich, daß er nachher um einen Bericht bitten werde, den er morgen mit nerohaftem Gehabe vor seinen Bewunderern kommentieren und ihnen dabei erklären würde, Lord Galloway habe zu ihm gesagt: »Lesen Sie das zu Hause durch, ich bin sicher, daß es Sie interessieren wird.« Lord Robert Cecil spazierte mit Solal, den er am Arm hielt, auf und ab. Ein Räucherhering im Cutaway las einigen Vertrauten einen Bericht vor, von dem er natürlich nicht sagte, daß er von seinem Sekretär verfaßt worden war. Er las schlecht, verhedderte sich. Man diskutierte den Bericht. Die Kommentare waren widersprüchlich, aber der Hering sagte jedesmal: »Richtig, genau«. Verlegenheit. Man begriff nur, daß man nichts begriff, mit Ausnahme von Cecil und Solal, die begriffen und so taten, als begriffen sie nicht. Die andern, die nicht begriffen, taten so, als begriffen sie. Schließlich kam der Sekretär, erklärte, und alle trennten sich mit den Worten: »Natürlich, natürlich.«

IIIXX

Als die Delegierten gegangen waren, entschloß sich Scipion einzutreten. (Eine Stunde zuvor war er, nachdem er die Tür aufgestoßen hatte, hinterrücks wieder hinausgegangen, beeindruckt von diesen so gut gekleideten Herren. Die beiden Freunde hatten im Park auf den günstigen Augenblick gewartet.) Er freute sich, als er sah, daß der »Kammerdiener« der letzten Tage nicht da war, und begab sich zum Chef der Amtsdiener, der die Augen weit aufriß angesichts der beiden Herren mit Gehrock, Zylinder und Reitpeitsche. Was ihn am meisten verwunderte, war der Ohrring und der winzige Schnurrbart des kleinen Einäugigen.

»Was wünschen Sie, mein Herr?«

»O Freund, nicht diese Töne. Ich hab keine Lust, die faulen Witze eines Küchenjungen hinzunehmen. Ich will deinen Chef sehen und zwar ein bißchen plötzlich!«

»Sir John ist in einer Konferenz, mein Herr.«

»Ruhe, du englischer Domestike!«

»Wen darf ich bitte melden?« fragte Huntington beeindruckt.

»Das ist ja höchst seltsam!« empörte sich Scipion. »Los, beeil dich, Untergebener! Bring ihm unser Kuvert, damit er uns schnellstens empfängt! Was sind das für Manieren, die Kunden hier warten zu lassen?«

Der Chef der Amtsdiener sagte sich, daß dieser so selbstsichere Mann der Delegierte irgendeines kleinen südamerikanischen Landes sein mußte. Je unbedeutender sie waren, um so empfindlicher und rachsüchtiger waren sie. Keine Schnitzer. Er beschloß also, das Kuvert mit dem großen, wappenverzierten Siegel nicht Sir John oder einem der stellvertretenden Generalsekretäre zu bringen, sondern zu einer Persönlichkeit geringerer Bedeutung.

Comte de Surville, Direktor der politischen Abteilung, war ein feierlicher Kretin von etwa fünfzig Jahren mit Monokel und parfümiert. Seine kleine, flachgedrückte, aber am Ende gebogene Sittichnase war der originellste Teil seiner Person. Er war bösartig, sehr verleumderisch, sehr neidisch, und seine toten Augen waren der Schrecken des subalternen Personals. Er hatte eine kleine Seele, ein kleines Gehirn und viele Verbindungen.

Er lächelte gerade in seinem Arbeitszimmer, das mit Gänseleber getäfelt zu sein schien. Er war glücklich, denn eine rumänische Delegierte, eine berühmte Dichterin, hatte ihn zu einer Partie Bridge eingeladen, bei der er die Duchesse d'Arques treffen würde. »Pom pom pom.«

Ja, sehr nett, der kleine italienische Amtsdiener. Er hatte eine charmante Art, einem den Hut und den Mantel abzunehmen. Übrigens ein hübsches Gesicht. Zu protegieren.

»An die Arbeit jetzt.«

Nachdem er einen Schwall Luft geschöpft und voller Sympathie den sauberen See, den sauberen Park, den sauberen Teppich, seine sauberen Hände mit den manikürten Fingernägeln betrachtet hatte, krempelte er die Ärmel hoch, um den Anblick seiner neuen, »wahrhaftig sehr gut geschnittenen« Manschetten zu genießen. Dann machte er sein goldenes Etui auf, klopfte die Zigarette, steckte sie feierlich in den Mund, zündete sie an der Flamme eines goldenen Feuerzeugs an und betrachtete zärtlich seinen wappengeschmückten Siegelring. Glücklich über den guten Zug Tabak, beugte er sich über den Tisch.

»An die Arbeit.«

Er breitete die Käufe des Tages – Füllhalter und kleines Taschenmesser – auf dem Tisch aus, um sie voll zu genießen. Er füllte den Füllhalter, probierte ihn aus, steckte die Verschlußkappe auf, nahm sie dann wieder ab. Anschließend versuchte er herauszufinden, was er mit seinem goldenen Taschenmesser wohl nützlicherweise schneiden könnte. Dann legte er die beiden Käufe auf eine Linie. Dann bildete er ein Dreieck mit dem Taschenmesser, dem Korpus des Füllhalters und der Kappe.

Er betrachtete seine neuen Besitztümer, wobei er diese Betrachtung mit einer nicht weniger köstlichen Vorstellung verknüpfte: während die armen Trottel in Frankreich einen Haufen Steuern bezahlten und einen Haufen Geldentwertungen hinnehmen mußten, galt für ihn: erstens, völlige Steuerbefreiung, zweitens, automatische Gehaltserhöhung im Falle einer Preiserhöhung von mehr als zehn Prozent, drittens, Genf, eine saubere, gesunde, komfortable Stadt, reine Luft, schöner See. Sie konnten abwerten soviel sie wollten in Frankreich oder auch in der Schweiz! Je mehr sie abwerteten, um so zufriedener wäre er, denn um so privilegierter würde er sich fühlen!

Er nahm eine Schokoladenpraline und schlug eine Akte auf. Aber was war denn da los? Er empfand ein seltsames Jucken an seiner Sitzfläche. Er stand auf, sah nach. Himmeldonnerwetter! Diese Lümmel von Raumpflegern hatten ihm wieder seine Zeitungen weggenommen! Dabei hatte er ihnen eingeschärft, die Zeitungen, die er auf seinen Sessel legte, immer darauf liegen zu lassen. In der Tat war die erhitzende Berührung des Samtes schädlich für die empfindliche Epidermis seines zwar gräflichen, aber dennoch administrativen Hinterns. Er konnte nur auf Zeitungen sitzend arbeiten. Andernfalls Jucken.

Aus dem Kästchen der Eingänge nahm er die von der Zeitschriftenabteilung geschickten Zeitungen, doch er fand den »Figaro« nicht, dessen glatte Frische ihm vor allem wohltat. Auf einen grünen Zettel schrieb er sogleich die folgende Notiz an die Leiterin der Zeitschriftenabteilung:

»Madame de Souza. Ich möchte Ihre Aufmerksamkeit auf die Tatsache lenken, daß ich unbedingt den Figaro bekommen muß. Diese Zeitung ist mir als Dokumentationsinstrument ganz besonders unentbehrlich. Ich wäre Ihnen dankbar, wenn sie ihn mir ab heute wieder zukommen ließen.«

Er unterschrieb, datierte, las seine Notiz wieder durch. War sie nicht etwas zu burschikos? Die Souza stand sich sehr gut mit der Frau des Generalsekretärs. Er schrieb eine höflichere Notiz, auf die er den Dringlichkeitszettel heftete und die er in das Kästchen der Ausgänge legte.

Nachdem er einige gymnastische Atemübungen gemacht hatte, um sich zu entspannen, fragte er sich, ob der »Monde Illustré«, dessen Papier glänzender war als das des »Figaro«, seinem Hintern nicht noch angenehmer wäre. Ja, aber das Papier dieser Illustrierten würde vielleicht zu sehr knistern, und das würde ihn stören. Einen Versuch machen.

Er öffnete die Akte »Propaganda in Spielzeugläden zugunsten der Abrüstung«, warf einen Blick auf die kleine Pendeluhr des Büros. Erst vier Uhr. Er schloß die Uhr in die Schublade, nahm sich fest vor, sie erst wieder herauszuholen, wenn er den Eindruck hätte, daß eine Stunde vergangen wäre. Er wartete lange, sehr lange, las den Band gallischer Witze zu Ende, den der Direktor der Moralabteilung ihm geliehen hatte. Der französische Wechselkurs war am Tag zuvor gefallen, er stellte lange Berechnungen an, um herauszufinden, wieviel er augenblicklich in französischen Francs nicht nur pro Jahr und pro Monat, sondern auch pro Tag und pro Stunde bekäme. Die Ergebnisse der verschiedenen Berechnungen waren ihm angenehm, und er nahm sich wieder eine Praline.

So, jetzt konnte er auf die Uhr schauen. Eine Stunde war bestimmt vergangen. Er holte die kleine Pendeluhr hervor. O Pein. Sie zeigte vier Uhr siebzehn.

Um vier Uhr zwanzig kratzte es an der Tür. (Besessen vom Zeremoniell, hatte er diesen würdevollen Brauch in der Abteilung eingeführt.) Es war Huntington. Comte de Surville las den Inhalt des Kuverts, wobei er behutsam seinen grauen Bart streichelte, um seine Erregung zu beherrschen. Die Unterhaltung, die er mit den beiden hohen Persönlichkeiten haben würde, wäre für die Zukunft des Völkerbundes von größter Bedeutung. Er hatte sein Trafalgar.

»Sie können sie heraufführen«, sagte er mit einer kalten Schwerfälligkeit, die sein Lampenfieber verbarg.

»Ich möchte den Herrn Direktor darauf hinweisen, daß diese Herren etwas Exzentrisches an sich haben.«

»Ich weiß. Man hat mich darauf vorbereitet.«

»Sie sehen ziemlich verärgert aus.«

Der Direktor fand es unter seiner Würde, dieses Gespräch mit einem Amtsboten fortzusetzen. Daher beschränkte er sich darauf, ein leichtes Brummen auszustoßen, das einiges Unbehagen verbarg. Huntington lief, um Scipion und Jérémie Bescheid zu sagen.

Kurz darauf trat der alte Graf im Cutaway und mit roter Rosette aus seinem Arbeitszimmer, um die beiden Delegierten auf dem Treppenabsatz zu erwarten. Diese, ernste Leichenträger, stiegen langsam die Stufen hinauf, in der Hand ihren Zylinder und ihre Reitpeitsche. Scipion blieb zweimal stehen, um Huntington mit einer Lorgnette zu mustern.

Der Direktor verbeugte sich tief, entsprechend den Traditionen der alten französischen Schule. Scipion verbeugte sich unter größtem Schweigen, und Jérémie tat das gleiche, während er innerlich das Gebet der Sterbenden aufsagte. Der hohe Beamte machte einen neuerlichen Bückling, und die beiden Freunde glaubten, seine Höflichkeit erwidern zu müssen. Entzückt von dieser unerwarteten Urbanität, verbeugte sich Comte de Surville ein drittes Mal. Scipion und Jérémie waren entsetzt über diese großartigen Umgangsformen. Schweißtropfen erschienen auf ihren schuldhaften Stirnen.

XXIV

Gehen wir, liebe Freunde, mit großer Lebensfreude, denn alles ist gut und Leben ist eine gute Sache ebenso wie Sterben, gehen wir also um einige Stunden zurück und dringen wir in das Zimmer jenes königlichen Adlers ein, der den Namen Pinhas des Solal hat und dessen Spitzname Eisenbeißer ist. Evohe!

Es war nach zehn, als er wach wurde. Er betrachtete zuerst seine hübsch mit Schmutz patinierten Füße, die im Kühlen geschlafen hatten, außerhalb der Bettdecke und zwischen den Stäben. Er ließ sie mit einer düsteren Zufriedenheit knacken und beschloß, an diesem für seine Karriere entscheidenden Tag besonders intelligent zu sein.

Er sprang ganz angekleidet aus dem Bett, tauchte seine Hände in die Waschschüssel, fuhr sich damit übers Gesicht und atmete tief ein, glücklich, von neuem sauber zu sein. Dann schlüpfte er in seine Schuhe, womit seine Toilette beendet war.

Er tanzte einen leichten Tanz, tänzelte auf der Stelle, führte schnelle Wendungen mit spanischer Langsamkeit aus, die plötzlich eifersüchtiger Glut Platz machte, schnalzte mit den Fingern, machte ein Kußmündchen, und seine Augen ließen sich zum äußersten Geständnis einer mexikanischen oder eher kaiserlichen Kurtisane herab. Es gab noch reizende Tänze mit den Händen, das Ganze mit einem taktvollen Lächeln.

Nachdem er sich dergestalt dionysisch verausgabt hatte, öffnete dieser schwarze und sehr häßliche Kerl und Herr vorsichtig die Tür, ging auf Zehenspitzen die Treppe hinunter, die riesige Zunge herausgestreckt. Warum herausgestreckt? Geheimnis. Vielleicht, weil Eisenbeißer lebendig war. Vielleicht um eine kleine Gefahr, ein kleines Risiko auszukosten? Was liegt daran? Alles liegt daran.

Kurzum, er betrat eine kleine Kaufhalle, wo er, nachdem er der Verkäuferin eine gottergebene Liebeserklärung für die Schweiz gemacht hatte, einen Topf Leim, einen Spirituskocher und eine Schere kaufte. Er bezahlte, täuschte eine Ohnmacht vor, was ihm das Vergnügen verschaffte, ein kostenloses Glas Cognac zu bekommen, und ging hinaus. (Es gehörte zu seinen Angewohnheiten, in den Kaufhäusern, in denen er seine Käufe tätigte, ohnmächtig zu werden. Auf diese Weise verschaffte er sich umsonst leichte Imbisse: Tassen Bouillon, belegte Brötchen und andere kleine Stärkungen.) Er begab sich zum Hotel, zwinkerte mit den Augen, wobei er sarkastisch seinen schwarzen Bart zweiteilte, in verschiedenen Auslagen kleine Früchte stiebitzte und sich in aller liebenswürdigen Unverfrorenheit daran delektierte.

Um halb zwölf schrieb er seinen Freunden den folgenden Brief:

»Der künftig tote Eisenbeißer an seine Schicksalsbrüder, Heil! Ich bin besiegt. Die machiavellistische Machenschaft, die ich unschuldigerweise aufgebaut hatte, damit ihr beim Völkerbund empfangen werdet, ist gescheitert! Ich bleibe allein mit meiner Verzweiflung, und ich bitte, daß man mich schändlich schlafen läßt, um meine Neurasthenie unter den schwarzen Falten des Schlafes zu begraben. Betet für den gefallenen Pechbeißer.«

Er klingelte dem Hoteldiener, dem er den Kauf von Suezkanal-Aktien empfahl, ein kleines Manöver, um etwas über den Reichtum des Kammerdieners herauszufinden und mittels Scharfsinn eventuell seinen Teil davon abzubekommen. Dann bat er ihn, den oben erwähnten Brief Saltiel zu bringen.

»Und zweitens wirst du mir ein Brathähnchen mit seinem Bruder, was irgendwie auf zwei herauskommt, aufs Zimmer bringen und Kartoffeln in ausreichender Anzahl und fritiert bei starkem Feuer in Öl, und Brot und Salat und Makkaroni mit Tomaten für vier, obgleich ich einer bin, wie der Ewige. Aber das ist mein Geheimnis. Und du wirst mir auch ein Buch über die Umgangsformen der Diplomaten bringen. Aber das alles wird vor meinen Freunden geheimgehalten, denen du sagst, daß ich stille Tränen vergieße, und zwar unter größtem, bekümmertstem Fasten. Geh, du ordentlicher Mensch.«

Um drei Uhr nachmittags bemerkte Onkel Saltiel, der gerade seinen Mittagsschlaf beendet hatte, einen unter der Tür durchgeschobenen Umschlag. Er bückte sich, erschauderte. Es war ein Telegramm und von unglaublicher Dicke. Er schlug an die Wand, denn er hatte nicht den Mut, ganz allein ein Telegramm aufzumachen. Er brauchte eine freundschaftliche Gegenwart.

Kurz darauf erschien Salomon, zerzaust, mit bloßen Füßen, in seinem Nachthemd. Sehr geschwächt von den Strapazen des Vortages, war er gerade erst wach geworden und folglich noch ganz schlaff.

»Schlechte Nachrichten, Onkel?« fragte er und brachte seine kleine Hand ans Herz.

Saltiel zeigte ihm den noch ungeöffneten Umschlag, und Salomon erschauderte mit allen Nasenlöchern, denn auch er mochte keine Telegramme. Daher lief er Michael holen, um Beistand zu haben. Als die beiden Tapferen die Tür aufstießen, fanden sie den Onkel, der, die Depesche in der Hand, auf und ab ging.

»Ich habe Angst, Kinder.«

»Wenn die Nachricht schlecht ist«, sagte Salomon, »werde ich Sie bei den Händen nehmen, Onkel.«

Saltiel machte das Telegramm auf, behielt aber die Augen geschlossen. Schließlich entschied er, sie aufzumachen und einen Blick auf die grünen Blätter zu werfen. Er atmete tüchtig und entließ Salomon und Michael mit einer erhabenen Gebärde. Das an ihn gerichtete Telegramm war mit einem wunderbaren Namen unterschrieben. Er las es aufmerksam und wurde ohnmächtig.

Aber er kam schnell wieder zu sich, denn es gab keine

Zeugen. Ganz feucht und weiß, stand er auf und trank aus dem Krug auf dem Toilettentisch. Dann ging er wankend zur Tür, machte sie auf und fand natürlich Salomon, Michael und Mattathias, die auf der Lauer lagen.

»Schlechte Nachrichten von meiner Frau, Onkel?« fragte Salomon.

»Besser als das, mein Sohn. Geh Eisenbeißer rufen und kommt alle vier zusammen und nicht einer nach dem andern.« (Seine Stimme klang kurz und klar.)

Salomon ging an Eisenbeißers Tür klopfen. Aber der falsche Advokat mußte tief eingeschlafen sein, denn er antwortete nicht. Salomon stieß die Tür auf. In der Tat, Eisenbeißer war in einen unbefleckten Schlaf versunken, der auf seine Lippen ein leidendes Lächeln voller Anmut und Unschuld legte.

Salomon war unschlüssig, denn er wollte seinen lieben Freund nicht allzu jäh wecken. Er beschloß, leise zu pfeifen. Er rundete die Lippen, machte verschiedene Anstrengungen, aber es kam kein Ton heraus. (Seit seiner frühesten Kindheit hatte sich Salomon bemüht, pfeifen zu lernen. Er hatte sogar bezahlten Unterricht genommen. Aber vergebens. Die wirklich guten Menschen können nicht pfeifen. Ein kleines Geheimnis.) Er rief Eisenbeißer, der immer lauter schnarchte, ganz leise. Er schüttelte ihn immer fester.

Endlich machte Eisenbeißer ein Auge auf, das er wieder zumachte, um einige Sekunden danach das andere aufzumachen.

»Wo bin ich?« fragte diese Jungfrau mit der Stimme eines Lämmchens.

XXV

»Meine Herren Minister«, sagte Comte de Surville und sah abwechselnd Jérémie und Scipion an, den er sogleich als den Bedeutenderen der beiden erriet, »ich habe die Ehre, Sie willkommen zu heißen und Euren Exzellenzen zu sagen, mit welch fröhlicher Hoffnung wir Ihr Kommen aufnehmen, das vielleicht, ich will es gerne hoffen, der Beginn einer neuen Ära in den Beziehungen zwischen Ihrem edlen Land und dem Völkerbund sein wird.«

Er hatte das alles so heruntergespult, wie es in den hohen diplomatischen Kreisen üblich ist: gleichförmiger Ton und gleichmütiges Gesicht, was darauf hinweisen soll, daß der Redner sich von diesen konventionellen Sätzen nicht täuschen läßt.

Jérémie und Scipion verbeugten sich von neuem. Doch sie fanden nichts zu sagen, denn es war das erste Mal in ihrem Leben, daß sie eine so distinguierte Persönlichkeit sahen. Jérémie nahm es sich tödlich übel, daß er die Schwäche besessen hatte, seinen Freund zu begleiten. Er hatte nicht vermutet, daß der Völkerbund ein so furchtbarer Ort war. Und der Ewige würde ihm nie verzeihen, daß er seine rituellen Löckchen geopfert hatte.

»Ich bin untröstlich«, sagte der Direktor der politischen Abteilung, eingeschüchtert von diesem eisigen Schweigen, »daß Sir John, übrigens nur vorübergehend, nicht in der Lage ist, Eure Exzellenzen persönlich zu empfangen. Da uns aber Ihr Besuch erst zum Spätnachmittag angekündigt worden war...«

Scipion verbeugte sich, und Jérémie tat es ihm nach. Das Schweigen war drückend. Scipion wischte sich die Stirn mit einer profihaften Handfläche ab.

»Schwamm drüber«, sagte er endlich mit Pariser Akzent. »Und ordne hiermit den Waffenstillstand an.«

Comte de Surville, an die unkorrekte Sprache der meisten Delegierten gewöhnt, vermochte den Gleichmut zu wahren, auf den er nicht wenig stolz war, und schlug den beiden hohen Persönlichkeiten vor, ihm in sein Kabinett zu folgen. Scipion sah erstaunt den Herrn an, der ihm diesen seltsamen Vorschlag machte und der doch einen so respektablen Eindruck machte.

»Sobald wir es brauchen, werden wir es Ihnen sagen«, antwortete er nicht ohne Schärfe.

Doch er beruhigte sich wieder, als er das riesige Arbeitskabinett des hohen Beamten sah, der bescheiden zurücktrat, um die bedeutenden Persönlichkeiten eintreten zu lassen. Scipion, sehr rot, verbeugte sich. Er ließ seine Füße gleiten, sog seinen Speichel ein, um vornehm zu wirken, und trat taktvoll ein, gefolgt von Jérémie, der gebeugter war denn je. Comte de Surville zeigte auf Stühle, bot Zigarren an. Bedacht auf guten Ton, steckte Scipion die Zigarre in die Tasche. Jérémie tat das gleiche, nachdem er sie in der Hand gewogen und innerlich ihren Wiederverkaufspreis überschlagen hatte. Dann kratzte er sich an der Brust und lächelte dem Direktor zu, der einen Seufzer unterdrückte. Natürlich mußte man darauf gefaßt sein. Diese beiden Delegierten einer Linksregierung konnten nur ungebildet und ungeschliffen sein.

»Ich darf zu sagen wagen«, begann er mit übereinandergeschlagenen Beinen, was Scipion ebenfalls tun zu müssen glaubte, darin nachgeahmt von Jérémie, »daß die Genfer Institution im höchsten Maße bestrebt ist, nichts zu tun, was anläßlich der Rückkehr Ihres großen Landes in den Schoß der internationalen Familie seine legitimen, wie ich unverzüglich hinzufügen möchte, Empfindlichkeiten verletzen könnte.«

Scipion fand nichts anderes zu tun als schmerzlich zu lächeln, wobei er sagte, daß das sehr »verständlich« sei. Dann glättete er seine Schmachtlocken.

»Sie haben sicherlich lange Zeit in der Provence gelebt, Herr Minister?«

»Man könnte sagen, daß Sie da etwas indiskret sind«,

begann Scipion im Ton eines anspruchsvollen Feinschmeckers. »Da die Indiskretion jedoch von einem Manne kommt, der mein großes Land schätzt, liegt darin nichts Beleidigendes. Ich werde Ihnen daher freundlicherweise antworten, daß mein Papa Marseiller war, und als wir in unser zukünftiges großes Land emigrierten, war ich fünfzehn Jahre alt, nein, vierzehn, und natürlich war meine Sprache damals bereits geprägt, und so was läßt sich nicht mehr ausbügeln, bei einer Sprache! Außerdem sprachen wir zu Hause immer Marseiller Dialekt, um ihn sozusagen nicht zu vergessen.«

Comte de Surville zeigte mit einer leichten Neigung des parfümierten Hauptes, daß er das zu schätzen wußte. In Wirklichkeit war er sehr schockiert.

»Darf ich, Herr Minister, die Absichten Ihrer Regierung hinsichtlich der Rückkehr Ihres edlen Landes in unseren Kreis kennenlernen?«

»Gewiß, gewiß«, antwortete Scipion. (Ein geschickter Mann, dachte der alte Graf.)

»Einige diesbezügliche Einzelheiten wären willkommen, Herr Minister. Wir wissen sehr gut, daß Sie im Augenblick lediglich als Beobachter zu uns zurückkehren, wie es die Einführungsbriefe andeuten, die mir übergeben zu lassen Sie die Güte hatten.«

»Das weiß ich auch«, sagte Scipion. »Nun, bevor ich Ihnen auf die Sache des edlen Landes antworte, möchte ich einige Auskünfte über die Aktivitäten Ihres edlen Palastes für den Frieden der Welt haben.«

Comte de Surville zeigte ein schönes, schwärmerisches und fast prophetisches Lächeln.

»Wir haben eintausendsiebenhundert Türen«, begann er voller Begeisterung, »eintausendsechshundertfünfzig Fenster, achtundachtzigtausend Quadratmeter verglaste Fläche, nicht einbegriffen die Straßenlaternen, einundzwanzig Aufzüge, fünfundsiebzig Quadratmeter Verputz, neuntausend Lichtquellen, die ungefähr dreihundertzwanzigtausend Kilowatt verbrauchen. Unsere Heizung beheizt – bitte entschuldigen Sie die Wiederholung«, lächelte er als Mann von Geschmack, um Stil besorgt, »– dreihunderttausend Kubikmeter mit Hilfe ihrer eintausendneunhundert Heizkörper, die, aneinandergestellt, eine Länge von insgesamt zweitausendfünfhundertdreiunddreißig Metern erreichen würden, wobei das Fassungsvermögen des Heizöltanks bei einhundertfünfzigtausend Litern liegt. Ferner verfügen wir über sechshundertachtundsechzig Water-Closets und Waschbecken. Schließlich würden die Papierbögen, die wir jährlich für den Frieden der Welt verwenden, nebeneinander gelegt, ungefähr achtmal um die Erde reichen.«

»Ich weiß Bescheid«, sagte Scipion. »Und wenn es einen Krieg gibt, was tun Sie dann?«

»Dann leiden wir«, antwortete Comte de Surville. »Alle diese Toten, es ist entsetzlich. (Er hielt Scipion und Jérémie eine Schale mit Schokoladenpralinen hin, doch sie lehnten ab. Er nahm sich eine.) Ja, entsetzlich, alle diese Toten. Wollen Sie nicht eine versuchen? (Er deutete eine Gebärde an, die köstliche Schale hinzuhalten.) Entsetzlich, alle diese Toten. Es ist schade, daß Sie sich nicht in Versuchung führen ließen. Sie sind noch warm. Sie haben einen erlesenen Geschmack, ganz besonders die langen, die sehr stärkend sind, da mit Vitaminen angereichert. Sie sind eher lauwarm, denn ich habe die Angewohnheit, sie auf dieses kleine Heizkissen zu stellen, da die Wärme das Aroma der Schokolade noch hervorhebt.«

»Und was tun Sie, wenn es einen Krieg gibt, sobald er anfängt?«

»Wir legen eine Akte an«, sagte Comte de Surville, während er sich weiter stärkte. »Wir kommen zusammen, wir tagen, wir übergeben der Presse ein vorsichtiges Kommuniqué, mit dem wir unser schmerzliches Bedauern ausdrücken.«

»Und wenn der Krieg weitergeht?«

Comte de Surville entfernte die Schale mit den Pralinen, um der Versuchung besser widerstehen zu können.

»Dann«, sagte er in männlichem Ton, »wenden wir Gewalt an. Wir bilden eine Kommission und sogar Unter-Kommissionen, und wenn es sein muß, gehen wir sogar so weit, die kriegführenden Mächte zu bitten, dieses Gemetzel einzustellen. Möchten Sie wirklich keine Pralinen?«

»Und wenn der Krieg weitergeht?«

»Dann schicken wir keine Bitte mehr, sondern eine Empfehlung, daß die Feindseligkeiten einzustellen sind. Spüren Sie die Nuance? Eine Empfehlung, ich scheue mich nicht, es zu sagen, eine echte Empfehlung.«

»Und wenn der Krieg weitergeht?«

»Dann sprechen wir Wünsche aus, durch die wir dem Schwächeren zwar recht geben, ohne indes dem Stärkeren unrecht zu geben. Und wir bitten die beiden im Krieg befindlichen Länder, feierlich zu erklären, daß sie keinen Krieg führen, sondern lediglich Ordnungsaktionen zur Regelung des Konflikts vornehmen. Das ist friedlicher. In der Regel enden Militäraktionen am Ende immer. Wir lassen daraufhin gelten, daß die stärkere Partei die Gebietseinnahme vornimmt, die ihr beliebt, vorausgesetzt, das Wort Annektion wird nicht ausgesprochen. Was Äthiopien angeht, so sind wir anfangs fürchterlich gewesen, und wir haben uns nicht gescheut, gegen die Haltung Italiens zu protestieren. Nachdem wir aber so unser Festhalten an dem Gerechtigkeitsideal unter Beweis gestellt hatten, mußten wir natürlich der Wirklichkeit ins Auge schauen. Denn was auch immer die Revolverjournalisten, denen nichts einfällt, sagen mögen, wir sind keine Utopisten. Wir sind also glücklich gewesen, daß wir es den Mitgliedsstaaten freistellen konnten, diese Eroberung anzuerkennen oder nicht. Eine hübsche Taktik, was meinen Sie? In der Tat sind die Konventionen damit gewahrt. Erstens bleibt der Völkerbund seinem Ideal treu, da er, zumindest im Augenblick, die Eroberung Äthiopiens nicht anerkennt. Zweitens, die Mitgliedsstaaten entziehen sich nicht ihrer Pflicht gegenüber dem Völkerbund, da dieser sie ermächtigt, die Eroberung Äthiopiens anzuerkennen, wenn sie es wünschen. Wir sind, wie Sie sehen, sehr bedacht auf die Gedankenfreiheit und die Souveränität der noch nicht besiegten Mitgliedsstaaten des Völkerbunds. Möge jeder der Staaten tun, was ihm gefällt. Wir waschen unsere Hände in Unschuld. Im Grunde besteht unsere Rolle darin, vorsichtige Wünsche zu äußern, geschickte Resolutionen zu verabschieden, die niemanden vor den Kopf stoßen. Unsere Aufgabe läßt sich folgendermaßen zusammenfassen: harmlos sein! Wir erfüllen unsere Aufgabe mit ständig wachsender Kraft. (Vertraulich:) Übrigens ist dieser Negus höchst unsympathisch. Es hat den Anschein, daß er überhaupt nicht krank ist, daß es eine reine Komödie ist. Ferner habe ich mir sagen lassen, daß er den Teufel am Schwanz zieht. Natürlich ist das alles sehr traurig. Aber was soll man tun? Äthiopien hätte ja Giftgas einsetzen können, und schließlich ist es nicht unsere Schuld, wenn es eine erbärmliche Armee hatte, jawohl, erbärmlich, ich scheue mich nicht, das zu sagen. (Er schlug auf den Tisch.) Dies ist eine kurze Zusammenfassung, Herr Minister, der Aktivitäten des Völkerbunds. Aber das ist noch nicht alles. Ich habe zwei große Projekte, die gewissermaßen Fleisch von meinem Fleisch sind, Kinder meines Denkens und meines Herzens, die ich im Schweigen und in der Meditation empfangen habe. Hier das erste Projekt, das ich Ihnen ganz vertraulich mitteile. Wenn Sir John Cheyne einverstanden ist, werden wir die großen Länder bitten, alle augenblicklich im Bau befindlichen Super-Schlachtschiffe Menschlichkeit, Eintracht, Internationaler Frieden usw. zu nennen. Mein zweiter Plan besteht darin, die Soldaten und die Kanonen in den Spielzeugläden abzuschaffen. Entwaffnen wir die Kinder! Vom moralischen Standpunkt aus gesehen sind die Kinder viel wichtiger als die Eltern. Sie sind die Zukunft!«

Begeistert von seinem Thema, hatte der alte Graf mit einer solchen Geschwindigkeit gesprochen, daß die beiden Freunde, wenig an einen so vornehmen Akzent gewöhnt, so ziemlich nichts verstanden hatten. Scipion spürte, daß er das Schweigen durch irgendeine angenehme und mondäne Frage brechen mußte.

»Ich weiß immer gern den Vornamen meiner Freunde«, sagte er, »da das die Unterhaltung erleichtert. Welchen Vornamen hat die Mama für Sie ausgewählt?«

»Adhémar«, antwortete Comte de Surville, der entschlossen war, alles zu ertragen.

»Die Geschmäcker sind eben verschieden«, sagte Scipion. »Nun, Monsieur Adhémar, ich werde Ihnen jetzt mal was sagen, was mich kränkt. Man könnte meinen, daß es Ihrer Zunge wehtut, den Namen meines edlen Landes auszusprechen, kurz, daß es Sie anwidert.«

»Ich pflege mit der größten Sympathie von der Republik Argentinien zu sprechen, Herr Minister.«

Scipion stand auf und drückte dem Comte de Surville die Hand.

»Danke«, sagte er in ergriffenem Ton. (Er setzte sich wieder.) »Ich dachte bei mir, Sie hätten vielleicht einen Sprachfehler und könnten nicht Republik Argentinien sagen. Ich zum Beispiel hatte einen Kollegen in der Schule, der konnte nie Fahne des Vaterlands sagen, er sagte immer Sahne des Saterlands. Nun gut, das ist geregelt. Oh, wie liebe ich sie, die Republik Argentinien, mein Gott, Sie können sich das gar nicht vorstellen! Und was für Frauen, Caramba! Und jetzt, damit die Offenheit vollständig ist und wir wirklich Kollegen werden, will ich Ihnen etwas sagen, Monsieur Adhémar, was mir nicht sehr gefällt, nämlich, daß Sie nur Herr Minister zu mir sagen. Kriegen Sie davon Löcher in den Bauch, wenn Sie mich bei meinem ganzen Titel nennen, oder? Verstehen Sie, das ist eine kleine Aufmerksamkeit, die mir Freude machen würde, eine Frage des Prestiges, der Menschenwürde. Und außerdem ist unsere Regierung sehr genau. Sie legt Wert darauf, daß man uns respektiert. Verstehen Sie, es macht mir Kummer, wenn Sie Herr Minister zu mir sagen, ohne was anderes, wie zu einem absoluten Nichts. Eine Frage der Höflichkeit. Weil Argentinien, was die Höflichkeit angeht ... (Er gab verschiedene verdächtige Töne mit den Lippen von sich, um den hohen Grad der argentinischen Höflichkeit begreiflich zu machen.) Da können Sie auch noch so gebildete Länder suchen, Sie werden keines finden, das so ist wie Argentinien!«

»Aber davon bin ich überzeugt, Herr bevollmächtigter Minister und Sonderbotschafter. Ich muß sogar hinzufügen, daß ich ein gewisses Zeremoniell nicht verabscheue und daß ich nicht ohne Vergnügen feststelle, Herr bevollmächtigter Minister ...«

»Nicht nötig, daß Sie das ständig zu mir sagen«, unterbrach Scipion. »Einmal von Zeit zu Zeit, das genügt, nur, um die Wertschätzung zu zeigen.«

Und Scipion, der sich jetzt sehr wohlfühlte, holte seinen Zahnstocher hervor. Comte de Surville war entsetzt. Was für eine Sprache! Was für ein Benehmen!

(Man wird sich vielleicht wundern, daß der Direktor der politischen Abteilung den Schwindel nicht durchschaut hat. Abgesehen davon, daß der edle Graf nicht von übertriebener Intelligenz war, hatte er am gleichen Morgen eine Unterhaltung über die argentinischen Delegierten gehabt, die kommen sollten, um die Bedingungen auszuhandeln, unter denen die Republik Argentinien sich bereiterklären würde, in den Genfer Schoß zurückzukehren. Sir John Cheyne hatte ihm gesagt, daß er einige Tage zuvor in Paris die Delegierten der neuen argentinischen Regierung getroffen habe, daß er sie sehr schlecht erzogen gefunden habe, aber keineswegs so dumm, wie sie aussahen. »Nehmen Sie sich in acht«, hatte der Generalsekretär gesagt, »die stellen sich dumm, um etwas in Erfahrung zu bringen. Ich habe mehrmals festgestellt, daß ihr exzentrisches Wesen und ihr Mangel an Bildung eine große Verschlagenheit verbergen. Seien Sie auf der Hut.«)

Nachdem Scipion seine Zahntoilette beendet hatte, akzeptierte er das Glas Portwein, das Comte de Surville ihm anbot, erklärte, der Wein sei gut, nötigte Jérémie, davon zu trinken, akzeptierte ein zweites Glas, fand, daß er einen Geschmack hatte, den er nicht zu definieren vermochte, trank noch zwei weitere Gläser, um die Definition zu finden, und fühlte sich munter und vergnügt. Der Völkerbund machte ihm keine Angst mehr.

»Aus Taktgefühl«, sagte er, »haben wir nicht auf das Blatt gesehen, als man es uns in der Republik Argentinien ausgehändigt hat. Aber ich möchte gern wissen, ob man alle unsere Titel angegeben hat. Geben Sie mal her. (Comte de Surville hielt die Beglaubigungsschreiben hin, wobei er sich fragte, was dieser Vorwand verbarg.) Pedro Ollorio Garcia. Ich lese nicht mit dem spanischen Akzent, weil Sie es sonst nicht verstehen würden. Das bin ich, Sie sehen, Minister. Kurz, wie es hier geschrieben steht, es ist also nicht nötig, daß ich noch 'nen Schwanz dranhänge, das sähe so aus, als wollte ich angeben. Ich hoffe, die Lage ist klar. Und vergessen Sie nicht, ich bin Sonderbotschafter! In meiner Heimat kennt man mich als Temperament! Ach, Monsieur Adhémar, es hat mich 'ne Menge Arbeit gekostet, bis ich soweit war! Ach, Argentinien ist ein Land, in dem man Fähigkeiten anerkennt! Und wissen Sie, ich wollte gar nicht Sonderminister werden, ich wollte nicht, ich habe zu ihnen gesagt: ›Gewöhnlicher reicht mir‹. (Comte de Surville lächelt über das, was er für einen geschmacklosen Witz hielt.) Sind Sie nie in Argentinien gewesen?«

»Vor dreißig Jahren, Herr Minister.«

»Um so besser, um so besser.«

»Warum um so besser, Herr Minister?«

»Weil sich das Land sehr verändert hat. Es ist jetzt voller Mücken. Nun, in der Zeit, als ich noch Marineminister war, stand ich immer auf der Flamboyante, es ist das größte Schlachtschiff. Moderner Komfort und Torpedos, mein Freund, olala, wie Arme so dick! Marinen wie die argentinische finden Sie nicht viele! Der Argentinier ist in der Seele Matrose! Ach, die Argentinier sind nett«, sagte er mit plötzlicher und aufrichtiger Rührung. »Stellen Sie sich vor, daß ich gar nicht nach Genf kommen wollte. Aber ich kann der Schmeichelei nicht widerstehen. Um so weniger, als mich die Tochter des Präsidenten der Republik darum gebeten hatte, wobei sie mir den Roten-Pfeffer-Kuß gab, wie wir in Argentinien sagen. (Leicht erotischer Blick zum Comte de Surville hin, der sich die Moral der hohen argentinischen Kreise genau merkte.) Und wissen Sie, ich schäme mich nicht, Marseiller Dialekt zu reden. Das ist eine Tradition in der Familie. Wir haben einen Wahlspruch, der heißt so: ›Marseiller in der Seele, Argentinier im Herzen!‹ Eine Devise, wie Dubo Dubon Dubonnet sagen würde. Mann, geht mir diese Reklame auf den Wecker, olala! Habe eine solche Wut drauf, daß ich nie Dubonnet trinke! Jedesmal, wenn ich in der Straßenbahn an einem Plakat vorbeifahre, sage ich mir: ›Du, Monsieur Dubonnet, wirst mich nicht als Kunden bekommen, du ärgerst mich zu sehr!‹ Denn manchmal verfolgt mich dieses Dubo Dubon nachts, wenn ich nicht schlafen kann. Und das versetzt mich in einen furchtbaren Zorn. Dabei ist Dubonnet ein sehr guter Likör. Um nun auf Argentinien zurückzukommen, ich bin dort beliebt, weil ich sie zum Lachen bringe, ich bin 'ne Betriebsnudel und rede gern. Ich stelle ihnen Scherzfragen und gebe Kalauer zum besten! Und deshalb vergöttern sie mich. Oh, wenn Sie mich im Abgeordnetenhaus sehen könnten, kaum steige ich auf die Rednertribüne, machen sich die Abgeordneten schon naß vor Lachen und klatschen mir so laut Beifall, daß ich nie ein Wort anbringen kann. (»Was für eine Welt!« dachte Comte de Surville.) Aber ich rede zuviel von mir. Ich würde besser daran tun, von meinem Kollegen zu reden.

(Er gab Jérémie einen Klaps.) Ihm fehlt etwas. Haben Sie die Anspielung verstanden? Wir mögen *sie* sehr in Argentinien, weil wir für die Gewissensfreiheit sind. (Verlegenes Lächeln des Comte de Surville.) Und so wie er vor Ihnen sitzt, ist er Justizminister gewesen! Er ist zwar schweigsam, aber furchtbar, wissen Sie. Man nennt ihn das Torpedoboot des Parlaments. Hüten Sie sich vor ihm, er sagt zwar nichts, wissen Sie, er hört Ihnen zu, und dann flutsch, ein Pfeil im richtigen Augenblick! Oh, ich weiß genau, daß wir nicht distinguiert sind, Mann! Trotzdem bleiben die Distinguierten Beamte und ich bin Minister! Sic!« (In seinem Einfallsreichtum glaubte Scipion, das Wort »sic« auszusprechen unterstreiche gewissermaßen einen Witz und dieses seltsame Wort habe eine geheimnisvolle komische Wirkung.)

Er stand auf, plötzlich von Begeisterung ergriffen. Der Portwein war köstlich, und er war Minister! Nach einigen schnellen Torerowendungen trällerte er vor dem Comte de Surville, der mit den Wimpern zuckte, und vor dem armen Jérémie, der mit den Zähnen klapperte, eine Kantilene, wobei er imaginäre Kastagnetten gegeneinander schlug.

Ich bin der König der Pampa
Liebling der Schönen mit viel trallala
Der Pampa!
Ah, ah, ah!

Er war besoffen, er wußte es, doch er konnte nicht dem Wunsch widerstehen, den Schrecklichen zu spielen. Er hatte so viel getrunken, daß ihm sogar die Guillotine erträglich erschien. Comte de Surville legte dem Herrn Minister nahe, daß, wenn er sich leidend fühle, Sir John ihn morgen empfangen könne?

»Leidend, ich?« sagte Scipion mit drohenden Blicken. »Kümmern Sie sich um Angelegenheiten, die Sie was angehen. Ich bin genauso solide wie eine Schiebebühne. Los, fragen Sie mich mal ein bißchen über Politik aus. Sie werden schon sehen!«

»Sie wissen sicherlich, Herr Minister, daß mein Kollege von der juristischen Abteilung in Urlaub ist und daß ich mit der Vertretung beauftragt bin. Das heißt also, Herr Minister, daß ich mit Dankbarkeit einige Angaben über die Haltung entgegennehmen würde, die Ihr edles Land . . .«

»Lassen Sie mich in Frieden, Adhémar«, stöhnte Scipion zärtlich, der das sehr sanfte Gefühl hatte, daß seine Arme unendlich lang wurden.

Er bemächtigte sich der Portweinflasche, doch Jérémie nahm sie ihm aus den Händen, ohne aufzuhören, mit den Zähnen zu klappern, denn er wußte genau, wo und wie ihre Geschichte enden würde.

»Monsieur Adhémar, hätten Sie offen zu mir gesprochen, dann hätte ich Ihnen sofort, das Herz auf der Hand, alles erklärt! Aber die geschickte Tour, die mag ich nicht. Außerdem habe ich einen Pik auf Sie, weil niemand unten war, um uns zu empfangen, als wir gekommen sind, kein Gesangverein, nicht einmal das kleine Mädchen mt dem Blumenstrauß. Mein Gott, wenn ich bedenke, daß in Argentinien alles voller Fahnen ist, wenn ich vorbeikomme! Und hier nichts, wie Vagabunden! Aber mein Gott, in Argentinien, wenn ich da in einen Laden gehe, um mir eine Schachtel Streichhölzer zu kaufen, haben sie immer den Triumphbogen bereitstehen. Und kaum sehen sie mich ankommen, schwupp, stellen sie ihn auf!«

»Glauben Sie mir, daß ich untröstlich bin.«

»Denn wir, die Kinder der Revolution, und der argentinischen Revolution«, spezifizierte er mit drohendem und ungewissem Zeigefinger, »wir sind schrecklich, wissen Sie. Eine Unhöflichkeit, drei Revolverschüsse! Tarif! Aber ist Ihnen überhaupt klar, daß ich Minister bin? Sagen Sie es noch einmal, damit ich sehe, ob Sie es gut sagen.«

»Bevollmächtigter.«

»Sehr gut. Dabei ist es ein schwieriges Wort. Sie haben

Bildung. Aber ich sage es auch gut. Und wenn Sie es mich auf argentinisch sagen hörten, Sie würden es genießen! (Zärtlich:) Ohne Ihnen befehlen zu wollen, Monsieur Adhémar, ich habe meinem Kollegen von der Justiz etwas Vertrauliches zu sagen.«

Er zog Jérémie mit in den hinteren Teil des Arbeitskabinetts, in die Nähe des Fensters.

»Du bist die Schande Argentiniens. Er nimmt sich in acht, weil du dich verhältst wie jemand, der sich nicht wohl fühlt in seiner Haut. Mach mir die Freude und sprich mit ihm. Und zwar lustig! Wenn du ihn zum Lachen bringst, lasse ich dich gehen, und den großen Chef werde ich dann allein aufsuchen. Kuckuck, Monsieur Adhémar, wir sind fertig!«

Großmütig und einschmeichelnd sagte er ganz leise zu Comte de Surville, daß er gut daran tun würde, ein wenig mit seinem Kollegen zu reden.

»Weil, er schämt sich nämlich, daß Sie kein Wort zu ihm sagen.« (Herzlicher und verständnisinniger Stoß mit dem Ellbogen.)

»Dann ist also der Republik Argentinien das Leid widerfahren, ihren Präsidenten zu verlieren«, begann Comte de Surville und wandte sich an Jérémie.

»Ja, es war sehr amisant«, antwortete Jérémie, der nichts verstanden hatte, der aber entschlossen war, lustig zu sein, um sich aus dem Staub machen zu können.

»Verzeihung?«

Scipion spürte, daß er die Situation retten mußte.

»Dazu muß gesagt werden, daß unser verehrter Präsident als Leiche ein bißchen komisch war. Deshalb haben wir gelacht.«

»Bei der Beerdigung?«

»Das ist in Argentinien so Sitte. Bei Beerdigungen wird immer gelacht. Andere Länder, andere Sitten. Die Bevölkerung lachte sehr, als sie den Leichenwagen vorüberfahren sah. Selbst die Totengräber und der Pfarrer bogen sich vor Lachen. Sie konnten nicht mehr gehen, so mußten sie lachen. Unsere Art, unseren Schmerz zu verbergen.«

Jérémie zerbrach sich den Kopf, um etwas Amüsantes zu sagen zu finden.

»Ich wärde ein klaines Spiel machen«, schlug er freundlich vor. »Ich gäbe Ihnen zehn Pistassien, Här Direktor.«

Und er holte zehn gesalzene Pistazien aus der Tasche.

»Und was muß ich tun?« fragte der Direktor, ziemlich befangen, aber gleichwohl bemüht, ein heiteres und teilnehmendes Gesicht zu machen.

»Und jetzt gäben Sie mir ein Schwaizer Finffrankenstück. Danke, Här Direktor, hier Pistassien.«

»Und worin besteht das Spiel?« fragte der Graf und betrachtete die Pistazien in seiner Hand.

»Es besteht darin, daß ich die finf Franken behalte«, sagte Jérémie mit einem strahlenden Lächeln.

»Und dann?«

»Dann fangen wir von vorn an. Es ist ein kleines Spiel aus Argentinien. Um die Laite zum Lachen zu bringen.«

Aber Comte de Surville lachte nicht. Dennoch fand er die Kraft zu sagen, daß es in der Tat ein merkwürdiges Spiel sei.

»Ja, Här Direktor«, sagte Jérémie gütig, nachdem er den Schweizer Taler in seiner Tasche untergebracht hatte.

Der hohe Beamte legte die Pistazien auf den Schreibtisch, richtete sein Monokel, um seinem Blick die kritische Kraft zu geben, die ihm fehlte, und betrachtete die beiden Delegierten. In seinem nicht sehr geräumigen Hirn hatte sich seit dem Bericht über das seltsame Leichenbegängnis des Präsidenten der Republik Argentinien der Zweifel eingenistet. In diesem Augenblick kam ein Amtsbote herein und sagte, daß der Untergeneralsekretär die argentinische Delegation erwarte.

»Ich fühle mich nicht sehr wohl«, sagte Scipion. »Ich gehe aufs Örtchen und komme dann zurück.«

Zähneklappernd und blaß ging er hinaus, suchte den

Weg der Freiheit, fand ihn nicht, irrte von Flur zu Flur, wobei er sich an Orientierungspunkte hielt, um nicht allzu sehr zu schwanken. Einige Minuten später lief ihm Sundar über den Weg, der melancholische Inder, den die Beamten das Phantom von Benares nannten. Dieser sanfte und fette junge Mann mit dem aschfarbenen Gesicht, Neffe eines indischen Delegierten, schlenderte seit fünf Jahren in den Fluren des Sekretariats des Völkerbunds herum. Man begegnete ihm von morgens bis abends, wie er lächelte, in den verschiedenen Stockwerken umherschweifte und schwebte. Er versteifte sich mit einer so sanften Dickköpfigkeit darauf, daß man nicht einmal daran dachte, ihm Vorwürfe zu machen oder ihn um eine Scheinarbeit zu bitten. Er störte niemanden und wollte von niemandem gestört werden. Als vorbildlicher Beamter kam er pünktlich an, drehte während der vorschriftsmäßigen sieben Stunden seine Traumrunde und ging pünktlich wieder.

Da er zu allen, Bekannten und Unbekannten, sehr höflich war, zeigte er Scipion freundlich seine strahlenden Zähne und setzte, die Hände in den Taschen, seine ewige Wallfahrt fort, traurig lächelnd und voller Höflichkeit die Kollegen grüßend, die er auf seinem Weg traf. (Dieses umherirrende Gestirn unterbrach seine Bahn nur am zwanzigsten eines jeden Monats. An diesem feierlichen Tag nahm er an der Kasse seine schönen Schweizer Banknoten in Empfang. Dann nahm er mit dick gefüllten Taschen sein sanftes Umherirren wieder auf, bis zum zwanzigsten Tag des nächsten Monats.)

Ermutigt von diesem Lächeln, fragte Scipion Sundar, wo der Ausgang sei. Der nette Asiate gab ihm mit ganz besonderer Liebenswürdigkeit Auskunft. Alles, was mit dem Ausgang zu tun hatte, gefiel ihm. Er sympathisierte mit denen, die wegzugehen wünschten.

Am Bahnhofsschalter löste Scipion eine Fahrkarte nach Marseille, wobei er sich einen Schuft schimpfte. Im Abteil schneuzte er sich und dachte dabei an den armen Jérémie, den er feige im Stich gelassen hatte.

»Es ist abscheulich. Ich, der ich in der Regel soviel Mut besitze.«

Und er meditierte traurig über dieses Geheimnis. Kurz vor Bellegarde heiterte er sich wieder auf und begann einer jungen Angehörigen der Heilsarmee die Geschichte von dem Hai zu erzählen, den er hypnotisiert hatte, dann die von dem Tiger, den er erwürgt hatte, und schließlich die von dem zärtlichen Kaiman. Was ihn dann endgültig tröstete, war die Beschreibung, die er von seiner imaginären Knoblauchschokoladenfabrik gab.

»Aber die Arbeiterinnen lassen mich nicht in Ruhe. Kaum komme ich rein, raus mit den Lippenstiften, um sich die Lippen anzustreichen!«

XXVI

Während Salomon den entsetzlich tief schlafenden Eisenbeißer schüttelte, brachte Saltiel Ordnung in sein Zimmer. Nachdem er die Stühle rund um den Tisch herum aufgestellt hatte, was offiziell wirkte, zog er seinen schönsten Bratenrock an, schlüpfte in seine Schnallenschuhe, machte seinen Schopf aus feinen weißen Haaren naß, bearbeitete ihn sorgfältig, was darin bestand, ihn so aufrecht wie möglich zu halten, betrachtete sich im Spiegel mit einem Ernst, der einem Antisemiten Tränen entlockt hätte. Dann wartete er, die Hände hinter dem Rücken gefaltet.

Da die Freunde lange auf sich warten ließen, probierte er vor dem Spiegel verschiedene politische Haltungen aus. Erstens, Hand hinter dem Nacken. Nein, das war wirklich nicht sehr imponierend. Zweitens, eine Hand an der Brust, während die andere ein zusammengerolltes Blatt Papier hielt, wie die Statuen der großen Männer. Nicht schlecht. Drittens, die Hand beschirmend an der Stirn, um die Augen zu schützen, die ein Schlachtfeld betrachteten. Viertens, verschiedene militärische Grüße.

Es klopfte. Er steckte drei Finger zwischen zwei Knopflöcher seiner geblümten Weste.

»Vorwärts!« rief er mit verjüngter Stimme. »Einer hinter dem andern und schweigend«, befahl er der tapferen Truppe, die ins Zimmer eindrang. »Halt!«

Die Tapferen blieben reglos vor dem stehen, der eine wichtige Neuigkeit für sie hatte und der mit der Selbstsicherheit von einst den durchdringenden Blick des Adlers auf seine Truppen richtete.

»Salomon, deine Jacke ist aufgeknöpft. Knöpf sie zu. (Salomon führte den Befehl prompt aus.) Mattathias, deinen Enterhaken in die Fluchtlinie. Michael, deine Gitarre ist fehl am Platz. (Michael legte das Musikinstrument, dem er dennoch wie aus Versehen einige Töne entlockte, auf den Kamin.) Danke. Meine Herren, nehmt Platz. (Die

Tapferen gehorchten.) Meine Herren, aufstehen. (Die Tapferen leisteten Folge.) Meine Herren, zuerst den Gruß nach Art der Tapferen.«

»Es lebe Frankreich!«

»Und jetzt, meine Herren, wollen wir dem Herrn Dank sagen.«

Die Tapferen geboten ihren Augäpfeln eine Kehrtwendung, und mit weißen Augen dankten sie dem Ewigen für die Neuigkeit, die sie noch nicht kannten. In der Stille klopften die Herzen, und Saltiel atmete mühsam.

»Meine Herren, vier oder fünf Dutzend Jahrhunderte sehen euch an. Meine Kinder. (Er konnte nicht mehr, war zu aufgeregt. Dennoch fuhr er mit erstickter Stimme fort.) Freunde, das Reich Gottes ist wieder auferstanden. (Er schluckte das bißchen Speichel herunter, das ihm noch blieb, und seine Hand drückte an seiner Kehle, um sie vom Krampf zu befreien.) Und ich bin sein Oberhaupt. Ich wußte genau, daß ich ein großer Mann bin. Meine Herren, meine Karriere beginnt in meinem siebzigsten Lebensjahr.«

Und er betrachtete seine Freunde mit herausfordernder Miene. Er hätte sie gern umarmt, aber es war nicht die rechte Zeit für Gefühle, die eines Führers unwürdig sind. Das verlegene Schweigen, das auf die erstaunliche Erklärung folgte, kränkte Saltiel. Der Ärmste hatte Schreie, Tränen, Vivatrufe erwartet, die er gemäßigt hätte, Kniefälle und Handküsse, die er nobel abgelehnt hätte. Mattathias führte seinen Enterhaken über seinen roten Bocksbart spazieren, steckte ihn dann in den Halsausschnitt und kratzte sich damit den Rücken.

»Saltiel«, sagte er schließlich, »hast du keine Kopfschmerzen und möchtest du dich nicht ins Bett legen?«

Saltiel konnte, obgleich es auf Kosten seiner Würde ging, ein kleines sarkastisches Lächeln nicht unterdrücken.

»Vielleicht wirst du dich ins Bett legen, Mattathias, wenn du die Neuigkeit erfährst. O meine Freunde, o Pupillen meiner Augen, so erfahrt denn, daß ich es nur meinem starken Willen und meiner großen Energie verdanke, daß ich beim Lesen dieses Telegramms nicht gestorben bin. Doch genug der Reden über intime Fragen. Aufstehen, meine Herren, denn ein solches Dokument kann nicht anders angehört werden. Und zuerst, meine Herren, ein Gebet für die Gesundheit eines der größten Männer in Israel, Doktor Chaim Weizmann. (Was getan wurde.) Und jetzt, meine Herren, werde ich euch vorlesen, aber eher leise, denn deutsch-polnisch-ungarisch-rumänische Ohren hören uns vielleicht zu.«

Er stieg auf einen kleinen Schemel, um sich größer zu machen, und las mit verschiedenen Gebärden das Telegramm vor, dessen sublimen Text wir hier wiedergeben.

»erfahre ihre anwesenheit in genf stop bin auf grund entscheidung britischer regierung insgeheim präsident provisorischer jüdischer republik ernannt worden stop und hurra diese nachricht wird in einigen tagen veröffentlicht stop notwendig nicht in innere kämpfe verwickelte persönlichkeit zum ministerpräsidenten zu wählen stop dankbare erinnerung an ihre zahlreichen briefe bewahrend und ihr politisches genie bewundernd und die gelegenheit ihrer anwesenheit in genf beim schopf ergreifend ernenne ich sie« (Saltiel, als Theatermann, hielt inne, wischte sich das Gesicht ab, schloß die Augen. Vor Aufregung waren zwei Tapfere grün geworden, ein dritter gelb. Der letzte, Salomon, war scharlachrot. Was Saltiel anging, so war er weißer als das Blatt Papier, auf das ich mit äußerster Freude schreibe, denn im Augenblick höre ich ein spanisches Volkslied. Als er endlich fand, daß das Schweigen ausreichend gewirkt hatte, las Saltiel weiter:) »ministerpräsident jüdischer republik«

Er legte die Blätter auf den Tisch, kreuzte die Arme und richtete einen rechtschaffenen und stolzen Blick auf seine

Freunde. Salomon brach auf einen Schlag zusammen. Mattathias setzte sich, und seine Ohren kreisten. Michael stieß ein Gebrüll aus und küßte die Hand Saltiels, der nicht umhin konnte, ihm seinen Segen zu geben. Dann glaubte der kleine Onkel sich in edle Überlegungen stürzen zu müssen, den Blick verloren in die Ferne des Zeitalters und der Räume gerichtet.

»Die Fortsetzung!« flehte Eisenbeißer.

Saltiel nahm die Blätter wieder zur Hand, wischte sich die Stirn ab und las weiter.

»und beauftrage sie folglich ministerium zu bilden mit empfehlung zum völkerbund zu galoppieren um riesengroßes territorium zu erhalten stop wenn sie erfolg haben werde ich sie in ihren funktionen bestätigen und ihnen verschiedene geldmittel schicken stop wenn scheitern sich bitte als entlassen betrachten zu wollen und still nach kephalonia zurückkehren stop aufrichtige politische zionistische grüße doktor weizmann und als postscriptum setzen sie sich in verbindung mit zionistischer vertretung genf der ich per luftpost geschrieben habe ihnen dringend befehlend ihnen dokumentation zu geben zur vollendung ihrer historischen mission stoppen seien sie stark stoppen fünfzig jahrhunderte sehen sie streng an stoppen von neuem ihr nur bei enger freundschaft mit vornamen unterschreibender chaim doktor chemiker erfinder großer erfindungen die während des krieges england große chemische dienste geleistet haben«

Als er fertig war, legte Saltiel seine Hände hinter den Rükken und inspizierte seine alte Garde.

»Der Stil ist von größer Schönheit«, erklärte Eisenbeißer, »dabei bleibe ich gegenüber jeder in der Regel x-beliebigen Person, sei sie privat oder öffentlich, mit allen rechtlichen Mitteln. Alle diese ›stoppen‹ sind wunderbar und verraten den Tatmenschen. Und jetzt keine Zeit verlieren und bilden wir das Ministerium! Ich melde mich als Bewerber und schlage mich zum Vice-Ministerpräsidenten sowie zum Justiz- und Handelsminister vor!«

Die Ohren des Einarmigen hörten auf zu kreisen.

»Einen Augenblick«, sagte er. »Wer sagt uns, daß das Telegramm echt ist?«

»Aber auf dem kleinen Streifen steht doch gedruckt, daß es aus Jerusalem kommt!« sagte Salomon, empört über diese Skepsis, die geeignet war, dem Onkel die Freude zu verderben.

»Mattathias hat nicht unrecht«, sagte Eisenbeißer mit bescheidener Stimme. »Wer sagt uns, daß es wirklich Doktor Weizmann ist, möge er lange leben und ich auch, der dieses Telegramm geschickt hat? Jeder x-beliebige Witzbold aus Jerusalem hätte es schicken können!«

Saltiel nahm das Telegramm, las es noch einmal durch, und sein Gesicht heiterte sich auf.

»Es ist echt, meine Herren! Da ist etwas, das ihr nicht bemerkt habt! Ich habe es bemerkt!«

»Ihnen entgeht nichts, Onkel«, machte Salomon. »Sagen Sie es schnell, damit die Schlangen schweigen!«

»Also, meine Herren. ›Setzen sie sich in verbindung mit zionistischer vertretung genf der ich per luftpost geschrieben habe‹. Er hat ihnen geschrieben, meine Herren!« machte er und schlug so stark auf die Blätter des Telegramms, daß sie an verschiedenen Stellen einrissen. »Nun, der zionistische Vertreter in Genf ... Schließ das Fenster, Salomon, damit unsere Beratungen geheim bleiben. (Doch Salomon wagte es, nicht zu gehorchen, so begierig war er, die Fortsetzung der Schlußfolgerung zu kennen.) Nu, sagte ich, der zionistische Vertreter von Genf kennt das Briefpapier und vor allem die Unterschrift des lieben Doktors! Also ist der Brief, von dem in diesem Telegramm die Rede ist, echt! Und folglich das Telegramm auch!«

Und Salomon, vor Glück außer sich, schloß die Fäuste, gebot ihnen eine Rotationsbewegung unter dem Bocksbart

Mattathias', dann unter dem zweigeteilten Bart – beide Flügel schwarz – Eisenbeißers, dem anderen Skeptiker und Verhinderer guten Regierens. Ehrlich gesagt erklärte sich Eisenbeißer sofort und sehr loyal für besiegt.

»Ich werde erst überzeugt sein«, sagte Mattathias, »wenn wir über den Draht des Geheimnisses mit dieser zionistischen Vertretung gesprochen haben. Es gibt ein dickes Buch, in dem alle Nummern stehen.«

»Hör auf mit deinen Erklärungen, von denen die wirklich Kompetenten Zahnschmerzen bekommen«, sagte Eisenbeißer, »und komm mir nicht mit Dingen, die ich schon vor meiner Geburt wußte. Los, meine Herren.«

Sie stürzten sich alle in den Flur, wo sich das Telefon befand. Eisenbeißer sah im Telefonbuch nach, wählte die Nummer, fragte, ob am andern Ende der Strippe der zionistische Vertreter sei. Die Antwort war bejahend.

»Der weise und auserwählte Mann, der geschätzte Saltiel, der nur die Besten aussucht, wird Ihnen die Gunst antun, mit Ihnen zu sprechen. Sag hallo«, flüsterte er Saltiel zu, »andernfalls geht der Apparat aus.«

»Hallo«, sagte Saltiel ganz aufgeregt, mit einer so hohen Persönlichkeit zu sprechen.

Doch sein Ton wurde sofort fester, denn er hatte sich gerade daran erinnert, daß dieser Mann im Grunde einer seiner Untergebenen war. Das Gespräch war ziemlich lang, und Saltiel faßte es für seine Freunde zusammen, die von neuem rund um den Tisch versammelt waren.

»Ja, meine Herren, das zionistische Büro beim Völkerbund weiß Bescheid. Tatsächlich haben sie gestern durch die Luft einen völlig eigenhändig geschriebenen Brief des edlen Doktor Weizmann aus Jerusalem erhalten. Und der zionistische Vertreter war gerade im Begriff, sich superluxuriös anzuziehen, um herzukommen und mir seine Aufwartung zu machen.«

»Wir werden die Zionisten sehen!« schrie Salomon, verrückt vor Freude.

»Nein, ich habe ihm gesagt, er solle seinen Besuch auf später verschieben. Das Ministerium ist noch nicht gebildet, und ich möchte nicht, daß sie einer Diskussion beiwohnen, die vielleicht stürmisch sein wird. Wir müssen unser Prestige wahren, und außerdem ist es besser, wenn sie sich nicht allzu sehr in die Angelegenheit einmischen, damit die Ehre des Erfolgs allein auf uns zurückfällt.«

»Und wozu brauchen wir, wir Juden der Sonne und der beredsamen und ritterlichen guten Laune, wir Juden des Meeres und der eleganten Manieren, Nachkommen der berittenen Juden Spaniens, die in Seide gekleidet waren und Dolche, Schleifen, Rosen und Degen trugen, wozu brauchen wir diese polnischen Juden mit dem Unglückskauderwelsch, diese Esser kalter Karpfen, möge der Himmel sie zermalmen und ihre Nasen voller Flöhe und ihre Papierwickel dazu!« rief Eisenbeißer.

»Eisenbeißer!« sagte Saltiel streng, »du wirst vielleicht – ich weiß es noch nicht, ich habe noch keine Entscheidung getroffen – du wirst vielleicht eine ziemlich wichtige Stellung einnehmen. Mäßige also deine Ausdrucksweise und gib ihr diese weise und konziliante Wendung, die dem Politiker eigen ist. Die Polaken-Juden sind unsere Brüder, vergiß das nicht. Und wenn das Unglück sie weniger gelungen geschaffen hat als uns, dann ist es nicht ihre Schuld.«

»Ich bin Realist«, sagte Eisenbeißer. »Wenn sie unglücklich sind, dann haben sie eben Pech gehabt! Ich würde meine Tochter lieber einem Deutschen geben als diesen Juden aus der Kälte, die aus der Verbindung des Affen und der fliegenden Laus Litauens entstanden sind. Sie lächeln schmierig und zeigen einem ständig Fotos von ihren Kindern. Und ihre Art, das Französische auszusprechen, verdient die Guillotine! Außerdem ist bekannt, daß sie Schwielen an den Füßen haben. Zudem sprechen sie deutsch. Glaubst du, daß man zur Zeit von König David deutsch sprach? Sobald ich das Justizministerium habe, werde ich sie alle ins Gefängnis werfen lassen oder besser nein, ich werde sie in Ketten legen lassen, und dann werden sie für uns arbeiten, für uns auserlesene Juden der sephardischen Rasse, freundliche Französischsprecher. Die polnischen Juden widern mich an mit ihrer Art zu reden. Wenn ich höre, wie sie das Hebräische auf ihre Weise aussprechen, kommt mich die Lust an, ihnen die Aubergine abzuschneiden, die sie mitten im Gesicht haben, oder meinem Freund Hitler ein Glückwunschtelegramm zu schicken.«

»Raus hier, du niederträchtiger Mensch! Und erwarte kein Ministerium von mir!«

»Also gut, ich nehme das Telegramm zurück, und ich gebe zu, daß Hitler keineswegs mein Freund ist. Kurzum, Beeilung, Beeilung!«

»Einen Augenblick«, sagte Mattathias.

Um besser nachdenken zu können, steckte er seinen kleinen Finger ins Ohr und schüttelte ihn heftig, was Salomon spucken ließ.

»Also«, sagte er. »Wie kommt es, daß Doktor Weizmann ausgerechnet an dich gedacht hat? Zum Teufel, es gibt Rothschilds in der ganzen Welt, es gibt Männer, die bekannter sind als du.«

»O du Nagewurm!« rief Eisenbeißer. »O du Ministeriumsverhinderer, halt mal ein bißchen den Rand! Warum verdirbst du uns so unsere beherrschende Stellung, und welche Freude findest du dabei, o kalter Urin, deinen Kehrricht auf unserem Rosenteppich auszubreiten?«

»Soll ich ihn rauswerfen, Saltiel?« fragte Michael.

Der Onkel hob voller Würde den Arm und beruhigte die Aufgebrachten.

»Meine Herren«, begann er mit geheuchelter Sanftmut, »der Neid ist ein Gefühl, das manche Zukurzgekommenen empfinden, und wir sollten eher Mitleid mit ihnen haben, als uns darüber zu ärgern. So wisse denn, o du Knirps«, sagte er melodisch zu Mattathias, »o du Mensch mit der größten Galle, o du Gifttasche, o du nur dem Bösen zugewandte Überlegung, so wisse denn, o du gelbe, echte Zitrone der üblen Nachrede, o du Nachkomme des Kehrichts und Abkömmling der Latrinen, so wisse denn, o du Basilisk, daß ich seit zwanzig Jahren einen aktiven Briefwechsel mit Doktor Weizmann führe und daß kein Monat vergeht, in dem ich ihm nicht Ratschläge schicke.«

»Aktiver Briefwechsel«, brummte Mattathias. »Aktiv deinerseits, denn er antwortet dir nie.«

Saltiel wurde rot.

»Zweimal hat er mir geantwortet.«

»In zwanzig Jahren«, sagte Mattathias. »Und jedesmal nur ein paar Worte.«

»Aber was waren das für Worte, o du Affenhintern?« fragte Eisenbeißer. »Erinnerst du dich nicht an den Text des ersten Briefes? ›Ich danke Ihnen für Ihren Brief, den ich mit dem größten Interesse zur Kenntnis genommen habe.‹ Was willst du noch mehr?«

Saltiel stemmte die Faust in die Hüfte und straffte die Waden.

»Und zudem, o du Fabrik für gelbe Farbe«, fuhr Eisenbeißer fort, »weißt du etwa nicht, daß Saltiel alle möglichen Erfindungen erfunden hat?«

»Einen Hammer mit einem automatischen Nagelverteiler!« sagte Salomon.

»Der, sobald man einmal zugeschlagen hat, einen neuen Nagel heranbringt, den man nur noch einzuschlagen braucht«, vervollständigte Saltiel.

»Und die Spritze gegen den Nebel!« rief Eisenbeißer. »Und die Bremse für Kinderwagen, die die Räder blokkiert, sobald man den Wagen losläßt! Und die Tinte, die sofort trocknet! Alle diese Wunder sind aus dem rauchenden Kopf des neuen Führers der Hebräer gekommen!«

Saltiel drückte Eisenbeißer, dessen politische Karriere von nun an gesichert war, die Hand.

»Ja, aber woher hat Doktor Weizmann die Adresse Saltiels in Genf gewußt?« fragte Mattathias.

»Der Zionist, mit dem ich telefoniert habe, hat mir gesagt, er habe durch seine Spione erfahren, daß ich in diesem Hotel bin und, die Bewunderung des lieben Doktor Weizmann für mich kennend, habe er ihm sogleich telegrafiert.«

»Die Sache ist also klar«, rief Eisenbeißer, »und laß uns jetzt in Frieden, Mattathias! Zum Teufel, laß uns Minister werden, du kleingläubiger Mensch!«

»Trotzdem«, sagte Mattathias, »finde ich diesen Doktor Weizmann leichtfertig, daß er so viele Geschichten wegen Saltiel macht, der im Grunde ein Unbekannter ist, trotz seiner Erfindungen, die niemand gewollt hat.«

»Ich bin ein Unbekannter, ich? Aber weißt du denn nicht, daß ein ganzes Buch mit dem Titel ›Solal‹ über mich geschrieben worden ist mit meinem eigenen Namen und daß der Schriftsteller dieses Buches ein Cohen ist, dessen seltsamer Vorname Albert ist. Und daß dieser Albert, geboren auf der Insel Korfu, einer Nachbarin der unseren, der Enkel des Synagogenältesten der Gemeinde von Korfu ist, der beinahe meine Mutter geheiratet hätte, so daß dieser Albert gewissermaßen ein Verwandter von mir ist! Weiß du nicht, daß man mich in allen Ländern der Welt und sogar in Ceylon, o Mattathias, dank dieses Buches sympathisch findet, und hast du es nicht gelesen?«

»Ich habe das Buch gelesen, und es gefällt mir nicht«, sagte Mattathias.

»Aber mir gefällt es!« sagte Salomon. »Zorn und Wut, mir gefällt es! Außer daß es da eine Seite gibt, wo eine Dame ganz nackt ist. Aber diese Seite habe ich zerrissen.«

»Meine Herren«, sagte Eisenbeißer, »verlieren wir keine Zeit mit Romanen! Es geht hier nicht um Romane, sondern darum, zum Völkerbund zu laufen! Der Onkel ist bekannt, das ist eine Tatsache, und ich auch. Und ich werde noch bekannter, weil ich Außenminister werde.«

»Nein«, sagte Saltiel, »schon besetzt. Das Außenministerium behalte ich mir vor. Laßt uns handeln und das jüdische Ministerium bilden. Trefft eure Wahl, meine Herren.«

»Zuvor«, sagte Eisenbeißer, »schlage ich vor, daß wir das Wort jüdisch definieren. Gibt es ein jüdisches Volk?«

Ich habe nicht die Zeit, die Peripetien bei der Bildung des Kabinetts zu erzählen. Ich beschränke mich darauf zu sagen, daß sich Onkel Saltiel den Löwenanteil sicherte und sich – nach dem Beispiel mancher seiner europäischen Kollegen – fünf Ministerien aneignete. Die Freunde protestierten, aber er, unerschrocken, stellte die Vertrauensfrage, behauptete trotz aller Proteste, daß es keine Opposition gäbe und daß er seiner eigenen Kandidatur zustimme. Eisenbeißer wurde zum Justizminister ernannt. Der Wettbewerb wurde besonders heftig, als man zum Finanzministerium kam. Schließlich fiel es Mattathias zu, unter dem von Eisenbeißer durchgesetzten Vorbehalt allerdings, daß Mattathias abends die Schlüssel der Kasse abgab. Michael sagte, daß er sich damit begnügen werde, den Schlaf Saltiels zu bewachen und der Chef seiner Privatgarde zu werden, die blau und golden gekleidet wäre. Was Salomon anging, so erklärte er sich für unzuständig und sagte, er habe einen zu schwachen Kopf, um Minister zu werden. (Sein Ideal war es, Kellner zu werden, »der Wichtige, der, der ausschenkt«. Aber er wagte es nicht, diese vulgäre Vorliebe einzugestehen.) Saltiel bestand herzlich darauf, bot seinem Liebling das Hygieneministerium an. Dieses Wort erschreckte Salomon, der, den Finger in der Nase, in aller Bescheidenheit eingestand, daß er die Bedeutung dieses Wortes nicht kenne.

»Düfte Arabiens«, erklärte Eisenbeißer.

Am Ende wurde Salomon zum Kriegsminister ernannt, mit dem Versprechen eines eisernen Säbels, eines Federbuschs und eines lebendigen Pferdes.

»Und was soll ich auf dem Pferd machen?«

»Nichts«, antwortete Saltiel.

»Sehr gut«, sagte Salomon.

»Du wirst jede Woche zur Bank von Jerusalem reiten«, sagte Eisenbeißer, »und man wird dir zwei Pfund Sterling geben. Du wirst vor dem Kabinett des Onkels zu Pferd sitzen, und wenn er vorbeikommt, läßt du den Säbel schillern.«

»Aber ein ruhiges Pferd«, sagte Salomon, »das sich nicht bewegt, denn ich bin nicht scharf darauf herunterzupurzeln. Mittags gehe ich Hühnchen essen. Dann mache ich eine schöne Siesta bis fünf Uhr, und hinterher komme ich wieder zum Schillern.«

»Das sind Einzelpunkte«, sagte Saltiel und setzte den für die erhabenen Gelegenheiten vorgesehenen behaarten Zylinder auf. »Welches werden die allgemeinen Richtlinien unserer Politik sein?«

»Allianz mit England!« rief Eisenbeißer.

»Und mit Frankreich!« legte Michael nahe.

»Hat den Zuschlag«, sagte Saltiel. »Und dann?«

»Kriegserklärung an Deutschland und allgemeine Befreiung vom Militärdienst«, schlug Salomon vor.

»Ich stimme nur dem ersten Punkt zu, Herr Kriegsminister.«

»Einverstanden«, sagte Salomon. »Aber trotzdem kein Krieg.«

»Nein, die Kriegserklärung wird genügen«, sagte Saltiel.

»Wir werden Rothäute für unsere Armee anwerben. Die sind furchterregend«, sagte Eisenbeißer. »Und was die Deutschen angeht, so werden wir ihnen einen anonymen Brief mit Verwünschungen schicken.«

»Und sonst, meine Herren?«

»Keine Steuern für Minister«, sagte Mattathias.

»Ich lehne das diktatorisch ab«, sagte Saltiel.

»Eine Rente für Waisen und Witwen«, schlug Salomon vor.

»Einverstanden«, sagte Eisenbeißer. »Und eine höhere Rente für Väter mit drei Kindern.«

»Einen Gold-Hengst«, sagte Mattathias.

»Was ist das?« fragte Salomon.

»Ein großes Pferd ganz aus Gold, das in die Keller der Bank kommt«, erklärte Eisenbeißer. »Je fetter es ist, um so besser ist der Wechsel. Außerdem alle Minister in Stiefeln. Aber ist Salomon überhaupt mutig genug, um Kriegsminister zu werden? Wodurch bist du befähigt, Winzling?«

Der kleine Liebling hatte sich schon an sein Pferd, an seinen Säbel, an seine Rothäute gewöhnt. Er dachte nach. Was konnte er in bezug auf Mut vorbringen? Einer seiner Großväter hatte zwar die Stiefel eines bulgarischen Offiziers gewichst, aber er spürte, daß das nicht reichte. Endlich fand er etwas.

»Einmal hat ein griechischer Polizist zu mir gesagt, ich sei ein niederträchtiger Jude. Und ich habe ihm respektlos geantwortet: ›Ich bin nicht Ihrer Meinung, Herr Polizist!‹«

»Und was hat er gesagt?«

»Ich weiß nicht«, antwortete Salomon, »er war schon weit weg.«

»Warum?«

»Weil ich auch ein bißchen weit weg war.«

Eisenbeißer führte seinen Dienstgrad als Gefreiter an, holte eine Medaille hervor, von der er behauptete, es sei ein Militärorden, die aber nichts anderes war als ein Souvenir aus Lourdes, ein Geschenk Scipions.

»Salomon bleibt Kriegsminister«, sagte Saltiel. »Exzellenz, an meine Seite. (Salomon grüßte militärisch, schlug die Absätze zusammen und ging dann, sich in den Hüften wiegend, zum Regierungschef, zu dessen Rechter er sich aufstellte, die Arme brav gekreuzt.) Meine Herren, handeln wir mit der Schnelligkeit des Zebras und gehen wir zu den wichtigen Dingen über. Welches ist die politische Farbe des Kabinetts?«

»Die meine und zwar ohne zu zögern«, sagte Eisenbeißer.

»Das heißt?«

»Unnötig, sich als Diktator aufzuspielen, mein lieber Saltiellini. Meine politische Farbe ist zionistisch antisemitisch royalistisch kommunistisch«, sagte Eisenbeißer in einem Zug.

»Unmöglich, Herr Vice-Präsident.«

»Dann eben Tory. Das ist mir noch lieber. Denn im Grunde meiner Seele bin ich Tory! Und ich verabscheue die Whigs. Daher habe ich der Familie Asquith auch kein Geschenk geschickt.«

»Vorläufig angenommen«, sagte Saltiel, »da die Tories in England eigentlich gute Arbeit geleistet haben. Und jetzt, meine Herren, ein sofortiger Aktionsplan.«

»Bravo!« rief Salomon.

»Folgendes, meine Herren«, sagte Saltiel. »Bevor wir zum Völkerbund gehen und dort um eine lange und breite jüdische Republik bitten, müssen wir zuerst einmal zum Friseur. Die Sitzung ist geschlossen.«

Das Ministerium, kräftig mit Haarwasser besprüht, kam vom Friseur und rief auf der Straße eine Heiterkeit hervor, die die Tapferen dem Neid zuschrieben. Kurz darauf gingen sie in ein Konfektionsgeschäft, um dort die Kleidung zu erstehen, die ihrer hohen Stellung würdig war.

»Wir müssen aussehen, als kämen wir aus heißen Ländern«, sagte Eisenbeißer.

Er kaufte einen Anzug aus weißem Drillich und eisenbeschlagene Schuhe. Außerdem bat er den Verkäufer, ihm auf der Stelle einen Schonbezug aus weißem Tuch für seinen Zylinder nähen zu lassen, was eine halbe Stunde dauerte. Saltiel wurde ungeduldig, fand diesen Schonbezug unangebracht. Doch Eisenbeißer setzte sich durch. War er nun Minister eines heißen Landes oder nicht? Wenn ja, mußte der Zylinder etwas Koloniales haben.

Salomon, beeindruckt von der Argumentation Eisenbeißers, wählte Tennishosen in Knabengröße, Schuhe aus weißem Tuch und ein Polohemd. Um seine Kleidung zu militarisieren, kaufte er sich ein kleines Pfadfinder-Taschenmesser, das er an seinen Gürtel hing, an die drallen Hinterbacken. Michael wollte nichts an seiner Kleidung ändern. Der ehemalige Janitschar des Rabbiners Gamaliel behielt also die Fustanella, die langen weißen Strümpfe, die Schuhe mit den gebogenen Spitzen, die beiden dalmatinischen Dolche und die kurze Jacke mit den Goldtressen. Mattathias, der Handelsminister, entschied sich ganz schlicht für einen Wettermantel, weshalb er zusätzlich noch zum Marineminister ernannt wurde. Was Saltiel anging, so beschränkte er sich darauf, Handschuhe aus weißem Fell und ein gesticktes Taschentuch zu kaufen.

Und das jüdische Kabinett, das erste, das seit der Zerstörung Jerusalems gebildet worden war, begab sich, von Kölnischwasserduft umgeben, zum Völkerbund, wo der arme Jérémie zur gleichen Zeit gerade was zu hören bekam. Diese Staatsmänner hielten sich am kleinen Finger. Saltiels Knopfloch war mit einem dicken Büschel Flieder geschmückt, und von Zeit zu Zeit lüftete Eisenbeißer seinen weißen Zylinder. Mattathias überschlug insgeheim die Kosten für das riesige Telegramm. Er kam zu dem Schluß, daß es auf mindestens fünfhundert Schweizer Franken gekommen sein mußte, was ihn mit einer großen Zärtlichkeit für die zionistische Organisation erfüllte.

Plötzlich winkte Eisenbeißer zur großen Verblüffung seiner Freunde ein Taxi herbei, stieg allein ein und befahl dem Chauffeur, »mit Volldampf« davonzubrausen. Einige Sekunden später verschwand der weiße Zylinder in dem vom Auto aufgewirbelten Staub, und die Tapferen, mitten auf der Straße wie festgewurzelt stehend, fragten sich, welch üblen Streich der Perfide ihnen spielen wollte. Plötzlich galoppierten sie unter dem amüsierten Hohngelächter der Genfer Spaziergänger los.

XXVII

Der Amtsdiener schloß wieder die Tür, und ein beklagenswerter Delegierter Argentiniens stand mit besorgtem Gehrock und schlotternder Hose vor einem teuflisch schönen, jungen Untergeneralsekretär. Sehr groß, ging Solal gedankenverloren auf und ab. Er warf einen Blick auf Jérémie, der, zu Boden schauend, den unvermeidlichen Koffer und einen merkwürdig verbogenen Zylinder in der Hand hielt. Er setzte sein Umherirren fort. Sein Gesicht war undurchdringlich, und in seinen Augen lag eine Wüste von Langerweile und Gleichgültigkeit.

Jérémie sah die größte Katastrophe seines Lebens herannahen. Das Schweigen wurde immer dichter. Dieser alte Israelit meines Herzens – ich bin sein fromm ergebener Sohn – nahm seinen Koffer in die andere Hand, stellte ihn ab, nahm ihn wieder auf, lächelte, stellte ihn von neuem ab, kraulte seinen Bart, hüstelte, um die Aufmerksamkeit auf sich zu lenken, lächelte herzergreifend, kratzte sich an der Stirn, um etwas zu tun, hob seine guten Augen zur Decke und schielte vor allem zur Tür hin.

(Ja, sein fromm Ergebener. Denn er gehört zu jenem Geschlecht, das den Menschen auf Erden und den Kampf gegen die Natur verkündet hat. Ich hätte soviel zu sagen, was wichtiger ist als alle diese tapferen Geschichten. Der Tag wird kommen. Auf jeden Fall liebe ich dich so, wie du bist, mein Buch, an das ich mich an diesem schwarzen Wintermorgen wieder setze, während alle im düsteren Haus schlafen. Geduld, meine Freunde.)

Der Untergeneralsekretär betrachtete seine Hände, dann den argentinischen Delegierten, dann seine Hände. Und Jérémie, um das Schicksal zu beschwören, lächelte. O serviles Lächeln, einzige Verteidigung des armen Jérémie. O meine Juden, arme Motten der Erde, die man haßt und so leicht zwischen zwei klatschenden Händen zerdrückt. O meine Juden, ungewöhnliche Adler.

»Drehen Sie sich um.«

Jérémie gehorchte bereitwillig. Solal holte eine Spritze hervor, zog aus einem Fläschchen Morphium auf, stach durch die Hose, drückte, wartete. Nach einer Minute kam das tiefe, zufriedene Atemholen, dann die samtene Leichtigkeit der einschmeichelnden Bedeutung aller Wörter. Die Menschen waren wieder gut.

»Drehen Sie sich bitte wieder um.«

Jérémie gehorchte, und Solal betrachtete das gramzerfurchte Gesicht des alten Kindes, das seit über sechzig Jahren wußte, daß die Welt nicht gut war zu den vaterlandslosen Armen. Er hob seine prächtigen Augenbrauen.

»Die Frauen sind schöner als die Männer«, sagte er.

Jérémie beeilte sich, mit einem Lächeln zuzustimmen, das er geistvoll und entzückt zu gestalten versuchte. Aber er brachte kein einziges Wort hervor. Seine Kehle war wie zugeschnürt. Dennoch schien ihm dieser Anfang einer Unterhaltung ein gutes Vorzeichen. Aber der Untergeneralsekretär sagte nichts mehr und kritzelte mit dem Bleistift kleine Tiere mit Hakennasen, die über den Talmud genau Bescheid wissende Flöhe zu sein schienen. Telefongeläute. Der Untergeneralsekretär hob ab, sah den Hörer an, legte wieder auf. Der argentinische Delegierte spürte, daß er das Schweigen brechen mußte.

»Schönes Wetter heite, Här General«, sagte er in seinem sanften und singenden Ton, mit entzückten Augen. »Ich bin froh fir die klainen Vegelchen. (Er hob den Kopf und betrachtete die Decke, als wolle er dort zahlreichen kleinen Sängern zulächeln.) Wenn schenes Wetter ist, kennen sie sich gut amisieren, und wenn kain schenes Wetter ist, dann singen sie nicht. (Ich spüre meine Ohnmacht, die kindliche Sanftheit im Ton Jérémies wiederzugeben. Ein Trost: denen, die ich mag, kann ich mündlich vormachen, wie Jérémie spricht und säuselt.) Aber manchmal singen sie sogar dann, wenn es rägnet. Es hert sich an, als ob sie sagten: ›Es ist Frihling, wir haben das Racht auf Freide, das Racht zu lachen, zu singen, selbst wenn es rägnet. Und wir singen selbst, wenn es rägnet.‹ Sie haben ihre klainen Rachte, ihr klaines Läben.«

Er lächelte in der Hoffnung, daß die kleinen Vögelein ihm das Wohlwollen der hohen Persönlichkeit sichern würden, deren Gesicht er ganz unauffällig erforschte, wobei er mit zwei Fingern seinen roten Spitzbart lockte.

»Die Vegel sind eine schene Sache, Här General. Und jetzt geh ich hinaus, um sie mir anzusehen.«

»Nein. (Solal träumte einige Minuten. Dann, plötzlich, zu Jérémie, der zusammenzuckte:) Ich vergesse immer«, sagte er, »daß sie nackt sind unter ihren Kleidern und daß sie den Mann lieben. (Der Greis zitterte vor Angst.) Ein kindischer Respekt, von dem ich mich nicht freizumachen vermag. Deshalb habe ich auch eine solche Animosität ihnen gegenüber. Ja, eine ungeheure Betroffenheit, wenn ich feststelle, daß ein wunderbares junges Mädchen die Männer ansieht, sich für sie interessiert. Eine Wut, wenn ich feststelle, daß die strengsten und jungfräulichsten an die Männer denken. Entsetzlich, sie sprechen unter sich über Männer! Scham und Eifersucht und Groll, die erst mit meinem Tod aufhören werden, wenn ich begreife, daß diese oder jene Ehefrau, anständig gegenüber den andern und die bereits einen Sohn hat, mit ihrem Mann gewisse ekelhafte und transpirierende Dinge tut. Ewiger Herr, was finden sie an den Männern so bemerkenswert? Warum machen sie soviele Geschichten um diese kleinen Erbärmlinge? Und wie können manche von ihnen, mit so edlem und so reinem Antlitz, meine engelhaften Lieblinge, sich zum Mann herablassen und zu den intimen Attributen des Mannes, die so ekelhaft, so gemein, so häßlich, so hündisch sind? Da sie den Mann berühren oder berühren werden, sollen sie mir ihre Lilienblicke und ihr Getue äußerster Anmut und Schamhaftigkeit ersparen. Nie, nie werde ich mich freimachen können von meinem tiefsten Respekt für sie. Im Grunde suchte Don Juan die Frau, die ihm widerstehen würde und die er endlich anbeten könnte. Daher räche ich mich ständig. Und alles ist mir gut genug, sie zu kränken, ihnen wehzutun. Selbst ihre lächerlichen und entsetzlichen kleinen Hüte. Es gibt nichts Dümmeres und nichts Häßlicheres als den Hut einer eleganten Frau. Kurzum, alle Frauen sind meine Mutter. Und ich bin ein Zurückgebliebener.«

»Ja, Här General«, sagte Jérémie, der die Bedeutung des letzten von Solal gesagten Wortes nicht kannte.

»Schweigen Sie. (Jérémie preßte sich den Mund zwischen zwei Fingern zusammen.) Sie sind Argentinier?«

»Aus Argentinien, Här General«, antwortete Jérémie, die Augen bescheiden niedergeschlagen.

»Sind Sie ganz sicher?«

»Alle Welt sagt es, Här General.«

»Erzählen Sie mir was über die politische Situation Argentiniens.«

»Mal so, mal so, Här General. Ein wenig gut, ein wenig schlecht.«

»Ich bin vor einigen Jahren dort gewesen. (Jérémie pflichtete höflich bei.) Aber inzwischen hat sich das Land wohl sehr verändert.«

Jérémie hustete, lächelte, berührte seinen Bart, säuselte schließlich, daß sich das Land »äher« verändert habe.

»Merkwürdigerweise habe ich den Namen Ihrer Hauptstadt vergessen.«

»Ja, Här General«, pflichtete Jérémie verliebt bei.

»Ich habe den Namen Ihrer Hauptstadt vergessen.«

»Das macht nichts, Sie werden sich später wieder dran erinnern, wenn Sie allein sind. Heite abend, wenn Sie zu Bett gehen.«

»Es ist ärgerlich, den Namen der Hauptstadt eines so großen Landes zu vergessen. (Jérémie hatte Verständnis dafür.) Sie würden mir eine Freude machen, Herr Minister, wenn Sie ihn mir ins Gedächtnis zurückrufen würden.«

Es entstand eine Stille, und Jérémie befand sich unter dem boshaften Blick Solals in einer verzweifelten Lage.

»Ich darf den Namen der Hauptstadt nicht sagen«, beschloß er schließlich mit niedergeschlagenen Augen zu murmeln.

»Warum nicht?«

Er suchte um sich herum nach einem Grund, fand keinen, näherte sich als Verschwörer.

»Das ist ein Staatsgeheimnis, Här General. Wir haben den Namen der Hauptstadt geändert, und wir haben beschlossen, ihn eine Zeitlang geheim zu halten.«

»Aber der frühere Name?«

Jérémie trat näher, ergriff die Hand des Härn General mit einem einschmeichelnden Lächeln.

»Versuchen Sie sich zu erinnern«, bat er ihn und streichelte Solals Hand. »Ganz allmählich, nach und nach, wird es kommen«, fügte er im Ton einer tröstenden Mutter hinzu. »Es ist schlecht für Gehirn, wenn etwas man hat vergessen und man sich nicht von selbst dran erinnert. Ich wärde Ihnen helfen. Im Namen der Hauptstadt sind mährere Buchstaben enthalten. Haben Sie's jetzt?«

»Und Ihr Kollege, wo ist der?«

»Ich werde ihn suchen«, schlug Jérémie zuvorkommend vor.

Und er eilte auf die Tür zu. Doch ein schneidendes »Nein« des furchtbaren Härn General hielt ihn auf, und Jérémie kam folgsam zurück. Dem Befehl gehorchend, der ihm erteilt wurde, setzte er sich vorsichtig auf den Rand des Stuhls, in dem Bemühen, höflich zu ihm zu sein.

»Und jetzt geben Sie mir Ihren allgemeinen Eindruck über Argentinien wieder.«

»Oh, der ist nicht wichtig, mein Eindruck«, antwortete der bescheidene Jérémie.

»Schnell.«

Jérémie fuhr sich mit der trockenen Zunge über die trockenen Lippen, näherte dann seinen Zeigefinger einem seiner Nasenlöcher. Er war so aufgeregt, daß der alte kindliche, im Herzen der Menschen und selbst der königlichen Hoheiten verdrängte Wunsch, sich in der Nase zu bohren, in diesem Augenblick der Verzweiflung wieder an die Oberfläche kam. Schließlich stürzte er sich ins Wasser.

»Nu, mein allgemeiner Eindruck«, begann er in elegischem Ton, »ist der, daß Argentinien ein fernes Land ist. Ich glaube, besser kann ich es nicht sagen. Wenn Sie nun einen besonderen Eindruck wollen, den gebe ich Ihnen ein andermal, weil ich nämlich Kopfschmerzen habe und wenn Sie erlauben kennen (– ein einschmeichelndes, überzeugendes Lächeln –) mache ich einen kleinen Gang und komme dann wieder zurück.«

»Sie sind ein Humorist.«

»Ja, Här General«, antwortete Jérémie, der die Bedeutung dieses Wortes nicht kannte. »Das heißt ein bißchen«, fügte er hinzu, um sich nicht zu kompromittieren.

»Andere Dinge über Argentinien, schnell.«

»Ja, Här General«, seufzte Jérémie.

Was sollte er über dieses Land sagen, von dem er nichts wußte? In seinem ruhigen und singenden Ton fand er sich damit ab, zu behaupten, daß es Leute gäbe, die sagten, Argentinien sei kleines Land, aber andere, die sagten, es sei großes Land, und daß es mit einem Wort Geschmacksache sei. Plötzlich fand er die Masche.

»In Argentinien«, sagte er voller Begeisterung, »gibt es alles, Fahrräder, Häuser, nette Menschen, nicht nette Menschen, Jidden.«

In Vollbesitz seines Themas setzte er seinen Ausblick im Vogelflug fort, erklärte, daß es in Argentinien Frauen gäbe, Kinder – kleine, mittlere und große –, Brot, Krokodile, Zigaretten. Darauf legte er die Hände in den Schoß und atmete zufrieden die Luft ein.

»Aufs Ganze gesehen ein blühendes Land?«

»Furchtbar, Här General.«

»Argentinische Politik jetzt.«

»Nicht interessant, Här General, iberhaupt nicht.«

»Und wie geht es Ihrem Präsidenten der Republik?«

»Wissen Sie, Här General, es geht ihm äher gut, danke. Er steht morgens frih auf, er trinkt seinen schwarzen Kaffee und (– seine Stimme klang gerührt, als spreche er vom Zubettbringen eines hübschen Säuglings –) er geht abends zu Bett, so (– Rotationsbewegung der Hände, um dem Härn General verständlich zu machen, daß er die genaue Uhrzeit des Zubettgehens des Präsidenten der Argentinischen Republik nicht garantieren könne –) um zehn, viertel nach zehn. Aber vor dem Zubettgehen macht er kleinen Gang fir Gesundheit. (Bettelndes, verständnisinniges, ein wenig schalkhaftes, ein wenig unglückliches Lächeln:) Und ich auch, Här General.«

»Nein.«

»Gut, ich bleibe«, willigte Jérémie zärtlich ein.

»Ist der Präsident immer noch taub?«

Das rötliche und gequälte Gesicht hellte sich in bezauberter, weiblicher Kompetenz auf.

»Er hört nicht, stellen Sie sich vor, Här General.«

»Ach, ich hab mich geirrt, er ist ja blind.«

»Äher, äher«, sang Jérémie in konziliantem Ton vor sich hin. »Das heißt, daß die Taubheit auf die Augen geschlagen ist.«

Und eilends kratzte er mit dem Fingernagel an der Ecke des Bücherschranks und erklärte, daß da klainer Fleck war, daß es aber, seit er gekratzt habe, kainen klainen Fleck mehr gebe.

»Zu liebenswürdig. Der Botschafter befindet sich im Augenblick im Salon nebenan. Wollen Sie ihn sehen?«

Jérémie dankte und sagte, daß er den Herrn Botschafter nicht sehen wolle, weil er, nicht wahr, weil er mit dem Herrn Botschafter ein bißchen zerstritten sei. Nicht viel, sondern bißchen. Und er streichelte sofort darauf den Samt eines der Sessel.

»Jetzt ist kain Staub mehr da.«

»Warum sind Sie mit dem Herrn Botschafter zerstritten?«

»Das ist ein Familiengeheimnis, Här General. Es ist kein Staub mehr da. Das Zimmer ist jetzt sauber.«

»Warum sind Sie mit dem Herrn Botschafter zerstritten?«

»Er hat meinen Vater umgebracht, Här General«, sagte der alte Jude liebenswürdig.

Und er erklärte, daß er dem Herrn Botschafter seit diesem traurigen Ereignis aus dem Wege gehe. Er schüttelte plötzlich den Kopf, denn er hatte gerade seinen winzigen Vater wiedergesehen, wie er mit gebeugtem Rücken durch die verschneiten Ebenen Litauens zog, seinen kleinen Pakken Kurzwaren auf den Schultern und sein Gesetz ans Herz gedrückt, und das kleine Kind Jérémie, das er an der Hand zog und das Hunger hatte. Er seufzte, dann lächelte er freundlich. Solal sprach ihm sein Beileid aus, interessierte sich für diesen merkwürdigen Mord.

»Oh, das lohnt nicht die Mihe, Här General, ich habe dem Härn Botschafter verziehen. Und jetzt mache ich einen klainen Gang und komme dann zurück.«

»Wie hat dieser Botschafter Ihren Herrn Vater umgebracht?«

»Er hat ihm Bart und Fingernägel ausgerissen.«

»Ist das alles?«

Jérémie wurde klar, daß das tatsächlich nicht genügte.

»Mit Revolver, Messer, Gift.«

»Aber dieser Botschafter ist ja ein Schuft! Ich will ihn nicht mehr sehen!«

»O nein, Här General, er ist sähr nett.«

»Aber er hat doch Ihren Vater umgebracht!«

»O, das macht nix, Här General.«

»Aber er ist ein Mörder!«

»Was heißt da, Mördärr«, seufzte Jérémie. »Alle morden, Här General. (Er sah verschiedene Episoden seines verfolgten Lebens.) Er ist ein guter Här, der Här Botschafter. Ich mechte nicht, daß man erfährt, was ich Ihnen gesagt habe. Das kennte ihm schaden. Und jetzt mache ich einen kleinen Gang.«

»Nein.«

Jérémie lächelte und setzte sich. Solal nahm einen letzten Zug und warf seine Zigarette unter den Tisch. Jérémie bückte sich, raffte die Kippe auf, merkte, daß Solal ihn ansah, ließ seine Beute los, schlug die Augen nieder.

»Das ist eine Gewohnheit aus Argentinien, Här General. (Mit erhobenen Augen:) Nein, es ist keine Gewohnheit aus Argentinien. (Schweigen.) Das ist Gewohnheit von mir. Gewohnheit von armem Jidd, Här General, von Jidd, der nicht argentinisch, nicht französisch, nicht schweizerisch, nicht englisch, nicht schwedisch, nix ist. Jidd. Main Name in französischer Sprache ist Jérémie. Nu, komme ich jetzt ins Gefängnis?«

»Selbstverständlich.«

Jérémie brachte mit einer philosophischen und müden Gebärde seine mageren roten Haare durcheinander, betrachtete den See und die Bäume. Es regnete draußen. Die Tropfen prasselten gegen die Scheiben, an denen sie eigenwillig herunterliefen. Ja, die Menschen waren wie die Regentropfen auf den Fenstern. Dieser Tropfen lief nach links, dann plötzlich nach rechts. Das war sein Schicksal. Und er, Jérémie, war seit vierzig Jahren ein Tropfen, der immer der Katastrophe zurollte. Geduld. Das heilige Gesetz war deshalb dennoch groß und vortrefflich.

»Sind Sie traurig, daß Sie ins Gefängnis müssen?«

»Ein wenig traurig, Här General. Aber froh, daß ich kaine Tiberkilose habe.«

»Und wenn Sie die Tuberkulose hätten?«

»Dann froh, keinen Krebs zu haben.«

»Und wenn Krebs?«

»Dann froh Jidd zu sein. Ist zwar eine Katastrophe, aber aine schene.«

»Warum?«

»Die andern Nationen, Här General, haben Augenblikke, zwei Ja, drei Ja (–der arme Jérémie wollte sagen »zwei Jahre, drei Jahre« –) ihres Lebens, daß der Mensch der Bruder des Menschen sein wird, daß es kaine Armen mähr gibt, kaine Reichen mähr, kaine Besen mähr. Aber wir, wir glauben diese Sache immer, seit zwei dreitausend Ja. Das ist aine gute Sache. Und ich habe auch ainen herrlichen Ring.«

Er zog einen kleinen, unechten Plunder aus der Tasche und hielt ihn treuherzig hin.

»Wieviel?«

»Aber herrlich!«

»Wieviel?«

Jérémie taxierte Solal von Kopf bis Fuß.

»Zweitausend Franken.«

»Gut. Jetzt der vernünftige Preis.«

»Tausendfünfhundert!« sagte Jérémie mit Eifer.

»Gut. Jetzt der letzte Preis.«

»Tausend Franken.«

»Gut. Jetzt der definitive Preis.«

»Fünfhundert Franken.«

»Gut. Jetzt der Preis für den Israeliten.«

»Vierhundert – (es entstand eine Pause, und da Solal lächelte, fügte Jérémie hinzu:) zwanzig.«

»Gut. Jetzt den wirklichen Preis.«

»Dreihundert.«

»Zeig.«

Solal ging zum Fenster, begutachtete den Stein in der Art der Juweliere, indem er ihn dicht vors Auge hielt. Jérémie strich um ihn herum, war übertrieben freundlich, sagte, daß der Rubin echt sei.

»Keinerlei Glanz«, sagte Solal.

»Den Glanz sieht man nicht, weil er im Innern ist.«

»Vergebene Liebesmüh«, sagte Solal und fuhr mit der Begutachtung fort. (Er hielt Jérémie den Ring hin.) »Fünfundzwanzig Franken.«

»Der Här General will meinen Tod! O meine Mutter, warum hast du mich zur Welt gebracht? Fünfundzwanzig Franken!« empörte er sich. (Dann, eiskalt:) »Für dreißig verkaufe ich ihn.«

»Hier sind dreitausend Franken.«

Jérémie blinzelte.

»Nein, Här General. Sie wirden kain gutes Geschäft machen. Ich lasse ihn Ihnen für dreihundert – (eine Pause) fünfzig Franken.«

Er nahm das Geld in Empfang, legte den Ring behutsam auf den Tisch, nachdem er auf den herrlichen Dreigroschenrubin geblasen und ihn poliert hatte.

»Möge der Ewige dieses klaine Geschäft segnen, Här General. Aber ich verliere dabei, ich verliere.«

»Ich auch«, sagte Solal.

»So ist das eben bei Geschäften«, sagte Jérémie. (Stille.) »Immer noch Gefängnis, Här General?«

»Viel Gefängnis.«

»Ja, Här General«, sagte Jérémie sanft. »Ich bin bereit für Gefängnis. Gefängnis von Genf kenne ich noch nicht.«

Der Untergeneralsekretär stand auf, trat näher, schien zu zögern, bückte sich und küßte voller Ekel die alte Hand.

In diesem Augenblick klopfte es an die Tür, deren Schlüssel Solal sogleich umdrehte. Er sagte zu Huxley, daß er nicht gestört sein wolle. Doch Huxley blieb hartnäckig hinter der Tür. Lord Galloway wollte den Untergeneralsekretär sehen.

»Ich werde klingeln.«

Jérémie wurde in einem kleinen Umkleideraum abgestellt – was ihm nicht mißfiel. Solal konnte sich nicht dazu entschließen, sofort zu klingen. Er ging mit schrecklichem Gehabe auf und ab, drehte einen imaginären Bart zusammen, krümmte den Rücken, machte ein Mienenspiel der Angst, zog eine ungeheuere Flunsch und lächelte einschmeichelnd. Dann kratzte er sich heftig an der Brust, die er sich gern von allen fliegenden Läusen Litauens wimmelnd vorstellte. Das war gut. Seine Lippen lachten, doch seine Augen waren traurig.

Ja, er war glanzvoll gegenüber den andern, lieferte ihnen eine vollkommene Imitation der schnellen Intelligenz und des Scharfsinns. Er hatte einen Doppelgänger, der mit den politischen Marionetten sprach. Seit Monaten war er ein besonnener, bedeutender und seelenloser Mensch, der sich tödlich langweilte und wie im Traum dahinlebte. Geschickt, ja. Der aber seine Flügel verloren hatte und die wahre Intelligenz. Seine Zähne hatten Angst zuzubeißen. Er wagte es nicht mehr, von neuem zu leiden. Er grub sich in seinen Erfolg ein. Wenn er sich gehen ließe, zu lieben und zu leben, würden sie ihn einsperren.

Er trat an den Tisch und nahm den Dolch, Ebenholzgriff und blendender Stahl, dessen er sich bediente, um Papier zu schneiden. Vizekönig der Papierfirma. Er krempelte seinen Ärmel hoch, drückte die Spitze des Dolchs auf den muskulösen Arm, brachte sich eine tiefe Schnittwunde bei, näherte sich ihr mit den Lippen.

Warum hatte er beim Kartenspiel falsch gespielt, gestern abend, falsch gespielt, nicht um zu gewinnen, sondern um zu verlieren? Es mußte irgendein Symbol dahinter versteckt sein. Sache der Romanciers, es zu finden.

»Tod den Juden.«

Dieser verstohlene und ekelhafte Blick, den er auf die Wände warf, mit der Angst und dem Verlangen, dort den alten Liebeswunsch zu lesen. Und in seinem Appartement im Ritz, einem Appartement, das er nie sah und nie spürte, die erbärmliche Wollust, antisemitische Zeitungen zu lesen. Und diese Angst, die ihm das Wort ›Jute‹ einjagte, das er so schnell in den Zeitungen entdeckte. Sich zum Christentum bekehren? Aber dazu müßte er sich erst einmal einen großen Teil des Gehirns entfernen lassen.

Einen Lebensinhalt, sofort! Die Bibel? Resümee der Propheten: »Es geht euch schlecht, weil ihr keine Schafe seid. Aber später wird Israel ein fettes, ganz sanftes Schaf sein und alles wird gutgehen.« Sich für dieses Vegetariertum der Seele begeistern? Er konnte es nicht. Und doch war diese Einfalt das, was er am meisten auf der Welt liebte. Und wenn man von Gott redete? Gott, der so freundlich war und der alle liebte und sogar die Bösen, ihr Giftgas und die durch Giftgas umgekommenen Babys. Also die Frau von Deume lieben. Ja, aber man mußte sie verführen. Entsetzlich, dieser chemische Vorgang, der nie ausblieb. Besser die Männer lieben, nein? Ja, aber die Söhne lachten zwei Jahre nach dem Tod des Vaters. Es war sehr gut zu sagen, daß sie nur zwei Jahre danach lachten. Und die Witwen zogen sich so gut an. Und der Freund aß nach der Beerdigung des Freundes.

Er klingelte, und kurz danach kam Lord Galloway herein, von rührender Sauberkeit. Seine Reinheit kam nur seiner Leistungsfähigkeit gleich. Alle glücklich, außer Solal. Der Untergeneralsekretär widerstand dem perversen Verlangen, dem Sakko aus wunderbarer Cheviotwolle den Kauf von Jérémies Ring vorzuschlagen und ihm zu versichern, daß man den Glanz nicht sähe, weil er im Innern sei. Oder besser noch Jérémie aus seinem Versteck kommen lassen? Ja, ganz närrisch mit dem Vagabunden beten und Gebetsriemen anlegen und die Verachtung Galloways auskosten. Doch er verhielt sich angemessen und sprach mit einer Skepsis, die zum guten Ton gehörte, und erwies sich als begeisterter Golfkenner. Doch alles, was er zu dem alten Lord sagte, übersetzte er innerlich ins Hebräische. Genug, genug. Schluß machen mit diesem jüdischen Aussatz.

XXVIII

Nachdem Eisenbeißer aus seinem Taxi gestiegen war, rieb er sich die Hände. Ja, seine Idee war großartig, und warum Saltiel den ersten Platz überlassen? Als erster ankommen, mit dem großen Chef reden, ihm neun Zehntel des palästinensischen Territoriums entreißen, die Neuigkeit Doktor Weizmann telegrafieren und darauf bestehen, auf der Stelle zum Ministerpräsidenten ernannt zu werden!

Mit großen, eiligen Schritten durchquerte er die menschenleere Halle des Sekretariats, blieb vor dem Amtsdiener stehen, der kurz zuvor aufgehört hatte, seinen Bleistiftspitzer zu drehen, um aufzustehen und mit verliebtem Respekt den Befehlen Petrescos zu lauschen, einem wunderbar rasierten und diskret gepuderten Albino-Beamten, dessen Stirnzucken ständig ein zum Glück festgebundenes Monokel zum Fallen brachte. (Da ein schwachsinniger Herzog die Gewohnheit hatte, am Ende seiner Sätze häufig »was« zu sagen, tat Petresco das gleiche, bellte was? was? ins Blaue hinein und fühlte sich infolgedessen sehr distinguiert.)

Eisenbeißer nahm seinen weißen Zylinder ab, fuhr sich mit der Hand über die Rinne, in der sich der ganze Schweiß seines kahlen und von der Sonne verbrannten Schädels gesammelt hatte. Nachdem er den durch das Auftauchen des weißen Drillichs verdutzten Petresco kalt gegrüßt hatte, bemächtigte er sich eines der schwarzen Flügel seines Bartes und wandte sich an den Amtsdiener.

»Keine Ausflüchte und keine Witze, Freundchen! Ich bin so angezogen, wie man das auf tropischen Kamelen sein muß, und folglich lauf zu deinem Herrn und sage ihm, daß ich freiwillig durch Strapazen und Sandwüsten, in denen die Löwen geboren werden, gekommen bin, und übergib ihm diesen Brief, wenn du mit meiner Protektion rechnen willst und meinem guten Gedächtnis bei der nächsten Banknotenausgabe der Banque Nationale, deren Direktor Rothschild unter meiner argwöhnischen Aufsicht stehen wird, denn wer schon Geld hat, will immer noch mehr aber das Vaterland wird Tag und Nacht auf mich zählen können und der Tresor wird zwei Schlüssel haben und man wird ihn nur in Gegenwart eines Notars aufschließen dem wir vorsichtshalber Handschellen anlegen werden denn man kann nie wissen und liest oft in der Zeitung daß sie mit der Kasse stiften gegangen sind wofür die Rentiers sich aber selber die Schuld beimessen müssen denn wenn sie die guten Dienste eines nicht diplomierten und folglich praktische Erfahrung besitzenden Advokaten in Anspruch nehmen würden aber es lohnt nicht daß ich weitermache.«

Der junge Beamte und der Amtsdiener wohnten beide mit offenem Mund dieser Parade von Worten, die sich ineinanderschoben, bei.

»So nimm denn diesen Brief, der meine historische Mission betrifft, und lauf los wie einer dieser hübschen gestreiften Esel und mit der Treue des Pelikans, flitze zu deinem Herrn und sage ihm, daß meine Laune gut ist und daß ich glücklich sein werde, ihm vor der leichten, aber reichlichen Mahlzeit, die gewöhnlich provisorischen, aber offiziellen Persönlichkeiten serviert wird, die Glückwünsche der jüdischen Bevölkerung Palästinas zu überbringen, die im Innern eines zu engen Territoriums stöhnt!«

Petresco hatte die Intuition, daß sich ihm hier eine tolle Möglichkeit bot. Der komische Kauz – einer der zahlreichen Spinner, die Tag für Tag zum Völkerbund kamen, um Erfindungen und Krisenlösungen anzubieten – würde ihm vielleicht Gelegenheit geben, mit dem Untergeneralsekretär Kontakt aufzunehmen, zu dessen Stab er zwar gehörte, den er aber nur selten sah, da dieser Schuft von Huxley die ganze Decke an sich zog. Ja, mit dem Chef reden, ihm die Kleidung des Übergeschnappten beschreiben.

Während er rasch die Treppe hinaufging, sah er schon die wahrscheinliche Wendung, die die Ereignisse nehmen würden. Der Chef, angelockt vom Porträt, das er von dem Halbirren zeichnen würde, läse den Brief und würde ihn sicherlich bitten, den Kerl kommen zu lassen. Sie würden ihn verhören und, köstliche Sache, sie würden zusammen über den Spinner lachen! (Mit einem Chef zu lachen und damit zu seinem engsten Kreis zu zählen ist für einen Beamten das non plus ultra.)

Solal öffnete den Brief, der die Unterschrift Saltiels, Eisenbeißers und der andern trug. Er bat Petresco, den Kerl wegzuschicken. Dann rief er ihn zurück und sagte ihm, daß er seine Meinung geändert habe, daß es in der Tat vielleicht amüsant sei. Er bat ihn also, den Spinner sowie die Gefährten, die sicherlich bald zu ihm stoßen würden, in den Salon zu führen.

Einige Minuten später gab es ein lautes Stimmengewirr im Salon nebenan, und Solal schaute durchs Schlüsselloch. Sie waren alle da. Salomon als Tennisspieler, Mattathias als Kabeljaufischer, Eisenbeißer als zivilisierter Negerkönig, Michael als Operettengendarm und Saltiel, unbeschreiblich vor höflichem Ernst.

Er schob den Riegel der Tür vor, die in den Salon führte, ging in den Flur und schloß die andere Tür ab. Sie waren eingeschlossen und im Augenblick nicht in der Lage, Schaden anzurichten. Was sollte er jetzt tun? Zu ihnen gehen? Die Besuche der Tapferen hatten ihm noch nie Glück gebracht. Umzingelt von Juden.

Er verließ sein Arbeitszimmer, das er abschloß, sagte zu dem Delegierten Portugals, daß er verhindert sei, ihn zu empfangen. Bücklinge, herzliches Lächeln. Verliebtes Strammstehen der Amtsdiener in der großen Halle, deren Vorgesetzter herbeieilte, um die Drehtür zu stoßen.

Solal sagte einige Worte zu seinem Chauffeur, und das weiße Auto brauste los. Fünf Minuten später blieb es vor einem Laden mit Karnevalszubehör stehen.

XXIX

Im Salon, in dem sie seit über einer Stunde warteten, waren die Tapferen einer lebhaften Respektsangst ausgesetzt. Was für ein Mann war dieser Untergeneralsekretär, der sich nicht scheute, eine ganze Regierung warten zu lassen? Saltiel unterhielt sich leise mit Eisenbeißer, der zynisch »meinen fehlgeschlagenen Versuch, dich in verräterischer Weise auszuschalten, mein lieber Freund« eingestand. Die Panik der Aufregung hatte die Versöhnung erleichtert.

»Ich frage mich, wie dieser Untergeneralsekretär heißt«, sagte Saltiel.

»Er ist sicherlich Engländer«, sagte Eisenbeißer.

»Er läßt uns zu lange warten«, sagte Mattathias.

»Nu, was willst du da machen, mein Freund«, sagte Eisenbeißer, »wir sind immerhin nur eine jüdische Regierung. Wir werden eiligst ein Dutzend hochfliegende, riesengroße und spitze Bombenflugzeuge kaufen müssen, damit man uns hier etwas mehr respektiert.«

»Du sollst nicht töten«, sagte Saltiel.

»Nicht im Auge deiner Schwester!« sagte Eisenbeißer. »Ich brauche eine Flotte, die Deutschland zum Zittern bringt. Und damit England sich mit mir verbündet, muß es uns ernst nehmen und unsere Bewaffnung bewundern. Und auch mit den Amerikanern werde ich ein Bündnis abschließen, denn jeder amerikanische Arbeiter hat eine Küche, die schöner ist als die Wohnungen des Königs von Griechenland, mit verschiedenen Maschinen, um den Fisch auszunehmen, die Hühner zu rupfen und Kuchen zu backen. Auf der einen Seite schüttest du Mehl und ein paar Zutaten hinein, wie's gerade kommt, und auf der anderen kommt dir ein Kuchen raus mit kremigem Innern und einer Dekoration aus kandierten Früchten. Aber ich werde auch einen kleinen Vertrag mit Italien abschließen, denn ich bin ein wenig faschistisch, da ich ein Mann von Superiorität bin und folglich die Hierarchie liebe. Mussolini hat recht. Du bist intelligent, befiehl/ Du bist dumm, empfang diesen Fußtritt! Ich werde einen etwas mißtrauischen Sympathievertrag mit Italien unterzeichnen.«

»Aber mit Deutschland?« erkundigte sich Salomon.

»Ich werde ihnen die Kredite streichen. Und so werden sie verhungern, da sie dann nichts anderes mehr zu beißen haben als Stahl!«

»Das geschieht ihnen recht!« sagte Salomon. »Aber den kleinen deutschen Kindern werden wir einige Leckereien schicken.«

Dann beschloß er in seinem Innersten, daß man in die Kanonen auf den Schlachtschiffen »keine richtigen Patronen hineintun würde, nur Pulver zum Krachmachen, damit Deutschland zittert!« Dann führte man verschiedene furchtbare Kriege gegen Rumänien, Polen, Japan und Deutschland. Man erlegte diesen Ländern Geldstrafen auf, und man steckte ihre Führer in Käfige. Ferner beschloß man, daß man sie umsonst für die guten Staaten arbeiten lassen würde.

»Auf, auf«, befahl Eisenbeißer den Besiegten herrisch, »baut Eisenbahnen für Frankreich, gebt England kostenlos Erdöl und Amerika einen Haufen guter Sachen! Und der Schweiz, ihr Taugenichtse, macht ihr ebenfalls Geschenke!«

Man gestand den Regierungen, die gut sind zu den Juden, tausend Gefälligkeiten zu und meinte, daß man ihnen zinslos ungeheuere Summen leihen würde.

»Aber rückzahlbar«, bedingte Mattathias sich aus.

»Erst in zehn Jahren«, sagte Saltiel.

»Und so«, rief Salomon begeistert, »braucht Frankreich keine Anleihen mehr zu machen!«

»Ja, aber ich werde zu Frankreich sagen: ›Ich gebe dir hundert Milliarden, verstehst du, hundert Gold-Milliarden. Allerdings unter der Bedingung, daß du mir keinen Pfennig Schulden mehr machst!‹ So würde ich es machen«, sagte Eisenbeißer, den Salomon mit glänzenden Augen ansah. »Ach, meine Freunde«, fuhr der falsche Advokat fort, »ich mache meiner Mutter stumme Vorwürfe, denn ich wäre gern als Engländer zur Welt gekommen. Ach, wie gern wäre ich englischer Minister! Was mir gut in den Kram passen würde, wären gemischte Nationalitäten, jawohl, wie Vanille-Erdbeer-Eis. Ich hätte gern einen französisch-englisch-amerikanisch-tschechisch-skandinavisch-schweizerischen Paß. (Er gähnte, und seine venösen und behaarten Hände hatten elektrische Zuckungen.) Ach, meine lieben Freunde, glaubt mir, die englischen Minister, die läßt er nicht so lange warten!«

»Aber, mein Lieber, was ist ein Minister neben diesem Mann, der der Unterführer der Völker ist?« sagte Saltiel.

»Was für einen Kopf müssen diese Mächtigen alle haben, um sich an alles zu erinnern, alles zu wissen und alles mit stolzem Gesicht zu sagen!« rief Salomon aus.

»Vergiß nicht, daß du Kriegsminister bist«, sagte Saltiel.

»Ich kann mich nicht daran gewöhnen, Onkel. Außerdem, wo ist meine Armee, wo sind meine Generäle? Und was soll ich Ärmster tun, um zu befehlen und zu wissen, daß sie es richtig machen, da ich nichts weiß?«

»Du wirst dir ein militärisches Handbuch kaufen«, sagte Saltiel.

»Aber es geht doch nichts in meinen Kopf, Onkel! Ich werde das Buch lesen, ich werde glauben, daß ich alles verstanden und behalten habe, und sobald ich mit einem General rede, werde ich Angst vor ihm bekommen und merken, daß ich alles vergessen habe.«

»Nu, du wirst eben deinen Generälen immer sagen, daß sie es falsch machen«, legte ihm Eisenbeißer nahe. »Auf diese Weise werden sie dich fürchten und deine Kompetenz respektieren.«

»Am besten«, sagte Salomon, »wäre es vielleicht, wenn ich einen Offizier von Saint-Cyr engagierte, für den sich seine Generäle verbürgen und der mir leise alles vorsagt, was ich laut sagen muß. (Tiefes Nachdenken.) Nein, Onkel Saltiel, ich will nicht Kriegsminister sein! Wie soll ich einen Krieg führen, wo ich schon Angst habe, eine Ameise zu zertreten?«

»Das ist nicht der richtige Augenblick, das Kabinett umzubilden«, sagte Saltiel.

»Hören Sie, Onkel, ich erkläre meinen Rücktritt«, sagte Salomon. »Diese Unterredungen sind nichts für uns, die wir Ignoranten sind.«

»Feigling!« rief Eisenbeißer.

»Ich bin mutig, aber nicht, wenn Gefahr besteht«, sagte Salomon.

Mit Ausnahme Michaels waren die Tapferen sehr nervös. Wie die Kranken im Wartezimmer eines Arztes lasen sie Zeitschriften, ohne sie zu verstehen, betrachteten die Decke, folgten dem Flug einer Fliege, verrückten eine Nippesfigur, gähnten laut und schrill.

»Reden wir ernsthaft«, sagte Saltiel. »Was werden wir tun, wenn wir empfangen werden?«

»Sie werden sprechen, Onkel, und wir werden schweigen«, sagte Salomon.

»Salomon, wenn dich der Vizekönig der Völker ausfragt, dann wirst du etwas nicht Kompromittierendes zur Antwort geben.«

»Du wirst sagen, daß am Quai d'Orsay Unruhe herrscht«, schlug Eisenbeißer vor.

»Was das Losungswort angeht, so schlage ich Hoffnung und Diplomatie vor«, sagte Saltiel.

»Nein, Leichenbegängnis und Fatalität«, sagte Eisenbeißer.

»Wenn er etwas Gutes verspricht«, sagte Mattathias, »müssen wir es ihn sofort unterschreiben lassen, damit er nicht hinterher sein Wort bricht.«

Geräusche im Zimmer nebenan. Die furchtbare Stunde war gekommen. Eisenbeißer stürzte zur Tür, die auf den Flur ging. Saltiel packte den Vizeministerpräsidenten am Handgelenk.

»Weißt du, daß ich dich wegen Verlassens des Postens erschießen lassen könnte?«

»Natürlich, aber fliehen wir!« sagte Eisenbeißer.

Leider war die Tür abgeschlossen. Wie Ratten in der Falle gefangen!

»Hör zu, Saltiel«, sagte Eisenbeißer, der fahl geworden war, »ich mag diese Geschichte nicht, in die du uns hineingeritten hast. Ich erkläre meinen Rücktritt. Sag ihm, was du willst, aber ich gehöre nicht dazu. Außerdem muß ich dir was sagen ...«

In diesem Augenblick ging die Tür auf und ein Ungeheuer erschien.

XXX

Auf der Türschwelle ein Untergeneralsekretär in schwarzem Morgenrock und schwarzen Handschuhen, ohne menschliches Gesicht. Auf seinen Schultern ruhte eine aus Binden gemachte weiße Kugel, die sein Gesicht und seine Haare verbarg. Er trug eine schwarze Brille, und ein roter Bart strömte aus den Gazebinden. Es war ein wirklich sehr häßlicher und sehr schrecklicher Untergeneralsekretär.

Die Tapferen verbeugten sich vor dieser Gottheit, die mit erstickter Stimme und mit verschiedenen Aussprachefehlern zu sprechen begann.

»Isch bedauere, dasch isch Schie mit verbundenem Kopf empfangen musch, aber isch bin vor einigen Tagen Opfer einesch Autounfallsch geworden.«

»Ein tödlicher Unfall?« fragte Saltiel, um etwas Liebenswürdiges zu sagen.

»Nein, danke«, gab die menschliche Maschine Saltiel zur Antwort, der sich, sehr rot, verbeugte. »Was wünschen Schie? Beeilen Schie schisch, isch habe um schechs Uhr eine Verabredung.«

Keiner der Minister hatte den Mut zu antworten. Das Gesicht vor Liebenswürdigkeit in Falten gelegt, machte Saltiel die Gebärde, sich die Hände einzuseifen, was ein Zeichen großer Ratlosigkeit war. Als das Schweigen immer dichter wurde, entschloß sich Salomon, dem schrecklichen Herrn zu sagen, daß er für seinen Teil nichts wolle.

»Ich will auch nichts, Hoheit«, sagte Eisenbeißer. »Herr Saltiel will was. Ich weiß nicht einmal, weshalb er uns mit hierher genommen hat«, fügte der Verräter noch hinzu. »Ich möchte nur eins wissen, und zwar, um wieviel Uhr der Zug fährt. Aber machen Sie sich nicht die Mühe, ein Sklave aus dem Palast wird es mir verraten, und ich werde auf der Stelle gehen. Auf Wiedersehen, Hoheit.«

Das Ungeheuer mit dem Gazekopf machte ein Zeichen

der Verneinung und zeigte auf einen Stuhl, auf den sich Eisenbeißer setzte.

»Ich möchte mich einen Augenblick sammeln, Exzellenz«, sagte Saltiel.

Und er begab sich, blaß und tot, aber nobel, zum kleinen Empfangszimmer. Nachdem er die Tür hinter sich zugemacht hatte, wandte er sich an Gott. Ja, er war allein, aber er würde sich nicht unterkriegen lassen. Er bat den Ewigen, ihm die Kraft und den Charme zu geben. Moses und Disraeli sahen ihn an. Ja, er hatte gut daran getan, um diese Minute der Einsamkeit zu bitten. Das würde ihm einen gelungeneren Auftritt erlauben.

Nachdem er seine weißen Handschuhe übergestreift hatte, öffnete er die Tür und, die Hände auf dem Rücken, mit gesenktem Kopf, bezaubernder Tolle und scharfsichtigen Augen eilte er mit kleinen, distinguierten und schnellen Toreroschritten auf den Untergeneralsekretär zu, dem er kollegial die Hand hinhielt.

»Angenehm. Der Völkerbund ist eine edle Institution.«

Ohne Furcht und von den Tapferen bewundert, forderte er den Untergeneralsekretär auf, Platz zu nehmen, überreichte ihm das Telegramm aus Jerusalem mit edlem Ernst. Das Ungeheuer las, während Saltiel, die Faust in der Hüfte, es starr ansah. Als es das Telegramm auf den Tisch gelegt hatte, war es merkwürdigerweise Eisenbeißer, den es ansah, und nicht Saltiel.

»Schtellen Schie mir diesche Herren vor«, bat er Saltiel, der sich freundlicherweise fügte.

Als die Reihe an Salomon kam und der hohe Beamte im schwarzen Morgenmantel ihn gefragt hatte, welche Haltung er im Hinblick auf die Araber einzunehmen gedenke, antwortete der kleine Kriegsminister errötend, es sei eine »eher schreckliche Haltung, Exzellenz«. Saltiel spürte, daß der Augenblick zu siegen gekommen war.

»Exzellenz«, sagte er, »zu einer Zeit, als Genf nur ein fauler Sumpf war ...«

Eisenbeißer, als stolzes Schlachtroß, spitzte die Ohren und wieherte innerlich, als er diese letzten Worte hörte, die ihm furchtbar, schmerzlich gefielen und in seiner Seele ein Ekzem der Beredsamkeit hervorriefen. Oh, warum war er es nicht, der sprach, nicht er, der »fauler Sumpf« sagte?

»Zu einer Zeit, als Genf nur ein fauler Sumpf war«, fuhr Saltiel fort, »an dessen Ufer einige Hütten standen, um die herum leider nackte Männer mit den Zähnen Wild fingen, erstreckte sich eine herrliche Stadt im Orient, majestätisch und eingefaßt und bevölkert von einer großen Zahl von Gotteskindern, die Palmzweige schwenkten und die Gebote lasen, die Gott dem Menschen geschickt hat, damit er Mensch wird.«

Eisenbeißer wurde unheimlich gelb, und seine Zunge bewegte sich stark. Er spürte, wie seine Gallenblase vor Neid in der Leber platzte. Wann wäre dieser verfluchte Saltiel wohl endlich fertig? Er betrachtete jeden Satz seines Freundes als einen Diebstahl und eine Usurpation.

»Diese Stadt«, fuhr Saltiel fort, »hatte den Namen Jerusalem, Hauptstadt des Königsreichs Israel! (So schmerzhaft war sein Neid, daß Eisenbeißer lange hustete, um den Redner zu verwirren.) Kurzum, Exzellenz, diese Nation steht kurz vor der Wiederherstellung. Sie hat mir die Ehre erwiesen, mich zu ihrem Cicerone zu ernennen, und diese Ehre übertrage ich ganz auf mich selber!«

In diesem Augenblick machte das Ungeheuer mit dem von Binden umwickelten Kopf eine Bewegung, die die Tapferen wahnsinnig ermutigte, eine unglaubliche Bewegung. Es ergriff die Hand von Onkel Saltiel und führte sie an seine Lippen. Die Tapferen spürten, daß ein Siegeswind ihre Segel blähte. Der Stellvertreter der Welt erkannte das Genie Saltiels an! Eisenbeißer konnte sich nicht mehr beherrschen und spürte, daß er vor Stummheit sterben würde. Er stand auf und stieß den Redner beiseite.

»Und jetzt, Hoheit«, sagte er, »bin ich an der Reihe, mir die Zunge mit geschmackvollen und schön geschmückten

Sätzen zu versüßen. Ich beginne damit, daß ich Ihnen sage – denn ich bin ein Mann von guter Erziehung –, daß wir liebenswürdigerweise Anteil nehmen an Ihrem schrecklichen Autounfall, der aber, Gottseidank, nicht tödlich war. (Blick zu Saltiel und kurzes ironisches Husten.) Nachdem ich Ihnen also unsere schicklichen Genesungs- und Gesundheitswünsche zum Ausdruck gebracht habe sowie unsere mondänen Wünsche zu einem Nichtschädelbruch, was mein Oppositionsredner zu tun vergessen hat, da er es vorgezogen hat, von verfaulten Sümpfen zu reden.«

Eisenbeißer machte eine solche Grimasse des Ekels, daß Saltiel aufstand, um zu protestieren, doch der Untergeneralsekretär machte ihm ein Zeichen, nicht zu unterbrechen.

»Vielen Dank, Hoheit, daß Sie mein Verbündeter und erhabener Beschützer sind, aber ich weiß nicht mehr, wo ich stehengeblieben bin, da der unterbrechende Haß gewisser aufrührerischer Elemente mir den Sprachfaden der Ideenfolge in meinem wenig verfaulten Gehirn zerschnitten hat.«

»Die Wünsche.«

»Vielen Dank, Hoheit«, sagte Eisenbeißer und streckte die Hand nach dem Ungeheuer aus, das nichts davon zu bemerken schien, was etwas Balsam auf die schwärende Seele Saltiels war. »Ja, nachdem ich Ihnen höflich unsere protokollarischen Wünsche einer blitzschnellen Gesundung unterbreitet habe und nachdem ich Ihnen unsere herzlichen Empfehlungen wiederholt habe, Ihr herrliches Auto auf vorsichtige und eher schleppende Weise fahren zu lassen, denn wenn wir einmal das Leben verloren haben, bleibt uns nichts mehr, und wir lieben Ihre Hoheit zu sehr, um nicht bei dem Gedanken zu zittern, Ihrem Leichnam unser Beileid aussprechen zu müssen, komme ich zu meinem juristischen Exposé. Worum geht es eigentlich, meine Herren? Es geht darum, daß die englische Regierung, sehen Sie, uns nicht genug Gelände in Palästina gibt.

Deshalb siechen die jüdischen Kinder dahin, die jüdischen Kühe werden schwach und sterben unter entsetzlichen Krämpfen mangels Früchten, die sie nicht unter die Hauer kriegen! Selbst die Panther Palästinas ernähren sich von wilden Himbeeren und siechen von Nacht zu Nacht dahin! Ich weiche vor mitleidigem Entsetzen zurück! (Nachdem er, die Hand an der Stirn, zurückgewichen war, näherte er sich mit einschmeichelndem Lächeln dem Untergeneralsekretär.) Daher, Hoheit, bitte ein größeres Gebiet, und wenn Sie mir dieses kleine Stück Papier unterschreiben wollen, ich werde es selbst ins Register eintragen lassen, machen Sie sich keine Mühe.«

»Wieviel Quadratkilometer bietet Ihnen England?« fragte der Mann mit dem Gazekopf.

Eisenbeißer drehte sich nach Saltiel um, der sich nach Mattathias umdrehte, der sagte, er wisse es nicht.

»Auf jeden Fall, Hoheit«, sagte Eisenbeißer, »ob quadratisch oder rund, die Kilometer, die England uns anbietet, sind eindeutig unzureichend. Deshalb habe ich Stempelpapier mitgebracht, auf das Sie nur ein paar Worte zu schreiben brauchen. Zum Beispiel: ›Ich gestehe Ihnen zweimal soviel zu wie England.‹«

Der Untergeneralsekretär hielt dem entgegen, daß, wenn England den Juden dreiviertel Palästinas geben würde, es dem Völkerbund schwerfiele, ihnen das Doppelte zu geben.

»Kümmern Sie sich nicht darum, Hoheit. Lassen Sie uns nur machen. In diesem Fall werden wir ein bißchen von Ägypten nehmen. Machen Sie sich keine Sorgen.«

»Wir müschen immerhin an die Araber denken.«

Eisenbeißer lächelte gutmütig, trat an das Ungeheuer heran, nahm seine Hand.

»Das sind alles Nichtstuer, Hoheit. Wir werden ihnen ein anständiges Trinkgeld geben und einige Insektiziden, und sie werden ruhig bleiben.«

»Nein, isch kann Ihnen nischt schoviel geben.«

»Machen Sie ein Angebot«, sagte Mattathias.

»Tschehn Protschent mehr alsch England.«

Eisenbeißer hob die Arme zum Himmel.

»Hoheit, Sie machen wohl einen Witz!« rief er aus.

Saltiel sann traurig seinem Niedergang nach. Das Leben war ungerecht. Früher hätte er sich das nicht bieten lassen. Aber jetzt besaß er weniger Vitalität, er war alt, und man schob ihn beiseite. Nein, es war nicht nur das Alter. Es war, weil er Sol verloren hatte. Plötzlich erinnerte er sich an die seltsame Geste des Untergeneralsekretärs und schöpfte wieder Hoffnung.

»Exzellenz«, begann er lächelnd.

»Einen Augenblick, mein Herr«, sagte Eisenbeißer, »ich bin noch nicht fertig mit Reden, und stören Sie mich nicht bei meinen freundschaftlichen Gesprächen, die ich in Sympathie abwickele. (Er dachte einen Moment nach.) Entschuldigen Sie, Hoheit, ich habe in einer kleinen Ecke eine Staatsvertraulichkeit zu machen. Not kennt kein Gebot.«

Er führte Saltiel in den hinteren Teil des großen Arbeitszimmers, sprach leise auf ihn ein. »Sei mir nicht böse«, sagte er, »wegen der kleinen Pfeile, die ich im Eifer der Schlacht abgeschossen habe. Ich bin immer noch dein Freund und nicht völlig ohne moralisches Leben. Sei ruhig, ich werde dir nicht die Präsidentschaft wegnehmen. Aber laß mich machen. Ich habe verstanden, worauf er hinauswill.« Er drückte Saltiel die Hand und kam zu dem Ungeheuer zurück.

»Hoheit«, sagte er mit lachendem Gesichtsausdruck, »sehen wir uns die Dinge aus größerer Höhe an. Ich habe vorhin von Trinkgeld für die Araber gesprochen. Wir verfügen in der Tat über ungeheuere Geldmittel, Hoheit. (Mit einer einschmeichelnden Sanftmut:) Sie haben vielleicht eine Familie, einige kranke Kinder, Ausgaben für den Arzt, einige kleine Lebewesen zu ernähren, einige kleine Tote zu begraben. Nu, wir Finanziers, Hoheit, wir verstehen die Dinge.«

»Ich befehle dir, den Mund zu halten!« gebot Saltiel. »Exzellenz, hören Sie nicht auf diesen Unreinen.«

»Wasch er schagt, intereschiert misch.«

Saltiel hielt entsetzt ein. Mit einer anmutigen schraubenförmigen Bewegung zog Eisenbeißer seine Hosen hoch und fuhr vergnügt im vertrauten Ton des Bestechers fort.

»Ich sagte also, Hoheit, daß wir eine kleine Privatunterhaltung haben sollten, zu der ich in Begleitung eines, hm, kleinen Köfferchens kommen würde«, fügte er munter und satanisch hinzu. (Mit falscher Unschuld:) »Apropos Koffer, Hoheit, haben Sie schon bemerkt, wie viele Banknoten in ein ganz kleines Köfferchen hineingehen? Tausende und Abertausende, Hoheit! (Komödiant:) Aber ich verirre mich, darum geht es gar nicht. Ich werde Ihnen also, Hoheit, demnächst mit meinem kleinen Köfferchen einen Besuch in Ihren intimen Appartements abstatten.«

Und die Tapferen, entsetzt von einem solchen Verfall der Sitten, sahen, wie der Untergeneralsekretär Eisenbeißers Wange tätschelte. Welch ein Zynismus! Darauf rieb sich Eisenbeißer die Hände.

»Ich verlasse Sie, mein Lieber«, sagte er zu dem Ungeheuer. »Ich werde meinem Freund Weizmann telegrafieren, und ihn, hm, um einen kleinen Rat hinsichtlich der Größe des Koffers bitten.«

Und plötzlich geschah etwas Erstaunliches. Der Untergeneralsekretär nahm das Telegramm, zählte die Wörter. Er stand auf und ging auf Eisenbeißer zu.

»Sie sind ein Lump«, sagte er.

Die Verblüffung renkte für einen Augenblick Eisenbeißers Zunge aus.

»Ich glaube Ihnen nicht, Hoheit«, antwortete er schließlich, so würdevoll er nur konnte.

»Sie haben dieses Telegramm abgeschickt, nicht wahr?«

Eisenbeißer wich zurück, die Hand auf dem Herzen.

»Hoheit, welch eine Unterstellung! Ich, ich? Ein ganzes Ehrenleben, Hoheit! Bei einem solchen Gedanken geraten meine intimsten und kleinsten Adern durcheinander und verheddern sich, und meine Zehennägel drehen sich um! Hoheit, eine solche Beleidigung kann nur durch Blut abgewaschen werden, und es wird das meine sein, denn ich schätze das Ihre zu sehr! Daher gehe ich!«

Doch das Ungeheur hielt ihn zurück, befahl den Herren, sich ins Empfangszimmer zu begeben und ihn mit dem Verdächtigen allein zu lassen.

XXXI

»Hoheit«, sagte Eisenbeißer, die Hände vorgestreckt und mit offensichtlicher Aufrichtigkeit, »wie soll ich dieses Telegramm geschickt haben, da der auf dem Streifband aufgedruckte Postvermerk besagt, daß dieses Telegramm gestern abend von Jerusalem aus abgeschickt worden ist! Nu, ich schwöre Ihnen bei der Seele Kleintods, daß ich gestern den ganzen Tag über in der Schweiz war! Unschuldig wie die Mandel, Hoheit!«

»Sie sind ein Lump, Eisenbeißer.«

Die langen Beine des falschen Advokaten wurden weich. Was für ein Spionagedienst in diesem Völkerbund! Sie kannten sogar seinen Spitznamen!

»Hoheit, ich erlaube mir, Sie daran zu erinnern, daß Sie um sechs Uhr eine Verabredung haben, und es ist sechs Uhr und sieben Minuten auf Ihrer Wanduhr, die in Anbetracht Ihres Vermögens und der Aristokratie Ihrer Beschäftigungen richtig gehen muß. So wäre es also das Beste, Hoheit, wenn wir hinausgingen und nicht mehr über diese Bagatellen redeten. Eure Hoheit geht zu seiner Verabredung und seinen Weg. Und ich gehe den meinen und meinem Schicksal der Verworfenheit und der Bescheidenheit entgegen.«

»Ich gehe nicht zu der Verabredung. Es ist eine mit einer Frau.«

Eisenbeißer wunderte sich reichlich, sagte, man dürfte eine Frau nicht warten lassen und ihre Unterhaltung könne morgen fortgesetzt werden.

»Oh, respektieren Sie die Frau, Hoheit! Ist sie schön?« wagte er zu fragen, wobei er seinem Gesicht einen gerührten und väterlichen Ausdruck gab.

»Setzen Sie sich.«

»Untertänigst, Hoheit.«

»Aus dem Postvermerk dieses Telegramms geht hervor, daß es hundertneunundachtzig Wörter enthalten müsse.

Es umfaßt aber nur hundertzweiundachtzig. Was haben Sie mit den sieben anderen Wörtern gemacht?«

»Sie sind untertänigst bei mir, Hoheit, in meinem bescheidenen Hotelzimmer. Hoheit, gehen Sie nicht zu weit, ich bin ernüchtert. Untertänigst beschuldige ich mich. Wer sich beschuldigt, entschuldigt sich, Hoheit! Haben Sie Mitleid mit einem Familienvater, der seinen neun kleinen Kindern im Alter zwischen zwei und neun Jahren einen makellosen Namen hinterlassen wollte!«

»Sie haben das Telegramm abgeschickt?«

»Untertänigst, Hoheit«, sagte Eisenbeißer und schlug sich an die Brust. »Von Lausanne aus, Hoheit, schickte ich es untertänigst nach Genf. Denn die von Genf nach Genf werden nicht gedruckt, man schreibt sie mit der Hand. Ich habe, Hoheit, das Telegramm, die Fahrkarte Genf–Lausanne hin und zurück bezahlen müssen! Sie sehen also, Hoheit«, sagte er in flehendem Ton. »Ich habe es also an mich selber geschickt, Hoheit, um es ein wenig manipulieren zu können. Ich habe untertänigst einen kleinen, nutzlosen Satz von sieben Wörtern in den Text aufgenommen.«

Er zwinkerte mit den Augen und deutete sogar ein schmerzliches Lächeln an, ein kleiner Versuchsballon.

»Ein nutzloser Satz, sagte ich, in dem die Wörter Saltiel, Solal und Jerusalem vorkamen. Ich habe das Ende des Streifbands abgelöst, auf dem dieser Satz stand, und auf diese sinnreiche Weise habe ich den Namen Saltiels anstelle des meinen auf die Adresse setzen können, und ich habe an den Anfang des Textes, dort, wo sich der Name der Stadt befindet, von der das Telegramm abgeschickt wird, das Wort Jerusalem einsetzen können, das unendlich viel älter ist als das Wort Lausanne! Und ich habe das so gezinkte Telegramm unter die Tür von Herrn Saltiel geschoben. Alles war sehr gut ausgedacht, Hoheit, ich gebe Ihnen mein Ehrenwort! Aber was soll's, ich bin in dieser Angelegenheit gegen die Straßenlaterne Ihres Scharfsinns geprallt. Ein Telegramm, das mich soviel gekostet hat! Ich mache

Ihnen keinen Vorwurf, Hoheit! Aber wegen Ihnen ist ein ganzes Ehrenleben verloren! Saltiel wird mir nie verzeihen! Und dabei habe ich das alles nur für ihn getan.«

»Und für dich.«

»Und für mich, selbstverständlich, Hoheit, um meinen Kinderchen einen ruhmreichen Namen zu hinterlassen. Ein Augenblick der Verirrung! Ich habe Minister werden wollen. Der Größenwahn ließ mich meine ganze tugendhafte Vergangenheit vergessen, und so flog mein Gehirn aus meinem Kopf! Ich sagte mir, Hoheit, daß alle großen Politiker mit Betrug begonnen haben. Warum also nicht auch ich? Erinnern Sie sich, Hoheit, an die Emser Depesche, an Ludwig XI. und Kardinal La Balue, an Mazarin! Und Napoleon, Hoheit, unter uns gesagt, hat er nicht auch zu Anfang seiner Karriere einige kleine Lügengeschichten erzählt? Erinnern Sie sich nur, als er den Ägyptern erzählt hat, er sei Mohammedaner! Und der achtzehnte Brumaire! Kurzum, wenn Sie nicht so schmerzlich pfiffig gewesen wären, hätte ich Erfolge gehabt und würde nach Jerusalem telegrafieren, daß wir ein großes Stück Land bekommen haben, und ich würde Weizmann bitten, daß er ratifiziert und mich als Präsident der Minister bestätigt!«

Bewegt wischte er sich mit dem Ärmelaufschlag, der einen schwarzen Fleck bekam, den Schweiß von der Stirn, dann fuhr er fort, wobei er mit großen Schritten umherging oder stehenblieb, um weit ausholende Gebärden zu machen.

»Welch ein Premierminister wäre ich gewesen, Hoheit! Welche Erfindungen! Welch ein Wohlstand für mein Volk und für mich selber! Welche Flotte und welche Schmiergelder! Und milliardenschwer endlich, welches Essen und wie hätte sich meine bodenlose Seele verliebt sattgegessen an ruhmreichen kleinen Sesamkrapfen, die täglich für mich aus Kephalonia geschickt worden wären von Jakob Ohne Taschentuch, der der einzige Konditor der Welt ist, dem sie gut gelingen! O erhabene Krapfen, nach denen mein

Herze glüht, o kleine köstlich widerliche Krapfen, so sehr sind sie bis in die innerste Seele mit Sirup gefüllt! O trokkene Zedrat- oder Melonenkonfitüren, o saftige Dattelkonfitüren, vollgestopft mit Mandeln und Nelken! O verlorenes Gefresse! O Beileid für mich selbst! Und wenn ich Minister geworden wäre, was für herrliche Banken hätte ich in Jerusalem zu meinem persönlichen und intimen Profit gegründet! Und was für sichere Börsencoups, da ich die Beschlüsse über die Entwertung gekannt hätte, die ich sofort eiligst dekretiert hätte!«

Die beiden Hände des Tragöden, hoch erhoben, zitterten und lebten.

»Welche Armee«, fuhr er fort, »und welche netten Preisnachlässe der Lieferanten! Und welche listigen und juristischen Verhandlungen mit den Mächten! Und welche Bankette mit den Botschaftern! Ach, sie hätten gesehen, was ein gut gekleideter jüdischer Premierminister ist, geschickt im großen Umgang, immer in weißen Handschuhen mit kleinen Löchern für die Transpiration essend, sein Brot bei den großen Essen mit dem Messer schneidend, als wahrer Mann von Welt, den Käse nicht mit den Fingern nehmend, sondern ihn aufspießend, wie die großen englischen Offiziere, deren Vorgesetzter ich gewesen wäre, mit der Spitze des Messers, und großen Lärm machend, um die Schalen der weichgekochten Eier zu zerbrechen, und die bis zum unteren Ende ausgelutschten Spargel nicht hinter sich werfend, sondern sie höflich auf ein Stück Filigranpapier legend! Das, Hoheit, das hätte ich getan, wenn ich Premierminister geworden wäre! Aber Sie haben mir den Ruhm ebenso aus dem Mund genommen wie die gebackenen Eier! Ach, Hoheit, alles das, alles das ist auf immer verloren! Adieu, Bankette«, rief Eisenbeißer mit feuchter Stimme, die Hand am Herzen und die Augen geschlossen, wie ein Opernsänger, »adieu, ihr Reden unter Tränen, adieu, ihr Profite und ihr edel abgelehnten, bei geheimen Zusammenkünften und in mondlosen Nächten jedoch akzeptierten Trinkgelder, adieu, ihr Ordensgeschäfte, adieu, ihr militärischen Grüße an die rasenden Mengen, adieu, Strammstehen der Truppen, adieu, ihr einundzwanzig Salutschüsse bei meiner Ankunft in den Hauptstädten, adieu, ihr geheimen Ausschreibungen, adieu, ihr Enteignungen im öffentlichen Interesse, adieu, ihr rücksichts- und respektvollen Gespräche mit achtbaren und willfährigen Bischöfen und Kardinälen, adieu, ihr gegen unstatthafte und geheime Vergütungen wohlwollend freigelassenen Gefangenen, adieu, ihr Wonnen eines großen politischen Lebens, adieu, prächtige Kalesche und Landauer und sogar langsam von einem vorsichtigen Chauffeur gefahrenes Auto, umgeben von Polizisten auf Motorrädern mit Lederhelmen, die über meine Sicherheit wachen, adieu, durch meinen Ruhm ausgelöster Neid und Parken meines Tilbury vor Mattathias' Laden, ja, adieu, großes mondänes und politisches Leben, ihr monatlichen Bäder mit mehreren Handtüchern und ihr Schiffsreisen erster Klasse mit vier Schlachtschiffen drumherum, aus Furcht vor Schiffbruch durch Sturm, adieu, Ruhm Eisenbeißers, am Ende seiner Karriere angekommen, adieu, adieu! Die Sonne Kephalonias ist für immer untergegangen! Der Ewige der Heerscharen hatte mich auf den Schild gehoben, und nun muß ich die Schlacht zur Stunde des Sieges und der Ehre verlassen!«

Er war nun wirklich gerührt, und breite Schweißflecken erschienen auf dem Gehrock aus weißem Drillich.

»Und die Breakfasts, Hoheit, die Breakfasts, die mir Ihretwegen entgangen sind«, warf er mit ausgestreckten und zitternden Händen vor, »die Breakfasts, das heißt die englischen Frühstücke der Minister, die mit weißen Servietten und klingenden Gläsern serviert werden! (Seine Stimme wurde plötzlich zärtlich und mütterlich.) Ihr lieben morgendlichen Frühstücke mit Dutzenden runder oder länglicher Brötchen, alle die liebenswerten Breakfasts, die Eure Exzellenz mir grausam aus dem Mund genommen hat und die ich in London gegessen hätte, wenn Sie mir nicht mein Reich und meine satanischen Machenschaften vermasselt hätten, alle Breakfasts aus dem Füllhorn, die ich mit meinem Kollegen, dem Schätzekanzler, genossen hätte und zu denen so guter geräucherter Fisch mit köstlicher Soße gehört, Hoheit, Brot nach Belieben und Braten auf verschiedene wollüstige Arten, Milchkaffee ohne Chicoree, Honig, Kekse von Huntley und Palmer, und goldfarbene Orangenmarmelade von Crosse und Blackwell, wie für Lord Jellicoe, und Fleischscheiben mit entsetzlichem Senf und gebackene Eier, Hoheit, gebackene Eier!«

Seine Stimme breitete sich aus, sein Arm wurde länger, und seine Augen waren die eines Visionärs.

»Gebackene Eier, zahlreiche gebackene Eier, so gebakken, wie ich sie mag, das Gelbe noch flüssig, doch das Weiße schön fest, sehr gepfefferte und gesalzene gebackene Eier, gebackene Eier, die ich mich nicht gescheut hätte, da mächtig in Israel und von nun an keinen Rabbiner – der Teufel soll sie holen! – mehr fürchtend, die ich mich nicht gescheut hätte, sage ich, mit großen Scheiben Schinken und sogar mit Schweinsfüßen und -köpfen zu essen! Alles das, alles das, Hoheit, und das Wohl des Volkes und die uneigennützigen Reden, alles das für immer verloren wegen einiger Worte zu wenig in einem Telegramm!«

Er hielt inne, näherte sich einem kleinen Tisch, auf dem verschiedene kleine Karaffen standen, trank in einem verzweifelten Zug ein großes Glas Portwein, dann ein zweites.

»Ich gehe zu einem Waffenhändler«, schloß er, »aber ich werde Sie in meinem Todeskampf nicht vergessen, und ich werde für Sie beten, Hoheit! Das wird meine edle Rache sein!«

Und er ging, mit einer Hand seine gesenkte Stirn bedekkend, die andere nach hinten ausgestreckt, wie es die blinden und verzweifelten Könige in den klassischen Tragödien tun. Und er begab sich zum Ausgang wie ein Mann, der entschlossen ist, diese niedere Welt zu verlassen. Doch leider war die Tür verschlossen.

Er machte gute Miene zum bösen Spiel, und da er sah, daß es keine Möglichkeit gab, sich unauffällig aus dem Staub zu machen unter dem Vorwand eines falschen Selbstmords, fand er sich damit ab zu bleiben, entschlossen, irgendeinen Gewinn aus dem Mißgeschick zu ziehen. Nachdem er stark gehustet hatte, um sein Gehirn zu klären, fuhr er mit diesen Worten fort:

»Kurzum, Hoheit, ich bin ein Opfer der Ergebenheit für meine persönliche und private Sache. Ich bin moralisch getötet, Hoheit, und von wem? Von Ihnen, Hoheit, ohne Sie beleidigen zu wollen! Ach, war es denn nötig, einige Wörter zu bemerken, die in einem Telegramm fehlen? Ohne Sie würde ich die Diktatur ergattern! Sie haben einen Mann massakriert, Hoheit! Und welch einen Mann, welch ein Temperament!«

Seine Stimme wurde feucht bei dem Gedanken, daß er gerade seine Totenrede hielt.

»Welch ein glühender Mann ist ins Nichts gestürzt! Ein Mann, der Sinn für Großartigkeit hatte und der aus seinen palästinensischen Landsleuten ein Volk von Gentlemen gemacht hätten! Fünfzehn Millionen Gentlemen sind wegen Ihnen, Hoheit, totgeboren! Ich hätte ihnen Stiefel gegeben und jedem ein Pferd, und ich an der Spitze, Hoheit, mit meinen funkelnden Augen und meinem zweigeteilten Bart auf einem Rappen, aus dessen zuckenden Nüstern Rauch kommt! Ich hätte Schlachten gewonnen, ich hätte eine Armee geschaffen, ausgestattet mit allem modernen Komfort, ich hätte gut gegessen, ich hätte Orden bekommen, ich hätte alles für mein geliebtes Vaterland getan!«

Er trank noch ein Glas Portwein, wischte sich die Lippen mit dem Handrücken ab und sprach weiter.

»Ich verzeihe Ihnen, Hoheit, wobei ich hoffe, daß Ihre großzügige Handfläche den Fall mit einem günstigen Auge betrachten und mir den Schadensersatz geben wird, den sie mir billigerweise für die Reise Genf–Lausanne hin und zurück, Telegrammkosten, die ungeheuer waren, Leimtopf, moralische Schere, Spirituskocher, Verlust von Ehre und Breakfasts schuldet! Und ich vergaß, Hoheit, das Bestechungsgeld für meinen Freund Silberfeld aus Genf, damit er in der Telefonkabine der Kneipe parkt, wo er sehr gut die Rolle des zionistischen Vertreters gespielt hat, als Saltiel mit ihm telefoniert hat. Kurzum, ich schätze den materiellen und moralischen Wert ...« Er hielt inne, ließ seinen Blick über die schönen Möbel schweifen.

»Ich schätze ihn auf sechstausend bis neuntausendneunhundert Franken. Und dabei handelt es sich nur um das *damnum emergens*, das heißt, um den effektiv von mir erlittenen Verlust. Denn wenn ich das eintreiben wollte, was wir gebildeten Juristen den *lucrum cessans* nennen, nämlich den entgangenen Gewinn, dann wären es Millionen, die ich von Ihnen verlangen müßte, denn Sie können sich wohl die kleinen Köfferchen vorstellen, die ich in meiner Eigenschaft als Justizminister bekommen hätte!«

Er ließ seine Hand kreisen und zwinkerte spitzbübisch mit den Augen.

»Wir könnten einen Vergleich abschließen mit fünfzehntausend Franken, Hoheit, wenn wir dabei den Kummer einschließen, den eine solche Enttäuschung dem vom Schicksal so grausam getroffenen Saltiel zugefügt hat. Der Arme, er erzählt mir nur von seinem Neffen, den er verloren hat und den er wiederfinden will. Alles das, Hoheit, ist gut seine zwanzigtausend Franken wert, ehrlich«, sagte er, seine Arme ausbreitend und mit einer Stimme, die ihn rührte. »Hoheit, zu Ihren Diensten, um die vierundzwanzigtausend Franken für die Verzeihung als Scheck oder zivilisiertes gültiges Bargeld in Empfang zu nehmen!«

Er streckte die Hand aus, in die die Gottheit mit dem Gazekopf eine Hundert-Franken-Banknote legte, die Eisenbeißer respektvoll an seine Lippen brachte, bevor er sie einsteckte.

»Apropos, Hoheit, wollen Sie Ihre Untergebenen bitten, ob sie in den Personenstandsregistern der Bewohner der Welt nicht die Adresse von Solal, Sohn von Gamaliel Solal, dem Rabbiner, ausfindig machen und sie Onkel Saltiel geben könnten, damit er ihn auf die Wangen küßt? Denn wir sind am Tag unserer Ankunft an diesen Ort gegangen, wohin wir durch einen Brief bestellt worden waren, aber es war niemand da! Und jetzt wird Saltiel in die gleiche Schwermut verfallen wie die letzten zwei Jahre und in die gleiche Wahrhaftigkeit! O armer Saltiel, wenn Sie ihn bei Feiern sehen könnten, wie er allein ißt, vor sich einen Teller für seinen Neffen Solal, einen Teller, auf den er die besten Stücke legt! Und an der Karaffe lehnt das Foto seines Neffen! Ach, Hoheit, wenn Sie den Saltiel von früher gekannt hätten, lebhaft und so verlogen, daß es eine Freude war, immer eine Erfindung im Mund wie eine Blume. Jetzt hingegen, Hoheit, seitdem er seinen Neffen verloren hat, ist er ein blasses Individuum! Dieser aus der Fassung gebrachte Mensch gibt nur noch wahrhaftige Worte von sich, und folglich sind seine Tage gezählt!«

Und Eisenbeißer hörte auf zu reden, denn er war traurig geworden, und zwar ernstlich, und er zitterte um das Leben Saltiels. Wenn er aufrichtig war, verlor dieser Knabe seine ganze Beredsamkeit. Er setzte sich hin und dachte, daß er in seiner Beschreibung der ministeriellen Herrlichkeiten die Rumbabas vergessen hatte. Plötzlich faßte er einen Entschluß und stand auf.

»Hoheit«, sagte er, »ich verzichte auf die fünfundzwanzigtausend Franken für den Ehrverlust – denn obgleich Sie sie mir noch nicht gegeben haben, kenne ich mich und weiß, daß ich es einzurichten gewußt hätte. Aber ich verzichte darauf, wenn Sie dafür Saltiel helfen können, seinen Neffen wiederzufinden!«

Solal machte dem Grotesken ein Zeichen, er solle wieder zu Seinesgleichen gehen. Allein geblieben, irrte er in dem großen Kabinett herum. Ja, er schämte sich seiner Rasse und schämte sich seiner Familie. Eine indirekte Scham. Weil er wußte, daß Saltiel zu denen gehörte, die Galloway oder Huxley oder Petresco verachtete. Nie würde ein Petresco, so ehrerbietig gegenüber den Rothschilds, verstehen, daß Saltiel viel wunderbarer war als alle Rothschilds der Erde. Sie sehen? Ja, aber in diesem Fall in einigen Tagen die Karikaturen in den antisemitischen Zeitungen. »Der Untergeneralsekretär und seine Sippschaft.« Verurteilt, die leiden zu lassen, die er am meisten liebte, sich dessen zu schämen, was er am meisten bewunderte. Ja, er war der einzige, der die grotesken Juden respektierte, die schlecht erzogenen Juden und ihre Nasen und ihre Buckel und ihre ängstlichen Blicke. Sich seiner Rasse schämend, verehrte er seine Rasse und seine herumlungernden und fürstlichen verlausten Leviten.

Der Dummheit geweiht. Wer hatte ihn gebeten, ihnen nach Kephalonia zu schreiben, ihnen diesen Scheck zu schicken und dieses dumme Kryptogramm, um sie zu unterhalten? Wer hatte ihn gebeten, sie in den Englischen Garten zu bestellen? »Ja, edler Lord, ich saß um Mitternacht in einem Taxi, und durch den hochgehobenen Vorhang genoß ich sie aus der Ferne.«

Und jetzt waren sie zwei Meter von ihm entfernt. Und der andere, Jérémie, der Prophet mit den Pistazien, hing in der Kleiderablage! Eine schöne Sammlung. Umzingelt vom Judentum. Und so schwach, wenn er einen davon sah. Jérémie war gekommen, und anstatt ihn wegzuschikken oder ihn verhaften zu lassen, hatte er sich feige mit ihm eingelassen. Die Juden waren seine Maitressen und seine Ehebrüche. Übrigens gar nicht so dumm, wie man meint. Saltiel hätte auf seiner Insel am Ende doch alles erfahren. Dieser Kauz las die »Temps«, die anderen Zeitungen waren diesem Genießer hoher Politik nicht seriös genug. »Früher oder später hätte er erfahren, daß ich Untergeneralpossenreißer bin.« So schwach und so feige ihnen gegenüber, daß er nicht einmal daran gedacht hatte, den

Polen zu fragen, zu welchem Zweck er gekommen war, um den Argentinier zu spielen, und wie er es angestellt hatte, von Surville empfangen zu werden. Er hatte sich ganz der Wollust hingegeben, den Geruch Jérémies einzuatmen und sich an seiner Nase zu delektieren.

»Ja, lieber Petresco mit den Fischaugen, ich wohne im Ritz. Aber abends gehe ich in ein einsames Haus in Céligny, wo mich mein Vater erwartet, ein unbeholfener blinder Rabbiner, dessen Lippen drei Kilo wiegen und der Französisch mit einem so lächerlichen Akzent spricht.«

Wegen Petresco lebte sein Vater allein, fern von ihm. So fügsam, der stolze Gamaliel von früher. Mit soviel Demut die Schande hinnehmend, wie ein Aussätziger versteckt zu werden. Ja, dieser Petresco mußte die Syphilis haben. Lob den Petrescos, die einen Rabbiner mit violettem Turban unmöglich fanden. Saltiel in Céligny einschließen? Kein Vertrauen zu Saltiel. Zu schwatzhaft.

»Ein riskantes Unternehmen.«

Der Tag würde kommen, an dem die Leute in Céligny wüßten, wer der Mann ist, der den Einsiedler besucht. Übrigens klatschten sie bestimmt über den Blinden, der jeden Tag in dem trostlosen Gärtchen umherirrte, das mit hohen Mauern umgeben und voller Spinnweben war. Tag um Tag allein und ohne Diener, bekleidet mit seinem schönsten Priestergewand, wartete der Greis geduldig auf seinen Sohn, von dem er wußte, daß er sich seiner schämte. O das Lächeln des Alten, wenn sein Sohn eintraf. Die Kehle schnürte sich ihm mit einem unterdrückten Schluchzen zu. Er hatte seinen Vater ins Gefängnis geworfen.

»Ja, lieber Cecil, ich selbst bringe meinem Vater die Vorräte. Kein Diener, der etwas verraten könnte. Ich bereite ihm seine Mahlzeiten zu. Lachen Sie, ich wasche ihn auch.«

Wenn er kam, führte ihn der Alte ins Wohnzimmer, das nach Staub und faulem Holz roch. Beide setzten sich auf das entsetzliche Blumenkanapee. Und der Alte mit den toten Augen, seine Hand auf dem Knie des Sohnes, lauschte den Wundern, die sein Bewundernswerter ihm erzählte. O dieses stolze und kranke Lächeln.

Ja, sich den Tapferen zu erkennen geben und ihnen einschärfen, sich auf der Stelle aus dem Staub zu machen. Er würde ihnen viel Geld geben.

XXXII

»Und habt ihr gesehen, wie er mich hochgehoben hat und wie er mich geküßt hat?« sagte Saltiel, nachdem er sich ausgiebig geschneuzt hatte.

Eisenbeißer sagte nur, daß dieses Schauspiel abstoßend gewesen sei. Er glaubte kein Wort davon. Aber er legte Wert darauf zu zeigen, daß er ein ganzer Mann und nicht sentimental war. Und weil Saltiel überglücklich war, begnügte er sich damit, Eisenbeißer eine Giftnatter zu schimpfen.

»Ach, meine geliebten Freunde«, sagte er dann, »ich spüre, daß ich jetzt wieder starke Hände und junge Füße habe. Er hat mir alles genau erklärt, als er unter vier Augen mit mir gesprochen hat. Das Schweigen der letzten Jahre war nur, weil dieser Liebling noch einmal eine sehr hohe Persönlichkeit sein wollte, bevor er seinem Onkel schrieb. Der Scheck kommt natürlich von ihm. Er hat ihn uns auf diese romanhafte Weise geschickt, weil er weiß, daß wir die Geheimnisse lieben.«

»Noch, Onkel«, flehte Salomon. »Noch Wunder über die Vereinigung der Herzen.«

»Mit dem größten Vergnügen, mein Sohn. Im größten Vertrauen sage ich euch, o meine Freunde, daß, als er mich gerufen hat und ich seine köstliche Stimme erkannt habe . . .«

»Gewiß«, sagte Salomon.

»Und ich mich, sterbend, in seinen riesigen Saal geschleppt habe, in dem er wie die aufgehende Sonne war, er mich auf die Stirn und auf die Schultern geküßt und mich zerdrückt hat. Unsere Tränen sind reichlich geflossen, und er hat mir die Flöte gezeigt, auf der ich für ihn zum Tanz aufspielte, als er klein war. Er ist groß geworden, aber er hat sie aufgehoben! Und da meine Beine zitterten, hat er mich auf seinen Sessel getragen.«

»Der wie ein Thron ist«, sagte Salomon.

»Und er hat mir die Schublade gezeigt, in der die Fotos von mir lagen, die ich ihm wieder abholen werde, denn ich bin darauf nicht vorteilhaft getroffen.«

Er lächelte, und seine Tränen flossen köstlich. Er hatte sein Gebet wiedergefunden. So nannte er insgeheim seinen Neffen.

»Noch, Onkel«, bat Salomon.

»Er hat sich vor mich hingekniet. Was soll ich noch mehr sagen? (Eisenbeißer schnitt ein schiefes Gesicht, das Saltiel nicht gefiel.) Kobra, deine drei kleinen kotigen Dunkelhäutigen gehören wohl nicht zum Völkerbund, wie ich annehme? Wenigstens habe ich diesen Eindruck. Und außerdem habe ich gehört, daß einer deiner Neffen auf den Pariser Boulevards Seidenstrümpfe aus einem offenen Regenschirm verkauft.«

»Eisenbeißer«, sagte Salomon, »wenn du weiterhin die Kobra spielst, dreh ich dir den Hals rum!«

»Pst, mein Kind«, sagte Saltiel, »mein Neffe empfängt einen Bischof.«

Vor Stolz führte Salomon, beide Zeigefinger hoch erhoben, einen kleinen Tanz auf. Der Bischof gefiel Eisenbeißer so sehr, daß er dem Herrn Solal verzieh, vor einem unbedeutenden Saltiel niedergekniet zu sein.

»Schließlich«, sagte der Onkel, »hat er seinen Ärmel hochgekrempelt! Und ich habe gesehen, daß er immer noch den heiligen Gebetsriemen trägt!«

»Aber der Ärmel verdeckt ihn«, sagte Mattathias. »Das ist gut. So weiß niemand Bescheid. Aber da er dich so sehr mag, warum ist er dann nicht in diesen Englischen Garten gekommen?«

Saltiel hustete.

»Ach, was soll's, er war eben verhindert.«

Um die Dinge vollends zu verwirren, fragte Eisenbeißer Salomon, woran er denke.

»Daran, daß ich ein zwar kleines, aber wohl geformtes Gehirn habe«, sagte Salomon.

»Meine Kinder«, sagte Saltiel, »ich empfehle euch, korrekt und diskret zu sein.«

»Er soll mich bezahlen und fettmachen, und ich werde ein Gentleman sein«, sagte Eisenbeißer. »Denn schließlich, wenn er diesem Jérémie, verflucht sei er, bevor er ihn wegschickte (–Saltiel schloß die Augen bei dieser traurigen Erinnerung –) zehntausend Franken, bar und flüssig von der Hand in die Hand gegeben hat, dann schuldet er mir zehnmal mehr. Und jetzt, Michael, erzähl mal, wie du es angestellt hast, daß Scipion und der unglückliche, habgierige Pole empfangen wurden.«

»Im Aufenthaltsraum des Hotels«, begann Michael, »hatte ich zwei häßliche Männer bemerkt, die spanisch sprachen, eine Sprache, die ich verstehe. Es waren die beiden argentinischen Delegierten. Ich habe zugehört. Sie beklagten sich über dieses kleine Hotel, in dem sie hatten absteigen müssen, weil die andern voll waren.«

»Mach's kürzer!«

»Dann habe ich gehört, wie sie ihre Abreise nach Paris beschlossen, eine dringende Angelegenheit, was weiß ich? Sie sind um Mittag abgereist, und ich bin mit Hilfe eines geschickt gekrümmten Nagels in ihre Zimmer eingedrungen und habe ihre Empfehlungsschreiben genommen.«

»Deine Kriegslist war nicht sehr kompliziert«, sagte Eisenbeißer mit aristokratischer Verachtung.

»Habt ihr gesehen«, sagte Salomon, »mit welcher Arroganz der Herr mittels der Worttransportiermaschine zum Kassierer gesagt hat, er solle ihm seinen Lohn für drei Monate bringen.«

»Lohn ins Auge deiner tugendlosen Mutter!« sagte Saltiel empört. »Man sagt nicht Lohn, wenn es sich um den Vizekönig der Welt handelt!«

»Schon gut, schon gut, das wußte ich ja nicht«, sagte Salomon. »Deshalb brauchst du nichts Böses über meine heilige Mutter zu sagen.«

»So eine Redensart«, entschuldigte sich Saltiel.

»Wie muß man also sagen?«

»Honorare«, sagte Eisenbeißer.

»Zivilliste«, sagte Saltiel. »Ich sage Vizekönig der Welt, doch in Wirklichkeit müßte ich König sagen. Denn dieser alte Engländer, dieser unglückliche Sir John, möge der Teufel ihn auf schnellstem Wege verschlingen, damit wir (dieses »wir« bedeutete natürlich Sol) seinen Platz einnehmen können, dieser alte, dumme Engländer, sagte ich, steht nur als Statist an diesem Platz.«

Mattathias lächelte, was Onkel Saltiel nicht gefiel.

»Sollte, o Harzkauer, der Ausdruck ›Vizekönig‹ vielleicht zufällig deine schwenkbaren Ohren schockieren?«

»Ich stelle etwas fest«, entgegnete der Einarmige. »Zur Zeit, als dein Neffe noch Brotschaftssekretär war, hast du uns beschimpft, wenn wir so taten, als dächten wir, daß es noch etwas Besseres gäbe als Brotschaftssekretär. Aber jetzt ist er unter einem Sekretär . . .«

Blutsturz in der Brust Saltiels.

»Mattathias, hör mir genau zu, denn es ist das letzte Mal, daß ich das Wort an dich richte, und wenn ich dieses eine Mal noch mit dir rede, dann ist das mehr wegen der Ehre der Menschheit und der Wahrhaftigkeit als aus Achtung für dich und dein unvollständiges Gerippe, das bald von den Würmern gefressen wird! Zunächst einmal sollst du wissen, daß, wenn ich dir deinen Höllenbart nicht ausreiße, es nicht aus Güte ist, sondern aus Furcht, deine Schreie könnten meinem Neffen schaden und einen Skandal hervorrufen. Unter einem Sekretär, hast du zu sagen gewagt! Und du vergißt, du böswilliger Mensch, du vergißt, General hinzuzufügen, was das wichtige Wort ist! Und General wovon? Von der Gesamtheit der Völker!« rief Saltiel mit einer ausholenden Gebärde, die den gesamten Planeten einhüllte. »Dummkopf, Mensch schwarzer Unwissenheit, schwarz wie der Zwischenraum zwischen deinen Zehen, die ich zu meinem Schmerz und meiner Schande neulich abends gesehen habe, o wirklicher Stinker, Sohn von sechsunddreißig Vätern und Neffe der Kupplerinnen, o Abkömmling von Falschmünzern, o du aus Kehrricht Hervorgegangener, o Mattathias aus Erbrochenem, o Araber, so erfahre denn von mir, da du, ohne Bildung, immer nur dazu getaugt hast, Geldstücke in den Gossen zu suchen oder Sündenknaben auszupressen, so erfahre denn von mir, Hyäne des Prozentsatzes, erfahre die Bedeutung des Wortes Sekretär. Sekretär heißt der, der die Geheimnisse kennt. Und wessen Geheimnisse? Die aller Völker!«

»Ja, aber Unter-Sekretär«, beharrte Mattathias und tippte mit dem Zeigefinger auf seine Knie.

»Und Moses, war er etwa nicht Unter-Gott? War er nicht ein größerer Mensch als Gott?« wagte Onkel Saltiel vorzubringen, um seine Sache zu verteidigen. »Du weißt wohl nicht, was ein Untergeneralsekretär des Völkerbunds ist?«

»Da haben wir's«, murmelte Mattathias, »er wird uns wieder die Geschichte mit dem Brotschaftssekretär auftischen.«

»Ein Untergeneralsekretär ... (Oh, wie er dieses »Unter« haßte. Aber was tun?) Ein Untergeneralsekretär, mein Freund, kommt morgens in sein Büro. Gut. Was spielt sich da ab? Telefon aus Rumänien! ›Dürfen wir die Steuern erhöhen?‹ fragt es mit Flötenstimme. Kalte und böse Antwort meines Neffen: ›Nein, ihr balkanischen Dummköpfe, ihr Falschspieler, keine neuen Steuern!‹ Gut. Er legt auf. Telefon aus Ungarn! (Um die Stimme Ungarns nachzuahmen, nahm er den Ton einer jungen, affektierten Frau an.) ›Wir haben kein Geld mehr, wir stehen da ohne einen Pfennig Geld!‹ Und darauf mein Neffe (männliche, kategorische Stimme:) ›Habt ihr mal wieder alles ausgegeben, ihr ungarischen Dummköpfe vom Kamelmist?‹ – ›Das Land ist arm, Erhabene Exzellenz!‹ antworten die Ungarn. – ›Ja‹, antwortet Sol, ›ihr habt wieder das ganze Geld verpraßt, das ich euch letzten Monat gegeben habe, verdammtes Ungarn, indem ihr euch Opern und Orchester fabriziert habt, indem ihr Eiskaffee getrunken, euch zu teuere Geigen gekauft, alle möglichen stupiden Ausgaben gemacht habt. Und wozu müßt ihr neue Züge bauen? Wenn man Ungarn ist, begnügt man sich mit den alten! Laßt mich in Ruhe!‹ Und so weiter! So ist das!«

»Und England?« fragte Eisenbeißer verwirrt.

»England auch«, antwortete Saltiel nach einigem Zögern.

»Die Engländer rufen an und sagen zu ihm: ›Wir möchten wieder zehn Schlachtschiffe bauen.‹ Darauf antwortet er, mein Neffe also, in einem sehr liebenswürdigen, ein wenig musikalischen und traurigen Ton . . .«

»Aber woher weißt du das alles?«

Saltiel erschlug den Einarmigen und erwiderte kurz – oh, wie konnte er wieder lügen, der kleine Onkel! –, daß Sol höchstpersönlich es ihm vorhin gesagt habe.

»Den Engländern also antwortet mein Liebling auf diese Weise: ›Lieber englischer Premierminister, finden Sie nicht, daß Sie ein wenig übertreiben? Ich möchte Ihnen ja gern die Freude machen, aber ich kann Ihnen nicht mehr als neun Schlachtschiffe gewähren.‹ So ist das, mein Freund, so ist das! Sofort raus hier, Mattathias, damit ich dein Gesicht einer kranken Zitrone und eines Brotbeweiners nicht mehr sehe! Raus hier, raus aus meinem Zimmer! Und weißt du, wie er einen polnischen Minister grüßt? Indem er ihm ins Gesicht spuckt!«

»Aber der andere wird wütend?« fragte Salomon.

»Keineswegs, mein Kind«, sagte Saltiel wohlwollend. »Er dankt.«

»Weißt du, Mattathias«, sagte Eisenbeißer, der Wert darauf legte, bei Saltiel wieder gut angeschrieben zu sein, »weißt du, o Trockenspucker, daß, wenn unsere ehrenwerte Hoheit und Neffe reist, es vorkommt, daß die Zöllner ihn nicht erkennen. Nu, weißt du, o Miss Geiz (Saltiel trank Milch), weißt du, o du, der du aus Sparsamkeit und

Lust am Bewahren nie auf ein gewisses Örtchen gehst, weißt du, was dann geschieht?«

Saltiel näherte sich mit weit aufgerissenen Augen, um besser zu hören und zu verstehen, seinem lieben Freund Eisenbeißer, hielt seine Hand trichterförmig ans Ohr und lauschte voller Liebenswürdigkeit.

»Er«, fuhr Eisenbeißer fort, »er also, der Ehrenwerte, der Verehrte, tut so, als sehe er alle diese Zöllner, die da sind, gar nicht. ›He da‹, sagen sie mit Arroganz zu ihm, ›wenn Sie auch erster Klasse reisen, kommen Sie doch nicht um den Zoll herum!‹ Darauf öffnet er seine Jacke einen Spalt, und er zeigt die Medaille, die er zusammen mit dem andern, dem Sir John, der ein kleines bißchen über ihm ist, als einziger besitzt, und darauf fallen die Zöllner auf die Knie! Und weißt du, was der verehrte Herr Solal zum Hauptmann der Zöllner mit dröhnender Stimme sagt? ›Wisse‹, sagt der Neffe Saltiels, ›wisse, o Sohn von zehntausend Kamelen, wisse, o Chef des Zolls des Mists der schwarzen Ziege, wisse, o räudiger Kofferdurchwühler, wisse, o schlecht Bezahlter, o Hungerleider, o neu besohlter Schuh, o buckliger und mit Motten bedeckter Schakal, wisse, daß es meine Freude ist, in meinem Koffer zehntausend Zigaretten und einen Kilometer Spitzen zu haben!‹ Und darauf beugen die Zöllner die Stirn in den Staub, und sie rufen alle mit einer einzigen Stimme: ›Mögen diese wenigen Zigaretten im parfümierten Glück geraucht werden!‹ So ist das. Und weißt du auch, daß der Polizeikommissar nicht einmal einen Blick auf seinen Paß zu werfen wagt? Weißt du, was er tut?«

»Nein«, sagte Saltiel ganz zitternd, »sag es schnell, lieber Eisenbeißer!«

»Er stürzt herbei, um ihn abzubürsten und ihm die Schuhe zu putzen!«

»Unbedingt«, sagte Saltiel. (Er kreuzte die Arme und durchbohrte den sprachlosen Einarmigen mit dem Blick. Ein immaterieller Siegesrauch kam aus seinen bebenden

Nasenlöchern.) »Wage jetzt zu reden!« (Überzeugt, bat Mattathias um Verzeihung. Aber Saltiel wollte auf dem Besiegten noch herumtrampeln.) »Und weißt du nicht, daß er, als er Abgeordneter war, in der Kammer so intelligent und so gebildet gewesen ist, daß man ihm vorgeschlagen hat, das Ministerium zu bilden?«

»Warum hat er nicht angenommen?«

»Weil seine sozialistische Partei nicht die Mehrheit hatte.«

»Dann ist seine Partei die Partei der Hirnlosen«, sagte Eisenbeißer. »Aber er brauchte sich doch nur mit den anderen Parteien zu verständigen, um diese Konfitüre nicht fahren zu lassen!«

»Er hat keine Regierung der nationalen Einigkeit bilden wollen.«

»Ich«, sagte Eisenbeißer, »ich würde eine Regierung der nationalen Uneinigkeit bilden, und alles, was man will, vorausgesetzt, daß ich dazu gehöre und daß ich meine geliebte französische Armee stärken und in meiner Eigenschaft als französischer Premierminister meinem heißgeliebten König George von England die Hand schütteln kann und wenn ich vor ihm, mit Tränen in den Augen, meine angebetete Marseillaise grölen und dazu die Fahnen der beiden edelsten Länder der Welt schwenken kann!«

»Auf jeden Fall bietet man dir nichts an«, sagte Mattathias. Eisenbeißer stand gekränkt auf und ging würdevoll auf die Tür zu. Dann machte er kehrt und setzte sich wieder hin.

»Ich bin in der Tat ein Unfähiger«, sagte er traurig.

»Nein, ein Verkannter«, sagte Saltiel.

»Mit den großen Männern ist das immer so«, sagte Salomon.

Solal kam herein. Alle standen auf und fanden ihn schön wie den Mond, wenn er über dem Meer aufgeht. Und da er stumm blieb, bewunderten sie ihn in der Art der Frauen.

Saltiel wagte ihn nicht von neuem zu küssen. Doch um

in liebevollem Kontakt mit ihm zu sein, entfernte er mit kleinen, sorgfältigen Handbewegungen einen Staub, von dem er annahm, daß er sich auf dem Ärmel seines Neffen befand. Solal teilte mit, daß die argentinische Angelegenheit erledigt sei: Comte de Surville, der Hauptzeuge, brach noch an diesem Abend zu einer Mission in die Balkanländer auf, und Huntington erhielt einen langen Urlaub.

»Und für mich, Herr«, fragte Eisenbeißer, »hätten Sie da nicht irgendeine Schmuggelaffäre, die Sie mir anvertrauen könnten, indem Sie mich diplomatisch immunisierten?«

»Wenn der Völkerbund sich mit Import oder Export oder Hypothekendarlehen beschäftigt, könnte ich, nach eingehender Prüfung, in das Geschäft einsteigen«, sagte Mattathias langsam.

»Könnten wir dir ein wenig helfen, mein Sohn? Zum Beispiel Stempel auf Blätter drücken?« fragte Saltiel, während Eisenbeißer offizielles Briefpapier verschwinden ließ, das später immer mal zu etwas nütze sein könnte.

»Könnten Sie sich nicht von uns vertreten lassen«, schlug der lange Schwindsüchtige vor, »damit wir die Freude haben, Pässe und Visas abzulehnen?«

»Was für ein Vergnügen?« fragte Mattathias.

»Ach, wie gern würde ich zu irgendeinem polnischen Konsul sagen: ›Jetzt bin ich an der Reihe, mein Freund, dich zu verbrennen und zu braten, komm in zwei Monaten wieder und ich werde dir sagen, ob ich dir, nach der Untersuchung der Polizei über dich, das Visum geben werde.‹«

»Das beste«, sagte Saltiel, »wäre es, die verdächtigen Angestellten zu überwachen, damit sie nicht stehlen.«

»Ja, jeder von uns würde mit falschen Bärten spionieren!« rief Salomon.

»Na, Onkel, läuft alles gut?« fragte Solal. »Was ist die letzte Erfindung?«

»Das werd' ich dir sagen, mein Liebling«, antwortete Saltiel auf der Stelle. »Eine Wanduhr, und als die Männer der Wissenschaft sie gesehen haben, haben sie die Münder aufgesperrt wie Öfen, und die Fliegen sind in rasantem Flug hineingeflogen. Eine Wanduhr für Friseure, mein Liebling. Was tut der Kunde, wenn er rasiert wird? Er schaut in den Spiegel. Und was will er, wenn er in den Spiegel schaut? Er will wissen, wie spät es ist. Und in diesem Augenblick gerät er in Verzweiflung, denn er kann die Uhrzeit nicht lesen, denn ich weiß nicht, ob du es bemerkt hast, Sol, aber wenn man in einem Spiegel etwas anschaut, sieht man es immer verkehrtherum, Sol. Deshalb habe ich, tja, mein Liebling, ich habe eine seitenverkehrte Wanduhr machen lassen. Und so kommt es, daß man sie, wenn man in den Spiegel schaut, richtig sieht, und daher kommt es, mein Liebling, daß man mein Patent für zweitausend Francs gekauft hat, und alle Friseure von Athen haben seitenverkehrte Wanduhren, und so kommt es, daß die Jungens, wenn sie vergessen, im Spiegel nach der Uhrzeit zu sehen, verrückt werden.«

»Bravo, bravo!« rief Eisenbeißer. »Und jetzt, Hoheit, was die Adelstitel angeht, so wäre ich recht gern Milord, um reiten zu können, falls der Völkerbund mich dessen wenigstens für würdig befindet.«

»Und ich Vicomte oder lieber noch Thronfolger«, regte Salomon an. (Kleine überflüssige Anmerkung: Da Solal ein unbestimmtes Zeichen der Zustimmung gemacht hatte, schickte Salomon noch am selben Abend seiner Frau ein Telegramm, in dem er ihr ankündigte, daß er Thronfolger sei. Am nächsten Morgen bekam er diese Antwort: »Um Himmels willen, deck dich zu und laß den Arzt kommen.«)

Sie betraten das luxuriöse Arbeitskabinett, bewunderten und berührten alles, blähten sich auf vor Stolz. Und Saltiel wandte kein Auge von seinem Wiedergefundenen und verachtete alle anderen Onkels und ihre Neffen. Eine richtige Fliege, folgte er seinem Liebling, schob ihm den Sessel hin, hob alles auf, was Solal absichtlich fallen ließ. Sein Glück wäre vollständig gewesen, wenn es Straußenfedern im schönen Arbeitszimmer gegeben hätte. Ja, es fehlte an roten Federn. Er beschloß, daß er im Vertrauen mit Solal darüber reden würde.

»Ist das wahr, diese Geschichte vom Polizeikommissar, der Ihnen die Schuhe putzt?« fragte Mattathias.

»Nur die Sohlen«, antwortete Solal. »Einzig und allein der Direktor der Sicherheitspolizei hat das Recht, das Oberleder zu putzen. Der Kassierer wird gleich kommen, um mir mein Gehalt auszuzahlen. Seid brav.«

Eine große Stille vibrierte. O Freude, sie würden wissen, wieviel der Vizekönig der Welt verdient! Einige Minuten später trat der Chef-Kassierer ein, und die Tapferen standen auf und ehrten seine weißen Haare. Dieser respektable englische Greis, Vater, Sohn und Vetter von Pfarrern, war taub und so kurzsichtig, daß er trotz seiner Brille, deren Gläser dick waren wie Lupen, keinen Meter weit sah. Das war auch der Grund, weshalb Solal es gewagt hatte, ihn seinen furchtbaren Verwandten gegenüberzustellen.

Der ehrenwerte Mister Wilson war ziemlich erstaunt darüber, daß der Untergeneralsekretär ihn gebeten hatte, ihm sein Gehalt für drei Monate und in französischen Banknoten zu bringen. Er konnte natürlich nicht ahnen, daß diese Inszenierung für Saltiel bestimmt war, damit er sich brüsten konnte, und für die Tapferen, damit sie zittern konnten und in Kephalonia ein erhabenes Gesprächsthema hatten.

Die Tapferen verbeugten sich vor der eindrucksvollen Fußspur, und die Nasenlöcher Eisenbeißers, von langen Haaren überwuchert, weiteten sich beträchtlich, als der Kassierer seine riesige Brieftasche öffnete. Die spitzen Ohren Mattathias' bebten.

»Das macht, Herr Untergeneralsekretär, dreihundertzweiundsiebzigtausendfünfhundert französische Francs.«

Saltiel schwankte und sackte dann, tödlich getroffenes Segelschiff, über Eisenbeißer, der, vor Aufregung, einen sanften Wind ließ, dann die Augen schloß und sanft an Salomons Schulter den Geist aufgab, während Salomon, nachdem er den Schluckauf bekommen hatte, auf Mattathias stürzte, den Michael in seinem Fall aufhielt. Der fast blinde Kassierer merkte nichts.

Solal warf die Banknoten in eine Schublade, nahm die Quittung, die der Kassierer ihm hinhielt, und schickte sich an, zu unterschreiben. Saltiel konnte nicht mehr an sich halten.

»Sol, zähl die Banknoten, bevor du die Quittung unterschreibst«, flüsterte er im venezianischen Dialekt der Juden Kephalonias.

Solal tuschelte (er liebte es, die Art der Tapferen nachzumachen), daß er nicht könne, daß es zuviele seien. Diese absurde Antwort verursachte unter den Tapferen einen empörten Tumult. Wie konnte man in bezug auf Geld von zuviel reden?

»Im Namen deiner heiligen Mutter, die dich im Augenblick ansieht und dort oben weint, Sol, mein Liebling, gib ihm nicht die Quittung zurück ohne nachzuzählen. Im Namen deines Großvaters, aller unserer Rabbiner, Moses', der Patriarchen, im Namen meines Herzens, das krank ist, Sol, tu mir so etwas nicht an!«

Solal bat den Kassierer, etwas später wiederzukommen. Der respektable Greis ging hinaus.

»O Unglücklicher!« sagte Saltiel.

»O unglückliche Hoheit!« überbot Eisenbeißer düster.

»Herr Solal«, sagte Salomon, »wie können wir von nun an ruhig leben?«

»Wie kann ich in meinem Bett in Kephalonia schlafen?« sagte Mattathias, der vor lauter Schreck sein Harz verschluckt hatte.

»Ich werde mich die ganze Nacht herumwälzen«, sagte Salomon, »und mir sagen, daß Sie in diesem Augenblick vielleicht gerade im Begriffe sind, Ihre Zivilliste nicht nachzuzählen!«

»Niemals, niemals«, sagte Saltiel, »hätte ich geglaubt, daß du mir in meinem Alter einen solchen Schmerz zufügen würdest!«

»Vortrefflicher Herr«, sagte Eisenbeißer, »mir kommt eine Idee. Damit Sie Ihre Ruhe haben und der Onkel ebenfalls, könnten Sie mich nicht zum Schatzmeister ernennen, denn bei mir bräuchten Sie die Banknoten nicht nachzuzählen.« (Und er zwinkerte mit den Augen, aber innerlich, wenn man so sagen kann.)

»Aber wem schlägst du denn nach?« rief Saltiel und betrachtete den unverständlichen Neffen. »Wo ich immer wieder zähle und noch mal zähle, wenn man mir auf zwanzig Francs rausgibt!«

»Und ich«, sagte Eisenbeißer, »wenn man mir das Kleingeld rausgibt, dann protestiere ich schon vorher, bevor ich nachgezählt habe, um auf mein Recht hinzuweisen.«

»Ich«, sagte Mattathias, »wenn ich nachgezählt habe, stecke ich zunächst einmal das Geld in die Tasche und dann erst unterschreibe ich die Quittung, aus Furcht, daß mir der Mann das Geld und die Quittung wegnimmt, wenn ich die Unterschrift leiste, solange das Geld noch auf dem Tisch liegt!«

»Und ich«, sagte Eisenbeißer, »ich unterschreibe nie eine Quittung, weil ich das unvorsichtig finde.«

»Meine Herren«, sagte Saltiel und setzte seine nickelumrandete Brille auf, »an die Arbeit, zählen wir!«

»Vorwärts mit dem Nachzählen!« rief Eisenbeißer. »Beeilen wir uns, denn der Dieb wird gleich zurückkommen!«

Mattathias lachte jungfräulich und begann zu zählen, was ihm seine Kumpane sogleich nachmachten, die sich mit sorgenvollen Lippen eifrig an den Banknoten zu schaffen machten.

Eisenbeißer hatte seine Drillichjacke ausgezogen, damit er bloße Arme hatte und nicht verdächtigt würde für den

Fall, daß die Rechnung nicht stimmte. Außerdem, und um seine Rechtschaffenheit bewundern zu lassen, hielt er seinen Körper so weit wie möglich von dem Tisch entfernt, auf dem die verstreuten Banknoten herumlagen. Sein nackter und stark behaarter Oberkörper schwitzte vor uneigennütziger Aufregung. Das große Arbeitszimmer summte von Zahlen und hatte sich in einen Schulsaal verwandelt. Ganz ihrer Sache hingegeben und in dieser aufregenden Stunde in keinster Weise zu Scherzen aufgelegt, zählten die alten Schüler laut, machten ihre Daumen naß, ließen die mächtigen Bilder knallen, um ihre Echtheit zu prüfen, hielten sie vors Licht, um zu sehen, ob die Wasserzeichen drin waren, machten Bündel zu zwanzig, verschnürten sie und legten sie dann sachte mit zärtlichen und professionellen Gebärden in eine Goldschale. Saltiel, auf einem Stuhl stehend, spielte den Leuchtturmwärter. Mit beweglichen und mißtrauischen Augen kontrollierte er die Kontrolleure. Und sein Blick eines Chef-Croupiers ging vor allem in Richtung Eisenbeißer, dessen große Hände ihm nicht gefielen.

»Es stimmt«, sagte Mattathias bedauernd. »Es fehlt nichts.«

»Diesmal«, berichtigte Eisenbeißer.

»Ab und zu«, sagte Saltiel, »zählt er dir das Geld richtig ab, um dich in Sicherheit zu wiegen.«

»Als er uns gesehen hat«, sagte Eisenbeißer, »hat er die Augen niedergeschlagen, ist euch das nicht aufgefallen, meine Freunde? Und ich für meinen Teil habe den Eindruck, daß er die Geldscheine, die er hatte verschwinden lassen, geschickt wieder in die Brieftasche gelegt hat.«

»Dabei sah er ganz ehrlich aus«, sagte Salomon.

»Eben«, sagte Eisenbeißer. »Die echten Banditen sehen so aus.«

»Darf ich die Quittung unterschreiben?« fragte Solal.

»Sie dürfen«, sagte Eisenbeißer, »aber schreiben Sie dazu ›unter ausdrücklichem und absolutem Vorbehalt aller meiner in der Regel x-beliebigen Rechte und vorbehaltlich auch dieser Vorbehalte‹.«

Solal klingelte nach dem Amtsdiener, reichte ihm durch die einen Spalt geöffnete Tür die Quittung.

»Und jetzt, was wirst du mit all diesem Geld tun?« fragte Saltiel.

»Ich werde es hier lassen.«

»In einer Holzschublade?« empörte sich Saltiel.

»Gut, dann eben in meinen Taschen.«

Saltiel nahm seinen Kopf zwischen die Hände.

»Dreihundertzweiundsiebzigtausend Francs in eine Hosentasche! O Verfluchter, der ich bin! Aber was für eine Sünde habe ich begangen, um solche Greuel im siebzigsten Jahr meines Lebens zu hören?«

»Wenn es wenigstens noch eine eiserne Hose mit Schlössern wäre«, sagte Eisenbeißer.

»Was soll ich also tun?«

Die Tapferen sahen sich gegenseitig an. In der Tat, was konnte er anderes tun, da die Banken geschlossen waren?

»Wir werden die Nacht mit dir verbringen«, entschied Saltiel. »Und morgen früh werden wir dich bis zum Tresor deiner Bank einrahmen.«

Solal machte ein fast dummes Gesicht (er liebte es, seinem Onkel ein Ärgernis zu geben, und genoß seine Empörung), um zu fragen, was diese Banktresore eigentlich seien. Saltiel zitterte. Ein so intelligenter Mensch, der nichts von der Existenz von Banktresoren wußte! Er versuchte, seinen Neffen streng anzusehen. Aber warum zum Teufel hatte Gott nicht ihm, Saltiel, eine so großartige Position zukommen lassen, ihm, einem Mann von Erfahrung und gesundem Menschenverstand, der seine magere Habe in einem falschen Absatz aufbewahrte und der immer einen Geldbeutel mit einer falschen, für einen möglichen Angreifer bestimmten Geldnote bei sich trug?

Er beruhigte sich erst wieder, als er sich sagte, daß er von nun an immer bei Sol bleiben würde. Sol würde das Geld verdienen, und Saltiel würde es aufbewahren. Denn aufbewahren, das konnte er.

Solal sah auf seiner Armbanduhr nach der Zeit. Als er den begehrlichen Blick Eisenbeißers bemerkte, der auf das massive und breite Platinschmuckstück gerichtet war, zog er es vom Handgelenk und warf es dem falschen Advokaten zu. Die dicke haarige Hand schnappte zu und schloß sich über dem kleinen Wunder. Saltiel warf Eisenbeißer und selbst seinem Neffen einen Blick voller Antipathie zu.

»Und diesem ungeschliffenen Menschen gibst du ein Schmuckstück, das mindestens hundert Franken wert ist!«

»Und wer bist du, Saltiel, du Graveur des Deuteronomiums in Hühnerknochen, daß du dich dem Willen des Führers der Welt widersetzt? Wenn er mich begünstigen will, geht das dich etwas an, und worum kümmerst du dich überhaupt?«

»Um sein Erbe. O mein Sohn, wenn du diesen Menschen bei dir behältst, wird er dir nicht einmal dein Hemd lassen!«

»Meinem Herrn das Hemd ausziehen, niemals!« sagte Eisenbeißer. »Um so weniger, als ich Seide nicht mag, von der ich Zahnschmerzen bekomme. Hingegen habe ich eine Schwäche für Meerperlen, und die, die der Herr mit dem Gesicht so rein wie das Licht des Morgens an seiner Krawatte trägt, wäre die Freude meiner armen Frau am Sabbattag.«

Solal entfernte die Krawattennadel.

»Sol!« rief mit vibrierender Stimme Saltiel. »Genug, oder ich rufe die Polizei! Hör zu, gib sie mir, diese Perle!« (Eine kleine List: Saltiel sagte sich, daß er so tun würde, als behielte er die Perlennadel für sich, und daß er sie ein paar Tage später dem Unbesonnenen zurückgeben würde.)

Aber Solal liebte es, dem kleinen Onkel, dessen Empörungen ihn entzückten, Schmerzen zuzufügen. Daher kam Eisenbeißer in den Besitz der prächtigen Perle, und das vor den entsetzten Blicken der Tapferen. Er lachte höhnisch, sagte zu den Neidern, daß er nichts dafür könne, wenn Ihre Hoheit eine Schwäche für ihn habe, daß gewisse kleine neidische Giftnattern eben auch nur so sympathisch zu sein bräuchten wie er.

»Sonst nichts, Hoheit, wovon ich Sie erleichtern könnte?« fragte er freundlich.

Solal machte den Tapferen noch andere Geschenke, während Saltiel, den Rücken gewandt und sich mit den Händen die Ohren zuhaltend, die Landschaft betrachtete. Wenigstens nichts wissen. Salomon bekam einen goldenen Drehbleistift und die Fotografie einer Prinzessin, Mattathias einen pelzgefütterten Mantel und Michael einen schönen Colt. Saltiel drehte sich wieder um und jammerte über den Ruin seines Neffen. Ihm einen solchen Freudentag so zu verderben! Er tröstete sich wieder, als er das Geschenk sah, das Michael bekommen hatte. Damit war er einverstanden. »Michael soll sich so oft verwunden, wie er nur will.«

Draußen herrschte dunkle Nacht. Kein Geräusch in dem großen Gebäude. Solal ging hinaus, gefolgt von dem Südwester Mattathias', dem weißen Hut Eisenbeißers, den Fustanellas Michaels, den taubenblauen Strümpfen Saltiels und den sportlichen Flanellkleidern Salomons.

Er schämte sich, die Tapferen seinem weiß gekleideten Chauffeur zu zeigen, der in dem vornehmen Rolls wartete, dem teuersten der Welt, wie man in Genf sagte. Sie gingen schweigend dahin. Solal hatte Angst, Leuten zu begegnen, die er kannte. Und er schämte sich seiner Scham und seiner Angst.

»Geben wir uns alle den Arm«, sagte er.

Und sie gingen an dem schönen See entlang. Ein Schiff, spitzes und lichterübersätes Spielzeug, schnitt die schwarze Seide entzwei und ließ zwei schräge Schleppseile hinter sich, die die Boote schaukelten und ihre Handlaternen und ihre Liebeslieder.

Liebes und schönes Genf meiner Jugend und meiner entschwundenen Freuden. Liebe Schweiz. In dem nächtlichen Zimmer sehe ich deine Berge wieder, deine Wasser, deine reinen Blicke.

XXXIII

Am nächsten Abend. Haare im Wind ging er schnell durch die trübselige Rue des Pâquis, die blasse, an einem Draht hängende Glühbirnen mit verwässerter Milch tünchten. Nach einem sondierenden Blick auf eine Wand, an der mit Kreide eine Beleidigung der Juden geschrieben stand, betrat er eine Kneipe. Vor der Theke stehend, trank er vier Glas, Schlag auf Schlag und voller Ekel.

Eine Stunde später lag er an einem Fenster im Hotel Ritz, von wo er, nackt, das brav erleuchtete Genf betrachtete. Keinen Erfolg haben, traurig. Erfolg haben, noch trauriger. Was tat er inmitten dieser politischen Marionetten? Und vor allem das Verbrechen, als Jude geboren zu sein. Geboren zu sein. Nicht eine Stadt in der Welt, auf deren Mauern und Wänden er nicht das »Tod den Juden« gelesen hatte. Jene, die diese Worte malten, wußten sie denn nicht, daß die Juden Menschen waren mit Augen zum Sehen und einem Herzen zum Leiden? Wußten sie nicht, daß die Juden den Kopf senkten, um den bösen Todeswunsch nicht zu sehen?

Einem Schneeklumpen gleich, der im Begriff ist zu schmelzen, schwamm ein Schwan auf dem Totenwasser. Solal zog einen Ring vom Finger, der weiße Feuer warf, schleuderte ihn auf das elegante Geflügel von polnischer Stattlichkeit, das einem schlafenden und schaukelnden Wasserhuhn einen Schnabelhieb versetzte, worauf dieses sofort untertauchte, während seine Kusinen kreischend flohen.

Er drehte sich um, betrachtete im Spiegel die düstere Schönheit des Gesichts, die vollkommenen Zähne, die hohe und harte Nacktheit. Genug gespielt, er mußte sich in ein Mitglied der Gesellschaft verkleiden.

Tadelloser Frack, gestärktes Vorhemd, Auszeichnungen. Um was zu tun? Ach ja. Lord Galloway aufsuchen. Was würde in zweitausend Jahren von einer Unterhaltung mit Lord Galloway bleiben? Also kein Galloway.

Er machte einen Schrankkoffer auf, holte ein Fläschchen Leim daraus hervor, krauses Haarbüschel, Kleider, Schuhe. Er warf das Ganze in einen kleinen Koffer, den er im menschenleeren Flur auf der Schulter zu tragen sich einen Spaß machte, wie ein Jérémie, der um vier Uhr morgens umstieg.

Ein Geräusch von Schritten brachte ihn wieder zur Klugheit zurück, und er beeilte sich, seinen Koffer auf korrektere Weise zu halten. Langsam ging er die Treppe hinunter, wobei er bald gähnte, bald unnötig lächelte. Ein ägyptischer und aufgedunsener Delegierter grüßte ihn diensteifrig. Aber Solal bemerkte ihn nicht. Hingegen verbeugte er sich einige Stufen tiefer vor einem Hoteldiener, der mit einem Tablett beladen war. Er blieb stehen, um eine elektrische Lampe zu bewundern, murmelte, daß er nie auch nur das Geringste begriffen habe, weder von Lampen noch von Telefonen. Und die Liebe? Warum keine Frauen mehr? Wozu, da das Schicksal ihn als Solal der Solals hatte zur Welt kommen lassen, einen Mann ohne Vornamen? »Eine Tradition in der vornehmen Familie der Solals, liebe Marquise. Der Erstgeborene heißt Solal Solal. Unmöglich zu lieben ohne Vornamen.«

In der zweiten Etage nahm er sein Ordensband eines Kommandanten der Ehrenlegion ab, vergnügte sich damit, es sehr hoch zu werfen und aufzufangen. Als er kapitalistische Stimmen hörte, die heraufkamen, steckte er seine Auszeichnung schnell wieder an, aber verkehrtherum, setzte eine römische Maske auf und ging würdevoll hinunter.

Im großen Salon in der ersten Etage tanzten Paare. Er sah durch die Tüllvorhänge, plötzlich verblüfft von diesen dekolletierten Frauen, die sittsam ihre Körper an die von Männern preßten, die nicht ihre Ehemänner waren. Diese junge Marquise de Forestelle etwa, wenn ihr Tänzer, ein Freund ihres Mannes, sie um Mittag nur zehnmal weniger berührte, würde sie vor gekränkter Tugend kreischen!

Aber es war zehn Uhr abends, und außerdem hatte man diese Halb-Paarung Tango getauft. Folglich lächelte sie ihren Halb-Hengst liebenswürdig an. Eine merkwürdige Erfindung, der Tanz. Keine Geschichten, keine Komplikationen, um sich lieben zu lassen, kein Mondschein, keine Briefe. Man konnte sie sofort berühren und sie senkrecht überall an sich drücken, so, als liebte sie einen. Jetzt war es der Vertreter Persiens, den ihr Mann ihr vorstellte und mit dem sie sich stehend beinah-paarte. Und jetzt erregte sich dieser unbekannte Perser an ihr, und sie lächelte und ließ sich bearbeiten, und der Perser, der sie zum ersten Mal sah, spürte die pralle Festigkeit der Brüste. Ohne jede andere Vorbereitung, ohne daß er ihr von ihren schönen Haaren und ihrer schönen Seele zu erzählen brauchte, rieb er sich an ihrem Schoß.

»Ich bräuchte nur hineinzugehen, und in fünf Minuten könnte ich mich ebenfalls an ihr reiben, unter dem Vorwand einer mondänen Drehkrankheit. Doch wenn ich auf der Straße das gleiche tun wollte, würde sie vor Schrecken laut schreien und die Polizei rufen. Ich verstehe das nicht.«

Und sie waren etwa fünfzig Paare, die das stehend taten und sich anlächelten, und alle hielten sich für durch und durch anständig! Aber warum vollendeten sie nicht in den Zimmern, was sie hier angefangen hatten? Zu tugendhaft, nicht wahr? Heuchlerisch! Und wie unsympathisch würden sie ihn finden, wenn sie ihn hören könnten!

Und diese andere, die da saß, die Beine übereinanderschlug und sie bis zum Knie zeigte. Warum würde sie sich beleidigt fühlen, wenn er hereinkäme und diesen Rock etwas höher ziehen würde als bis zum Knie? Höllische Zivilisation. Diese Frauen putzten sich auf eine Weise heraus, daß der untere Teil ihres Rückens hervortrat und ihre Brüste sich abzeichneten, und wenn irgendein braver, naiver Junge seine Hand dem näherte, von dem sie wollten, daß er Lust bekäme, es zu berühren, brüllten sie sogleich und ließen ihn ins Gefängnis werfen.

Er brüllte ebenfalls, gefiel sich darin zu glauben, daß er ein armer Idiot sei, und setzte sich wieder in Gang. Erzengelhaft schön, jung und hochgewachsen setzte er seinen langsamen Abstieg mit dem leichten, vertraulichen Lächeln eines Irren fort, der sich langweilt. Selbstmord begehen? Nein, noch nicht. Das Ergebnis dessen abwarten, was er heute abend versuchen würde.

In einem der kleinen Salons im Erdgeschoß plauderte der Marquis von Chester mit einem jungen Mädchen. Als er Solal bemerkte, zeigte er fröhlich seine Handfläche. Glücklich, alle diese Leute. Da das Mädchen schön war, schwenkte Solal ab und ging auf seinen Beinahe-Freund zu. Er wurde der jungen Gräfin Groning vorgestellt, deren prachtvolles rotes Haar zu einem Diadem geflochten war. Kurz darauf entschuldigte sich Chester. Er war untröstlich, aber eine Verabredung undsoweiter.

Groß und gut gebaut, mit starker Nase und leicht vorstehenden Augen hielt sie den Kopf in der Art der Kamele. Aber das stand ihr gut. Er sah sie an, während sie ihm voller Überzeugung von internationaler Zusammenarbeit erzählte. Wenn ihr ein Thema am Herzen lag, wurden ihre Augen feucht und sie warf den Kopf zurück wie ein trinkender Kanarienvogel. Eine glückliche Reiche, sehr comme il faut, geschützt vor dem Bösen und das Böse nicht vermutend. Und warum hätte sie es vermuten sollen? Sie hatte in der Zeit ihrer Kindheit sicherlich Wärmflaschen aus rosa Gummi gehabt. Und wie ist sie von ihren Eltern geliebt worden! Die Ärmsten, sie hatten gar keine Zeit, ihre Knirpse zu lieben. Er stellte sie sich mit fünf Jahren vor, in einer ausgesuchten neuen Schule, mit anderen engelsgleichen kleinen Reichen und ausgesuchte unschuldige Reigen singend und nicht wie die Kinder der Arbeiter vulgäre sentimentale Schnulzen. Ein helles Zimmer, schöne Puppen, Ferien, ein Arzt bei der geringsten drohenden Gefahr, und nichts von Pogromen wissend, von Vertreibungen, von den Leiden der Menschen und mitten in einer idealistischen Zauberwelt lebend. Es lebe Gott, der die Reichen und die Armen will.

Unterdessen sprach die junge Groning von ihrem bedeutenden Papa, dessen unbezahlte und millionenreiche Sekretärin sie war. Und Solal war überwältigt von diesem sonnengebräunten und gesunden Teint der gut Genährten, die auf dem Lande große, nutzlose Sprünge machen, die nicht mit der Metro fahren und die sich, die Lieblinge, darüber beklagen, daß sie von diesem langen Tennisspiel so müde sind. Und er hatte Angst vor diesen strahlendweißen, makellosen Zähnen in diesem großen Mund. Ja, seit sie ein Jahr alt war, brachte man sie alle sechs Monate zum Zahnarzt!

Und plötzlich sah er hinter der Gräfin Groning die zahllosen Hühnchen und alle Kälber und alle Gänseleberpasteten, die sie verzehrt hatte, und in hübschen Fläschchen alle Vitamine, mit denen man sie vollgestopft hatte. »Sprich, mein Kind. Ich mag die Reichen nicht. Dort, wo Geld ist, ist kein Herz. Galvanoplastik. Das Herz wird mit einer Metallschicht vergoldet.« Ja, um reich zu bleiben, durfte man nicht gut sein. Die Reichgeborenen konnten nichts dafür. Trotzdem stanken sie genauso. Ja, niemand war schuld daran. Aber bei diesen edlen Gedanken wurde man zu einer Muschel, die alles guthieß.

Er verstand nichts von dem, was sie ihm erzählte, und fragte sich, ob sie noch Jungfrau war. Sicherlich nicht. Wo waren die Jungfrauen? Mußte man sie im Bauch ihrer Mutter festhalten? Er verfluchte den Vetter, mit dem sie bestimmt unter dem Vorwand von Schönheit und Musik vornehm gehurt hatte. Oh, er sah ihn vor sich, den schönen blonden Einfaltspinsel, der sie zuerst gebeten hatte, sich nackt auszuziehen, damit er in aller Reinheit die Form ihrer Seele bewundern könne. Er war sich dessen sicher. Alle Frauen betrogen ihn! Solal, der Universalhahnrei. Eigentlich nicht, sie war bestimmt noch Jungfrau.

Er gähnte, stand mit abwesendem Blick auf. Schockiert,

die junge Gräfin. Sie hatte sich vorgenommen, mit dem Untergeneralsekretär starke wirtschaftliche und soziale Genüsse zu haben. Sie stand ebenfalls auf und sagte einen unverschämten und liebenswürdigen Satz. Die Reichen sind nicht wie Jérémie, die wissen sich zu wehren.

Um Jérémie zu rächen, nahm er sie um die Taille, küßte ihre Lippen. Sie gab tief zurück. So, keine Groning mehr. Sie war eine aus dem Harem Solals. Sie war wehrlos und hatte ihren Papa verloren. Er drückte eine ihrer schönen Brüste, und während er sie in der Hand hatte, dachte er einige Sekunden lang nach.

»Nein«, sagte er zu dem jungen Mädchen. »Kein Zimmer. Kein Bett. (Er lächelte sie zärtlich an.) Keine Nackten. Ariane heißt sie. Verheiratet mit einem Dummkopf. Oh, sag, sag, sag, Heißgeliebte, außergewöhnliche Schwester, warum mit einem Dummkopf? Ich habe sie bei Leuten gesehen. Ich habe nicht mit ihr gesprochen. Möge der Friede mit Ihnen sein«, wünschte er mit der ernsten Höflichkeit eines jungen Scheichs. »Sie sollen Kinder bekommen, viele, kleine, große, mittlere.«

Er legte verträumt einen Finger auf die noch feuchten Lippen derer, die langsam wieder Groning wurde, und ging hinaus, seinen Koffer nutzlos schwingend, die Augen heilig zur Decke gerichtet. Warum glücklich jetzt? Ein Hotelboy eilte herbei, um sich des Koffers zu bemächtigen, zog sich zurück, um den Untergeneralsekretär hinausgehen zu lassen, der sich in das lange weiße Auto warf.

»Chemin du Nant d'Argent, in Cologny.«

Das Auto hielt vor einer jener Villen im Schweizer Chalet-Stil, die man häufig im Genfer Land findet. Barhäuptig und seinen Koffer in der Hand, stieg Solal aus dem Auto.

»Fahren Sie ins Hotel zurück.«

Allein geblieben, fuhr er sich mit seinen langen Händen über das gleichmütige, von unregelmäßigen Finsternissen gekrönte Gesicht, betrachtete die stattliche Villa, die aus

Mahagoniholz zu sein schien, derart war sie auf Glanz gebracht. Auf dem Schiefer des vom Mond getünchten Daches drehten sich langsam die Becher eines Windmessers. Solal zündete ein Feuerzeug an, das er vor ein Kupferschild hielt. »Adrien Deume«. Er irrte über den Weg, hielt sein angezündetes Feuerzeug wie ein Pilger seine Kerze. »Sei doch, du Nichtexistierender!« Er hob die Hand, um die Luft zu spüren. Es war so mild, daß er sich auszog. Nackt stürmte er auf der menschenleeren Straße dahin, die Arme ausgebreitet, um mehr Luft einzufangen. Kurz darauf zog er sich wieder an und, mehr denn je ein korrekter Herr, schritt er ernst auf die Villa zu.

Auf seine dunkle Lippe beißend, stieß er vorsichtig das Gartentor auf. Um den knirschenden Kies zu vermeiden, machte er einen Sprung auf die Hortensienbeete, die von Muschelwerk eingefaßt waren. Vor dem großen, erleuchteten Fenster angekommen, stieg er auf eine Bank und schaute hinein, vom Efeu verdeckt.

Ein Salon aus rotem Samt und vergoldetem Holz. Unter einer Lampe, die auf einem verschnörkelten Perlmuttisch stand, interessierte sich ein kleiner Alter mit einem Seehundskopf – aber ein Seehund, auf dessen Gesicht man ein kleines Spitzbärtchen geklebt hatte – für ein chinesisches Rätsel. Neben ihm strickte eine Fünfzigerin – die den Kopf eines Dromedars hatte –, während sie eine Illustrierte las. Über ihr lächelte ein königliches Porträt, an dessen Rahmen eine Menge Schleifen in den belgischen Farben befestigt waren. Auf dem Kamin, hinter der Strickerin, brüllte eine Tigerin aus vergoldeter Bronze, von Pfeilen durchbohrt, unter einer mit getrockneten Blumen geschmückten Porzellanvase. Vor dem Schreibsekretär sitzend und ihnen den Rücken zuwendend, füllte ein Mann von etwa dreißig Jahren Karteikarten aus. Nachdem er sein Rätsel glücklich gelöst hatte, quälte der kleine Alte ungeschickt seinen Schnurrbart, der ebenso dünn war wie sein Bart. Dann rieb er mit rührenden Bewegungen von kindlicher Naivität seine dicken runden, vorspringenden und immer fassungslosen Augen.

»Ist das Arbeit fürs Sekretariat, was du da tust, Adrien?« fragte er.

»Nein«, antwortete der junge Mann und schrieb weiter, während er vor sich hinpfiff.

»Is geb das Raten auf«, sagte der kleine Seehund.

»Hippolyte, mir scheint, daß du indiskret bist«, sagte die Fünzigerin.

Der junge Mann, groß und gut gebaut, stand auf, steckte die Hände in die Taschen wie ein starker Mann, fuhr sich mit der Zunge, die seltsam spitz war, über die Lippen.

»Stellt euch vor, ich habe eine großartige Idee gehabt.«

»Laß mal sehen«, sagte der alte Seehund mit genießerischem Gesicht.

»Hippolyte, ich bitte dich, laß Didi reden.«

»Aber das tu is doch.«

»Du unterbrichst ihn ständig. Was hast du gesagt, Adrien?« fragte die Fünfzigerin in einem sehr sanften Ton.

»Also folgendes, Mama ...«, antwortete der junge Adrien und fuhr sich mit der Hand an den Vollbart, der, gepflegt und kurzgeschnitten, ihm das Aussehen eines romantischen Dichters oder eher eines modernen Malers gab.

»Uns läuft schon das Wasser im Mund susammen!« sagte das nette alte Männlein.

»Hippolyte!« befahl die Dame, deren mit Warzen bedeckten Hände zu stricken aufhörten.

»Also folgendes, ich lege eine Kartei über Gaststätten und Hotels an. Ich habe beschlossen, daß ich jedesmal, wenn mir einer meiner Kollegen etwas Gutes über ein Restaurant oder ein Hotel erzählt, es auf diesen Karteikarten vermerken werde. Zwei Einteilungen: eine geographische und eine alphabetische.«

»Schreibst du auch die Preise dazu?« fragte die Strickerin.

Adrien, der wieder zu seinem Schreibsekretär zurückgekehrt war, antwortete mit dem ernsten »Ja« eines Tatmenschen. Nach einer letzten Liebkosung seines Vollbartes machte er sich wieder an die Arbeit.

»Natürlich sreibst du auch dasu, wenn die Simmer Sentralheisung haben undsoweiter. Nun, is finde, daß das eine sarmante Idee ist«, sagte der rundliche Lispler. »Denn deine Kollegen, diese Herren vom Völkerbund (– er hielt einen Augenblick inne, um dieses Wort mit Genuß zu schlürfen –), die verstehen sis wohl auf gute Hotels und Restaurants, nehme is an! Nis wahr, Liebling?« fragte er seine Frau.

Der Liebling – an dessen Hals ein kurzer, in eine kleine Fleischkugel, ein tonloses Glöckchen, mündender Hautzipfel hing – lächelte zufrieden und vornehm. Was sie aber nicht daran hinderte, kurz danach zu ihrem kleinen Mann zu sagen, ständig zu reden, wie er es tue, störe Adrien.

»Aber flüstern kann is doch?«

»Nicht einmal flüstern, das stört mich ebenfalls, weil ich mich im Augenblick konzentrieren muß, weil ich meine Gehaltserhöhungen zusammenzähle.«

Der kleine spitzbärtige Seehund ließ es sich gesagt sein und gab keinen Ton mehr von sich. Dabei liebte er es über alles, abends am Kaminfeuer im Kreise der Familie zu plaudern. Fünf Minuten lang litt er schweigend. Er gähnte, dann sah er zärtlich auf seine lange Gemahlin und das Fleischkügelchen, das außerhalb des Bandes, mit dem der Hals von Madame geschmückt war, hin und her schaukelte. Er liebte seine Antoinette so sehr, daß ihm alles an ihr bezaubernd erschien. So verglich er die entsetzliche Hautschnur und die an ihr hängende Kugel oft mit einem Blümelein. »Dein kleines Maiglöcksen«, pflegte er in zärtlichen Augenblicken zu ihr zu sagen. In der zehnten Minute stand er auf, irrte sanft umher, die Hände in den Rockschößen seines Alpaka-Cutaways, dann setzte er sich aufs Sofa neben eine schöne, junge Frau, die im Dunkeln nähte.

»Was meinen Sie, Ariane?« flüsterte er. »Is finde das sehr gut. Angenommen, Sie fahren mit Adrien nach Ägypten, dann braucht er nur in seiner Kartei nachzusehen, und Sie finden ein Hotel, das von vertrauenswürdigen Leuten empfohlen worden ist.«

Um beizupflichten, holte die junge Frau leicht und feucht Atem und machte sich dann wieder an ihre Näharbeit.

»Na, Ariane, kommen Sie voran mit der Ausbesserung Ihres Morgenrocks?« fragte die Strickerin.

Die junge Frau hob den Kopf und antwortete mit einem anmutigen Lächeln, daß sie diese schwierige Arbeit bald beendet habe. In Wirklichkeit nähte sie überhaupt nichts in ihrer dunklen Ecke. Sie hatte zwar den Morgenrock aus Seidenstoff über die Knie gebreitet, hatte aber weder Faden noch Nadel. Ihre Bewegungen waren jedoch so geschickt, daß keines der Mitglieder der Familie die Kriegslist bemerkt hatte. Sie machte sich wieder an ihre Arbeit, und eine Nadel schien nach etwas Widerstand einzustechen. Nach einigen Minuten fuhr sie mit dem Finger über die angeblich benähten Teile, um sie zu glätten. Dann schnitt sie eindeutig einen nicht existierenden Faden durch und sagte, sie sei fertig.

»Schon fünf vor halb elf«, sagte Adrien Deume.

»Wie entsetzlich!« rief der kleine Seehund.

»Man muß daran denken, zu Bett zu gehen«, modulierte der knochige Liebling mit dem schulmeisterlichen Dromedarkopf.

Sie nahm ihre Brille ab, deren Gläser von einem sehr blassen Blau waren, und ließ einen dieser unerbittlich zum Lieben entschlossenen Blicke – die das unnachahmliche Erbteil der Religionsprofis sind – über ihre verschiedenen Besitztümer schweifen: ihren Mann; ihren Adoptivsohn; ihre Schwiegertochter; das herrliche Rundfunkgerät; den mit zwölf Grünpflanzen gefüllten Blumenständer; die Samtvorhänge, die man beim kleinsten Sonnenstrahl zuzog. (»Ich habe keine Lust, daß meine Tapeten innerhalb von zwei Jahren verblichen sind.«) Herr und Frau Deume standen auf. Der junge Adrien seufzte, untröstlich, daß er seine Karteikarten nicht zu Ende bringen konnte. (Wie alle Faulenzer war er immer beschäftigt und hatte nie Zeit, etwas zu tun.)

»Dann wollt ihr schon zu Bett gehen?«

»Ja, mein Liebling, du weißt, daß nichts über den Schlaf der ersten Nachtstunden geht.«

»Ich bleibe aber noch auf, ätsch! (Madame Deume lächelte über die charmante Kinderei des so gut versorgten Kindes.) Ich werde den Salon erst verlassen, wenn ich mit meinen Karteikarten fertig bin. Wenn es sein muß, werde ich die ganze Nacht damit zubringen!« formulierte Adrien Deume entschlossen. (Obgleich von Gestalt ein Herkules, war er von schwachem Charakter, und er liebte die heftigen Gebärden, die übertriebenen Worte wie »toll« oder »phantastisch«.)

Herr Deume sagte, er hätte gern, daß Didi ihnen vor dem Schlafengehen eine kleine Imitation Chopins auf dem Klavier vorspiele. Adrien fügte sich gern, und der kleine Vater bewunderte ganz besonders das grelle Tonsammelsurium, das sein Adoptivsohn auf der extremen Linken der Klaviatur geschickt mit der linken Hand machte, die bisweilen über die rechte reichte, um Virtuositäten zu vollbringen. Nachdem das Klavier geschlossen war, wandte sich der junge Mann an seine Frau.

»Rianelein, willst du mir nicht Gesellschaft leisten?«

»Ich habe etwas Kopfschmerzen.«

Umarmungen. Am Schluß gehend und anmutig hinkend, nahm sich Herr Deume vor, Adrien den Rang abzulaufen. Jawohl, ab morgen würde er auch eine Kartei anlegen. Er würde alle Gegenstände der Villa katalogisieren. Es wäre dann sehr einfach, sie wiederzufinden. Allerdings bräuchte er eine Menge Karteikarten! Na, wenn schon, es mußte eben sein. Das wäre großartig. Wenn Antoinette zu ihm sagen würde, daß sie nicht wisse, wo sich das Porzellantintenfaß von Tante Julie befinde, würde er schnell zu seiner Kartei laufen und triumphierend rufen: »Speicher, Koffer Nummer vier, ganz hinten links!« Er rieb sich die Hände. Tante Julie, Tante Julie? Woran erinnerte ihn das? Er wurde rot. Ach ja, es war eine Tradition in der Familie Antoinettes, so die weiblichen Unpäßlichkeiten zu nennen.

Allein geblieben, füllte Adrien seine Karteikarten aus, dann spielte er mit der Katze Deume, einem fetten, apathischen Kater. Er befahl, Pfötchen zu geben, und die Katze gehorchte zur großen Zufriedenheit ihres jungen Herrchens. (Erbärmliche Freude zu befehlen; eine außergewöhnliche Katze zu haben; die Freunde mit diesem Taschenspielertrick zu amüsieren.) Dann ging er in sein Rauchzimmer. Es war das angrenzende Zimmer, das ihm als Salon diente, wenn er Freunde aus dem Sekretariat empfing. Er bewunderte seinen Geschmack. Nicht dumm, Adrien! Distinguiert, ein Künstler, verflucht und zugenäht! Das war wenigstens ein moderner Salon! Eine der Wände war gelb gestrichen, die andere rosa, die dritte grün, die vierte ochsenblutrot. Er zwinkerte mit den Augen, um seine Gemälde zu genießen. Er setzte sich vor seinen »Arbeitstisch« und begann einen Roman. Um das zu tun, legte er sich einen Seidenschal über die Schultern. Alle Künstler haben solche Originalitäten.

Nachdem er vier Zeilen geschrieben hatte, hörte er auf, stopfte sich eine Pfeife, drehte den Knopf seines persönlichen Rundfunkgeräts, einem riesigen Möbelstück mit dreizehn Röhren, und schickte sich an, die Jugenderinnerungen Winston Churchills zu lesen. Er war höchst zufrieden, weil er das Gefühl hatte, an diesem Leben teilzunehmen. Genau wie Winston Churchill war er eine offizielle Persönlichkeit. Er war also nicht neidisch auf das schöne Leben des jungen Leutnants Churchill, der so gut gekleidet und so gut untergebracht war, der lange Urlaube genoß und kostspielige zusätzliche Aufwendungen. Auch er war ein Privilegierter. Ein Belgier, und stolz, es zu sein, war er nichtsdestoweniger der Freund sehr bedeutender Engländer. Also liebte er Winston Churchill.

»Was hier eigentlich noch fehlt, wäre ein großer Kaktus an der Wand wie bei O'Brien. Sehr modern. Und dann eine schwenkbare Lampe und Sessel aus Stahl und ein Rhinozerosfell wie bei Csapek. Bestens, bestens!« Er rieb sich die Hände.

Es schlug elf Uhr. Ach ja, keine Dummheiten, schlafen gehen!

Er mußte morgen in Form sein. Er stand also auf, nicht ohne zuvor auf die erste Seite von Winston Churchills Buch geschrieben zu haben: »Ex Libris Adrien Deume«. Man war eben ein Intellektueller, zum Teufel!

XXXIV

Den Koffer in der Hand, ging Solal um die Villa herum, blieb vor einem Pflaumenbaum stehen, schwang sich hinauf. Am Balkon im ersten Stock angekommen, schaute er. Schlafzimmer. Hier war es nicht, da Nachttisch.

Einen Fuß auf der Kette der Balustrade, eine Hand auf dem hölzernen Vorsprung, machte er einen Klimmzug, erreichte das Sims des Fensters im zweiten Stock, stieß das Fenster auf. Ebenfalls Schlafzimmer. Ein Nachttisch, Blumen, ein großes, schönes Bett, auf dem Zigaretten herumlagen, Bücher, ein Aschenbecher, ein Nagelnecessaire. Diesmal war es sicherlich das richtige Zimmer.

Er stellte den Koffer hinter den Vorhängen ab, trat an das Bett heran und schlug das Buch auf. »Materie und Gedächtnis«. Armes Kleines. Plötzlich erstarrt, lauschte er, lief los, versteckte sich hinter den Vorhängen aus weißem Samt. Und die junge Frau trat ein, bekleidet mit einem kleinen, an den Ellbogen etwas abgenutzten glanzlosen Kleid. Sie trat an den großen Drehspiegel, küßte auf dem Spiegel das Bild ihrer Lippen, setzte sich auf das Bett, schlug das Buch Bergsons auf, zuckte die Achseln, las es, wobei sie ein sehr hartes Bonbon knabberte. Dann warf sie das Buch in hohem Bogen in Richtung auf die Samtvorhänge und stand auf.

Sie ging in das angrenzende Badezimmer. Wasserdröhnen, zuweilen leises Lachen. Zehn Minuten später kam sie heraus, groß und wunderbares Gesicht, bekleidet mit einem Schneiderkostüm aus weißem Damhirschleder mit schwarzen Steppnähten. Stolz durchmaß sie mit großen Schritten das Zimmer, kehrte ins Bad zurück. Sie kam unglaublich gut aufgemacht wieder heraus, in einem edlen, weißen Abendkleid. Hinter sich eine rauschende Schleppe, ging sie auf und ab und warf dabei flüchtige Blicke zum Spiegel.

»Die schönste Frau der Welt«, verfügte sie.

Sie trat näher an den Spiegel heran, begutachtete die verschwommenen Augen, die schönen kastanienbraunen und goldenen Haare, die von Mitleid und Intelligenz schwere, fleischige Unterlippe. Ihr häufig halbgeöffneter Mund gab ihr ein verwundertes, bisweilen verblüfftes oder sogar leicht dummes Aussehen, das mit den ironischen Mundwinkeln kontrastierte.

»Du bist wahnsinnig schön. Die Nase vielleicht ein wenig stark, oder? Nein, überhaupt nicht. Genau richtig.«

Sie hob ein wenig das Kleid hoch. Die Beine waren bloß. Sie waren aus Seide, wozu brauchten sie Strümpfe?

»Es gibt Frauen, die haben Haare auf den Beinen.«

Ein siegreiches Lächeln spielte um ihren Mund. Alle behaart! Alle, außer ihr. Die anderen Frauen waren ein wenig Gorillas. Aber sie, o sie, glatter als eine Statue! Sie stellte ihren Sessel vor den Spiegel, setzte sich hinein, lächelte ihrem Kleid und ihren Schuhen aus weißem Satin zu, während im Zimmer nebenan ihr Mann mit Gurgelwasser gluckerte.

Als es wieder still geworden war, schlug sie die Beine sehr hoch übereinander, nicht sehr züchtig. Während sie verstohlene Blicke auf ihre geheimen Nacktheiten warf, stellte sie sich vor, daß sie sich mit einer bezaubernden alten Dame unterhielt, und es war ein Dialog mit einer Stimme. Die Herzogin fand Ariane reizend. Ariane dankte ihr würdevoll. Dann stand sie auf und ging als Königin, wobei sie ihr Kleid bis zur Taille raffte, im Spiegel ihre seidigen Schenkel betrachtete, den edlen, anmaßenden, harten Hintern.

»Ich bin eben doch appetitlich.«

Sie öffnete die Tür einen Spaltbreit, um sich in Gefahr zu fühlen, dann schritt sie von neuem majestätisch durch das Zimmer, während sie mit der Linken das Kleid sehr hoch hielt, ihre Lächerlichkeit genießend und Bonbons essend.

»Aber Sie sind ja verrückt, Ariane.«

»Eben, Herzogin.«

Sie ging hin und her, verliebt in sich selbst, warf schuldhafte Blicke, um die Wölbung der Lenden oder die goldene Glut oder die drohende Brust, der herauszuquellen sie erlaubt hatte, zu bewundern. Dann erklärte sie, daß sie morgen zum Zahnarzt ginge. Ja, es war jedesmal umsonst. Jedesmal sagte der Kerl zu ihr, es sei ungewöhnlich, er habe so was in seiner ganzen Laufbahn noch nicht gesehen, es sei aber nichts zu machen, alle Zähne von Madame seien tadellos und sie habe das schönste Gebiß, das er je gesehen hätte. Und warum?

»Was warum? Das weiß ich auch nicht. Lassen Sie mich in Frieden!«

Sie ließ ihr Kleid wieder fallen. Warum, ja, warum nicht glücklich, bei so schönen Zähnen? Vielleicht eine Zigarette rauchen? Im Zimmer nebenan pfiff Adrien die belgische Nationalhymne vor sich hin. Sie seufzte wie eine schlafende Frau, die der Lärm halb aufgeweckt hat. Adrien schwieg, und Ariane wurde sich plötzlich klar, daß das, was sie so tief betrübte, die Tatsache war, daß sie erwachsen war. Vor den andern mußte man brav den Kopf bewegen und sagen, daß ein Mietshaus natürlich eine sichere Geldanlage sei – während sie wahnsinnige Lust hatte, den kleinen Seehund an seinem Spitzbärtchen zu ziehen oder, eine für immer verbotene Wollust, dem Dromedar mit den Warzen die charmante Fleischkugel abzureißen.

»Da kann man eben nichts machen. Sie holen gehen.«

Sie kam mit einem Karton aus dem Badezimmer zurück. Auf dem Boden sitzend machte sie ihn auf und breitete ihr kleines Königreich auf dem Teppich aus: scheußliche Holzkühe, Porzellanschafe ohne Kopf, Küken aus gelber Baumwolle, Hunde aus Glas, eine schmutzige kleine Katze aus blaßgrünem Samt, die seit zehn Jahren wegen Sägemehlverlustes dahinsiechte. Es gab hundertsiebenunddreißig Tiere sowie etwa zwanzig kleine Dinger aus Wellpapier, ehemalige Konfektrosetten, die jetzt als Wannen für die Schlangen oder als Betstuhl für die Heuschrekken dienten.

Sie stellte sie auf, wobei sie sich wieder die Geschichte eines jeden einzelnen erzählte. Der Metallbär war der König, aber der wahre wahre König war der kleine Elefant mit drei Beinen, dessen Frau eine etwas tote Ente war. Dann gab es den Kleinen Prinz, der die liebe, kleine, bleistiftgroße Bulldogge war, ein junger Hund mit dem Kopf eines melancholischen Detektivs, der gern in einer mit Silberpapier geschmückten Sankt-Jakobsmuschel schlief.

Um halb zwölf legte sie ihre Viecher wieder in den Karton zurück, da sie sie plötzlich wirklich dumm fand. Genug mit diesen Geschichten einer Schwachsinnigen. Aber sie hatte keinen Schlaf und konnte nicht der Versuchung widerstehen, sich ein Meer für sie allein zuzubereiten.

Sie kam aus der Küche zurück mit einer mit Salzwasser gefüllten Waschschüssel, in die sie ein in Streifen geschnittenes Sauerampferblatt tauchte – sie sollten Algen darstellen. Sie goß etwas Füllhaltertinte hinein, zehn Tropfen Jodtinktur, näherte ihre Nase. Köstlich. Genau der Geruch des Meeres. Mit geschlossenen Augen tauchte sie ihre nackten Füße in die Waschschüssel, stellte sich vor, daß sie auf der unteren Stufe einer bemoosten Treppe stünde und zögerte, sich in ein zu kaltes Mittelmeer zu stürzen.

Glücklich über ihr Bad schlüpfte sie wieder in ihre Ballschuhe, streckte sich auf dem Strand aus, schob hinten ihr Kleid bis zum Kreuz hoch, um ein gutes Sonnenbad zu nehmen. Während sie von Zeit zu Zeit ihren fruchtigen Hintern streichelte, las sie ein Buch über die großen hinduistischen Mystiker. Doch bald schlug sie es wieder zu, um ihre Unterhaltung mit der alten Dame fortzusetzen, die ein violetter Sonnenschirm vor der Sonne schützte.

»Ja, liebe Herzogin, obgleich mein Name Ariane Deume ist, bin ich aus einer Genfer Familie ersten Ranges. Mein Mädchenname ist Ariane d'Auble. Die Aubles sind nicht irgendwer. Das Beste, was sich in Genf auftreiben läßt. Seit über zwei Jahrhunderten haben wir Genf eine Menge Gelehrte, Moralisten, mich zum Beispiel – sie hielt sich die Nase zu, um eine fromme Stimme zu bekommen –, einen ganzen Haufen Pastoren, Moderatoren der Ehrenwerten Gesellschaft und eine endlose Reihe von Bankiers geschenkt. Papa ist Universitätsprofessor gewesen. Und ein Vorfahre hat eine Menge wissenschaftlicher Dinge mit Pascal gemacht. Die Genfer Aristokratie ist besser als alles, ausgenommen natürlich den englischen Adel. Großmama war eine Armiot-Idiot. Weil es nämlich die Armiot-Idiots gibt und die Armyau-Boyau. Natürlich existiert der zweite Name, Idiot oder Boyau, nicht wirklich, der ist nur, damit man die letzten Buchstaben nicht zu buchstabieren braucht. Kurzum, ach was. Mein Gott, wieviel unnötiges Zeug erzählt man im Leben. Sie sehen also, meine alte Schachtel, mit wem Sie es zu tun haben. Und außerdem war Agrippa d'Auble ein sehr anständiger Strauchdieb, ein enger Freund Heinrichs IV., und es heißt sogar, daß seine Frau, Corisande d'Auble – ich selbst heiße Ariane Cassandre Corisande – nicht unempfindlich war für den Bart des Weiberhelden, worin sie höchst unrecht tat, denn ich hasse Bärte. Kurzum, es kann sein, daß ich Bourbonenblut in den Adern habe und daß ich die wirkliche Erbin der Könige von Frankreich bin. Kurzum, eine eingebildete dumme Gans, sehr gut gebaut, goldgefleckte Augen, matte, bernsteinfarbene Wangen, volltönende Stimme, sehr glatte und ganz und gar nicht plebejische Stirn, etwas großer Mund, schmale Fesseln, ehrliches und ungeschminktes Gesicht. Sehr elegant. Warum bin ich durch meine Heirat in eine Kleinbürgerfamilie geraten? Das ist ein Geheimnis, das ich Ihnen später erklären werde, liebe Freundin. Einstweilen gehen Sie mir furchtbar auf die Nerven. Bitte ziehen Sie jetzt Leine, Sie gewöhnliches altes Weib.«

Sie stand auf, machte Versuche im Bauchtanz. Dann rieb sie ein Streichholz an und hielt es an den Vorhang, der nicht brannte. Sie lächelte traurig über sich selbst, eine Dreigroschenbrandstifterin.

XXXV

Am nächsten Abend. Ein Butler trat in den kleinen Salon, verneigte sich vor Solal, dann, melancholisch, vor den Tapferen, die es ihm mit Gleichem vergalten. Er stieß die beiden Flügel der Tür auf, die auf das private Speisezimmer ging. Solal bat die Kephalonier, als erste hinüberzugehen. Sie gehorchten und schlitterten beim Gehen ein wenig, um mondän und ungezwungen zu wirken.

Eisenbeißer nahm Salomons Arm, worauf dieser den Boden verließ, und der falsche Advokat begab sich zum wunderbar geschmückten Tisch, wobei er sich Luft zufächelte. Als der vornehme Diener hinausgegangen war, bemächtigte er sich der Menükarte, überflog sie, beherrschte sich, um nicht das Gebrüll des Löwen der Metro-Goldwyn-Mayer auszustoßen. Er rieb sich die Hände, sah den Herrn, dann seine Freunde mit andächtigem, zufriedenem und stolzem Gesichtsausdruck an. Und der Großrabbiner von England war nicht sein Vetter.

»Nehmt Platz, meine Herren«, sagte er.

Man setzte sich, man wappnete sich mit Servietten und wartete sehr brav, wobei man dem Herrn, der am Fenster rauchte, zärtliche Blicke zuwarf. Saltiel hatte sich nicht neben ihn gesetzt, um ihn nicht zu reizen. Doch jedesmal, wenn der Neffe eine Zigarette nahm, stürzte der Onkel herbei, um sie anzuzünden. Er hatte eine Schachtel auf den Knien und hielt ein Streichholz an der Reibfläche bereit.

»Herr Solal, wollen Sie uns nicht die Freude machen, unsere bescheidene Mahlzeit zu teilen?« fragte Salomon.

»Was für ein Takt!« höhnte Eisenbeißer, ein ausgesprochener Menschenfresser mit verschiedenen Gabeln, kleinen und großen, sowie verschiedenen Messern in den Händen.

Solal sagte, er habe keinen Hunger, würde ihnen aber Gesellschaft leisten. Er schien geistesabwesend, nur halb lebendig. Was Eisenbeißer anging, so lebte er voll und ganz, und er mußte sich beherrschen, seine Ungeduld nicht hinauszuschreien. Es dauerte wirklich lange, bis die Speisen kamen. Um sich zu beruhigen, aß er sehr viele kleine Brioche-Brötchen.

Endlich kamen drei elegante und schweigsame Diener herein und brachten sechzig Hors-d'œuvres. Dann gab es verschieden zubereitete Forellen, vor allem aber blau; zwölf Seezungen à la normande, à la Dufferin, à la Dugléré; Cassoulet; Gänseleberpastete in Gelee; Sülzen, deren Namen ich vergessen habe; warme Pastetchen; Trüffel in Sahne; Pastete in Teigkruste; Königinnenpasteten; verschiedene Becherpasteten mit Kalbsbries; Krammetsvogelpastete; Enten mit Orangen; Hühnchen Beaulieu, Marengo und andere; fünfzehn kalte Platten mit wunderbaren Namen, begleitet von russischem Salat und verschiedenen anderen. Ferner wurden auf Kristalltischen chinesische, spanische, italienische, arabische und türkische Gerichte herbeigerollt; fünfzehn Süßspeisen; zehn Käse; Früchte; sechs Dutzend aufregender Kuchen; Berge von außergewöhnlichen Petits Fours; eine große Kiste kandierter Früchte und Kaffee und Liköre und sechs Weine! Das alles! Und das alles zu den Klängen eines Orchesters, das im angrenzenden kleinen Salon unaufhörlich die Schöne blaue Donau spielte.

Zu Anfang der Mahlzeit hielten sich die Tapferen gut, bescheiden und verwirrt vom aufmerksamen Blick des Herrn Solal, der für ihren Geschmack etwas zu schweigsam war. Sie aßen also die Hors-d'œuvres auf eine vornehme Weise, mit entzückter Schüchternheit und unter Austausch von Höflichkeiten. Doch als die Weine gewirkt hatten, kamen sie ohne Gabeln aus, entledigten sich der Servietten und aller unnötigen Liebenswürdigkeiten.

Eisenbeißer ging so weit, daß er seinen Gehrock und seine eisenbeschlagenen Schuhe auszog, um sich wohler zu fühlen. »Ach, mein Gott, sind wir glücklich!« sagte er und warf einen gutmütigen Blick in die Runde. Dann nahm er das Cassoulet in Angriff. Mit nackten Füßen und sehr behaartem Oberkörper freute er sich an der Grenze der Freude, schnalzte laut mit der Zunge, machte verschiedene Geräusche mit den Lippen und schlug mit der Gabel an den Teller und rief den Butler herbei und schrie, daß er noch nie so gut gegessen habe, und rülpste und diskutierte, während er sich stärkte, und lachte und löste alle Fragen und erklärte, »der Botschaftsrat ist viel klüger als der Botschafter, denn er berät den Botschafter, der zu nichts anderem taugt als zu reden und viel geringer ist als ein Konsul, der dir wenigstens das Recht gibt, ein Land zu betreten«, und stellte die Behauptung auf, daß, wenn man an eine Aktiengesellschaft schreibt, man sie mit Madame anreden müsse, falls sie alt ist, und schimpfte mit den Dienern und fragte sie nach ihrem Verdienst und nach ihrer Verwandtschaft und streckte sich heimlich Gebäck und Petit Fours in die Taschen, die die Freude seiner Nachkommenschaft sein würden, und fragte den Butler nach den kulinarischen Rezepten und wollte ins Vertrauen gezogen werden über seine Diebstähle und seine unerlaubten Profite und erzählte unendliche Geschichten und sang lauthals, daß das Leben schön sei, und stopfte sich mit beiden Händen voll.

Saltiel trank ein wenig, aß ein wenig und sah viel seinen Vizekönig an und stellte ihm verschiedene politische Fragen. Niemand hörte jemanden, so laut sprachen alle. Salomon schwitzte und füllte sich und pfiff auf die traurigen Tage und war sehr mutig. Mattathias aß schnell, darauf bedacht, sich Reserven zu schaffen, die es ihm erlauben würden, morgen einen wirtschaftlichen Fastentag einzulegen. Vor Freude rief er manchmal verschiedene Summen in Dollar und Pfund Sterling. Nur Michael war schweigsam. Doch er kaute nicht weniger mächtig. Seine gefährlichen Kaumuskeln bewegten seine viereckige Kinnlade, und unter der erstaunlich niedrigen Stirn schwitzte die Nase mit den weiten Flügeln. Manchmal stand Eisenbeißer auf, und in der Hand eine Hähnchenkeule oder eine Pastetenscheibe haltend, drehte er sich jungfräulich zu den Klängen der Schönen blauen Donau, ohne dabei mit Essen aufzuhören.

Nachdem er sich ein Glas Jerez Napoleon 1808 eingeschenkt hatte, erzählte er verschiedene Geschichten über Salomon, um den Herrn Solal zu amüsieren und seine Sympathie zu gewinnen. Er erzählte vor allem, daß der kleine Mann zu der Zeit, als er noch zur Musikkapelle von Kephalonia gehörte, in seine eigene Posaune gefallen und in den Windungen des Instruments verschwunden sei, aus denen man ihn schließlich wie eine Schnecke mit der Gabel herausgeholt habe. Dann füllte er sein Glas, sang düster, daß das Leben schön sei, und begann wieder zu essen, nicht ohne die Freunde aufgefordert zu haben, seinem Beispiel zu folgen.

»Iß, Salomon! Füll dir den Wanst, bis er platzt, denn ein solches Essen ist einmalig in deiner Geschichte und in der der Menschheit! Iß, Mattathias, und verreck am Fraß, denn alles ist umsonst an diesem Tag und je mehr du übrigläßt, um so mehr wird sich der Wirt zu unrecht bereichern! Vorwärts, Kinder des Vaterlands, mit Lust und Liebe an die Arbeit und kauen wir! Alles ist bezahlt! Sterben wir, wenn es sein muß, aber kauen wir! He, Michael, hast du dich je auf einem solchen Fest gesehen?«

Mehrmals versuchte Saltiel, unter seiner Truppe wieder Ordnung und Anstand herzustellen. Aber vergeblich. Salomon, voller Schwung, sagte, daß er genau so ein Erfinder sei wie der Onkel und daß seine Erfindung darin bestehe, in die Poren des Gesichts Samenkörner einzuführen, die den Bart am Wachsen hindern würden – und so würden nach einigen Tagen kleine Blumen auf den Wangen erscheinen. Saltiel führte tiefschürfende Themen ein, erklärte, daß das Substantiv »Bar« und das Adjektiv »bar« sicherlich gleichen Ursprungs seien – was sehr einleuchtend war. Doch den Tapferen stand der Sinn nicht nach Linguistik. Sie waren außer Rand und Band, prahlten gegenüber dem Butler, weil Professor Einstein gerade den Nobelpreis bekommen hatte, sangen und lachten und aßen und bedienten sich gegenseitig und ermunterten sich, noch mehr zu nehmen, denn je mehr sie in sich hineinschoben, um so mehr wurde gebracht. Mattathias hörte nur mit Essen auf, um riesige Löffel voll kohlensaures Natron zu nehmen, das ihn aufblähen ließ und so tönende Folgen hatte, daß Eisenbeißer darüber neidisch gewesen wäre, wenn er Zeit dazu gehabt hätte.

Doch der falsche Advokat war viel zu sehr beschäftigt. Während er einen Heidenlärm machte, verschlang er fast ohne zu kauen, so daß er zweimal, überwältigt von so gierigem Hinunterschlingen, in eine Art Koma fiel, aus dem man ihn dadurch herausholte, daß man ihn gemahlenen Pfeffer einatmen ließ. Nach den Likören gab es für ihn noch eine Überraschung. Ein zusätzliches Gericht nur für ihn: zwölf gebackene Eier auf spanische Art mit Orangenmarmelade und Milchkaffee! Er aß und trank das Ganze in fünf Minuten. Dann gab er einen Rülpser des Wohlbehagens von sich, der anfing wie das Gebrüll eines Ochsen und in einem matten, wollüstigen Wimmern endete. Dann verlangte er Bier. Als der perlende Schoppen gekommen war, stand er auf.

»Zuerst, Freunde, der Gruß nach Art der Tapferen. (Die Freunde standen nicht ohne Mühe auf, und die Hand auf dem Herzen, riefen sie in der Unbefangenheit ihrer Herzen: »Es lebe Frankreich!«) Danke, meine Herren. Hinlegen, jetzt. Herr Solal, ich erhebe meinen schäumenden Schoppen mit der Behauptung, daß ich zum ersten Mal in meinem Leben gegessen habe und daß ich, möge Gott mir verzeihen, keinen Hunger mehr habe. Was könnte ich Besseres sagen? Dank sei also gesagt dem Völkerbund, dessen Nutzen und dessen humanitäre Rolle ich jetzt verstehe. Nicht Völkerbund sollte man sagen, sondern Völlerbund und Vollhabdenmund und Vorspeisenschlund! Herr Amphitryon, Verteiler von Nahrungslüsten und gustativer

Festmahle der Zunge und der Kehle, ich werde nie diesen großen Tag vergessen, an dem ich verzehrt, aufgenommen, verschlungen, geknabbert, hinuntergeschlungen, gefressen, gekostet, geschnappt, geschlürft, eingeschaufelt, verkonsumiert habe bis zum gefährlichen Anschwellen der Magenwände und ihrer äußersten Ausdehnung! Durch Ihre große Freigebigkeit habe ich mich ernährt, gegrast, wiedergekäut und gelebt, und ich habe mich zur Zufriedenheit der Eingeweide und der Zungenpapillen gefüllt, und ich habe mich wirklich und wahrhaftig geletzt, gestärkt, gesättigt, sattgegessen, meinen Hunger gestillt, mich überfressen, genudelt, gefüllt und genährt. Oh, ich werde mein ganzes Leben lang an solche Resorbtionen und Intussuszeptionen denken! Gewiß, ich habe mir manches in meinen Verdauungsschlauch geschoben, und mein Magen wird bis ans Ende seiner Tage damit vollgestopft sein. Mit einem Wort, Herr Solal, wenn man mir in diesem Augenblick ein gebackenes Ei bringen würde, nu, ich schwöre es bei den heiligen und nicht eßbaren Resten meiner lieben Mutter, ich würde es ablehnen! Was soll ich sonst noch sagen, Herr Solal? Im Namen meines angebeteten Magens, danke! Und ich werde mich hinsetzen, nicht ohne zuvor mit allen meinen befriedigten Eingeweiden halleluja gerufen zu haben! Und ruft alle mit mir, meine lieben Gefährten der Forelle, der Sülzen und der Trüffel: ›Gelobt sei Gott, der uns gesättigt hat, und Herr Solal, der Ihm kräftig dabei geholfen hat!‹«

»Gelobt!«

»Und bis zum nächsten Mal!« sagte Eisenbeißer und setzte sich hin. »Sie werden mir einige Tage zuvor Bescheid sagen, Herr Solal, damit ich fasten und ein Abführmittel nehmen kann, auf daß das Loch tief und breit sei! Und jetzt, meine Herren«, fügte er hinzu, wobei er widerstrebend mit seinen Zähnen, die lang, auseinanderstehend, gelb und schwarz waren, eine kandierte Birne knabberte, »schenken wir denen einen mitfühlenden Gedanken, die zu dieser Stunde Hunger haben, all den Unglücklichen, all den Ausgehungerten, und rufen wir wie der Rabbiner aus der wohlbekannten Geschichte, die Mattathias sehr schlecht erzählt hat, als er versuchte, lustig und geistreich zu sein, was nur mir gegeben ist, und aus Höflichkeit haben wir so getan, als kennten wir sie nicht und fänden sie sehr komisch, rufen wir, sagte ich, wie der Rabbiner: ›Hurra für die Armen!‹«

Er unterbrach sich, wie überrascht. Man stellte ihm Fragen.

»Ich habe Hunger«, sagte er düster.

Saltiel war hin- und hergerissen zwischen Bewunderung und einer gewissen Scham. Nein, so durfte man Sol nicht danken. Doch er konnte sich nicht entschließen, eine Rede zu halten. Sein Kopf drehte sich, denn er hatte zwei Glas Wein getrunken, und er lächelte dumm.

Das Schlußwort sprach Mattathias, dessen Taschen angeschwollen waren mit kalten und warmen Gerichten, zu Solal, der sich zurückzog.

»Herr, das nächste Mal, an dem Sie uns zu einem Festschmaus einladen möchten, geben Sie uns lieber den Gegenwert in bar, dann können wir zusehen, wie wir am besten unseren Interessen dienen werden.«

»Also dann, gute Nacht, Sol«, sagte Saltiel. »Na, du hast doch dein Geld heute morgen zur Bank gebracht, nicht wahr?«

»Ich habe es vergessen«, sagte Solal und ging hinaus.

Die Tapferen verhüllten ihr Gesicht. Solche monetären Unermeßlichkeiten einen ganzen Tag lang in einer Jacke und einer Hose! Sie beschlossen, daß sie nicht zu Bett gehen würden, daß sie in diesem Speisezimmer die ganze Nacht Wache halten würden, während der Herr schlief, und daß sie auf die Ruhe und den Erhalt der dreihundertzweiundsiebzigtausendfünfhundert Francs aufpassen würden. (»Diese fünfhundert Francs«, sagte Eisenbeißer plötzlich, »die hätte er doch mir geben können. Wozu mögen sie ihm wohl nützen? Für ihn ist das ein Wassertropfen und für mich ein Zehntelliter.«)

Saltiel ging hinaus, um Solal diesen Entschluß mitzuteilen. Er kam kurz darauf zurück.

»Meine Freunde«, sagte er, »sein Geld ist an einem sicheren Ort.«

»Wo?«

»Sehr sicheren Ort. Ich werde es euch nachher sagen. Und zweitens, ich habe den Eindruck, daß er ein wenig genug von uns hat.«

»So was Undankbares!« sagte Eisenbeißer. »Und warum?«

»Ich weiß nicht. Ich habe den Eindruck, daß ihr euch im Verlaufe des Essens nicht wie Gentlemen benommen habt.«

»Was ist das für ein Mangel an Gentlemanerie, wenn man ißt? Essen die Gentlemen etwa nicht?«

»Kurzum, er bittet uns, seine Wohnung zu verlassen.«

»Ist da nicht irgendeine schöne und umfangreiche Dame unter den Decken versteckt?« fragte Michael.

»Nein, mein Herr. Ihm liegt wenig an Frauen. Er ist ein sittsamer Mensch und kein unzüchtiger wie du. Vielleicht ist es deshalb«, überlegte er.

»Weshalb deshalb?«

»Nun, ich glaube, daß er einen Roman schreibt.«

»Und warum?« fragte Mattathias.

»Und warum nicht?« sagte Salomon.

»Was für eine Idee, einen Roman zu schreiben!« sagte Mattahias.

»Wenn du mal soviel Geld verdienen wirst wie er, mein Lieber, dann hast du das Recht zu kritisieren«, sagte Eisenbeißer.

»Wo ist dieser sichere Ort?« fragte Mattathias.

»Erklären Sie den Roman, Onkel«, sagte Salomon.

»Er hat mich um meine Meinung gefragt. Also folgendes. Ein Mann, ein junger, nehme ich an, betritt das Zimmer einer Frau, die ihm einige Tage zuvor im Verlaufe einer glanzvollen Abendveranstaltung aufgefallen ist. Er hat nicht mit ihr gesprochen. Aber sie hat ihm wahnsinnig gut gefallen.«

»Gewiß«, sagte Salomon. »Da sie schön ist.«

»Engländerin wahrscheinlich«, sagte Eisenbeißer.

»Oh, diese Frau gefällt mir sehr«, sagte Salomon. »Und dann?«

»Nun, er geht zu ihr, versteckt sich, um sie zu betrachten. Sie geht zu Bett, schläft ein. Und der Held des Romans geht weg, ohne mit ihr zu sprechen, ohne sich ihr zu nähern.«

»Und warum nicht zum Teufel, da sie im Bett liegt und bereit ist für die Bewegungen?« empörte sich Michael.

»Wenn du so weitersprichst, sage ich nichts mehr. Kurzum, der Romanheld geht weg. Er sagt sich, daß es so besser ist.«

»Dieser Romanheld ist ein Hirnloser«, sagte Michael.

»Ich glaube, daß ich seine Vorstellung ein wenig verstehe«, sagte Salomon. »Aus Anständigkeit, so wird es sein.«

»Er hat mir nicht erklären wollen, warum sein Held nicht mit der jungen Dame spricht, die er liebt.«

»Dem jungen Mädchen«, verbesserte Salomon.

»Nun, ich finde, daß der Held recht hat. Nicht er soll mit ihr reden, sondern er soll eine ältere, erfahrene Person hinschicken, damit sie mit den Eltern redet, sich nach der Gesundheit des jungen Mädchens erkundigt, ein wenig zu erraten versucht, ob sie eine Mitgift hat.«

»Erraten!« empörte sich Mattathias. »Hier geht es nicht darum, zu erraten, sondern darum, genau aufgeklärt zu werden und Auskünfte einzuholen über die Zahlungsfähigkeit des Vaters und die Aushändigung der Mitgift vor der Hochzeit zu fordern.«

»Ja, und der Vater wird das ablehnen, denn er wird sich sagen, daß der Bräutigam mit dem Geld und ohne das

Mädchen stiften geht!« sagte Eisenbeißer. »Das einzige, was da zu machen ist, man zahlt das Geld auf das Bankkonto des Betreffenden ein, aber es muß ein Sperrkonto sein, das heißt...«

»Die Diskussion weicht vom Thema ab, meine Herren«, sagte Saltiel.

»Es geht nicht um Geld, sondern um Liebe«, sagte Salomon. »Und überhaupt, wozu braucht man Geld? Und wie endet nun der Roman?«

»Er weiß es selbst nicht, und das quält ihn. (Mattathias zuckte die Achseln.) Er hat mir folgende Frage gestellt: ›Onkel, antworten Sie mit ja oder nein, ohne zu überlegen. Soll der Held zu ihr zurückkehren und sie schnell verführen, was leider einfach ist. Oder aber soll er es tun wie die meisten, das heißt versuchen, sie auf irgendeinem mondänen Ball wiederzusehen‹, nun ja, er hat diese Worte nicht gesagt, aber das war der Sinn, ›und sie langsam verführen, was erbärmlich ist. Kurzum, ihr gefallen, indem er das übliche Spiel spielt. Oder aber, eine dritte Möglichkeit, soll er mit dem geheimnisvollen Koffer zurückkehren?‹ – ›Mein Sohn, ich kann dir nicht antworten‹, habe ich zu ihm gesagt, ›da ich nicht weiß, was der geheimnisvolle Koffer enthält.‹ Aber er hat mir den Inhalt des Koffers nicht sagen wollen. Er hat weiter gebohrt. Und da er sich ärgerte, habe ich auf einen Blick zu erraten versucht, was er am liebsten hätte, was sein Held tut, und ich habe gesagt, er solle mit dem Koffer zurückkehren, weil ich verstanden habe, daß ihm dieser Geheimniskoffer sehr gefiel.«

Schweigen. Mit Ausnahme Salomons waren die Tapferen nicht begeistert. Mattathias sagte, daß es ein Jammer sei, »Fabeln« zu schreiben, wenn man ungeheuere Summen verdient. Michael fand, daß der Romanheld die Frauen nicht kennt. Zum Teufel, die schöne junge Frau lag in einem Bett, völlig bereit! Jeder gut proportionierte Mann hatte nur eins zu tun. Und wenn er es nicht tat, dann würde die Frau, die mit Sicherheit nicht wirklich schlief, ihn verachten und sehr hassen. Was Eisenbeißer anging, so hätte er einen Roman vorgezogen, in dem es in den Kellern der Bank von Frankreich zwischen dem Vater des Fräuleins, dem Finanzminister, und dem jungen Mann zu Unterredungen gekommen wäre. »Er bedient sich der Liebe des Fräuleins, um den künftigen Schwiegervater zu zwingen, eine Geldentwertung herbeizuführen, und der Roman endet mit einem großartigen Börsencoup!«

»Kurzum«, faßte Saltiel zusammen, »ich habe Angst, daß er mit dieser Romanidee nachts zu lange arbeitet und daß das schlecht ist für den Kopf.«

»Aber was ist denn in diesem geheimnisvollen Koffer?« fragte Salomon. »Blumen oder vielleicht schöne kleine Vögel, denen er in Gegenwart der schönen Person die Freiheit zurückgeben will, damit sie gerührt ist?«

Eisenbeißer gähnte.

»Genug gesprochen, meine Herren. Es gibt nur eine Art von Koffer, die mich interessiert. Und ihr könnt sicher sein, daß es kein Koffer mit Blumen oder Vögeln ist. Na, gehen wir heim, Saltiel?«

»Nein. Das liebe Kind will uns in seiner Nähe spüren. Ich habe vergessen euch zu sagen, daß es in diesem Luxushotel fünf Schlafsäle gibt, die uns in der Etage obendrüber erwarten. Ein Helfershelfer des Wirts steht bereit, sie uns zu zeigen.«

Sie gingen los, wobei Salomon am Schluß ging und den Inhalt des Koffers zu erraten versuchte.

XXXVI

Die Freunde waren verblüfft über die Appartements, die der junge Edelmann vom Empfang ihnen zeigte, schokkiert, aber schicksalsergeben. Jeder der Tapferen stellte sich als der legitime Benutzer nicht nur eines Schlafzimmers, sondern auch eines Badezimmers und eines Boudoirs heraus.

Fünf Schlafzimmer, fünf Badezimmer und fünf Boudoirs! Um Himmelswillen, wozu und vor allem, weshalb die Boudoirs? Sie waren nur zu fünft, und man gab ihnen fünfzehn Zimmer, ohne das kleine Vorzimmer eines jeden Appartements zu zählen. Und was für Möbel! Betten englischer Könige, Sultansteppiche und all das übrige! Und konnte man sich nicht hintereinander in einer einzigen Badewanne waschen?

»Und wozu bedarf es überhaupt einer Badewanne?« sagte Eisenbeißer. »Hauptsache ist doch, daß man sich die edlen Teile erfrischt, den Kopf, in dem die Berechnungen und die Essereien stattfinden, und die Hände, die das Kleingeld entgegennehmen und die Nahrungsmittel ihrer Bestimmung zuführen.«

»Wer weiß, wie teuer ihm alle diese Zimmer berechnet werden!« seufzte Saltiel.

»Wir werden die Frage prüfen«, sagte Mattathias. »Erklär zuerst einmal die Sicherheitsmaßnahme für das ungeheuer viele Geld.«

»Er hat mir die dreihundertzweiundsiebzigtausend Francs anvertraut, und sie sind unter meinem Hemd.«

»Du hast die fünfhundert Francs vergessen«, sagte Mattathias.

»In der Tat«, sagte Eisenbeißer streng. »Gib her, damit ich die dreihundertzweiundsiebzigtausendfünfhundert Francs aufbewahre.«

»Nein«, sagte Saltiel.

»Nu, dann wenigstens die fünfhundert Francs.«

»Nein«, sagte Saltiel in zerstreutem Ton.

Er war angsterfüllt. Welch eine Idee, sie sich in französischem Geld auszahlen zu lassen! Und wenn heute nacht eine Geldentwertung stattfand? Außerdem, was sollte man mit allen diesen Geldscheinen machen? Sie unter die Matratze stecken? Sich den Körper damit tapezieren, auf der bloßen Haut? Er verteilte sie in seinen verschiedenen Taschen. Die Geldscheine waren in so großer Zahl, daß der Onkel an allen Stellen in anderen Umständen zu sein schien. Schwanger, mit einem Wort. Kurz danach zog er die Geldscheine heraus, um sie zu zählen, bat Michael, die Taschen zuzunähen, die bald wieder aufgetrennt werden mußten, damit man nachsehen konnte, ob gewisse Geldscheine nicht falsch waren.

»Und habt ihr auch bemerkt, wie er sie in die Hose gesteckt hat, ohne hinzuschauen, wahllos?«

»Als ob es eine Eisenbahnfahrkarte sei!«

»Ich«, sagte Mattathias, »sehe immer darauf, eine Eisenbahnfahrkarte tief in die Tasche zu stecken, und ich tue noch mehrere Taschentücher drauf.«

Das Klingeln des Telefons ließ Saltiel zusammenzucken. Ein Unglück! Sol war sicherlich krank! Vielleicht eine Blinddarmentzündung?

»Ja, mein Sohn, was ist? Soll ich kommen? Michael kann in die Apotheke gehen!«

Aber diese Ängste erwiesen sich als unnötig. Solal wollte seinen Onkel fragen, ob ihm die Zimmer gefielen.

»Sehr schön, mein Liebling, außer diese Boudoirs, von denen mir ganz übel wird. Trotzdem, Gott sei gelobt. Hör zu, die Sachen sind immer noch da. Hm, du verstehst nicht? Ich spreche von den dreihundertzweiundsiebzig Francs und fünfzig Centimes. (Er hielt es für unnötig, die Telefonistin, die vielleicht gerade spionierte, auf dem laufenden zu halten.) Es ist zwar ein kleiner Betrag, aber du kannst beruhigt sein. Wir sind alle drum herum.«

Solal mußte in diesem Augenblick einen schrecklichen

Satz gesagt haben, denn der feine weiße Haarschopf Saltiels richtete sich auf seinem Schädel auf.

»Du bist wohl verrückt! Ich soll ihnen dein ganzes Geld geben? Niemals, Sol, niemals!«

Eisenbeißer, vor dem Telefon kniend, riß sich zahlreiche Haare aus, faltete die Hände und flehte Saltiel an, endlich mit seinen unheilvollen Ratschlägen aufzuhören. Man schloß einen Vergleich ab, und Solal erklärte sich bereit, die Hälfte zu behalten. Die Tapferen teilten sich den Rest. Die Freunde rechneten sofort und kritzelten. Mit dem nicht eingelösten Schweizer Scheck ergab das ungefähr eine halbe Million Drachmen für jeden.

Salomon, eine kleine kreischende Kugel, machte auf dem weichen Bett Luftsprünge, und mehrmals stieß er dabei mit dem Kopf an die Decke. Eisenbeißer schlug Purzelbäume und ließ dabei mit ganzer Seele und zu den von Michael geklimperten Mandolinenklängen seine Finger schnalzen. Er drehte sich mit spanischem Schmachten oder vibrierte auf der Stelle mit dem geheimen Lächeln einer Kaiserin oder schien, die Augen mit der Hand beschattend, eine wunderbare Liebe in Augenschein zu nehmen. Gleichmütige Königin, lächelte er, stieß seinen Bauch vor, den er wieder zurücknahm, um mit seinem mageren Hintern mit den fliegenden Rockschößen erregte Reigen zu tanzen. Er geriet außer sich, mit entzücktem Mund. Sein Haar war zerzaust, und sein Adamsapfel hüpfte auf und ab, und von seinem Hals rann schwarzer Schweiß. Er strengte sich bei den Klängen der Mandoline mächtig an, und seine Beine flogen, und sein Bart wehte im Wind des Tanzes. Was Mattathias anging, so drehte er sich mit ausgebreiteten Armen langsam um sich selber, mit ernstem Gesicht und geschlossenen Augen. Erschöpft, von Glück durchbohrt, hörte Eisenbeißer plötzlich mit seinem Tanz auf, verlangte die sofortige Aushändigung seines Anteils. Die Teilung wurde nicht ohne Verwünschungen und Mißtrauen vollzogen. Schließlich umarmte man sich und wünschte sich viel Glück und Vermehrung der jeweiligen Teile.

»Kinder meines Herzens, Söhne des Reichtums«, sagte Eisenbeißer, »gehen wir nicht auseinander, beim Teufel! Verbringen wir die Nacht bequem im Zimmer Saltiels! Um uns aber ganz und gar wohl zu fühlen, lassen wir unsere Betten hierher bringen. So werden wir uns wohl fühlen und über unser Hab und Gut und unsere Größe plaudern.«

»Es ist spät«, sagte Salomon. »Wir können sie nicht zwingen, vier Betten zu transportieren, zumal diese Betten schwer sind.«

»Ich habe eine halbe Million Drachmen«, antwortete Eisenbeißer, der lange verschiedenen Dienern klingelte, denen er so energische Befehle erteilte, daß bald vier weitere Betten in Reih und Glied im Schlafzimmer standen.

Die Tapferen legten sich ganz angezogen hin, ihre Köpfe ruhten auf den Federbetten, die sie für – in Wahrheit sehr unbequeme – Kopfkissen hielten. Der kompetente Eisenbeißer befahl, sie »nach Schweizer Mode« zweimal zu falten. Dann unterhielten sie sich bis spät in die Nacht, schmiedeten Pläne und stellten sich verschiedene Möglichkeiten vor, ihre Feinde zu demütigen und ihre Freunde vor Neid platzen zu lassen. Eisenbeißer schlief mitten in der Beschreibung seiner Jacht mit dreißig Kabinen ein, wobei die prächtigste dieser Kabinen für Ihre Britische Majestät reserviert war.

Gegen drei Uhr morgens fuhren sie aus dem Schlaf auf, da sie Lärm hörten, und machten Licht. Saltiel war verschwunden! Man hatte Saltiel und den großen Geldbetrag gestohlen! Geräusch in einem der unbewohnten Appartements! Michael stieß die Tür auf, die andern weit hinter ihm. Eisenbeißer ging am Schluß, und zitternd empfahl er dem schlotternden Salomon, keine Angst zu haben. Im fünften Appartement erblickten sie Saltiel, der mit geschlossenen Augen auf und ab ging.

»Onkel, sind Sie mondsüchtig«, flüsterte Salomon.

Saltiel machte die Augen wieder auf.

»Nein«, sagte er, »ich habe Inventur gemacht, und ich frage mich gerade, wieviel ihn unsere fünf Zimmer mit allen diesen verfluchten Boudoirs wohl kosten. Aber es gelingt mir nicht, die Summe herauszufinden, da ich den Wert der Teppiche nicht kenne.«

Eisenbeißer sagte, daß das ohne Bedeutung sei, da die Appartements vom Vetterngrund – ein neuer eisenbeißerischer Name für den Völkerbund – bezahlt wurden. Aber Saltiel hob plötzlich den Hörer ab. Nachdem eine verschlafene Stimme ihm die Zimmerpreise genannt hatte, antwortete er mit diesen Worten:

»Möge deine Großmutter mit hundertunddrei Jahren ehebrechenderweise niederkommen!«

Der deutsch-schweizerische Portier hatte nur eine unvollkommene Kenntnis der französischen Sprache. Er dankte, und Saltiel legte auf, hob dann den Kaminvorhang hoch in der Hoffnung, Asche zu finden, um sie sich aufs Haupt zu streuen.

»Meine Freunde«, sagte er, »macht euch gefaßt. (Die Freunde machten sich gefaßt.) Die fünf Appartements kommen, zusammen mit den Boudoirs des Heidentums, auf zweihundert Schweizer Franken pro Tag, das heißt ...«

Er hielt inne, denn es wäre zu schmerzlich für ihn gewesen, zu wissen, wieviele Drachmen, Escudos, Milreis, Leis, Sapeken oder Dollars die Miete der fünf Appartements darstellte.

»Das heißt sechstausend Schweizer Franken pro Monat!«

»Der Preis eines Schlachtschiffes!« rief Eisenbeißer mit ungestümen Händen.

»Und in zehn Jahren siebenhundertzwanzigtausend Schweizer Franken«, sagte Salomon, um mit dabei zu sein.

»Die, sechs Jahrhunderte mit Zins und Zinseszins angelegt«, sagte Mattathias, »ungefähr hundert Millionen einbringen würden.«

»Aber aus was sind denn diese Zimmer?« fragte Salomon dramatisch. »Aus Edelsteinen oder aus Gold?«

Saltiel hielt den Kopf zwischen den Händen.

»O du Dieb von einem Direktor des Ritz, möge deine Tochter vor ihrer Mutter sterben, und möge deine Frau vor dir sterben!«

»Kinder«, sagte Eisenbeißer, »das können wir nicht einfach hinnehmen! Wir müssen uns rächen!«

Er stand auf, zündete alle Lampen in den fünfzehn Zimmern an, ließ heißes Wasser in die fünf Badewannen laufen, während Saltiel zum zweiten Mal mit dem Portier telefonierte, um ihm aufzutragen, dem Direktor zu sagen, er sei ein Pharao.«

»Und der Ewige möge ihm am Ende des laufenden Monats einen Bankrott schicken!« rief Mattathias.

Dann – es war vier Uhr morgens – klingelte Eisenbeißer nacheinander dem Kammerdiener, dem Kammermädchen und dem Butler, ließ sich von dem ersteren abbürsten und bat die beiden anderen um Auskünfte über die historischen Denkmäler von Genf. Nachdem dies getan war, ging er in die Toiletten auf dem Stockwerk, um dort alle Lampen anzuzünden und eine Razzia des Toilettenpapiers zu machen. Dann versetzte er den Tischen Fußtritte, bearbeitete die Teppiche mit seinen eisenbeschlagenen Schuhen, schraubte die Birnen heraus, die er in seinen Koffer schloß, spuckte in die Spucknäpfe im Flur, zog eine nach der andern die Wasserspülungen der Toiletten und säuberte seine Schuhe mit den Bademänteln. Schließlich befahl er den Freunden, ein Bad zu nehmen. Große Übel erfordern tragische Mittel! Es ging darum, die Dinge zu nutzen! Zum Teufel, zweihundert Franken pro Tag!

Nicht ohne Schmerz stieg Eisenbeißer in die Badewanne. In der Tat war er sehr stolz darauf, noch nie gebadet zu haben, und nahm dies zum Anlaß, sich mit Ludwig XIV.

zu vergleichen. Er blieb eine ganze Stunde im warmen Wasser und stöhnte sehr, denn er fürchtete Hautkrankheiten. Allmählich wurden die Seufzer sanfter. Entsetzlich, er fand Gefallen daran. Er wurde zu einem Lüstling, einem Römer der Dekadenzzeit. Und um seine Verkommenheit zu vollenden, seifte er sich sogar zum ersten Mal in seinem Leben ein. Nachdem er sich abgetrocknet hatte, stellte er sich vor den Spiegel und wich vor Entsetzen zurück. Er erkannte sich nicht mehr wieder.

Um sechs Uhr morgens schliefen die Tapferen ein, erschöpft von ihren Wasserheilverfahren, doch getröstet von dem entzückenden Lärm des Wassers, das sich in die Badewannen ergoß. Denn Eisenbeißer hatte empfohlen, unaufhörlich das kalte Wasser und vor allem das warme Wasser laufen zu lassen.

XXXVII

Sie wurden in einem Schwitzbad wach, verloren in den Dämpfen, die aus den dröhnenden Badezimmern kamen. Trotz der brennenden Lampen sah man keinen Meter weit. Die Tapeten an den Wänden hatten sich gelöst, und die Bettlaken waren klammfeucht. Sich durch den Nebel tastend, ging Eisenbeißer die Fenster öffnen.

»Vorwärts, meine Herren, zu dem Schweizer Frühstück!«

Sie bemühten sich, soviel wie möglich zu essen – zum Teufel, zweihundert Franken pro Tag! –, und was sie nicht trinken oder essen konnten, leerten sie in die Badewanne oder sonstwohin.

Der Schwindsüchtige ging hinunter in den Salon, machte mit Hilfe seiner riesigen Hände eine seltsame Musik auf dem Flügel, zunächst einmal, um alles auszunützen, aber auch, um zu sehen, ob er nicht zufällig ein großer Komponist sei. Er verfluchte innerlich den Direktor, der es wagte, ihn für zweihundert Franken pro Tag anzulächeln, ein Lächeln, das nur gewährt wurde, weil der seltsame Bursche im weißen Drillich ein Gast des Untergeneralsekretärs war, der, hm, seltsame Bekannte hatte.

Nachdem er sich mit einem winzigen Pagen unterhalten und ihm gegenüber düstere Anspielungen auf den Geist des Bösen und des Betrugs gemacht hatte, ging Eisenbeißer in verdauungsfördernder Absicht vor dem See spazieren. Er riet Engländern vom Hotel Ritz ab, die dieses Hotel nicht kannten und ihren Weg mit erhobenem Kinn fortsetzten. Eisenbeißer nahm es nicht übel. Er lehnte sich an die Rampe und bewunderte den Genfer See, einen Bottich extra-flüssiger blauer Tinte.

Und jetzt zu den ernsthaften Dingen! Er ging wieder hinauf und fand die Tapferen angezogen, mit Pomade eingeschmiert und frisch rasiert vor, bereit zu leben und zu dröhnen.

»Meine Herren«, sagte Saltiel, »stellen wir unseren Schlachtplan auf. Wir müssen unseren Schweizer Scheck einlösen und dann diese Hunderttausende auf die Bank bringen.«

»In zwei gleichen Teilen«, erinnerte Eisenbeißer.

»Den unseren und den deines Neffen«, präzisierte Mattathias.

»Was schlagt ihr vor, meine Herren?« fragte Saltiel.

»Ich schlage vor«, sagte Salomon, »daß wir zuerst den Scheck einlösen und daß wir dann das ganze Geld in einen Tresor der Bank legen.«

Der kleine Kerl wurde verächtlich angesehen. Was für ein armer Geist!

»Und wenn die Diebe uns folgen, o kleiner Schlauberger?« fragte Eisenbeißer.

»Nu«, sagte Salomon, »nehmen wir uns doch einen von diesen Wagen, die nur mit Hilfe des Erdöls fahren.«

Die vier andern sahen sich an. Im Grunde war die Idee, ein Taxi zu nehmen, auch wenn sie vom Kleinjockel kam, gar nicht so schlecht. Ja, dem Fahrer sagen, er solle zu einer bestimmten, ganz genauen Zeit, mit Angabe der Minuten und Sekunden, vorbeikommen, sich schnell ins Taxi stürzen, um den Gangstern keine Zeit zu lassen, sich zu nähern. Doch man ergründete die Idee und fand sie gefährlich. Wenn der Fahrer zu irgendeiner kalabrischen oder einheimischen Bande gehörte, könnte er sie an einen einsamen, verlassenen Ort bringen, sie fesseln und sie auf Eisenbahnschienen legen.

Man machte Pläne, man verausgabte viel Speichel, und man beschloß, daß Eisenbeißer als Kundschafter hinunter auf die Straße gehen sollte, um »das Umfeld zu sondieren« und sich ein wenig die Gesichter der Leute anzusehen. Was auch getan wurde.

Im Hintergrund der Hotelhalle preßte Saltiel seinen mit Banknoten vollgestopften Koffer an die Brust. Von den drei andern flankiert, wartete er darauf, daß Eisenbeißer ihnen ein Zeichen gäbe, daß der Weg frei sei. Der Schwindsüchtige warf argwöhnische Blicke auf die »Individuen von der Straße«. Schließlich drehte er sich um, entbot den faschistischen Gruß, wobei er mit den Augen zwinkerte, was – nach einem im voraus vereinbarten Code – heißen sollte, daß es nicht allzu viele Verdächtige gab. Die vier Freunde gingen also aus dem Hotel.

Doch die Passanten drehten sich um, neugierig gemacht von dem kleinen Greis mit der Bibermütze, der wie ein Kriegsgefangener von vier strengen Wachen eingerahmt war.

»Stopp«, sagte Saltiel. »Man schaut zu sehr nach uns. Flüchten wir!«

Sie stürzten sich in eine kleine Kneipe, wo sie eine Tasse schwarzen Kaffee und vier Glas Wasser bestellten. Als sie saßen, flüsterten sie. Im Augenblick waren sie gerettet. Aber wie sollten sie unbeschadet und unbestohlen bis zum Crédit Lyonnais kommen?

»Die Frage«, sagte Eisenbeißer, »ist um so ernster, meine Herren, als wir, nach dem Plan, den ich mir vorhin angesehen habe, um zu diesem Crédit Lyonnais zu gelangen, eine Brücke überqueren müssen, die verbrecherisch ist wie alle Brücken.«

Man dachte nach, und Eisenbeißer verkündete, daß er eine geniale Idee habe. Er ging hinaus, kam etwa zwanzig Minuten später mit einem Einkaufsnetz zurück, das Salate, Karotten, Tomaten und Zwiebeln anschwellen ließen.

»Dieses Netz wird uns retten, meine Herren!«

Er führte die Freunde an einen Ort der Kneipe, den deutlicher zu bezeichnen der Anstand verbietet. Die Tür wurde verriegelt, und Eisenbeißer erklärte, daß man den Schatz ins Einkaufsnetz stecken müsse.

»Niemand wird ahnen können, daß in einem Einkaufsnetz fast eine halbe Million französische Francs sind. Die Karotten und die Zwiebeln werden unser Alibi sein!«

Mattathias wies darauf hin, daß die Banknoten und die

Schecks Gefahr liefen, vom Gemüse beschmutzt zu werden. Man beschloß, daß Salomon eine Zeitung kaufen gehen solle. Der kleine Tapfere lief unter den mißtrauischen Blicken des Wirts durchs Lokal. Er kam kurz darauf zurück, ganz atemlos und in der Hand die Zeitung »Temps«, deren Format ihm geeignet erschienen war.

Man verbarg die Banknoten in der Zeitung, die man zerknitterte, um ihr ein lumpiges Aussehen zu geben, und legte sie dann mitten zwischen die verschiedenen Gemüse. Und man verließ das stille Örtchen. Nachdem die Bestellung bezahlt war, flüsterte Eisenbeißer – die Aufregung hatte ihn alle seine Grundsätze vergessen lassen – seinen Freunden zu, wobei er verstohlen um sich sah, daß sie, um die Diebe besser zu täuschen, die Kragen der Gehröcke oder Mäntel hochschlagen müßten, damit sie ärmlich aussähen. So wurde es getan. Die Gäste betrachteten die seltsame Gruppe mit offenem Mund.

»Und«, sagte Saltiel leise, »wir müssen sogar bekümmert aussehen, müssen aussehen wie Leute, die am Verhungern sind, die völlig abgebrannt sind!«

Mit hängender Unterlippe verließen sie die Kneipe und stießen dazu solche Seufzer aus, daß sich alle Passanten umdrehten, als dieses tiefbetrübte Quintett vorbeikam. Eisenbeißer trug etwas zu stark auf. Nicht nur, daß er düstere Augen machte und wie seine Kollegen seufzte, schneuzte er sich auch noch und greinte vor sich hin, wischte rein imaginäre Tränen ab und beklagte sich über sein Hungerleiderlos. Saltiel hielt das Einkaufsnetz so tragisch unterm Arm, daß fast alle Tomaten zerquetscht wurden.

Auf der bewußten Brücke folgten ihnen etwa fünfzig Personen und Tiere – alte Frauen, kleine Mädchen, Soldaten, Hunde, Straßenjungen – und machten sich über die Bibermütze, die Fustanelle, das Ziegenfell, den weißen Zylinder und den Südwester lustig. Es waren über hundert, als die falschen Notleidenden sich in den Crédit Lyonnais stürzten.

Sie lösten den Scheck ein, sahen sich dann den Tresorraum an. Die Tresore schienen ihnen nicht massiv genug. Außerdem waren die Stühle aus Holz und folglich brennbar. Sie streuten den Staub ihrer Schuhe über dieser leichtsinnigen Bank aus und gingen, angewidert von Lyon, hinaus.

Vor ihnen Radfahrer, eskortiert und gefolgt von einer wachsenden Menge, überquerten die Tapferen die Corraterie, gingen aufs Geratewohl dahin, da sie nicht wagten, sich nach einer Bank zu erkundigen, um keine ungesunde Begehrlichkeit hervorzurufen. Eisenbeißer warf finstere Blicke. Was für vorwitzige Gaffer, diese Genfer! Ja was denn, hatten sie noch nie ein Einkaufsnetz gesehen? Endlich eine zweite Bank. Sie gefiel ihnen nicht, denn sie war nicht voller Kunden und folglich imstande, Bankrott zu machen.

Dritte Bank. Der Angestellte, der ihnen Auskunft gab, schien ihnen das katzenfreundliche Gesicht eines Betrügers zu haben. Sie gingen hinaus, setzten ihre Suche nach einem Bankabsolutum fort. Ein kleiner Junge brachte ihnen einen Packen Banknoten, der aus dem Netz herausgefallen war. Ein Polizist fragte die Schwitzenden aus, nahm sie mit aufs Polizeirevier, wo ihre Pässe gründlich überprüft wurden. Eisenbeißer wollte den Polizeikommissar vernichtend schlagen und ihm verkünden, daß er ein Vetter Seiner Hoheit sei. Doch Saltiel flehte ihn leise an, das nicht zu tun. Man ließ sie wider Willen laufen, doch ein Beamter der Geheimen folgte unauffällig der seltsamen Gruppe, die noch drei Banken abklapperte, hinter sich eine lustige und grölende Menge.

Schließlich fand die Schweizer Kreditanstalt Gnade vor ihren Augen. Die Angestellten hatten sehr fette, sehr ehrliche Gesichter, und es wimmelte nur so von Kunden. Der Tresorraum, ganz aus Stahl, gefiel ihnen ungeheuer. Sie nahmen fromm den Hut ab, als sie hineingingen, sprachen nur leise miteinander und mit größerer Höflichkeit als gewöhnlich. Die Tresore waren dick, wirklich sehr gut, sehr seriös. Ein Wächter, ebenfalls sehr dick und sehr seriös, öffnete die Haupttür des Tresorraums. Er zeigte ihnen das ihnen zur Verfügung gestellte Fach, händigte ihnen die Schlüssel aus – deren Kompliziertheit sie entzückte – und erklärte ihnen, voller Andacht angehört, die Art und Weise, wie die Kombination des Geheimnisses zu wählen sei. Sie dankten überschwenglich, liebten die Kunden, die ihre Fächer öffneten oder die, in den Kabinen sitzend, ihre Kupons abtrennten. Sie beneideten sie nicht. Waren es nicht ihre Brüder im Kapital?

Der Wächter entfernte sich. Sie wußten seine Diskretion zu schätzen.

»Möge Gott die Schweizer Kreditanstalt beschützen!«

Saltiel zählte die Scheine, teilte sie in sechs Haufen auf. Um ihn vor übelgesinnten Blicken zu schützen, standen die Freunde um ihn herum Posten. Als die Scheine gebündelt und verschnürt waren, diskutierte man leise und mit Verschwöreraugen. Welche Geheimzahl sollten sie wählen? Dreihundertvierundsiebzig ging nicht, das war eine zu natürliche Zahl. Hundertelf? Ein leicht durchschaubarer Trick. Vierhundertsechsundfünfzig? Daran würde jeder Säugling denken. Schließlich fand man eine intelligente Zahl, die geeignet war, die Einbrecher auf eine falsche Fährte zu locken und die mit sieben anfing, eine Zahl, von der man fand, daß sie Glück bedeutete.

Ein anderes Problem: als man, um die sieben zu wählen, das Rädchen drehte, waren sieben leise Klicks zu hören, und diese alte Hexe, im vorliegenden Falle die ehrbare Frau Deume, die ganz in der Nähe stand, war imstande, sich das genau zu merken. Man kam überein, daß Eisenbeißer, Spezialist der Atemwege, während der Operation husten würde. Saltiel komplizierte die Sache, indem er eine lange Pause zwischen dem fünften und dem sechsten Klick machte. Man mußte die Verfluchte, den Wächter – der vielleicht ein Heuchler war – sowie alle Kunden, die übrigens anfingen, sich gegen den Huster zu verwahren, verwirren. Man änderte das Geheimnis, denn da Eisenbeißer bei jedem Klick einmal gehustet hatte, brauchte der Dieb, der vielleicht auf der Lauer lag, nur die Anzahl der Hustenanfälle zu zählen, um die Zahl zu wissen. Man bat den Tuberkulösen, ohne Unterbrechung zu husten.

Eine halbe Stunde später war die heikle Operation beendet und die Scheine gut verschlossen. Die Tapferen kehrten jedoch mehrere Male zurück, um zu sehen, ob die kleine Tür des Fachs wirklich gut geschlossen war. Jeder zog mit allen Kräften daran.

»Nu, meine Herren«, sagte Saltiel, »wir haben alle genau gesehen, nicht wahr? Wir haben alle versucht aufzumachen, und die Tür ist nicht aufgegangen, nicht wahr?«

»Ja«, sagte nacheinander jeder der Tapferen, nachdem er ein letztes Mal gerüttelt hatte.

»Nu, möge dieser Tag durchdrungen sein von Milch und Honig.«

»Hoffen wir, daß es wirklich kein Duplikat von diesem Schlüssel gibt«, sagte Eisenbeißer.

»Die Schweizer sind ehrlich«, sagte Saltiel.

Nach einem kurzen Gebet gingen sie weg, nicht ganz beruhigt. Sie kamen wieder zurück, um nachzusehen, ob die kleine Tür wirklich verschlossen war, öffneten sie mit einer leichten Angst. Ob die Scheine immer noch da waren? Ja, Gott sei Dank. Sie schlossen diese Tür wieder, die wichtigste von der Welt, empfahlen sie der Aufmerksamkeit des Wächters, betrachteten ihre heiligen Bedienungsknöpfe, die sie ein letztes Mal durcheinanderbrachten. Widerwillig gingen sie zum Ausgang, blieben vor der runden, massiven Stahltür stehen, die den Tresorraum abschloß, liebten die vierzig köstlichen Riegel, betasteten die ungeheuere Dicke, wußten die vier Schlösser zu schätzen.

Ein anderer Wächter vor einer zweiten Tür. Er sah ehrlich und mutig aus. Saltiel fragte ihn liebenswürdig, ob er bewaffnet sei. Der Wächter zeigte einen beeindruckenden

Revolver. Saltiel beglückwünschte ihn dazu, dankte ihm zärtlich, sagte ihm, wie sympathisch er ihn fände, drückte ihm die Hand, darin von den anderen Freunden nachgeahmt. Eisenbeißer tat sogar so, als irre er sich, und betastete den Arm, anstatt die Hand zu drücken. Bestens, der Mann war wirklich muskulös.

Draußen verteilte ein alter Jude Prospekte. Sie sagten zu ihm, er solle sein kleines Geschäft vor der Schweizer Kreditanstalt besorgen, und wenn er verdächtige Leute hineingehen oder herauskommen sähe, solle er die Polizei alarmieren.

Und sie gingen fort, befallen von der Krankheit der Reichen. Sie waren beunruhigt, fürchteten Geldentwertungen, Streiks, Bankrotte, Kriege. Außerdem fühlten sie sich arm. Das ist das Geheimnis der Reichen. Sie sorgten sich um sichere Geldanlagen und fanden keine. Schließlich merkten sie, daß die Diktaturen ihr Gutes hatten und daß der Duce ein sehr intelligenter und keineswegs dummer Mann war. Was Léon Blum anging, so fanden sie ihn wirklich nicht mehr so sympathisch.

»Zu sanft, das ist es«, sagte Eisenbeißer. »Er hat keinen Mumm. Ich brauche energische Regierungen, auf jeden Fall in der Schweiz!«

»Kapital ist Kapital«, sagte Mattathias.

»Man muß streng sein zu den Arbeitern«, sagte Eisenbeißer. »Und die Anführer erschießen sowie die verdächtigen Elemente im Solde ausländischer Mächte.«

»Es ist unbestreitbar, daß man Arme und Reiche braucht«, sagte Saltiel.

»Ich hasse die Streikenden, die mehr verdienen und jene ausplündern wollen, die wie ich im Schweiße des Angesichts der andern arbeiten«, sagte Eisenbeißer.

»Ich bin für die Zusammenarbeit der Klassen«, sagte Salomon mit schüchternem Stolz.

»Wunderbar«, sagte Eisenbeißer. »Zusammenarbeit! Auf daß man sich die Arbeit teile! Auf daß der Arbeitslose

Hunger hat und ich für ihn mitesse! Kurzum, wünschen wir uns, daß die Genfer Regierung ein wenig antisemitisch ist. Denn die halten in allem auf Ordnung.«

Sie gingen in ein Wochenschaukino, und Salomon kam nicht umhin, spanischen Artilleristen zuzurufen, daß sie schlechte Menschen seien. Angewidert von all diesen Kriegen, gingen sie hinaus und flüchteten sich in eine Kneipe. Saltiel trank, wobei er seine Tasse mit der linken Hand hielt. »So«, erklärte er, »keine Gefahr, sich von der Unkeuschheit hervorgerufene Krankheiten zu holen. Wenn du deine Tasse mit der linken Hand hältst, berührst du einen Rand, der nie von ihren Lippen berührt worden ist, denn sie halten die Tasse mit der rechten Hand.«

Sie gingen aus der Kneipe, wobei sie ein winziges Trinkgeld zurückließen. Sie waren reich und kannten jetzt den Wert des Geldes. Schließlich gingen sie die Mauer der Reformation bewundern und betrachteten, den Hut in der Hand, die hohe Statue des Herrn Calvin.

»Er gefällt mir«, sagte Saltiel.

»Streng«, sagte Eisenbeißer. »Ich mag das.«

»Es lebe die Schweiz«, sagte Salomon. »Ich hätte gern, daß sie ein kleines Mädchen ist mit Zöpfen, damit ich sie küssen kann. Ich habe Angst, daß man ihr im nächsten Krieg wehtut.«

Nachdem sie die Schweizer Nationalhymne gesungen hatten, gingen sie in die Synagoge, wo sie den Ewigen baten, ihrem Vermögen ein langes Leben und ein gutes Gedeihen zu gewähren. (An diesem Tag des Reichtums fühlten sie sich viel frommer als gewöhnlich.) Eisenbeißer ärgerte sich über die polnischen Juden, die nicht korrekt betonten, brüllte nach dem orientalischen Rhythmus, um sie zu beschämen und ihre Stimmen zu übertönen. (Man weiß, daß er sich als ihr geschworener Feind ausgab. In Wirklichkeit mochte er sie sehr.)

Als er aus der Synagoge kam, ging er zu einem Zahnarzt, um ihn nach dem Preis für eine vollständige Vergoldung der Zähne zu fragen. Doch er verzichtete auf dieses reiche Projekt, indem er sich sagte, daß es im Grunde besser sei, sich alle Zähne ziehen zu lassen, selbst die gesunden, und sich ein Gebiß machen zu lassen. Auf diese Weise keine wahnsinnigen Zahnschmerzen mehr. Zu überlegen.

Mit Ausnahme Eisenbeißers gingen die Tapferen in eine Kirche. Sie bewunderten. Sie waren stolz, mit dem Hut in der Hand herumzugehen. Salomon steckte sein ganzes Kleingeld in den Opferstock für die Seelen im Fegefeuer. Draußen ging Eisenbeißer auf und ab, die Hände auf dem Rücken und das Kinn hoch erhoben, als wirklich Ungläubiger.

Man beschloß, ins Hotel zurückzukehren. Saltiel bildete den Schluß, ohne ein Wort zu sagen. Er fand, daß das Schicksal der jüdischen Kapitalisten sehr traurig war. Als Besitzende mußten sie die Regierungen von rechts bevorzugen. Ja, aber als Juden? Er tröstete sich unlogischerweise, indem er sich daran erinnerte, daß Dante Alighieri der Fürst der italienischen Dichter war. Er war zu Tränen gerührt, als er daran dachte, daß, als der Autor der Göttlichen Komödie in den Hof von Mailand eingezogen war, alle Herren respektvoll den Hut gezogen hatten.

Im Hotel fanden die Tapferen den Herrn Solal, der ihnen überschwenglich die Freuden des Campinglebens pries und ihnen sagte, welchen Ruhm sie daraus beziehen könnten. Kurzum, er forderte sie auf, einen kleinen Abstecher auf den Salève zu machen, einen zwölfhundert Meter hohen Berg, der eine Drahtseilbahn besaß. Sie gerieten in Begeisterung bei dem Gedanken, den Freunden in Kephalonia zu erzählen, daß sie auf einen riesigen Schweizer Berg geklettert waren.

XXXVIII

Zuerst stibitzte Eisenbeißer in der Auslage einer Buchhandlung das Lehrbuch von Loiseau. Aber einige Minuten später betrat er den Laden, sagte, daß er dem Besitzer ein Geschenk machen wolle, legte nobel vier Franken hin, den Preis des Lehrbuchs, von dem zu reden er sich hütete. Würdevoll ging er hinaus, ohne sich noch um den verdutzten Verkäufer zu kümmern.

Die Freunde lasen aufmerksam das Camping-Lehrbuch, auf einer Bank im Englischen Garten sitzend, einer Bank, die nicht gelb angestrichen war und es auch nie sein wird. Dann begannen Einkäufe, wie sie kein Alpinist der Welt je gemacht hat. Und die Genfer Geschäftsleute werden die ungeheueren Gewinne, die die Vorsicht der Tapferen ihnen einbrachte, sobald nicht vergessen.

Sie kauften vor allem ein Zelt aus Segeltuch mit doppeltem Dach, mit Apsis und drei Masten; Decken und Schlafsäcke aus Daunen; Luftmatratzen; einen Stock-Gewehr-Schemel; einen innen verglasten Aluminiumkanister; Messer mit dreißig Klingen; mit Platzpatronen geladene Revolver; eine Pickel-Schaufel-Spaten-Hacke (sie übten sich darin, den Namen dieses schönen Geräts ganz schnell auszusprechen); Kolanuß; einen Sauerstoffballon; einen Medikamentenkoffer; Waschpulver; eine Waschmaschine-Trockenschleuder; ein Bügeleisen; einen Rasenmäher; Sämereien zum Säen; Sonnenbrillen; einige Zahninstrumente; ein Fäßchen mit Jodtinktur, das Salomon sogleich in der Art der Marketenderinnen von einst trug; einige Operationsmesser, verwendbar im Falle einer Blinddarmentzündung; Schlangenserum; Wachstuchhosen; Konserven; Fly-tox; Pemmikan; einen Spirituskocher; verschiedene Musikinstrumente; Ohrwurmfallen; Generalstabskarten; kurze Hosen aus Bonneval-Tuch; Eispickel; Seehundschuhe mit kleinen Schneeketten und Tricouni-Eisenbeschlägen; Jacken aus Rhinozerosleder mit

Schwenkärmeln, die in Schluchten ungezwungene Bewegungen zulassen; riesige Alpenmützen; Mokassins für die Ruhezeiten; Fausthandschuhe; Überfausthandschuhe; Bergsteigerseile. Aber die, die man ihnen zeigte, waren nur aus Hanf – o leichtsinnige Christen! – und flößten ihnen kein Vertrauen ein. Sie gaben Stahltauen für Aufzüge den Vorzug. Sie verlangten von einem Apotheker – der, ein Humorist, so tat, als füge er sich ihrem Wunsch – Serum gegen die Mücken.

Aber das ist nicht alles. Sie kauften auch Wollslips für die Intimität unterm Zelt; Brieftaschen mit Ketten, die am Gürtel befestigt wurden; japanische Fußwärmer; Fechtmasken gegen die Bremsen; Taschentücher, die sie mit Eukalyptus-Menthol imprägnieren ließen; ein Tee-Ei, von dem sie annahmen, daß es als tragbare Dusche dienen dürfte; eine Schreibmaschine, um Alpenerinnerungen zu verfassen; ein Monokel, um die Bevölkerung zu beeindrukken; einen roten Regenschirm; einen Topf voller Gras für die Lämmchen; luftdicht abgeschlossene Schachteln für Streichhölzer; einen Kerzenhalter, dessen Mechanismus die Kerze jede Minute anstieß; eine automatische Pistole und Handgranaten für die Stiere; Stacheldraht gegen die nächtlichen Ziegen und die Schlangen; Leuchtraketen, um Hilfe herbeizurufen; einen Höhenmesser; einen Sextanten; eine Tube Pomade von Doktor Séchehaye; Nähzeug; Ferngläser; eine Filmkamera; Individualwimpel.

Ferner bestellten sie bei einer verstörten Näherin Schlafanzüge aus Thermowatte sowie mit Schwanenfedern gefütterte Unterhosen. Schließlich ließ sich Eisenbeißer hundert Visitenkarten drucken, deren Text unten angegeben ist.

Pinhas Solal
Besitzer von Fünfhunderttausend Drachmen
Chef der Salevinischen Expedition
Fremdenführer Durch Das Gesamte Hochgebirge
Alle Geschenke werden ohne Dankbarkeit angenommen

In Anbetracht der obigen Summe Langer und Breiter
Mäzen Verschiedener englischer Lords und Generäle
Vater von Kleintod und Drei Wundern

Sie strapazierten die Näherin, holten die Schlafanzüge und die Unterhosen um zwei Uhr morgens ab. Und schon am nächsten Tag machten sie sich auf den Weg, mit Ausnahme von Michael, der erklärte, wegen einer gewissen persönlichen Angelegenheit in Genf festgehalten zu sein. Man verstand.

Nachdem sie ihre Seelen und vor allem ihre Körper dem Gott des Sinai empfohlen hatten, nahmen sie die Drahtseilbahn, da die Seilschwebebahn ihnen nicht gefallen hatte. (»Zum Teufel, wenn man wenigstens ein großes Netz unter den Wagen gespannt hätte wie bei den Akrobaten vom Zirkus. O christlicher Irrsinn, christliche Unvorsichtigkeit!«) Aber als sich der kleine Zug dann einmal in Gang gesetzt hatte, zitterten sie in ihren Gebeinen bei dem Gedanken, an den Zahnrädern der Drahtseilbahn könnten die Zähne herausbrechen. Daher stiegen sie in Monnetier aus.

Zuerst dachten sie daran, Esel zu mieten, die sie bis zum Gipfel führen würden. Aber sie änderten schnell ihre Meinung. Im Grunde lag dieses Monnetier achthundert Meter über dem Meeresspiegel. Das war wirklich genug. Beim Wechselkurs wären das mindestens viertausend Meter in Kephalonia.

Eile, ein Ende zu finden. Ich werde schnell machen und kurz erzählen. Also in Monnetier. Sie stellen ihr Zelt in einer Wiese auf, hundert Meter von einer Villa entfernt. Es ist sieben Uhr abends. Zubereitung des Abendessens. Der Spirituskocher explodiert, und man ißt Konserven. Vorbereitungen für das Zubettgehen. Man spritzt sich vorsichtshalber »Schlangenserum«. Man brüllt vorm, beim und nach dem Einstich der Nadel. Eigentlich hätte man einen Krankenpfleger mitnehmen sollen.

Man kriecht in den Schlafsack. Aber man stellt fest, daß es Bergameisen gibt. Man wählt einen Wächter für die Wache, dessen Aufgabe es ist, diese entsetzlichen Viecher zwischen zwei Blatt Klopapier aufzusammeln und hinauszuwerfen. Es ist feucht, doch man erklärt, daß das Leben unter freiem Himmel köstlich sei, und schickt sich an zu schlafen. Raupen fallen auf die Gesichter. Der Wachmann hat mächtig zu tun. Die Unglücklichen können sich nicht gegen die Raupen wehren, denn sie sind in ihre Schlafsäcke eingeschnürt. Entsetzlich, eine Spinne! Der Wächter streckt sie mit Revolverschüssen nieder.

Regen. Kälte. Niesen. Eine Stimme. Es ist der Besitzer der Villa, der ihnen den Befehl erteilt, sich aus dem Staub zu machen.

Man stellt das Zelt anderswo auf. Man tut so, als schlafe man. Eine verirrte Kuh kommt herein, ohne anzuklopfen, betrachtet das rote Halstuch Salomons mit dummen, aber sehr bösen Augen. Die Verschnürten schließen die Augen. Die Kuh fängt an, das Zelt zu fressen. Sie wagen nicht zu protestieren, da sie fürchten, sie zu kränken. Eine Handgranate nach ihr werfen? Nein, da würde sie sich bestimmt ärgern. Schließlich geht die Kuh. Ein Wind kommt auf. Das Zelt fliegt davon. Sie laufen hinter dem Zelt her.

Um fünf Uhr werden sie von Heuschrecken aufgeweckt. Und die Kuppel des Zeltes ist schwarz von Ohrwürmern, die die Fallen verschmäht haben.

»Diese Kälte ist sehr gesund«, sagt Salomon.

Schweigen. Die Fingerspitzen der Tapferen sind erstarrt. Eisenbeißer spricht vom warmen Meer. Drei Bauern kommen, um sich die Ausflügler anzusehen, und lachen. »Das ist der pure Neid«, erklärt Eisenbeißer.

Ein Schrei. Ein junger Kuhhirt ist mit dem Fuß in eine der Wolfsfallen getreten, die Saltiel aufgestellt hat. Schmerzensgeld. Diskussionen. Hohngeschrei.

Sie legen sich wieder hin. Aber sie können nicht schlafen. Alle Leute von Monnetier stehen um das Zelt herum.

Die Tapferen gehen ein Stück weiter zum Kampieren. Die Gegend wimmelt von heulenden Hunden voller Eckzähnen. Man ißt kalt, denn man hat vergessen, Streichhölzer in die luftdicht verschlossene Marbles-Schachtel zu tun.

»Was ich an diesem Landleben liebe, ist das Unvorhergesehene«, sagt Eisenbeißer.

Gegen Abend wurde es wärmer und die Seelen heiterten sich auf. Und die Freunde setzten sich an einen Heuhaufen. Ja, es war schönes Wetter, und es wäre wunderbar, dieses Heldenepos den Ignoranten von der Insel zu erzählen.

Aus einer Scheune kommend, wo sie mit ihrer Mama lebte, ließ sich eine charmante kleine Katze von zwei Monaten einen Meter von den Freunden entfernt nieder, die gerade das Tagebuch ihrer Expedition schrieben und die Sitten und Gebräuche sowie das Klima eintrugen. Das Kätzchen betrachtete starr das Wasser des kleinen Baches, um es zu begreifen, um es zu denken. Dies war ihre Metaphysik. Doch sie führte zu nichts Rechtem, und so endete diese intellektuelle Aktivität mit einem großen Ohrenkratzen. Und das Wasser war ihr völlig wurscht. Immer noch sitzend, nahm sie mit ihren blauen Augen einer das Böse nicht kennenden Madonna die Alpinisten treuherzig in Augenschein. Die Biegung ihres Schwanzes umschlang die brav parallel gestellten Vorderbeine und ließ auf ein beispielhaftes Benehmen schließen.

Salomon fuhr zusammen. Sein Haarbüschel richtete sich auf, und er stieß einen Schrei aus.

»Was ist, Dummkopf?«

Mit Augen, die aus den Höhlen traten, zeigte Salomon auf das kleine Tier, von dem ein Milligramm rosiger Zunge herausspitzte. Eisenbeißer sah hin. Eisenbeißer wurde blaß. Eisenbeißer stand auf. Eine Katze war ein kleiner Tiger, und ein Tiger war ein wildes Tier! Und überhaupt, gab es nicht auch Tiger-Katzen? Was, wenn sich bestialischer

Wahnsinn dieser Katze bemächtigte, wenn diese Katze sich in seinen Bart verkrallte und ihm die Augen auskratzte? (Echt.) Und genau da kam die Kleine schnurrend herbei, denn es war ein sehr frühreifes Kätzchen. Eisenbeißer wich zurück.

»Ganz ruhig«, sagte er mit feuchter Stirn und gehetztem Blick. »Nur die Ruhe, meine Herren«, sagte er noch einmal mit leiser Stimme, um das Raubtier nicht zu reizen. »Wenn ihr es nicht angreift, wird es euch nichts tun.«

Die kleine Katze gähnte, und ihre Eckzähne ließen dem falschen Advokaten das Blut in den Adern erstarren. Außerdem, wenn eine Katze, selbst eine kleine, sich mit ihren tetanusinfizierten Krallen an einen klammerte, war es unmöglich, sie sich vom Hals zu schaffen. Das war bekannt.

»Gebt kein Zeichen der Angst von euch, meine Herren, das reizt sie nur. Keine abrupten Bewegungen. Ruhe.«

Mit einem Weizenhalm versuchte er das Tier mit den Eckzähnen zu verjagen. (Echt.) Die kleine Katze, höchst entzückt, begann, auf ihren Hinterbeinen sitzend, mit dem sich hübsch bewegenden Halm zu spielen. Ihre Krallen leuchteten, und Eisenbeißer wurde grün.

»Helft mir«, sagte er, ohne das tetanushaltige Tier aus den Augen zu lassen.

Salomon nahm einen kleinen Ast und kam ihm zu Hilfe. Aber das Kätzchen war so gereizt, schlug so nervös mit den Pfoten, daß eine seiner Krallen Salomons Hand leicht berührte, worauf der den Zweig fallen ließ und Reißaus nahm. Eisenbeißer und Mattathias begannen ebenfalls zu laufen, unter dem Vorwand, Salomon einzuholen und ihn zu beruhigen.

Saltiel streckte die Hand nach dem Kätzchen aus, packte es im Genick und setzte es auf seine Knie. Dann rauchte er verträumt, wobei er das kleine Tier streichelte.

Dort hinten beobachteten Eisenbeißer, Salomon und Mattathias entsetzt die Menagerieszene. Der kleine Onkel, das war eine Tatsache, hatte das Tier gezähmt! Also dieser

Saltiel war wirklich kein Jude wie die andern. Einfach so mit heidnischen Tieren Umgang pflegen! Na ja, wenn es ihm Spaß machte, seine Augen zu riskieren oder mörderische Haare zu schlucken, war das seine Sache! Er war schließlich Junggeselle.

»Ich habe immer gedacht, daß Saltiel christliches Blut in den Adern hat«, sagte Mattathias.

Nach einigen Minuten jedoch flößte die Reglosigkeit der kleinen Katze Salomon Mut ein und er kam auf Zehenspitzen zurück, bereit, bei der geringsten verdächtigen Bewegung zu fliehen. Aber das kleine Tier schlief tief. Gerührt von dieser Unschuld näherte sich Salomon, faßte sich soweit ein Herz, daß er die kleine Katze sogar streichelte – allerdings mit einem Büschel Gras, um sich durch die Berührung des Tiers nicht die Hände zu beschmutzen. Da er feststellte, daß die kleine Katze ihn überhaupt nicht gebissen hatte, nahm er sie, setzte sie auf seine Knie und fuhr fort, sie vor den wohlwollenden Blicken Saltiels und zum großen Ekel der beiden andern mit seinen Gräsern zu streicheln.

Fünf Minuten später war die kleine Katze im Innern des Ziegenfellmantels und schnurrte im Warmen. Salomon hatte Schuldgefühle. Was ihn vor allem rührte, war das Schlagen des kleinen Herzens. Voller Scham sah er einige graue Haare auf seiner Hose. Ach was, er würde sie abbürsten, und alles wäre gesagt, und seine Frau würde nie etwas davon erfahren. Er öffnete seinen pelzgefütterten Mantel einen Spalt, um das Tier besser zu sehen, das wach wurde und ihn mit seinen blauen, verdüsterten Augen ansah.

»Kleine Katze«, sagte Salomon, »warum hast du die Wahl getroffen, eine kleine Katze zu sein und kein Mensch?«

Auf alle Fälle sagte er ihr ganz sanft die zehn Gebote vor, damit diese Ungläubige sie wenigstens einmal in ihrem Leben hörte. Er ermahnte das kleine, vertrauensselige Tier, sich keine in Stein gehauenen Bilder zu schaffen und sich nicht vor ihnen niederzuwerfen, um sie anzubeten, den

Namen des Ewigen nie zu mißbrauchen, den Tag der Ruhe einzuhalten, um ihn zu heiligen, nicht zu töten, nicht zu stehlen und nie falsch Zeugnis abzulegen. Mit besonderem Nachdruck wies er darauf hin, wie wichtig es für ein Kätzchen sei, Vater und Mutter zu ehren. Ja, ja, er wußte genau, daß das Kätzchen nicht begriff, aber das Gesetz war so mächtig und wer weiß, ob die heiligen Worte nicht doch irgendeinen guten Einfluß auf das kleine Wesen mit den braven Pfoten hätten, das ihm wirklich mit erhobenen Augen zuhörte. Er schloß, indem er ihm befahl, keinen Ehebruch zu begehen.

Es wurde beschlossen, daß die kleine Katze für die Nacht Gastfreundschaft genießen sollte. Man bräuchte sie nur in den Medikamentenkoffer einzusperren. Und man würde ihr sogar eine Spritze gegen Schlangengift verpassen. Doch in diesem Augenblick zeichneten sich am Horizont zwei bösartig gehörnte schwarze Ziegen ab. Das war zuviel. Die Tapferen packten in aller Eile ihr Gepäck, zogen ihre Schuhe mit den Schneeketten an, schnallten den Rucksack auf den Rücken und begaben sich, den Eispickel in der Hand, zum Hotel de Savoie.

Sie mieteten nur ein Zimmer. Sie schlugen ihr Zelt auf, wobei sie sich streng an die Angaben des Camping-Lehrbuches hielten. Um zehn Uhr abends schlüpften sie in die Schlafsäcke, machten kleine Sprünge, um ins Zelt zu kommen, streckten sich auf ihren Luftmatratzen aus und schlossen lächelnd die Augen, Krümel von Pemmikan auf den Lippen.

Am andern Tag gegen Mitternacht bekamen sie unerwarteten Besuch von Michael, von Jérémie, der seinen winzigen Hund an einer schweren Leine hielt, und von Scipion, den die Gewissensbisse nach Genf hatten zurückkommen lassen.

»Also«, sagte Michael nach den Umarmungen. »Wir sind auf den Gipfel des Berges gegangen, aber die Bergbewohner haben uns gesagt, daß wir euch hier finden würden. Ihr seid sehr bekannt in der Gegend.«

»Natürlich«, sagte Eisenbeißer. »Wir sind nur deshalb etwas heruntergekommen, weil uns die Ohren in der verdünnten Luft dröhnten. Und was ist der Zweck deines Besuchs, o seltsam parfümierter Janitschar mit der erloschenen Stimme? Und warum hast du die dunklen Ringe unter deinen Augen und diesen neuen Ring, der deinen enormen Ringfinger einschnürt, an unseren keuschen Aufenthaltsort geschafft?«

»Seid ihr glücklich hier?«

»Gewiß«, sagte Saltiel. »Das einfache Leben, die Körperertüchtigung.«

»Ach, mein Lieber«, sagte Eisenbeißer, »wenn du mich sehen würdest, wie ich zwischen den Steinen hindurchlaufe oder mich über die Wildbäche beuge, würdest du meine Leidenschaft fürs Gebirge verstehen! Die Seele entfaltet sich in der Pracht der Natur!«

»Die Luft ist sehr gut«, sagte Salomon.

»Günstig für Meditationen«, sagte Saltiel.

»Sehr gesund«, sagte Mattathias.

Schweigen.

»Die Wahrheit«, sagte Eisenbeißer plötzlich, »ist, daß wir hier vor Langerweile umkommen und daß die Kühe Hörner haben, die für meinen Geschmack viel zu spitz sind, und einen zu beharrlichen Blick.«

»Alle diese spitzen Steine tun meinen Augen weh«, sagte Salomon.

»Und diese Heiden, die noch bezahlen, um sie sich ansehen zu können und vor Kälte zu sterben!« sagte Mattathias.

»Es ist unbestreitbar«, sagte Saltiel, »daß das Gebirge zwei Nachteile hat, nämlich die Höhe und die Steine.«

»Ich«, sagte Salomon, »ich hatte vor, heimlich zu verschwinden.«

»Ich auch«, sagte Eisenbeißer.

»Ich auch«, sagte Mattathias. »Und du, Saltiel?«
Saltiel hüstelte.

»Ich gebe davon Kenntnis«, sagte Eisenbeißer, »daß ein Berg ein Kieselstein ist. Und was liegt mir daran, daß dieser Kieselstein tausend Meter hoch ist und daß es auf dem Dach Indiens einen Kieselstein von achttausend Metern gibt! Das beeindruckt mich nicht. Denn ich kann mir einen Berg von hunderttausend Metern vorstellen, und ich finde ihren Himalaya sehr klein. Bin ich eine Gemse oder ein Mensch? Nun, die Menschen sind dazu geschaffen, als Menschen zu leben und nicht in der Natur, wie die Schlangen. Kehren wir also wieder in die Ebene zurück, meine lieben Freunde, und fliehen wir diese Orte, an denen die Bernhardinerhunde umherlaufen, diese Liebhaber des Menschenfleischs der Verirrten. Denn hier liegt das Geheimnis ihrer berühmten Opferbereitschaft. In Wirklichkeit suchen sie nur deshalb nach verlorenen Alpinisten, weil sie das rohe Fleisch vorziehen. Kurzum, meine Herren, wir haben Geld. Gehen wir es in Genf holen, und erfreuen wir uns daran, denn der Mensch ist sterblich!«

»Bravo!« sagte Salomon. »Wir brechen alle auf!«

»Ich bin dabei«, sagte Scipion.

»Ich sehne mich danach, Sol wiederzusehen«, sagte Saltiel.

»Nein«, sagte Michael. »Er ist verreist.«

»Dann auf nach Amerika!« sagte Eisenbeißer.

Sie beschlossen, auf der Stelle aufzubrechen. Nachdem sie ihre prachtvolle Ausrüstung verflucht und zertrampelt und auf ihre riesigen Rucksäcke und auf ihr Zelt gespuckt und beschlossen hatten, sie den Kuhliebhabern zu überlassen, bezahlten sie den Hotelier, verfluchten auch ihn und gingen zu Fuß weg, ungeduldig, die lieblichen Ebenen wiederzusehen.

Die Nacht war schön, und der Himmel war rein. Sie hatten sich eingehakt und sangen, begleitet von der Gitarre Michaels. Es war mild. Es tat gut, so eingehakt dahinzugehen mit einem freundschaftlichen Druck hin und wieder. Sie waren ausgezeichnete Menschen und wirkliche Freunde. Man sang, und es herrschte soviel Freundschaft in den Herzen, daß Mattathias seinen Freunden von Zeit zu Zeit verschiedene Summen schenkte. Was denn, er würde eines Tages sterben. Was soll's also? Sie waren keine Millionäre, sie waren nicht jung, sie waren nicht berühmt, sie wurden nicht von prachtvollen Frauen geliebt, sondern sie waren alte Freunde, die glücklich waren über ihre Freundschaft.

Die Sonne würde gleich aufgehen. Sie blieben an der Biegung einer Landstraße stehen. Auf der Spitze eines Baums sang ein dicker winziger Vogel ganz allein in der kindlichen und kühlen Luft. Er sang kostenlos, umsonst, aus dem einfachen und unschuldigen Vergnügen heraus, ein kleiner Vogel unterm Himmelszelt zu sein. Ohne den Freunden etwas zu sagen, ließ Mattathias einige Franken auf die Straße fallen.

Sie standen da, benommen und entzückt, und betrachteten ihren kleinen Geflügelten, der trunken war von der aufgehenden Sonne. Auf dem höchsten, dünnsten, biegsamsten Wipfel des Baumes hob er ein kleines Beinchen, um es zu entspannen, machte kleine gymnastische Fingerbewegungen, um sich etwas Gutes zu tun, um etwas zu tun, daß der Krampf aufhörte. Dann setzte er das ausgeruhte Bein wieder auf den Zweig und hob das andere. Er machte sich keine Gedanken über die deutschen Panzer oder über den neuen Währungsausgleich oder über die Lebenshaltungskosten oder über die Steuern und war nicht traurig, daß er den polnischen Botschafter nicht kannte. Mit einem kleinen Schnabel versehen, dessen Besitzer er auf extreme und unverschämte Weise war, waren ihm die bösartigen Dummheiten der menschlichen Gesellschaft ganz schön schnuppe. Er besang die Liebe und das schöne Leben und die fröhlichen Flüge von nachher, hörte auf zu singen, um mit kleinen Schnabelhieben seine kleinen Federn zu glätten, und nahm dann sein leidenschaftliches Gedicht wieder auf.

»O angebeteter Liebling«, sagte Salomon.

Sie konnten die Augen nicht von diesem kleinen hellen Arbeitstier, diesem unschuldigen und diskreten Propheten abwenden. Unbeweglich dastehend, spürten sie, daß dieser kleine Vogel die Wahrheit war. Gerührt und respektvoll lauschten sie, und sie spürten, wie ihre Herzen väterlich für diese so hoch sitzende, ausgelassene und singende Winzigkeit schlugen.

»Ich habe Angst, daß ihm schwindlig wird und er fällt«, sagte Salomon.

Und plötzlich begriff Eisenbeißer in überwältigender, wirbelnder, berstender Erleuchtung, daß Gott jedes Wesen für sich liebte, und ganz besonders den lächerlichen, unbedeutenden Menschen namens Eisenbeißer und sein geringstes Insekt und jedes Reptil und selbst diesen kleinen spitzen Stein. Er nahm seinen Zylinder ab.

»Ehre sei Gott«, sagte er ernst.

Absurde Tränen rollten über die runden Backen Salomons, der still vor sich hin weinte, ohne richtig zu verstehen. Seine kleinen Fingernägel drangen in die behaarte Hand Eisenbeißers, der einen Klagelaut nicht zurückhalten konnte. O Glück, sie waren sieben Freunde an diesem hellen Morgen und alle durchdrungen von Wahrheit und Schönheit. Nie wieder käme eine solche Stunde in ihrem Leben. Aber sie würden sie nie vergessen.

»Ich werde mein ganzes Geld den Armen geben«, sagte Eisenbeißer.

»Und ich die Hälfte«, sagte Mattathias.

Eisenbeißer, Salomon, Saltiel, Mattathias, Michael, Scipion und Jérémie setzten ihren Weg fort, atmeten die frische Morgendämmerung und ihre Lebenslust ein. Arm in Arm gingen sie in der rosigen und grauen Luft dahin, sieben ausgemachte Brüder und Freunde, an Wiesen, singenden Bäumen und liebenden Blumen entlang.

XXIX

Am nächsten Abend. Ariane machte den Schrank auf, holte die geheime Kopfbedeckung heraus, eine schottische Baskenmütze mit einer Auerhahnfeder, die sie gern aufsetzte, wenn sie allein war. Sie ging mit dem sicheren, schweren Schritt der erfahrenen Bergsteiger einmal um das Zimmer herum. Sie stellte sich vor, sie sei auf den mütterlichen, heiteren und katastrophenvollen Bergen des Himalaya, sie klettere die Höhen des menschenlosen Landes der Nacht hinauf, wo die letzten Götter auf Gipfeln hausten, die umgeben waren von entsetzlichen Winden.

»Der Himalaya ist mein Vaterland.«

Genug mit diesen Dummheiten. Ordnung machen. Sie räumte die schottische Baskenmütze und die Tiere weg, goß ein Glas Wasser in den Papierkorb, löschte das Licht, schleuderte ihr Kleid und ihre Schuhe im hohen Bogen irgendwohin, schloß die Augen, fragte sich, ob sie morgen die verletzte Kröte, die sie mit Jodtinktur bepinselt und in einem Korb im Keller versteckt hatte, geheilt vorfinden würde.

»Morgen, wenn die Sonne scheint, im Garten, an die Mauer gelehnt, frühstücken. Im Grunde bin ich sehr glücklich, oder etwa nicht? Aber ja, selbstverständlich. Ich bin eine absolut glückliche Frau. Wo man Sie gelassen hat. Ein großer Prediger sein? Ein bewundernswerter Kapellmeister? Als ich elf Jahre alt war, mußte ich um sieben Uhr aufstehen, damit ich um acht in der Schule war, eine köstliche Stunde, die uns langsam berauscht, aber ich stellte den Wecker auf fünf Uhr, um mir zwei Stunden lang vorstellen zu können, ich pflegte einen Soldaten, meinen Tod. Schlafen, Idiotin. Meine Damen, meine Herren, wir werden drei Veronaltabletten einnehmen, um gut zu schlafen.

Ja, schlafen, nicht mehr denken. Sie stand auf, schluckte die Tabletten, warf das Glas an die Wand. Warum? Vielleicht, um einen Ersatz zu haben für das große, leidenschaftliche russische Leben. Sie kritzelte einige Worte auf ein Blatt, machte die Tür auf, steckte das Blatt mit einer Nadel fest, schloß zweimal ab und legte sich hin.

Drei Tabletten, Wahnsinn. Getan ist getan. Sicher sein, ohne Unterbrechung bis Mittag zu schlafen. Oh, an der Fleischkugel ziehen. Oder die Ziege Deume zwingen, einen spanischen Tanz zu tanzen und zu singen, daß sie den Kopf verliert, wenn sie mit ihrem großen Lockenkopf tanzt. Aber mußte man von drei Tabletten nicht sterben? Nein, bestimmt nicht. Wer weiß, später vielleicht. Sie, jetzt noch lebendig, wäre etwas, das nichts mehr wüßte. Und das würde bestimmt eintreffen. Feucht drehte sie sich der Wand zu, um einzuschlafen. An die Unsterblichkeit der Seele glauben, zum Donnerwetter! Es hat sich wirklich nicht gelohnt, so viele Pfarrer in der Familie gehabt zu haben. Die Erde eines Friedhofs zog sie an, und sie trat ein in die feuchten Tiefen des Schlafs.

Einige Minuten später wurden die Vorhänge beiseite geschoben. Solal machte sachte den geheimnisvollen Koffer auf, nahm einen Topf mit Leim heraus, ein Büschel Kraushaar, ein kleines Päckchen Mehl, ein anderes, aus dem etwas Erde kam. Er legte diese verschiedenen Gegenstände auf den Teppich, betrachtete sie lange. Sein Schicksal hing vielleicht von ihnen ab. Jetzt beginnen? Nein, später. Sich zuerst ausruhen. Er zog sich langsam aus. Als er ganz nackt war, legte er sich auf den Teppich. Er schloß die Augen, um besser an das denken zu können, was er nachher tun würde. Es war sein zweiter Einfall in dieses Zimmer. Er sollte mehr Ergebnisse zeitigen als der erste.

XL

Mein lieber kleiner Vater Deume wurde wach, setzte seinen Zwicker auf und sah, wie er es seit über einem halben Jahrhundert jeden Morgen tat, mit seinen runden, fassungslosen und vorstehenden Augen durch das Vergrößerungsglas auf die Uhr, die auf dem Nachttisch lag.

»Sechs Uhr dreißig. Wirklis, is habe einen Wecker im Kopf, wie Napoleon.«

Er lächelte, dann nieste er wie gewöhnlich, wobei er deutlich das Wort verdammt aussprach. Er sagte sehr gern Hatschi und betonte zufrieden den letzten Vokal.

»Hatsiii!«

Nach einem Blick, der dazu bestimmt war, sich zu vergewissern, daß das morgendliche Niesen seine liebe Gattin nicht geweckt hatte, die zuverlässig und legitim weiterschnarchte, versuchte er sich an die Störungen der Nacht und die Qualität seines Schlafs zu erinnern.

»Ja«, murmelte er, »is glaube, daß is gut geslafen habe. Is hoffe es wenigstens.«

Im Nachthemd und mit bloßen Füßen, aber nur auf den Fersen gehend, um so wenig wie möglich kalt zu bekommen, begab er sich leicht hinkend zum Fenster. Er machte sachte die Fensterläden auf, und sein gutes bärtiges Gesicht hellte sich vor Zufriedenheit auf. Die Bäume waren mit Schnee bekleidet. Weiße Pracht.

»Wels ein Glück! Snee!«

Sollte er Antoinette aufwecken, um ihr diese wichtige Neuigkeit mitzuteilen? Nein, also das nun doch nicht, Antoinette wäre nicht erfreut, wenn sie früher geweckt werden würde als gewöhnlich.

»Snee am dreißigsten April ist doch siemlis ungewöhnlis!«

Die poetischen Saiten Herrn Deumes vibrierten. Dieser kleine Sechsiger (er macht mich ganz wirr mit seinem Sprachfehler) mit dem sanften verdutzten Gesicht hegte eine abgöttische kindliche Liebe für den guten lieben Schnee, der ihm erlaubte, die Wärme seiner Villa noch mehr zu genießen.

»Übrigens ist das auch das mindeste, da es an Weihnachten keinen Snee gegeben hat, was sehr enttäusend gewesen ist.«

Vor Ungeduld schnitt er kleine Grimassen. Oh, welch ein Glück, nachher zu Antoinette zu sagen: »Bisette, is habe eine Überraschung für dis! Rate!« Ja, er würde sich als Wandschirm vor sie stellen, um sie daran zu hindern, die kleinen, weißen Federn zu sehen, die vom Himmel fielen! »Rätst du es nicht? Gibst du das Raten auf? Na, dann sau mal!« Und er würde beiseite treten, und sie wäre ganz verblüfft! Snee am dreißigsten April! Dazu mußte man zweiundvierzig Jahre zurückgehen! Er freute sich schon im voraus, darüber den Artikel im »Journal de Genève« zu lesen.

»Teufel, Teufel, Teufel, es ist sön warm.«

Diese Ölzentralheizung, was für ein Wunder an Gleichmäßigkeit und Annehmlichkeit! Ach, derjenige, der die Ölheizung erfunden hatte, war nicht Irgendwer und verdiente wirklich eine Statue!

Er klopfte auf das Barometer, das er sehr liebte, weil es seit einem Jahrhundert in der Familie war. Ja, es war wieder gestiegen und der Himmel war wolkenlos. Durch die Scheiben sah er nach dem Thermometer. Brr. Null Grad. Snee am dreißigsten April! Aber der Himmel war blau. Die Sonne würde also scheinen. Auch das Hygrometer kündigte schönes Wetter an, denn der Hirt war aus der Sennhütte gekommen und nicht der Sozialist, eine Holzfigur, die ein Messer zwischen den Zähnen hielt.

»Es wird wunderbar sein, einen sönen kleinen Spaziergang in der warmen Sonne zu machen, wenn wir wegen unserer kleinen Koupons sur Bank gehen«, murmelte er. »Und dann werde is im Sekretariat auf Adrien warten, und dann werden wir uns ansehen gehen, wie weit die Arbeiten am neuen Plas gediehen sind. Is liebe das. Und wir werden su Fuß gehen, das ist eine körperlise Übung, und wir sparen das Fahrgeld für die Straßenbahn! Aus kleinen Bäsen werden große Flüsse, wie Papa sagte.«

Respektvoll betrachtete er das Foto seines lieben Vaters, dessen von notariellen Backenbärten eingerahmtes Gesicht ihm wie früher zu sagen schien: »Gib fünfzig Francs aus, so oft du willst, aber gib nicht ständig fünfzig Centimes aus!«

»Is bin mir dessen swar nicht völlig siser, aber is habe den Eindruck, daß is gut geslafen habe. Auf jeden Fall sehe is gut aus«, sagte Herr Deume und betrachtete im Spiegel den auf dem kleinen Körper sitzenden Seehundskopf.

Er brachte Ordnung in seinen Schnauzbart, um ihn besser mit seinem Spitzbart zu mischen. Dann kratzte er an der kleinen Weinhefe auf seiner Wange, die er sein großes Schönheitspflästerchen nannte und ebenso liebte wie seinen rundlichen Bauch. Er vergötterte alles, was ihm gehörte – sein Vermögen, seine Frau, seinen Spitzbart, seine Nippsachen, seine altmodische Uniform eines Reserveleutnants.

Er holte aus der Tasche seines Nachthemds den Zwicker hervor, der von einer dünnen, schwarzen, um den Hals getragenen Schnur gehalten wurde, nahm vom Regal über dem Nachttisch das kleine Fläschchen, das eine wunderbare Flüssigkeit zur Reinigung der Gläser enthielt. Nachdem diese ordnungsgemäß angefeuchtet waren, wischte er sie mit dem violetten Flicken seines weißen Nachthemds ab. (Bezüglich der Reparaturen sorgte sich Frau Deume mehr um Sparsamkeit als um Schönheit.) Er plazierte seinen Zwicker, und sein Blick wurde intelligent.

Nachdem er auf den Thermometergraph gesehen und in ein kleines Notizbuch die Maximum- und Minimum-Temperaturen der Nacht eingetragen hatte, öffnete er die Tür und stieg vorsichtig die ersten Stufen der Treppe hinab.

»Wir werden uns einen guten kleinen Milskaffee machen.«

(Er hütete sich vor den Hausangestellten und bereitete sich seit zahlreichen Jahren seinen Kaffee selber zu. Diese Mädchen waren unverbesserlich. Er hatte ihnen schon so oft erklärt, daß man das Kaffeepulver gut zusammendrükken müsse, daß das Wasser kochend hinzugegossen werden müsse und daß die Kaffeekanne während des »Filterns« im Wasserbad stehen müsse. Aber diese Mädchen waren gewissenlos. In ihrer Mentalität hatte sich etwas geändert, seit die roten Banditen sich Rußlands bemächtigt hatten. Herr Deume stellte Beziehungen her zwischen dem Regierungsantritt Lenins und dem von den Dienstboten sabotierten Kaffee. Das gehörte alles zusammen. In den Tanzsälen hörten die Mädchen subversive Reden, oder sie lasen Kinozeitschriften. Kurzum, seit der Oktoberrevolution kochte Herr Deume seinen Kaffee selber.)

»Ach, wenn is die zu fassen bekäme, diese Bolsewiken! Auf jeden Fall esse is keinen Kaviar mehr, weil der aus Rußland kommt! Das soll ihnen eine Lehre sein!«

Er blieb plötzlich stehen. Wegen diesen Kommunisten verlor er wirklich schon den Kopf. Ging er doch tatsächlich im Nachthemd und in Pantoffeln in die Küche! Er kehrte ins Schlafzimmer zurück. Oh, er hatte sich sicherlich erkältet! Vielleicht aber auch nicht, weil das Thermometer zwanzig Grad anzeigte. Trotzdem, eine Vorsichtsmaßnahme kostet nichts. Er stopfte sich seine geliebte Mentholvaseline, die Wunder wirkte, in die Nasenlöcher.

»Hoffen wir, daß es nur ein falser Alarm war.«

Während er in seinen Kamelhaarslafanzug stieg, betrachtete das alte kleine Männlein das über dem Ehebett angebrachte und von einem Rahmen mit Goldschnörkel eingefaßte Farbfoto seiner ersten Frau, deren Namen und Vornamen sowie Geburtsdatum und Todestag er in schönen, dunkel getönten gotischen Lettern unten auf den Rahmen geschrieben hatte.

»Sie hatte eine ristige Wespentaille.«

Er pfiff vor sich hin, denn er stellte tatsächlich fest, daß er gut geschlafen hatte. Außerdem war er froh, daß er nicht mehr in Ferien war. Diese Reise nach Nizza hatte ihn hundemüde gemacht. Er war in Nizza vor Kälte gestorben! In der Schweiz, wo man zu heizen verstand und die Postämter sauberer waren, war es besser. Es überlief ihn schon, wenn er nur an diese französischen Zöllner dachte mit ihren Korkenzieherhosen, ihrem schiefen Kepi und ihrer sozialistischen Kippe hinterm Ohr. Die guten Schweizer Zöllner hingegen, so nett, mit ihren schönen Uniformen aus schönem grünem Stoff und ihrem tadellosen und ganz steifen Kragen, das lasse ich mir gefallen!

Und die Schweizer Eisenbahnbeamten erst, so zuvorkommend, solche bequemen Schuhe tragend, so korrekt! Und die Schweizer Züge, so sauber, so gut geheizt, die pünktlich ankamen, die elektrisch betrieben wurden und aus denen man ebenso piekfein ausstieg, wie man eingestiegen war. Und die Arbeiter, die so vernünftig waren und nicht ständig Gehaltserhöhungen verlangten! Die kleine Schweiz mit ihrem harten Franken, das lasse ich mir gefallen! Und wenn die Bundesräte einmal gewählt waren, nun, so ließ man sie lange Jahre hindurch ihre Arbeit in Ruhe tun, bis zu ihrem Tod. Sie waren ehrlich, und man schenkte ihnen Vertrauen. In Frankreich hingegen, alle drei Monate eine neue Regierung! Außerdem, in Frankreich, diese schlecht gelüfteten Postämter mit ihren schmutzigen Wänden und allen diesen Angestellten, die hinter den Schaltern schwatzten, bewaffnet mit Scheren und Leimpinseln und die einen schief ansahen, wenn man sie um ein Formular für einen Adressenwechsel bat. Und alle diese Pfarrer und alle diese Frauen, rot von Rotwein und mit Trauerschleier, und alle diese Streikenden, die einen auf den Straßen erpreßten, er zitterte schon, wenn er nur daran dachte! Und ihre Schwefelhölzer, die einen erstickten! Und ihre Schokolade, die soviel weniger gut war als in der Schweiz! Er bewunderte Herrn Tobler, daß er auf die Packung seiner köstlichen Rumschokolade schrieb: »Nur für Erwachsene«. Man war gewissenhaft in der Schweiz. Und dann, dieser Schweizer Käse, den sie in Frankreich hatten, geschmack- und geruchloses Gummi! Nach ihrer Rückkehr aus Nizza hatte er jeden Tag richtigen, guten Schweizer Käse gegessen, um genau zu spüren, daß er in seinem geliebten Genf in Sicherheit war, wo man in Ruhe seinen Regenschirm verlieren konnte, da man gewiß war, daß man ihn am nächsten Tag im Fundbüro wiederfinden würde.

»Ach, fühlt man sis wohl, fühlt man sis wohl bei uns!« sang der alte Helvetier leise vor sich hin. (Plötzlich wirbelte er herum.) »Aber was habe is nur heute morgen? Is mache alles verkehrt. Is brauche nur an diese fransösisen Streikenden zu denken, son dreht sis mir der Kopf. Jetzt hätte is es beinahe so gemacht wie sie und vergessen, mein Bad zu nehmen. Na ja, Frankreis ist trotz allem Frankreis, das erste Land der Welt, davon gehe is nist ab. Es ist ein besauberndes Land. Sade, daß keine Ordnung mehr dort herrst. Außerdem ist die Gesiste von den Streikenden, die einen erpressen, auch gar nist wahr. Kurzum, siehen wir uns aus, um unser liebes kleines Bad zu nehmen.«

Während er seinen Schlafanzug auszog, betrachtete er zärtlich seine geliebte belgische Hälfte, die, nicht enden wollend und knochig, mit Ingrimm im Ehebett schnarchte. Ihre mit braunen Warzen bedeckten Hände waren auf der Steppdecke gefaltet.

»Oh, wie geht es uns doch so gut in unserem kleinen Nest«, murmelte er.

Antoinette Deume war in ihrem jungen Alter ein Fräulein Leerberghe aus Mons. Nach dem Tode ihres Vaters, eines ruinierten Notars, wurde sie von den reichen van Offels aufgenommen, mit denen sie ganz entfernt verwandt war. Später wurde sie von Madame Rampal als Gesellschaftsdame engagiert. Die van Offels und die Rampals waren die beiden Kleinode in der gesellschaftlichen Krone Antoinettes. Seit über einem Jahrhundert waren die Leerberghes die belgischen Vasallen, Notare und Verwalter der Rampals, Pariser Börsenmakler, die zahlreiche Besitztümer in Belgien besaßen.

Die Witwe Rampal verbrachte den größten Teil des Jahres in ihrer Villa in Vevey am Genfer See. Sie war ein tyrannisches Geschöpf mit einem Totenkopf, das die arme Antoinette mehrmals in der Nacht aufweckte, um sie um warme Kompressen oder um schlafförderndes Reiben der Fußsohlen zu bitten. Das alte Mädchen – sie war damals fünfunddreißig Jahre alt – ertrug alle Launen der Rampal, weil sie für jemanden zu sorgen hatte: für Adrien Janson, dessen Vater, ein Zahnarzt mit einem Musketierbärtchen, einige Jahre nach seiner Heirat mit der Schwester Antoinette Leerberghes gestorben war. Seine Frau war ihm kurz darauf ins Grab gefolgt. Da das Waisenkind nur eine unbedeutende Summe geerbt hatte, übernahm die Tante mutig die Rolle der Mutter und trug zum Unterhalt des kleinen Adrien bei, der nach dem letzten Willen des Vaters nach Paris geschickt wurde, um sich dort als Internatszögling eines Gymnasiums aufs Abitur vorzubereiten. (Dies verlangt eine Erklärung. Der verstorbene Vater Janson hatte die Marotte zu glauben, daß man nur in Frankreich was Anständiges lernen könne. Er selbst war Internatsschüler am Lycée Condorcet gewesen. Und er war sein ganzes Leben lang stolz darauf. So hat jeder von uns eine kleine, trügerische Krone.)

Antoinette Leerberghe litt darunter, daß sie ihren lieben Adrien nur in den Ferien sah. Sie tröstete sich bei dem Gedanken, daß Adrien in Paris die Gelegenheit hatte, zweimal im Monat zu den lieben reichen Rampals zu gehen und, so Gott wolle, von ihnen geschätzt zu werden. Das alte Mädchen hatte keine Mitgift, und die Natur hatte sie nicht mit besonderen Reizen versehen: wenig Fleisch, aber dafür viele Knochen und Warzen; und die Visage eines Dromedars. Sie spürte genau, daß sie nie heiraten würde, und hatte ihren ganzen Durst nach Liebe auf ihren Neffen übertragen. Für ihn rieb sie die pergamentenen Füße der alten Rampal, die drei Jahre später starb und ihrer guten Antoinette die hübsche Villa in Vevey vererbte.

Da es ihr nicht gelang, diese Villa zu dem Preis zu verkaufen, den sie »sich gesetzt hatte«, faßte sie den Entschluß, sie in eine Familienpension umzuwandeln, die sie »Gesundheitspension Bethel« nannte, ein trostloses Asyl für fromme und gemüsefressende Rekonvaleszenten. (Fräulein Leerberghe gehörte einer protestantischen Familie an, die seit zwei Jahrhunderten starke Düfte von Heiligkeit ausströmte. Sie war selber sehr bigott und in dieser Eigenschaft ebenso unangenehm wie manche katholische oder jüdische Bigotte.) Die liebenswerte Einrichtung ging recht und schlecht, und Fräulein Leerberghe legte auf den Namen Adriens ihre mageren Gewinne an.

Adrien verbrachte die großen Ferien bei seiner Tante. Ende September fuhr er wieder nach Paris zurück, wo er ausgezeichnet lernte. Er ging zweimal monatlich zu den phantastischen Finanziers zum Mittagessen und diente einem alten Rampal, einem General außer Dienst, als unbezahlter Sekretär. »Mein Liebling«, schrieb Antoinette, »versäume ja nicht deine Besuche bei den lieben Rampals, für die ich jeden Tag bete. Sei zuvorkommend und respektvoll.«

Oft sah sie in ihrer nicht sehr gut gehenden Pension schwarz bei dem Gedanken, daß sie als Jungfrau sterben würde. Mehrmals hatte sie gehofft, daß einer ihrer neurasthenischen oder dyseptischen Pensionsgäste, die sie lächelnd und lavendelparfümiert umsorgte, sich erklären würde. Aber nichts, nie! Sie hatte vor allem sehr mit einem Professor aus Lausanne gerechnet, der sie Allerliebste nannte. Doch der Unbeständige hatte sich in ein geschminktes Frauenzimmer verguckt.

Und die Jahre vergingen. Antoinette war vierzig Jahre alt, als der kleine Papa Deume zu einem Aufenthalt in die Gesundheitspension kam. Er war fünfzig Jahre alt und hatte gerade seine Frau verloren. Da er sehr schwermütig war, hatten die Ärzte ihm eine Luftveränderung empfohlen. Liebenswürdige Gespräche. Herr Deume, der dreißig Jahre lang Angestellter bei einer Genfer Privatbank gewesen war, hatte von seiner Frau ein gutes, kleines Mietshaus geerbt, das ihm ein ziemlich beachtliches Einkommen sicherte. Ferner hatte er Jura-Simplom-Obligationen und CFF Serie A. K. Er hatte gerade gekündigt und kümmerte sich nur noch um seine kleine, unbezahlte Arbeit als Sammler für den Kanton Genf des protestantischen Asyls von La Force.

Der brave Mann vertraute Antoinette seine Sorgen an, erzählte ihr von dem Ärger, den ihm die Verwaltung seines Hauses machte. Sie schlug ihm liebenswürdigerweise vor, ihm bei der Buchhaltung und dem Ausstellen der Quittungen zu helfen. Voller Dankbarkeit erzählte Herr Deume gerührt von der verstorbenen Clarisse. Die Pensionsbesitzerin trat zu ihm, nahm die Hand des Bekümmerten, sprach ihm auf bemerkenswerte Weise von Gott. Herr Deume, ein wenig verlegen, wich zurück. Am nächsten Tag bekam er einen Hexenschuß und wurde aufs wunderbarste von diesem lieben Fräulein Leerberghe gepflegt, das stündlich zu ihm hereinlächelte. Als er geheilt war, hielt es der kleine Papa Deume für seine Pflicht, dem guten Fräulein nach seinem ersten Ausgang einen großen Blumenstrauß mitzubringen, um damit seine Dankbarkeit zu bezeugen. Die vierzigjährige Jungfrau erlitt einen Schwächeanfall, schloß die Augen, stürzte sich in die Arme des kleinen entsetzten Männleins, dem sie zuflüsterte, daß sie einverstanden sei, daß ihre Antwort »ja« sei und sie seine Frau werden wolle, weil sie spüre, daß dies der Wille Gottes sei.

Die Hochzeit wurde einige Wochen später gefeiert, und

der kleine Papa Deume war von nun an versehen mit einem lächelnden weiblichen Tyrannen, der ohnmächtig wurde oder weinte oder Kopfschmerzen bekam, wenn er nicht spurte, was die neue Frau Deume Nachsicht mit ihr haben nannte. Zwar hatte er in den ersten Wochen versucht zu reagieren. Am dreißigsten Tag der Ehe ging er so weit, daß er sagte »is verlange«. Aber nachdem die neue Gattin mehrere Tage lang laut geweint, geschmollt und gebetet hatte, gab Herr Deume auf und dankte ab. Er wurde das, was die Damen einen charmanten Ehemann nennen, das heißt ein ständig zustimmender Sklave. So groß ist die Macht der weiblichen Szenen, die die Damen mit sanfteren Namen belegen, wie Traurigkeit, Verzweiflung oder Kopflosigkeit. Wir Ärmsten, meine Brüder.

Die Villa in Vevey wurde vermietet, und die Deumes zogen nach Paris, um bei Adrien zu sein, der gerade den ersten Teil seines Abiturs mit der Note »gut« bestanden hatte. Hippolyte gewann den jungen Mann sogleich lieb, der übrigens sehr nett zu seinem neuen Onkel war. Kurz darauf adoptierte das alte Paar den Neffen Antoinettes, von nun an Adrien Deume.

Doch Herr Deume siechte in Paris, dessen Zauber gegenüber er entschieden unempfindlich war, dahin. Er dachte nur an Genf, war wütend, daß er französische Schokolade essen mußte, entrüstete sich über die Fabrikanten. »Aber sum Teufel, warum sind sie nist imstande, ebenso gute Milssokolade zu machen wie bei uns. Denn sließlis ist die Mils überall die gleise. Oh, das ist alles nur mangelnde Gewissenhaftigkeit!« Und außerdem dieser Bois de Boulogne voller Papiere und leerer Konservendosen! Und diese sozialistischen Minister! Und diese schwarze Seine! Und diese Fabrikschornsteine! O diese so sauberen und »geordnungten« Straßen Genfs, die schönen öffentlichen Gärten, das saubere Wasser des teuren Sees!

Herr Deume magerte immer mehr ab, die Ärzte verordneten ihm von neuem eine Luftveränderung. Es wurde beschlossen, daß Adrien sich in Brüssel auf sein Examen vorbereiten solle. Frau Deume nahm es dem verstorbenen Vater übel, daß er seinen Sohn gezwungen hatte, in Frankreich aufs Gymnasium zu gehen. Der arme Kleine, der sich in Brüssel fremd fühlen würde. Unstetigkeit führt nicht zu Reichtum. Und zu allem Überfluß noch dieser Schweizer Ehemann, der anderswo als in Genf vor Sehnsucht umkam und der sich mit der obskuren Hartnäckigkeit des Schafs weigerte, nach Brüssel zu gehen! Adrien fuhr also nach Belgien und die Deumes in die Schweiz.

In Genf stellte Frau Deume bald fest, daß ihr kleiner Mann eine gesellschaftliche Null war. Sie kümmerte sich voller Eifer um verschiedene Wohltätigkeitsvereine, in denen sie bezaubernde Damen kennenlernte, das heißt, der guten Gesellschaft angehörende, was sie indes nicht über die Trennung von Adrien hinwegtröstete. Sie hätte es gern gesehen, wenn er zum Völkerbund gegangen wäre, von dem sie wußte, daß dort das Personal angemessen entlohnt wurde.

Typhus einer van Offel. Frau Deume flog nach Brüssel, pflegte die Kranke aufs wunderbarste. Eines Tages, als sie gerade die Genesende verhätschelte, wurde sie ohnmächtig. Befragt, erzählte sie ihr Leid: ihr lieber Mann konnte nicht fern von Genf leben, und ihr lieber Adrien mußte seinem Beruf im höheren Schuldienst in Belgien nachgehen, immer fern von seiner Adoptivmutter! Sie weinte, arme Mutter und hin und her gerissene Gattin. Man fragte sie, ob es für Adrien nicht irgendeine Möglichkeit gäbe, in Genf eine Stellung zu finden. »Es gibt zwar den Völkerbund«, seufzte Frau Deume, nachdem sie sich geschneuzt hatte. »Aber dafür braucht man Protektion.«

Ein Schwager der van Offel war Abteilungsleiter im belgischen Außenministerium. Adrien erhielt seine Ernennung.

XLI

Herr Deume nahm die Handtücher mit, die über Nacht auf dem Heizkörper gelegen hatten, und betrat das Badezimmer, dessen Messingarmaturen er über alles liebte. Die grüne Klarheit des Wassers begeisterte ihn. Ach, die Rhone hatte eine »bessere Art« als die Seine! Wie jeden Morgen las er mit einem zustimmenden Lächeln den Refrain wieder, der sechzig Jahre zuvor zur Erbauung des jungen Hippolyte in Rot auf die Handtücher gestickt worden war.

Es lebe das Wasser
Es lebe das Wasser
Denn es macht dich sauber
Und nicht nur nasser!

»Es ist zwar kein reiser Reim«, sagte er, während er sich gewissenhaft einseifte. »Es kann eben nist jeder Victor Hugo sein oder Suste Olivier. Aber es ist gut gefunden.«

Er schloß sein Bad mit einer eiskalten Dusche ab, was ihn ein wollüstiges und erschrecktes Schnauben ausstoßen ließ, begleitet von Klapsen auf die zitternden Hinterbakken, von denen der Hygieneliebhaber annahm, daß sie wohltuend und sportlich seien.

Er stieg aus der Badewanne, trocknete sich vor Wohlbehagen lächelnd ab, denn die Handtücher waren sehr warm, dann vollzog er einen geheimen Ritus. Er blähte aus Leibeskräften seinen dicken Bauch auf und schlug sich mit beiden Händen drauf, wobei er sich vorstellte, daß er ein Negerhäuptling wäre, der seinen treuen Stamm im Busch zum Krieg ruft. So hat jeder Mensch seine kleinen Geheimnisse.

Dann führte er, immer noch nackt, jedoch im Gesicht mit Bart und Zwicker bekleidet, ernsthaft Gymnastikbewegungen aus, die darin bestanden, die Arme kreisen zu lassen und dazu zu rufen: »Eins zwei drei vier, eins zwei drei vier.«

Schließlich schlüpfte er in seinen Bademantel, der ihn von jeglichem Rest an Feuchtigkeit befreien sollte. Als er sich ganz trocken fühlte, lächelte er mit seinen künstlichen Zähnen und kehrte ins Schlafzimmer zurück, in dem Antoinette immer noch schlief. Dort schickte er sich an, einen Augenblick nicht überanstrengender Poesie zu genießen. Er machte das Fenster auf, und während er den Atem anhielt – einen Schnupfen hat man sich schnell geholt –, hing der liebe kleine Mann schnell den gestrickten Sack hinaus, der die Nußüberreste für die Meisen enthielt.

»Und jetzt unseren guten kleinen Milskaffee.«

Er begab sich sachte zur Tür, um ja nicht Gefahr zu laufen, Antoinette aufzuwecken, da er nicht ahnte, daß ihr Schlaf simuliert war.

Zwanzig Minuten später war alles fertig. Auf dem Tablett standen die Kannen mit Kaffee und mit Milch, beide umhüllt von einer kleinen Daunendecke in Form eines Sackes; die Toastscheiben, die genau richtig geröstet und in eine Serviette eingeschlagen waren; die Honigwabe; die Orangenmarmelade; die weichgekochten Eier; die feinen Brötchen; das Sieb, das dazu bestimmt war, die Haut der Milch zurückzuhalten, die Herr Deume verabscheute; die Scheibe Butter, geschmückt mit einer Zeichnung, die eine Sennhütte darstellte, aus der eine vollkommen gesunde Kuh herauskam, die ein Hirt an der Leine hielt, der viel zu gut gekämmt war, um Sozialist zu sein.

»Is glaube, is habe alles beisammen!«

Er rieb sich die Hände, drehte sich mehrmals um sich selber, wobei er einen alten Walzer trällerte. Er bereute diesen Augenblick der Verirrung schnell. Tanzen, wenn heißer Kaffee wartete, der Gefahr lief, kalt zu werden!

»Vorwärts mars!«

Während sein rechter Fuß die mit einem Türdrücker versehene Tür offenhielt, nahm er das Tablett, wehrte mit Hilfe seiner Schulter das heftige Zuschlagen der Tür ab – er verabscheute diesen Lärm – und ging davon, Priester des Frühstücks.

Er freute sich darauf, gesunde, nicht entrahmte und nicht von Maul- und Klauenseuchemikroben befallene Milch zu trinken – »nicht diesen Kreidesaft, den man uns in Mailand vorgesetzt hat« –, und ging schnell die Treppe hinauf. Er liebte es nicht, zu dieser köstlichen Stunde, da er, mit der guten Opfergabe beladen, seine liebe Gattin aufwecken ging, dem Dienstmädchen zu begegnen. Vor dem Schlafzimmer angekommen, stieß er die Tür mit einem ungeduldigen Fußtritt auf.

»Hier ist der Kamillentee!« rief er mit einer Stimme, die er dumpf zu machen sich bemühte.

Frau Deume, die diesen Kräutertee verabscheute, aber ganz wild war auf Milchkaffee, lächelte bei dieser seit zahlreichen Jahren immer wieder goutierten geistreichen Bemerkung. Sie fand es angenehm und beruhigend, jeden Morgen den gleichen Satz zu hören. Keine Zeit, all die langen und glühenden Kommentare über den unerwarteten Schnee anzubringen, über die Schäden, die er an den Obstbäumen verursachen würde und am Gemüse, das unerschwinglich sein würde. Nachdem das interessante Thema erschöpft war, küßte Herr Deume wieder seine Frau, die sich aber deshalb nicht davon abhalten ließ, weiterzustricken. Sie hatte einen Horror vor vergeudeter Zeit (ich kenne eine, die hat strickend entbunden) und war gerade dabei, Baby-Söckchen anzufertigen für einen ihrer Schützlinge aus dem Schoß der Familie, einem Heim für ledige Mütter. (»Diese armen Mädchen, die sich immer wieder einwickeln lassen! Gestern habe ich jedenfalls ein ernstes Gespräch mit ihr gehabt. Ich hoffe, es wird ihr zum Segen gereichen. Auf jeden Fall hat sie sehr schöne Gefühle. Ich habe es gern gehört, als sie mir sagte, daß diese Strümpfchen viel zu hübsch seien für das Kind einer Arbeiterin.«)

»Vierzehn, fünfzehn.«

Sie zählte laut die Maschen, um nicht aus dem Konzept zu kommen, um ihrem Mann zu zeigen, daß sie sehr beschäftigt war, und vor allem, unbewußt, um ihn daran zu erinnern, daß sie der Chef der Firma Deume sei.

»Wie viele Stunden hast du geschlafen, Bisette?«

»Neunzehn und eine links.«

Herr Deume wich entsetzt zurück. Was war in seine unglückliche Frau gefahren?

»Es handelt sich nicht um Stunden, sondern um Maschen. Ich habe höchstens vier Stunden geschlafen«, äußerte Frau Deume und kratzte ihr vom Lavendelwasser, mit dem sie sich oft die Wangen einrieb, flammendes Gesicht. »Aber ich bin dankbar«, sagte sie mit dem göttlichen Lächeln einer jungen Märtyrerin. »Es ist ein Fortschritt. Gestern habe ich nur drei Stunden geschlafen. Gewiß, ich bin dankbar«, modulierte sie schmachtend, verträumt, schwach, heimlich, verliebt, ehebrecherisch.

Es folgte ein Schweigen, das Herr Deume, beeindruckt und sich nicht allzu wohl in seiner Haut fühlend, nicht zu brechen wagte. Er wußte, daß man, wenn seine Frau sagte, sie sei dankbar, darunter immer verstehen mußte, daß diese Dankbarkeit auf den starken Gott gerichtet war, der, seltsame Beschäftigung, über den Schlaf von Frau Deume wachte. Seltsamerweise dachte diese nie daran, ihrem Gott vorzuwerfen, daß er sie nicht neun oder zehn Stunden hintereinander hatte schlafen lassen. Wie eine Hausherrin, die vor ihrem alten Dienstmädchen Angst hat und ihm keinen Vorwurf zu machen wagt, dachte Frau Deume nur daran, mit den Diensten ihres Ewigen zufrieden zu sein, und schloß die Augen bei Seinem Versagen.

»Ich habe wenig geschlafen, aber ich habe gut geschlafen«, lächelte sie hinter ihrer Brille mit jener Innerlichkeit, die ihren kleinen Mann mit furchtsamer Bewunderung erfüllte.

Herr Deume hob die kleine, gepolsterte Haube hoch, die die Kaffeekanne umgab, legte den Handrücken an das ehrenwerte Gefäß und erschauderte in seiner Seele. Der Kaffee war nicht mehr kochend.

»Entsuldige bitte, Antoinette, aber is glaube, der Kaffee wird kalt.«

»Das ist ja entsetzlich! Gieß mir schnell eine Tasse ein. Ich habe heute morgen ein schreckliches Verlangen, etwas Warmes zu trinken.«

»Is auch«, sagte Herr Deume, plötzlich munter und fidel, und goß den Kaffee, dann die Milch ein.

»Und ich stelle fest, daß der Bäcker pünktlich kommt, seitdem ich ihm diese Rüge erteilt habe.«

Sie konnte es nicht ertragen, ohne frisches Brot zu frühstücken. Da der Bäcker manchmal mit Verspätung vorbeigekommen war, war es schon passiert, daß Frau Deume ihr Frühstück bis halb elf hinausgeschoben hatte, um das Vergnügen zu haben, ihre feinen Brötchen zu essen.

»Soll is dir Sucker reinmachen?«

»Ja, danke, mach mir Zucker rein«, antwortete die Dromedardame.

»Wieviel Sucker soll is dir reinmachen?«

»Aber, ein Stück, wie gewöhnlich.«

Der Mann und die Frau tranken schließlich, und ihre Augen lächelten sich über der Tasse, an der sie ihren Durst löschten, zu.

»Möchtest du mir drei Brötchen reichen?« fragte Frau Deume mit ätherischer Stimme, um die Materialität der Bitte vergessen zu lassen. »Vielen Dank.«

»Nichts su danken.« (Diese Genießer waren beim Frühstück sehr höflich und liebten sich dabei ganz besonders.)

Frau Deume strich Butter auf ihre Brötchen und gab dann Honig darauf. Der kleine Alte nahm seine Zuflucht zu einer männlicheren Methode: er schnitt sein Brot in kleine Stücke. Geschäftig, ein wenig ungeschickt, warf er sie fieberhaft in seinen Milchkaffee. Dann schob er einen Kaffeelöffel mit Honig vermischter Butter in den Mund und trank seinen Kaffee, wobei er versuchte, eines der eingeweichten Stücke zu erwischen. Das Butterbrot, pflegte er zu sagen, werde im Bauch geschmiert.

Sie aßen sich satt und tranken sich satt. Diese köstliche Stunde berauschte sie. Frau Deume schlürfte die Freude, eine wohlhabende Person zu sein, genußvoll durch alle Poren ein. Reich seit ihrer Heirat, war sie sich dennoch ständig bewußt, »etwas« zu haben – bis in die Zehen hinein, die gerade unter der Decke einen kleinen, erquickenden Tanz veranstalteten. Sie hörte auf zu trinken, um ihre Fleischkugel zwischen den Fingern zu rollen, diesen anmutigen lebendigen Anhänger, dessen Dichte und Elastizität sie gern spürte. Dann machte es ihr großen Spaß, den Schnee fallen zu sehen, und sie legte ihre nackten Füße nicht mehr auf, sondern unter die Wärmflasche. Das war eine kleine Abwechslung.

»Ich trinke gern Tee«, sagte sie, »weil es nichts gibt, was so gut den Durst löscht. (Ein Satz, der seit ihrer Heirat fünf- oder sechstausendmal gesagt worden war und immer mit der gleichen frischen Überzeugung wiederholt wurde.) Aber ich muß sagen, daß es morgens nichts Besseres gibt als eine gute Tasse Milchkaffee.«

»Da bin is nist deiner Meinung«, sagte Herr Deume, »es gibt was Besseres als eine Tasse Milskaffee, nämlich zwei Tassen Milskaffee!«

Frau Deume lächelte wohlwollend, und Herr Deume platzte fast vor Lachen. »Is kann mansmal wirklis witsig sein«, dachte er hustend. Nachdem die Explosionsgefahr vorüber war, vertraute er seiner Frau an, daß er gegen Mitternacht vom Gesang von Nachtschwärmern aufgeweckt worden war.

»Die Regierung müßte das verbieten ...«, sagte Frau Deume, die gerade mit ihrem Kaffeelöffel das nur unvollständig zergangene Stück Zucker auf dem Boden der Tasse zusammenkratzte. (Nichts verkommen lassen.)

»Und alle diese Saufbrüder ins Gefängnis stecken!« vervollständigte Herr Deume.

Eine Welle des Ärgers überflutete das Gesicht von Frau Deume, die es nicht gern hörte, wenn sich ihr Mann wenig schicklicher Wörter bediente.

»Abgesehen davon, daß es bestimmt Ausländer waren«, sagte sie.

»Ausländer mag is nist«, sagte Herr Deume. »Außer natürlis die anständigen Ausländer, aber is glaube nist, daß es davon viele gibt. Es ist übrigens altbekannt, daß sis alle Leute in allen Ländern über die Ausländer beklagen.«

Dann sprachen sie über Ariane, und Frau Deume erklärte, daß Adriens Frau sie hasse. Um dieser Behauptung mehr Gewicht zu verleihen, legte sie ihr Strickzeug hin und schaute ihren Mann hellblau an.

»Sie haßt mich«, sagte sie noch einmal und kratzte sich mit einer ihrer langen Nadeln den Rücken.

»Dis, so gut, so sanft?«

»Jedesmal, wenn sie mir auf dem Flur begegnet, findet sie einen Vorwand, um in ihr Zimmer zurückzukehren.«

Herr Deume sagte keinen Ton. Er war enttäuscht von der Wendung, die das Gespräch nahm. Nach dem Frühstück wie übrigens zu jeder anderen Stunde des Tages sprach er gern über angenehme Dinge.

»Sie ist zwar eine Person, die nach außen hin von gutem Benehmen ist, na ja, mehr oder weniger, aber sie hat mir noch nie ihr Herz ausgeschüttet! Immer höflich und sehr reserviert. (Herr Deume hatte etwas Kopfschmerzen, denn das Tragische stieß ihn vor den Kopf.) Außerdem gibt es da etwas, das sie richtet. Nie, hörst du mich, nie hat sie mich gebeten, mit mir beten zu dürfen! Soll ich dir mal was sagen? Sie verachtet uns, weil wir keine ›von‹ sind! Auf jeden Fall sind die Deumes, die einen Oberst in der Familie gehabt haben, genauso viel wert wie die d'Aubles!« (Wenn Frau Deume eine Tochter gehabt hätte und diese hätte Mozart geheiratet, hätte sie ihre Briefe an Frau Mozart-Deume adressiert. Die Musik ist sehr gut, das Genie ebenfalls, und außerdem ist der Mann ihrer Tochter noch nicht tot. Hat man je ein lebendiges Genie gesehen? Man weiß genau, daß sie alle tot sind.)

Herr Deume spürte, daß es, um seine Frau zu beruhigen, nur ein Mittel gab: ihr den Vorschlag zu machen zu beten. Nicht etwa, daß er ein großer Mystiker gewesen wäre – im Gegenteil, er sagte selber, daß er keine große Vorliebe für die Religion hätte –, aber es gab nichts Besseres, um Antoinette zu beruhigen. Nach einem Gebet war sie immer sehr nett zu ihm, mindestens eine Stunde lang. Außerdem konnte er sich während des Gebets ausruhen. Er brauchte nur die Augen niederzuschlagen und nichts zu sagen. Dabei war Herr Deume weit davon entfernt, ein Atheist zu sein. Er ging jeden Sonntag in die Kirche, erfreute sich an der Lektüre eines schönen, erbaulichen Buches, das ihm versicherte, daß alles gut sei auf Erden und noch besser werde im Himmel. Es war sogar das, was ihm an der Religion am besten gefiel, diese Vorstellung, daß der Tod der Übergang zu einem noch angenehmeren Leben sei, ohne Krankheiten, ohne Sorgen, ohne Revolutionen und ewig angenehm. Der Himmel erschien ihm wie ein wohlgeordnetes, hierarchisch organisiertes, im Grunde faschistisches Land, da er von einem von allen geliebten Diktator regiert wurde. Kurzum, der Himmel gefiel ihm sehr. Die religiösen Zustände Frau Deumes hingegen waren ihm recht unangenehm. Im Grunde waren ihm patriotische Zeremonien lieber. Ach, wie konnte der kleine Papa Deume vor einer Fahne zittern! Und wie liebte er es, das Haupt zu entblößen, wenn eine ruhmreiche Standarte vorbeikam! Und was für einen wütenden Blick wußte er den Grünschnäbeln zuzuwerfen, die ihren Hut aufbehielten!

»Is würde gern beten«, hauchte er verschämt.

Frau Deume lächelte himmlisch vor Dankbarkeit.

»Lieber Freund«, sagte sie zu ihm und nahm seine Hände. »Du weißt nicht, was für eine Freude du mir machst. Ich möchte sehen, wie du immer mehr von dem Wunsch ergriffen wirst, ein Kind Gottes zu sein. Schlägst du mir vor zu beten, um mir eine Freude zu machen, oder betest du wirklich gern?«

»Sehr gern«, sagte Herr Deume mit heiserer Stimme.

»Aber willst du dich wirklich Gott hingeben, mit deinem ganzen Willen«, sagte sie und drückte ihm fest die Hände, die sie hochhob und dann allein herabfallen ließ. »Willst du es?«

»Is will es«, sagte Herr Deume düster.

»Dann ist alles gut. Aber wir werden uns nicht sofort an Ihn wenden. Mademoiselle Granier kommt heute. Sie hat einen so lebendigen Glauben, und außerdem weiß sie so genau Bescheid, was es in Religionsdingen Neues gibt. Ich bete gern mit ihr. Und du?«

»Is auch«, sagte Herr Deume und versuchte ein energisches Gesicht zu machen, um die Fadheit seiner Antwort zu kompensieren, von der er spürte, daß sie ungenügend war.

Um sich Haltung zu geben, goß er wieder Kaffee ein.

»Er ist noch warm«, sagte er, glücklich, von etwas zu reden, was er genau kannte.

»Du siehst, wie gut Gott ist«, sagte Frau Deume, »du siehst, Er wacht, Er wacht, Er wacht!« modulierte sie mit zunehmender Lautstärke.

Doch es schien, daß er nur unvollkommen gewacht hatte, da sie sich ein wenig später darüber beklagte, daß sie – es war gegen Viertel nach drei, sie erinnerte sich ganz genau, Viertel nach drei, ja – von dem Eindruck einer Zugluft geweckt worden war, die ihr den Eindruck eines steifen Halses vermittelt hatte. Herr Deume, plötzlich sehr lebhaft, erklärte sich bereit, alle Schlitze nachzuprüfen, wobei er sich freute, Risse und Ritzen zu entdecken und sie mit einer von ihm erfundenen Paste zu verkitten, die aus Kolophonium, Sägemehl und Fischleim bestand.

Es entstand eine Stille. Herr Deume wollte um jeden Preis vermeiden, daß die Unterhaltung wieder eine religiöse Wendung nahm. (»Wirklis, das ist alles etwas starker

Tabak für mis«, pflegte er zu sich zu sagen, wenn ihm seine Frau von dem Temperaturunterschied zwischen dem Apostel Jakobus und dem Apostel Paulus erzählte.) Er fuhr also fort und sprach von einer Aufwachursache in der Nacht. Die Kälte seiner Wärmflasche hatte ihn gegen vier Uhr aufgeweckt. (Die Deumes ließen sich immer zwei Wärmflaschen ins Ehebett legen.)

»O dieses Mädchen!« empörte sich Frau Deume gehässig. »Sie ist wirklich unmöglich. Ich habe ihr immer und immer wieder gesagt (– mit zusammengepreßten Zähnen betonte sie diese letzten Wörter –), daß man die Bettflasche in ein Strickfutteral stecken muß. (Sie suchte mit dem Fuß nach der Wärmflasche ihres Mannes.) Natürlich, kein Futteral! Dabei fehlt es daran wirklich nicht im Haus!«

»Wir haben zwölf. Is habe neulis die Küse karteimäßig erfaßt.«

»Aber wie kommt es denn, daß du das nicht sofort gemerkt hast?«

»Is hatte meine dicken Wollsocken an. Gegen Mitternacht habe is sie ausgesogen und zu diesem Seitpunkt war die Wärmflase noch genau ristis.«

»Man bringt es einfach nicht fertig, daß einem die Dienstboten gehorchen«, sagte Frau Deume. »Wenn das die Revolution ist, dann soll man es sagen!«

»Also solange wir noch nist unter der Knute Moskaus sind, haben wir doch wohl das Rest, eingehüllte Wärmflasen zu bekommen!« rief Herr Deume, der kurz darauf nieste. »Hehe?« machte er argwöhnisch. »Hehe? Hehe?« wiederholte er mit dem sachkundigen und tragischen Ausdruck des Anglers, der glaubt, einen außergewöhnlichen Fisch angehauen zu haben. »Sollte is mir zufällig (– er schnüffelte, um besser den Zustand seiner Nase zu spüren –) wegen dieser Kälte an den Füßen einen Snupfen geholt haben?«

»Ich hoffe doch nicht«, sagte Frau Deume. »Auf jeden Fall wirst du im Bett bleiben.«

»Aber vielleist ist es nur ein gewöhnlises Niesen.«

»Hast du Halsschmerzen?«

Herr Deume räusperte sich, um zu sehen, machte verschiedene Schluckversuche.

»Is kann natürlis nists sagen, man kann nie wissen, aber eigentlis habe is nist den Eindruck.«

»Auf jeden Fall, wenn du spürst, daß du Schnupfen bekommst, dann verlange die durchlöcherten Taschentücher.«

Aber der kleine spitzbärtige Seehund wollte nicht mehr an diesen Schnupfen denken, dessen Eventualität ihm das geheimnisvolle Vergnügen verderben würde, das er zu finden gedachte. Auf den Zehenspitzen ging er zur Tür, um sie doppelt abzuschließen.

»Sollen wir Ihn heute morgen betrachten?« flüsterte er mit einem schlüpfrigen und ausgelassenen Ausdruck.

»Ich habe soviel zu tun«, antwortete verschämt die knochige Kamelstute.

»Nur einen Augenblick«, sagte Herr Deume. »Wir machen das gans ras in Nullkommanists.«

»Ja«, sagte Frau Deume ganz leise, und in ihren Blick kam ein seltsames Funkeln.

Er hob den Teppich hoch, steckte ein Messer in eine Diele des Parketts. Nachdem er sie hochgehoben hatte, holte er, eingehüllt in Seidenpapier und verschiedene Stoffe, einen zwölfeinhalb Kilo schweren Goldbarren hervor, den sie acht Tage zuvor, ohne daß irgend jemand, nicht einmal Adrien, etwas davon wußte, aus Furcht vor der Geldentwertung gekauft hatten und den in dem bei der Bank gemieteten Tresorfach einzuschließen sie nicht über sich gebracht hatten. Es war so tröstlich, ihn ganz nahe bei sich zu wissen. Herr Deume legte ihn auf das Frühstückstablett, und auf Frau Deumes Gesicht trat der gleiche Ausdruck von Schuldgefühl.

»Wie dick er ist«, sagte sie und sog ihren Speichel ein. Und sie wagte ihn mit furchtsamer und jungfräulicher Hand zu berühren.

»Vorsist, daß er nist runterfällt!«

»Wie schön das ist«, sagte Frau Deume. »Ach, wie dankbar müssen wir sein!«

Herr Deume fuhr mit der Hand über den Goldbarren, den Frau Deume weiterhin mit leichtem und sachkundigem Finger streichelte. Die Hände des Mannes und der Frau begegneten sich, und sie drückten einander zärtlich. Und sie lächelten sich zu, die Hände über dem geliebten Metall gefaltet.

»So was sählt, ein Goldbarren«, sagte Herr Deume.

»Nein, Hippolyte«, sagte Frau Deume, die Augen zum Himmel erhoben. »Nur die unsichtbaren Wirklichkeiten zählen. Nur Gott zählt«, fügte sie hinzu, während ihre Hand den belanglosen Stoff weiterstreichelte.

Plötzlich schoß Frau Deume ein furchtbarer Gedanke durch den Kopf. Einen Goldbarren haben war sehr gut, aber was wäre in Revolutionszeiten? Es wäre unmöglich, diesen Barren zu Geld zu machen. Und wenn sie es zu tun versuchten, würden sie als Bürger erkannt werden!

»Und ersossen«, fügte Herr Deume düster hinzu und sah seinen lieben kleinen Körper an einer grauen Mauer niedergestreckt.

»O diese Sozialisten! Aber was kann ihnen das schon ausmachen, daß es Leute gibt, die sich etwas beiseite gelegt haben?«

»Es ist der Neid«, sagte Herr Deume.

»Aber schließlich brauchen die Arbeiter doch nur zu sparen! Aber nein, diese Herrschaften gehen lieber ins Kino! Gehen wir etwa ins Kino? Und glaube mir bitte, was das Essen angeht, da lassen die sich nichts abgehen! Gestern abend bin ich bei diesem Klempnergesellen gewesen, der uns die Reparaturen gemacht hat. Sie waren gerade beim Abendessen. Es gab Kalbsleber! Mir hat es glatt den Atem verschlagen!«

»Is habe in der gestrigen Seitung gelesen«, sagte Herr Deume und schlug den Goldbarren wieder in ein Handtuch ein, »daß wenn es su einer Geldentwertung kommt, eine Beslagnahme des Goldes durchaus möglis ist. Das hat mir einen Slag in die Magengrube versetzt.«

»Du weißt, daß ich mich auf die materiellen Dinge nicht sehr gut verstehe. Was ist mit dieser Beschlagnahme?«

Herr Deume erklärte, und seine Frau erschauderte. Alles war zur Folter der anständigen Leute ausgedacht. Man mußte etwas anderes finden.

»Den Goldbarren verkaufen und Obligationen kaufen?« schlug Herr Deume vor.

»Kommt gar nicht in Frage«, sagte Frau Deume und befestigte ihr Gebiß. »Im Falle einer Geldentwertung sind die Wertpapiere mit festen Erträgen eine Katastrophe. Es ist besser, an gute Aktien zu denken.«

Herr Deume hatte Angst, denn er dachte, seine Frau würde irgendeine moralische Tirade loslassen.

»Meiner Meinung nach«, fuhr sie fort, »ist die International Chemical Industrie das beste. Sie hat letztes Jahr zwanzig Prozent ausgeschüttet. Beim augenblicklichen Wechselkurs ist das zwar niemals mehr als zwei Komma neunzig Prozent, aber es ist sicher.«

»Glaubst du?«

»Natürlich. Es ist die größte Firma für Giftgas«, sagte sie voller Respekt.

Doch Herr Deume fand, daß diese große Firma zu weit weg war. Außerdem war bei diesen Amerikanern der Übergang von der Hochkonjunktur zur Krise zu schnell.

»Was würdest du zur Lyonnaise des Eaux sagen?« fragte er gierig.

Frau Deume hörte auf, in der Bibel zu blättern, behielt zwei Finger an der Stelle, die sie lesen wollte.

»Das ist ein gutes Geschäft«, sagte sie. »Die Stammaktie hat während all dieser Jahre vierzig Prozent eingebracht. Beim augenblicklichen Kurs sind das noch drei Komma fünfundzwanzig. Aber ich habe Angst. In Frankreich herrscht eine solche Demagogie. Ach, was wirklich gut ist, leider ist es zu spät, um welche zu kaufen, das sind die Kupfererzbergwerke von Bor.«

Vor Begeisterung erhob sie sich, und die Bibel fiel hin.

»Das ist Kupfer! Und das braucht man für Granaten! Das Kapital ist ganz klein, fünfzehn Millionen, und keine Verpflichtungen, keine Schulden, und als flüssige Reserve zweihundert Millionen! Es ist von alleralleralllererster Güte. Bor hat in den letzten Jahren hundertsiebenundzwanzig Prozent ausgeschüttet!« (Die Augen von Herrn Deume funkelten und wurden rund.)

Nachdem sie so gesprochen hatte, begab sich Frau Deume in den Waschraum, den sie allein benutzte. In der Tat nahm sie nicht gern Bäder und zog es vor, die verschiedenen Teile ihrer irdischen Hülle einen nach dem andern mit Hilfe des Schwammes, der Wasserkanne, der Waschschüssel, verschiedener kleiner Waschlappen und mannigfaltigen Kauerns zu waschen.

Während er dem Schnauben und Prusten Antoinettes – Verrücken der Waschschüssel, Ausleeren, Reiben und Seufzen – lauschte, machte Herr Deume sein Bett. Die Dienstmädchen konnten das Bettlaken nicht richtig einschlagen, und außerdem war man nur durch sich selbst gut bedient. Zudem war das eine kleine Gymnastik.

Nach einer Viertelstunde kam Frau Deume in einem nicht sehr eleganten Negligé zurück. Die verfrorene Person trug ein Tageshemd aus beiger Angorawolle und schlaffe wollene Männerunterhosen, die ihr bis zu den Knöcheln gingen und weit davon entfernt waren, eng anzuliegen. Sie waren innen mit Molleton gefüttert, und ihre äußere Farbe war die so praktische des Senfs. Die Stelle des Gesäßes war verziert und verstärkt mit einem Hosenboden aus lilageblümtem Perkal. »Erst das Praktische, dann die Schönheit«, pflegte Frau Deume zu sagen, die stolz war auf ihre Unterhosen, die im Schnitt zehn Jahre »hielten« und die, da Gott gewollt hatte, sie vor vielen Schnupfen bewahrt hatten. Der Liebe zu den ewigen Dingen fügte

Frau Deume die zur irdischen Gesundheit hinzu, obgleich sie oft versicherte, daß sie die größte Eile habe, »ihren Marschbefehl für das Land dort Oben« zu bekommen. Oh, wie sie sich freute, pfeilschnell dem Vater entgegenzufliegen! Beim kleinsten Wehweh ließ sie den Arzt kommen.

Herr Deume ging hinunter in den Salon, um bei den Klängen von Radio Beromünster etwas rhythmische Gymnastik zu machen. Es war hübsch, den kleinen Alten ernsthaft im Takt springen zu sehen. Nachdem er seinen Tanz beendet hatte, probierte er seine Gasmaske an und beschloß, daß er die nächste Nacht damit schlafen würde, um sich an sie zu gewöhnen. So war er im Kriegsfall geschützt! Und er würde auch Bisette bitten, sie heute abend aufzusetzen. Das wäre nett.

»Hippolyte«, rief Frau Deume im Korsettschoner, über das Treppengeländer gebeugt. »Da du das Gefühl einer Erkältung hast, würdest du gut daran tun, dein Thermoleibchen anzuziehen, das auf dem Speicher ist.«

»Das ist eine Idee«, sagte Herr Deume.

Und er stieg die Treppe hinauf, wobei er immer drei Stufen auf einmal nahm, um seine Brust mit einer Auflage wärmeerzeugender Watte zu schmücken, die mit Befestigungsbändern versehen war. Als er im zweiten Stock angekommen war, begegnete er seinem Adoptivsohn, der in grauen Gamaschen auf dem Treppenabsatz hin und her ging. Um ihn zu küssen, stellte Herr Deume sich auf die Zehenspitzen.

»Ist etwas nicht in Ordnung, Adrien?«

Adrien deutete mit dem Blick auf den Zettel, der an der Tür seiner Frau mit einer Nadel befestigt war. »Ich habe eine Schlaftablette genommen. Ich muß viel schlafen. Bitte nicht wecken.«

»Es ist mir unangenehm wegzugehen, ohne ihr auf Wiedersehen gesagt zu haben.«

»Ach ja, is verstehe das. Na ja, sie läßt sis's wohl sein.«

(Der kleine Alte dachte in diesem Augenblick an etwas ganz anderes: die Mücken flogen in einem Eisenbahnwaggon; sie waren in der Luft, sie flogen in entgegengesetzte Richtung, flogen hinaus, kamen wieder herein und doch reisten sie mit!)

»Hör zu, Papi, ich bin wahnsinnig spät dran. Ich geh noch schnell Mammi umarmen.«

Herr Deume stieg auf den Speicher und trödelte dort lange herum. Er hatte sein Thermoleibchen vergessen und versuchte eine nützliche und amüsante Beschäftigung zu finden. Er fand sie nicht und kam zu seiner Mücke zurück.

»Sehen wir uns das einmal an. Eine Mücke fliegt in einem Eisenbahnabteil in der Luft, sie sitzt nirgends, und doch nimmt der Zug sie mit. Und dabei ist sie in der Luft. Es gibt Dinge, die is nist ristis verstehen kann.«

XLII

Bewaffnet mit seinem dicken Stock, ging Adrien mit großen Schritten dahin. Sehr gut für die Gesundheit. Außerdem wurde so der Motor seines lieben Chryslers geschont. Seiner Bestimmung gewiß, ging er dahin und atmete dabei tief ein, um seine Toxine zu verbrennen.

Um halb zehn war er am Quai du Mont-Blanc. Da er nicht gern zu spät oder zu früh im Sekretariat ankam, setzte er sich auf eine Bank und wartete, bis es Zeit war. Er freute sich darüber, daß er am nächsten Samstag bei den Petrescos eingeladen war. Wirklich sympathisch, die Petrescos. Und sie waren sehr beliebt, hatten eine Menge guter Bekannter. Gewiß, sie verdienten das.

Distinguiert und geistreich sein. Sich Oxford-Manieren zulegen. Etwa zehnmal täglich vor dem Spiegel sagen: sagen Sie mal, Petresco, und zwar so, daß es ganz natürlich aussah. Man wird sie ebenfalls einladen müssen. Papi und Mammi klarmachen, an diesem Abend besser nicht zu kommen. Van Vries einladen. (Van Vries war der direkte Vorgesetzte von Adrien Deume.) Kurz bevor er in sein Büro ging, etwas Alkohol zu sich nehmen. Das wird mir Schneid geben. Ist van Vries gut genug für die Petrescos? Ganz nobel wäre es, einige große Namen Genfs einzuladen.

Ja, er würde Ariane bitten, einige von ihnen einzuladen. Aber sie schienen ihr zu schmollen. Dabei hatte er geglaubt, wenn er eine d'Auble heirate, hätte er die gesamte Genfer Hautevolee. Trotzdem eine gute Idee, daß sie in Valescure ins Golf-Hotel gegangen waren, wo sie den Petrescos begegnet waren und wirklich Bekanntschaft mit ihnen geschlossen hatten. Teuer, natürlich. Aber die Bekanntschaft von interessanten Leuten machte man eben nur an teuren Orten. Er atmete tief ein. Eng befreundet, wie er jetzt mit Petresco war, der jeden Tag den Untergeneralsekretär sah, könnte er in einem Jahr Mitglied der Sektion A sein. Bezaubernd, diese Petrescos.

Adrien Deume hatte auf diese Weise große Flammen, die meistens erloschen, weil er an einem Abend, an dem der neue Freund einflußreiche Freunde bei sich versammelt hatte, nicht eingeladen worden war. Der junge Deume war in dieser Hinsicht sehr empfindlich. Wenn er sich auch nur im geringsten für zurückgesetzt oder verletzt hielt, erklärte er seiner Frau: »Weißt du, Rianelein, ich habe beschlossen, zu den Verlaeckes alle Brücken abzubrechen.«

Er faßte seine Brille zwischen den Gläsern und nahm sie mit einer plötzlichen Gebärde ab, um nicht Gefahr zu laufen, ihre Bügel zu verbiegen. Trotzdem, dieser Petresco mit seinem Monokel besaß einfach Schick! Und wenn er ebenfalls ein Monokel tragen würde? Ja, das Dumme war nur, daß er auf beiden Augen kurzsichtig war. Er putzte die Brillengläser mit dem kleinen Stück Gamsleder, das er in einer Schildpattabaksdose aufbewahrte. Madame Petresco Blumen schicken? Ja, mit einem kleinen, sehr gut formulierten Wort, Art siebzehntes Jahrhundert. Lassen Sie zu, Madame ... Er spitzte seine spitze Zunge. Außerdem nicht vergessen, ihr den Sonderdruck seines Aufsatzes über Claudel zu schicken. An der Widmung feilen, Herr van Vries, würden Sie uns das Vergnügen machen, uns am Samstag in vierzehn Tagen zu beehren? Die Petrescos werden ebenfalls da sein. Nein, es war besser zu warten, bis man bei den Petrescos gewesen war, und sie dann für den darauffolgenden Samstag einladen.

Versuchen, jemand Sympathischen bei ihnen aufzugabeln. Aber nur ein Paar, sonst sähe es so aus, als stürze man sich wie ein Ausgehungerter auf ihre Bekannten. Dumm wäre nur, wenn van Vries am Samstag in vierzehn Tagen nicht frei wäre. Man müßte das schon vorher ausmachen. Aktionsplan, heute van Vries fragen, ob er Samstag in vierzehn Tagen frei wäre. Wenn er ja sagt, sagen, daß ich ihm noch Bescheid gebe, und Petresco fragen, ob er ebenfalls frei wäre. Wenn ja, Einladung an van Vries bestätigen.

Wenn nicht, sehen, ob van Vries an dem von Petresco gewählten Tag frei ist. Und zwar alles mit viel Takt und Ungezwungenheit.

Er beugte sich vor, um dem Lauf einer Ameise besser folgen zu können, die einen Bogen um seine großen Gamaschenschuhe machte.

Alles läuft gut. Adrien Deume, Mitglied der Abteilung B im Sekretariat des Völkerbunds. Diplomat, da Immunität. Sehr freundlich, die Antwort Claudels. Ihn in Paris aufsuchen. Versuchen, von ihm empfangen zu werden. Der Honig, den ich ihm um den Bart geschmiert habe, gibt mir Rechte, Herrgott nochmal. Ja, seine Bekanntschaft machen. Kurzum, in Bälde mein Freund Claudel. Menschenskinder, die Visage Petrescos, wenn er das erfährt! Auch ein Aufsätzchen über Gide herausbringen. Nein, weil Kommunist. Lieber eines über Valéry, da Mitglied der Kommission für intellektuelle Zusammenarbeit. Und über Giraudoux ebenfalls, da Quai d'Orsay.

Er beneidete diesen Schriftsteller, dessen Romane und Theaterstücke Erfolg hatten. Er tröstete sich bei dem Gedanken, daß er mehr verdiente als er.

Was sollte er tun, um sein Kapital an Verbindungen zu erhöhen? Eine Gesellschaft gründen, um die Renaissance des Marionettentheaters zu fördern? Ja, das wirkte avantgardistisch. Und nur sympathische Leute aufnehmen. (In der Sprache des jungen Deume war sympathisch immer ein Synonym von einflußreich.) Versuchen, die Bonzen der intellektuellen Zusammenarbeit ebenfalls im Komitee zu haben. Alle diese großen Tiere zum Abendessen einladen, und von diesem Tag an würden die Genfer Aristokraten nicht mehr schmollen!

Wenn es mir gelingt, einen Kerl wie Valéry zum Abendessen zu haben, bin ich gemacht.

Oder aber einen Klub gründen für die Privataufführung von Filmen ohne Geschichte? In der Art von jenem, in dem es kleine Stäbchen gab, die sich bei einer Musik von

Poulenc krümmten. In Verbindung treten mit den hohen Tieren vom Sekretariat anläßlich von Dingen, die nichts mit der Verwaltungsarbeit zu tun haben, das war das Geheimnis des Erfolgs.

Die Leute sind nicht mißtrauisch, sie laden dich ein. Und wenn sie dich dann einmal gut kennen, können sie dir nicht mehr abschlagen, worum du sie bittest.

Und wenn er zur Gruppe Esprit ginge? Nein, keine großen Namen in dieser Gruppe. Für die Revue de Paris schreiben und für die Nouvelle Revue Française. Und Gringoire? Nein, da der neue Untergeneralsekretär Jude war, folglich links. Verdammte Juden.

Eigentlich sollte ich meine Idee mit dem Marionettentheater noch einmal überdenken. Das macht keinen seriösen Eindruck. Weder die Curie noch Einstein würden zum Komitee gehören wollen. Nein, ganz schick und toll wäre es, eine Konferenzgesellschaft zu gründen. Ich lasse mich zum Präsidenten ernennen, da ich die Idee beibringe. Nein, ich bin nicht bedeutend genug. Einfach nur Generalsekretär. Und wenn ich die Ehrenpräsidentschaft dem Chef anbieten würde? Ich bräuchte auch den Solal. Ich finde Vorwände, um sie aufzusuchen, um sie zu fragen, ob sie damit einverstanden sind, daß ich Jules Romains, Giraudoux und dergleichen kommen lasse. Und in meiner Eigenschaft als Generalsekretär lade ich kräftig ein für hinterher, nach der Konferenz. Glänzende Gesellschaft bei mir nach Mitternacht. Kaltes Büffet. Der Vortragende, die Mitglieder des Ehrenkomitees. Erfolg!

Er holte sein Loseblattnotizbuch hervor, dann seinen Drehbleistift, der an einem Gliederkettchen hing, und notierte seine fruchttragenden Ideen. Er schrieb unter anderem folgendes:

»Mit Unterlagen Abteilung Buch schreiben über das Werk des Mandatsausschusses. Sehr umfangreicher Verwaltungstext! Dem Präsidenten des Ausschusses widmen.

Sonderdruck auf Velin reiner Lafuma-Faden für Ausschußmitglieder. Ihnen Exemplar persönlich bringen. Im Buch hier und da anerkennende Würdigung über jedes Ausschußmitglied anbringen, diskret. Büro telefonieren, um zu bitten, daß man im nächsten Telefonbuch hinter meinen Namen höherer Beamter im Sekretariat setzt.«

Im Hinblick auf einen Roman, an dem er arbeitete, beschloß er, einen Natureindruck aufzuschnappen. Zu diesem Zweck schloß er die Augenlider halb, um seinem Blick mehr Beobachtungsschärfe zu geben, und betrachtete den See. Flüssiges Emaille und flüssige Saphire? Nein, nicht originell genug. Er notierte in sein Notizbuch:

»Literaturzeitschrift ohne politische Richtung gründen. Mögliche Titel: Austausch. Collaboration. Eindrücke. Stürme. Abwesenheiten. Gesichter. Perspektiven. Gesichtspunkte. Horizonte.«

Seltsame Idee, die Ariane gehabt hatte, als sie ihn am Tag nach ihrer Ankunft in Valescure gebeten hatte, so zu tun, als seien sie einander fremd. Um sie zufriedenzustellen, hatte er sie auf der Straße angesprochen, als ob sie sich nicht kennen würden, und hatte sie zum Abendessen in ein entsetzlich teures Restaurant in Saint-Raphael eingeladen. Als sie wieder im Hotel waren, hatte sie ein anderes Spiel verlangt, und er hatte sich als Gladiator verkleiden müssen! Dann hatte sie Vergewaltigung spielen wollen. Er hatte immerhin gut daran getan, sich für diesen wirklich allzu absurden Einfall nicht herzugeben.

Er zog seinen Chronometer aus der Spezialtasche seiner Weste, die mit Wildleder gefüttert war: vierzehn Minuten vor zehn; dann sah er auf seiner Armbanduhr nach: zwölf Minuten vor zehn. Durchschnitt: dreizehn Minuten vor zehn. Bald Zeit. Er liebte seine Armbanduhr, weil sie völlig wasserdicht war. Es gefiel ihm zu denken, daß er sie vierundzwanzig Stunden lang im Wasser liegen lassen könnte, ohne daß das Uhrwerk naß werden würde. Natürlich hütete er sich, ein solches Experiment zu machen, aber es machte ihm trotzdem Spaß.

Zehn Minuten vor zehn. In zwei Minuten sich auf den Weg machen. Innerlich formulierte er einen Aktionsplan für den Tagesablauf.

»Erstens, Haken anbringen lassen, um Schere so aufzuhängen, daß sie nicht mehr gesucht zu werden braucht. Wir müssen vereinheitlichen! Zweitens, neue Einteilung für Karteien französische Presse vorbereiten. Drittens, heute abend leichtes Abführmittel, weil es heute morgen nicht richtig geklappt hat. An die Arbeit!«

Mit großen Schritten begab er sich, bewaffnet mit seinem dicken Stock und gesellschaftlicher Bedeutung, zu seinem lieben Sekretariat. Ein Straßensänger besang schmalzig den Charme einer Zigeunerin mit großen schwarzen Augen. Ein Hungerleider und rührender Besiegter, Salz der Erde. Adrien glaubte Ekel empfinden zu müssen. Er war entzückt, Elitegefühle und ein verächtliches Lächeln zu haben. (Als ob man nicht ein intelligentes Gehirn und ein stupid lebendiges Herz haben könne, das empfänglich ist für ein dummes »Schöne blaue Donau«. Allerdings haben die Dummköpfe Hunger auf das, was ihnen fehlt.)

Hell behandschuht und ernst seinen kleinen Koffer tragend, drückte er gegen die Drehtür und betrat die Eingangshalle des Völkerbunds, mit den Augen auf der Lauer, um irgendeine wichtige, ihm bekannte Persönlichkeit ausfindig zu machen. Er glaubte von Marquis Cattanei erkannt worden zu sein, der versunken war in den Genuß einer unvergeßlichen Zigarre. Er lächelte, grüßte ins Leere, blickte dann woandershin, wobei er so tat, als lächele er seinen Gedanken zu, um nicht das Gesicht zu verlieren. Er streifte umher, verzaubert von diesen Mächtigen, die diskutierten, die mit zwei Sätzen aus einem Mitglied der Abteilung B ein Mitglied A machen konnten, mit achtundzwanzigtausend Schweizer Franken jährlich. (Oder zweiundzwanzig oder dreißig. Ich erinnere mich nicht mehr.) Er bewunderte sie von weitem, liebte sie, atmete die Gerüche des eleganten Lebens ein – Sleepings, Bälle, glänzende Abendessen, Orden, großzügig vergütete Dienstreisen, Kontakte mit den Mächtigsten, lange Telefongespräche mit den Hauptstädten.

Der Arme litt darunter, daß er die Delegierten, die da waren, nicht kannte, tröstete sich mit dem Gedanken an die Mitglieder des Mandatsausschusses, die ihn während der letzten Sitzung zum Essen eingeladen hatten. Einer von ihnen, General Freire de Souza, hatte ihn dem polnischen Minister vorgestellt, der, ein schwindsüchtiger Geier, gerade für seine Rede vom Vortag schnaubend die Glückwünsche der dicken und parfümierten balkanischen Delegierten, die so geschaffen war für einen Harem, entgegennahm. Der polnische Minister hatte ihn sowenig wiedererkannt wie Marquis Cattanei. Und Adrien stand da, verhext, und betrachtete verliebt die anbetungswürdigen und unerreichbaren Mächtigen.

Plötzlich knöpfte er seine Jacke zu, denn er hatte gerade einen hohen Beamten erblickt, den er endlich grüßen konnte und mit dem er vielleicht die Gelegenheit hätte, einige Worte zu wechseln. Es war Johnson, der Direktor der Wirtschafts- und Finanzabteilung. Listige und heimtückische Brille, gab er seinem Stellvertreter Befehle mit dem herzlichen Ton des Chefs, der sich von einem Kumpel aus Cambridge protegiert fühlt.

Sich verbeugen? Johnson würde es vielleicht nicht bemerken. Den Hut lüften fiele eher auf. Adrien Deume ging also in den Garten hinaus, setzte wieder seinen Filzhut auf, kam zurück, begab sich schnell in Richtung Johnson, bereit, bei der geringsten Wärme im Blick des Chefs stehenzubleiben, zog mit einem schönen Lächeln tief den Hut. Johnson nickte kurz mit dem Kopf, was bedeutete: »Ja, ja, ich weiß, wer Sie sind, und ich weiß, daß Sie unbedeutend sind.« Aber dieses Nicken war von einem liebenswürdigen Lächeln begleitet, denn ein Chef darf nicht in dem Ruf stehen, ein gemeiner Kerl zu sein, und es ist besser, sich keine Feinde zu machen. Das liebenswürdige Lächeln verschwand jedoch auf der Stelle, denn Johnson fürchtete eine Unterhaltung mit diesem kleinen, unbedeutenden B, der versuchte, ein Gespräch zu erhaschen. Hingegen war das Lächeln, mit dem Johnson Lord Galloway bedachte, breit und langanhaltend. Der alte Engländer nickte Johnson kurz mit dem Kopf zu, was bedeutete: »Ja, ja, ich weiß, wer Sie sind.« Adrien, zufrieden, daß er sich Johnson wieder in Erinnerung gebracht hatte, ging etwas weiter, um dort umherzustreifen.

Ein Bischof mit rotem und geheimem Gesicht, Regierungschef eines bankrotten Landes, war aufgebracht über die Sympathieäußerungen der Journalisten. Nach Genf gekommen, um eine Anleihe zu erhalten, war er auf der Hut, stand eine ruhige und würdige Passion durch. Ein Journalist aus Marseille legte großen Wert darauf, ihm die Hand zu drücken. »Hochwürden, Ihr armes Land zerreißt mir das Herz. Die Kinder, ach, les enfants, sehr maigres! Ihr seid eben Privilegierte des Unglücks. Na ja, nach dem Regen scheint die Sonne.« Der Bischof dankte mit einem dünnen, skeptischen Lächeln. Napoleonische Hände an seiner Soutane, schloß er unerschütterlich wieder die Lippen.

Adrien blieb etwa zehn Minuten in einigen Metern Entfernung vom Bischof stehen, liebte ihn, weil er berühmt war, hoffte, daß der Drehbleistift, an dem Hochwürden herumfummelte, fallen würde und er losstürzen könnte, um ihn aufzuheben. Adriens Ideal war es, in der Nähe von Höherstehenden zu leben und sich dank ihrer zu erheben, um Noch-Höherstehende kennenlernen zu können. Kurzum, er trachtete danach, immer als Rangniederer zu leben.

(Seltsamerweise war dieser Adrien, der sich so entschlossen zeigte, die gesellschaftliche Leiter hinaufzuklettern, nicht weit davon entfernt, bisweilen an die Uneigennützigkeit seiner Freundschaften und seines Eifers zu glauben. Er haßte die Intriganten und die Snobs, er liebte und bewunderte aufrichtig diejenigen, die ihm nützlich sein konnten. Von Zeit zu Zeit überzeugte er sich davon, daß seine Bemühungen das Ziel verfolgten, eher interessante, kultivierte Freunde zu suchen, ein sympathisches Milieu, als nützliche Verbindungen. Aber meistens vertiefte er diesen Gedanken nicht und packte seine Sache tüchtig an.)

Da der Drehbleistift des Bischofs leider nicht hingefallen war, begab sich Adrien in sein Büro. Sein erster Blick galt dem Kästchen mit den Eingängen.

»Herrgottnochmal!« rief er aus, als er den Stapel Akten sah, der sich während der zehn Tage angesammelt hatte, die er gerade in Gesellschaft Arianes in Valescure verbracht hatte.

Er zählte die Akten. Zwölf! O nein, das darf doch nicht wahr sein! Dieser Schuft von Vauvau! (Der Spitzname von van Vries, Chef der Mandatsabteilung.) Hielt man ihn für einen Zuchthäusler oder was? Er fürchtete sich nicht, da er allein war, Vauvau offen die Meinung zu sagen.

In Wirklichkeit war er zufrieden. Er liebte es, in neueingegangenen Akten zu blättern, auf dem beigefügten Merkblatt mit den kurzen Mitteilungen von Kollege zu Kollege ihre Geschichten zu lesen und ihre Reisen und Stationen zurückzuverfolgen, sich über den Stil seiner exotischen Kollegen lustig zu machen, Ironisches zu entdecken, elegant auf die Vermerke van Vries' zu antworten.

Er streifte seine schweinsledernen Handschuhe ab, zog seinen auf Taille geschnittenen kastanienbraunen Mantel aus sowie seine Jacke, die er durch eine alte mit blankgescheuerten Ärmeln ersetzte. Einen Augenblick lang verharrte er regungslos und beneidete gewisse englische

Funktionäre, die Jacken mit den Insignien ihres Klubs trugen. Außerdem besaßen sie das besondere Geschick, ihr Taschentuch in den Ärmel zu stecken und es etwas hervorsehen zu lassen. Er hatte zwar versucht, das gleiche zu tun, aber es hatte nicht geklappt. Das Taschentuch fiel ständig heraus. Verdammt, da war nichts zu machen.

Er bewunderte sein kleines Kabinett. Schöner Schreibtisch mit einem Schlüssel, der auf einen Schlag alle Schubladen abschloß; ein Teppich, der fast ein Perser war; ein Bücherschrank, der viel schicker war als der seiner ranggleichen Kollegen. Sehr gut. Und wenn er erst einmal ein A wäre, würde er einige moderne Bilder aufhängen, die sehr intellektuell wirken würden. Im Augenblick hieß es vorsichtig sein und sich keine üble Nachrede einhandeln.

Er setzte sich, kaute ein Stück Zucker, nahm eine Akte, schlug sie auf und stand auf, um mit den Kollegen von der Abteilung ein kleines Schwätzchen zu halten und über die neu Beförderten und die Chefs vorsichtig ein bißchen zu lästern. Zehn Minuten später kam er zurück.

Nicht vergessen, van Vries guten Tag zu sagen. Nach einer Abwesenheit von zehn Tagen muß man das tun. Muß mich gutstellen mit diesem Schweinehund. Keine Lust, als B zu versauern. Los, an die Arbeit! O Arbeit, heiliges Gesetz der Welt . . .

Er schlug die Akte wieder auf, bemächtigte sich einer riesigen Schere, die neben dem Leimtopf lag, und schnitt sich sorgfältig die Fingernägel. Nach zehn Minuten waren sie tadellos, oder zumindest hielt er sie dafür. So, jetzt konnte er anfangen. Er rieb sich die Hände, nahm einen Vorrat Luft.

»An die Arbeit!«

Er stand auf, sah nach dem Thermometer. Einundzwanzig Grad. Da konnte man nichts sagen, das war angemessen. Er setzte sich wieder hin.

»So, an die Arbeit jetzt.«

Er schob sich eine Zigarette in den Mund, steckte sie an,

zog mit Vergnügen daran, im Bewußtsein der Tatsache, daß er ein Beamter war, der sich seiner Zukunft sicher sein durfte und anständig bezahlt wurde.

»Pom pom pom«, sang er leise vor sich hin wie Comte de Surville.

Erstaunlich, diese in der Schweiz hergestellten Gold Flake, ebensogut wie die aus dem Ursprungsland und viel billiger. Vorsicht, es war die vierte heute morgen. Nach dieser bliebe nur noch eine bis Mittag. (Er zwang sich, nur zehn pro Tag zu rauchen, denn er hielt auf seine Gesundheit.) Er betrachtete sich in einem kleinen Taschenspiegel.

»Nicht schlecht, dieser Deume! Ach, fangen wir an!«

Und er begann mit der ernsthaften Durchsicht der ersten Akte, wobei er sich von Zeit zu Zeit unterbrach, um einige pom pom pom von sich zu geben oder den Gesprächen im Büro nebenan zu lauschen oder um Stoffmuster zu prüfen oder um Riechsalz einzuatmen, das er keinesfalls benötigte, was aber eine kleine Manie von ihm war, oder auch um einige Atemübungen zu machen.

Die Akte N/600/330/42/4 trug den Titel »Korrespondenz mit der Jüdischen Frauenvereinigung von Palästina«. Sicherlich beklagten sie sich. Immer am Protestieren, diese Itzige! Um so besser, wenn die Araber ihnen auf den Wekker gingen! Man würde später antworten. Sie ein wenig warten lassen.

Er nahm eine zweite Akte. Verdammt! Wieder ein Brief des zionistischen Vertreters in Genf! Konnten diese Itzige sich denn nicht merken, daß ihre zionistische Organisation nichts Regierungsamtliches hatte und daß sie keine Beziehungen mit dem Sekretariat, sondern nur mit der Mandatsmacht zu haben hatten. Diese Dreistigkeit zu schreiben »Ständige Geschäftsstelle der zionistischen Organisation beim Völkerbund«! Was mochte das wohl heißen, eine ständige Geschäftsstelle? Das war die Judenschläue, der Wunsch, eine Verwechslung mit den offiziellen ständigen Delegationen aufkommen zu lassen. Er widerstand nicht dem Vergnügen, einen Briefentwurf aufzusetzen, in dem der Haß des Offiziellen gegen alles, was nicht offiziell war, zum Ausdruck kam.

»Sehr geehrter Herr, ich habe die Ehre, Ihnen den Empfang der interessanten« (eine alte Gewohnheit ließ ihn dieses Wort schreiben, das er natürlich auf der Stelle durchstrich) »Statistiken zu bestätigen, die Sie mir wohlwollenderweise« (er strich aus) »die Sie mir geschickt haben. Hochachtungsvoll Ihr (ja? nein).«

Aber er erinnerte sich plötzlich, daß der zionistische Vertreter nicht nur mit, sondern bei van Vries zu Mittag gegessen hatte, und er fragte sich, ob es nicht doch besser wäre, den Blumberg seiner vorzüglichen Hochachtung zu versichern. Von plötzlicher Wut gepackt, zerriß er das Konzept.

Ich bin Antisemit, jawohl. Können die einem auf den Nerv gehen, diese Zionisten, immer lauern sie einem mit ihren feuchten Augen und ihren feuchten Nasen in den Fluren auf, um einem von einem Volk dieses und von einem Volk jenes zu erzählen, von zwei Jahrtausenden und unwahrscheinlichen Geschichten über angebliche Ungerechtigkeiten der britischen Verwaltung! Und diese Manie, einen ständig zum Essen einzuladen! Da sie sehen, daß man ihnen kühl und abweisend begegnet, ist es ihr großer Trick, einen zu supertollen Essen einzuladen. Und sie sind da nicht zimperlich! Im Grunde bezahlen sie einen, damit man ihnen zuhört! Sie greifen sich jeden X-Beliebigen zum Essen. Sie richten sich zugrunde mit Einladungen, spielen die Liebenswürdigen, lächeln. Sie sind zum Kotzen! Und sie laden jeden X-Beliebigen ein, selbst Hilfskräfte! Und das alles wahrscheinlich nur, um ihren Vorgesetzten schreiben zu können: »Zweistündige Unterredung mit Le Gandec vom VB gehabt.« Sie lassen einen ihre feinen Mahlzeiten allzu teuer bezahlen! Man muß sich all ihre Statistiken anhören und wie viele Pampelmusen sie geerntet haben, und so tun, als interessiere man sich für ihre Einnahmen. Es ist bekannt, daß ihr Geld habt, ihr Sau-Itzige! Und sie sehen aus, als glaubten sie, ihr Zionismus sei höchst interessant und man dürfe im Sekretariat an nichts anderes denken. Arrivisten, Schmeichler, ständig buckeln sie vor einem, und fünf Minuten später tätscheln sie einem den Arm! Und immer bitten sie einen um unmögliche Dinge, um Plätze auf der Diplomatentribüne und so fort.

Er nahm eine dritte Akte. Verflucht, wieder einen Entwurf für einen zu diktierenden Brief! Eine Empfangsbestätigung bezüglich eines Berichts der französischen Regierung über Fälle von Schlafkrankheit und Trypanosomiasis bei den Negern im Kamerun. Und das war wirklich dringend, da es sich um eine Regierung handelte. Man mußte den Entwurf morgen oder übermorgen diktieren. Van Vries hatte ihn schon vor einigen Wochen um diesen Entwurf gebeten. Aber dieser Schweinehund von Vauvau hatte ihm seinen Entwurf dreimal mit Korrekturen zurückgeschickt. Und jedesmal mußte er alles von neuem machen!

Das erste Mal wegen »bezugnehmend auf«. Seit der Kabinettschef Solals van Vries mitgeteilt hatte, daß ihm dieser Ausdruck nicht gefalle, verbrachte Vauvau seine Zeit damit, Jagd zu machen auf »bezugnehmend auf«. Weshalb war es das zweite Mal? Ach ja, weil er den Brief folgendermaßen begonnen hatte: »Ich beehre mich, den Empfang Ihres Schreibens zu bestätigen und Ihnen zu danken.« Van Vries hatte ihn in sein Büro kommen lassen und, die Hände hinter den Nacken gelegt wie eine ägyptische Tänzerin, hatte er eine große Tirade losgelassen. »Ich verkenne nicht«, hatte er gesagt, »die Originalität, die darin besteht, die Empfangsbestätigung mit dem Dank zu verbinden, aber es ist ein wenig heikel. Zu literarisch, mein lieber Deume, zu literarisch!«

»Noch einundzwanzig Jahre, dann hab ich's hinter mir!« seufzte Adrien Deume.

Er schraubte, um nachzusehen, ob die Mine noch lang genug war, den Drehbleistift auf, den er am Tag zuvor gekauft hatte. Es war nicht der, den er immer in seiner Westentasche hatte, sondern ein sehr dicker Büro-Eversharp, der »gut in der Hand lag«. Nachdem er ihn wieder zusammengeschraubt hatte, leistete er sich das Vergnügen, seinen neuen Füllhalter mit Monogramm zu betrachten, und plötzlich überflutete ihn ein so großes Glücksgefühl, daß er innehielt, um es auszukosten. Unter einem guten Stern geboren sein, prima, prima, prima! Vor Dankbarkeit beschloß er, auf der Stelle den Kamerun-Brief mit seinem schönen, durchsichtigen Füllhalter aufzusetzen.

»Ich beehre mich, Ihnen den Empfang der interessanten Unterlagen zu bestätigen, die Sie uns wohlwollenderweise« (er strich aus) »die Sie uns« (er strich »uns« aus; zu familiär, nicht nobel genug) »unserer Abteilung freundlicherweise zugeschickt haben.« (Punkt oder Komma? Punkt.) »Bezüglich« (o nein, nicht »bezüglich«; er strich aus) »Betreffs« (er strich aus).

»Van Vries wird in die Luft gehen. Er mag auch ›betreffs‹ nicht sonderlich. Besser, ich schreibe ›hinsichtlich‹.«

Er strich alles aus. Nein, das ging nicht. Nach »unserer Abteilung« mußte er zuerst einmal schreiben »die mit dem größten Interesse davon Kenntnis nahm«. Er stand auf, suchte die Kopie eines Briefes der gleichen Art, der an die japanische Regierung gerichtet war, und ließ sich davon fruchtbringend inspirieren.

Eine tolle Idee! Schreiben, daß sich die Mandatskommission sicherlich dieses Schriebs für ihr Gutachten an den Rat bedienen werde. Aber Vorsicht, sich nicht kompromittieren. Er überlegte lange und brachte dann diesen vorsichtigen Satz zustande: »Dieser Bericht scheint« (»schiene wäre weniger kompromittierend, aber das geht stilistisch nicht«) »hinsichtlich«. Da er die Fortsetzung nicht fand, verzichtete er darauf, die hohe Politik in seine Empfangsbestätigung einfließen zu lassen.

Nachdem der Entwurf fertig war, las er ihn noch einmal durch. Und wenn er, statt anzufangen mit »Ich beehre mich«, schriebe »Mit Ihrem Brief vom undsoweiter haben Sie die große Freundlichkeit besessen undsoweiter«? Und dann neuer Absatz, wo nur stünde »Ich beehre mich, Ihnen aufrichtig zu danken«. Nein, Giraffe – ein zweiter Spitzname van Vries' – würde das zu kühn finden.

Oh, verflixt, schon elf Uhr. In einer Stunde müßte er zum Mittagessen gehen. Oder eher in dreiviertel Stunden, da er fünf oder sechs Minuten bräuchte, um sich vorzubereiten. Es entmutigte ihn, als er daran dachte, daß ihm eigentlich nur noch eine halbe Stunde blieb. Er würde sich nach dem Mittagessen wieder an den Bestätigungsentwurf machen. Was sollte er bis dahin tun?

Er ging auf die Toilette, und um dort seine Anwesenheit zu rechtfertigen, versuchte er so zu tun, als benutze er sie. Danach betrachtete er sich in dem großen Spiegel. Pickel am Ohr fast verschwunden.

»Sehr gut, Adrien Deume, wirklich ein schöner Junge, und dieser blaue Anzug mit den violetten Streifen, sehr elegant!«

Nachdem er sich über seine Taille gefreut hatte, liebte er sein rundes Gesicht, seine jeden Tag teuer mit Chininwasser – dem gleichen, das auch die Rampals benutzten – eingeriebenen und glattgestrichenen Haare, den kurz gestutzten Kinnbart, der ihm, zusammen mit dem schmalen Schnurrbärtchen, ein zugleich modernes und romantisches Aussehen verlieh.

»Adrien Deume, Attaché beim Sekretariat des Völkerbunds«, flüsterte er dem Spiegel zu. »Ja, von nun an Attaché sagen. Das wirkt diplomatischer. Ein feiner Mann«, fuhr er vertraulicher fort, »Diplomat und Künstler, aber ein gepflegter Künstler.«

Eine immer offene Wunde im Herzen des jungen Deume: er war beim Rigorosum durchgefallen. Kommt vor. Pah. Plötzlich war er außer sich vor Freude, als er an diejenigen seiner früheren Kumpels dachte, die zwar Dr. phil. waren, die aber – er gab ein Glucksen des Glücks von sich – für tausend elende belgische Francs irgendwelchen Bengels Grammatik oder Geschichte beibringen mußten!

»Während der kleine Deume Adrien fünfmal soviel kriegt! Und das ist erst der Anfang!« sang er leise vor sich hin, während er sich sorgfältig frisierte.

Er liebte seinen Scheitel. Er liebte alles an sich und sogar seine Darmgase. Dann bürstete er seine Kleider, seine Schuhe und seine Fingernägel. (Im Sekretariat erst hatte er von der Existenz von Fingernagelbürsten erfahren.)

Ja, bei seiner nächsten Reise nach Brüssel die Kumpels aufsuchen und bei ihnen mit seiner diplomatischen Immunität, seinem Gehalt, seinen Missionen nach Frankreich und Italien prahlen. Er hörte schon, wie einer dieser Unglücklichen mit den mehrfach besohlten Schuhen mit falscher Herzlichkeit zu ihm sagte: »Sag mal, alter Junge, gäbe es nicht auch für mich eine Stelle in deinem Laden?« Und er würde ein förmliches Gesicht machen und antworten: »Es sind ziemlich gesuchte Stellen. Es ist fast nie was frei. Außerdem muß man von seiner Regierung vorgeschlagen werden.« Und dann würde er diese Hungerleider von Lehrern in ein sehr teures Restaurant einladen. Prima, prima, prima! Wie spät? Zehn nach elf.

Um sich die Zeit zu vertreiben, stieg er in einen der Paternoster, jene türlosen Aufzüge, die in ständiger Auf- und Abwärtsbewegung sind und den Beamten, die sich langweilen, hochgeschätzte Zerstreuung bieten. Als er im fünften Stock ankam, stieg er aus und nahm den abwärtsfahrenden Aufzug. Im vierten stieg ein junges Mädchen zu. Kleiner Flirt bis zum ersten. Im Erdgeschoß stieg er mit geschäftiger Miene aus, ging bis zur Tür der Bibliothek, machte kehrt und nahm den Aufzug, der nach oben fuhr.

XLIII

Sie waren bereit. Der kleine Seehund, bewundernswert und seriös in Alpaka-Jacke und weißer Krawatte, stand seiner Frau gegenüber, dem großen Kamel mit den gelben, vorstehenden Zähnen, so imposant in dem mit einer Goldkette geschmückten Seidenkleid. Wichtig wie eine Königinmutter hing sie sich einen mächtigen Schlüsselbund an die Taille, steckte sich in ihre keusche, schwammige und weiche Brust ein mit Lavendel parfümiertes Taschentuch und war ganz stolz auf die Korrektheit ihres Mannes. Arm in Arm gingen sie die Treppe hinunter, höchst zufrieden mit dem Leben, tadellos und lächelnd.

Als erstes telefonierte sie mit einem Elektriker, um ihn zu bitten, ihr einen Kostenvoranschlag für das Verlegen eines Minutenlichts im Dienstmädchenzimmer zu machen.

»Ich will, daß das Licht, wenn mein Dienstmädchen auf den Knopf drückt, höchstens zwei Minuten lang brennt und daß der Schalter weit genug vom Bett entfernt ist. Schicken Sie mir auch einen Kostenvoranschlag für ein Minutenlicht von dreißig Sekunden im Flur und im Treppenhaus, so daß das Licht von selbst ausgeht. Es gibt zerstreute Menschen bei uns.«

Herr Deume hüstelte und steckte die Hände in die Schöße seines Gehrocks.

»So, und was tun wir jetzt?« fragte er, als das Telefongespräch beendet war.

Jeder erwartete, daß der andere den Vorschlag machen würde, die Installation der Ölzentralheizung zu besichtigen, die bereits seit einem Monat funktionierte, die sie aber nicht müde wurden zu bewundern. Herr Deume fand Zuflucht zu einer List.

»Is kann nist glauben«, sagte er, »daß wir diese Arbeiter von der Zentralheisung endlis aus dem Haus haben. Was haben die für einen Dreck gemacht! Arme Antoinette, es bedurfte son deines Muts und deiner Geduld, um dieses Kommen und Gehen zu ertragen. (Papa Deume bewunderte seine Frau. Dennoch war er ein kleiner Heuchler, der ihr schmeichelte, um sie zu besänftigen. Frau Deume machte das verschämte Gesicht eines Engels, der zu allen Opfern bereit ist, und atmete tief ein.) Apropos Sentralheisung, sollen wir nist mal einen kleinen Gang in den Keller machen?«

Frau Deume stimmte edelmütig zu. Ihrem Mann vorausgehend, von Zeit zu Zeit mit dem Handrücken würdevoll über ihr verlängertes Rückgrat streichend, eine Bewegung, mit der sie sich, ohne es zu wissen, vergewisserte, daß ihr Rock nach dem letzten Aufenthalt auf dem, was sie mit gespitztem Mund den Abort nannte, nicht hochgestreift geblieben war, begab sie sich mit lärmenden Schlüsseln zur Tür ihres Kellers, wobei sie zufrieden ihre auf verschiedenen Gegenständen im Flur eingebrannten Initialen betrachtete und im Vorbeigehen nachprüfte, ob die Wäscheschränke auch abgeschlossen waren.

Vor der Ölfeuerung der Zentralheizung blieben die Eheleute reglos Arm in Arm stehen, vor dem Brummen, und sie bewunderten ihren Kesselraum. Die gewohnten Litaneien begannen.

»Wie sauber das ist!«

»Keine Scherereien mehr wie bei der Kohle!« brummte Herr Deume.

»Und sehr viel wirtschaftlicher!« leierte Frau Deume herunter.

»Und mit diesem Thermostat können wir beruhigt sein!« war die Antwort des Gatten.

»Immer zwanzig Grad!« sagte die Offiziantin.

»Ohne daß wir uns darum zu kümmern brauchen!«

»Ich bin sehr dankbar!«

»Ach, du hast eine gute Idee gehabt, Bisette!«

»Ja, aber du hast das System ausgesucht!«

Zutiefst gerührt, erfüllt von gegenseitiger Dankbarkeit,

im Wohlbefinden und Behagen miteinander kommunizierend, küßten sich Herr und Frau Deume vor der tadellosen Bequemlichkeitsmaschine.

Aber jedes Vergnügen findet sein Ende, und bald gingen die Eheleute wieder hinauf. Immer noch gefolgt von ihrem kleinen Mann, betrat Frau Deume die Küche, um dem Dienstmädchen das saubere Geschirrtuch der Woche, das so geflickt war, daß das Gewebe von einst völlig verschwunden und das Tuch nur noch eine Summierung von Ausbesserungen war, zu übergeben. Dieses saubere Geschirrtuch ersetzte das Tuch für die Gläser, das in ein Tellertuch verwandelt wurde. Das Tuch, das in der Woche davor diesen Dienst erfüllt hatte, wurde zum Tuch für die Hände, und das ehemalige Tuch für die Hände nahm den Platz des Tuchs für die Töpfe ein, das von Frau Deume überprüft wurde. Nachdem sie das Dienstmädchen gefragt hatte, warum dieses Tuch einen grünen Fleck hatte und an zwei Stellen durch Beinahe-Risse beschädigt war, schloß Frau Deume es – mit einem Seufzer, der dazu bestimmt war, ihre Empörung zu beherrschen und in ihrer Seele die Verzeihung für die Sünden aufkeimen zu lassen – in eine Truhe, die mit einem Schlüssel verschlossen wurde. Ende der Geschichte von den Geschirrtüchern.

Die Hausherrin inspizierte anschließend die Küche, und da sie fand, daß der Türgriff nicht genügend glänzte, sah sie das Dienstmädchen mit lebhafter Nächstenliebe an.

»Mein Kind«, sagte sie, »ich dulde es nicht, und es ist in unserer Familie nie geduldet worden, daß das Kupfer vernachlässigt wird. Wenn das noch einmal vorkommt, müßte ich Sie zu meinem größten Kummer«, lächelte sie gütig, »entlassen. Wir müssen unsere Pflicht dort tun, wo Gott uns hingestellt hat, jeder auf seinem Platz. Wenn ich den Entschluß fassen würde, Sie zu entlassen, wäre das übrigens vor allem, um Ihnen einen Gefallen zu erweisen, um Sie wieder auf den rechten Weg zu bringen, auf den Bürgersteig, auf die Straße«, berichtigte sie sich, »die ins Reich

Gottes führt. Wenn es nötig ist, stehen Sie freudig um vier Uhr morgens auf. Ist es nicht eine Aufmunterung und eine Belohnung für Sie, mein liebes Kind, wenn Sie bedenken, daß das Glück einer Familie von Ihnen abhängt? Das ist ein wahres Privileg! Sind Sie dafür dankbar?«

»Ja, Matame«, antwortete das Appenzeller Dienstmädchen.

»Also, Kopf hoch, Martha, und ein Halleluja!«

»Halleluja, Matame.«

Martha bat darauf Frau Deume um die Erlaubnis, am frühen Nachmittag zum Friseur gehen zu dürfen.

»Und wozu das, mein Kind?«

»Isch mächte misch gärn frisieren lassen.«

»Sich frisieren lassen. Und wozu das? (Die schwitzende Martha lächelte verschämt.) Glauben Sie, daß Gott Sie mehr lieben wird, wenn Sie frisiert sind?«

»Isch weiß nischt, Matame, isch habe misch immer frisieren lassen.«

»Nein«, sagte Frau Deume mit einem sanften Lächeln. »Nein, ich erlaube es nicht. Nein«, sagte sie noch einmal und bewegte dazu liebenswürdig den Kopf, »nein, nein und nochmals nein. Ich will in meinem Hause keine frisierten Hausgehilfinnen.«

»Alle meine Freundinnen sind frisiert.«

Frau Deume schloß die Augen. Was für ein Miljö! Armes Kind!

»Ich habe Ihnen meinen Entschluß mitgeteilt, mein liebes Kind. Ich habe die Verantwortung für Sie, und ich dulde in meinem Haus weder Müßiggang noch Löckchen, die früher oder später zur Ausschweifung und zum Verbrechen führen. Zum Verbrechen«, summte sie liebenswürdig vor sich hin. »Ich habe Sie viel zu lieb (– das Dienstmädchen sah seine Chefin bewundernd an –), als daß ich Ihnen solche Sitten erlauben würde.«

»Isch wäre Matame sähr dankbar, wenn isch von zwei pis vier Urlaub bekäme.«

»Urlaubsgesuche müssen mindestens achtundvierzig Stunden im voraus eingereicht werden«, sagte Frau Deume fröhlich. »Ja, ja, ja«, lächelte sie. »Sie müssen ein wenig Mitleid mit mir haben, mein Kind. Sie kennen meinen Gesundheitszustand. Mich so mir nichts dir nichts um Urlaub zu bitten, ohne mir die Zeit zu lassen, mich umzudrehen, das ist ein wenig grausam, finden Sie nicht auch, ein wenig grausam?« sang sie vor sich hin, als ob sie mit einem zweijährigen Säugling redete.

Herr Deume ging hinaus. Während er sich an seinem kahlen Schädel kratzte, ging er in sein Zimmer, wo er, sicherlich um auf andere Gedanken zu kommen, verschiedene Geburts- und Sterbedaten auf die Seiten des Hachette-Almanachs schrieb, die für die Familienchronik vorgesehen waren.

Unterdessen ging die Unterhaltung in der Küche weiter. Das Dienstmädchen erklärte, daß es um drei Uhr in der Früh aufgestanden sei, um die Wäsche waschen zu können, und daß Madame nichts dabei verlöre.

»Mein Kind, lernen Sie, ein wenig altruistischer zu sein. Sie reden nur von sich. ›Ich habe die Wäsche gewaschen, ich bin um drei Uhr in der Früh aufgestanden.‹ Ich, immer ich! Aber Sie denken überhaupt nicht an mich, an meine Kopfschmerzen und meine Erschöpfung! Sie wissen, daß ich keine plötzlichen Entschlüsse mag und keine Änderungen von Plänen. Wenn Sie mir wenigstens gestern Bescheid gesagt hätten, dann hätte ich Zeit gehabt, das Für und Wider gegeneinander abzuwägen. Ich verzeihe Ihnen, daß Sie heute morgen die Wäsche gewaschen haben, oh, von ganzem Herzen, obgleich Sie mich nicht um Erlaubnis gebeten haben. Das ist eine Frage der Rücksichtnahme und des Fingerspitzengefühls, und außerdem war die Wäsche nicht lange genug eingeweicht. Aber das ist alles verzeihlich. Ich hoffe, daß Sie sich schuldig fühlen.«

»Ja, Matame«, sagte die schwitzende Martha.

»Oh, was für eine Freude Sie mir machen, mein liebes

Kind!« sagte Frau Deume und legte ihre Hand aufs Herz. »Und außerdem hatten Sie heute nachmittag nicht nur die Wäsche zu waschen, sondern Sie sollten auch (mit einer veränderten Stimme, fest und kurzangebunden:) den Salon spänen. Und warum wollten Sie heute nachmittag Urlaub haben, mein Kind?«

»Das wollte isch Ihnen gerate sagen.«

»Das wollte ich Madame sagen«, berichtigte Frau Deume mild. »Wir sind zwar im Himmel alle gleich, aber nicht auf Erden. Übrigens ist das ohne Bedeutung. Es ist nur zu Ihrer Erziehung, daß ich diese Bemerkung mache. Wohlgemerkt, ich verurteile Sie nicht, o nein! Und warum wünschen Sie (es muß festgehalten werden, daß Frau Deume nicht sagte »wünschten Sie«; und zwar, um Martha einige Hoffnung zu lassen) heute nachmittag Urlaub zu bekommen, mein Kind?«

»Weil meine Freundin heiratet. Isch wäre tafür am Sonntag ten ganzen Tag gepliepen.«

»Aber Kleine, meine arme Kleine, Sonntag ist doch der Tag der Weihe, der Heiligung, es ist der Tag des Herrn«, sagte Frau Deume heiter.

»Tann kann isch also nischt zur Hochzeit von meiner Freuntin gehen?«

»Sie werden mit Ihrer ganzen Seele an Sie denken«, lächelte Frau Deume. »Und Sie werden für sie und ihren lieben Mann beten, während Sie spänen.«

Sie nahm Marthas Hände in ihre Hände mit den langen, viereckig geschnittenen Fingernägeln, deren äußeres, mit der Spitze einer Feile gesäubertes Ende ganz weiß war.

»Ich werde auch für Ihre Freundin beten«, sagte sie in vertraulichem Ton, »und ich werde Den, der Erfüllung ist, bitten, daß diese Ehe ein Quell des Segens wird und daß Ihre Freundin zusammen mit ihrem lieben Mann immer höher steigen kann, immer höher! (Der erhobene Zeigefinger Frau Deumes zeigte auf den Himmel oder den Speicher.) Es fehlt ein Sieb«, sagte sie ohne Übergang.

Und sie ging zu dem Verzeichnis, das ihr Mann aufgestellt und in der Küche unter Glas gelegt hatte. Ja, ja, es fehlte ein Sieb. (Die Politik Frau Deumes war es, diesem lieben Kind zu zeigen, daß sie alles überprüfte, auf alles ein Auge hatte, um diese Unglückliche nicht der Versuchung auszusetzen, irgendeinen Gegenstand zu stehlen. In den unteren Klassen – Frau Deume sagte vorzugsweise »in den einfachen Kreisen« – brachte man dem Eigentum der andern leider keinen großen Respekt entgegen.)

Martha kauerte sich hin, suchte lange. Frau Deume, reglos, wartete mit geschlossenen Augen. Ruhig, sanft, unerbittlich, entschlossen, nicht eher wegzugehen, bis ihr Eigentum sich wieder gefunden hatte, war sie das Bild der Gerechtigkeit selbst. Endlich wurde das Sieb gefunden.

»Ja, es ist es«, sagte Frau Deume, nachdem sie es eingehend betrachtet hatte.

Sie sah auf ihre Uhr, nahm einen der Schlüssel ihres Schlüsselbundes, schloß den Vorratsschrank auf, holte zwei gute Stücke Brot heraus, die sie dem Dienstmädchen mit einem Lächeln hinhielt. (Sie hatte verfügt, daß das Frühstück des Dienstboten erst um zehn Uhr stattfinden dürfe. Dadurch war es diesem armen, lieben Kind möglich, um halb eins nicht zu viel Hunger zu haben.) Wie gewöhnlich bot sie Martha ein wenig Butter an. Wie gewöhnlich lehnte Martha ab. Wie gewöhnlich belohnte Frau Deume sie dafür mit einem besonders strahlenden, von unsichtbaren Wirklichkeiten durchglühten Lächeln. Sie sah sich ein letztes Mal den Inhalt ihres Vorratsschranks an und schloß den Schrank zweimal ab.

Auf der Veranda suchte Herr Deume, ohne sich dessen bewußt zu sein, durch seine lieben Beschäftigungen die Szene zu vergessen, deren Zeuge er gerade gewesen war. Er saß vor seinem Arbeitstisch, zwischen zwei Stapeln von Werken über die Küche und über die Hauswirtschaft. Er drückte ein kleines Instrument auf die erste Seite eines jeden dieser Bücher, die er so mit seinem Namen und seiner Adresse tätowierte.

Nachdem er fertig war, gähnte er. Dann zog er die verschiedenen Wanduhren im Haus auf. Dann humpelte er in verschiedenen Zimmern herum, untätig, unglücklich, auf Reparaturen lauernd, die Hände hinter den Schößen seines Cutaways. Schließlich schrieb er mit schöner Schrift eine Liste, auf der alle Flecken und die Art und Weise, sie zu entfernen, angegeben waren. Er lief los, als Musterknabe, um sie seiner Frau zu zeigen, die im Schlafzimmer im ersten Stock, auf ihrem lieben Sofa liegend, gerade ein Buch mit dem Titel »Vollkommene Nächstenliebe« las. Von Zeit zu Zeit unterbrach sie sich, um eine Motte zu morden oder um lächelnd Zustimmung zu nicken oder um auf die Rückseite eines alten Bankauszugs Stellen aus dem edlen Buch aufzuschreiben. Sie warf den liebenswürdigen Blick einer in ihrem Tun gestörten Intellektuellen auf die Liste, die ihr kleiner Mann ihr mit stolzer Erregung zeigte, lächelte mit ihren schiefen und weit auseinanderstehenden Zähnen. Dann nahm sie ihre Lektüre wieder auf, nicht ohne zuvor ihrem Mann empfohlen zu haben, während der kommenden Wochen eine gewisse Anzahl frommer Werke zu lesen, deren Titel Herrn Deume das Blut in den Adern erstarren ließen.

»Du wirst dich doch daran erinnern, nicht wahr? Zuerst liest du ›Wache und Bete‹, dann ›Bete und Wache‹, dann ›Bete und Knete‹, dann ›Nimm und Lies‹, dann ›Lies und Bete‹, dann ›Wache und Lies‹, dann ›Nimm und Bete‹, dann ›Nimm und Knete‹, dann ›Bete und Nimm‹. Ich nenne sie dir in der Reihenfolge des Schwierigkeitsgrads. Sie werden immer tröstlicher. Du solltest sie aufschreiben.«

»Wunderbar, Bisette«, sagte Herr Deume zu seiner Frau, die schon wieder in ihr Buch vertieft war und die, ihre gelben Zähne vorgestellt, braune Zuckerwürfel zu knabbern begann, die ihr eine große Hilfe bei ihren furchtbaren »Kopfermüdungen« waren.

Sie nahm sie aus einer Schale, die auf einem Tischchen stand, dessen vier Beine, ebenso wie die der Sessel, mit kleinen, mit Molleton gefütterten Säckchen umhüllt waren, die den Zweck hatten, Kratzer auf dem Parkett zu vermeiden. »Wenn du dir einbildest«, antwortete Herr Deume im Geiste seiner gefährlichen Hälfte, »daß is mis an alle diese Belielies erinnere, dann täust du dis. Außerdem steht in allen diesen Büsern immer das gleise.«

»Hättest du gern, daß is dir ein paar Nägel einslage?«

Nägel einschlagen und vor allem X-Haken, war für ihn eine Wonne und fast ein physisches Bedürfnis. Frau Deume, ihrer geistigen Beschäftigung entrissen, lächelte überlegen und erschöpft, aber liebend.

»Nein, heute nicht«, sagte sie. »Aber ich hätte sehr gern, daß du mir die Marmorplatte auf meinem Nachttisch wieder zusammenleimst. Der Gedanke, daß sie gesprungen ist, hindert mich am Schlafen.«

Entzückt lief Herr Deume los, um in seinem Lieblingsbuch mit dem Titel »Die tausendundein Tricks des Kleinen Pfiffikus« nachzulesen.

Man täusche sich da nicht. Der kleine Papa Deume war ein Poet des bürgerlichen Lebens, aber immerhin ein Poet – was er natürlich nicht wußte. Er liebte es über alles, die Tricks dieses Kleinen Pfiffikusses, für den er Gefühle der Verehrung empfand, in die Tat umzusetzen, glaubte an diese Tricks mit ganzer, glühender Seele, starb vor Verlangen, sie auszuprobieren. Mit einer köstlichen inneren Unruhe erfuhr er in dem oben genannten Werk oder in »Die Kunst zu sparen, ohne sich einzuschränken« oder in »Praktische Verfahren und Kunstgriffe«, wie man am Absatz einen unsichtbaren Flicken anbringt, wie man Fleckenseife herstellt, wie man die Filzunterlagen der Klaviere schützt, wie man Zinn mit rohem Kraut reinigt, oder wie man Seife spart. (Nicht flach hinlegen, sondern hochkant stellen. Die flache Lage führt zu einem starken Verlust an Seifensubstanz.) Er konnte nicht umhin, alle diese Tricks auszuprobieren, und das brachte seine vernünftige Frau, die ihn heftig tadelte, zur Verzweiflung. Aber es war nichts zu wollen, am nächsten Tag kehrte Herr Deume zu seinem Laster zurück und stellte Honigseife her; oder reinigte die Vorderseiten des Kamins mit Rizinusöl; oder langweilte das Dienstmädchen, indem er ihm erklärte, daß man, um nicht zu weinen, die Zwiebeln über einem Topf mit kochendem Wasser schälen müsse; oder vergoldete den Schnitt seiner Bücher mit Hilfe von Eiweiß und Blattgold; oder fettete die Nähmaschine so gewissenhaft, daß man sie hinterher in die Fabrik einschicken mußte; oder reinigte die Wanduhren so geschickt, daß sie danach klapperten.

Voller Freude trug also der kleine Mann, schwitzend und humpelnd, den Nachttisch hinunter in die Werkstatt, die er sich im Keller eingerichtet hatte. Hier stellte er auf der Basis von Schwefelsäure einen tollen Leim her, befleckte seinen Cutaway, verbrannte seine Schuhe und ließ die Marmorplatte des Nachttischs hinfallen, so daß sie in siebenundzwanzig Stücke zerbrach.

Tiefbetrübt machte er einen kurzen Rückzug aufs Klosett. In der Tat, wenn irgend etwas nicht klappte – Standpauken von Frau Deume, Mißerfolg im Haushalt, ironische Bemerkungen Adriens –, zog sich der kleine Papa für einige Minuten auf das zurück, was er das stille Örtchen nannte. Auf der gepolsterten Klosettbrille sitzend oder stehend und traurig, kaute er hier an seiner Demütigung herum und fühlte sich erst wieder durch den faschistischen Gruß getröstet, den er heimlich wahnsinnig gern machte und der ihm wieder Energie verlieh. Was ihn an diesem Ort ebenfalls wieder neu belebte, war eine kleine Klapphornimination, wobei die rechte Hand hin und her ging, die Backen aufgeblasen wurden und die Lippen bon-bonbon machten.

Nachdem er wieder Geschmack am Leben gefunden hatte, verließ er seinen Meditationsort und suchte seine Frau auf, die sich gerade an einer Tafel vitaminangereicherter Kakaobutter stärkte und dazu »Der fremde Vogel« von Ingeborg Maria Sick las. Er hatte nicht den Mut, ihr die Katastrophe zu verkünden, und schlug ihr vor, ihr den Wollstrang zu halten, was er wahnsinnig gern tat. Aber sie lehnte ab, da ihre ganze Wolle bereits zu Knäulen aufgewickelt war. Da er nicht gern untätig blieb, steckte er seinen kleinen Finger ins Ohr und bewegte ihn stark, was er innerlich »seine Mayonnaise machen« nannte.

»Hippolyte, was sind das für Manieren?« regte sich Frau Deume auf. »Man sollte wirklich nicht meinen, daß du einen französischen Vetter hast, der mit der Ehrenlegion ausgezeichnet ist und der bei der Agregation für das Fach Grammatik zweiter war.«

»Oh, Verzeihung, ich war ganz in Gedanken.«

Und, von neuem gedemütigt, ging er hinaus. Aber diesmal ging er nicht aufs Klosett, um sich zu trösten, sondern auf den Speicher, wo er sich einem anderen geheimen Zeitvertreib hingab, der darin bestand, die Köpfe alter, sehr frommer Genfer Damen auf Kitschpostkarten oder auf suggestive Fotos von Stars im Badeanzug zu kleben.

»Na«, fragte Herr Deume, »was Neues in Sachen Zuckerdose?«

Am Tag zuvor hatten sie beschlossen, die Ehrlichkeit Marthas zu testen. Herr Deume hatte den Vorschlag gemacht, eine Fliege in die Zuckerdose zu setzen. Frau Deume hatte sich damit begnügt, die Würfel zu zählen.

»Ich habe sie nachgezählt. Sie sind alle noch da«, sagte sie, nicht ohne eine gewisse Enttäuschung, denn sie liebte es nicht, um eine Empörung gebracht zu werden. »Aber ich werde sie trotzdem wegschließen. Das ist sicherer. Und jetzt an die Arbeit!«

Sie gingen in den Salon, um dort ihre kleinen Arbeiten für den Völkerbund zu erledigen, wodurch sie »ihre Finanzen etwas aufbessern« konnten. Dank Adrien bezogen sie aus dem Budget für die Außenmitarbeiter ein Gehalt.

Herr Deume stellte voller Eifer Statistiken auf, von denen niemand Kenntnis nahm. Was Frau Deume anging, so übersetzte sie, obgleich sie nur eine unvollkommene Kenntnis der Sprache Goethes besaß, deutsche Unterlagen für die Kommission über den Mädchenhandel. Diese Arbeit war ihr angenehm. Sie war in der Tat ganz wild auf alles, was mit der Prostitution zu tun hatte, was so weit ging, daß sie nicht fürchtete, den »schlechten Frauen«, die in der Nähe eines zum Ruhm des Herzogs von Brunswick errichteten Denkmals auf Kunden warteten, wohltuende Traktate samt einem Lächeln zu überreichen.

Herr Deume setzte sich vor seinen 1900 gekauften amerikanischen Schreibtisch. Er öffnete eine Art Lattenvorhang, mit dem er verschlossen war. Darauf erschien eine ganze Welt von Bürogegenständen, welche zum Teil Adrien aus dem Sekretariat mitgebracht hatte: Gummiringe, Urkundenformulare, Löschblätter, Klips, Slips. Es gab darunter auch, von Herrn Deume gekauft, einen gläsernen Briefmarkenbefeuchter, ein kleines Barometer, eine kleine Pendeluhr, einen Scheckperforierer, einen Memo-Block mit Uhrwerk, eine Heftmaschine, verschiedene Gummistempel, die einen für das Datum, die andern mit den Namen und Qualitäten des kleinen Papas, einen Nadelautomaten, Prägestempel aus gerilltem Messing, Schlüsseletikette, eine große Anzahl von Briefbeschwerern und vor allem einen hexagonalen Kristallblock, einen kleinen Amboß, ein Hufeisen, eine mit Wasser gefüllte Kugel, in der sich ein kleines Haus befand, auf das es schneite, wenn man sie schüttelte. Auf diesem Schreibtisch gab es auch ein Bleistiftspitzerschwein, einen kleinen kahlköpfigen Herrn aus Porzellan, dessen Haare von Streichhölzern gebildet wurden, eine kleine Eidechse aus Kupfer, ein Fläschchen mit Tintenaufsaugsalzen, Sandarak, eine Briefwaage, Siegel. Kurzum, genug, um sich zu amüsieren.

Nachdem er seine Statistik abgeschlossen hatte, schickte Herr Deume dem »Kleinen Lautsprecher« seine Antwort auf einen Kreuzworträtselwettbewerb. Der Umschlag wurde durch eine die Wachssiegel imitierende Klammer unantastbar gemacht.

Dann ging er hinaus in den Garten, wo der Schnee bereits geschmolzen war. Er vergewisserte sich, daß der Springbrunnen noch gut funktionierte, drehte schnell den Hahn ab, da ihn ein leises Gefühl der Sünde überkommen hatte. In der Tat durfte der Springbrunnen nur sonntags in Betrieb sein. Der kleine Papa ging wieder in den Salon zurück, nachdem er sich zuvor furchtbar die Schuhe abgeputzt hatte, und schickte sich an, in ein rotes Heft einige amüsante Körperübungen einzutragen, während Frau Deume ihre Korrespondenz erledigte. Sie öffnete bedächtig jeden Umschlag mit Hilfe eines Brieföffners aus Lapislazuli. Bevor sie den Brief las, riß sie die Ecke des Umschlags, auf der sich die Briefmarke befand, ab und legte sie zufrieden, mit guter Verdauung und Selbstsicherheit, in eine alte Pralinenschachtel, in der sie auch, für die Missionsgesellschaft, Silberpapier sammelte. Mildtätigkeit, die nichts kostet, ist etwas Köstliches.

Von Zeit zu Zeit kleine Überlegungen des Mannes und der Frau. »Ich habe ein Kältegefühl.« Oder auch: »Ich glaube, daß mir nachher kalt werden wird.« Im Hinblick auf die Behaglichkeit waren sie gute Beobachter.

Nachdem sie ihren letzten Brief abgeschlossen hatte, schrieb Frau Deume in ein kleines Notizbuch die Empfangsdaten der Briefe und das Datum der Antworten. Eine offizielle Heiligkeit umgab ihre gesetzten Gebärden mit einem Nimbus.

»Wie entsetzlich, ich habe was vergessen! Hippolyte, darf ich als Postskriptum Grüße von dir an Juliette Scorpème ausrichten?«

Kusine Juliette war eine Jugendfreundin von Herrn Deume. Im Alter zwischen fünf und zwölf Jahren hatte er oft Mann und Frau, Kaufladen, Puppenessen, Buchhalter wie Papa, Beerdigung und vor allem Operieren mit ihr gespielt. (Das etwas zweideutige Operationsspiel bestand darin, Juliette ein wenig zu betätscheln. Aber das lag schon fünfzig Jahre zurück, und Herr Deume hatte es vergessen.) Seine Antwort wäre also selbstverständlich affirmativ. Doch um nichts in der Welt hätte Frau Deume, ohne dazu ermächtigt zu sein, die Grüße ihres Mannes hinzugefügt. Sie gehörte Gott sei Dank einer Familie an, in der man in den großen und den kleinen Dingen, mit einer unbewußten Vorliebe für die kleinen, in der Wahrheit lebte.

»Wirklich, ich verliere den Kopf«, sagte sie. »Ich habe vergessen, dir das Geschenk zu zeigen, das die liebe Estelle mir geschickt hat. Ich weiß nicht mehr, wo ich dran bin, mit meinen furchtbaren Sorgen. (Die Sorgen Frau Deumes bestanden hauptsächlich darin, über die Inkompetenz und die mangelnde Gewissenhaftigkeit des Dienstmädchens zu jammern, auf ihrem Speicher die Möbel einer Tante unterzubringen, die sie gerade beerbt hatte, sich zu fragen, wie sie eine Hypothek von zehntausend Franken, die auf dem Haus der besagten Tante – die ihr unter anderem fünfzigtausend Franken an Obligationen vermacht hatte – lastete, zurückzahlen sollte. Herr Deume hatte den Vorschlag gemacht, für zehntausend Franken Obligationen zu verkaufen. Frau Deume hatte den Unbedachten mit Blicken gemessen. »Obligationen verkauft man nicht«, hatte sie majestätisch erklärt.)

Herr Deume, von Neugierde verzehrt, rieb sein Spitzbärtchen und bereitete sich mit Augen, die auf einmal vorstanden wie die eines Chamäleons, aufs Genießen vor. Jeder neue Gegenstand verschaffte ihm ein Beben der Wollust, brachte ihm ein Gefühl moralischer Bereicherung, war ein Glücksfall und Gesprächsstoff, was nicht zu verachten war. Frau Deume kam nach einigen Minuten mit einer großen Brieftasche aus Saffianleder zurück.

»Das ist für die Korrespondenz. Du siehst, wie praktisch das ist, diese beiden großen Taschen. In die eine steckt man die Briefe, auf die man noch zu antworten hat...«

»Und in die andere die, auf die man noch nist geantwortet hat«, murmelte, hypnotisiert, Herr Deume langsam.

»Das Leder ist feingenarbt«, sagte Frau Deume. (Sie sprach es »fain« aus.)

»Is mag diesen Druckversluß nist sonderlis«, sagte der kleine Neidsack. »Das würde mis stören, wenn is ständig draufdrücken müßte, um sie zuzumachen«, fügte dieser Virtuose des Komforts hinzu. »Außerdem besteht die Gefahr, daß es wieder aufgeht.«

»Glaubst du?« fragte Frau Deume, ein wenig enttäuscht.

»Mir wäre ein Reißversluß lieber. Da weiß man wenigstens, woran man sis zu halten hat. Ist der einmal su, ist er su. Da erlebt man keine Überrasungen. (Frau Deume seufzte.) Na ja, vielleist bilde is mir das auch nur ein.«

»Ja, vielleicht bildest du dir das nur ein«, überlegte sie, während sie ihre Fleischkugel quälte. »Natürlich, ein Reißverschluß. Hippolyte, du hättest mir das nicht sagen dürfen. Ich bin sicher, daß mir das Kummer machen wird.«

»Aber nein, Antoinette. Is habe etwas Dummes gesagt. Diese Brieftasche ist völlig in Ordnung.«

Zufrieden atmete Frau Deume tief ein und legte mit einem distinguierten Lächeln leicht den Kopf zurück. Sie betrachteten lange die Brieftasche. Ein Gegenstand mehr. Bei den Deumes wurde nichts weggeworfen und alles stapelte sich. In dieser Freude, ihre kleinen Gegenstände zu vermehren, lag vielleicht das dunkle Gefühl von der Nichtigkeit ihres Lebens. Bei diesen von der Gewohnheit geleiteten Existenzen war die Ankunft eines neuen kleinen Gottes ein Fest, ein unerwartetes Spiel, ein kleiner Tanz.

»Und jetzt«, sagte Frau Deume, »wie wär's, wenn wir einen kleinen Gang machen würden?«

»O ja, damit wir ordentlis Hunger bekommen«, begeisterte sich Herr Deume.

Sie verließen das Haus, gingen auf der Straße vor der Villa auf und ab.

»Is frage mis, was es zu Mittag zu essen geben wird«, sagte Herr Deume, wobei er sich die Hände rieb und sein Zünglein herausstreckte.

»Ah, das ist ein Geheimnis«, zierte sich Frau Deume.

Eine edle schwindsüchtige Zigeunerin, in diesem begüterten Viertel gestrandet, schob einen Kinderwagen vor sich her, in dem ein Säugling einen Kohlstrunk aß, den ihm, genau vor ihm sitzend, ein kleiner Affe mit wunderbaren Zähnen streitig machte. Die magere Bettlerin, an deren Taille eine baskische Trommel hing, hielt die Hand auf. Heldenhaft, argwöhnisch gab ihr Frau Deume zwanzig Centimes, schloß sorgfältig wieder ihren Geldbeutel und beeilte sich, wieder zu ihrem Mann zu kommen, die Augen sittsam niedergeschlagen, der moralischen Lust zu lieben preisgegeben, wie Tolstoi sagt. Es war ihr angenehm, Gutes zu tun, einer privilegierten Klasse anzugehören, die gibt und nicht zu nehmen braucht.

»Gehen wir ins Haus.«

Sie schlossen die Tür zweimal ab, wegen der Zigeunerin, und ließen sich im Salon nieder, den die Spende von zwanzig Centimes keiner Nippfigur beraubt hatte. Frau Deume schickte sich an, Verse wieder durchzulesen, die sie beim Wohltätigkeitsbasar der »Belgischen Damen«, einer Vereinigung, deren Schatzmeisterin sie war, deklamieren sollte. Sie bat ihren Mann, sie ihm vortragen zu dürfen, um ganz sicher zu sein, daß morgen alles ohne Schwierigkeiten vonstatten ginge.

Herr Deume setzte sich, nahm das Blatt Papier, auf das seine Frau das Gedicht abgeschrieben hatte. Mit liebevollen Augen – ihr Blick konnte gar nicht zärtlicher sein – nahm sie eine künstlerische Pose ein, das heißt, nachdem sie sich geräuspert hatte, legte sie die Hände auf die Lehne eines Stuhls, sah zum Himmel, als wollte sie dort die Inspiration finden sowie den schönen Titel des Gedichts.

»Die Armen (Dies in einem nüchternen, schmerzlichen, überzeugten Ton gesagt.) Gedicht (Dies mit einer künstlerischen und gebrochenen Stimme gesagt.) von Comtesse de Noailles. (Dies mit dem distinguierten und respektvollen Ton einer Frau gesagt, die für einige Minuten, in Genf, gewissermaßen die Vertreterin der vornehmen Dichterin ist und von ferne, Mond dieser gesellschaftlichen Sonne, an ihrem mondänen Ruhm teilhat.)

Mit einer bald kläglichen, bald flehenden Stimme, aber immer voller Liebe, Liebe, Liebe, Liebe, Liebe zu den lieben, lieben, lieben, lieben, lieben, lieben, lieben Armen, sagte sie diese Verse auf:

Was müssen sie erleiden, die man in Armut warf!
Bedenket doch zuweilen, daß dieser Famulus
Auf Erd' ein Schluchzen ist, das immer schweigen muß,
Und eine Wunde auch, die niemals bluten darf!
Behandelt ihn als Mensch und laßt auch ihn ans Licht
Er hat genau wie ihr Seele und Menschlichkeit.
Seid daher gut und sanft: und weil er leider nicht
Wie ihr voll Stolz sein kann, übt Demut allezeit.
Oh, lasset ihn nicht spüren, den Menschen voller Scham,
Daß er stets bitten muß, demütig hingekniet,
Zeigt nicht ihm was er ist, wie manchmal es geschieht.
Seid mit dem Armen arm und schüchtern, nicht infam!
Ach, gebet reichlich stets, damit euch Gott verzeiht;
Damit der arme Mann, der euch um Gaben bat,
Die Augen auf der Erd', sich bis in Ewigkeit
Nicht mehr erinnern kann, daß betteln ihr ihn saht...

Sie hielt inne und schlug vor Respekt die Augen nieder.

»Was für ein Feingefühl«, sagte Herr Deume.

»Oh, gewiß, man merkt, daß sie eine Adlige ist.«

»Und wenn man bedenkt, daß sie das alles gans jung gesrieben hat! Soviel Senie, da komme is einfach nist mit!«

»Ich habe nie etwas so Tiefes, etwas so Edelmütiges gelesen«, sagte Frau Deume. »Sie haben ganz wie ihr Seele und Menschlichkeit. Das ist schön, das ist schön, mein Gott, das ist schön! Der Arme, der eine Seele hat genau wie die wohlhabenden Leute, o nein, das ist zu schön, das ist göttlich! Und das hier: Und weil er leider nicht wie ihr voll Stolz sein kann, übt Demut allezeit! O ja, Hippolyte, seien wir immer in Gedanken demütig und in Gedanken arm! Das ist die Wahrheit! Und wieviel spiritualistischer das ist als der Sozialismus! Das ist wenigstens erhaben!«

»Das meine is auch«, sagte Herr Deume. »Die Sosialisten denken nie an die Seele.«

»Ja, nur die Materie, nichts als die gemeinen Sorgen um Löhne und Arbeitszeiten. Nichts, was einen erhebt, einen fliegen läßt und flattern, wie einen Idealschmetterling, nichts, das einen, und sei es auch nur für einen Augenblick, diese schändliche Erde verlassen läßt! Oh, die Spiritualität ist das einzige Mittel gegen die Übel der Erde«, schloß Frau Deume, nachdem sie sich in einer Schale eine Praline geangelt hatte.

Sie meditierten beide, durchdrungen von edlen Gefühlen. Diese Verse erinnerten Frau Deume an ein anderes Kunstwerk, das sie in Paris so bewundert hatte, als sie dort war, um im Kaufhaus »Bon Marché« Einkäufe zu machen: die Statuen zweier vornehmer Damen, Madame Boucicaut und Baronin de Hirsch, die die Zierde des Square Boucicaut sind und die, in langen Trauerschleiern, warmen Pelzmänteln und Muffs, sich über ein liebes, armes Kind in lieben dünnen Lumpen beugen, dem sie ein Stückchen oder die Gesamtheit ihres Überflusses schenken. Plötzlich stürzte sich Frau Deume auf ihren kleinen Mann und drückte ihn ungestüm an ihre weiche Brust.

»Was hast du, Bisette?« fragte Herr Deume geschmeichelt, aber leicht erschreckt.

»Ich weiß nicht. Ich bin so glücklich, so dankbar ... (Zwei Minuten einer distinguierten Träumerei.) Hippolyte, ich muß dir eine Frage stellen. Was hältst du von ihr?«

»Von Ariane?«

»Ja.«

»Nun ja, mein Gott ... (Frau Deume sah ihren Mann streng an. Sie hörte es nicht gern, wenn er wegen nichts den heiligen Namen Dessen aussprach, der der Garant ihres lieben zukünftigen Lebens war. Herr Deume war sich seiner Sünde bewußt und fuhr fort.) Wahrhaftig ...« fing er an.

Frau Deume hüstelte kurz. Diesem armen Hippolyte gelang es einfach nicht, gute Gewohnheiten anzunehmen. Seit Jahren schon sagte sie ihm immer wieder, daß es schockierend sei, bei jeder passenden und unpassenden Gelegenheit seine Wahrhaftigkeit ins Spiel zu bringen. »Wahrhaftig« war ein ernster Ausdruck, den man nur in erhabenen Augenblicken benutzen durfte und nicht bei jeder Gelegenheit.

»Oh, Verseihung, das rutst raus, ohne daß es mir bewußt wird. Su mir, weißt du, ist Ariane immer nett. Natürlis hat sie ihre Launen, aber was soll's, sie ist eben jung. Natürlis weiß is, daß es ein Fehler von ihr war, daß sie an die Côte d'Asur wollte.«

»Sie ruiniert Adrien! Bei all den Ausgaben, die er diesen Monat gehabt hat, wird er nichts auf die Seite legen können. Und weißt du, warum sie vor der Abreise diesen Irrsinn begangen hat, an zwei Bettüchern, die sie völlig kaputtgemacht hat, aus dem Fenster zu steigen? Das hat sie nur getan, um mir nicht im Treppenhaus zu begegnen! Ich bin ganz sicher!«

»Aber nein, Bisette, aber nein, das ist die Laune einer jungen Frau.«

»Eine Laune? Durchs Fenster aus dem Haus zu gehen wie eine Diebin oder eine Frau in einem Roman! Charmant! Na ja, vielleicht sind das die Sitten der Genfer Aristokraten. Und dann, was sind das für Manieren, den ganzen Morgen in ihrem Zimmer zu bleiben? Ihre Vorhänge sind immer noch zugezogen! Was soll dieser Einfall, darum zu bitten, daß man sie nicht aufweckt? Die Nacht ist zum Schlafen da und der Tag zum Arbeiten. Wenn sie also jetzt auf den Einfall kommt, bis zum Abend zu schlafen, wird man die Ruhe der Frau Gräfin wohl respektieren müssen?«

»Du mußt das verstehen, sie ist eben jung.«

»Ich verzeihe dir, Hippolyte«, sagte Frau Deume majestätisch, verärgert über diese ständigen Erinnerungen an die Jugend Arianes. »Und ich werde sogar für dich und für sie beten gehen. Ich bin ein Kind des Lichts, und ich muß meine Verfolger lieben!« (Frau Deume ärgerte sich fast nie. Die Bemerkungen, die Spitzen, die Verzeihungen und vor allem die Drohungen mit dem Gebet waren ihre Waffen.)

Sie ging weg, gefolgt von ihrem Hintern, um im Schlafzimmer zu beten. Herr Deume, allein geblieben, tanzte im Salon eine Gigue. Das war seine Art, sich zu rächen.

Vorwärts, kleiner Papa, du hast rest, räs dis ein wenig, tans! Tanzen, um sich zu rächen, damit beginnt das Kunstwerk. Und der Stachel des Grolls und der Bitterkeit schmückte sich mit den Blumen zärtlichen Lachens.

XLIV

Sol erwachte. Sonne draußen. Er sah auf der Wanduhr nach der Zeit. Bald Mittag. Er hatte also die ganze Nacht und den ganzen Morgen hindurch im Zimmer einer Frau geschlafen, mit der er noch nie gesprochen hatte und die, vollgestopft mit Hypnotikum, nichts davon ahnte.

Er stand auf. Ihre Haare berühren? Nein, nicht einmal das. Sie schlief, schön und aufgedeckt und nackt wie er. Er setzte sich sachte auf den Bettrand und betrachtete in dem großen Drehspiegel die wunderbare Gruppe, bestehend aus dem schönen nackten Mann und der schönen nackten Frau, die dem Spiegel den Rücken zuwandte und nichts wußte. Er beugte sich vor, um das Wunder der Wunder zu sehen, das Gesicht der schönsten Frau von der Welt. Sie schlief mit dem kleinen, reinen und vertrauensseligen Lächeln der kleinen Kinder.

Er betrachtete sie lange im Spiegel. Nein, er durfte diesen schönen Körper nicht berühren. Er mußte diese irre Heldentat vollenden. Niemand auf der Welt hatte das getan, was er versuchen würde. Er hatte Angst vor dem absurden Plan, gewährte sich eine Stunde Aufschub. Ja, in einer Stunde.

Wunderbar, sie hatten, wie Geschwister, im gleichen Zimmer geschlafen. Und er hatte sogar von ihrem Veronal genommen, um ebenso tief zu schlafen wie sie. Und nun saß er neben ihr, und sie wußte es nicht. Diese Stunde war ernst. Sie waren verlobt, und sie wußte es nicht. Diese Frau, die ihm neulich abends auf einer Gesellschaft wichtiger Dummköpfe aufgefallen war, diese Frau war die einzige seines Lebens. Er hatte es sofort gewußt.

Mut. In einer Stunde würde er die lächerlichste Handlung seines Lebens begehen. War es die Wiederauferstehung? Sollte die Zeit der dummen Streiche und der schönen Torheiten wiedergekommen sein?

XLV

Bei seiner zwanzigsten Fahrt im Paternoster empfand Adrien Deume Reue. Es gab immerhin Akten, die auf ihn warteten. Er kehrte also in sein Büro zurück, machte das Fenster auf, setzte sich, rieb sich die Hände, schnupperte die reine Luft.

»Auf geht's!« sagte er und schlug die Akte Kamerun wieder auf.

Doch kurz darauf hob er wieder den Kopf, denn er hatte gerade vertraute Geräusche gehört. Türenschlagen, Gerenne in den Fluren, Anlassen von Autos. Verflixt, schon zwei Minuten nach zwölf. Er hatte seine Straßenbahn verpaßt. Es war zwar sehr gut, zu Fuß zu kommen, das Dumme war nur, daß er Sklave der Straßenbahn war, wenn er mittags nach Hause fuhr. Er würde zu spät daheim ankommen. Papi war sehr genau bezüglich (Vorsicht!) hinsichtlich der Essenszeiten. Um halb eins und um halb acht entfaltete er seine Serviette und band sie sich um den Hals.

Nicht ohne eine gewisse Furcht rief er in der Villa Meine Zuflucht an, um Bescheid zu sagen, daß er nicht nach Hause kommen könne. Frau Deume sagte, daß das schade sei, denn es gäbe heute zum Mittagessen eine getrüffelte Pute und eine charmante Dame, die eine charmante Villa in einem riesigen und charmanten Park habe.

»Apropos, deine Frau ist immer noch nicht aus ihrem Zimmer gekommen.«

»Oh, sie wird bald herunterkommen.«

»Hoffen wir es«, sagte Frau Deume spitz.

Mit der Familie im reinen, beschloß Adrien Deume, sich im Restaurant Vieil Armand, das ein bekannter Pariser Journalist in Mode gebracht hatte, ein leckeres Mahl zu gönnen. Eine kleine Abwechslung, einfach so, um richtig zu spüren, daß man ein Privilegierter war. Das Restaurant war teuer. Aber was soll's. Sie hatten als Spezialität Schafsfußsalat, der, wie es hieß, wunderbar war.

»Wir werden sehen, wir werden sehen, pom pom pom.«

Er machte die Tür auf, ließ sie ganz laut zuknallen, weil er glücklich war, und ging hinaus, bewaffnet mit seinem dicken Stock mit dem schweren Elfenbeinknauf – immer ein Verteidigungsmittel haben für den Fall eines Streits – und dem Köfferchen, das ihm für seine Einkäufe in der Stadt diente und das er liebte, weil es englisch wirkte. Mein Diplomatenkoffer, pflegte der junge internationale Beamte gern zu sagen; oder auch, mit einem schülerhaften Grinsen: meine Stadt-Bums-Utensilie. Ein schlichter Scherz übrigens, da Adrien Deume ein treuer und zärtlicher Ehemann war. So fand er es zum Beispiel schmerzlich, einen schönen Film ohne Ariane zu sehen.

Seiner Gamaschen, seines warmen, kastanienbraunen Überziehers mit dem Pelzkragen, seiner gesellschaftlichen Stellung, seiner mondänen Situation und seines lieben, kleinen, monatlichen Schecks bewußt, ging er mit sportlichem Schritt – sich die Beine vertreten – und wichtiger Miene seinem einsamen leckeren Mahl entgegen. Köstlich. Gute Dinge essen und dazu nicht Claudel, sondern die letzte Nummer der Zeitschrift »Detektiv« lesen. Falls sich jemand aus seiner Bekanntschaft im Restaurant befinden sollte, würde er es schon einzurichten wissen, beim Lesen dieses nicht sehr elitäre Wochenblatt zu verbergen.

Unterwegs traf er Leuwenhoeck, einen holländischen Kollegen, den er fragte, ob er mit seinem neuen Ford zufrieden sei. Voller Vergnügen hörte er zu, berauscht von der Bruderschaft des Wohlbefindens. Er sprach nun ebenfalls, sagte, daß er sich beim nächsten Automobilsalon wahrscheinlich für einen Lancia entscheiden würde, und fand es von allergrößtem Interesse, seinem Kollegen des langen und breiten die Gründe für seine Vorliebe zu erläutern.

»Etwas empfindlich zwar, diese Lancias, gewiß, aber einfach rassig!«

Die beiden Beamten lächelten sich zu, fühlten sich beide

als Auserwählte, verabschiedeten sich liebenswürdig voneinander. Charmant, dieser Leuwenhoeck, dachte der eine. Wirklich sehr nett, dieser Deume, dachte der andere.

Mit einem anderen Kollegen unterhielt sich Adrien über verschiedene interessante Dinge, und vor allem über die Besitzung, die nächsten Sommer den Beamten des Sekretariats leihweise überlassen werden sollte und wo sie sich bei Seebädern von ihrer Arbeit erholen könnten. Pom pom pom.

»Ich werde heute im Vieil Armand essen«, verkündete er und wirbelte seinen Spazierstock durch die Luft.

Der Kollege sagte, daß das Restaurant Vieil Armand seit dem Tod seines Besitzers nicht mehr das sei, was es einmal war. Adrien verabschiedete sich, dachte nach und machte kehrt. Zwanzig Franken ausgeben, um mittelmäßig zu essen, also das nicht! Ins Sekretariat essen gehen. Zumal heute auch van Vries dort aß. Versuchen, den Kaffee mit ihm zu trinken. Zwei Fliegen auf einen Schlag: sparen und mehr Vertraulichkeit mit Vauvau.

Das Restaurant des Sekretariats war schon voll und ganz gespickt von fröhlichen Gesprächen. Zu wem sich setzen?

Im Hintergrund waren die Abteilungsleiter, die stellvertretenden Abteilungsleiter und die Mitglieder A. Bei der Tür eine große Gruppe von Mitgliedern B französischer Zunge. Adrien Deume hätte sich gern an den Strahlen der Wichtigen aufgewärmt, aber dann würde ihn Seinesgleichen einen Speichellecker nennen. Es war besser, zu den B zu gehen. Das alles würde nur eine Zeitlang dauern.

Händedrücke. Man fragte ihn mit herzlicher Ironie, ob es ihm besser ginge und ob dieser kurze, in Valescure verbrachte Krankheitsurlaub seiner Gesundheit gutgetan habe. Kurzes, verständnisinniges Lachen und kleine Scherze Adriens. Alle wußten Bescheid. Sich drücken war legitim, und niemand dachte daran, ihm seine schöne Reise zum Vorwurf zu machen. Le Gandec streckte die Hand aus. Da er Geist und Kultur zeigen wollte, fragte er, auf den Überzieher und den Koffer Adriens anspielend:

»Warum die Elefanten, die Waffen, dies Gepäck?«

Le Gandec litt darunter, daß er nur internationaler Angestellter erster Klasse war. Daher prunkte er so oft wie möglich mit literarischen Zitaten. Armer Le Gandec mit den guten, traurigen Augen, dessen krauser Bart, Künstlerschleife und Kahlköpfigkeit in dieser Gruppe junger, gut gekleideter Leute aus dem Rahmen fielen. Pedantisch, gewissenhaft, gequält von linguistischen Skrupeln und Verfolgungswahn, hatte er den mißtrauischen Blick der Gekränkten. Es wurde behauptet, er stieße in seinem Büro laute Seufzer aus, so traurig sei er, daß er nicht befördert werde. Er war gut und rein. Keine Frau hatte ihn also gewollt, und er rieb sich im Zölibat auf.

Mossinsohn, ein Jude von unbestimmter Nationalität – rosiges Gesicht, rund, fast ohne Kinn – und zutiefst verachtet, weil er nur provisorischer Ortsangestellter beim verabscheuten Verteilerdienst war – versuchte dazuzugehören und sich beliebt zu machen. Er hatte lange einen Satz vorbereitet, der in seiner Vorstellung dazu bestimmt war, ihm Aufnahme in die Gruppe zu verschaffen. Er wartete geduldig auf ein Schweigen, um ihn anzubringen, ließ die Gelegenheiten vorübergehen, eine solche Angst hatte er, ihn genau in dem Augenblick an den Mann zu bringen, in dem ein Einflußreicher das Wort ergreifen würde. Schließlich stürzte er sich ins Wasser.

»Herr Deume, waren Sie in Valescure in einem Hotel oder in einer Klinik?« fragte er mit einem schüchternen Lächeln auf den puppenhaften Lippen.

Niemand lächelte. Die dürftige »spirituelle« Frage Mossinsohns war nicht weniger geistsprühend als manche Scherze, die höfliches Lachen auslösten. Aber diese Scherze wurden mit der Fröhlichkeit vorgebracht, die die Gewohnheit des Glücks verleiht. Die Menschen lieben die

Glückskinder. Ferner wurden diese Scherze selbstsicher vorgebracht, und die Menschen lieben die Stärke; wurden vorgebracht von Gleichen, und die Menschen, genau wie die Hunde, mögen die Fremden nicht sonderlich.

Adrien Deume zuckte also nicht einmal mit der Wimper, tat so, als habe er Mossinsohn nicht gehört, und wandte sich herzlich an einen B, der kurz vor der Beförderung zum A stand. Die Tischrunde war glücklich über die Kränkung, die der kleine Jude mit den rosigen Wangen gerade eingesteckt hatte, ein obdachloser Hund, der versuchte, sein tägliches Brot zu verdienen und der vor allem anerkannt werden wollte. Unbewußt machte Adrien Mossinsohn zum Vorwurf, daß er ohne Verbindungen, ohne Gönner, ohne Regierung war. Und bewußt machte er ihm zum Vorwurf, daß er ein kleiner Intrigant war, der auf Schleichwegen ins Sekretariat eingedrungen war, unter dem trügerischen Vorwand, ein unbezahltes Praktikum zu machen. (Auch die Hunde mögen es nicht, wenn man ihrem Futter zu nahe kommt.) Es stimmte übrigens. Diese hartnäckige Laus Mossinsohn hatte sich mit jener Geduld eingenistet, die die Stärke der Schwachen ist. Er hatte soviel gelächelt, hatte sich so gefällig gezeigt, war so arbeitsam, daß man ihm am Ende einen kleinen, bezahlten Posten gegeben hatte.

Man verachtete den Juden, weil er nicht männlich auf das verächtliche Schweigen Adriens reagiert hatte. Natürlich war dieser Mossinsohn mit der allzu zarten Wangenhaut, den allzu roten Lippen, kein Held. Er wäre es vielleicht ein bißchen gewesen, wenn er sich nicht so allein, wenn er sich beliebter, beschützter gefühlt hätte. Und zu allem Überfluß hatte dieser Vaterlandslose die Stirn, ohne offizielle Protektion leben, sich eine Position schaffen zu wollen. Nun wußte er aber, daß er, sollte er eine Szene machen, alle gegen sich hätte und entlassen werden würde. Und wohin in diesem Fall? Er war ohne Vaterland, hatte als einzigen Besitz nur ein Nansen-Zeugnis und als einzigen Gönner einen alten Kerl von einem Vater weit hinten in Rumänien, schwarz und blau geschlagen, der jahrelang nur einen Bückling pro Tag gegessen hatte, damit sein Sohn an der Universität in Zürich studieren konnte.

(Als der alte Mossinsohn, eine andere unsympathische Person, erfahren hatte, daß sein David als »unbezahlter Mitarbeiter« zum Völkerbund gekommen war, hatte er zwei Tage lang gefastet, um dem Ewigen zu danken. Das Fasten war noch gesteigert worden, als der Greis erfahren hatte, daß sein Sohn die kleine Summe nicht mehr brauchte, die er ihm seit Jahren heimlich schickte. Aber Mossinsohn hatte seinem Vater nicht gesagt, daß er immer nur von Monat zu Monat beschäftigt wurde. Und der alte rumänische Jude hatte seinen Triumph bei seinen Freunden in der Synagoge ausposaunt. In seinen Augen war sein Sohn von nun an eine Art Disraeli.)

Ferner haßte die Tischrunde Mossinsohn wegen dieser Dreistigkeit, sich einfach an den Tisch der B zu setzen, ohne dazu aufgefordert worden zu sein. Eine andere Sünde Mossinsohns: er hoffte; er sagte sich, daß man sich auf die Dauer an ihn gewöhnen würde und daß man ihm am Ende vielleicht jene Sympathie schenkte, die er mit seinen sanften Augen einer ägyptischen Tänzerin erheischte. (»Einschmeichelnd, diese Juden.« Ach ja, Brüder, sie sterben vor Verlangen, sich in euer Herz einzuschmeicheln.) Und es ist wahr, wenn Mossinsohn reserviert geblieben wäre, wenn er ganz hinten im Saal allein für sich gegessen hätte, so hätte man diesen merkwürdigen, geheimnisvollen Kerl sehr unsympathisch gefunden.

(Nicht allzu viel Mitleid mit Mossinsohn haben. Er ist nicht sehr nett zu zwei anderen Juden, die gern im Sekretariat arbeiten möchten, und er tut nichts, um ihnen zu helfen. Man ist für irgend jemand der Bürger. Außerdem wird Mossinsohn an dem Tag, an dem er festangestellt und eingebürgert wird, vielleicht ekelhaft sein. Lassen wir ihn im Augenblick noch durch die Flure streifen, lächeln, schmeicheln, irgendeinen großen jüdischen Gelehrten sich für ihn verwenden lassen und galant mit einer anderen Ausgestoßenen im Garten spazieren gehen, einer sanften Armenierin, die ein unbezahltes Praktikum macht, in der Hoffnung, ebenfalls eine provisorische Stelle zu ergattern. Armer Teufel von Mossinsohn. Er will eben sein Leben gestalten. Lassen wir ihn in Frieden.)

Adrien Deume hatte sich in die Speisenkarte vertieft. Er war viel zu egoistisch, zu optimistisch und im Grunde zu naiv, um nicht überzeugt zu sein, daß die Serviererin, die, Bestellblock und Bleistift bereithaltend, neben ihm stand, sich außerordentlich für das interessiere, was er zu essen wünsche.

»Was würden Sie zu einer Königinnenpastete sagen?« fragte er das junge Mädchen, das keine Lust hatte, auch nur das mindeste dazu zu sagen, und liebenswürdig lächelte, während sie an ihren Liebhaber dachte, der sie sitzen gelassen hatte. »Genau, ich habe schon lange keine mehr gegessen.«

Entzückter Blick zur Serviererin. »Was mir das wurscht ist«, antwortete sie im Geiste. »Los, beeil dich, du Latrinenbesen!« (Eine Anspielung auf Adriens Bart.)

»Und dann bringen Sie mir ein kleines Omelette mit ... mit ... mit ... na, Moment, mit ... mit ... (Er befragte die Serviererin mit dem Blick.) Mit? Mit! Mit Champignons!« rief er aus und beschrieb mit dem Zeigefinger die kühne Kurve eines Kapellmeisters. »Mit Champignons!« bestätigte er als tollkühner Draufgänger, der entschlossen ist, gefährlich zu leben. »Oder lieber nicht, mit Trüffeln! (Das gleiche Spiel, dazu die runden Augen des Inspirierten.) Mit Trüffeln, genau, mit Trüffeln, ich glaube, das ist eine gute Idee! (Er sah nach der Wirkung der Trüffel bei der Bedienung.) Danach danach danach danach (Dies mit großer Geschwindigkeit gesagt.) ein kleines (Die letzte Silbe dieses Wortes so langgezogen, daß sie von unerträglicher Schärfe wurde.) Mixed-Grill! Nein, eigentlich nicht, das habe ich erst vorgestern gehabt. Geben Sie mir lieber, geben Sie mir lieber«, sang er leise und schleppend vor sich hin, um Zeit zum Überlegen zu gewinnen, »lieber (nach einem Blick auf die Karte schlug er mit der Faust auf den Tisch und stieß diktatorisch aus:) ein Hähnchen Souvaroff!«

»Wissen Sie, alter Junge«, sagte einer der Tischgenossen, »Sie langen ja ganz schön zu!«

»Ach, mein Lieber«, sagte Adrien, »ich muß wieder zu Kräften kommen. Ich muß die Batterie neu aufladen.«

»Und zum Dessert?« fragte die Serviererin.

»Und zum Dessert«, sang Adrien, trunken vor Freude, Reichtum, Macht und Glück leise vor sich hin. (Er war jetzt seit mehreren Jahren im Sekretariat und konnte es immer noch nicht fassen.) Und zum Dessert . . . Ach, also jetzt wird es heikel!«

Die Ellbogen auf dem Tisch, den Kopf zwischen den Händen, warf er einen langen, tastenden, tragischen Blick auf den unteren Teil der Karte. Er überlegte, kostete in Gedanken die verschiedenen Desserts, die in blauer Maschinenschrift zur Wahl standen. Endlich faßte er einen Entschluß. Napoleonisch, die Stirn gerunzelt, als echter Hitzkopf, der sich im Grunde einen Dreck schert um die Kosten und das, was die Leute sagen, alles auf eine Karte setzend, sprach er mit einem Ausdruck düsterer Entschlossenheit:

»Und ein Suprême Bourdaloue! Wir werden ja sehen, was es ist, wie?« sagte er zu der Serviererin, die diese Neugier nicht teilte und die dieser Freßsack anwiderte, um so mehr, als sie um halb zwölf gegessen hatte. (Wie man sieht, war Adrien, ein kleiner Junge vor van Vries, voller Selbstsicherheit gegenüber Rangniederen.)

Während des Mittagessens nahm er fröhlich an der Unterhaltung teil. (Sich mit allen gut stellen, sich keine Feinde machen.) Die Gespräche änderten sich kaum von einem

Tag auf den andern: ungerechtfertigte Beförderungen; Hoffnungen, die der Plan eines Sabbatjahres erweckten, demzufolge die Beamten des Völkerbunds alle sieben Jahre in den Genuß von sechs Monaten zusätzlicher Ferien kommen sollten; Hypothesen über das letzte Pariser Verbrechen.

Dieses letztere wurde vor allen von La Peyrelle kommentiert, einem kleinen Kanadier – lebhaft, nicht dumm, fast immer betrunken, der fast ständig wegen nächtlicher Ruhestörung Geschichten mit der Polizei hatte. Der andere vom Verbrechen angelockte Kommentator war Agutte, ein hagerer Spaßvogel mit heiserer Stimme und traurigen Augen, das einzige Mitglied der Abrüstungsabteilung, das vor der Zeit ankam. In der Tat hatte es der brave Agutte – goldenes Herz, kindliches Gemüt, charmanter Charakter – immer eilig, den Kriminalroman anzufangen oder abzuschließen, den er alle drei Monate seinem Verleger ablieferte. Um Schlag neun Uhr saß er auf seinem Stuhl und verfaßte schreckliche Geschichten, wobei er Malzbonbons lutschte.

Dann erzählte Le Gandec, daß Solal gerade eine herrschaftliche Villa gemietet habe. Adrien verachtete Le Gandec. In der Tat hatte er gerade erst zwei Tage zuvor, bei der Lektüre eines Buches von Proust, erfahren, daß es vulgär sei, herrschaftliche Villa zu sagen. »Eine Villa«, berichtigte er. Und da Le Gandec eine Erklärung verlangte, lieferte sie ihm Adrien mit der gönnerhaften Liebenswürdigkeit eines Mitglieds des Jockey-Clubs. Dann kamen die traditionellen Scherze. Man stellte sich Fußballspiele oder Boxkämpfe vor, an denen, in kurzen Hosen, die hohen Beamten des Sekretariats teilnähmen. Untergebenenlachen zischte. Die Schülerfreude wurde noch lebhafter, als man sich Sir John Cheyne, den Generalsekretär, im Ballettröckchen in der Oper tanzend vorstellte.

Dann wurden schlüpfrige Geschichten erzählt und schallend gelacht. Die Engländer vom Nebentisch enthielten sich jeglichen Kommentars, dachten sich aber ihren Teil. Schließlich sprach man über den verabscheuenswürdigen Plan einer Gehaltsreduzierung – zehn Prozent! –, den ein Schweinehund von einem australischen Delegierten ausgeheckt hatte. Adrien Deume zitterte. Wie? Anstatt zwanzigtausend Schweizer Franken würde man nur noch achtzehntausend bekommen? Er schlug mit der Faust auf den Tisch.

»Da muß sich die Personalgewerkschaft aber energisch einschalten«, sagte er. »Meiner Meinung nach müßte mit Nachdruck auf die Tatsache hingewiesen werden, daß die Einstellung von Abteilungsmitgliedern sehr schwierig werden wird. Außerdem sind die Institutionen von Genf, unter anderem, gegründet worden, um eine Ära sozialer Gerechtigkeit herbeizuführen und das Los der Arbeiter zu verbessern. Wir müssen ein Beispiel geben! Wir kämpfen nicht für uns, wenn wir die Rücknahme dieses schändlichen Antrags fordern. Es ist für die Arbeiter der ganzen Welt, für die Bergleute, für die Fischer, für das Proletariat, das die Blicke auf uns gerichtet hat!«

»Bravo, Deume!«

Gut gesättigt – »muß man sich merken, dieses Hähnchen Souvaroff« – verließ Adrien Deume das Restaurant des Sekretariats und machte einen kleinen Bummel in die Stadt. Er liebte die einsamen Spaziergänge. Sie verschafften ihm das Image, ein außergewöhnlicher Kerl zu sein, der allein sein mußte, um Gedanken reifen zu lassen oder Pläne zu entwerfen. Und vor allem liebte er die Einsamkeit, weil er ein sanfter Glücklicher war, der es wahnsinnig mochte, sich von seinem Glück zu erzählen.

»Wilson hat mich sehr nett gegrüßt. (Es handelte sich um den Leiter der einheimischen Abteilung im Internationalen Arbeitsamt, höflich und wohlwollend.) Ein prima Kerl, dieser Wilson. Sobald Mitglied A, einen Cadillac! In meinem Artikel über Syrien die dem Daily News entnommene Stelle streichen. Es gibt gewisse Vorbehalte, die möglicherweise das französische Mitglied der Mandatskommission verletzen.«

Er ging schneller, machte große Schritte, denn ein Schwall heftiger Freude hatte ihn bei dem Gedanken überkommen, daß er zur Baronin de Mers eingeladen worden war und daß Ariane ihn dafür noch mehr schätzen würde.

»Adrien Deume, der es aus eigener Kraft zu etwas gebracht hat!« rief er innerlich, und er ging noch schneller.

Und van Vries war vorhin sehr nett gewesen. Kein schlechter Kerl. Nur zu sehr Funktionär, das war alles. Adrien Deume hingegen, Mitarbeiter der Revue de Lyon! Petresco kurz guten Tag sagen gehen, wenn er zurückkam. Er knöpfte mit geschäftiger Miene seine Jacke zu, wie er es immer tat, wenn er energisch Entschlüsse faßte, die mit dem mondänen Leben zu tun hatten. Plötzlich hatte er einen leichten Skrupel hinsichtlich des kleinen Krankenurlaubs, den er sich zugebilligt hatte. Natürlich hatte er keine Krankheit im eigentlichen Sinne gehabt. Aber genaugenommen war er doch verdammt überarbeitet, als er nach Valescure gefahren war.

In einer Buchhandlung in der Rue de la Conféderation erstand er ein Buch mit dem Titel »Technik der Physischen Liebe« und ein dickes Werk über weibliche Frigidität. In einem Schreibwarenladen kaufte er zwei Gegenstände, die er seit einigen Tagen begehrte: einen goldenen Füllhalter und ein kleines goldenes Taschenmesser. (Er war hinter allem her, was »großartig« aussehen konnte.) Sobald A, einen Kammerdiener nehmen, beschloß er, als er aus dem Schreibwarengeschäft kam. Und natürlich knöpfte er seine Jacke zu.

Er ging mit großen englischen Schritten dahin, seinen schweren Stock in der Hand, sich seines Schicksals gewiß. Mont-Blanc-Brücke. Köstliches Gefühl, wichtige Leute zu grüßen, von ihnen liebenswürdig zurückgegrüßt zu werden. Bezauberndes Lächeln. O ja, er war sehr bekannt, sehr geschätzt. Seine Initialen in den Füllhalter und das Taschenmesser eingravieren lassen.

Plötzlich erkannte er vor sich den gebeugten Rücken Lord Galloways. Aus reiner, zweckfreier Liebe folgte er ihm. Ja, sobald er beim Minister ankäme, würde er ihn grüßen. Ja, aber dazu müßte er sich umdrehen, und das sähe seltsam aus. Er wechselte den Bürgersteig, lief, überholte Lord Galloway. Als er fünfzig Meter von dem Mächtigen entfernt war, überquerte er von neuem die Fahrbahn, machte kehrt und ging der hohen, schlottrigen und nachlässigen Gestalt entgegen.

Zwei Meter vor Lord Galloway zog er tief den Hut. Dieser Gruß war uneigennützig. Adrien wußte, daß er zu winzig war, um hoffen zu können, jemals mit dem alten Lord in Verbindung zu treten. Doch er liebte es, den hochgestellten Leuten zu huldigen, nur so, aus reinem Vergnügen. Denn er bewunderte sie, genauso wie seine Adoptivmutter die Aussteuer bei Fürstenhochzeiten bewunderte, die aufregenden Menüs der großen offiziellen Bankette, die Beisetzungen der Marschälle und die königlichen Kinder, deren bezaubernde, schlagfertige Antworten und deren Vornamen sie alle kannte.

Nachdem sich seine gesellschaftliche Erregung gelegt hatte, trat er bei Cosentini ein, einem ziemlich schlechten Schneider, den er aber zu einem erstklassigen hochstilisierte. Er ließ sich ganz selbstverständlich und als etwas ihm Zustehendes die Beflissenheit des Italieners gefallen, ließ sich Stoffe zeigen, die Cosentini als englische ausgab, die in Wirklichkeit jedoch in Roubaix hergestellt worden waren. Er entschied sich für ein hellblaues Tuch mit Nadelstreifen, ließ sich dann von einem kastanienbraunen mit kleinen, fast unsichtbaren Schachbrettmustern in Versuchung bringen. Ja, das war distinguiert und nicht so trist wie ein ungemusterter Stoff.

»Ja, sehr schön«, lobte er und befühlte dabei den entsetzlichen Stoff, Wolle und Baumwolle. (Er nahm den

Kopf etwas zurück, um mit halbgeschlossenen Augen die ausgezeichnete Komposition besser prüfen zu können.) Polstern Sie mir gut die Schultern, und außerdem hätte ich gern viel Watte auf der Brust, damit die Taille stärker betont wird.«

»Ach, Herr Deume ist Kenner«, lächelte der kleine, schlecht rasierte Schneider verliebt.

Adrien hielt sich für elegant, weil seine Jacken auf Taille gearbeitet waren. Er war ein Kleinbürger, der es immer noch nicht fassen konnte, das zu führen, was er für das große Leben hielt, und der sein Menschenmögliches tat, um eine mehrhundertjährige kleinbürgerliche Schmutzschicht loszuwerden. Doch es gelang ihm nicht. So reiste er zwar im Schlafwagen, gab dem Kontrolleur jedoch immer nur ein kleines Trinkgeld, und wenn der Koffer nicht zu schwer war, zog er es vor, nicht die Dienste eines Gepäckträgers in Anspruch zu nehmen.

Er zwang sich zu einer schnelleren Gangart, um sich in Form zu halten. Er legte großen Wert auf seine kleine Gesundheit. So hatte er, um »sein Phosphor zu sparen«, nur einmal in der Woche Geschlechtsverkehr und das mindestens drei Stunden nach der Mahlzeit. Am Quai Wilson begegnete er Floresco, einem der kleinen Sekretäre der ständigen Delegation Rumäniens. Floresco gehörte zu jenen Heuchlern, die, um zu zeigen, daß sie ihren Freunden ein lebhaftes Interesse entgegenbrachten, zu ihnen sagten – selbst wenn diese Unglücklichen vor Gesundheit strotzten –, sie sähen schlecht aus. Was er auch mit Adrien tat. »Ich versichere Ihnen, lieber Freund, Sie sollten Ihren Arzt aufsuchen«, sagte er zu ihm, als er ihn verließ.

Der junge Deume, höchst unangenehm berührt, setzte sich auf eine Bank, holte seinen kleinen Spiegel hervor, prüfte eingehend sein Gesicht, streckte die Zunge heraus. Nein, der Kerl übertrieb. Er hatte nur etwas blaue Schatten um die Augen. Er war zu spät zu Bett gegangen, das war alles.

»Wir haben eine ausgezeichnete Gesundheit. Jawohl.« Er erinnerte sich plötzlich an einen Artikel über den Raucherkrebs. Heda, heda, Vorsicht, ja? Keine Lust zu sterben, der Didi! Von heute an völlige und endgültige Streichung des Tabaks. Er warf sein Päckchen Zigaretten in den See, um seinen Entschluß zu unterstreichen und jede Versuchung auszuschalten.

Doch einige Minuten später begegnete er Leuwenhoeck, der ihm eine in Sumatra hergestellte Zigarre anbot. Er nahm sie. Eine Zigarre war keine Zigarette. Und außerdem Sumatra, die schönen Javanerinnen. Sich eine ferne Mission geben lassen, unbedingt, eben das Leben genießen!

»Material mitbringen für einen exotischen Roman. Nach Palästina gehen und mit jüdischem Roman zurückkommen. Tolle Liebesgeschichte. Englischer Offizier verknallt sich in schöne Jüdin. Dann klappt es nicht mehr zwischen ihnen. Rassentrennung.« Ja, aber ein jüdischer Roman, das war nicht originell. Es war alles schon gesagt worden. Die Tharaud, Lacretelle. Und überhaupt, was konnte man über die Juden schon viel erzählen? Ihr Ehrgeiz, ihre Aufstiegsraserei, ihre Liebe zum Geld, ihre Manie, sich überall einzuschmeicheln. Ach ja, ihre Intelligenz, ihr Verneinungsgeist, ihr Rationalismus. Ja, aber schließlich, wenn das einmal gesagt war, was blieb da sonst noch zu erzählen?

Um zehn nach zwei zurück im Sekretariat, ging er mit Mikoff, Pachitch, Carvalho, Hernandez, Zafiropoulos und Almasy im Park spazieren. Nachdem er, ohne sich allzu sehr zu kompromittieren, eine gewisse Anzahl von Beamten auf nette Weise schlechtgemacht hatte, ging er etwas Tennis spielen. Um halb drei hörte er auf zu spielen, kehrte ins Sekretariat zurück, nicht ohne sich zuvor ein Päckchen Zigaretten gekauft zu haben, das letzte. Er hatte es eilig, wieder mit der Arbeit zu beginnen. Ach, verflucht und zugenäht, er spürte, daß er den ganzen Nachmittag dranhängen würde.

XLVI

Le Gandec kam herein, mit dem Gesicht eines traurigen Fotografen, seinen ängstlichen Augen und seinem sensiblen Herzen, ein armer Mensch, der, um vorwärtszukommen, sich vergebens mit Arbeit umbrachte, und mit nutzloser Arbeit, denn seine langen Gutachten über die deutsche Kolonialgesetzgebung der Vorkriegszeit hatten nur einen einzigen Leser auf der Welt, nämlich ihn selbst, den Zwangsarbeiter, der unbrauchbare Steine klopfte.

»Guten Tag, Herr Deume, wie geht es Ihnen? Es tut mir leid, daß ich Sie stören muß. Es ist gewissermaßen ein kleines Stilproblem. Ich wollte Sie fragen, ob der Ausdruck ›sich unserer Meinung anschließen‹ Ihnen treffend, geeignet erscheint? Oder sollte man besser schreiben ›sich unserer Perspektive anschließen‹?«

Adrien, der Le Gandec verachtete, weil er kein humanistisches Gymnasium besucht hatte, äußerte nobel seine Ansicht, die er sich auf der Stelle bezahlen ließ, indem er ihm seinen neuen Füllhalter zeigte. Er erklärte ihm lange, worin dieser Füllhalter bemerkenswert war. (Adrien interessierte sich unendlich für alles, was ihn betraf, und alles, was ihn betraf, schien ihm erstklassig: Krawatten, natürlich passend zur Farbe seiner lieben, bedeutenden Augen; Sicherheitsrasur; Freunde; ein von seinem Arzt, sicherlich dem besten in ganz Genf, verschriebenes tolles Mittel gegen Schnupfen; tolle Schuhe, maßangefertigt von einem kleinen Schuster, der genauso gut arbeitete wie der beste Maßschuhmacher; Hemden – von denen nur die Hemdbrust und die Ärmel aus Seide waren, aus Kunstseide natürlich – maßgeschneidert von einem kleinen Hemdenmacher aus der Rue de Carouge, einem ehemaligen Zuschneider bei einem großen Hemdenmacher, der folglich. Kurzum, ein untrüglicher Riecher führte den jungen Deume sofort zum Tinneff hin.)

Nachdem die Eigenschaften des neuen Füllhalters dargelegt waren, machten die beiden Kollegen das Sekretariat schlecht, vertrauten sich ihre Entschlossenheit an, es bei der erstbesten Gelegenheit zu verlassen. Dieses Gesprächsthema gehörte zu ihrer Gewohnheit, und sie waren dazu ausersehen, es bis zu ihrer Pensionierung weiter zu entwickeln. Dann sprachen sie über das Thema, das zusammen mit der Beförderung einem Beamten am meisten am Herzen liegt, nämlich über die Ferien. Adrien bestand darauf, in Gegenwart Le Gandecs, den Goldfüller in der Hand, voller Eifer und mit der größten Liebenswürdigkeit die Ferientage zu errechnen, über die er noch verfügte. Die Zunge zwischen den Lippen, schrieb er Zahlen auf.

»Zwanzig Tage vom letzten Jahr, die ich nicht genommen habe. Macht: zwanzig. Dann vierzig unberührte Tage von diesem Jahr. Macht: alles in allem sechzig. Zwei kleine Monate!«

Er sah mit einem kindlichen Ausdruck nach der Wirkung in Le Gandecs Gesicht. Er dachte keineswegs daran, sich zu fragen, ob Le Gandec dieser Rechnung den gleichen fröhlichen Reiz abgewann wie er.

Schließlich ging Le Gandec hinaus. Adrien machte wieder seine Rechnung, stellte fest, daß er die beiden zusätzlichen Ferientage vergessen hatte, die jenen Mitgliedern der Abteilung zugestanden wurden, die im September zur Versammlung abgeordnet worden waren. Nun, dies war bei ihm, Adrien, der Fall gewesen! Während der arme Le Gandec dageblieben war, um einsam in seinem Büro zu versauern! (Kleines schülerhaftes Freudestrahlen.) Le Gandec sagen gehen, daß er zweiundsechzig Ferientage hatte?

»Nein, genug Zeit verloren. An die Arbeit!«

Er nahm seinen Briefentwurf Kamerun wieder auf, träumte über dem Konzept, wobei er seine lieben Fingernägel mit dem Nagelpolierer bearbeitete. Nein, verflixt. Lieber die Akte »Kenia Schlafkrankheit« studieren. Er schlug eine schwindsüchtige Akte auf, die einen ziemlich jungen Brief enthielt, da er erst zwei Jahre alt war, schloß sie kurz darauf wieder und nahm den Hörer ab.

Er hatte sich gerade daran erinnert, daß er noch Lieferanten und seinen Zahnarzt anrufen mußte. Er telefonierte lieber vom Sekretariat als von zu Hause aus. Es war angenehmer. Adrien Deume hatte sieben Anzüge in seinem Schrank Innovation – o Freude, als er ihn kaufte! –, aber es war ihm angenehm, umsonst zu telefonieren.

»Ach, nicht vergessen, mir heute abend Max Jacob anhören zu gehen.«

Wenn im Internationalen Club oder im Athénée ein Vortrag stattfand, versäumte es Adrien nicht, sich dorthin zu begeben, um Leute zu sehen, um »auf der Szene zu bleiben« und »Kontakte zu knüpfen«. Wenn der Vortrag zu Ende war, strich er um den Vortragenden herum, den wichtigere und reichere Leute mit Beschlag belegten, als der junge Deume es war, der so lange so unglücklich dreinsah – schmollende Lippen eines Kleinkinds, das gleich weint –, bis er jemanden fand, den er bitten konnte, ihn dem Mann des Tages vorzustellen.

Ja, Adrien Deume tat sein Menschenmögliches. Er versuchte, angesehene Leute einzuladen und sich von ihnen einladen zu lassen, er mietete einen Butler, wenn er einen Empfang gab, er hatte teure Koffer und Luxusausgaben, er genoß Toulet und Proust, und Toulet übrigens mehr als Proust, er blätterte bei den Buchhändlern sämtliche Literaturzeitschriften durch, um sich auf dem laufenden zu halten, er las mindestens zweimal im Jahr »Lebenskunst in Frankreich« von Eugène Marsan. Kurzum, er tat sein Bestes. Und trotzdem war er ein Kleinbürger. Zu heftigen Schwärmereien neigend, war er nacheinander Surrealist, Royalist, Sympathisant des Katholizismus und sogar, einige Tage lang, Kommunist gewesen; dann hatte er an den Spiritismus geglaubt, an die personalistische Revolution, und zwei Monate lang, in der sie besonders in Mode war, an die Chiromantie. (Er kultivierte übrigens auch weiterhin diese von den Frauen hoher Beamter geschätzte kleine Wissenschaft, die ihn zu einem angenehmen Gast machte.) Aber er war ein Kleinbürger voll gesunden Menschenverstands, der seine Ersparnisse als freie Einlage zu vier Prozent bei der Schweizer Kreditanstalt anlegte. Das war ihm lieber, als Effekten zu kaufen, die fallen konnten, oder ein Mietshaus, das hätte repariert werden müssen. Nicht dumm, Adrien Deume.

Nein, wirklich, diese Akte versetzte ihn in eine trübe Stimmung. Er richtete sich für eine kleine, geschickte Siesta ein. Er besaß das Geschick zu schlafen und dabei auszusehen, als arbeite er, beide Hände an den Schläfen, über einer aufgeschlagenen Akte. Und wenn van Vries kam, merkte er überhaupt nichts. Zwanzig Minuten später wurde er wach, gähnte über der Akte »Schlafkrankheit«, seufzte vor ohnmächtiger Langeweile.

»Was könnte ich wohl tun?«

Er beschloß, in den Dienstvorschriften für das Personal nachzuschlagen. Manchmal trieb er dort interessante Dinge auf. Sieh an, eine gute Idee, sich mal diesen Artikel bezüglich – nein, hinsichtlich der automatischen Gehaltserhöhungen im Falle einer Erhöhung des Preisindexes wieder ein wenig anzusehen. Er las mit Genuß.

Seit er beim Völkerbund war, hatte Adrien Deume ständig das köstliche Gefühl, ein Privilegierter zu sein, genoß ununterbrochen seine Stellung – obgleich er von Zeit zu Zeit seiner Frau erklärte, daß er genug habe von diesem Bürokratenleben und daß er bald »diesen Sauladen« aufgeben werde, um sich einzig und allein der Literatur zu widmen, seinem wirklichen Lebensziel. Diese Revolten traten in der Regel dann auf, wenn van Vries ihn gemein behandelte oder wenn Adrien erfuhr, daß ein Beamter, der jünger war als er, zum A ernannt worden war. Dann dachte er daran, entweder alles fahrenzulassen oder aber zumindest in einen Bummelstreik zu treten. »Wenn das so ist, na schön, dann tue ich nur noch das Notwendigste und kümmere mich vor allem um meine literarische Karriere, so!« Dann träumte er nacheinander davon, ein Pagnol zu sein – »viel Geld, nur das zählt!« – ein Célin – »ein Mann seiner Zeit sein« – lieber ein Jules Romain – »ja, ein fruchtbarer Schriftsteller, der dir alle sechs Monate einen Roman hinlegt«. Aber wenn van Vries am nächsten Tag herzlich mit ihm sprach, hörte Adrien auf, an die Literatur zu denken, und beschloß, ein dickes Buch über die Mandatsträger zu schreiben, mit einem Vorwort des belgischen Ministers für die Kolonien! Und die Unterschrift ihrer Exzellenz würde im Faksimile reproduziert werden! »Jawohl, sehr gut. Eine Vorlesung als Privatdozent an der Universität ergattern, eine große Autorität auf dem Gebiet der Mandate werden.« Und darauf grinste er vor Vergnügen und fuhr sich mit der Zunge über seine blassen und geschwungenen, ironischen, ein wenig kindlichen, melancholischen Lippen.

Ein Bote kam herein, legte eine Akte in das Kästchen der Eingänge. Wie gewöhnlich bemächtigte sich Adrien ihrer sofort. (Durst nach Neuem; Hoffnung auf eine gute Nachricht; Furcht vor irgendeinem Rüffel; und vor allem ein kleiner Vorwand, um die Ausarbeitung der Empfangsbestätigung hinauszuzögern.) Auf dem Beiblatt las er folgende Notiz von van Vries:

»Herr Deume. Auf Ersuchen der Wirtschaftsabteilung bitte ich Sie, den Aufsatz von Herrn Pei in Empfang zu nehmen und nötigenfalls einige kleine stilistische Verbesserungen vorzunehmen.«

Seitdem er seine Schrift über Claudel veröffentlicht hatte, vertraute man Adrien die Sorge an, die Produktionen des Chinesen zu verbessern, der vor Demütigung grün wurde, wenn er sein Kind verändert zurückkommen sah. Der Aufsatz des jungen und eleganten Pei hatte den Titel: »Perspektiven aus der Geflügelschau des neuen China in wirtschaftlicher Hinsicht« (er wollte sicherlich sagen »aus der Vogelschau«). Hier der lustige Anfang.

»Die chinesische Seele, durch die jahrhundertealten Epochen hindurch, dieses von den Weisen besungene tausendjährige Land, wobei schon Konfuzius in den Genuß der Familienwirtschaft kam, da er eine antike und feierliche Kenntnis hatte, die abgeleitet war von seinem nationalen Bewußtsein des glorreichen Ahnenkults. Seine Überlegung auf den fortschrittlichen Einsichten des Doktor Sun-Yat-Sen aufbauend, gelangt es augenblicklich zum höchsten Grad der materiellen, moralischen und universitären Vollkommenheiten in der Liebe zur Menschheit. Zu allererstens, reden wir biographisch von Konfuzius.«

Adrien Deume sagte ein sehr derbes Wort. Nein, nein, es war einfach zu empörend! Dieser Pei war Mitglied A, während er, Adrien . . . Um sich zu rächen, beschloß er, daß er diese Arbeit erst nach den Pfingstferien erledigen würde. Er schlug wieder die Akte »Schlafkrankheit« auf, warf einen Blick auf sein Handgelenk. Verflixt, erst drei Uhr.

Kläglicher Singsang. Er beschloß plötzlich, daß er heute abend, ausnahmsweise, mit seiner Frau schlafen würde. Aber zweimal in der Woche, war das nicht zuviel? Oh, und wenn schon. Gefährlich leben.

»Genug jetzt. An die seriösen Dinge denken. Ein Schlag ins Kontor!«

Was Adrien Deume so nannte, bestand darin, eine Initiative zu ergreifen, die die Aufmerksamkeit seiner Vorgesetzten auf ihn lenken würde. Er stagnierte seit einem Jahr, und er wollte so schnell wie möglich Mitglied A werden. Er hatte Ansprüche darauf, zum Teufel! War nicht er es, der Formeln geschaffen hatte, deren sich alle seine Kollegen aus der Abteilung jetzt bedienten? War nicht er es, der auf die Idee gekommen war, das Wort Entwicklung in der Mehrzahl zu gebrauchen, was ihm mehr Gewicht verlieh?

»Die Entwicklungen dieser interessanten Frage.« Und das größte Kleinod in seiner Krone, diese findige Wendung, durch die man, wenn es unmöglich war, einem »bezüglich« auszuweichen, zumindest eine Wiederholung vermeiden konnte. Früher schrieben seine Kollegen zum Beispiel »sowohl bezüglich Syriens als auch bezüglich Palästinas«. Ihm verdankte man das »bezüglich sowohl Syriens als auch Palästinas«. Und die »Dokumentationselemente« und die »Informationselemente« und das »mit Dankbarkeit aufgenommen«, wem verdankte man das alles? Ihm! Vor ihm sagte man ganz nichtssagend »die Dokumentation«, »die Informationen«. Ah, ganz gewiß, man schuldete ihm eine Beförderung.

»Struggle for life!« sagte er und schlug mit der Faust auf den Tisch.

Und da van Vries ihn nicht genügend unterstützte, na schön, dann käme er eben ohne van Vries aus! Und wenn er dem Generalsekretär direkt schriebe? Er bewegte seine geschlossenen Lippen, nach rechts, nach links, nach oben, nach unten. Das war bedenklich und gegen jede Verwaltungsvorschrift. Dazu bedurfte es eines außergewöhnlichen Grundes. Worauf sollte man den Generalsekretär hinweisen? Ihm eine Expertenkommission in Tropenmedizin vorschlagen? Wenn er ihm den Vermerk direkt zugehen ließe, wäre Vauvau wütend. Außerdem war es uninteressant, da Kanakis, das griechische Mitglied der Abteilung – leider Dr. med. – zwangsläufig zum Kommissionssekretär ernannt werden würde.

Großartige Idee! In einer belgischen Zeitung war ein Angriff gegen Sir John erschienen. Dem Generalsekretär den Artikel zur Kenntnis bringen, vielleicht zusammen, das war zwar kühn, aber was soll's, mit dem Plan einer Antwort an den Verfasser. Van Vries könnte sich nicht darüber ärgern, wenn er die Sache erführe, da es sich um eine Angelegenheit handelte, die den großen Chef persönlich betraf. Toll! Er würde das morgen vorbereiten. Der

Chef würde ihn kommen lassen, sich für ihn interessieren. Man würde sich unterhalten. Ein geschickt angebrachtes Shakespeare-Zitat!

»Halb vier. Und der Tee, ja was denn, macht man sich über mich lustig?«

Was den Schlag ins Kontor anging, nicht sofort einen Entschluß fassen. Morgen darüber nachdenken, mit dem Bleistift in der Hand. Zwei Spalten machen, in die linke die Vorteile schreiben und in die rechte die Nachteile.

»Genehmigt. Und jetzt an die Arbeit!«

Er nahm sich wieder den Briefentwurf Kamerun vor. Doch zwei Minuten später stand er auf. Donnerwetter! Er hatte ganz vergessen, daß Montag war, Reinigungstag des alten Füllhalters. Er begab sich also zu den Toiletten der Abteilung, kleines Trianon mit gelbem Marmor, wo das Wasser rauschte. Er ließ einen der Wasserhähne laufen. Heda, aufgepaßt, das war das warme Wasser!

»Wir sind gerade an einer Katastrophe vorbeigekommen.«

Nachdem der Füllhalter gereinigt war, kehrte er in sein Büro zurück, dachte vor seinem Briefentwurf Kamerun nach, wobei er sich in der Nase bohrte. Es klopfte an der Tür. Rasch brachte er sich wieder in einen anständigen Zustand, hob wütend den Kopf. Was gab's denn schon wieder? Wie soll man in diesem Sauladen arbeiten? Ständig störte man ihn. (Er war verärgert, weil es ganz leise geklopft hatte und nicht sofort die Tür aufgemacht wurde. Es war also ein Subalterner.)

»Herein!« donnerte er.

In der Tat war es einer der Boten, ein sanfter Russe, Emigrant, ehemaliger Professor an der Universität von Sankt Petersburg, dessen Abhandlung über Pharmakologie in Rußland lange Zeit als Standardwerk galt. Da ihn keine Regierung unterstützte, war dieser alte Mann nur vorübergehend für zweihundertfünfzig Franken im Monat beschäftigt. Von morgens bis abends transportierte er unaufhörlich sein Asthma und seine Aktenstöße, stieg rastlos mit gebeugtem Rücken Treppen hinauf und hinunter. Sein verstörter und gesprungener Kneifer, seine bis zu den Knien hängenden Taschen und seine geflickte Jacke reizten Adrien Deume, der sein Sekretariat liebte und fand, daß dieser ungebürstete Alte hier aus dem Rahmen fiel. Er hatte einen Pik auf ihn seit jenem fernen Tag, an dem Ariane gekommen war, um ihn zu besuchen. Er hätte so gern gehabt, daß an diesem Tag seiner zukünftigen Frau alles glanzvoll vorgekommen wäre. Und da war dieser alte Russe genau in dem Augenblick hereingekommen, in dem er seine Braut sein liebes Büro bewundern ließ.

»Sagen Sie mal, warum tragen Sie keine Uniform?«

Der alte Professor lächelte zärtlich. Sein sanfter kleiner Bart leuchtete auf, als er in seinem singenden Ton erklärte, daß er, da seine Anstellung von Monat zu Monat erneuert wurde, nicht dem ständigen Personal gleichgestellt werden könne und daher auch nicht deren Vorrechte hinsichtlich der Kleidung genieße. Und da Adrien eine harte und argwöhnische Maske zur Schau stellte, machte sich der alte Russe Sorgen. Wenn Herr Deume sagte, daß er seine Arbeit schlecht machte, war er verloren.

Adrien tat der alte, verstörte Mann leid, und er bot ihm eine Zigarette an. Professor Arlozorow lächelte kindlich, legte die Akten schnell auf einen Stuhl, um Herrn Deume nicht zu lange warten zu lassen, nahm die Zigarette, führte sie an die Lippen, wurde sich aber sogleich bewußt, daß das ungehörig war. Er steckte sie also in die Tasche, wo sie für immer im Futter verschwand. Dann raffte er seine Akten zusammen, verbeugte sich – entlassen zu werden war gleichbedeutend mit sofortigem Selbstmord – und ging zur Tür.

»Sie waren früher Arzt?«

Der Alte drehte sich überrascht um.

»Pharmakologe«, murmelte er mit leuchtenden Augen.

»Und warum üben Sie Ihren Beruf nicht aus?«

»Ich habe keine Schweizer Diplome, mein Herr, und ich habe nicht den Mut, noch einmal von vorne anzufangen.«

»Ja, natürlich«, sagte Adrien Deume in bekümmertem Ton, denn das Unglück der andern kränkte ihn.

Im Flur blieb der alte Arlozorow einen Augenblick vor einem Fenster stehen. Seine Kollegen hatten seit der Revolution soviel gearbeitet, und er wagte es nicht mehr, pharmakologische Abhandlungen zu lesen. Er gestand sich ein, daß er bedauerte, Rußland verlassen zu haben. Zu spät jetzt. Er war allein, er war alt, er war Witwer. Zu spät. Er rieb seinen Spitzbart, lächelte mechanisch und ging mit kleinen Schritten weiter, beladen mit seinen Akten, ein alter, kleiner, einsamer Esel.

Adrien Deume zog seine neue Jacke an, rieb sich die Hände. Dieser gute Junge wäre empört gewesen, wenn man ihm die wahre Ursache seines Vergnügens enthüllt hätte. Er war glücklich, weil er Arlozorow gesehen hatte. Sein Unterbewußtsein genoß das Privileg, ein junger, auf Lebenszeit angestellter und gut bezahlter Beamter zu sein. Er steckte zweihundert Franken in einen Umschlag. Sehr gut. Sobald Arlozorow zurückkäme, würde er ihm den Umschlag geben und ihm sagen, er solle ihn erst zu Hause öffnen.

Da der Aschenbecher nicht mehr sehr sauber war, ging er in den Waschraum, um ihn sauberzumachen. Als er wieder zurückkam, öffnete er den Umschlag und nahm einen Geldschein heraus. Hundert Franken waren wirklich genug.

»An die Arbeit jetzt!«

Er schlug eine der Akten auf, die der Russe gerade gebracht hatte. O nein, verflixt, Vauvau übertrieb! Wieder ein Briefentwurf! Und zu allem Überfluß war es noch die Akte Gattegno!

»Warte nur, du alter Bohrer, deine Akte werden wir ganz schön mästen!«

Und er lachte mit dem erstickten Lachen eines schlechten Schülers, dem Ersatz eines Lachens, das darin bestand, mit geschlossenen Lippen durch den hinteren Nasenkanal zu prusten. (Beamte sind Schüler, die Angst haben, die sich untereinander über ihre Lehrer lustig machen, Späße machen, Spitznamen geben, mißtrauisch sind, Strafen fürchten, auf gute Noten hoffen. Sie sind ihr ganzes Leben lang Kinder, führen bis zum Pensionsalter ein Schülerleben und sterben dann. Es ist ein sanftes und furchtbares Los.) Er nahm mit einer angewiderten Gebärde die Akte N/1/100/27/34 »Korrespondenz mit Doktor Gattegno«.

Was erlaubte sich denn dieser Zivilist, der dem Sekretariat Ratschläge erteilte über dumme Fragen? Unter dem Vorwand, daß er in einem Gebiet gewesen war, das unter belgischem Mandat stand, glaubte er sich interessant zu machen, indem er von angeblichen Mißständen erzählte! Und weil man ihm nicht geantwortet hatte, ließ er nicht locker und versuchte es noch einmal! In seinem zweiten Brief fragte er, ob man seine Dokumentation erhalten habe und was der Völkerbund zu tun gedenke. Eine ganz schöne Dreistigkeit! Van Vries hatte auf das Beiblatt, das mit einem blauen Schnürchen an der Akte befestigt war, geschrieben:

»Herr Deume. Bereiten Sie bitte schnellstens den Entwurf einer Empfangsbestätigung vor. Dank, Interesse, genauere Angaben usw. V. V.«

Doch Adrien hatte eine tiefere Abneigung gegen Gattegno, dessen Briefe voller Französischfehler waren, der auf kariertes Papier schrieb, von dem dazu noch, wie er fand, ein israelitischer Geruch ausging. Nein, nein und nochmals nein! Er würde diesem kleinen jüdisch-rumänischen Dreigroschenarzt nicht schreiben. Er dachte nach, blinzelte mit den Augen, schob die Zunge vor, denn er hatte beschlossen, zu einem köstlichen Trick Zuflucht zu nehmen.

»Wir werden sie mästen, diese kleine Akte.«

Im Eifer der Inspiration schrieb er ohne vorheriges Konzept eine zwei Seiten lange Notiz – die Empfangsbestätigung für den armen Gattegno hätte nicht mehr als sieben Zeilen beansprucht –, in der er van Vries vorschlug, den Brief Gattegnos mit der Bitte um vorherige Stellungnahme an die Abteilung für außereuropäische Angelegenheiten, die moralische Abteilung, die gesetzgebende Abteilung und das Internationale Arbeitsamt zu schicken. Man würde Gattegno erst nach Erhalt dieser Stellungnahmen antworten. Zum Schluß noch einige beißende und gut formulierte Sätze über die Verschwommenheit der Angaben Gattegnos, über den nicht-offiziellen Charakter dieses unbekannten Arztes, von dem man nicht einmal wußte, ob er Dr. phil. oder Dr. med. war; und schließlich eine Anspielung auf die mutmaßlichen Hintergedanken dieses angeblichen Doktors, der vielleicht in seinem rumänischen Dorf Ruhm einheimsen oder gar vom Völkerbund irgendeinen Ermittlungsauftrag haben wollte, was sehr naiv von ihm war.

Er las die Notiz noch einmal durch. Die Wanderung der Akte durch die verschiedenen Abteilungen würde gut sechs Monate dauern, denn die angeschriebenen Abteilungen würden sie sicherlich mit der Bitte um Stellungnahme an andere Abteilungen schicken. Sechs Monate Frieden!

»Mein kleiner Gattegno, du kannst auf deine Empfangsbestätigung warten!«

Er wußte, daß van Vries darauf achtete, keinen seiner Kollegen von den anderen Abteilungen zu kränken. Er würde also akzeptieren. Und Adrien Deume leistete sich von neuem das Vergnügen, durch den hinteren Nasenkanal zu prusten.

Um sich zu belohnen, machte er einen Gang durch die Flure, plauderte mit Pei, dem eleganten Chinesen der Wirtschaftsabteilung, der ebenfalls seinen kleinen Entspannungsspaziergang machte, um sich von seiner »Perspektive aus der Geflügelschau« zu erholen. Die Unterhaltung war ganz besonders herzlich, denn Pei haßte Deume. Man trennte sich nach einem energischen Händedruck.

Liebenswürdiger Gruß zu Hiroto hinüber, dem winzigen und höflichen Japaner von der Informationsabteilung. Er lächelte so sehr, daß behauptet wurde, er lege nachts einen Gummiapparat an, um die Wangenmuskeln zu entspannen.

Dann wurde Adrien im Vorübergehen von Fräulein Pfister geschnappt, der Österreicherin, die schlanke Bewegungen machte, um ihre Fettleibigkeit zu verbergen, und die ihn mit Bitten um Hilfe verfolgte. (In der Regel kam sie in Adriens Büro, mit zerzausten Haaren, geschäftig, das brave, hirnlose Mädchen. In ihrem unklaren Kauderwelsch erklärte sie speichelsprühend und mit schwitzenden Ausdünstungen, daß sie einfach nicht mit einem schwierigen Satz zu Rande komme. Vor ihren respektvollen Blicken korrigierte Adrien auf gut Glück. Und die dicke Pfister, außer sich vor Dankbarkeit und vielleicht verliebt, ging mit den lebhaften Bewegungen eines mageren Mädchens davon, um sich wegen eines anderen Satzes von einem anderen Beamten französischer Zunge helfen zu lassen. »Hören Sie, Monsieur Le Gandec, ich komme einfach . . .« Die Unglückliche mit dem verwirrten Geist hatte so ein halbes Dutzend Orthopäden-Mitarbeiter, deren Frauen sie Pralinen schickte.) Der Satz, der diesmal zur Verbesserung vorgelegt wurde, war folgendermaßen abgefaßt:

»Da die Frage von der Kommission im Zustand regelwidriger Präsentation gehalten werden zu müssen scheint, so daß sie nach lebhafter Diskussion entsprechend den Interventionen des Vertreters der Tschechoslowakei und nach neuerlicher Prüfung durch die Unterkommission des Rats für ihre Ablehnung stimmte und sie gleichzeitig mit den negativen Einwänden an die britische Regierung zurückschickte auf Grund ihres im letzten April formulierten Standpunkts über die der Frage beigemessene Bedeutung, bei der angespielt wurde auf die Einführung des Memorandums über den Zusammenhang mit der wichtigen Frage bei der vorhergehenden Behandlung.«

»Der Satz ist bis hier in Ordnung«, sagte die Unglückliche, »aber das Ende bekomme ich einfach nicht etwas eleganter, französischer hin.«

Adrien tat so, als lese er, sagte, daß alles völlig in Ordnung sei und daß er für seinen Teil keine Notwendigkeit sehe, auch nur das geringste zu ändern. Er entschuldigte sich, behauptete, von van Vries erwartet zu werden, und zog Leine, während Fräulein Pfister fassungslos ihre letzte Schöpfung noch einmal durchlas.

Zurück in seinem Käfig, beschloß Adrien, daß er die Empfangsbestätigung für den zionistischen Vertreter ins Diktiergerät diktieren würde. Aber zuvor sich ein wenig amüsieren. Er vertraute also dem Aufnahmeband einige kleine Obszönitäten an, rief Agutte an, er solle sie sich anhören kommen. Die beiden Kollegen lachten schallend, und Agutte wollte eine Liebeserklärung an das schönste Mädchen in der Maschinenschreibabteilung diktieren. Dann kehrte er zu seinen geheimnisvollen Verbrechen zurück.

Adrien, allein geblieben, löschte die anstößige Stelle und nahm eine Arie aus Carmen auf. Auf diese Weise würden sich die Kleinen vom Pool etwas amüsieren. Schließlich diktierte er seine Empfangsbestätigung an den zionistischen Vertreter, wofür er siebenundsechzig Sekunden brauchte. Bei der Grußformel hielt er inne. Wirklich, es kostete ihn viel, den Blumberg seiner Hochachtung zu versichern. Die Nacht vergehen lassen. An der Grußformel würde man morgen arbeiten.

Er ging ohne große Begeisterung zur Toilette, aber es war ein kleiner, legitimer Zeitvertreib, bei dem er sich die Füße vertreten konnte. Fünf Minuten totgeschlagen.

Zurück in seinem Büro, grinste er voller Behagen bei dem Gedanken an den Streich, den er vorhätte, wenn die Akte Gattegno dick und gespickt zu ihm zurückkäme. Dann würde er nämlich eine neue Notiz schreiben, in der er van Vries zu bedenken gäbe, daß die Antwort an Gattegno von diesem zu irgendwelchen obskuren Propagandazwecken benutzt werden könnte, und daß es gut sei, bevor man diesem Doktor antwortete, bei der rumänischen Gesandtschaft in Bern Auskünfte über ihn einzuholen. Wenn dann die Antwort eingetroffen und für Gattegno günstig wäre – wenig wahrscheinlich, denn in seinem Brief an die Gesandtschaft würde er schreiben »ein gewisser Doktor Gattegno« –, nun, dann wäre der nächste hinterhältige Streich die Abfassung einer Notiz, in der er sagen würde, daß es gegenüber der Mandatsmacht nicht sehr liebenswürdig sei, diesen Gattegno um nähere Angaben zu bitten. Er sah schon die Antwort an Gattegno, die er in einem Jahr schreiben würde: »Ich beehre mich, Ihnen den Empfang der Auskünfte zu bestätigen, die Sie mir zugesandt haben. Ich habe sie umgehend der belgischen Regierung weitergeleitet.«

Er fand, daß er wirklich ein kleines Vergnügen verdiente. Er nahm seinen Schlüsselbund, schloß die Schreibtischschublade auf, nahm eine dicke Nougatpraline heraus. Um mehr von ihr zu haben, beschloß er, sie ganz langsam im Mund zergehen zu lassen.

»Versuchen, den Rekord zu schlagen.«

Er holte seine Taschenuhr hervor, auf die er sah, als die Praline völlig geschmolzen war. Sieg! Neun Minuten, während das letzte Mal sieben Minuten genügt hatten.

»Alles läuft bestens, Madame la Marquise, alles läuft bestens, alles läuft bestens.« (Er liebte diese Weise unendlich mehr als die Musik Strawinskys, aber er verheimlichte es vor allen, und vor allem vor sich selbst.) Und jetzt, meine Herren, wäre ein anderer kleiner Schlag ins Kontor, daß wir heute bis um halb sechs blieben.

Gute Idee. Gegen fünf Uhr zwanzig würde er einen Vorwand finden, um van Vries aufzusuchen. Das würde einen ausgezeichneten Eindruck machen, und Vauvau würde sehen, daß ein gewisser Deume Eifer an den Tag legte und über die vorgeschriebenen Stunden hinaus im Sekretariat blieb.

»Alles läuft bestens, alles läuft bestens.«

Er klebte liebevoll neun kleine Presseausschnitte auf Visitenkartenpapier, gewann diesen belanglosen Arbeiten den kindlichen Charme ausgeschnittener Bilder ab. Und dazu dieser englische Leim Gloy, was für ein Wunder!

Er machte einen kleinen Gang in die Flure, ging schnellen Schritts. Wenn van Vries ihm begegnete, würde er denken, Deume müsse in der Bibliothek dringend irgendein Dokument konsultieren. Bei seinem Spaziergang lief ihm, wie immer, das Phantom von Benares über den Weg, das ihm freundlich seine strahlenden Zähne zeigte. Er ging in den ersten Stock hinunter und spazierte in der Umgebung des Arbeitszimmers des französischen Untergeneralsekretärs herum, auf die Chance hoffend, mit einem Kabinettattaché zu plaudern und vielleicht sogar einen Dreh zu finden, ihn einzuladen, mal an einem Abend in Meine Zuflucht zu kommen. Auf jeden Fall wünschte er, daß es ihm durch ein gutes, fröhliches Gespräch gelänge, seine Beziehungen zu einem dieser edlen Satelliten, die es leider meistens eilig hatten und unnahbar waren, herzlicher zu gestalten. Er grüßte Huxley, den Bürochef von Solals Kabinett, der so tat, als habe er ihn nicht gesehen. Er grüßte dann den Direktor der Abrüstungsabteilung, Autor eines schmalen Bändchens mit Versen, in denen er das Leben des Traums und der Einsamkeit besang. Was ihn nicht daran hinderte, sich durch die Löcher des wohlriechendsten Verwaltungskäses zu winden. Dieser Dichter grüßte die Mikrobe Adrien kaum.

Unser Held beschloß, sich an weniger beachtlichen Herren schadlos zu halten, ging ins Untergeschoß, um ein

Schwätzchen zu halten mit dem finnischen Leiter der Materialabteilung, von dem er eine Bürolampe mit doppelter Schwenkachse und sieben kleine Büroklammernnäpfe bekam. Während er sich nach der Gesundheit seiner Frau erkundigte, warf er einen Blick auf die Neuheiten und merkte sich genau ein verführerisches Tintenfaß aus Hartgummi.

Adrien Deume hörte auf, in dem zionistischen Memorandum herumzublättern, denn ihm schien, als hätte er ein Gefühl von Durst. Er nahm also sein Glas und begab sich zu dem kleinen Brunnen im Flur. Nein, genaugenommen hatte er keinen Durst. Er brachte sein Glas wieder zurück und fragte sich ob. Nein, genaugenommen nein.

Er ging jedoch auf die Toilette in der Hoffnung, jemanden zu treffen, mit dem er ein kleines Schwätzchen halten könne. Er hoffte vor allem, van Vries hier zu finden, der immer ganz besonders nett war, wenn man ihn dort traf, vor dem rauschenden Porzellan, die Augen zur Decke erhoben. Auf der Toilette war Vauvau fast ein Kamerad zu seinen Untergebenen. Man stand in sanfter Vertrautheit miteinander in Verbindung.

Nein, kein van Vries. Was also tun? Eine gute Idee: in den Zeitschriftensaal gehen und nachsehen, ob die letzte »Illustration« schon angekommen war. Doch er besann sich eines anderen, als er im Flur die Serviererin erblickte, die den kleinen, mit Teekannen, Tassen und Kuchen beladenen Rollwagen vor sich herschob. Er ging schnell in sein Büro, um diesen Besuch zu erwarten, der angenehm den Nachmittag unterbrach.

Das junge Mädchen mit platinblonden Löckchen trat ein, stellte die Teekanne und das kleine Sahnetöpfchen ab. Er zögerte vor den Kuchen, entschied sich für ein Stück Teekuchen, das er auf ein Blatt weißes Papier legte, nahm dann vorsichtig eine Kokosnußkugel. Er verlangte mehr Zucker.

»Vier Stück, ja.«

Die Serviererin ging hinaus. Ein kleines, vipernhaftes Züngeln. Zufrieden, Adrien Deume. Die Kugel war zart und der Tee schön heiß. Er gab ein Stück Zucker in den Tee und warf die drei andern in eine Blechdose, die in der Schublade versteckt war. Sieh an, schon voll? Er verstaute die Dose mit dem gesparten Würfelzucker in seinem Diplomatenkoffer. Mami wäre froh.

In seiner Nähe den Tee und den Kuchen spüren, die ihm Gesellschaft leisteten, machte ihm Lust zu arbeiten. Die Zunge draußen, um sich mit mehr Eifer seiner Arbeit zu widmen, schnitt er zwölf Artikel des »Palestine Weekly« aus. Dann klebte er sie während des Essens bedächtig auf, wobei er die Kuchenkrümel, die sich auf seine Lippen verirrt hatten, mit der Zunge entfernte und dazu sein kleines Glück und seinen Teekuchen mit ruhiger distinguierter Zufriedenheit genoß, dazu mit einem mikroskopischen Lächeln in den ironischen Mundwinkeln vor sich hinsummte, dazu seinen Tee in kleinen Schlücken trank, dazu vor sich hinpfiff, dazu verschiedene Geräusche von sich gab, die dazu bestimmt waren, ihm die Zeit zu vertreiben und die alle – Rülpser, Darmwinde oder Lieder – kleine Jubelhymnen waren, dazu vor sich hinbrummend, dazu kleine Teekuchenkrümel auflesend und dazu knabbernd, dazu kleine Siegesresolutionen vor sich hinflüsternd, dazu für sich selbst lachend, dazu raschelnd, dazu schnurrend, dazu blökend, um sich die Zeit zu vertreiben, dazu in seinen bezaubernden Tee gurgelnd und dazu vor Behagen piepsend.

Oh, wie war er glücklich, Adrien Deume, sorgfältig aufzukleben und dazu zu gurren, dazu zu grunzen, dazu sich hübsch zu machen, dazu seine verschiedenen Drehbleistifte klappern zu lassen, dazu zu keuchen, um Abwechslung ins Vergnügen zu bringen, dazu ein Gummi vibrieren zu lassen und dazu von Zeit zu Zeit sein kleines Glück, sorgenlos zu sein und der Mann einer bezaubernden Frau und der Eigentümer eines schönen Autos und der Freund bezaubernder Leute, hinausposaunend.

»Wenn etwas gut geklebt ist, Himmelarschundwolkenbruchmitdonnerwetter, ich glaube, dann ist das hier gut geklebt!«

Und wieviel Tee war noch da? Noch eine Tasse. Prima. (In Wirklichkeit verabscheute er Tee. Dennoch fand er Vergnügen an diesem Gesöff, das ihm das Gefühl gab, ein Diplomat mit englischem Anstrich zu sein. Außerdem war der chinesische Tee mit seinem »beschwörenden Aroma« poetisch.) Um ihn besser zu genießen, zog er die große Schublade seines Arbeitstisches auf und erfreute sich an seinen lieben, so wohl geordneten Dosen mit Nadeln und Büroklammern in verschiedenen Formen und Größen, seinen Leimtöpfen, Radiermessern, unheimlichen Vorräten an breiten und schmalen Löschblättern, Gummibändern, Päckchen mit kleinen Blättern in verschiedenen Farben, Karteikarten, Radiergummis, Bleistiften, Linealen. Er schob die Schublade wieder zu, ließ seine Augen über die Regale schweifen, auf denen Ordner eines neuen Modells standen.

»Miststück! Idiotin! Alte Schnalle!«

Er wußte nie, gegen wen sich dieser Zornesausbruch richtete. Vielleicht war es eine Art und Weise, seine Freude, zu leben und jung zu sein, hinauszuschreien. Vielleicht war es das Glück darüber, daß er durch Korruption und Schiebung eine der für die Direktoren reservierten Teekannen bekommen hatte. Vielleicht brachte er so seine Freude zum Ausdruck, daß er am nächsten Sonntag Dienst hatte. Allein im Sekretariat, würde er sich als der vorübergehende Chef des Palastes fühlen, würde Illustrierte lesen, würde seine Korrespondenz erledigen. Und er bekäme dafür einen freien Tag in der Woche, was toll wäre.

Im Büro nebenan langweilte sich Kanakis derart, daß er kleine Todesschreie von sich gab. Etwas weiter stieß Mikoff entsetzliche Seufzer aus. Zwanzig vor fünf. Verflixt, noch einen Haufen Minuten durchzuhalten. Was tun? In die Bibliothek gehen, um nachzusehen, ob es irgendwelche interessanten Bücher gäbe? Oder lieber auf die Krankenstation gehen, um sich eine stärkende und kostenlose Spritze geben zu lassen?

Und plötzlich bekam Adrien Angst. Was tat er auf dieser Welt? Was war der Sinn seines Lebens? Wann würde er sterben? Er beschloß, gleich noch heute abend die Bibel zu lesen, und biß in eine Nougatpraline.

XLVII

Sie seufzte, drehte sich um. Als der Atem der Schlafenden wieder gleichmäßig geworden war, zog Solal eine alte, ausgefranste und geflickte Hose an, die er mit Hilfe einer Schnur in der Taille zusammenzog. Er entkorkte ein Fläschchen mit Leim, tauchte einen Pinsel hinein und bepinselte damit die edlen, glatten und farblosen Wangen, auf die er dann das weiße Kraushaar drückte. Nachdem dies getan war, klebte er sich schwarzes Heftpflaster auf die Schneide- und die vorderen Backenzähne, was ihm ein entsetzliches, zahnloses Lächeln verlieh.

Er schlüpfte in den schmutzigen Mantel, den er Jérémie abgekauft hatte. Nachdem er die Schöße mit Hilfe einer Sicherheitsnadel zusammengesteckt hatte, zog er an die nackten Füße alte, durchlöcherte Frauenhalbstiefel, die so verschimmelt waren, daß die Absätze sich angewidert von ihnen verabschiedet hatten. Er rieb sich Stirn und Nase mit etwas Erde ein und streute sich welche auf die Haare.

Er trat ans Bett, streckte eine Hand aus. Er hatte Angst.

Verlagsgemeinschaft Ernst Klett Verlag –
J. G. Cotta'sche Buchhandlung
Die Originalausgabe erschien 1938
unter dem Titel »Mangeclous«
bei Éditions Gallimard
Dieser Ausgabe liegt die überarbeitete
und endgültige Fassung von 1969 zugrunde

Printed in Germany 1984
Design: Heinz Edelmann
Schutzumschlaggestaltung nach einem
Gemälde von Tamara de Lempicka
Im Filmsatz aus der Garamond gesetzt von
Maschinensetzerei Hans Janß, Pfungstadt
Offsetdruck und buchbinderische Verarbeitung
erfolgten bei May & Co., Darmstadt

CIP-Kurztitelaufnahme der Deutschen Bibliothek

Cohen, Albert:
Eisenbeißer: Roman / Albert Cohen.
Aus d. Franz. von Eugen Helmlé. –
Stuttgart: Klett-Cotta, 1984.
Einheitssacht.: Mangeclous ⟨dt.⟩
ISBN 3-608-95273-X